U0132868

区域人才开发研究论集

主编　叶忠海

上海三联书店

图书在版编目(CIP)数据

区域人才开发研究论集/叶忠海著.—上海:上海三联书店,2006.5

ISBN 7-5426—2309—5

Ⅰ.区... Ⅱ.叶... Ⅲ.人才—资源开发—研究—中国 Ⅳ.C964.2

中国版本图书馆 CIP 数据核字(2006)第 041613 号

区域人才开发研究论集

主　编/叶忠海

责任编辑/陈宁宁
装帧设计/范峤青
监　制/林信忠
责任校对/徐曙蕾

出版发行/上海三联书店

　　(200031)上海市乌鲁木齐南路 396 弄 10 号

　　http://www.sanlianc.com

　　E-mail:shsanlian@yahoo.com.cn

印　刷/上海青浦印刷厂

版　次/2006 年 5 月第 1 版
印　次/2006 年 5 月第 1 次印刷
开　本/890×1240　1/32
字　数/350 千字
印　张/13.375
印　数/1-3100

ISBN 7-5426-2309-5

C·150　定价:28.00 元

序　言

　　本人研究人才学已跨 27 个年头了。1980 年下半年我和华东师范大学同事们率先把人才学推上我国大学讲台,并牵头撰写了我国高校首本《人才学讲义》(1981 年)。自 1987 年始,我以部分精力用于区域人才开发研究;1988 年,刘君德教授和我又开拓了人才地理研究方向的研究生教育;1989 年以后,本人作为课题负责人承担并完成了多项国家级、部省级人才地理研究项目。其中,1994 年~1997 年,本人作为课题组长承担完成了国家自然科学基本项目:"区域人才地理基本原理和中国人才资源空间开发"研究项目;并在此项研究报告基础上,于 2000 年独著出版了我国首部人才地理学专著:《人才地理学概论》(上海科技教育版 2000 年 8 月)。

　　为了进一步促进我国关于区域人才开发研究,从而推动区域经济社会发展;也为了中国特色的人才地理学科的建设,笔者愿意有选择地将 20 年来本人有关区域人才开发的其他研究成果,汇编成这本《区域人才开发研究论集》,作为《人才地理学概论》的姐妹篇公开出版,献给我国人才学界和地理学界,并向各位同仁、各位朋友们请教。

　　《区域人才开发研究论集》,约 33 万字,由两部份构成:第一部分系课题研究报告,共 6 篇,均是笔者作为课题组长或课题负责人之一完成的。这些研究报告,均没有公开发表过。第二部分系专题研究论文,共7 篇,其中《中国西部不发达地区人才开发的若干基本问题》(1987 年 7月),属首次公开发表。

　　本论集,时间跨度 20 年。在选编过程中,本人又尊重原有的文稿,未作修改,因此,在今天公开出版这些成果,不可避免地存在着较多的不足,包括数据的陈旧、方法的传统,以及观点的局限性等。但可真实地反映本人研究区域人才开发的轨迹,可供同仁们和广大读者批评指正。

在选编文集和校对文稿过程中，使我回忆起 20 年来配合支持我研究工作的好友、同事和我的学生，没有他们的协助和配合，是不可能有今天的这本论集。另外，这本论集的出版，得到了上海三联书店陈宁宁同志的支持和帮助，在此一并表示诚挚的谢意。

叶忠海

2006 年 1 月 31 日

目　录

序言 …………………………………………………………………… 1

推进长江三角洲人才开发一体化研究报告(2005.6) ……………… 1

　　附件(1)：长江三角洲人才资源的现状分析 ………………… 25

　　附件(2)：长江三角洲地区若干人事人才政策梳理

　　　　　　比较研究 ……………………………………………… 40

　　附件(3)：推进长江三角洲高技能人才开发一体化

　　　　　　的对策 ……………………………………………… 52

上海人才区划及其发展比较研究报告(2002.3) ………………… 58

　　附件：关于上海市人才空间开发地区导向的建议书 ………… 81

上海市学术技术带头人成长和开发研究报告(2001.10) ………… 93

无锡市马山区人才开发研究报告(1994.7) ……………………… 139

长江三峡工程管理模式和人才开发研究报告(1993.2) ………… 183

中国东南沿海丘陵山区人才开发和教育改革综合研究报告

　　(1991.9) ………………………………………………………… 239

国际经济金融贸易中心人才总体特色和上海人才资源开发国

　　际化(1993.10) ………………………………………………… 320

南宋以来苏浙两省成为中国文人学者最大源地的综合研究

　　(1992.10) ……………………………………………………… 336

区域人才资源开发的若干基本理论问题探讨（1991.5）·············356

中国人才开发的空间研究（1991.1）······················366

人才地理——人才学的一个重要研究领域（1989.5）··········379

人才开发要置于地区总开发的战略之中（1988.1）············391

中国西部不发达地区人才开发的若干基本问题（1987.7）········397

区域人才开发研究论集

推进长江三角洲人才开发一体化
研究报告①

前 言

为了贯彻落实中共中央关于推动长江三角洲地区联动发展战略决策,促进世界第六大城市群的建设,为了推动长江三角洲人才开发一体化的进程,促进长江三角洲人才的自由流动,从而使人才的创造潜能充分开掘,创造才能充分发挥,创造价值充分实现,苏、浙、沪人事厅(局)联合立项开展"推进长三角洲人才开发一体化研究",委托上海新世纪人力资源研究所所长、华东师范大学叶忠海教授担任课题组长组建课题组。本课题组顾问:芮明春副厅长(江苏)、袁中伟副厅长(浙江)、蔡志强副局长(上海);课题组副组长:李森副处长(江苏);蒋文潮处长(浙江)、陈巍副处长、陆珉主任(上海)。

课题组成立后,对长江三角洲人才资源现状作了分析;对长江三角洲人才政策作了梳理比较;对推进长江三角洲人才开发一体化进程作了评析;特别着重对区域人才开发一体化的意涵和特点作了研究,并提出了今后推进长江三角洲人才开发一体化的指导思想、目标、原则、基本思路和主要举措等建议。

整个课题研究的指导思想,强调贯彻"五个坚持":坚持以"三个代表"重要思想为指导;坚持"以人为本"思想为指导;坚持以"科学发展观"和"科学人才观"为指导;坚持以市场为导向的理念为指导;坚持以"区域理论"为指导。

---

① 本研究报告系苏、浙、沪人事行政部门合作项目:"推进长江三角洲人才开发一体化研究"的成果,完成于 2005 年 6 月。课题组长并研究报告执笔人:华东师范大学人才资源研究中心叶忠海教授。

本课题研究的区域定位,经课题组研究,并听取二省一市人事行政部门的意见,采用两个层面的定位方法:一是二省一市层面,包括已签署"宣言"的19个城市在内的25个城市,这样有利于推进苏浙沪人才开发的整体工作;二是长江三角洲的15个城市,以利于反映长三角人才资源及其开发工作的优势和特色。具体来说,"分析长江三角洲人才资源现状"时,采用两个层面的分析比较;在进行"人才政策法规"梳理比较和研究"推进长三角人才开发一体化的对策建议"时只采用二省一市层面。

本课题研究的人才统计口径问题,经讨论,大家一致认为,在新旧交替,国家关于新的人才统计口径尚未正式下达,再加上本课题研究力量有限,研究时间较紧情况下,一是只得采用2003年人才统计口径及其年底人才统计数据;二是以科学人才观为指导,尽可能补充充实些新的基本的人才统计数据,如"高技能人才"数据等。

本课题研究方法,采用四个结合:宏观把握与专题研究相结合;国内横向比较与国外比较相结合;文献分析、书面调查和实地考察相结合;定性研究和定量分析相结合。

本课题于2004年8月开题,历时10个月。在此期间,经历了三个阶段:(1)调研阶段(9月~12月)。课题组采取"三结合"的调查方法,即经济相对发达城市与经济相对欠发达城市相结合、点与面相结合、专家座谈会与问卷调查相结合,并确定南京、南通、宁波、湖州、上海黄浦、南汇等4市2区为调研点。课题组分别赴上述4市2区实地调研,分别召开了组织人事干部、劳动保障干部、有关专家学者座谈会共12次;印发了8000份调查表格,回收5842份,回收率为73.03%。在此基础上,完成了《推进长江三角洲人才开发一体化研究调研数据分析报告》。同时,课题组又向长三角15个城市人事行政部门印发了调查表,采集有关基本数据。(2)专题研究阶段(2005年1月~2月)。在调研基础上,课题组成员分头就"长江三角洲人才资源的现状"、"长江三角洲人才政策的梳理比较"、"长江三角洲人才的流动状况"、"长江三角洲高技能人才开发"等专题分别作了研究,形成四份研究成果。(3)总体研究阶段(2005年3月~6月)。研究并撰写《推进长江三角洲人才开发一体化研究报告》;并在征求二省一市有关同志意见的基础上加以修改定稿,作为课题组研究的最终成果。

参加本课题研究主要人员还有：江苏的王天明副处长、刘玮同志,浙江的江鸿栋主任、夏春胜副处长、陈炯副处长;上海的王小了副处长、朱宝树教授、邱永明副教授、姚家伟副所长,以及王晓琴、韩建君、张景炜、陈志福等同志,他们对完成本课题均作出了各自的贡献。本课题研究,得到苏浙沪及其15个城市人事行政部门的大力支持和帮助,特别得到了南京、南通、宁波、湖州、上海黄浦、南汇等4市2区的人事组织、劳动保障等部门,以及有关专家学者的热诚帮助和积极配合,在此一并表示诚挚的谢意!

一、长江三角洲人才开发一体化的内涵和特点

（一）"一体化"①的内涵

长三角人才开发一体化,系区域人才开发一体化。区域人才开发一体化,是指在一定区域范围内若干个人才开发的地域单元主体,为了实现全区域人才开发效益最佳化和人才价值实现充分化,通过形成以市场为导向的协调机制,整合成一个全区域人才开发共同体的过程,从而促进该区域诸地域单元共同的可持续发展及其人才的全面发展。

上述的表述,可明确下列问题:

1. 区域人才开发一体化,是个动态的过程。即人才开发的若干个地域单元主体,整合成全区域人才开发共同体的过程。

2. 区域人才开发一体化,其目的是通过人才自由流动和人才优化配置,实现全区域共同利益最大化,包括人才开发效益最佳化、人才价值实现充分化。

3. 区域人才开发一体化,其核心是人才市场一体化,其基本对策是形成以市场为导向的协调机制,从而逐步形成一个"人才开发共同体"。

4. 区域人才开发一体化,最终价值取向在于全区域共同"两个发展",即全区域共同的可持续发展,及其人才的全面发展。

---

① "一体化",指长江三角洲人才开发一体化的简称。

就人才资源动态开发过程而言,区域人才开发一体化,应包含其过程诸基本环节一体化,即预测规划一体化、教育培训一体化、考核评价一体化、选用配置一体化、使用调控一体化,以及人才流动一体化等,是上述诸环节一体化的总和。

就人才资源开发一体化保障条件而言,区域人才开发一体化,涉及到管理体制一体化、运行机制一体化、法制建设一体化、人才市场一体化等,是上述诸方面一体化的总和。

(二)"一体化"的特征

1. 区域人才开发主体的整合性。即区域内各人才开发的地域单元主体,通过合作、联动和协同,整合成全区域人才开发的共同体。这是区域人才开发一体化的目标和本意,也是区域人才开发一体化进程的组织保证。区域人才开发主体的整合过程,也是促进区域内各地域单元人才开发一体化过程。具体来说,长三角人才开发主体——苏浙沪一体化的整合过程,也即是推进长三角诸城市人才开发的政策协调、制度衔接和服务贯通的过程。

2. 区域人才开发目标的共同性。即区域内各人才开发地域单元主体,经交流沟通和协商,形成一个共同的人才开发目标。这是区域人才开发一体化的标志和内在动力。各地域单元有了人才开发的共同目标,就可聚焦于此目标而共同努力,这有力地推动着区域人才开发一体化进程。可以这样说,区域人才开发共同目标实现之时,也即是区域人才开发一体化成功之时。对于长三角人才开发一体化来说,其人才开发共同目标,即构筑长三角人才高地,形成长三角城市群的"同城效应",从而增强长三角综合竞争力,实现人才自由流动,促进人才全面发展。

3. 区域人才开发资源的共享性。即根据互惠互利原则,区域内各人才开发地域单元的资源实现共同分享。这既是区域人才开发一体化的重要体现,也是加速区域人才开发一体化进程的"助动器"。这是因为诸人才开发地域单元只有分享到全区域的人才资源,真切体会到推进一体化后所获的实际利益,才能积极参与区域人才开发一体化。这个特点对于区域内经济相对欠发达地域单元表现得尤为明显。这就启示我们,在推进长三角人才开发一体化过程中,要特别关注经济相对欠发达地区的人才开发需求,并想尽设法使该地区分享经济相对发达地区的各种资源。

4. 区域人才开发机制的协调性。即区域内诸地域单元之间人才开发内在关系的协调性。其具体反映在:各地域单元人才政策的协调、人才制度的衔接、人才市场的统一、人才信息网络的沟通等方面。这既是区域人才开发一体化的核心内容,也是推进区域人才开发一体化的症结所在。据此,形成以市场为导向的协调的区域人才开发机制,是推进区域人才开发一体化的关键,也是一体化推进中所要解决的中心问题。对此,推进长三角人才开发一体化也不例外。

5. 区域人才开发过程的整体性。即区域内诸地域单元人才开发的整体性推进。其具体体现在全区域与分区域、分区域与分区域、分区域与地域单元、地域单元与地域单元之间人才开发的整体性推进。这既是区域人才开发一体化共同目标所规定的,也是实施区域人才开发一体化的初衷所在。这对于长三角人才开发一体化也是如此,长三角与苏、浙、沪,江苏与浙江与上海,长三角15个城市之间人才开发整体性推进。

6. 区域人才开发效益的共赢性。即区域内诸地域单元主体,随着人才开发一体化的深入推进,得以共同发展和繁荣。这既是区域人才开发一体化的出发点和归宿,也是不断推进区域人才开发一体化的内在动力机制。实践证明,人才开发效益共赢度与人才开发一体化进程呈正向相关。大凡利益共赢度越高,内在动力就越足,人才开发一体化进程就快;反之,则相反。对此,在推进长三角人才开发一体化过程中,尤要增强"共赢"意识。

7. 区域人才流动的畅通性。即区域内诸地域单元的人才,通过区域人才开发一体化,能在全区域无障碍地自由流动,从而促使人才的潜能得以较好开发,创造才能得以较好施展,社会价值得以较好实现。这既是区域人才开发一体化的结果和近期工作目标,也是迈向其终极目标的基本途径。对此,《长江三角洲人才开发一体化共同宣言》中,提出五年内实现区域内人才自由流动,即是该特点的具体反映。

8. 区域人才个体配置的高增值性。即区域内诸地域单元的人才个体,经自由流动,得以优化配置,从而使人才潜能得到充分释放,新增出人们想像不到的高价值来,随之区域人才综合竞争力得到较大幅度的提升。这是区域人才开发一体化的工作目标,也是区域人才开发一体化的结果。这对于长三角人才开发一体化来说也是如此。

9. 区域人才总体空间分布的相对均衡性。即区域内诸地域单元的人才总体,经人才极化和扩散机制的共同作用,以达到区域内人才极核区与周边地区之间,以及诸地域单元之间人才总体空间分布的相对均衡,从而促进区域内诸地域单元相对均衡的发展。这既是区域人才开发一体化目标和产物,也是区域人才空间分布规律——"整体协调律"、"点、轴、网、面律"的具体反映。这对于长三角人才开发一体化来说,也同样离不开这发展的规律性。

10. 区域人才开发的匹配性。即区域人才开发一体化与区域经济开发一体化相匹配。这是区域人才开发的整体相关性原理所决定的,在区域综合性开发母系统中,经济开发子系统占主导地位,且与人才开发子系统的联系尤为紧密,因而两者开发一体化互为条件,相互匹配。区域经济开发一体化规定着区域人才开发一体化;然而,区域人才开发一体化又对区域经济开发一体化具有巨大的推动作用。这种区域人才开发与区域经济开发的互为关系,对于长三角人才开发一体化而言也不例外。

二、推进长江三角洲人才开发一体化的进展和进程特点

(一)推进"一体化"的进展

两年来,在两省一市政府人事部门有效的推动下,推进长三角人才开发一体化工作得到很大的进展,取得显著的成效。

1. 思想观念取得共识。2003 年 4 月,在"首届长江三角洲人才开发一体化论坛"上,通过研讨共同签署的《长江三角洲人才开发一体化共同宣言》(以下简称"共同宣言"),正是思想观念取得共识的结晶。两年来,两省一市及其长三角城市又把"共同宣言"确立的理念和精神写进各自人才工作决定和规划之中,并以"共同宣言"为行动指南,推进人才开发一体化。浙江省委省政府《关于大力实施人才强省战略的决定》中明确提出:要"遵循人才流动客观规律,积极推进长江三角洲地区人才开

发一体化,促进更大区域内的人才交流、合作与共享"。宁波市在制定"人才工作决定"时加上了"人才合作"的内容;在制定"人才规划"时,又增加了"推进长三角人才开发一体化"的内容。行动来源于观念,可以这样说,这两年长三角人才开发一体化进展较为迅速,与思想观念取得共识作为前提分不开的。

2. 制度得到初步衔接。在"共同宣言"的指引下,两省一市人事行政部门很快在若干个制度衔接上取得了突破。2003年8月,苏浙沪政府人事部门就"专业技术职务任职资格互认"、"异地人才服务"、"博士后工作合作"、"高层次人才智力共享"、"专业技术人员继续教育资源共享"、"公务员互派"等6项制度的合作达成一致,签署了协议。2004年6月,二省一市人事行政部门又共签了"关于三地引进国外智力资源共享的协议"等。正如前述,制度的接轨,是区域人才开发一体化的核心内容。上述制度层面上的衔接,为日后加快人才开发一体化进程,提供了无阻隔的人才制度环境。

3. 政策得到梳理比较。在"共同宣言"的指引下,两年来,苏浙沪及其19个城市人事行政部门,均对各自人事人才政策进行了梳理,有的城市人事行政部门,对509个人事人才政策进行了全面清理,废止了105个政策,并在此基础上,形成了《人才政策选编》。"推进长江三角洲人才开发一体化课题组",接受两省一市人事行政部门的委托,就两省一市的"人才统计"、"人才教育培训"、"人才流动"、"劳动法规"等方面政策作了较为具体的梳理比较。这些均为今后长三角人才一体化开发政策协调奠定了基础。不仅如此,在2004年6月召开的"第二届长三角人才开发一体化工作会议"上,与会代表又达成一致共识:"有利于长三角人才一体化发展的政策,三地互认共享;对不利于三地人才交流,阻碍长三角人才开发一体化的"瓶颈"进行整顿,使三地政策衔接一致;针对长三角区域经济发展的形势,三地联手设计和制定一些有利于区域人才资源优化,有利于区域人才资源能级提升的新政策"。

4. 资源不同程度得到共享。两年来,在"共同宣言"指引下,各地的资源,特别是经济相对发达地区的优势资源得到程度不同的共享。特别体现在紧缺人才培训、公务员挂职锻炼等方面。其形式是多样的:(1)签订"合作项目",长三角城市相互分享地区的优势资源。如南通市组织青年干部到上海培训,民营企业家培训到浙江。(2)设立紧缺人才培训分支机构,引进经济相对发达地区的紧缺人才培训和国际智力培训项目,如杭州市引进上海紧缺人才培训,在其区域内设立多个培训分支机构;宁波市通过上海引进多个国际职业资格证书项目开展培训。(3)开展异地人才招聘活动,让异地人才招聘团前来招聘高层次人才。如浙江省组织人才招聘团到上海招聘高层次人才。(4)网上发布人才信息,举办网上人才交流和招聘。(5)推出人才交流和引进的品牌项目,提供各地吸引人才的机会和平台。如:南京的"国际智力交流会"、杭州的"西湖博览会"、宁波的"高层次人才交流洽谈会"、温州的"民营企业人才智力交流洽谈会"等,均向各地发布信息,为各地设立展位,为各地招聘人才提供方便。宁波市还为高层次人才前来洽谈,发放交通补贴。

5. 服务全国联合行动。2004 年 6 月,第二届长三角人才开发一体化工作会议上,就"长三角人事行政部门联合服务西部人才开发初步设想"进行了讨论。会后,已逐项加以落实。2005 年 3 月,苏浙沪人事行政部门又联合与东三省签署了《"东三省"与"长三角"人才开发合作协议书》。六省(市)人事厅(局)主要领导将组成"三三合作"协调小组,建立"三三合作"联系制度。这标志着人才开发已由地缘性区内合作向跨区域战略性合作迈进。

6. 建立了议事协调机构。2004 年 6 月第二届长三角人才开发一体化工作会议上,通过了《长江三角洲人才开发一体化联席会议章程》(以下简称"联席会议")和《长江三角洲人才开发一体化联席会议制度》。该联席会议,由全体会议、主席团、执行主席、秘书处组成,其性质系推进长三角人才开发一体化的议事协调机构,其职责为研究决策;组织协调;交流宣传等,以作为推进长三角人才开发一体化的组织保证。

(二)推进"一体化"的进程特点

分析上述的进展,至少有下列的"四多"、"三先三后"的进程特点:

1. "多方并举"。即长三角人才开发各地域单元主体,双边合作、多边合作、全边合作同时进行。具体说来,在"共同宣言"指引下,除苏浙沪及其城市一致性合作外,更多地开展了双边合作、多边合作。如:2003 年 7 月,上海与宁波双方就签署了《关于沪甬合作开展专业技能能力认证考试协议书》。据宁波市人事行政部门介绍,他们与20个城市同时推进合作,其中与南京、南通、镇江等5个城市签订了一系列协议。

2. 多层次进行。即长三角人才开发合作,在省(市)级、地(市)级、县(市)级同时展开。既有同层次城市之间的合作,又有不同层次城市之间的合作。具体而言,不仅有江苏、浙江、上海两省一市的人才开发合作;而且还有地(市)级城市(区)的人才开发合作。譬如,温州市与南通市签订协议,互派公务员挂职锻炼;上海市黄浦区,不仅接受湖州市组织人事部门、建设部门的联合委托,对该市"城市建设管理干部"开展培训,以及开展"委托性人才招聘",而且与湖州市辖属的安吉市签订了包括人才培训、人才招聘、智力共享、中介服务等一系列协议。又如:苏州市的吴江市与上海闵行区,人才信息网互为会员,以利于人才信息共享。还有,上海市与嵊泗县签订了系列协议。

3. 多方位展开。即长三角人才开发诸方面合作同时推进。正如前述,推进长三角人才开发一体化牵及到政策协调、制度衔接、资源共享、市场统建、服务贯通、研究合作等各方面;牵涉到人才的预测规划、教育培训、考核评价、选用配置、使用调控等环节。综观这两年来,苏、浙、沪及其城市的人才开发合作,可以说上述的诸方面、诸环节均在不同程度上涉及到了。如温州市与上海市签订的一系列协议,就包括海外人才联合开发、民营企业人才智力交流、企业经营人才考评、派员到上海挂职锻炼和培训,以及合作开展理论研究等。

4. 多方式并用。即在推进长三角人才开发一体化进程中,多种形式和方法同时采用。正如前述,有挂职锻炼、派员培训、引进项目、互设平台、发布信息、网上招聘、联合开发、合作研究……如此等等。

5. "三先三后"地推进。即长三角人才开发一体化,坚持"先易后难"、"先浅后深"、"先点后面"原则,积极而稳妥地推进。从上述可见,两年来长三角诸地域单元主体人才开发合作,一般以项目来启动,其中又以人才培训、公务员挂职锻炼等项目启动为居多。对此,在经济相对欠发达地区反映得更为明显,即先组织部分人才和公务员,到经济相对发达地区接受紧缺人才培训和挂职锻炼,然后才逐步全面推开。

三、推进长江三角洲人才开发一体化的问题和障碍

近两年来,尽管推进长三角人才开发一体化取得了实质性进展,然而离开"一体化"意涵和目标,以及近期"人才自由流动"要求,差距还很大。

(一)"一体化"还有待解决的问题

1. 长三角区域间人才流动率①还有待提高

(1)从本课题就人才工作变动和异地流动的问卷调查结果来说明。据对5482份调查问卷统计,人才工作总变动次数为15797次,人均2.7次;人才异地流动总次数为4850次,人均0.83次,具体见表3-1。

表3-1　长三角人才异地流动的比例　　　单位:%

合计	市内流动	省内流动 (不包括市内)	长三角内流动 (不包括省内)	境内流动 (不包括长三角内)	境外流动
100	49.89	17.87	9.26	19.56	3.47

由上述数据可知:(1)苏、浙、沪之间人才总体流动率不高,且跨度较小。不仅人才异地流动人均只有0.83次,而且省市内流动要占人才总流动次数的67.76%。(2)除境外流动外,长三角区域间人才流动率较低,尤为明显。其不仅比市内人才流动率、省内人才流动率分别低40.63个百分点、8.61个百分点,而且比境内人才流动率还低10.3个百分点。

(2)从2000年中国人口普查数据来分析②。据2000年全国人口普查,在长三角各城市迁入就业人口总量中,来自长三角以外地区的有789.36万人,占迁入就业人口总量的88.44%;其中比重最高的是绍兴市,达93.17%,最低的为南京,达83.66%。就长三角各城市迁出就业

---

① 这里指的是动编的人才流动,不包括不动编的智力流动。

② 该分析依据朱宝树教授:《长三角人才流动的基本态势及差别特征》(本课题研究成果的附件)

人口而言,迁往长三角内其他城市的占53.05%,但各城市差别较大:上海、苏州、无锡、杭州、宁波、嘉兴等6市的迁出就业人口,以迁往长三角以外地区为主;其他9市则以迁往长三角内其他城市为主。

就长三角各城市大专及以上就业人口(以下简称人才)而言,迁入总量中,属长三角内城间迁移的只占11.74%;按两省一市分,该比例在上海仅7.98%,江苏和浙江则各为16.21、10.40%。在长三角各城市人才迁出总量中,属长三角区内迁移的占53.35%;按两省一市分,该比例上海为34.24%,江苏和浙江则各为59.40%、52.49%。

由此可见,长三角各城市迁入的人力资源,主要来自长三角以外地区,属长三角外的人力资源流动;迁出的人力资源就迁移空间范畴而言要作具体分析。长三角经济相对发达城市迁出的人力资源,主要迁往长三角外地区,属长三角外的人力资源流动;长三角经济相对欠发达城市迁出的人力资源,主要流向长三角内经济相对发达城市,主要是上海、南京、杭州、宁波等,系长三角区内的人力资源流动。总之,长三角城市间人力资源流动率较低,具体见表3-2。

表3-2 长三角城市间人力资源迁移所占比重 单位:%

	合计		大专及以上		大专以下	
	迁入	迁出	迁入	迁出	迁入	迁出
合计	11.56	57.05	11.74	53.35	11.54	57.54
上海	14.12	38.08	7.98	34.24	15.11	39.56
江苏	12.04	60.43	16.21	59.46	11.53	60.58
浙江	8.86	56.12	10.40	52.49	8.72	56.38

资源来源:根据2000年中国人口普查抽样数据推算。江苏是指上述的8个长三角城市;浙江是指上述的6个长三角城市,再加台州市。

2.人才潜能还有待进一步开掘和发挥

据本课题上述的调查统计显示,尽管长三角人才专业对口率达89.52%,人才特长使用率达90.34%,然而人才潜能利用率仍较低。统计表明,有21.74%的人,认为还能发挥潜能75%以上;41.81%的人认为还能发挥潜能50%;29.35%的人认为还能发挥潜能25%;7.01%的人认为无潜能发挥。通过计算,长三角人才潜能利用率为55.36%,即人才体验闲置率达44.64%。

3.人才开发工作的满意率、知晓率还有待提高

统计表明,对当前长三角人才开发工作表示总体"满意"和"比较满意",各占20.50%和36.12%,满意率为56.62%。据统计,对"一体化"工作"清楚"的仅占8.09%;"比较清楚"的占12.62%;"不大清楚"、"不清楚"或"不关心"的高达69.49%。

4.跨地区的人才专业服务还有待加强

据调查,长三角各地域单元人才专业服务机构,其服务还局限于本地区,服务潜力还没有充分发挥。换句话说,各地域单元特别是经济相对发达地区的人才开发资源还没有充分共享。

(二)推进"一体化"还有待克服的障碍

由上分析可知,长三角区域间人才流动率较低。分析其外在客观原因,与长三角人才流动存在一系列障碍分不开的。

1.产业趋同的结构障碍

据经济学专家测评,两省一市经济发展同构性特点相当突出。其中,上海与江苏、浙江的产业同构系数分别为83%和76%;苏浙两省的同构性则高达97%。在长三角的15座城市中,有11座城市选择汽车及零配件制造业,有8座城市选择石化业,有12座城市选择通信产业作为其主导产业。经济产业的同构性,使各地域单元之间同类人才争夺必然激烈,于是带来人才开发一体化的障碍。

2.各自为政的体制障碍

众所周知,长三角地区分别隶属于两省一市不同的行政体,地方性法规制度的制定,以及地方性重大问题的决策,来自于江苏、浙江、上海"三驾马车"。它们均是相对独立的利益主体,受地方行政边界和利益边界的强力制约,从而给推进长三角人才开发一体化带来了障碍。

同时,中央对地方政府及其领导人的政绩考核,又是以地方行政区划为边界的,政绩考核内容又没有"一体化"指标,从而促使地方政府及其领导人扮演着地方利益代表的角色,所追求的是本地区利益最大化。这样,势必因地方政府政绩导向的驱使,又加重了对长三角人才开发一体化的障碍。

据此,至今为止,长三角地区缺乏一个上下贯通、利益整合一致的开发主体,或权威的、强有力的统筹协调机构;尽管建立了"长三角人才开发一体化联席会议"制度,然而只是人事行政部门的协调机构,组织、劳动与社会保障等部门均未参与,显然其统筹协调力度不大,覆盖面也有相当的局限性。

3. 各自立度、各自为准的制度障碍

基于上述的各为政的行政体制,再加上南京、杭州、宁波等城市也享有地方一级立法权,因而地方性政策法规制度的制定必然出自于"多门"。这种"政出多门"的政策法规制度,各自立度、各自为准,势必会造成不同行政区划之间的人事人才政策不协调,制度不衔接,市场被人为地分割,给长三角人才开发一体化的推进,带来了不同程度的障碍。

4. 区域信息网络化程度不高的沟通障碍

尽管各地人事、劳动部门不同程度上建立了人才信息网和人才信息库,然而由于人为的和技术的种种原因,长三角诸地域单元之间至今还未形成统一的人才信息网络;更没有与各地劳动部门劳动力信息网联网,形成统一的较为完善的"长三角人力资源信息网"和"长三角人力资源信息库"。人才供求信息的汇集与发布尚未成为长三角公共服务产品,人才资源信息还没有在长三角全区域内共享。信息,是市场的灵魂;健全的信息网络,是成熟市场形成的标志。目前,长三角人才信息网络化程度不高,显然延缓了长三角人力资源市场一体化的进程,也给推进长三角人才开发一体化带来了障碍。

5. 区域发展不平衡所带来的防护心理障碍

众所周知,长三角区域发展的不平衡性也相当突出。事实证明,上海正在形成长三角经济发展的极核区,在扩散机制作用的同时,极化机制正在起主导作用。在区域一体化过程中,上海经济发展的极化机制在不同程度上对区域内城市产生"极化效应"。于是,区域内经济相对欠发达地区有的领导担忧在"一体化"过程中,人才等生产要素被经济相对发达地区吸纳,使本地区进一步被边缘化,于是产生防备心理,自觉不自觉地筑起人才流动的"防护墙",给人才自由流动带来了障碍。

四、推进长江三角洲人才开发一体化
的战略构思

（一）推进"一体化"的指导思想

1. 坚持以"三个代表"重要思想为指导

"三个代表"重要思想，不仅是立党之本、执政之基、力量之源，而且也是长三角人才开发一体化的重要指导思想。就代表中国先进生产力的发展要求而言，这就要求长三角人才开发一体化，要反映我国先进生产力的发展要求，通过有效地促进长三角经济开发一体化，从而为发展长三角乃至我国先进生产力服务。就代表中国先进文化的前进方向而言，这就要求长三角人才开发一体化，要体现我国先进文化的前进方向，通过加速开发具有"三个面向"①意识和才能的、具有"三个勇于"②典型特征的、具备"四有"③基本要素的人才，从而为建设中国先进文化服务。就代表最广大人民的根本利益而言，这就要求长三角人才开发一体化要从我国最广大人民的根本利益出发，通过加快长三角人才开发一体化的进程，加大人才创造潜能的"释放效应"，紧紧为构建和谐社会服务，为最广大人民的根本利益服务。

2. 坚持"以人为本"思想为指导

从管理学角度而言，"以人为本"思想，就是将"人"作为管理活动的核心，作为一切管理活动的出发点和"本原"。这对于人才开发活动来说也不例外，人才应作为人才开发活动的出发点和归宿。那么，在推进长三角人才开发一体化过程，如何体现"以人为本"思想为指导？（1）应充分体现"人是目的的思想"。这就要明确长三角人才开发一体化最终价值取向在于促进人才的潜能得以充分开发，人才的创造才能得以充分发挥，人才的社会价值得以充分实现，人才得以自由而全面发展。（2）应充分体现"人是主体的思想"。这就要求长三角人才开发一体化过程

---

① "三个面向"：面向现代化、面向世界、面向未来。
② "三个勇于"：勇于思考、勇于探索、勇于创新。
③ "四有"：有理想、有道德、有文化、有纪律。

中应充分体现人才的主体性。具体来说,应尊重人才作为主体的需要,并以这些需要为出发点来推进人才开发一体化。换句话说,"一体化"应反映对人才的服务性。(3)应充分体现"人是尺度的思想"。这就要进一步明确,长三角人才开发一体化评价的最终主体应是广大人才,以他们的知晓度、认同度、凝聚度、参与度、满意度来衡量人才开发一体化的成效。(4)应充分体现"人是完整自我思想"。这就要进一步明确在长三角人才开发一体化进程中,不仅为人才某阶段职业发展的需要服务,而且要为人才终生发展的非职业需要服务,以此促进人的全面发展。当然,"以人为本"思想,作为一种长远的人才开发理想,不可能即时实现;然而,通过"以人为本"为指导推进长三角人才开发一体化进程,似如架设了金色桥梁,向这个理想境界迈进。

3. 坚持以科学发展观和科学人才观为指导

2003 年 11 月,党和国家在可持续发展理论和实践的基础上,提出了"科学发展观",强调"全面、协调、可持续发展";并根据我国的发展实际出发,在党的十六届三中全会上提出了"五个统筹"。在此同时,中央又在全国人才工作会议上提出了"科学人才观"。这是生态文明时代的新发展观。对此,长三角人才开发一体化更应如此,应以科学发展观为指导,统筹协调长三角人才开发一体化,促进长三角人才资源可持续发展。(1)协调人才开发与经济社会生态发展;(2)协调区域间的人才开发,包括协调全区域与分区域、分区域与分区域、分区域与地域单元、地域单元与地域单元之间的人才开发等;(3)协调不同系统不同类型之间的人才开发;(4)协调"一体化"进程中不同环节之间的人才开发;如此等等。

4. 坚持以市场为导向的理念为指导

区域一体化的重点,是区域经济一体化,而区域经济一体化的实质和要害,是市场一体化。具体来说,即在区域内建成高度融合的大市场,为各类经济主体的经济活动提供公正规范的市场环境、市场条件和市场制度,从而实现区域内各类商品和诸生产要素在区域一体化的市场中充分流动、配置和运作,提升整个区域经济的综合竞争力。对此,作为生产要素的人才资源开发一体化也不例外。市场动力,是推进长三角人才开发一体化的基础动力。人才市场一体化,不仅是长三角人才开发一体化的基本标志,更是当前推进长三角人才开发一体化所要解决的核心问题。只有构筑长三角人才市场一体化,区域内人才才能得以自由流动和优化配置,人才资源才能与其他生产要素有效结合,才能实现全区域人才开发效益最佳化;只有紧紧抓住推进长三角人才市场一体化这个核心问题,才能带动和加速解决与"一体化"有关的体制整合、政策协调、制度衔接、服务贯通等系列问题,来有效打破行政壁垒。据此,在推进"一体化"过程中,必须坚持以市场为导向的理念为指导。实行"市场主导、政府保障、社会参与"的有效结合。

5.坚持以区域理论为指导

长三角人才开发,系区域人才空间开发。作为区域人才空间开发,除具有整体性、综合性特点外,很显然还具有区域性特点。其反映为:(1)多层次性。人才空间开发的层次,包括全区域、分区域、子区域——地域单元等若干层次的人才开发。(2)区际联系和相互作用。区域要生存和发展,必然需要区际联系。区际存在着多种多样的复杂联系。伴随着这种联系,必然产生和促进人才开发活动的区际联系。有了人才开发活动的区际联系,必然有人才开发活动的区际相互作用。可见,人才空间开发的区域性特点,从根本上规定着区域人才资源必须整体性的协调开发。具体说来,至少要把握下列两点:(1)分区域与全区域,或地域单元与分区域之间的联系,均是低一层次的区域与高一层次区域的联系。区域人才空间开发的多层次特点,决定了每一个区域人才空间开发均处在纵向的多层次区域人才空间开发的系统之中,直接受到高一层次区域人才空间开发的制约。(2)分区域间或地域单元间的联系,是指同层次区域之间的横向联系。人才空间开发的区际联系和相互作用的特点,决定了每一个区域人才开发均处在区域人才开发的网络之中,受到同层次的区域人才开发的影响和作用。

(二)推进"一体化"的目标

1.长远目标:通过长三角人才开发一体化的推进工作,到2020年,长三角内多元的人才开发地域单元主体,整合成一个全区域人才开发的共同体,促进长三角地区人才自由而全面发展,促进人才的社会价值充分实现,促进长三角全面、协调、可持续发展,从而推进长三角成为我国示范的和谐地区,以及左右影响世界经济社会发展的第六大城市群。

2. 近期目标:通过长三角人才开发一体化的推进工作,到 2010 年长三角形成统一的人力资源市场体系,使人才在长三角区域内能自由流动,人才资源得到优化配置,人才与其他生产要素得到有效组合,人才的创造潜能和创新才能得以较好的开掘和施展,人才的社会价值得以较好地实现;从而促进长三角地区综合竞争力得以较大幅度地提升,带动长三角乃至中国经济和社会的可持续发展。

(三)推进"一体化"的原则

1. 互惠互利,共赢原则。正如前述,在不同行政区划的行政管理体制下,地方政府扮演的本地区利益的代表者,他们追求的是地方利益最大化。更何况,在社会主义市场经济体制下,各地域单元的联系,往往是以利益为纽带的。据此,我们说,利益一体化,是区域一体化的内在驱动力和核心。这对推进长三角人才开发一体化也不例外。只有以利益为纽带,形成互惠互利,共赢共享的动力机制,达到共同利益最大化,诸人才开发的地域单元主体才会积极参与"一体化"的进程;反之,则相反。

2. 先易后难,逐步递进原则。正如前述,"一体化",是一定区域内多元的人才开发地域单元主体,整合成一个全区域的人才开发共同体的过程。据此,我们在展开"一体化"推进工作中,要强化"过程意识",切忌操之过急,一蹴而就。同时,在"一体化"过程中,我们要贯彻先易后难原则,即紧急而又能办的事,共同关注而又易办的事先办,其他的事可缓办,待条件成熟时再办。对此,"欧盟一体化"为我们作出了榜样。考察欧盟一体化的历程,不难发现,自 1950 年开始至今,五十多年来,从煤钢联营集团到关税同盟、共同农业政策和自由贸易区、共同大市场直至现在的欧洲经济货币联盟(EMU),伴随着经济一体化的深化,经济政策协调也呈现出逐步递进的趋势,其协调的范围逐渐扩大,层次逐渐深化。每一个一体化的阶段都有相应的主要经济政策进行协调,体现了政策协调阶段性和连续性统一。今天,我们要推进长三角人才开发一体化,可学习"欧盟一体化"进程中逐步递进的经验做法。

3. 双边、多边、全边并举原则。"全边"推进"一体化"与"双边"、"多边"推进"一体化"是相辅相成的关系。"双边"和"多边"推进是"全边"推进的基础和组成部分;而"全边"推进又构成"双边"、"多边"推进的总背景、总条件,有利于"双边"、"多边"的推进。特别在"一体化"的初始阶段,这种"一体化"推进的行动,往往更多地表现为以项目启动,实施"双边"、"多边"合作。只有在"双边"、"多边"推进中受惠于合作,诸人才开发地域单元主体,才有更大积极性推进全边合作。近两年长三角开发一体化进程也充分反映这一点。

4.平等、民主、诚信原则。这是"一体化"进程中协调递进的基本保障,欧盟一体化成功经验充分体现了这一点。平等原则,是指大小城市一律平等、相互尊重,均是长三角人才开发一体化的主体,在"一体化"过程中均有发言权和表决权。对重大的政策协调,开始时可采用全体通过的表决机制。民主原则,是平等原则的体现,两者密不可分;民主与协商几乎是统一体。每项政策协调和制度衔接,均要多次交流沟通和充分协商,以取得共识最后达成协议;并在此过程中,应形成相互妥协的习惯。诚信原则,即信誉原则,指在"一体化"进程中,每一次政策协调,各地域单元开发主体均应遵守协议规定,要形成信誉的惯性。这不仅有利于实现人才开发政策协调的预期目标,而且也为下一步高一层次的人才开发协调打下基础。

(四)推进"一体化"的若干基本思路

1.进一步强化长三角人才开发的整体性观念。观念是行动的先导,整体性观念是长三角人才开发一体化的思想基础。推进长三角人才开发一体化,必须建立在对其整体性观念的基础之上。为此,要在全区域内强化整体性观念的舆论。具体说来,要牢牢树立下列的观念:(1)整体相关观念。区域理论表明,每一地域单元的人才开发,均处在纵向的多层次区域人才空间开发的系统之中,直接受高一层次区域人才开发战略系统的约束;又均处在区域人才开发的网络之中,受到同层次的区域人才开发战略的影响和作用。人才空间开发的区域性特点,从根本上规定着各地域单元人才资源必须整体性的协调开发。(2)共同发展观念。推进长三角人才开发一体化的目标,是建立"人才开发共同体",以求共同利益最大化,实现各地域单元利益的共赢共享。(3)最佳选择观念。在全球化背景下,各地区发展受到严峻挑战,仅凭自身条件独立发展,这种可能性和空间越来越小。只有加强区间合作,构建利益共同体,把周边地区的发展作为自身发展的平台、基础和条件,不失为本地区寻找新的发展空间和新的利益的最佳战略选择。

2. 以长三角经济开发一体化推进人才开发一体化。研究表明,在区域综合性开发母系统中,人才开发子系统与经济开发子系统的联系尤为紧密。经济开发决定人才开发,人才开发又对经济开发具有巨大的推动作用。经济开发必须依靠人才开发,人才开发应紧紧环绕经济开发这个中心来展开,并以此指导区域人才开发战略的制定。可见,推进长三角人才开发一体化,不仅丝毫不能离开长三角经济开发一体化,而且应与经济开发一体化紧密结合起来,以此来推进人才开发一体化。更何况,在经济发展全球化背景下,为了提升区域经济综合竞争力,联合参与国际竞争,区域经济一体化已成为区域发展必然。在市场机制的作用下,通过跨区域产业链的形成、建设和强化,通过跨区域企业联盟组建,来解决经济产业结构的同构问题,从而促进区域人才开发一体化。

3. 以构筑人才市场一体化为核心,推进长三角人才开发一体化。正如前述,要有效地推进长三角人才开发一体化,必须坚持以市场为主导。据此,必须强化市场机制的作用。当前,"一体化"的推进工作重点,应放在构筑人才市场一体化上,具体分析和解决人才市场一体化的障碍,并相应采取应有的举措。同时,我们可在现有的基础上,打造人才市场一体化品牌(包括引才品牌、育才品牌、服务品牌)项目,来积极推进人才市场一体化。政府的作用,不是直接参与竞争,争抢项目、争抢外资,不是成为市场运作中的强势行为主体;而是要为人才市场一体化创造良好的城市体系,基础设施、信息平台等市场一体化条件;并经政府间的合作和协商,制定和健全区域内各地区均认可的统一的人才市场制度法规。对此,政府在其中发挥着强有力的关键作用。

4. 着力营造新的共同利益生长点,推进长三角人才开发一体化。区域人才开发一体化的根本目的,在于全区域人才开发共同利益最大化,包括全区域人才开发效益最佳化和全区域人才价值实现充分化。只有达到这样的根本目的,真正给诸地域单元主体带来人才开发新的机会、新的空间、新的效果、新的利益,各地域单元才会把"一体化"转化为内在的要求,并积极参与其中。基于这样的思考,在目前行政区划状况和利益格局下，长三角人才开发一体化的重点，不是放在对既得利益的调整上，而主要是着力营造新的共同利益的生长点。譬如，可先把精力放在诸地域单元共同关心又急需的而仅靠本地区又无力解决的人才开发项目上，通过合作成功，确实给地域单元人才开发带来新的利益和利益增长，这样"一体化"才会深入人心。然后，通过新的共同利益生长点的扩张和影响，从而逐步对长三角的既得利益格局进行调整和整合。这是推进长三角人才开发一体化一种比较具有实际可行性的思路。

5.形成和实施功能性机构和跨地区权威机构相结合的规则式协调机制。功能性机构，是指各地方政府机构；跨地区权威机构，是指地方政府接受认可的跨地区机构；规则式协调，是指要求当事人遵守通过磋商和协议的方式所形成的明文规定（规则）。这是欧盟一体化进程中所成功实践的一种新型的协调方式。在欧盟一体化进程的初期，贸易政策的协调，如关税同盟、共同农业政策，其协调方式主要依赖于各国功能性政府机构，通过平等谈判、民主磋商、全体表决通过，达成协议。当欧盟一体化进程，深化到宏观经济政策协调时，协调主体由各国功能性政府机构向超国家机构过渡。各国政府让渡部分权力给超国家机构，由超国家机构参与宏观经济政策协调的制定和管理。政策协调的程度越高，国家权力的限制也越大，转移给欧盟机构的权力也越多，从而通过欧盟获得整体利益来补偿国家权益的损失。对此经验，在推进长三角一体化进程中可以借鉴。在推进"一体化"的初期，一些人才开发具体项目的合作，可以主要依靠各地区功能性政府机构的作用，通过磋商达成合作协议；随着"一体化"的深化，涉及到全区域人才开发的重要事项，如制定全区域人才开发一体化法规和制定统一的人才市场制度等，则协议主体应由跨省市权威机构来承担，各省市政府应让渡部分权力给跨省市权威机构，以便其有效地协调。

五、推进长江三角洲人才开发一体化
的主要举措

（一）筹建"长三角人才市场中介机构协会"。该协会由各地区人才市场中介机构代表组成。其宗旨：加速人才市场一体化进程。该协会职

责:评价人才流动的现状;分析人才流动的障碍;提出人才无障碍流动的对策;规范人才中介机构市场行为等,促进长三角人才市场一体化。

(二)制定"长江三角洲人力资源市场建设和管理"法规。通过长三角各地区共同的法制建设,规范长三角人力资源市场的行为,推进长三角人力资源市场一体化,从而为长三角人才开发一体化,提供一个良好的法制环境。尽管我国是单一制国家,讨论一个区域内的法律协调必须十分慎重;然而长三角对中国经济发展具有特殊的意义和不可替代的作用,这一优势决定了法制建设的先试先行是长三角的历史使命。就其立法权限而言仍属于地方立法范畴,其基本依据是国家《立法法》。就其立法原则而言,应强调法位制约原则,即指作为地方立法应恪守本法位的立法权限,并受上位法制约;并在此原则下,体现立法的地方特色,即针对长三角人才开发特色和特殊需求进行制度创新。就其立法指导思想而言,应坚持"以人为本"思想,坚持以国家利益来整合区域利益及省市利益。就其实施方法而言,应体现以市场运行机制为主。

该法规的制定,可分两步走:第一步,先制定"长江三角洲人力资源市场建设和管理的暂行规定"。可由两省一市政府授权委托"联席会议"负责制订,并在该会议上全体成员表决通过,加以实施。第二步,再制定"长江三角洲人力资源市场建设和管理条例"。该条例立法,由两省一市人大常委会委托"联席会议"起草,后经两省一市人大常委会全体通过实施;或有条件,两省一市人大常委会联合组建"长江三角洲立法协调委员会",由该委员会接受委托负责制订,并由该委员会全体通过实施。通过该法规的实施,把分属于人事、劳动、教育等行政部门管理的"人才市场"、"劳动力(劳务)市场"、"就业市场"等整合成统一的"人力资源市场"。

(三)建立和完善跨省市权威性协调机构。正如前述,随着长三角人才开发一体化的深入推进,这种"跨省市权威性协调机构"其作用越来越明显,并成为"一体化"协调主体。为此,我们认为,在目前行政区划和利益格局的背景下,应建立和完善跨省市权威性协调机构。这类协调机构,应是多元的:有综合性跨省市协调机构,也有专门性的;有由政府代表组成的跨省市协调机构,也有由行业代表组建协调机构,还可由人才中介机构代表组成的协调机构。上述建议的"长三角人才市场中

介机构协会",就是这种性质。基于长三角的现状,我们还提出下列具体建议:

1. 充实和完善"联席会议"。要充实"联席会议"的组成成员,特别是两省一市的组织部门、劳动与社会保障部门代表应参与;与此相应的是,"联席会议"主席团成员要充实,主席团主席层次要提升。这样,有利于强化"一体化"的统筹协调力度,拓展"一体化"的覆盖面。同时,要主动考虑"长三角人才开发一体化联席会议"与"长三角中心城市经济协调会"、"沪苏浙经济合作与发展(高层)座谈会"人力资源专业委员会如何相互沟通和协调。待条件成熟时,本课题组认为,二省一市政府应建立"长江三角洲地区开发协调委员会",来综合考虑区域内经济、人才、科技、教育、文化等各类开发一体化的协调问题。

2. 筹建"长三角人才培训和评价专业委员会"。该委员会由各地区人才培训中心、人才评价中心代表构成。其宗旨促进区域人才教育培训资源共享,提升人才教育培训质量和推进教育培训一体化。该委员会职责:研究市场急需的新的培训项目的开发;制定同专业(职业)同层次培训标准;落实职业资格证书的互认;提出"长三角人才培训中心"和"长三角人才鉴评中心"布局的建议等。

(四)制定"长江三角洲人才开发一体化规划"。 在"共同宣言"所提出的目标和初步确立的框架基础上,编制"十一·五"期间长三角人才开发一体化规划,以利于进一步提高长三角人才开发一体化的凝聚力和聚焦力。该规划的制定由两省一市政府委托"联席会议"负责制定,由其秘书处加以具体落实,最后需经联席会议全体通过加以实施。

(五)建立"长江三角洲人才开发专家顾问委员会"。 对我国而言,区域人才开发一体化是我国人才开发的一个崭新的领域,有系列基本理论问题需要加以阐明;"一体化"进程中也有许多实践问题急待解决。为科学而有效地推进长三角人才开发一体化,建议尽早建立"长江三角洲人才开发专家顾问委员会"。其隶属于"联席会议",并为"一体化"决策咨询服务,特别今后可为"一体化"的规划制订、法制建设、评价体系、职业标准等方面提供咨询服务,以及为人才开发战略研究服务。

(六)构建"长江三角洲人才开发一体化的评价指标体系",并把有关的评价指标作为公务员政绩考核的基本内容。现代评价的一个基本特点,即是目标与指标的一致性,评价指标是努力目标的具体展开,以利于调动人们为实现目标的积极性。据此,建议组织专家小组,根据"一体化"的目标和基本特点,来构建"一体化"的评价指标体系;并研究将有关的评价指标,纳入公务员政绩考核的内容。不仅如此,在考评方式上,要听取合作方的评价意见,以此引导公务员为"一体化"作出应有贡献。

(七)加速长三角人才信息网络的建设。加速构建"天网"、"地网"、"人网"相连接的,覆盖全区域的大容量、高效率的人才信息网络。这不仅可打破时空局限,大幅度提升人才及其开发信息资源的共享度,包括人才招聘大型活动、培训项目、调研成果等方面信息的共享;而且可在此基础上,建立 各种"长三角人才开发专题信息网络平台",以及建立"长三角'双高'人才信息库",以利于各地区"项目"与"智力"的连接,达到人才开发效益"共赢"局面;也利于人才资源充分开发和利用,促使人才价值实现充分化。

(八)跨地区设置各类人才专业服务分支机构。加强跨区域的人才专业服务,以利于长三角人才开发资源的共享,达到长三角各地域单元人才开发的共赢的目的。

(九)若条件成熟,可组建"长江三角洲人才开发银行(基金)"。该资金,由苏浙沪平等出资控股,并吸纳社会资金和境外资金参与。由于摆脱了地方性色彩,人才开发银行(基金)可从区域人才整体性开发要求出发,从区域性效益最大化出发,进行投资决策。一是可集中使用资金,用于跨省市的人才开发重点项目和惠及各地区利益的人才开发项目;二是重点支持区域内经济相对欠发达地区人才开发项目;三是补偿经济相对欠发达地区在一体化过程中带来的负面损失。这样,可以共同投入、共同管理、共同使用、共同收益。

主要参考文献

一

1.《中共中央、国务院关于进一步加强人才工作的决定》,人民出版社 2004 年 1 月版。

2. 苏、浙、沪人事厅(局):《长江三角洲人才开发一体化共同宣言》,2003 年 4 月(内部文件)。

区域人才开发研究论集

3. 蔡志强:《关于 2003 年长三角人才开发一体化工作回顾及 2004 年工作要点》,第二届长江三角洲人才开发一体化工作会议上发言,2004 年 6 月 20 日。

二

4. 叶忠海著:《人才地理学概论》,上海科技教育出版社,2000 年 8 月版。

5. 叶忠海主编:《人才学基本原理》,蓝天出版社,2005 年 3 月版。

6. 沈玉芳:《长江三角洲一体化发展态势、问题和方向》,《中国经贸画报社》,2004 年 2 月 18 日。

三

7. 成新轩著:《欧盟经济政策协调制度的变迁》,中国财政经济出版社,2003 年 10 月版。

8. 左学金、陈维等:《上海:加快融入长三角区域一体化进程》,《协调发展全面提升城市功能》(周振华主编),上海社会科学院出版社,2005 年 1 月版。

9. 卓泽渊主编:《法理学》(第四版),法律出版社,2004 年 3 月版。

本课题组人员名单

顾　问:芮明春(江苏)

　　　　袁中伟(浙江)

　　　　蔡志强(上海)

组　长:叶忠海(上海)

副组长:李　森(江苏)

　　　　蒋文潮(浙江)

　　　　陈　巍、陆王民(上海)

组　员:王天明、刘　玮(江苏)

　　　　江鸿栋、夏春胜、陈　炯(浙江)

　　　　王小了、朱宝树、邱永明、姚家伟

　　　　陈志福、王晓琴、韩建君、张景炜(上海)

附件一

长江三角洲人才资源的现状分析①

长江三角洲人才资源的现状分析,即"摸家底",是本课题组一项基本任务。由于我国人才统计口径正处在新旧交替时期,新的人才统计口径还未下达,再加上本课题组力量有限,完成课题时间较紧,因而本文人才统计仍按原有的统计口径,统计数据截止 2003 年底。全文从人才数量(规模)、人才质量、人才结构等方面,其中又着重从人才质量角度来分析长江三角洲人才资源的现状,并提出若干启示,仅供有关方面参考。

一、人才规模(数量)的现状

按原有的统计方法统计,至 2003 年底,苏、浙、沪人才总量为 923.64 万人(不含技能型人才数),面积人才密度为 44 人/km2,人口人才密度为 669 人/万人。就国有单位人才总数而言,2003 年底,苏浙沪国有单位人才总数为 458.11 万人,占全国国有单位人才总数的 11.58%。

就省级层面而言,2003 年底,江苏省人才总数为 450.38 万人,浙江省人才总数为 285 万人,上海市为 188.62 万人(不含非公经济人才)②;它们各自的面积人才密度、人口人才密度、人才资源率见表1。

---

① 本文为"推进长江三角洲人才开发一体化研究报告"的附件(1),完成于 2005 年 5 月,执笔人:叶忠海教授。

② 若按大专以上的人才统计标准,2003 年底上海市人才总量为 149 万人。

表1　苏浙沪与北京市的人才密度

（2003 年）

	面积（万/km²）	常住人口数（万人）	就业人员数（万人）	人才数（万人）	面积人才密度（人/km²）	人口人才密度（人/万人）	人才资源率（%）
江苏	10.26	7405.82	3610.30	450.38	44	608	12.47
浙江	10.00	4680.00	2961.90	285.00	29	609	9.62
上海	0.63	1711.00	771.50	188.62	299	1102	24.45
北京	1.68	1246.00	858.60	90.97	54	730	10.60

从城市层面而言,2003 年底长江三角洲(以下简称"长三角")15 城市①人才总量为 632.89 万人(不含技能型人才),占苏、浙、沪两省一市人才总量的 68.52%。其中,15 个城市人才数、面积人才密度、人口人才密度,分别见表2。

表2　长三角城市人才分布状况

		面积（km²）	人口（万人）	人才数（万人）	面积人才密度（人/km²）	人口人才密度（人/万人）
上海市		6340	1711	188.26	298	1102
江苏省	南京市	6597	544.89	76.36	116 人	1401
	镇江市	3843	266.67	22.25	58 人	833
	扬州市	6638	450.62	27.57	42 人	611
	泰州市	5790	501.52	22.95	40 人	457
	常州市	4375	341.48	32.17	74 人	943
	无锡市	4650	434.61	48.32	104 人	1111
	苏州市	8488	578.17	59.91	71 人	1037
	南通市	8001	784.5	40.33	50 人	514
浙江省	杭州市	16596	629.14	16.12	10 人	256
	嘉兴市	3882	336	19.90	51 人	592
	湖州市	5816	254.60	4.98	9 人	195
	绍兴市	8332	432.66	24.45	29 人	565
	宁波市	9669.88	535	38.00	39 人	710
	舟山市	1440	98.58	6.00	42 人	606

注:上海市、湖州市人才数不含非公经济组织人才数。

①　15 个城市指:上海;南京、镇江、扬州、泰州、常州、无锡、苏州、南通;杭州、嘉兴、湖州、绍兴、宁波、舟山等市。

二、人才质量的现状

（一）人才层次高移化程度

1.人才当量系数

即是指一定区域内,某专业技术职务层次或某学历层次的人才比例,与该层次的权重系数的乘积的累加和。据统计,苏、浙、沪的人才当量系数为0.51;其中江苏为0.50,浙江为0.48,上海为0.64①。

就长三角城市层面而言,上海人才当量系数最高,其次是南京0.61,第三位是宁波为0.58;最低为舟山,人才当量系数只有0.31。各城市的人才当量系数见表3。

表3　长三角城市人才当量系数
（2003 年）

上海	南京	镇江	扬州	泰州	常州	无锡	苏州	南通	嘉兴	湖州	杭州	绍兴	宁波	舟山
0.64	0.61	0.47	0.46	0.47	0.48	0.48	0.52	0.45	0.49	0.45	0.49	0.49	0.58	0.31

2.高职人才率

即是指具有高级专业技术职务的人才在人才总量中的百分比。据统计,两省一市高职人才率为3.59%,其中江苏为3.33%,浙江为3.86%,上海为4.12%。

就长三角城市层面而言,15 个城市中高职人才率最高的是南京市,为6.23%;其次是杭州市4.44%,第三位是上海市4.12%,其他各城市的高职人才率,见表4。

表4　长三角城市高职人才率
单位:%

上海	南京	镇江	扬州	泰州	常州	无锡	苏州	南通	杭州	嘉兴	湖州	绍兴	宁波	舟山
4.12	6.23	3.36	2.87	2.22	2.96	3.89	2.52	2.52	4.44	3.22	3.98	2.70	3.42	2.14

3.高技能人才率

至 2003 年底,两省一市高技能人才总数为91.32 万人,高技能人才率为6.82%。就省级层面而言,江苏高技能人才为23.29 万人,高技能人才率为7.67%;浙江高技能人才为57.86 万人,高技能人才率为

---

① 这里所设的各层次权重系数:研究生2;本科1;大专0.6;中专高中及以下0.2。

6.26%；上海高技能人才为 10.16 万人，高技能人才率 9.2%。

就长三角城市层面而言，2003 年 11 个城市统计，高技能人才数为 23.67 万人，高技能人才率 5.93%。其中，各城市高技能人才率，见表 5。

表 5　长三角 11 个城市高技能人才率

（2003 年）　　　　　　　　　　　　单位：%

总体(11 个城市)	上海	南京	扬州	常州	无锡	泰州	南通	嘉兴	湖州	宁波	舟山
5.93	9.20	1.09	4.94	9.20	9.85	11.63	4.24	5.67	3.03	2.33	14.42

4. 专业技术人才中的高层次人才

至 2003 年底，全国两院院士 1345 人，苏、浙、沪两院院士 256 人，占全国 19.03%；省级及以上的有突出贡献中青年专家共 2037 人；"新世纪百千万工程"中国家级人选数为 269 人，占全国总数 2216 人的 12.14%。

就省级层面来说，两院院士江苏 84 人，浙江 24 人，上海 148 人；有突出贡献的中青年专家，江苏：1348 人（包括部属），浙江：346 人（包括省级），上海：343 人（不包括省市级）。

（二）科技创新能力

1. 知识创新指数

据《中国现代化研究报告》（2004），2001 年上海知识创新指数为 57，江苏知识创新指数 21，浙江知识创新指数为 14，分别排在全国第 3、8、14 位（具体见表 6）。

表 6　苏浙沪及有关省市知识创新指数比较

（2001 年）

	高收入国家	中等收入国家	低收入国家	世界平均	中国	上海	江苏	浙江	北京	天津	广东	台湾
知识创新指数	100	21	10	54	21	57	21	14	93	39	26	74
其中：知识创新人员指数	99	24	9		18	80	24	17	120	55	25	120
知识创新专利指数	100	2	0	16	3	22	2	3	39	8	4	17
知识创新指数排序						3	8	14	1	5	6	2

由表6看出,就知识创新指数总体而言,2001年上海高出全国指数36,高出天津18、广东31,而低于北京36;江苏与全国指数持平,而较大幅度地低于北京、天津;浙江则低于全国指数7,与北京、天津、广东相比较,差距更大。就其中的知识创新专利指数而言,2001年上海高出全国指数19,高出天津14、广东18,则低于北京17;浙江与全国指数持平,则低于北京、天津、广东;江苏低于全国指数1,更低于京津地区与广东。

2. 获国家级科技成果奖系数

据《2003年全国及地区科技进步统计监测》结果显示:2003年苏浙沪"获国家级科技成果奖系数":上海为5.46,排名第8位;浙江为2.59,排在第19位;江苏为2.24,排在第20位,具体见表7。

表7　苏浙沪及有关省市获国家级科技成果奖系数

(2003年)

	上海	江苏	浙江	北京	天津	广东
获国家级科技成果奖系数	5.46	2.24	2.59	12.72	4.00	1.49
排　序	8	20	19	2	14	25

3. 专利申请受理和授权数

据《中国科技统计年鉴》(2004),2003年,苏浙沪国内三种专利申请受理数62230件,占全国该项总数的24.77%;国内三种专利申请授权数40913件,占全国该项总数的27.35%。

就省(市)级层面而言,国内三种专利申请受理数,上海占8.91%,江苏占7.32%,浙江占8.54%;国内三种专利申请授权数,上海、江苏、浙江分别占11.14%、6.58%、9.63%。具体见表8。

从表8可知,就国内三种专利申请授权数而言,广东所占比例最高,分别高出上海、江苏、浙江8.40、12.96、9.91个百分点;就发明类专利申请授权数而言,北京所占比例最高,广东第二。

4. 产出科技论文数

据统计,2002年国外主要检索工具收录我国科技论文数,江苏4445篇,浙江2799篇,上海7824篇,分别排序为第3、7、2位,具体见表9。

表8　苏浙沪及有关省市国内三种专利申请受理和授权数

	全国		北京		天津		上海		江苏		浙江		广东	
	件	%	件	%	件	%	件	%	件	%	件	%	件	%
国内三种专利申请受理数	251238	100	17003	6.77⑤	6812	2.71⑥	22374	8.91②	18393	7.42④	21463	8.54③	43186	17.19①
其中:发明类专利申请受理数	56769	100	7833	13.80①	3328	5.86④	5936	10.46③	3279	5.78⑤	2751	4.85⑥	6181	10.89②
国内三种专利申请授权数	149588	100	8248	5.51⑤	2505	1.67⑥	16671	11.14②	9840	6.58④	14402	9.63③	29235	19.54①
其中:发明类专利申请授权数	11404	100	2261	19.82①	241	2.11⑥	880	7.72③	626	5.49④	429	3.76⑤	953	8.36②

注:① 表示排序为第1位。

表9　苏、浙、沪及有关省市被国外主要检索工具收录科技论文数

(2002 年)

	全国		北京		天津		上海		江苏		浙江		广东	
	篇数	%	篇数	%	篇数	%	篇数	%	篇数	%	篇数	%	篇数	%
收录论文数	62592	100	17586	28.10	2070	3.31	7824	12.50	4445	7.10	2799	4.47	1996	3.19
排序			1		9		2		3		7		11	

由表9可见,北京市遥遥领先,苏浙沪被收录论文总数不及北京市,比北京还少2518篇;其所占比例的总和,还低于北京4.03个百分点。

5.新产品开发项目数

据《中国高技术产业统计年鉴》(2004),2003年苏浙沪高技术产业的新产品开发项目数为2686项,占全国该项目总数的16.07%。

就省(市)级层面而言,2003年高技术产业新产品开发项目,江苏、

浙江、上海分别为 1516 项、614 项、556 项,分别占该项目全国总数的 9.07%、3.67%、3.33%,具体见表 10。

表 10 苏浙沪及有关省市高技术产业的新产品开发项目数

（2003 年） 单位:项

全国		北京		天津		上海		江苏		浙江		广东	
项目数	%	项目数	%	项目数	%	项目数	%	项目数	%	项目数	%	项目数	%
16713	100	420	2.51	522	3.12	556	3.33	1516	9.07	614	3.67	2696	16.13

由表 10 可知,2003 年高技术产业的新产品开发项目数,苏浙沪开发项目总数,还比广东省少 10 项;广东省该项目数占全国比例,分别高出上海 12.8 个百分点、江苏 7.06 个百分点、浙江 12.46 个百分点。

6.科技活动直接产出综合评价

据《2003 年全国及地区科技进步统计监测》结果显示:2003 年"科技活动直接产出综合评价"排序,上海为第二位,江苏为第 22 位,浙江为第 16 位,见表 11。

表 11 科技活动直接产出综合评价排序比较

（2003 年）

北京	天津	上海	江苏	浙江	广东
1	8	2	22	16	24

（三）人才国际化程度

中国加入 WTO 后,苏、浙、沪顺应入世形势,加快了人才国际化进程,但从全球化视野来看,人才国际化的总体水平仍偏低。

1.人才构成的国际化有所提高,但明显差距于发达国家。2003 年,江苏省聘请外国专家 55690 人,比 2002 年就增加了 16765 人,达到 2002 年的 1.43 倍。又以上海为例,2001 年末,在沪常住外国、港澳台专家约有 4.8 万人,约占全国四成;通过柔性流动方式短期回国来沪服务的海外留学人员共有约 2 万余人,约占全国的五分之一。2002～2003 年又引进境外人才 0.25 万人(办理居住证);到上海工作定居的海外留学人员又有 1800 余人。可见,近三年来,上海人才构成的国际化有一定进展,然而相对国际大都市而言差距很大。在纽约 1400 万人口中,常驻的外国人有 280 万人,占 20%;在新加坡 900 万人口中,常驻的外国人有

60 万人,占 6.67%;在香港的 650 万人口中,常驻的外国人有 50 万人,占 7.69%。而目前在上海 1300 多万户籍人口中,常驻的外国人仅 5 万人,占 1% 还不到。

2. 人才素质国际化有进展,但离国际化要求差距还较远。加入世贸组织以来,苏、浙、沪均注重本土人才培养国际化,通过加大教育培训国际化步伐和海外人才的传带,不同程度上提高了人才素质国际化水平。2002 年,上海开展了"WTO"事务高级专业人才、"国际贸易"、"国际财务"、"中高级口译"、"同声传译"等近 30 个系列与国际标准衔接的紧缺人才培训,参加培训的有 2.4 万多人次。据不完全统计,上述累计参加培训者已有 50 多万人次。至 2001 年底,上海共有 16.1 万人次参加并通过了市民外语水平考试,其中有 5400 多人通过了本市紧缺人才培训的外语口译考试。尽管人才素质国际化有进展,然而离人才素质国际化要求还较远。笔者曾于 1993 年提出,人才素质国际化应体现为:(1)具有宽广的国际化视野;(2)熟悉和掌握本专业的国际知识;(3)熟练掌握和运用本行业的国际惯例;(4)具有较强的以外国语为基础的跨文化沟通能力;(5)具有独立的国际活动能力;(6)具有较强的信息选择接受和加工处理能力;(7)具有广博的文化知识等①。2003 年,浙江省人事厅等单位的研究报告认为:"我省人才队伍国际化水平普遍较低,缺乏国际化视野和全球化思维,对与本专业相关的国际规则、国际惯例不熟悉,外语和现代信息技术能力掌握较差,导致对世界信息资源(95% 为英语信息)获取能力较弱,难以进行广泛的国际交流和沟通"②。

据本课题对上海、南京、南通、宁波、湖州等五个城市调查结果显示:

(1)总体上掌握外语状况不令人满意。外语达到"四会"程度的,占调查总数的 10.95%;"只能笔译"的占 33.6%;"较差"和"不会"者,占 43.51%。

(2)总体上计算机掌握情况较好。统计表明,"熟练"的占 19%,"较熟练"的占 30.02%,"一般"的占 40.68%,"较差"和"不会"的占

---

① 叶忠海:《国际经济金融贸易中心人才总体特色和上海人才开发国际化》,入选《第二届中国东南地区人才问题国际研讨会论文选》,东南大学出版社 1994 年版。
② 引自浙江省人事厅等单位课题组:《加入 WTO 与我省人才队伍国际化建设的研究》,《浙江省人才队伍建设专题调研报告集》第 105 页,2003 年 10 月。

10.30%。

3. 区域内人才开发活动加大了国际化步伐,然而人才开发活动空间国际化程度很低。正如前述,近5年来,苏、浙、沪在区域内加大了人才教育培训国际化进程,然而走出去,跨国性人才开发活动比例仍很小。本课题上述调查表明:

(1)有境外工作经历的人数较少,且年限短。数据显示,5842份问卷中,有过国外工作经历的733人,占调查总数的12.55%;1年及以下的占73.67%。有港澳工作经历的567人,占调查总数的9.6%;年限在1年及以下的占86.45%。

(2)有境外培训经历的人数较少,且年限短。据调查统计,有797人参加过国外培训,占调查总数的13.64%,1年及以下者高占80.43%;参加港澳培训的有573人,仅占调查总数的9.81%,其中1年及以下者高占88.83%。

(3)境外研究项目参与者明显少。据统计,参加国外研究项目数仅有352次,人均只有0.06次;参加港澳合作研究项目的人均为0.04次。

(4)赴国外专业考察的人数少,且次数也少。据统计,有国外专业考察经历的为532人,占调查总数的9.11%,考察次数为一次者占51.88%。

(5)参加国外专业研讨会的人数和次数均少。据统计,参加国外研讨会总次数为592次,人均为0.1次;只参加1次者,占54.69%。

三、人才结构的现状

(一)学历结构

据统计,2003年底,苏、浙、沪人才学历结构中,占首位的是中专、高中及以下层次,占46.10%,其次大专层次,占34.30%。

就省级层面而言,中专、高中及以下层次的,浙江占49.06%,江苏占46.80%,上海占34.15%。如果将中专与高中及以下分成两个层次,则上海人才学历结构中,占首位的是大专层次,占33.14%,第二位是本科层次占28.35%,具体见表12。

表12　苏、浙、沪人才的学历结构比较　　　　单位:%

	上海	江苏	浙江	二省一市
研究生	4.36	1.00	1.03	1.41
本 科	28.35	17.20	16.35	18.20
大 专	33.14	35.00	33.58	34.30
中 专	20.63	36.00	49.06	46.10
高中及以下	13.52	10.80		

由表12可知,就人才学历层次比较,其排序为上海、江苏、浙江,上海人才的本科生、研究生层次占32.71%,分别高出江苏、浙江14.51个百分点和15.33个百分点。

就长三角城市层面而言,大专及以上层次比例最高的是宁波市,占70%,其次是南京市,占66.08%,第三是上海,占65.85%;比例最低的是舟山市,只占18.80%。具体见表13。

表13　长三角城市人才的学历结构比较(2003年)　　　单位:%

	上海	南京	苏州	无锡	常州	镇江	扬州	泰州	南通	杭州	嘉兴	湖州	绍兴	宁波	舟山
研究生	4.36	3.29	0.92	0.78	0.35	1.13	0.61	0.20	0.40	1.20	0.40	0.29	0.23	0.92	0.10
大专本科	61.49	62.79	55.14	51.31	50.45	45.55	43.78	52.10	46.70	62.10	47.50	40.39	47.80	69.08	18.70
中专及高中以下	34.15	33.92	43.94	47.91	49.20	53.32	55.60	47.70	52.91	36.70	52.10	59.32	51.97	30.00	81.20

(二)专业技术职务结构

就人才总量的专业技术职务结构而言,2003年底,苏浙沪人才总体的中高级专业技术职务的比例为21.36%。就省级层面而言,中高级专业技术职务的比例,上海为23.18%,浙江为22.49%,江苏为20.22%,具体见表14。

表14　苏浙沪人才总体的专业技术职务结构比较

(2003年)　　　　　　　单位:%

	二省一市	浙江	江苏	上海
高级	3.59	3.86	3.33	4.12
中级	17.77	18.63	16.89	19.06
初级	78.64	77.51	30.90	23.41
未初聘			48.88	53.41

就专业技术人才的专业技术职务结构而言,长三角城市中,中高级专业技术职务比例最高的是上海,占 47.76%,其次是南京市,占 38%,第三位是杭州市,占 37.20%;比例最低的是舟山市,只占 14.74%,比上海市低 33.02 个百分点,具体见表 15。

表 15　长三角城市专业技术人才的专业技术职务结构比较①

(2003 年)　　　　　　　　　　　　单位:%

	上海	南京	无锡	常州	镇江	扬州	泰州	南通	杭州	湖州	嘉兴	绍兴	宁波	舟山
高级	8.49	15.00	5.20	2.96	3.37	4.89	2.22	4.70	5.60	3.98	4.30	2.70	4.33	2.14
中级	39.27	23.00	28.80	16.17	17.15	28.90	16.75	27.00	31.60	23.69	25.10	18.50	29.00	12.60
初级	48.23	40.00	54.50	31.01	30.46	59.00	34.46	53.90	36.70	44.07	70.60	43.30	66.67	13.40
未初聘	4.01	22.00	11.50	49.86	49.02	7.21	46.57	14.50	26.10	28.26		35.50		71.86

(三)年龄结构

据统计,2003 年底,苏浙沪人才的年龄结构,以青年人才(35 岁以下)为主体,占 48.33%;其次是中年人才(36~54 岁),占 46.04%;准老年人才(55 岁以上),只占 5.63%。江苏、浙江、上海,各自的年龄结构见表 16。

表 16　苏浙沪人才的年龄结构比较

(2003 年)　　　　　　　　　　　　单位:%

	二省一市	江苏	浙江	上海
35 岁以下	48.33	48.90	50.00	40.32
36~45 岁	27.07	27.00	27.36	26.38
36~54 岁	18.97	18.30	17.69	25.99
55 岁以上	5.63	5.70	4.95	7.30

就长三角城市层面而言,人才的年龄结构,以青年人才为主体的有常州、嘉兴、苏州、无锡、南通、镇江、杭州、南京、泰州、湖州、绍兴、宁波等12 个市,其中常州市为首位,占 64.56%;以中年人才为主体的有上海、扬州、舟山等市,其中上海为首位,占 52.37%;准老年人才比例最大的是泰州市,占 18.48%,具体见表 17。

---

① 缺苏州市数据。

表 17　长三角城市人才的年龄结构比较

（2003 年）　　　　　　　　　　单位:%

	上海	南京	镇江	扬州	泰州	常州	无锡	苏州	南通	杭州	嘉兴	湖州	绍兴	宁波	舟山
35 岁以下	40.32	47.70	49.10	43.50	45.74	64.56	52.20	55.20	50.80	49.30	57.50	45.01	54.20	37.63	42.60
36~45 岁	26.38	28.86	26.70	27.00	25.69	20.55	24.00	23.20	25.10	27.40	21.30	26.29	23.80	25.01	24.00
46~54 岁	25.99	17.56	17.70	22.50	10.09	11.72	17.20	15.30	17.80	18.60	15.40	15.54	16.90	24.47	22.00
55 岁以上	7.30	5.88	6.50	7.00	18.48	3.17	6.60	6.30	6.30	7.00	5.80	13.16	5.10	12.89	11.30

（四）人才的所有制结构

据统计,2003 年底,苏浙沪各类各级机关人才占人才总数的7.30%;国有企事业单位人才占40.88%;非公经济和社会组织人才占38.30%。可见,非公经济与社会组织人才数已接近国有企事业单位人才数。

就省级层面来说,非公经济和社会组织人才所占比例最高的是江苏,占41.03%,其次浙江省,占36.49%,上海占33.56%;浙江省非公经济和社会组织人才已超过国有企事业单位人才5.26 个百分点。具体见表18。

表 18　苏浙沪人才的所有制结构比较

（2003 年）　　　　　　　　　　单位:%

	二省一市	江苏	浙江	上海
机关人才	7.30	6.58	9.47	5.32
国有企事业人才	40.88	48.76	31.23	35.58
非公经济和社会组织人才	38.30	41.03	36.49	33.56

就长三角城市层面来讲,非公经济和社会组织人才所占的比例最高的是苏州市,占65.74%,其次是无锡市56.89%,第三位是绍兴市,占56.07%;比例最小的是舟山市,占6.30%,具体见表19。

表19 长三角城市人才所有制结构比较①

(2003年)　　　　　　　　　　　单位:%

	上海	南京	镇江	扬州	泰州	常州	无锡	泰州	南通	嘉兴	绍兴	宁波	舟山
国有企业人才	35.58	21	65.25	20.60	7.55	3.10	37.49	28.89	13.00	7.40	12.07	8.40	3.10
国有事业单位人才		37		26.30	30.20	14.21			25.80	22.10	25.32	29.00	27.80
非公经济和社会组织人才	33.56	29	26.34	35.80	45.86	47.30	56.89	65.74	48.00	63.20	56.07	55.30	6.30

注:缺杭州市、湖州市的数据。

(五)人才的行业结构

加入WTO后,苏浙沪均十分重视人才行业结构的调整,力求使人才行业(专业)结构与经济产业结构调整相对应。浙江省人才的行业(专业)分布,呈现出与该省经济增长主导力量、支柱产业逐步相适应的态势,制造行业的人才拥有量增长迅速,已占专业人才总量的近30%。上海市也顺应经济产业结构变动的趋势,调整人才的行业(专业)结构。2003年信息服务业、科技服务业、金融保险业、租赁和商务服务等现代服务业人才的比例已达20%。

然而,苏浙沪人才的行业(专业)结构仍不适应经济产业结构调整的需要,矛盾仍突出。浙江省组织人事部门提出的研究报告中认为:"传统产业、长线专业人才过剩,而高新技术领域、中介服务领域、一些新兴行业、热门专业的人才仍明显不足"①。2003年,上海市信息服务和软件业人才,只占专业技术人才总数的3.35%;金融保险业人才只占5.52%;新型的公共管理和社会组织人才,整个上海只有39人。据此,苏浙沪人才的行业(专业)结构,还需继续作不同程度的调整。

四、几点启示

通过上述的分析,对长三角人才开发一体化工作有下列的启示:

---

① 引自:《浙江省人才队伍建设现状分析与对策研究》(省委组织部,省人事厅等单位课题组),《浙江省人才队伍建设专题调研报告集》第10页,2003年10月。

1.要大力提升长三角人才总体的层次,提高长三角人才结构的重心。综上所述,目前长三角人才总体层次和结构重心明显偏低。为增强长三角人才综合竞争力,满足世界第六大城市群建设的需要,长三角人才层次,应以大专层次为主体,中高级专业技术职务比例应提高到50%左右。

2.着力开发长三角人才的科技创新能力。由上分析可知,科研创新能力,长三角总体不如京津地区,特别是北京;技术开发能力,长三角不如广东省。据此,要把长三角人才开发重点放在科技创新能力开发上。通过积极引导和组织人才参与创造实践,以及大力开展创造教育,来培养开发人才的开拓创新素质,包括强烈的创新意识、出众的创造才能、显著的创造个性等。

3.着力造就长三角人才的国际通用化素质。正如前述,目前长三角人才素质国际化水平仍不高。为了应对全球化的严峻挑战,适应建设世界第六大城市群的需要,迎接世博会在上海的召开,我们又必须把长三角人才开发重点放在国际通用化素质开发上。为此,要加大教育培训境内外合作度,加大教育培训国际化步伐。就培训项目内容而言,要重点培训"本专业国际化知识"、"本行业国际惯例"、"相应跨文化课程"、"国际交流工具性课程"等。同时加大人才对国际活动的参与度,特别是加强跨国性人才开发活动,使人才在境外经历中磨练和造就国际通用化素质。

4.进一步调整人才的行业(专业)和类别结构。一则,要增加高端制造业和现代服务业人才在人才行业(专业)结构中的比例,使人才的行业(专业)结构与经济产业结构高度对应;二则,要较大幅度调整人才的类别结构,提升研发类人才、高技能类人才、现代新颖类人才的比例,使长三角人才开发一体化与长三角经济开发一体化相匹配。

主要参考文献

1.国家统计局编:《中国统计年鉴(2004)》,中国统计出版社2004年9月版。

2.国家统计局、国家科技部编:《中国科技统计年鉴(2004)》,中国统计出版社2004年12月。

3. 国家统计局、国家发展和改革委员会、国家科技部编:《中国高技术产业统计年鉴(2004)》,中国统计出版社 2004 年 12 月版。

4. 中国现代化战略研究课题组、中国科学院中国现代化研究中心:《中国现代化报告(2004)》,北京大学出版 2004 年 1 月版。

5. 倪鹏飞主编:《中国城市竞争力报告》(No.3),社会科学文献出版社 2005 年 4 月版。

二

6. 上海市统计局:《上海市统计年鉴(2004)》,中国统计出版社 2004 年版。

7. 江苏省统计局:《江苏省统计年鉴(2004)》,中国统计出版社 2004 年版。

8. 浙江省委组织部、省人事厅等单位编:《浙江省人才队伍建设专题调研报告集》,2003 年 10 月(内部使用)。

三

9. 本课题组:《推进长江三角洲人才开发一体化研究调研数据分析报告》,2004 年 12 月。

10. 叶忠海主编:《人才资源优化策略》,上海人民出版社 1996 年 9 月版;上海三联书店 2002 年 12 月版。

长江三角洲地区若干人事人才政策梳理比较研究①

改革开放以来，上海提出建设"一个龙头、四个中心"的国际大都市宏伟目标，苏南外向型经济闻名全国，浙江私营经济纵横国内外，这个被戈特曼称为世界第六大城市群的长三角②也迅速成为国内外关注的焦点。在本世纪初的重要战略机遇期内，这一区域的竞争力的提升将很大程度上取决于区域内能否实现人才开发的一体化。为此，苏、浙、沪都采取了一系列政策、措施，推动长江三角洲人才开发一体化的进程，以期通过区域人才的整体优势带动各自发展。

长三角人才开发一体化，政策制度的衔接是其根本保障。只有遵守共同的规则，长三角人才开发才能有序进行。目前三省市签订了一些制度层面的协议，在组织机制上也为推进长三角人才开发一体化创造了某些条件，但应当看到三省市还存在着不少各自立度、各自为政的政策法规壁垒和障碍，必须认真梳理，以利人才开发一体化。

一、关于人才预测规划制度规定的问题

人才预测与规划是对人才队伍在未来时期发展的总体规模、人员素质、行业分布等构成情况的描述与安排，正确的人才统计又是人才预测与规划的前提与基础。但是，长期以来，苏浙沪三地人才统计标准、统计口径、统计范围明显存在各自立度的问题。

---

① 本文系"推进长江三角洲人才开发一体化研究报告"的附件（2），完成于 2005 年 5 月，执笔人：邱永明副研究员、陈志福硕士生。
② 长江三角洲地区的简称。

1."专门人才"统计标准的界定不一

我国现行的人才统计标准始于 1982 年,该标准以"具有中专以上文凭、初级以上职称"为限界定人才。浙江省在"十五"人才发展规划中,以"具有中专或中专以上学历者和具有技术员或相当于技术员以上专业技术职务者"为人才界定;《江苏省人才流动管理暂行条例》第 2 条说:"本条例所称人才是指具有中专以上学历或者取得专业技术职务任职资格的专业技术人员和管理人员";而上海根据构筑人才高地规划目标,从 2000 年起把人才统计标准提高到"具有大专以上学历、中级以上专业技术职称的人"。这种唯学历、职称为界定人才的统计标准,虽有利于统计,但不够科学和确切。同时因统计口径不一,造成长三角区间内人才数量很难比较,也不利于人才开发一体化。

2."人才总量"覆盖范围对象狭小

综观苏、浙、沪人才统计范围,都不同程度上存在着限于身份界限和所有制界限的局限性,表现为:年报统计制度根据原中共中央组织部和人事部联合制发的《全民所有制国家机关、事业、企业单位干部定期统计报表》内容,主要统计干部队伍和专业技术人员,对非国有经济组织、农村实用技术人才、自由职业者、失业人才资源疏于统计,特别对技能人才、实用人才排出于统计范围外。例如上海市人事局在历年《上海市人才资源状况报告》中关于上海市人才资源总量及构成统计表中,确立的统计范围是:各级机关、国有企事业单位、非国有经济组织、离退休人才以及在沪常住外国、港澳台专家;浙江省省委组织部、省人事厅在 2003 年 10 月《浙江省人才队伍建设现状分析与对策研究》报告中的人才统计范围是:党政机关、企事业单位(含个体工商户及退休返聘人员)。

由于人才统计口径和对象范围的不一致,直接导致了三省市人才资源统计所得的总量及预测总量的悬殊和失真。如在"人才发展十五规划"中,三地的人才总量预测分别为上海 131.7 万人(2003 年底含退休)、江苏 450 万人(2003 年底)、浙江 330 万人(2005 年);若按人口人才资源密度(每万人口拥有人才数)2003 年底三地又分别为上海 109人、浙江 692 人、江苏 629 人。显而易见,这种失真性的人才统计总量对指导三地建立统一的人才资源信息库,以及人才工作协调发展与人才规划落实的监测等失去科学依据。

二、关于人才教育培训政策法规的问题

教育培训政策和法规的统一,是教育培训在一定程度上实行区域化发展,降低教育成本,实现教育资源共享,证书承认的根本保障。但是应该看到,三省市的不少地方性教育法规及教育培训制度还存在着各自为政、各自立准的现象。

1. 各种培训证书和职业资格证书的认证办法和标准不统一

首先同一种职业中的同一等级,劳动部门和人事部门各有一套认证办法和标准,尤其在机关事业单位,劳动部门颁发的职业资格证书人事部门不认可,技术工人升级还要参加人事部门的考试。如上海市劳动局、人事局关于颁发《上海市职业技能资格证书核发与管理暂行规定》(沪老技发[95]79号)第10条规定:"机关、事业单位的职工须先获得市劳动行政部门颁发的《高级技师合格证书》、《技师合格证书》后,再经人事行政部门岗位技能考核合格后核发机关事业单位的《高级技师岗位证书》和《技师岗位证书》。其次,实施地区标准不统一。许多职业技能评价由各省各行业按照各自的标准自行组织实施。通常政府对技能的鉴定实行考试制度,重理论知识,而行业、企业实行考试、考核、评审组合评定法。虽然这样的评价方式灵活多样,较好地适应了地区经济的发展需要,但职业资格的种类繁多,体系庞大,标准不统一。同一岗位、同一级别的技术技能证书因发证单位不同,能力标准也不同。此外,各种职业预备教育的训练目标、课程设置、课程内容、技能标准也因所在地区、行业的不同而有很大差异。这种技能标准评价制度不统一的现象,造成证书难以在长三角通用。

2. 教育培训证书效用限于省市地方范围

三省市的有关地方性职业资格证书制度规定"证书效用"限于本地区。如上海市劳动局、人事局颁发的《上海市职业技能资格证书核发与管理的暂行规定》(沪劳技发[95]79号)第12条明确:"本市凡暂未列入国家职业技能鉴定所鉴定的专业(工种)的《技术等级证书》在全市范围内有效"。又如上海市人事局颁发的《上海市人事管理岗位资格证书试行办法》(沪人工[1995]76号)明确规定"本办法适用于本市范围内的机关、企业、事业单位"。

3. 专业技术人员继续教育配套政策不一致

这里所称专业技术人员主要是指企事业单位中从事专业技术和管理工作的在职人员。1995年以来,国家人事部先后多次颁发了专业技术人员继续教育的规定,并有明确的配套政策。但是,苏浙沪在结合本地区实际制定本省市专业技术人员继续教育规定时,对有些配套政策的规定很不一致。如:《全国专业技术人员继续教育暂行规定》(人核培发〔1995〕131号)第23条指出:"对继续教育对象实行登记制度。连续记载专业技术人员接受继续教育的基本情况,作为专业技术人员考核的重要内容和任职、职业资格及人才流动的重要依据。"《2003—2005年全国专业技术人员继续教育规则纲要》(人发〔2002〕98号)指出:"继续教育要与职(执)业资格认定、专业技术资格考试、评审等人才评价方式结合起来,作为专业技术人员技术晋升、考核等的重要内容和聘任、承担项目的重要参考依据。"然而,《江苏省专业技术人员继续教育暂行规定》(苏政发〔2001〕61号)第17条规定:"专业技术人员接受继续教育的情况应作为评定专业技术资格和聘任专业技术职务的必要条件。"《上海市专业技术人员继续教育暂行规定》(沪府发〔1993〕8号)第19条规定:"各单位要将专业技术人员接受继续教育的情况记入个人业务考核档案,作为专业技术人员考核、专业技术职务聘任和晋升的必备条件之一。"显然,"参考依据"和"必备条件"二者有着软性规定和硬性规定之根本区别。

三、关于人才流动政策制度的问题

人才流动是指人才为了谋求与生产资料有效结合,获得利益与发展,在不同地区、部门、行业、岗位等方面的变动。人才流动是社会化大生产和商品经济发展的必然结果。它对促进人才的成长、优化人才的整体结构、发挥人才的作用,提高人才配置效益和实现人才价值,避免人才的积压和浪费等方面,都有着重要意义。长三角人才开发一体化的目标之一是促进人才自由流动,使三省市的人才资源得到优化配置。但是应该看到,三省市的有关人才市场机制、户籍制度、社会保障制度、档案制度、人事仲裁制度中的一些政策规定妨碍着人才自由流动。

1. 人才市场与劳务市场及地区间分割

目前,三省市人力资源市场由于受到行政隶属关系、部门利益的限制,按部门分立,形成了隶属人事部门的人才市场与隶属于劳动和社会保障部门的劳务市场。人事部颁发的《人才市场管理暂行规定》(人发[1996]11号)第4条明确规定:"政府人事行政部门是人才市场的综合管理部门,负责制定有关的政策、法规、培育、指导人才市场,对人才市场进行管理和监督。"在三省市的地方性人才市场管理条例中,也都有同样上述规定。这种人才市场和劳务市场的分割,一方面将技能型人才排除于人才行列;另一方面,主管部门各自为政、分头管理、相互撞车,严重影响了统一的市场体系的建设,成为长三角人才资源整体性开发的"瓶颈"。此外,三省市间人才市场分割,人才供求信息的汇集与发布尚未成为公共产品。目前政府所属人才中介机构掌握了人才信息的主要渠道,各自为政、相互封闭,使人才信息局限于本地区内,妨碍了人才信息的全社会流通。

2. "居住证"、"工作寄住证"等制度适用对象不一

户籍管理僵化,是长期阻碍人才自由流动的关卡,使得人才良性的流动没法形成。为构建人才引进的绿色通道,1999年浙江省政府出台了《大力引进国内外人才的若干规定》,明确了"先落户,后就业"、配偶子女随调随迁的户籍政策。宁波市委、市政府在《关于进一步加快引进培养高素质人才的若干意见》(甬市委[1995]28号)第8条规定:"保留当地户口和人事关系,来我市工作的外省市本科及副高职称以上专业技术人员和管理人员,可申请办理宁波市外来人才《工作寄住证》,其工资、福利、养老保险、住房、职称评聘、子女入托入学、家庭就业等方面,享受与本市专业技术人员同等待遇。"2000年又规定了《宁波市外来人才聘用证实施办法》(甬人才[2000]5号),其中第2条规定:"本办法所称的外来人才,是指暂不迁户粮关系、来我市工作的外省市具有本科以上学历或中级以上专业技术职务任职资格的专业技术人员和管理人员。"第8条规定,持有《外来人才聘用证》的人员,可在"子女入托、入学、购买住房、职称评聘、职称考试、家属就业等方面享受本市常住户口人员同等待遇"。江苏省《关于进一步深化户籍管理制度改革的意见》规定,对

具有本科学历和中级职称的人才全面开放户籍限制。《江苏省引进优秀人才工作实施办法》第6条规定:"凡符合本办法第3条所列的优秀人才来江苏工作可根据本人意愿办理调入或特聘手续,办理特聘手续的由设区的市以上政府人事部门发给〈特聘工作证〉,在特聘期间其本人配偶及子女享受居住地常住户口的同等待遇。"所谓优秀人才是指:"(一)具有大学本科学历或中级专业技术职务任职资格、年龄在35岁周岁以下且为本省经济和社会发展所急需的人员;(二)具有硕士以上学位(含硕士)或高级专业技术职务任职资格的专业技术人员;(三)本省高新技术、支柱产业、重大工程、新兴产业等领域急需的专业技术、经营和管理人员;(四)在国外取得本科以上学历并获学士以上学位的回国人员;(五)具有特殊才能的其他各类高科技人才和创业型人才。"上海市于2004年9月,市政府常务会议通过的《上海市居住证暂行规定》,将2002年6月颁发的《人才居住证制度》的适用对象范围扩大到在上海具有稳定职业和稳定住所的普通外来人员。《居住证》是持有人才在上海市居住、工作的证明,可用于办理社会保险、住房公积金等个人相关事务、查询相关信息等,持有《居住证》的人员在居住有效期内,按规定为其子女申请在本市接受义务教育。上述的制度改革,在一定程度上突破了人才流动中的政策瓶颈;然而各地实行的"工作寄住证"、"人才聘用证"、"特聘工作证"、"居住证"等政策制度,在适用对象范围及申办条件等方面宽严悬殊,地方主义政策导向较为明显,不利于长三角统一的人力资源市场体系的形成。

3. 人才档案多头管理

随着社会主义的市场经济的建立,原有的人事档案管理体制的弊端日渐暴露。首先,突出表现为现行的人事档案管理部门多而分散,有相当一部分人事档案存在于众多的社会组织(国有或集体企事业单位)中,国有企业转制为非公有制企业后继续掌管人事档案,而档案综合管理部门虽有执法权,但没有具体的、可操作的人事档案专门管理办法,缺少对全社会有普遍约束力和强制性的法律手段,致使一些单位和个人把国家所有的人事档案作为私有财产,擅自处置,甚至有的单位以扣留人事档案阻止人才流动。其次,传统的人事档案缺乏对个性特点的动态反映和专业能力、诚信的纪录,是人事档案失真失实,使用价值降低,造成用人单位对人才的能力、诚信及各类资格认定困难。2003 年,上海市人事局出台了业绩、诚信档案制度,在海外人才和柔性流动人才中试行建立人才业绩、诚信档案,作为现有人事档案补充,这有别于克服因单一的政治性档案造成对人才合理流动障碍的局限。但是,这种人才技术档案仅局限于上海市人才服务中心受理人才引进、居住证办理和部分企业人事过程中应用,还没有在全市广泛通用,更没有得到江浙二省的认可,其应有的社会价值没有真正体现。

4. 柔性流动人才基本养老保险个人账户转移政策不明确

1999 年 7 月 26 日起实施的《劳动和社会保障部办公厅关于严格执行职工基本养老保险个人账户转移政策的通知》明确规定:"职工跨统筹地区流动时,除转移基本养老保险关系和个人账户档案外,按下列规定转移职工个人账户基金:对职工转移时已建立个人账户的地区,转移基金额为个人账户 1998 年 1 月 1 日之前的个人缴费部分累计本息加上从 1998 年 1 月 1 日起计入的个人账户全部储蓄额。"但该《通知》人才柔性流动将给个人账户转移问题没有规定。对苏浙沪仅上海有较明确的规定。上海《引进人才实行〈上海居住证〉制度暂行规定》(2002[市府] 122 号) 第二十四条规定:"持有《居住证》的境内人员,其在户籍所在地建立的养老保险关系和个人养老保险账户储存额不转移。"离开本市时,本市的社会保险经办机构应将其养老保险关系和个人养老保险账户储存额转移计其户籍所在地的社会保险经办机构;"当地未建立社会保险机构的,将其个人养老保险账户存额中个人缴费部分及其利息一次性支付给本人。"江苏、江浙二省只在原则上规定:"有关单位和部门应当按规定为流动人才办理社会保险转移手续"或"按规定参加社会保险",外来人才是否必须转移原地区个人账户,特聘工作证期满后的账户又如何转移似无具体规定,这就在客观上给流动人才带来不安全感。

5. 劳动法规对劳动关系的相关规定不一致

苏、浙、沪分别于 2003 年 10 月 25 日、2002 年 11 月 18 日、2001 年 11 月 15 日施行《劳动合同条例》或《劳动合同办法》,但不少同一性质的条款在具体规定上都不甚统一。如(1)关于劳动合同的订立和履行时间的规定。《江苏省劳动合同条例》第九条明确规定"劳动合同当在劳动者第一个工作日之前以书面形式订立";而《浙江省劳动合同办法》第十条规定"用人单位应当在录用之日起 15 日内与劳动者订立劳动合同";对此,《上海市劳动合同条例》中无相关规定。(2)关于试用期的规定。《浙江省劳动合同办法》第十四条和《上海市劳动合同条例》第十三条都规定"满一年不满三年的,试用期不得超过三个月",而《江苏省劳动合同条列》却规定"超过一年不超过三年的,试用期不得超过六十日",同一劳动合同期限内的试用期前者比后者多一个月;此外,江苏和上海另规定"超过三年的,试用期不得超过一百八十日",浙江对此无相关规定;关于试用期待遇的规定,《江苏省劳动合同条列》第十四条明确规定:"劳动者在试用期间的劳动报酬不得低于本单位同工种同岗位最低档次工资的百分之八十,并不得低于当地最低工资标准。"浙江和上海无相关规定。(3)关于劳动合同约定违约金设立的规定。三省市在《劳动合同条例》虽均统一规定,只限于违反服务期约定和违反保守商业秘密约定两种情况,然而约定服务期,《江苏省劳动合同条例》第十五条和《上海市劳动合同条例》第十四条都规定,又只限于对用人单位出资招用、培训,或者提供其他特殊待遇。就是说,如果用人单位规定一般员工提前离职也必须支付违约金,这种约定是无效的。然而《浙江劳动合同办法》中无相关规定。同时,1997 年 10 月 15 日起实行的《江苏省人才流动管理暂行条列实施细则》第 19 条规定:"人才流动中因原单位出资培训、引进需要补偿费用的,当事人双方有约定的按约定办理;没有约定的,原单位可按 5 年服务期计算,以每年递减实际费用的 20% 的比例收取补偿费用,服务期满 5 年的,不再收取补偿费用。"同样关于原单位出资招用、培训费用的赔偿,江苏和上海虽都有按"当事人双方约定办理"定的,但是对没有约定的,上海原则上规定"按实际损失赔偿",而江苏作了更明确的规定,"按 5 年服务期计算建议以每年递减实际费用的 20% 的比例计算"。在《浙江省事业单位实行聘用制暂行办法》(浙人政【1998】141 号)第三十六条有规定:职工经聘用单位出资培训的,双方应根据实际情况约定培训后的服务期限及违约责任,没有约定的,解除聘用合同时,聘用单位可适当收取培训费,收费标准按培训后回单位服务的年限,以每年递减培训费用 20% 的比例计算。"至于对负有保守用人单位商业秘密义务的劳动者补偿规定,《江苏省劳动合同条例》第十七条明确规定:"应当同时约定在解除或者终止劳动合同后,给予劳动者经济补偿,其中年经济补偿额不得低于该劳动者离开用人单位前十二个月从该用人单位获得的报酬总额的三分之一,"并进一步强调"用人单位未按照约定给予劳动者经济补偿额的,约定的竞业限制条款对劳动者不具约束力。"《上海市劳动合同条例》第十六条对补偿问题仅做了"给予劳动者经济补偿"的原则规定,《浙江省劳动合同办法》中连原则都无规定。

三省市劳动法规在对劳动关系的相关规定上的诸多不一致,将直接影响到跨省市人才能否自由流动,以及劳动纠纷能否得到妥善解决,尽管已签订了长三角人事争议仲裁协议书,但劳动法规不统一,一旦发生争议,仲裁以哪地劳动法规为据?

四、思考与启示

区域人才开发一体化是一种自然历史进程,但其过程进程与制度安排直接有关。国际经验表明,区域合作一体化进程发展缓慢与缺乏制度保障密切相关。目前苏浙沪三地的人事人才政策法规存在的许多差异已成为推进长三角人才开发一体化的瓶颈。为解决这个瓶颈,很有必要在互惠互利、优势互补、系统协调原则下,制定三地遵循的具有法律效力的人才人才协议和协定,消除不利于一体化的地方政策法规,为推进长三角人才开发一体化提供优越的制度环境。为此,除要建立新的人才统计标准,扩大人才统计范围外,我们还作如下两个方面思考:

(一)规范教育培训市场,实现证书互认、人才共育

由于受传统体制的影响和市场利益的驱动,人才教育培训及认证呈现出诸侯割据、恶性竞争的局面,一方面造成教育培训项目重复开发,教育培训管理分属不同部门的不利情形(通常表现为谁掌握权利,谁设立项目,谁垄断执行;谁掌握技术,谁设立认证项目,谁授权执行);另一方面,人才教育培训及认证的多元市场也阻碍着共享互认的进程。这些体制性缺陷急需治理。从总体上讲规范教育培训市场,实现证书互认、人才共育的建议主要有:一,着力改变多头管理状况,成立区域性人才教育培训中心,统筹安排区域内人才教育培训,协调各部门之间的关系,打破

部门界限以形成合力,共同考虑人才培训的整体发展战略和发展规划,最终实现统一管理体制。二、参考国际、国内相关标准,制定人才教育培训统一质量标准,并以此为基础展开跨部门、跨地区的人才教育培训的相关资格认证合作。三、培植人才教育培训知名品牌项目,扩大融通互认空间。如目前上海、南京、杭州、宁波、苏州、无锡六个城市共同发起成立的"长江三角洲紧缺人才培训服务中心"率先拉开了区域内证书互认、人才共育的序幕。长江三角洲紧缺人才培训服务中心建立三级服务体系:第一级为总的服务中心,办公地点建在上海;第二级为地级以上的各城市中心;第三级为各城市中心下设的若干分中心。服务中心采取跨地区、跨行业的连锁经营模式,最终实现六个城市统一项目、统一大纲、统一考核发证。随着实践的发展,紧缺人才培训这一品牌项目必会继续扩展到其他城市,最终建立人才共育、证书通用的区域人才教育培训联盟。

(二)构建合理的人才流动体系,消除流动体制性障碍

市场经济某种意义上说是流动经济,人才资源只有通过人才市场流动机制得以合理配置,才能实现人才效益的最优化和人才价值的最大化。制约人才有序流动的障碍因素很多,但是要消除这些体制性障碍因素进而理顺人才流动的进程,必须标本兼治,构建有序的人才流动体系。为此,应在以下几个方面有所作为:

1. 完善人才市场及人才资源信息系统,搭建人才自由流动平台

充分发挥市场机制在人才配置中的基础性作用,关键是培育和发展人才市场体系,使人才市场在人才资源配置中起基础性作用。但是目前现有的人才市场现状仍无法最大限度的促进人才的自由流动。这就需要进一步完善人才市场及人才资源综合信息系统,为人才的自由流动搭建一个平台。首先,改革和完善人才市场的管理机制,加强市场法规体系。目前在管理人才市场和人才中介组织的过程中,更多的是行政性直接管理,其监督渠道只限于国家级人才市场年终检查制度、人才招聘和人才交流会审批制度和不定期检查制度等,这就需要加强法律、经济手段等间接管理方式,把人才市场及人才中介组织的管理纳入法制化和市场化的轨道,建立合理的市场准入、市场竞争和市场交易秩序,保证公平

性、合法性。其次,加强合作,共建开放有序的市场体系。进一步办好专业性人才市场,并与其他省市加强合作,消除区域隔阂,建立区域性人才市场,扩大人才市场的区域范围。第三,与教育部门、劳动与社会保障部门携手打破部门分割,促进人才市场与就业市场、劳务市场的融合。在此基础上,放开人才市场价格,推进人才资源价格市场化,防止不正当竞争,规范市场行为。第四,整合信息资源,建立人才信息互动网络平台。这就需要加大人才市场的投入力度,建设现代化的人才市场网络。各地区、各部门在共赢互惠的基础上,建立人才资源综合信息系统及人才资源信息数据库,实现人才资源信息的"网络共享互通",定期或及时发布权威人才信息,使其成为人才供需的调节杠杆,从而实现人才资源配置的效益最大化。

2. 改革相关政策措施,完善人才自由流动的制度机制

人才的自由流动,离不开相关政策措施的保障。目前一系列障碍性因素很大程度上来自于政策法规的不协同,长三角区域内要实现人才自由流动,就必须改革相关政策措施,完善人才自由流动的制度机制。首先,改革户籍制度。打破城乡分割的户籍结构和地区各异的户口迁移政策,对人才实行暂住证和工作证制度,灵活管理档案(如把档案挂靠人才市场等办法)促进人才的柔性流动。其次,建立统一、连续的社会保障体系。突破目前的社会保障区域分割,建立全国统一、连续的社会保障体系,使人才在流动过程中其社会保障基金自动转帐、不受影响。最后,融通三地地方性劳动法规,完善人事仲裁协商机制。长期以来苏、浙、沪三地的劳动法规存在不同细节的差异,随着长三角地区人才流动的加剧,三地之间产生的人事争议也越来越多。为了保护人才流动的合法权益,三方应逐步统一三地的劳动法规和人事争议有关法规政策。目前三地可利用共同签署的《关于开展人事仲裁业务协助和工作交流的协议》来实施人事争议仲裁业务、政策法规、调查取证、送达等工作的协助,逐步完善三地的人事仲裁协商机制,以消除三地劳动法规差异带来的纠纷。

长三角人才开发一体化是个长期的动态过程,不可能一蹴而就,我们必须要有长期的思想准备。梳理苏浙沪三地现行的人事人才政策,对有利于一体化发展的应互认,不利于一体化发展的应调整衔接,并在此基础上联手制定促进区域人才资源优化、能级提升、增强集聚与辐射能

力的区域人才高地新政策,营造人才自由流动的良好政策环境,加速推进长三角人才开发一体化的进程。

主要参考文献

1. 江苏省人事厅:《江苏省现行人事政策汇编》(1979-2001),苏州大学出版社2003年11月版。

2. 浙江省人事厅政策法规处:《浙江事业单位综合配套改革文件汇编》(内部),2002年8月。

3. 上海市人事局办公室:《上海人事工作文件选编》(内部)第十八卷,2003年9月。

4. 王绍昌主编:《人事人才政策与管理实务》,上海市三联书店2002年12月版。

5. 中共宁波市委人才工作领导小组办公室:《人才政策选编》(内部),2004年7月。

推进长江三角洲高技能人才
开发一体化的对策①

中国高技能人才严重短缺与制造业大国地位很不相称的尴尬现实，已引起各级领导的关注。中央人才工作会议把高技能人才列入人才队伍建设后，长三角地区在贯彻人才强省、人才强市战略中，纷纷加大了开发高技能人才的力度。如江苏决定三年内培养三万六千名新技师，该省苏州市近期将投入 11.5 个亿打造高技能人才培训鉴定的"航空母舰"。浙江省为建立制造业中心，计划在五年内投入万亿巨资，培养适应经济发展的各类高技能人才。上海实施"技能振兴"计划，大力发展高职，加强培养"灰领"，并不断推出信息产业、创意产业和核心制造业等高技术工种和复合工种的新职业标准，以适应高新技术发展的需要。但现状仍不容乐观，从调查数据来看，长三角地区现有高技能人才的数量、质量以及标准化、国际化和市场化程度，与长三角成为我国现代制造业与高新技术产业的重要基地，成为面向国际的现代工业走廊的要求尚有很大的差距。

一、高技能人才队伍的现状

（一）高技能人才数量严重不足。据调查，上海市 2001 年高级工、技师、高级技师总量为 87718 人，占技工总数的 6.2%，其中高级工 71004 人，技师 14938 人，高级技师 1776 人，而上海仅制造业（67961

---

① 本文系"推进长江三角洲人才开发一体化研究报告"的附件(3)，完成于 2005 年 5 月，执笔人：姚家伟副所长(新世纪人力资源研究所)。

家)、建筑业(8547家)、交通运输业(7010家)共有企业84455家,平均1-2家企业拥有1名高级工,5-7家企业拥有1名技师,47.6家拥有1名高级技师。近1-2年来,在各级领导重视下,增长幅度较快,2002年上海上升到8.16%,2003年又增至9.2%。同年,江苏省为7.67%,浙江省占6.26%。可见,高技能人才数量与长三角区域劳动力市场的需求不相适应。

(二)现有高技能人才知识技能普遍老化。数据显示,苏、浙、沪三地高技能人才都存在着文化程度偏底、年龄偏大的共同特点。就文化程度而言,85%的高级工与技师的文化程度在中技及中技以下,大专及以上仅占15%;高级技师的学历,76%为中技及以下,大专以上占24%。就年龄而言,近80%的高级工年龄在36岁以上,46%的技师与55%的高级技师年龄均超过46岁。他们多数缺乏再教育培训提升知识技能的机会。随着产业结构的调整和高新技术的飞快发展,凸现了现有高技能人才知识技能的老化。以制造业为例,外商拿着定单到中国,首先关心的是中国有没有数控机床,如果没有一流的数控机床和一流的数控加工技术,到手的定单也不让加工。上海市技师协会曾推荐40多名传统产业中的技师会员应聘浦东新区多家高新技术企业,由于不适应新技术、新工艺,被录用者廖廖无几。工业企业中高素质劳动力断层的现象已普遍出现。

二、高技能人才开发存在的主要问题

(一)后备技能人才来源不足

反映在以培养后备技术工人为主的技工学校招生不足。上海市技工学校由于招生不足,日益萎缩。江苏南通市、浙江宁波市都反映技校招不到优秀生,甚至政府投入巨资建设的示范性职业技术学校相当一部分对培养技能人才兴趣不大,或转向文化教育、或挤身高职之列。政府新发展的不少高职院校,在办学指导思想、课程设置等方面,也存在着鼓励学生进一步升学的倾向。

同时,作为培养高技能人才重要基地的企业,由于结构调整,企业重组等原因,淡出了对技能人才的培训,师资和培训设施散失很多,大型企业尚有保留,接班有人,中小企业高技能人才青黄不接,苦不堪言。

(二)新兴职业工种职业标准及培训大纲开发滞后

出现高技能人才严重短缺的主要原因,还在于高新技术产业和现代服务业日新月异的发展。信息、物流、金融、电子商务、医药生物、航天航空、现代工业、海洋、环保等新兴产业和各种创意产业新职业的产生,凸现了高技能人才培养和鉴定的滞后。而劳动力市场上出高薪也找不到的高级工,多数正是这些新兴职业的高技能人才。由于新职业标准开发的滞后,高等级新兴产业项目的培训凤毛麟角,在岗人员也难以进行考核,获得相应的职业资格证书。

此外,目前职业资格鉴定一般适应单一岗位工作,随着技术进步,很多单一的技能型岗位已向复合型或综合能力型转变,职校毕业生要面向一个专业的职业岗位群,如何考核还没有办法。

(三)实训设备落后,高水平的培训机构奇缺

这也是长三角区域高技能人才开发存在的一个共性问题。近年来,国家教委和地方政府,都加大了对实训基地的投入,建设开放性又具先进性的实训基地,为培养高素质的技能人才创造了条件。但大部分职业院校实训设备简陋。虽然一大批社会培训机构参与技能人才培训,但也大多是规模小、条件差、技术含量不高,缺少高水准、上规模的培养与培训机构。不少企业也开展培训,但重点是管理人员与一部分工程技术人员。为降低成本,企业往往将零部件外发加工,对本企业技术工人培训的力度不大,如上海柴油机厂技校,原是一所办学条件好、历史悠久、培训质量高的重点技工学校,现在也停办了。

(四)缺少"双师型"师资队伍

培养高技能人才,要求"双师型"师资。这类师资既具有高等专业技术理论知识,又掌握高级技术技能。目前苏、浙、沪三地的职业院校,不论是中职还是高职,这类"双师型"师资十分缺乏,教学中"黑板上开机器"的现象还很普遍,毕业生动手能力不强。调查中用人单位对这类毕业生反应很大,认为"架子大、能力差、派不来用场"。

（五）缺乏统一的鉴定、考核办法和医保社保政策

虽然长三角区域在高技能人才的培训和鉴定中，都实施国家劳动部颁发的职业标准，但地区之间仍有差异，如上海市，将国家职业标准设定为"1"另加"X"，"X"是根据技术进步状况而定的内容，是个动态的指标。苏、浙两省的高技能人才进入上海市，必须加考"X"，这就限制了高技能人才的自由流动，阻碍了职业资格证书的互认。

在社会保障和医疗保险方面，上海目前只在外来建筑工人中实施综合医疗保险。其它多项保障不包括外来高技能人才，这一政策也阻碍高技人才的自由流动。

三、开发高技能人才的建议对策

（一）加强宣传力度，多渠道加大高技能人才总量

1. 电视、电台、报刊等要多宣传技能人才对现代化建设的重要作用，改变社会上轻视和鄙薄技能人才的观念和倾向，改变舆论阵地被歌手、艺人、体育明星统治的局面。最近报刊上配合共产党员先进性教育，定期刊出优秀共产党人的事迹就很好。对贡献突出的高技能人才如中华技能大奖和全国技术能手获得者，进行专访，介绍事迹，营造崇尚技能，钻研技术的社会氛围。

2. 扩大中职学校招生范围。长三角区域的技职校如本地区招生不足，可向大西北、大西南经济欠发达地区招生，培养后备高技能人才，并取消优秀"三校生"（中专、技校、职校）直接考高等院校的政策。要鼓励优秀"三校生"毕业后到生产服务第一线工作几年后再进大学深造。

3. 要加强对高职生的专业思想教育，端正高职的办学指导思想，加强高职生的能力训练，纠正高职生及其家长的就业观念。借鉴国外经验，培养既有高级工操作技能，又具有大学学历的"金领族"。

4. 要制订吸引东北重工业基地高技能人才来长三角工作的有关政策。

（二）尽快统一高级工、技师、高级技师的职业标准和鉴定考核办法，实现高技能人才职业资格证书互认

1. 由二省一市人才工作委员会牵头,成立长三角高技能人才开发工作组,或现有的二省一市人才开发联席会议,要吸纳劳动保障部门参加,统一协调高技能人才开发一体化的多项工作。

2. 长三角在互惠、互补、互利的原则下,实行培训资源共享。包括新开发的职业标准、培训计划、大纲、实训基地、鉴定题库、"双师型"师资,包括江苏在苏州太仓筹建的高技能人才培训鉴定的"航空母舰",上海05年启动的先进制造业、现代服务业人才培训就业园,都应在上述原则下实行资源共享。

3. 加快开发新兴产业各类高技能人才的培训项目和鉴定标准,迅速改变目前高技能人才培训鉴定项目少,内容大多囿于传统产业的状况。

(三)努力提高技术工人的社会地位和经济待遇

1. 加强舆论导向,结合实际,不断倡导正确的人才观,提高技能人才的社会地位。

2. 加强对劳动力市场价格的指导,充分发挥市场在配置高技能人才中的作用,并督促企业执行改善高技能人才的经济待遇。

(四)充分发挥企业、行业在培养、考核、使用高技能人才中的作用

1. 企业应是培养、考核、使用高技能人才的主体。要加强职工培训工作,完善职工的终身教育制度。对技能型人才也要规定每年的进修时间。企业2.5%的教育费用应有一半用于技能人才的教育培训。

2. 改进高技能人才的考核办法,在鉴定高技能人才的职业资格时,平时生产服务的业绩应占有一定比例。

3. 用好现有高技能人才,保持企业对高技能人才的吸引力。企业、行业要在注意增加高技能人才总量的同时,采取切实措施,盘活用好现有高技能人才,特别是在分配制度上体现高技能人才的重要性。

4. 要淡化政府认证的职业资格证书,政府要在严格控制就业准入的前提下,允许大型企业和行业认证的证书在劳动力市场通用。因为任何职业资格最终由用人单位认可。这样,有利于高技能人才的自由流动。

（五）加强高技能人才开发的交流与合作

1. 定期举行长三角高技能人才开发论坛,交流区域内各城市开发使用高技能人才的经验。可邀请国内外培训专家参加。

2. 定期组织政府、企业、培训机构和高技能人才参加的考察团,在区域内相互考察高技能人才的培训,鉴定、使用和待遇状况。

3. 建立高技能人才信息库,必要时可组织高技能人才在区域范围内进行技术攻关、技术服务,为长三角经济建设作贡献。

4. 共同建立高技能人才开发研究机构,组织研究科技进步后职业技能的变化和发展,研究如何培养国际一流的高技能人才。

5. 定期出版长三角高技能人才开发内部刊物,及时交流信息,加强沟通。

6. 组织区域内的技能竞赛,选拔优胜者参加国内竞赛和国际奥林匹克技能竞赛,不断提高技能、技术水平。

（六）引进国际先进培训机构培养模式和国际证书

1. 引进国际著名的培训机构和大纲教材,使一部分必要的专业工种取得国际通用的职业资格证书,与国际接轨。

2. 建立职业资格证书与学历、学位沟通衔接的制度,使应用技术型专业的高校、高职毕业生成为新型的高技术人才。

（七）改进统计工作,规范统计指标。长三角地区要统一统计口径。特别要研究民营企业及个体劳动者中高技能人才的统计办法

主要参考文献

1.《教育部 2003—2007 年教育振兴行动计划》,2004 年 2 月。

2. 上海市教科院职教和成教研究所:《上海市经济产生结构调整与人力需求及职业教育对策研究》课题总报告,2001 年 4 月。

3.《上海市社保局 2003—2005 三年技能振兴计划》,2003 年 5 月。

上海市人才区划及其开发比较研究报告[①]

前　言

区划是指为了一定的目的,根据特定的条件,按照一定的科学原则,将某一特定的地域空间划分为若干层次、大小不同的区域系统的过程。人才区划是区划的一种形式,是指为了人才开发的目的,根据特定区域的人才分布的表现特征、经济社会发展水平和方向,按照人才—地理环境区内相似性和区际差异性等原则,将某一个人才—地理环境综合体划分为若干个人才开发区的过程。

人才区划的具体目的是优化区域人才资源的空间配置,合理引导人才在空间的流动,最终提高人才资源的生产率。在新世纪上海进入新的五年计划之时,上海将面临着加入WTO后激烈的国际竞争,构筑上海国际人才资源高地是保障上海未来发展和获取竞争优势的重要基础。人才资源高地建设不仅需要数量众多、层次高的人才资源,更需要人才资源开发与经济发展的结构高度对应。因此,进行上海的人才区划,是构筑上海人才资源高地中的一项基础工作。为此,华东师范大学人才资源研究中心和上海市人事局人才开发处联合开展了这一项目。

本项目研究方法,采用文献分析和实地考察相结合、分区分析和综合研究相结合、定性研究和定量分析相结合、统计图表和人文地图相结合。整个研究,自2001年10月开始,至2002年3月,历经半年。在此期间共分为两个阶段:一是调研阶段;二是分析综合阶段。在调研阶段,

---

①　本研究报告完成于2002年3月,系华东师范大学与上海市人事局合作研究项目:"上海市人才区划及其开发比较研究"的成果,后被市人事局所采纳。该课题组长:叶忠海教授、蔡志强处长。本研究报告执笔人:陈琦硕士,由叶忠海教授修改定稿。

得到了市人事局人才开发处领导高度重视和有关区县人事局的大力支持,共实地调查了嘉定区、松江区、长宁区、金山区、静安区、浦东新区、崇明县及南汇区等 8 个区县。他们提供了大量有价值的参考资料和信息,没有他们的支持,本项目是难以完成的。

本项目研究报告共分五个部分:第一部分:上海市人才开发的经济依据;第二部分:上海人才空间开发的现状;第三部分:上海人才区划的基本原则和指标体系;第四部分:上海市人才开发区划方案;第五部分:上海市人才开发区的比较研究。

一、上海市人才开发的经济依据

人才资源是经济发展的重要生产要素,同时社会经济的发展状况与趋势也是人才开发的依据,人才开发与经济发展有着密不可分的关系。

(一)上海国民经济快速发展、产业结构进一步优化

改革开放以来上海的国民经济快速发展,特别是近几年来上海的GDP 一直以两位数的速度在增长,经济实力显著增强。2000 年上海市的国内生产总值达到 4551 亿元,人均国内生产总值达到 34560 元,按当年汇率折算达到 4180 美元,已达到世界中等收入国家(地区)的水平。这一水平显示着上海正处于城市发展的关键时期。随着产业结构战略性的调整,第三产业持续加快发展,2000 年第三产业占国内生产总值比重超过 50%,工业六大支柱行业产值占工业总产值比重超过 50%,高新技术工业进一步向工业开发区和高科技园区集中,高新技术产业产值占工业总产值比重超过 20%。

随着上海市产业结构"优先发展第三产业,调整优化第二产业,稳定提高第一产业"战略的实施,以金融、商贸、信息等为重点的第三产业得以长足发展,产业结构调整实现了新的跨越。2000 年,第三产业实现增加值 2282.6 亿元,按可比价格计算,比 1995 年增长 1 倍,"九五"期间平均每年增长 15.1%,高于同期国内生产总值年均增长率 3.7 个百分点。第三产业占国内生产总值的比重首次超过 50%,三次产业的比例由1995 年的 2.5:57.3:40.2 调整为 2000 年的 1.8:48:50.2。在第三

产业内部以金融保险业、商业、交通邮电运输业、房地产业和信息咨询服务业为支柱的第三产业呈现多元化发展格局。2000年,这五大行业的增幅均超过经济总量增长水平,五大行业占国内生产总值的比重接近40%。其中,金融保险业增幅和比重均居第三产业各行业之首。第三产业内部结构的进一步优化,增强了上海经济中心城市的集聚和辐射能力。

90年代以来上海工业经济走出了低速增长的运行状态,在"九五"期间上海市工业总产值年平均增长16%以上,1999年完成工业增加值1758.69亿元,实现利润总额257.7亿元,工业经济综合实力明显增强。同时上海市的工业在全国的工业中的地位作用也明显提高,1999年在全国工业中,上海独立核算工业企业拥有固定资产净值占全国的1/16,实现工业总产值占1/12,实现利润占全国的1/9,国有及国有控股工业企业实现利润占全国的1/6,全员劳动生产率高出全国一倍。随着工业结构战略性调整力度的加大,工业增长已从过去主要依靠传统产业支撑,逐步转向依靠支柱工业和高新技术产业支撑。汽车、钢铁、石油化工及精细化工等六大支柱工业不断发展壮大,1999年总产值占全市工业总产值的48.6%;电子信息、现代生物和医药、新材料等高新技术产业迅速崛起,1999年总产值占全市工业总产值的18.6%。而且以电子信息为代表的高新技术产业继续保持着高速增长的态势。

(二)上海经济的空间布局

随着产业结构调整的不断推进,上海加大了生产力布局和城市空间布局调整的力度,基本完成了全市6340平方公里的形态规划,形成中央商务区、中心商业区、内环区、外环区、郊县多心多层多组团的布局。在郊县(区)开辟了9个市级工业区,为市区工业扩散创造了条件。同时,加快旧区改造的步伐,从中心区迁出数十万户居民家庭,促进了中心商务区、市级副中心、专业分中心和主要商业街、商业区的建设。

从产业的空间布局上看,上海已经形成了产业的环状结构和行业的区域集聚的格局。在内环线以内,基本形成了第三产业的高势能区,内环线以外形成了以工业区为主体的工业带,在远郊区则有上海的大片农业区。其中在工业带中,以骨干企业或工业区为依托,形成了各具特色的行业聚集点。

在上海的城市中心区,是上海城市规划的中央商务区(CBD)地区,主要包括黄浦区的外滩和浦东新区的陆家嘴金融贸易区,其主要功能是加快发展银行业、证券业、保险业等,是构筑上海金融中心的主体。预计加入世界贸易组织后金融业的年均增长在15%左右,2005年占上海市国内生产总值的18%左右。

在中央商务区以外至内环线附近是上海的中心商业区,包括黄浦、卢湾、静安、长宁、徐汇、普陀、闸北、虹口、杨浦和浦东新区等区的全部或部分地区,是上海中心商业区、区域商业中心、社区商业中心和郊区城镇商业体系的金字塔顶部。本区域内的经济产业以商贸流通业、都市型工业和其他第三产业为主体,其中比较有代表性的商贸中心有南京东路商业区(黄浦)、豫园商业旅游区(黄浦)、淮海中路商务商贸区(卢湾)、打浦桥服务商业区(卢湾)、南京西路商业商务区(静安)、徐家汇商贸中心(徐汇)、虹桥涉外贸易中心(长宁)、中山公园商业中心(长宁)、真北路大物流集散中心(普陀)、不夜城商贸区(闸北)、四川北路商业街(虹口)等。都市型工业和其他第三产业则散布在其中。

在浦东内外环线间,包括金桥、张江、外高桥等开发区,加上南汇的康桥、周浦地区,有很强的电子产业发展基础。其中,张江高科技园区将建设包括6条集成电路生产线,超级计算中心、上海光源工程及国家863计划光电子主题产业化项目等;金桥出口加工区将建成现代家电制造中心和电子通讯生产基地;外高桥保税区也有2条集成电路生产线、超级计算机中心项目和上海光源工程等项目落户。这些将是上海未来的集成电路产业基地和信息业基地。

随着浦东航空港的建成、深水港的建设,在浦东、南汇沿海地区将具有物流运输的便利,临空、临海产业将得到迅速发展,从外高桥保税区,到浦东的川沙镇、机场镇,再到南汇的芦潮港镇将形成临空、临海产业开发区。

在南汇的西南部、闵行的黄浦江东部以及奉贤的东部地区,距离上海市中心较远,工业相对落后,有传统上的农业发展特色,是上海的特色农业基地。

在金山东部、奉贤西南部,杭州湾北岸地区,分布着上海化学工业区和上海石化总厂,是上海石化发展的主要基地,特别是上海石化总厂有多年的历史,形成了很大的规模,已经有一定的集聚效应。从金山卫镇到漕泾镇到胡桥镇、柘林镇、奉新镇将成为上海的化工产业带。

在金山西部和松江南部地区,包括金山的枫泾、兴塔、朱泾等镇与松江的新浜、泖港、叶榭、石湖荡镇,其中还包括浦南三高农业示范区,离市中心较远,农业基础较好,是上海都市农业发展的基地。

在松江中部、东部及闵行区的中部、北部,分布着松江出口加工区、莘庄工业区,以及闵行经济技术开发区,吸引外商投资企业较多,以加工业为主,生产加工的基础较好,是上海的出口加工产业基地。

在松江西北部、青浦西部、南部地区,是上海自然风景保护较好的地区,佘山国家旅游度假区和淀山湖、朱家角镇有丰富的旅游资源,将成为上海的旅游休闲度假区。

在嘉定南部地区的安亭镇有上海大众汽车生产基地,周围的一些开发区则有一些汽车零配件生产厂家,将要建成集生产、展示、销售等功能于一体的综合性汽车产业基地。安亭镇的大众汽车制造公司,规模较大,是中国主要的轿车生产厂家,以安亭汽车城为中心,包括周边地区将形成上海的汽车产业基地。

崇明、宝山北部(包括罗店、罗泾、盛桥镇、长兴岛、横沙岛等)、嘉定东北部(包括华亭、曹王、唐行等镇),有良好的农业发展基础,交通相对不便,是绿色农业、都市农业的发展基地,将与金山西部、松江南部一起构成上海的绿色农业、都市农业基地。

宝钢是我国最大的钢铁生产企业,宝钢集团总部的所在地和主要的生产基地就位于宝山东北部,随着宝钢生产规模的扩大和资产的兼并重组,宝钢成为上海重要的支柱企业,以宝钢为核心的宝山区东北部就形成了上海的钢铁产业基地。

"十五"期间上海的整体经济布局与产业的区域配置指导思想是要按照中心区体现繁荣繁华、郊区体现实力水平的要求,着眼于完善特大型城市的功能,强化集聚,分层推进,整体优化经济布局,促进产业结构升级。

(三)"十五"期间上海国民经济的发展目标和产业导向

"十五"期间,上海国民经济和社会发展的奋斗目标是:调整优化经济结构,不断提高城市的信息化、市场化、法制化水平,发挥国际大都市的综合优势,增强城市的综合竞争力。

具体在上海的经济发展方面主要是增强城市的综合经济实力,力争成为国内外经济规模大、产业能级高、资源配置能力强的城市。"十五"期间,预计国内生产总值年均增长9—11%,到2005年按2000年价格计算的国内生产总值达到7300亿元左右,人均国内生产总值达到54000元左右。2005年三次产业增加值占国内生产总值的比重调整为1.2:43.8:55。

"十五"期间,上海的经济发展将以提高经济效益和创新能力为导向,强化支柱产业对经济增长和结构升级的带动作用,大力发展支柱产业,积极发展新兴产业,培育经济新增长点,优化发展基础产业,努力改造传统产业;同时还鼓励发展都市型产业,以创造更多的就业岗位。

1. 支柱产业

上海确定的六大支柱产业是信息、金融、商贸、汽车、成套设备和房地产业。预计到2005年,六大支柱产业的增加值占国内生产总值的55—60%。在信息业方面,上海重点发展集成电路、通讯产品、计算机及网络产品、电真空器件、电子元件、视听产品、软件等产品,到2005年上海电子信息业的工业总产值达2700亿元,年均增长30%以上,要占当年全市工业总产值的25%。在金融业方面,"十五"期间,上海金融业增加值预计年均增长15%左右,2005年占国内生产总值的18%。在商贸流通业方面,上海"十五"期间,商业增加值预计年均增长8%,进出口商品贸易总额年均增长9.5%,2005年商贸流通业增加值占国内生产总值的比重达8%。重点发展的商业业态主要有百货商店、连锁商店、大卖场及物流中心等。在汽车制造业方面,上海"十五"期间计划在汽车制造业投资350亿元,到2005年汽车工业的销售收入预计年均增长15%,汽车业增加值占国内生产总值的7%左右。其突破点在整车制造、零部件制造和技术开发体系等方面。在成套设备制造业方面,该行业"十五"期间预计销售收入年均增长10%,2005年增加值占国内生产总值的5%。该行业中重点发展大型和超大型发电与输变电设备,加快发展数控机床及光机电一体化设备、石油化工设备、实时优化控制系统集成制造等行业,大力培育城市轨道交通设备等新兴制造业。在房地产业方面,预计"十五"期间,上海房地产业增加值年均增长 14% 以上,到 2005 年占国内生产总值的 7% 以上。房地产业的发展主要包括新居住区的建设、旧区改造、及物业管理等方面。

2. 新兴产业

上海积极发展的新兴产业包括生物医药产业、新材料产业、环境保护产业和现代物流产业。在生物医药产业方面,主要包括生物药物、天然资源药物及中药、化学药物等具体行业。在新材料产业方面,上海主要发展特种金属材料、特种有机材料、特种无机材料、复合材料、电子信息材料、光电材料、超导材料、高纯金属材料、高性能陶瓷材料、优异结构材料等品种。在现代物流产业方面,主要依托深水港、航空港、信息港、和高速公路、铁路及长江水道,发展多式联运、仓储、物流配送基地、网络和 EDI 系统等。

3. 基础产业

上海的基础产业发展将突出重点,继续优化发展具有市场竞争力的石化、钢铁两大产业。其中上海石化行业的重点就是上海化学工业区的建设,以 90 万吨乙烯工程为代表,发展石油化工、深加工和天然气化工系列产品、光气衍生系列产品、精细化工系列产品、高分子材料加工系列产品和高科技生物工程产品等。上海的钢铁工业主要是发挥宝钢集团的优势,重点发展汽车用钢、造船板、电工钢、石油管、不锈钢、高等级建筑用钢等。

4. 都市型产业

在充分考虑特大型城市的资源环境特点与就业需求后,上海积极培育都市型农业,扶持发展都市型工业,加快发展都市型旅游业。在面临转变农业生产和经营方式的形势下,上海的都市型农业一方面要调整结构,积极发展创汇农业、观光农业、设施农业、生态农业,另一方面要优化农业生产布局,建设各具特色的现代农业示范区。上海的都市型工业,主要发展服装服饰行业、食品加工制造、室内装饰装潢、包装与印刷、化妆洗涤用品、钻石加工、工艺美术旅游品及文体用品、钟表制造等行业。都市型旅游业则主要包括都市文化娱乐和远郊休闲度假等形式。另外都市型服务业(如信息咨询、教育培训、卫生保健、文化娱乐、出版等)也要积极发展。

二、上海市人才空间开发的现状分析

经过多年的发展,上海的人才队伍已经发展壮大,到 2000 年末,上海的人才总数(指具有大专以上学历或中级以上专业技术职称的人员)已经达到 113 万人(详见表1)。这些人才为上海"九五"的社会经济发展做出了很大的贡献,如上海的经济重点发展地区与支柱行业、高新技术产业的发展就与该地区和行业的人才资源开发有密切的关系。然而,从某些点上看,人才资源开发和经济布局上还存在着结构性的问题。

表1 上海人才资源总量及构成统计表　　　单位:万人

项　　　目	1995 年	2000 年	增减
合计	77	113	46.75%
机关、事企业大专以上学历人员	5.11	6.9	35.03%
国有事企业单位专业技术人员	54.29	53.14	−2.12%
其他经济组织人员	6.88	27.36	297.67%
离退休专业技术人员	10.72	21.1	96.83%
在沪常住外国、港澳台人才	—	4.5	

资料来源:《上海市人事局"上海人才发展'十五'计划与到 2015 年规划纲要"》

1. 人才总体规模保持平稳增长,人才分布与产业结构调整保持同步

九十年代以来,上海经济处于持续的高速增长状态,同时人才资源进入平稳增长时期,"九五"期间上海人才总量年平均增长 10%,增长的速度低于国民经济的增长速度,但由于人才单位产出和经济效率的提高,人才的增长与经济发展的规模基本适应。另外,人才分布与产业结构调整的要求相适应,上海第三产业人才资源迅速发展,第三产业人才拥有量占 73.63%,比"九五"期初增加了 10.93 个百分点,其中第三产业中支柱行业人才拥有量增长速度更快,2000 年末交通运输仓储及邮电通讯业人才拥有量比 1995 年增长 37.01%,金融保险业人才拥有量比 1995 年增长 51%,房地产业人才拥有量比 1995 年增长 51.2%。值得注意的是,在上海重点发展的高新技术产业领域内还存在着人才短缺问题,特别是具有创新意识、懂管理的复合型人才严重短缺。

2. 整体素质稳步提高,高层次人才群体组合结构已经形成

上海的人才资源开发体现了"三个提高"的特点:高学历、高职称和中青年人才所占比例不断提高。各类专业技术人员中,具有大专以上学历的人才所占的比例由 1995 年的 49.22%,提高到 2000 年的 56.71%,比全国平均水平高 11 个百分点;具有高级职称人员所占比例由 1995 年的 7.63%,提高到 2000 年的 9.05%,比全国平均水平高 4.25 个百分点;35 岁以下的专业技术人员所占比例由 1995 年的 36.53%,提高到 2000 年的 39.42%,增加了近 3 个百分点,其中增加的速度更快的是,2000 年高级人才中年龄在 36 至 45 岁的比例增长了 17.14 个百分点。

3. 人才的空间布局逐步调整

上海的经济环境可以分为中央商务区、中心城区、郊区中心镇等空间组合,这种经济的空间布局得到了人们的重视;但是,作为经济发展的重要生产要素的人才资源的空间布局却在很长的时间内没有得到人们的重视。在 2001 年,上海市人事局首次公布了人才开发的专业目录,并在社会上得到了很好的反响。

从总量上看,上海市的人才资源空间分布呈现不规则形态,其中根据区属或县属人才总数计算的人口人才密度比较高的区有静安区、虹口区、浦东新区、奉贤区、闵行、宝山和青浦区等。由于统计范围、统计口径、统计截止时间不完全一样,下表中的人口人才密度难以直接进行比较,而且根据上海市的人才统计(大专以上学历或中级以上技术职称的专业技术人员),上海市的整体人口人才密度为 8.55%,普遍比各区的人口人才密度高,这也说明部属、市属或非公经济组织能够严重影响各区的人口人才密度,即布局有较多的部属、市属或非公经济组织的地区,如城市中心区、各开发区及大型经济组织所在地地区有比较高的人才密度。从各区县的人才空间密度分布来看,中心城区有比较高的人才空间密度,这是因为中心城区与郊区产业结构的不完全可比性,郊区有较多的农业用地所造成的。

表2　上海市人才总量和学历结构空间分布表

区/县	人才总量（人）	统计范围	区属人才总量	人口人才密度	统计截止时间	非区属或非公企业人才数(人)
卢湾	10433	区属	10433	2.86%	1999	–
静安	54389	区域	16333	4.56%	2000.7	38056
徐汇	33111	区域	16111	1.87%	1998	17000
长宁	15372	区属	15372	2.52%	1999	–
闸北	20974	区属	20974	2.99%	1999	–
虹口	53100	区域	45500	5.65%	1999	7600
杨浦	18146	区属	18146	1.68%	2000	–
浦东新区	300000	区域	–	9.6%	2000	–
南汇	42150	区域	35635	5.16%	2000	6515
奉贤	38651	区属	26974	6.1%	1999	11677
金山	12222	区属	12222	2.31%	2000	–
闵行	56350	区域	36555	5.92%	1999	19795
青浦	40237	区域	25326	5.52%	2000	14911/2290
宝山	67969	区域	35404	4.77%	1998	32565
崇明	20860	区域	15961	2.44%	2000	5169

注:统计口径为中专以上学历或技术员以上专业技术职称。其中杨浦区的统计口径为大专以上学历或中级以上专业技术职务;浦东新区的人才总量按照新的统计口径(大专以上学历或中级以上专业技术职称)为20万人。

资料来源:《上海市各区县人才发展"十五"计划与到2015年规划纲要》

从各区县的人才职业分布来看,主要特征表现为人才比较集中在区县属的教育、医疗卫生等行业或部门。同时由于近年来上海三、二、一产业政策的实施和产业结构的调整,各区县的人才职业分布也出现了与产业结构调整的趋势。在环线内的城市中心区,由于大力发展第三产业和都市型加工业,此职业的人才比重上升,而制造业的人才比重降低,如静安区就表现得比较明显,与1997年相比,2000年第三产业的人才所占比重增加了12.1个百分点;在郊区或城乡结合部,和一些工业开发区,它们有不同的产业优先发展顺序,日益兴起的加工制造业的发展使得该职业的人才所占比重上升,如宝山区,与1989年相比,1998年第二产业的人才比重由10.75%上升到25.34%,增加了14.59个百分点。

从各区县的人才层次方面来看,上海城市中心区的人才层次相对要高于郊区,在中高级人才所占的比重方面,卢湾、静安、虹口、宝山等区要高于南汇、奉贤、青浦等地区;学历结构方面也表现了这一特征。这同时说明随着经济的发展,城市中心区对高级人才或高学历人才有更大的集聚作用,在郊区或一些加工业比较集中的地区现阶段需求的人才可能更主要集中在操作应用性人才层次上。

表3　上海市各区县人才职称和学历结构分布比较表　单位:%

区/县	高级人才比重	中级人才比重	初级人才比重(含未定)	本科以上学历比重	本科学历比重	大专学历比重	大专以下学历比重
黄浦	-	-	-	0.5	45.64		53.86
卢湾	6.49	33.01	60.5	0.14	16.03	29.01	54.82
静安	6.6	36.3	57.1		51.5		48.5
闸北	4.7	33.1	62.2	0.7	17	29.2	53.4
虹口	11.19	39.18	49.63	-	-	-	-
杨浦	7.43	42.16	50.41	2.61	38.22	59.16	
浦东	-	-	-	3.36	30.47	31.3	34.86
南汇	2.24	27.72	69.95		31.81		68.19
奉贤	2.1	18.4	79.5	0.12	8.2	21	70.68
闵行	4	33	63	1.3	18.32	27.01	53.37
青浦	2.25	18.6	79.15	0.45	11.22	23.17	65.16
宝山	8.21	34.01	57.78		21.87	31.2	46.93

表中数字是根据《上海市各区县人才发展"十五"计划与到2015年规划纲要》中数字计算出来的。

三、上海市人才区划的基本原则和指标体系

(一)人才区划的一般原则

人才开发区不同于那种单纯表现人才资源现状空间集聚差异性的一般人才区概念,而是着重于以区域经济发展为中心的角度,以人才资源开发为目的,促使区内人才资源更好地适应并促进区域经济发展,从而在地域空间上所表现出的一种经济—人才耦合区。据此,与一般的人才区相比,人才开发区具有更突出的以经济发展为中心的目的性、区域发展战略性和实践性等特征。据此,人才开发区的划分必须以下列诸点为一般原则:

1. 以经济因素的区域分异为主导,兼顾人才资源现状空间分异的原则

以经济因素的区域分异主导,这是由人才开发区以经济开发为中心的目的性所决定的。一个地区经济因素的区域分异,包括经济发展条件、经济发展现状及由此决定的经济发展模式和方向的区域分异,应作为人才开发区划分的主导性的依据。同时,人才本身也是经济发展的关键因素,因此区域已经形成的人才资源现状,不仅是今后人才资源开发的基础,而且也影响着区域经济发展战略的实现。从人尽其才、才尽其用的目的出发,人才开发区的划分也应该兼顾人才资源现状的区域分异。

2. 既立足现状的差异性,更注重方向的一致性原则

这是由人才开发区的发展战略性决定的。人才开发区的划分,不是人才空间分布现状的静态区域划分,而是一种人才开发战略的动态区域划分,因而必须坚持以人才开发方向一致性为主的原则。当然正确认识和评价已经形成的区域人才资源现状及其所表现的内部差异,也是确定各区人才开发方向的前提和基础条件之一。因此,人才开发区的划分还必须立足于人才空间分布的现状差异性。总之,要在立足区域人才现状差异的基础上,根据区域社会经济发展和人才资源开发方向的一致性进行合理的区划。

3. 保持行政区划相对完整原则

这是由人才开发区的实践性所决定的。人才开发区划分的目的主要是为了在实践中贯彻因地制宜、分类指导的原则,在一定区域内的社会经济与人才资源协调发展。因此人才开发区的划分,必须使人才资源开发在预测规划、教育培训、考核评价、选用配置、使用调控等方面具有可操作或便于操作。为此,考虑到现有的人才管理体制,有必要保持行政区划的相对完整性,人才开发区的界限应照顾行政职能的隶属关系。

(二)人才区划的指标体系

根据人才区划的原则,在人才开发区的划分过程中一般采用定性与定量相结合的方法,经过一个定性——定量——定性的过程。一般而言人才开发区的衡量标准可以通过区域内的人才规模性指标、人才的水平层次性指标、人才的行业结构性指标以及与人才开发相关的经济性指标

等来描述。在这些指标中既可以有包含绝对值因素的指标,如区域内的人才数、人均国民生产总值等,也包含有区域间相对值方面的指标,如人口人才密度、面积人才密度等。

根据上海人才资源空间分布的状况,特别就下列指标说明各区域的人才资源开发差异。

1. 人口人才密度。此指标反映了每一区中专门人才占该区人口的比重。相对区域内的人才总数指标而言,此指标可以消除因为人口规模不等所导致的偏差,较能准确地反映一地区的平均智力资源,具体见表4。

人口人才密度 = 某区专门人才数量(人)/该区人口总数(万人)

表4 上海市各区县人口人才密度比较表

区/县	人口人才密度	区/县	人口人才密度	区/县	人口人才密度
卢湾	2.86%	虹口	5.65%	金山	2.31%
静安	4.56%	杨浦	1.68%	闵行	5.92%
徐汇	1.87%	浦东	9.6%	青浦	5.52%
长宁	2.52%	南汇	5.16%	宝山	4.77%
闸北	2.99%	奉贤	6.1%	崇明	2.44%

表中数字是根据《上海市各区县人才发展"十五"计划与到2015年规划纲要》中数字计算出来的。

2. 面积人才密度。此指标反映了每一地区中单位面积上的人才数量,可以适当地反映地区的产业结构以及引致的人才空间分布差别,具体见表5。

面积人才密度 = 某区专门人才数量(人)/该区面积(平方公里)

表5 上海市各区县面积人才密度比较表

单位:人/平方公里

区/县	面积人才密度	区/县	面积人才密度	区/县	面积人才密度
卢湾	1296.02	虹口	1937.82	金山	20.85
静安	2143.44	杨浦	298.8	闵行	98.35
徐汇	294.21	浦东	573.89	青浦	37.49
长宁	401.36	南汇	51.82	宝山	85.26
闸北	716.81	奉贤	39.24	崇明	15.33

表中数字是根据《上海市各区县人才发展"十五"计划到2015年规划纲要》中数字计算出来的。

3. 人才当量系数。此指标是指在特定区内,某学历或某专业技术职务层次的人才占该区人才总数的比例与该学历或专业技术职务层次的权重系数的乘积之累加和。本系数越高说明该区内的人才层次总体水平越高，或者说高层次的人才所占的比例较高，具体见表6。

$$G = \sum W_i X_i$$

其中，G为人才当量系数；W_i为某一学历或专业技术职务层次的人才占该区内人才总数的比例；X_i为该层次的权重系数；一般情况下，学历层次权重系数序列为：研究生学历的权重系数为2，本科生为1，大专生为0.6，中专为0.2，其他为0.1；专业技术职务权重系数序列为：高级为2，中级为1，初级为0.6，其他为0.1。

表6　上海市各区县人才当量数比较表

区/县	人才当量系数	区/县	人才当量系数
卢湾	0.82	南汇	0.74
静安	0.84	奉贤	0.70
闸北	0.80	闵行	0.79
虹口	0.91	青浦	0.71
杨浦	0.87	宝山	0.85

表中数字是根据《上海市各区县人才发展"十五"计划到2015年规划纲要》中数字计算出来的。

4. 主导行业人才集中率。此指标主要反映每一区中的主导国民经济行业的人才占该地区人才总数的比率。不同的地区经济发展中的产业结构有所不同，产业结构的差异映射到人才资源的空间布局中就是各行业的人才所占的比例差别。主导行业人才集中率高表明该地区有一个比较明确的、强大的支柱产业，但在实际的区划比较中如果每一区有不同的主导产业，单纯用此指标比较就比较困难，所以可以选用某一可比的产业比较它们的人才集中率，一般可以用工业的人才集中率进行比较，具体见表7。

工业人才集中率＝某区中工业部门的人才数（人）/该区人才总数（人）

表7　上海市各区县工业人才集中率比较表　　　　单位:%

区/县	静安	浦东	南汇	奉贤	闵行	宝山
工业人才集中率	7.0	61.72	27.12	25.68	39.98	25.34

表中数字是根据《上海市各区县人才发展"十五"计划到2015年规划纲要》中数字计算出来的。

5. 地区的人均 GDP。此指标主要反映每一地区中人均国内生产总值。由于人才开发与地区经济发展有强烈的正相关关系,人才开发区的划分本身也是发展区域经济的一种措施,所以本指标也是区分人才开发区的重要指标。

6. 地区主导行业生产总值增长率。此指标主要指在过去的一段时间内,某一地区主导行业的生产总值的变化情况,其反映了某一地区内的主导行业的发展趋势。人才开发区的划分是一个动态的概念,在反映人才和经济发展现状的基础上,其还要反映地区经济发展和人才开发的方向与趋势,而行业人才资源的增长率与行业生产总值的增长率有强烈的相关性,在行业人才资源增长率准确资料难以获取的时候,地区主导行业生产总值的增长率就是一个恰当的指标。

地区主导行业生产总值增长率 = (当年某地区主导行业的生产总值/N 年前该地区该行业的生产总值)$^{1/N}$ − 1

一般情况下,N 可以选取 5 年。

由于难以获取准确的人才区划的详细数据,定性的分析作为本次对上海市人才区划的基础。根据空间区划的理论,在人才区划原则的指导下,上海各区域的人才资源状况、经济发展水平、经济结构、经济发展规划及行政隶属,特别是上海现今和未来的经济空间布局成为上海人才区划的重要依据。

四、上海市人才开发区划方案

根据现有的统计资料和上海各区县在空间上的联系,考虑上海产业分布的特点,可以宏观的将上海划分为三个呈环状的人才开发区:中央商务区高级金融人才开发区、城市中心区第三产业综合性人才开发区、城市郊区工业 - 农业 - 旅游业人才开发区。

上海黄浦的外滩和浦东新区的陆家嘴金融贸易区,是上海的金融中心,集聚了上海的银行、保险公司、证券交易所和投资公司等机构,特别是许多金融机构的上海总部,是上海高级金融人才分布最密集的地区。根据上海的城市规划和经济发展规划,这里要建设成为上海的中央商务区,主要的发展目标就是要建设成为上海的金融中心。从这一地区的行政范围来看,主要包括黄浦区的外滩街道和浦东新区的梅园新村街道及潍坊新村街道。

在上海的中央商务区之外至内外环线间的地区,是上海经济比较集中的地区,以商业服务业、科技教育、文化卫生、商业咨询业等为代表的第三产业比较发达,大量的都市加工企业也布局在此,它们构成了上海的城市中心区。由于许多单位人才比较密集,处于产业发展的高层次,也构成了上海高级人才的集聚地,形成了上海的第三产业人才开发。城市中心区第三产业综合性人才开发区主要空间范围是指黄浦区外滩街道以外的地区、卢湾、静安、长宁、虹口、闸北、徐汇、普陀、杨浦、浦东内环线内除了陆家嘴金融开发区以外的地区,以及宝山区的南部地区等。

在外环线以外的地区主要是上海的郊区,有传统的农业基础。随着近年来上海郊区工业化和城市化进程的加快,一些工业区和开发区布局在此,新建了大批的工业企业,加上原有的大型企业,这一地区逐渐成为上海加工制造业、旅游休闲业和都市型农业的基地。与此相对应,在大型企业的所在地和工业区中也形成了人才的密集地,这些地区如同一个环套在上海的外围,构成了上海的城市郊区工业－农业－旅游业人才开发区。

在城市郊区工业－农业－旅游业人才开发区中,不同的地区集聚着不同的主导行业部门,各具特色,又可细分为不同类型的人才开发区。如,浦东信息业人才开发区、东部临海临空物流人才开发区、东南部旅游业农业人才开发区、南部化工人才开发区、西南部特色农业人才开发区、西部旅游休闲人才开发区、中南部出口加工业人才开发区、西北汽车人才开发区、北部钢铁人才开发区、沿江－岛屿特色农业人才开发区等。

浦东近年来经济发展十分迅速,在浦东的内外环线之间形成了加工制造业的基地,其中以集成电路为代表的信息产业有良好的发展势头。相应的是,人才随之集聚于此,特别是跨国公司的入驻吸引了许多高层次的人才,就形成了浦东信息业人才开发区,其空间范围主要包括浦东的金桥、张江并延伸到南汇的康桥及周浦地区。

随着浦东的发展,其交通等基础设施的改进十分迅速,先是外高桥保税区的建设、紧接着是航空港的建设及临空产业的发展,然后就是规划中的深水港工程。交通枢纽的形成为物流产业的发展提供了良好的条件,并将吸引大批的人才资源,所以,在浦东新区和南汇区的沿海地带将构成上海的东部临海临空物流人才开发区。

南汇西部、奉贤东部和闵行的黄浦江地区各乡镇分别具有自己独特的种植业或养殖业优势,由于交通和区位等原因,这里的工业投资相对迟缓,而旅游业近年来逐渐兴起,所以这里就形成了上海的东南部旅游业农业人才开发区。

在杭州湾北岸布局着大型的化工企业—上海石化集团,经过多年的发展,石化集团已经成为我国重要的石化产业基地。在上海的"十五"期间,在金山、奉贤地区将要建设上海的化学工业区,这又是上海的一大经济增长点。上海石化已经积累了大量的人才,而上海化学工业区的开发同样将吸引国内外的高级化学人才,所以这里将形成以石油化工为特色的人才开发区。南部化工人才开发区的主要空间范围包括金山区的东南部、奉贤西部和闵行的南部地区。

在金山的西部和松江的南部,与浙江省接邻,距离上海市中心比较远,是上海重要的农业基地,种植和养殖业均具有特色,而第二、第三产业发展比较薄弱,人才资源也相对缺乏,发展的方向是特色农业、都市农业,这里将形成上海的西南部特色农业人才开发区。

在青浦及松江的西北部地区,自然条件较好,旅游资源比较丰富,淀山湖、佘山、朱家角等地均是上海重要的休闲旅游基地;近年来旅游业发展比较迅速,青浦已将工业定位在绿色工业,农业定位在观光农业和特色农业方面,因此,这里将形成上海的西部旅游休闲人才开发区。

80年代以来的上海郊区工业化兴起于漕河泾经济技术开发区和闵行经济技术开发区,90年代后松江出口加工区发展又十分迅速,同时随着上海制造业向郊区的迁移,有良好基础设施和区位条件的松江和闵行地区成为重要的选择,在闵行、松江东部并延伸到徐汇的漕河泾一带形成了上海重要的加工制造业基地。伴随产业转移的人才集聚就形成了中南部出口加工业人才开发区。

经过多年的发展,位于嘉定安亭镇的上海大众汽车公司成为中国最重要的轿车生产基地,安亭镇也被成为上海的汽车城。而围绕安亭镇,在嘉定区的一些地区又布局着一些相关的汽车配套产业。汽车产业是一个高投入、技术密集的产业,安亭的目标又是建设成为上海的综合性的汽车基地,所以,在嘉定区中部、南部就形成了上海的西北汽车人才开发区,其空间范围主要包括嘉定的安亭、嘉定工业开发区、黄渡镇等地区。

80 年代宝山钢铁公司在上海建成,并在以后的发展中取得良好的成绩,成为中国重要的钢铁生产基地。围绕宝钢的发展,在宝山区的东北部形成了钢铁产业的集聚地。宝钢在建设中十分注意企业的生产效率,吸引了大批的高级人才,同时就形成了上海北部钢铁人才开发区。

在嘉定区的东北部、宝山区的北部和长兴岛、横沙岛及崇明县是上海地理位置和自然特点比较独特的地区,由于交通不便,长期以来,工业发展比较落后,经济主要以农业为主,同时人才资源也比较缺乏,就形成了上海的海岛－沿江特色农业人才开发区。

五、上海市人才开发区比较研究

根据各地区的人才资源与经济发展的外部差异性和内部一致性等原则划分的上海各人才开发区,其最终目的是为了提高人才资源的配置效率,构筑上海国际人才资源高地,增强上海的综合城市竞争力。所以,非常有必要对各人才开发区的特点、发展目标、开发重点等方面进行比较分析,从而提出有价值的对策措施,为上海的人才资源开发服务。

1. 中央商务区金融人才开发区

这一人才开发区包括黄浦区的外滩街道和浦东新区的陆家嘴金融贸易开发区(主要包括梅园新村街道和潍坊新村街道)。本区面积较小,是主要的办公区域,集聚了大量的金融机构和大公司的总部(或地区总部),其主要承担了建设上海国际金融中心的功能。由于该人才开发区位于上海的中心,交通方便,环境较好,对金融机构和人才资源有很大的吸引力,同时昂贵的地价和办公楼租金也排斥大规模生产企业的入驻,在此工作的高级金融人才也多居住在其他地方。金融企业的布局特点存在网络形式的特点,各分支机构遍布全市,但处于金融体系金字塔顶部的公司总部却具有集聚的特点,所以布局在本区的人才多为高级的金融人才。

上海的金融发展是综合性的,本区对投资银行、资产证券化、新投资理念、宏观金融分析、中高级保险人才以及法律、咨询评估、市场化经营、交易中介和国际会计等方面的人才需求比较突出。

2. 城市中心区第三产业综合性人才开发区

这一人才开发区主要包括中央商务区以外至内外环线间的地区，从空间范围上看主要包括有黄浦区除外滩街道以外的地区、浦东新区内环线内除陆家嘴金融贸易区以外的地区、静安区、卢湾区、长宁区、徐汇区、虹口区、闸北区、杨浦区、普陀区，以及宝山区的南部地区等。上海市是一个综合性的都市，集聚着各种专业的人才，其中最具代表性的就是上海的城市中心区，因此城市中心区人才开发区是一个综合性的人才开发区。在上海实施"三、二、一"顺序的产业政策后，上海第三产业人才迅速增加，而且由于上海工业向郊区的逐渐迁移，在内环线以内的城市中心区逐渐就形成以第三产业人才为主兼顾综合性特点的地区。由于在该人才开发区中包含的行政区比较多，根据不同的发展条件，每一区中多有自己独特的产业，所以在区内人才的分布也不是完全均匀的。经过长期的发展，在本区内形成了一些经济活动中心，包括市一级的商业中心和次级的商业中心，如南京东路、南京西路、徐家汇、豫园、四川北路等。不同的经济发展水平与层次，就决定了其人才资源开发的层次，所以在该人才开发区中还存在着人才分布的结构等级性特点。另外本区内人口密集，人才资源的绝对数量与层次在全上海市都是比较高的，是上海人才开发的重点地区。

在城市中心区内的主导产业有商贸流通业、房地产业、信息产业、都市旅游业及科研教育和咨询服务业等，其中一些还是上海的支柱产业。区内的商贸流通业人才主要需求高级经营管理人才、物流配送人才、财务管理人才、现代营销人才、市场开拓人才及商业信息管理人才。根据商业布局的结构等级性特点，在南京东路、淮海路等主要的市级商业中心需求更多的是高级的、具备国际视野和经营理念的人才。在房地产业，由于受到城市规划和地价的制约，在城市中心区的内层，地理位置比较好，地价高，发展的多为高品质的生活区，而在内环线至外环线之间则形成大规模的居住区，这个特点决定了它们具有需求投资决策、市场策划、房地产理论、房地产金融等研究人才、物业管理人才、房屋评估、营销、经纪人等中介人才和房地产管理等开发型人才的共性方面，又在人才需求的层次等方面存在着差别。其中除物业管理人才具有布局在物业所在地的特点外,其他类型的人才,特别是中介性人才,需要畅通的信息流通和市场服务,他们的布局可以与房地产本身相分离,可以集中在中心区区位比较好的地方。信息产业是上海的支柱产业之一,集中在中心区的主要是与通讯、网络、软件开发等有关的部分,需求的主要人才包括通讯、网络研发与建设人才、系统与网络管理等应用人才、软件开发人才、信息安全人才、多媒体开发人才、电子商务人才、ICP 和 ISP 等信息服务人才。另外,科研教育、卫生等方面的人才在上海的人才队伍中占据重要的地位,其中的高级人才很多,且主要集中在中心区。都市旅游业和咨询服务业是上海大力发展的产业,主要集中在本区内,其中咨询服务业人才主要集中在一些商务中心。

3. 浦东信息业人才开发区

该人才开发区主要包括浦东新区的内外环线之间的地区和南汇的周浦、康桥地区。浦东开发以来,第二产业发展十分迅速,人才增长很快,其中最为集中的地区就是处于内外环线之间的金桥出口加工区和张江高科技园区,以及受其辐射的南汇的康桥、周浦地区。受跨国投资和留学生回国创新的影响,人才的国际化程度也比较高。在"十五"计划中,要在本地区大力发展集成电路生产线的建设,使其成为中国最具竞争力的集成电路产业基地,所以,以集成电路为代表的信息产业具有良好的发展势头,并将形成信息产业人才的中心,其中最具代表性的是集成电路的工艺设计与制造设计人才。

4. 东部临海临空物流人才开发区

该人才开发区主要包括浦东新区外环线以外的地区和南汇的东部地区,自高桥镇至南汇的芦潮港。这一地区是上海的新兴发展地区和待发展地区,涉及上海的外高桥保税区和航空港、深水港两大工程,主要产业以临空型产业和临港型产业为主。由于这一地区大规模的投资开发比较晚,而且主要是大型的基础设施建设,人才资源的总量并不很高。随着航空港和深水港的建设,对物流人才的需求比较大。

5. 东南部旅游业农业人才开发区

该人才开发区主要包括南汇的西部(自瓦屑至芦潮港农场)、奉贤的东部(金汇至星火农场一线以东)和闵行的黄浦江以东地区(陈行、杜行、鲁汇)。本地区交通不便,科技人才资源相对缺乏,工业规模不大,层次不高,而有特色农业的基础,旅游业正在兴起,对都市型旅游业和农业人才的需求比较大。

6. 南部化工人才开发区

该人才开发区主要包括金山区的东南部、奉贤西部和闵行的南部地区,南至金山卫镇,北至闵行的吴泾街道。本区属上海传统的化学工业基地,有大型的国有企业上海石化股份有限公司、上海氯碱化工股份有限公司,石化焦化总厂等,有正在兴建大型的项目上海化学工业区,所以本地区的主导行业特别明显,石油化工行业人才主要集中在这一行业。随着产业的深化,本地区的人才需求既有高级的专业技术人才,也有高级的管理人才,重点是计算机仿真系统以及化工工艺的复合型人才、资产运作、评估人才、精通外语和国际贸易规则的高级人才、高级经营管理人才等。

7. 西南部特色农业人才开发区

该人才开发区主要包括金山的西部和松江的南部,自金山的廊下镇至松江的石湖荡镇。本地区距离上海市中心较远,工业基础比较薄弱,人才规模小,层次不高,主要以农业为主。在传统农业向现代都市农业转变的过程中,农业园区或示范区的人才开发具有良好的示范作用,因而本区特别需要都市型农业人才。

8. 西部旅游休闲人才开发区

该人才开发区主要包括青浦区和松江的西北部地区,东至松江的佘山,西至青浦的淀山湖。本区内旅游资源丰富,自然环境保护较好,工业和农业的发展均具有环保的理念或观光的功能,具有发展旅游休闲业的优势。由于各种原因,现有的旅游资源没有得到充分的发挥,人才资源的集聚效应也没有显现出来。本区对旅游管理人才、旅游开发、旅游营销人才的需求比较强烈,同时对环保、绿色工业、观光农业的人才也有一定的需求。

9. 中南部出口加工业人才开发区

该人才开发区主要包括闵行、松江东部并延伸到徐汇的漕河泾新兴技术开发区,南起松江新城,北至漕河泾新兴技术开发区。改革开放后,中国的工业化采用了开发区的形式,而漕河泾开发区和闵行经济技术开发区是国内第一批国家级的开发区,而松江出口加工区又是上海市级工业区中发展比较好的,所以,在本区集聚了很多大的跨国公司和民营企业,也吸引了制造业人才。由于具体产业和发展目标的差异,漕河泾的人才需求主要是大量的电子信息业高科技人才,人才层次较高,闵行、松江需求的主体人才是大量的电子及通讯设备制造业、电气机械及器材制造业操作型的人才。

10. 西北汽车人才开发区

该人才开发区主要指在嘉定区中部、南部,主要包括嘉定的安亭镇、江桥镇、嘉定工业开发区、黄渡镇等地区。安亭是中国第一辆汽车的诞生地,后来上海汽车工业总公司与德国大众汽车公司合资成立了上海大众汽车公司,并逐渐发展成为国内最具竞争力的轿车生产厂家,占有国内轿车市场的最大份额。在"十五"规划中,安亭要建设成为综合性一体化的汽车基地。另外在江桥和嘉定工业区还布局着一些汽车配套厂商,具有相当的规模,所以在本区已经形成汽车行业具有核心竞争力的人才队伍。安亭汽车城的高标准和上海汽车产业的高发展目标联系在一些,其需求的主要人才包括熟悉国际交往事务的高级管理人才,具备创新思维的、具有国际水平的汽车技术开发人才(整车开发和零部件开发),以及高级技能人才等。

11. 北部钢铁人才开发区

该人才开发区主要指宝山区的东北部,以宝钢工业区为核心,包括吴淞工业区、宝山城市工业园区等,是宝山区的经济比较集中的地区。本地区的核心是宝山钢铁集团公司,主导的行业是冶金部门。由于宝山钢铁集团公司的成功运作,公司取得了很好的经济效益,生产率达到国际水平。本地区的人才开发目标主要钢铁冶金及其相关的产业的复合型的高层次人才,包括高级管理人才和高级研究与开发人才。

12. 沿江 - 岛屿旅游农业人才开发区

该人才开发区主要包括嘉定区的北部(包括罗店、华亭、曹王、徐行和唐行等)、宝山区的西北部(罗泾至刘行)和长兴岛、横沙岛及崇明县。由于特殊的地理位置,本地区的经济发展受到影响,工业部门相对落后于其他地区,但由于濒临长江,有独特的自然条件,旅游优势具有不可替代性,农业部门具有比较优势。本地区的人才资源开发受到经济因素的影响,也相对缺乏,人才的层次水平有待提高,人才需求的重点在于旅游业、绿色农业等方面的开发和管理人才。

总之,上海人才资源高地的建设,一方面要向外扩展,加快人才资源开发的国际化;另一方面,要理顺内部各地区的关系。优化人才资源的空间布局既是上海经济产业结构调整的要求,也是构筑人才资源高地的基础工作。

主要参考文献

1. 叶忠海著:《人才地理学概论》,上海科技教育出版社 2000 年 8 月版。

2. 叶忠海主编:《人才资源优化策略》,上海人民出版社 1996 年 9 月版。

3. 上海市人事局:《上海人才发展'十五'计划与到 2015 年规划纲要》,内部文件。

4. 上海市计划委员会:《上海市国民经济和社会发展第十个五年计划纲要》,上海市第十一届人民代表大会第四次会议文件。

本课题组人员名单

组　　长:叶忠海教授(华东师范大学)
　　　　　蔡志强处长(上海市人事局)
副组长:陈巍副处长(上海市人事局)
　　　　朱宝树教授(华东师范大学)
组　　员:陈琦硕士(华东师范大学)
　　　　　杨丽硕士生(华东师范大学)
　　　　　葛红硕士生(华东师范大学)

附件一

关于上海市人才空间开发地区
导向的建议书①

引　言

在新世纪上海进入新的五年计划之时,上海将面临着加入 WTO 后的激烈的国际竞争,构筑上海国际人才资源高地是保障上海未来发展和获取竞争优势的重要基础。人才资源高地建设不仅需要数量众多、层次高的人才资源,更需要人才资源开发与经济发展的结构高度对应。总体上上海要成为国际经济、贸易、金融中心和国际航运中心,但是在落实这四个中心的建设方面,上海内部需要有分工协作,需要国民经济的宏观布局,因此人才资源高地的建设,就需要人才的空间布局保持与上海国民经济结构的高对应。

一、上海人才资源空间布局与经济发展结构
对应情况的现状分析

经过多年的发展,上海的人才队伍已经发展壮大,到 2000 年末,上海的人才总数(指具有大专以上学历或中级以上专业技术职称的人员)已经达到 113 万人。这些人才为上海"九五"的社会经济发展做出了很大的贡献,如上海的经济重点发展地区与支柱行业、高新技术产业的发展就与该地区和行业的人才资源开发有密切的关系,从某些点上看,人

---

① 本建议书完成于 2002 年 1 月,系《上海市人才区划及其开发比较研究报告》的附件,为上海市人事局编制《上海市人才开发专业目录》服务。该建议书执笔人:陈琦硕士,由叶忠海教授修改定稿。

才资源开发和经济布局上还存在着结构性的问题。

（一）上海人才资源空间布局与经济发展结构对应的特点

1. 人才的产业结构演化逐步与国民经济"退二进三"的战略相对应。九十年代以来，为适应"一个龙头，三个中心"发展战略和浦东开发开放的要求，上海提出了国民经济产业结构由"二、三、一"的顺序，调整到"三、二、一"的顺序，大力发展第三产业。由于第三产业的人才包括教育，医疗卫生和科学研究等人才资源高度密集的产业或部门，第三产业的人才资源传统上在总体的人才资源中占据优势。为适应上海社会经济发展战略的要求，近年来上海人才资源产业结构的调整，逐步适应经济结构的演变。在2000年上海三大产业中人才资源的分布是第一产业人才占1.56%，第二产业占24.81%，第三产业占73.63%，第三产业的人才数远超过第二产业。2000年末上海第二产业人才拥有量占24.81%，比1995年下降10.34个百分点，由于部分企业生产经营状况不佳，利润下滑导致企业吸引和接受各类人才的能力下降，使第二产业人才拥有量出现了由比重下降转向绝对量下降的惯性下滑趋势。"九五"期间国有企事业单位各类专业技术人员绝对量减少10.52万人。同时第三产业中支柱行业人才拥有量增长速度加快，2000年末上海交通运输仓储及邮电通讯业人才拥有量比1995年增长37.01%，金融保险业人才拥有量比1995年增长51%，房地产业人才拥有量比1995年增长51.2%。

2. 人才空间结构形成产业的环状分布与行业的点状集聚。各个行业或产业由于生产率不同，空间布局的要求也不同，或者对土地的价格承受能力有差异。金融业、商贸流通业及都市型工业占用的土地面积小，对地理位置要求高，一般都集聚在城市的中心区域，而大规模的制造业则分布在城市的郊区，农业则分布在更外的层次。所以城市的经济产业空间结构经常形成一环套一环的圈层结构。总体上看，上海形成了以第三产业人才为主的城市中心区和存在着工业化趋势的城市郊区，人才的产业结构存在着明显的环形状态。从一些具体的行业分布来看，又存在着明显的集聚某一区域的特点。如冶金钢铁人才在宝山地区所占比重高；在杭州湾北岸是上海化工人才的高度密集区。所以，某些具体行业的人才分布特点具有高度密集的点状属性。这种人才产业结构的环状分布与具体行业的点状布局相交叉就形成了上海人才资源空间布局的总体特点。

3. 中心区商业化与第三产业高级人才的集聚。上海的城市中心区大力发展金融、商业流通、中介咨询、旅游饭店等第三产业，集聚着优秀的第三产业高级人才。在上海以陆家嘴和外滩为核心，构成了上海的中央商务区(CBD)，集聚着大量的金融业机构和人才，包括银行、证券、保险、信托投资等行业，特别是外资的一些金融机构最早允许在此开业，吸引了一些外资的金融机构和外籍的高级金融人才。在中央商务区之外，就是上海的中心商业区，基本涉及中心城区的所有行政区。随着商业竞争的激烈程度加剧，对高级商业经营管理人才的竞争也将激烈。无论是金融业，还是商贸流通业，行业中均存在着金字塔形的结构，位于金字塔顶层的是大型金融公司的总部或高层次的商业企业，处于金字塔底部的是众多的营业网点，在这些行业的人才资源配置中，高级人才一般都位于顶部，也经常是在中央商务区或中心商业区，而一般操作层的人才就散布在全市。所以中央商务区或中心商业区的人才开发往往强调的是高层次的人才。

4. 郊区工业化与人才向重点地区与行业的集聚。总体上看，由各个工业开发区和重点发展地区组成的工业带环绕在上海城市的周围；从具体细节上看，各个工业开发区和重点发展地区相互间存在着分工与协作。上海的工业布局主要集中在高科技园区、工业园区和几个产业带上，这些园区与产业带相互交叉，相互依托。上海"一区六园"形式的高科技园区，"1＋3＋9"形式的工业区，以及微电子产业基地、石化工业带、钢铁及配套延伸产业带、综合性汽车产业基地、出口加工产业基地等。这些产业带基本上构成了上海工业体系的总体框架，其中很多地区已经形成了一定的规模，产生了一定的集聚效应。在已经具有行业集聚特点的工业区或产业带，往往具有核心的重点企业，它们的人才体系比较健全，既有高层次的经营管理人才，也具备高级的专业技术人才；而在一些正在形成和发展的工业区而言，行业的集聚在逐步形成。

5. 在中心城区间，人才的流动界限是开放的。由于户口的限制，外地的人才到上海就业存在着一定的壁垒，工作地与居住地难以分开，可以用上海人才与外地人才的概念区分,在郊区中也或多或少存在着这种现象。在中心城区,交通比较方便,空间距离比较近,人才的居住地与工作地点可能是分离的,人才的就业不存在各区之间的障碍,这有利于城市中心区人才资源的配置,无形中变某一区的人才为整个中心区的人才。

(二)上海人才资源空间布局与经济发展结构对应中存在的问题

尽管上海人才资源的空间布局在随着经济结构的调整不断演化,依然有一些因素在制约着人才布局与经济发展结构的高度对应问题。

1. 新城区与中心镇的发展缺少规划人才与管理人才。近年来上海的郊区社会经济发展比较迅速,新兴的城镇快速发展起来,与此相对应,新兴的城镇和工业区却缺乏高层次的管理人才与规划人才。在有些远郊区中,乡镇党政领导普遍文化程度不高,年龄偏大,对经济结构转换缺乏明确的思路,有时甚至会干扰企业的正常运作。

2. 新兴发展地区产业发展对人才的吸引力不足。受传统的就业思维影响,郊区的人才普遍存在着向市中心区流动的倾向,而市中心区的人才即使在就业形式发生变化的情况下,依然不愿意向相对偏僻的郊区流动以发挥自己的专业特长。每年在松江、金山、南汇、崇明等区县有大批的重点大学毕业生没有返回家乡,而这些区县从外地招收来的大学生在经过一段时间后也纷纷流向市中心区。人才资源的这种单向流动不利于上海产业布局和人才资源空间结构的调整,市郊各工业区的快速发展,大型产业基地的形成,非常有必要尽快形成有特色的地域文化和产业文化,留住核心的专业人才。

3. 区域与区属的概念需要突破。在上海各区属人才中,占据绝大部分的是教育、卫生系统的专业技术人员,在经济第一线的企业中人才规模较小,而且人才的层次普遍不高。其原因在于各区人才开发普遍将眼光定位于税收与本区相关的区属企业和单位。在上海的国民经济中,大型的企业和企业集团、大专院校、医院、研究所基本上是市属或部属的单位,它们对上海的经济发展有重要的支撑作用,对所在区县的社会经济发展也能起到重要的带动作用,往往是该地区的核心企业或单位,能够形成一个产业群体。进行柔性的人才开发与智力流动,成本最低,可行性最强的办法就是利用市属或部属单位的人才资源。像徐汇、嘉定等区已经意识到这一问题,已将人才开发的思路由区属转移到区域的概念上。

4. 非公有制单位的人才资源开发需要引起各区县人才开发部门的重视。受长期计划体制的影响,政府的人才开发思路主要针对国有和集体的单位上,非公有制单位的人才开发没有得到应有的重视,而经过改革开放多年来的发展,三资企业和民营企业已经成为许多区中的重要经济成分,而政府对它们的影响力度不足,甚至连人才的具体情况都不清楚。根据静安区的统计,2000 年 7 月该区人才(具有中专以上学历或初级以上专业技术职称者)总量为 54389 人,区属单位人才 16333 人,只占人才总量的 30%,非区属单位的人才总量占 70%。进入 WTO 后,政府的重要职能就是为企业服务,也包括非公有制企业。

二、"十五"期间上海产业布局和人才空间开发的总体设想

"十五"期间上海的整体经济布局与产业的区域配置指导思想是要按照中心区体现繁荣繁华、郊区体现实力水平的要求,着眼于完善特大型城市的功能,强化集聚,分层推进,整体优化经济布局,促进产业结构升级。

总体上看,上海的产业布局和人才的空间开发已经形成了产业的环状结构和行业的区域集聚的格局。在中央商务区形成了金融部门总部的集聚区,在内环线以内,基本形成了第三产业的高势能区,内环线以外形成了以工业区为主体,旅游区与农业区镶嵌其中的格局。其中在工业带中,以骨干企业或工业区为依托,形成了各具特色的行业聚集点或人才开发区。

在上海的城市中心区,是上海城市规划的中央商务区(CBD)地区,主要包括黄浦区的外滩和浦东新区的陆家嘴金融贸易区,其主要功能是加快发展银行业、证券业、保险业等,是构筑上海金融中心的主体。预计加入世界贸易组织后金融业的年均增长在 15% 左右,2005 年占上海市国内生产总值的 18% 左右。这里是许多大型金融机构上海总部的所在

地,集聚着高级的金融人才,形成了上海的中央商务区高级金融人才开发区。

在中央商务区以外至内环线附近是上海的中心商业区,包括黄浦、卢湾、静安、长宁、徐汇、普陀、闸北、虹口、杨浦、浦东新区和宝山等区的全部或部分地区,是上海中心商业区、区域商业中心、社区商业中心和郊区城镇商业体系的金字塔顶部。本区域内的经济产业以商贸流通业、都市型工业和其他第三产业为主体,其中比较有代表性的商贸中心有南京东路商业区(黄浦)、豫园商业旅游区(黄浦)、淮海中路商务商贸区(卢湾)、打浦桥服务商业区(卢湾)、南京西路商业商务区(静安)、徐家汇商贸中心(徐汇)、虹桥涉外贸易中心(长宁)、中山公园商业中心(长宁)、真北路大物流集散中心(普陀)、不夜城商贸区(闸北)、四川北路商业街(虹口)等。都市型工业和其他第三产业则散布在其中。这一区域的人才主要以高级的商业经营管理人才、咨询中介业人才、都市型加工业技术人才和其他类型的高级人才为主体,是上海的城市中心区第三产业综合性人才开发区。

在浦东内外环线间,包括金桥、张江等开发区,加上南汇的康桥、周浦地区,有很强的电子产业发展基础,其中张江高科技园区将建设包括6条集成电路生产线,超级计算中心、上海光源工程及国家863计划光电子主题产业化项目等;金桥出口加工区将建成现代家电制造中心和电子通讯生产基地;外高桥保税区也有2条集成电路生产线、超级计算机中心项目和上海光源工程等项目落户,这些将是上海未来的集成电路产业基地和信息业人才开发区。

随着浦东航空港的建成、深水港的建设,在浦东、南汇沿海地区将具有物流运输的便利,临空、临海产业将得到迅速发展,从外高桥保税区,到浦东的川沙镇、机场镇,进而到南汇的芦潮港镇将形成东部临空临海物流人才开发区。

南汇西部、奉贤东部和闵行的黄浦江以东地区交通相对不便,科技人才资源相对缺乏,工业规模不大,层次不高,而有特色农业的基础,旅游业正在兴起,对都市型旅游业和农业人才的需求比较大。所以这里就形成了上海的东南部旅游业农业人才开发区。

在金山东南部、奉贤西南部,杭州湾北岸地区,分布着上海化学工业区和上海石化总厂,是上海石化发展的主要基地,特别是上海石化总厂有多年的历史,形成了很大的规模,人才队伍比较完整,已经有一定的集聚效应。在闵行的吴泾地区布局着大型的化工企业上海氯碱化工股份有限公司、吴泾化工总厂等,人才已经具有规模效应。因此从闵行的吴泾到金山卫镇将成为上海的化工产业带和化工人才开发区。

在金山西部和松江南部地区,包括金山的枫泾、兴塔、朱泾等镇与松江的新浜、泖港、叶榭、石湖荡镇,其中还包括浦南三高农业示范区,离市中心较远,农业基础较好,而工业等国民经济部门发展相对较其他地区滞后,是上海特色农业发展的基地,这里将形成上海的西南部特色农业人才开发区。

在松江中部、东部及闵行区的中部、北部,分布着松江出口加工区、莘庄工业区,以及闵行经济技术开发区,吸引外商投资企业较多,以加工业为主,生产加工的基础较好,是上海的出口加工产业基地。这里的人才主要需求的是中级水平的具备很强操作能力的人才,将成为中南部出口加工业人才开发区。

在松江西北部和青浦区,是上海自然风景保护较好的地区,佘山国家旅游度假区和淀山湖、朱家角镇有丰富的旅游资源,将成为上海的旅游休闲度假区和西部旅游休闲人才开发区。

在嘉定南部地区的安亭镇有上海大众汽车生产基地,周围的一些开发区则有一些汽车零配件生产厂家,将要建成集生产、展示、销售等功能于一体的综合性汽车产业基地。安亭镇的大众汽车制造公司,规模较大,是中国主要的轿车生产厂家,已经形成一支高素质的人才队伍,在安亭、嘉定、封浜等镇将形成上海的西北汽车人才开发区。

崇明、宝山北部(包括罗店、罗泾、盛桥镇、长兴岛、横沙岛等)、嘉定东北部(包括华亭、曹王、唐行等镇),有良好的农业发展基础和独特的旅游资源,交通相对不便,是旅游业和绿色农业的发展基地,将构成上海的岛屿-沿江旅游业农业人才开发区。

宝钢是我国最大的钢铁生产企业,宝钢集团总部的所在地和主要的生产基地就位于宝山东北部,随着宝钢生产规模的扩大和资产的兼并重组,宝钢成为上海重要的支柱企业。宝钢集聚着中国最优秀的钢铁冶金人才,这里将成为北部钢铁的人才开发区。

三、上海支柱产业、重点行业
人才开发的地区导向

上海的"十五"规划已经描述了上海未来产业发展的前景,要全面深化经济体制改革,推进国有经济布局战略性调整和国有企业战略性重组,大力发展支柱产业,积极发展新兴产业,优化发展基础产业,鼓励发展都市型产业,整体调整经济布局,优化产业的区域配置。所以,上海的人才资源开发也应该根据上海经济发展的要求,优化人才的行业配置和空间布局。

1. 支柱产业

上海确定的六大支柱产业是信息、金融、商贸、汽车、成套设备和房地产业。预计到 2005 年,六大支柱产业的增加值占国内生产总值的 55—60%。

信息业。上海信息业重点发展集成电路、通讯产品、计算机及网络产品、电真空器件、电子元件、视听产品、软件等产品,因此所需要的人才主要就是这些专业的技术人才。到 2005 年上海电子信息业的工业总产值达 2700 亿元,年均增长 30% 以上,要占当年全市工业总产值的 25%,所以,信息人才的需求量很大。因为信息业要求具备自己的知识产权,所以需求的是大量的高级人才。由于信息业是上海的最为重要的支柱产业,很多区都将其作为自己的发展方向,但在具体的项目上又有所差别。在徐汇的漕河泾开发区主要需要的是电子通讯、微电子和计算机软件开发的人才;"数字长宁"需要的是计算机软件开发、网络和计算机应用与维护的人才;浦东的张江、外高桥需要的是集成电路设计、软件开发、系统集成和光通讯等专业的人才;金桥需要的是家电与电子通讯方向的专业人才;松江、莘庄、嘉定、康桥及青浦等工业区主要需要的是电子通讯方面的人才。

金融业。"十五"期间,上海金融业增加值预计年均增长 15% 左右,2005 年占国内生产总值的 18%。上海的金融人才主要是要高层次发展,需要商业银行、证券、保险、期货、信托、租赁、基金、财务、担保等金融服务业人才,以及经纪、咨询、评估、投资等金融中介服务人才。由于金融业的发展与国民经济各行业均有关,所以,很多区都需要金融人才,但是上海金融业中目前最缺乏的是高级的人才,根据上海的整体经济布局,高级金融人才最可能集聚在外滩与陆家嘴所处的中央商务区。

商贸流通业。上海"十五"期间,商业增加值预计年均增长8%,进出口商品贸易总额年均增长9.5%,2005年商贸流通业增加值占国内生产总值的比重达8%。上海的商业业态主要有百货商店、连锁商店、大卖场及物流中心等,商贸流通业所需要的人才主要是高级的具备现代经营理念的经营管理人才,主要集中在中心商业区。进出口贸易,除了专业的外贸公司外,还有许多生产厂家具有外贸自营出口权。所以分布比较松散。

汽车制造业。上海"十五"期间计划在汽车制造业投资350亿元,到2005年汽车工业的销售收入预计年均增长15%,汽车业增加值占国内生产总值的7%左右。上海汽车业发展的突破点在整车制造、零部件制造和技术开发体系等方面,所急需的人才就是轿车开发的技术人才。其中汽车整体设计制造和技术开发的主要核心人才应向嘉定汽车城和浦东的金桥集中;零部件的设计、开发和制造人才主要流向嘉定、康桥和青浦工业园等地区。

成套设备制造业。该行业"十五"期间预计销售收入年均增长10%,2005年增加值占国内生产总值的5%。该行业中重点发展大型和超大型发电与输变电设备,加快发展数控机床及光机电一体化设备、石油化工设备、实时优化控制系统集成制造等行业,大力培育城市轨道交通设备等新兴制造业,除了原有的工业基地外,这些行业的人才应向莘庄、嘉定、宝山、松江、金山等工业区集聚。

房地产业。上海城市建设变化很快,房地产业发展也很迅速,预计"十五"期间,上海房地产业增加值年均增长14%以上,到2005年占国内生产总值的7%以上。房地产业的发展主要包括新居住区的建设、旧区改造、及物业管理等方面。上海房地产业的发展面十分宽,既有内外环线之间大型居住区的建设,也有"一城九镇"的小城镇建设,还有中心区的旧区改造,房地产企业的分布比较分散,人才活动与其结果的位置相分离。但这一地区对物业管理人才需求比较大。

2. 新兴产业

生物医药制造业。主要包括生物药物、天然资源药物及中药、化学药物等具体行业。主要需要生物化学、基因工程、药学等专业的人才,布局导向主要是张江高科技园区、奉贤工业区及崇明、徐汇等的部分地区。

新材料产业。上海的新材料产业主要发展品种有特种金属材料、特种有机材料、特种无机材料、复合材料、电子信息材料、光电材料、超导材料、高纯金属材料、高性能陶瓷材料,优异结构材料等这些专业的人才主要开发导向是宝山、南汇的康桥工业区、金山嘴工业区及浦东、徐汇的部分地区。

现代物流产业。主要依托深水港、航空港、信息港、和高速公路、铁路及长江水道,发展多式联运、仓储、物流配送基地、网络和 EDI 系统等。物流的管理和技术人才应主要流向上海的物流基地:南汇的深水港、浦东和长宁的航空港、普陀和闸北的铁路与高速公路等。

3. 基础产业

石化工业。上海石化行业的重点就是上海化学工业区的建设,以90万吨乙烯工程为代表,发展石油化工、深加工和天然气化工系列产品、光气衍生系列产品、精细化工系列产品、高分子材料加工系列产品和高科技生物工程产品等,这些专业的人才主要流向闵行、奉贤、金山交界的上海化学工业区。

钢铁工业。上海的钢铁工业主要是发挥宝钢集团的优势,重点发展汽车用钢、造船板、电工钢、石油管、不锈钢、高等级建筑用钢等,这些冶金铸造人才主要布局的导向是宝山区。

4. 都市型产业

都市型农业。上海的农业集中在郊区,除一些高级的农业科研人才在中心区外,农业人才的主体在郊区。根据形势的需要,上海的农业要向都市型农业发展,向蔬菜、瓜果、花卉苗木、特色种植和养殖等方向发展,上海的现代都市型农业人才应主要向现代农业示范区集聚,如松江的浦南"三高"农业区及崇明、嘉定等地的农业区。

都市型工业。主要包括服装服饰行业、食品加工制造、室内装饰装潢、包装与印刷、化妆洗涤用品、钻石加工、工艺美术旅游品及文体用品、钟表制造等行业。这些行业很难形成很大的规模,竞争比较强烈,对设计人才的要求较高,市场化的倾向强。所以这些人才基本上以布局在中心区为主。

另外,都市型旅游业和都市型服务业(如信息咨询、教育培训、卫生保健、文化娱乐、出版等)等行业市场导向比较明显,所以人才也主要集中在中心区。

四、上海人才空间开发地区导向需解决的若干问题

上海人才开发地区导向的目的是为了保障上海经济结构的调整和空间结构的优化。产业的发展前景是吸引人才流动的重要原因,但是在现阶段人才开发还受到其他方面因素的制约,还需要解决好下列问题:

1. 年龄、学历切忌一刀切

由于各专业、行业具有不同的特点,人才的最佳工作年龄不同,如信息行业就需要比较年轻的人才,年龄因素比较突出;而其他有许多专业或行业年龄作用并不明显。同时,各个专业培养的人才层次也不一样,有的专业只有大专层次的毕业生,盲目要求全部是本科毕业则限制了人才的引进。各地区产业发展导向不同,有些工业区以制造加工为主,人才需求的主体是专科或高职的人才,如果不区分行业、专业和地区特点,统一按照一个标准引进人才可能会限制了部分紧缺人才的顺利流入和地区的经济发展。

2. 积极推动人才的柔性流动

有些专业的人才,一个地方可能只是在某一时刻特别需要,如高级规划人才等,上海各个新城新镇的发展都需要规划方案的制订,但都去引进高级的规划人才就不一定合适。如黄浦区重新设计南京路就请国际著名咨询公司的参与,实际上,很多行业的发展,都可以采用"借用外脑"的形式,使各地人才的成果均能在本地区发挥作用。

3. 将引资与引才结合起来

上海经济的发展,特别是市郊工业区、中心镇的发展,不仅需要大量经过专业培训的人才,而且需要各种投资,包括私营企业主的投资。由于学历、年龄等原因的限制,他们落户上海存在一定困难,这将影响工业

区吸引投资,也失去了集聚人才的机会。人才最看中的就是发展事业的机会,如果没有投资,则单纯的吸引人才是难以做到。所以要有一种相对于"技术移民"的"投资移民"途径。

4. 郊区要尽快营造好吸引或留住人才的环境

随着人才资源市场配置机制的形成,人才流动渠道畅通,郊区在人才竞争上处于不利的地位。这不仅反映在自己培养的人才流走,而且引进的人才也很难工作长久。所以郊区应该积极地营造自己的竞争优势,如给予宽松的工作环境,良好的事业发展机会,方便的交通,和谐的人文社会条件等;特别是利用本地区在某行业中的领先地位,重点突破吸引该吸引优秀人才的集聚。

5. 完善人才资源市场配置的机制

经过多年的发展,上海已经形成了以人才资源市场配置为主体的配置机制,企业的自主用人权、人才的自主择业权基本落实;但是不足的是市场工资体系还没有完全形成,人才资源市场的信息、信号还不完全。所以一方面要加强人才中介体系的发展,创造人才流动更加畅通的环境;另一方面政府或行业协会要及时发布有关人才市场的信息,提供人才重新组合、配置的机会,推动行业人才的集聚,加快人才开发区的形成。

6. 尽快提高人才开发部门的管理者素质

上海外部面临着国际竞争环境的改变,内部正在进行着郊区城市化的变革,许多基层的领导存在着与新知识接轨的要求。这要培训它们,提高它们的工作水平。基层的人才开发工作者不仅要懂人才开发,而且要了解地域的经济发展,将眼光拓展到区属以外的单位及非公有制单位上。据此,应根据形势的发展,对人才开发者进行新一轮的专业培训,以提高他们的专业素养,从而加快上海人才资源的空间布局及产业布局的优化。

上海市学术技术带头人成长和开发研究报告①

前　言

学术技术带头人是先进生产力的开拓者和社会变革的促进者。他们搭砌着社会最坚固的科技基石，构筑着未来世界的新支撑点。在中国，他们直接关系到国家创新体系的建立。20 世纪 90 年代以来，特别 20 世纪末本世纪初，关于学术技术带头人的研究，在国内已有了良好的开端，取得了明显的成果。其中，有代表性的成果有：国家人事部人事与人才科学研究所的《国家学科学术带头人队伍现状与发展态势分析》（1991）、江苏省的《江苏省跨世纪学术技术带头人培养研究》（1995）等。然而，这些成果毕竟受到当时研究背景的局限性，不可能放到世界知识经济和我国建设创新体系的大背景下来研究学术技术带头人的素质，也来不及在探讨学术技术带头人成长规律性基础上来研究对他们开发的问题。随着全球知识经济形成和成熟化趋势和世界各国高新技术竞争全球激烈化趋势，我国建设创新体系和高新技术区的全面推开，以及 20 世纪末原有的学术技术带头人大批退休，学术技术带头人开发问题已成为我国和上海发展战略中突出的关键问题。于是，华东师范大学人才资源研究中心副主任叶忠海教授向国家教育部申报了《上海市学术技术带头人成长和开发研究》课题。经教育部组织专家评审通过，正式批准为教育部人文社会科学研究"九五"规划 1999 年度专项任务项目，批准号：99JD630001。

---

①　本研究报告系国家教育部人文社会科学研究专项项目的研究成果，完成于 2001 年 10 月。课题组长：叶忠海教授，执笔人：叶忠海、魏建新。该成果获 2003 年国家人事部人才和人事研究成果评奖三等奖。

整个项目研究历时两年。其研究思路：以界定"学术技术带头人"作为研究的逻辑起点。然后，调查综析上海学术技术带头人成长的内外因素、创造实践，研究学术技术带头人的成长规律性，以及调查学术技术带头人的开发现状和他们的今后建议。最后，在上述基础上提出上海学术技术带头人开发的战略构思和对策。

本项目研究方法采用 4 个结合：(1)理论分析和实证研究相结合。在人才学理论指导下开展实证研究；在实证研究基础上再进行理论上升华。(2)面上调研和点上调研相结合。在面上整体把握的同时，深入不同类型点上重点剖析，以求调研结论具有说服力。(3)综合研究和专题深入相结合。在综合思维指导下开展专题研究；在专题深入基础上再进行综合合成研究。(4)定性研究和定量分析相结合。从定性出发开展定量分析；在定量分析基础上再回到定性研究。总之，本研究成果，力求做到结论科学，论据充分；思路具有前瞻性，对策具有针对性和实用性。

这次课题研究，共发放调查问卷 402 份，回收 287 份，回收率为 71.4%。其中，回收问卷中有 27 份未与回答，回答率为 90.6%。正如前述，问卷调查抽样采取了面与点相结合的方法。面上的调查，即对全市1000 名学术技术带头人随机抽出 300 人作为调查对象；同时将华东师范大学、711 所和宝钢集团分别作为大学、科研机构、大型企业的代表，对这三个单位的学术技术带头人进行点的调查。为了使这次调查科学有效，必须考虑调查对象水平层次的一致性，因而调查对象一律确定为上海市级水平的学术技术带头人才，统计时间统一截至为 1999 年 12 月31 日。最后的调查统计总数为问卷回收总量 287 人(具体见表 0-1)。

表 0-1   调查分布与回收情况

	总计	全市随机抽样	华东师大	711 所	宝钢集团
调查问卷发放数	402	277	45	25	55
调查问卷回收数	287	172	35	25	55
问卷回收率(%)	71.4	62	77.8	100	100

本项目研究成果创新之处主要有：(1)以人才学理论为指导，首次在国内对学术技术带头人作了理论上的界定；(2)运用人才成长基本理论，在国内首次对学术技术带头人成长规律性作了有益的探讨；(3)运用人才成长过程理论对学术技术带头人作了动态分类，并提出了学术技

术带头人基本的开发方向和重点。

本课题组组长为叶忠海教授(华东师大),负责项目研究总体设计、业务指导、力量组织,以及研究报告的执笔和审定。副组长为李新民副处长(市人事局职称专家处)、邱永明副研究员(华东师大)、曹树立主任(711所人事教育部)、蒋世荣处长(宝钢集团人才开发处),他们各自负责本单位学术技术带头人调查和研究,并参与课题总体研讨和调查样本设计;特别李新民副处长还协助叶忠海教授共同指导课题的展开。主要成员有:陆烨处长、硕士魏建新、葛红、曾月征等(以上均为华东师范大学研究人员和研究生)。他们对完成本项目研究也均作出了各自的贡献,其中魏建新硕士承担了本研究报告(初稿)的执笔。

在整个课题开展过程中,得到了上海市人事局职称专家处、宝钢集团人事部、711研究所人事教育部,以及华东师范大学人事处等单位的大力支持,在此一并表示诚挚的谢意。

一、学术技术带头人概念的科学内涵与外延

(一)"学术技术带头人"的有关论述

1. "学术技术带头人"的人才学阐释

在我国,在研究人才现象,揭示人才规律过程中,形成了一门专门学科——人才学。把人才学作为一门独立的现代学科研究始于1979年。对于"人才"的定义,人才学界进行了长期的探讨。一般认为:人才是指在一定社会条件下,能以其创造性劳动,对社会或社会某方面的发展,做出某种较大贡献的人。"[1]根据这一定义,对于人才的理解,强调三点:一是强调"创造性劳动",即是人才劳动的性质;二是强调"贡献",即人才劳动的进步性;三是强调在一定社会条件下",即人才劳动的社会历史性。人才的本质,即是创造性、进步性、社会历史性的辩证统一。

人才学研究的范围很广,科技人才学是其中的一个分支。科技人才是指在一定社会条件下,能以其创造性劳动,在科学技术的创造、传播、应用和发展中作出积极贡献的人才。这类人才包括各专业领域的科学

---

① 具体见叶忠海主编:《普通人才学》第42页,复旦大学出版社,1990年版。

研究人才、工程技术人才、科技教育人才、科技管理人才等。按照人才的能级原理,科技人才又可分为高级科技人才和一般科技人才。"学术技术带头人"当归属高级科技人才范畴。

2. 国外关于高层次学术技术人才概念及相关研究

国际上对高层次学术技术人才的研究最具代表性的是加拿大和美国。加拿大自 20 世纪 70 年代开始由国家政府部门开始进行科技指标统计工作,在《加拿大科技统计指标和统计方法》中,有大量的篇幅阐述高级科技人力资源的统计与研究。美国自 1972 年开始,每年出版具有国家科技发展白皮书性质的《科学指标》(1978 年改名为《科学与工程指标》),从中可以领略对高层科技人力研究的总体状况。加拿大科技指标和统计,用长达几十页的篇幅对科技人力资源进行研究与统计分析。高级规格人才(HQP),在其中居于突出的地位。

我们注意到,加拿大所定义的"高级规格人才"(HQP)与我们所研究的"科技人才"具有其比较意义。在加拿大科技指标和统计中,这类高级规格人才(HQP)包括了"那些具有大学学位的人员和高等专科学校的毕业生,以及那些未经大学培训的技术人员"。美国与加拿大都将科技人才分为两类:一类是技术员,另一类是科学家和工程师。两国的"科学家和工程师",指那些具有学士学位以及同等学历且正在从事科学与技术有关的工作人员。从中可以看出,在加拿大和美国,无论是"高级规格人才"(HQP),还是"科学家和工程师",其规格都与我们所研究的科技人才相当。1990 年 10 月中国科技管理研究中心在对全国的科学家和工程师进行抽样调查时,调查采用了与加拿大美国相似的定义,即具有大学学历或已经评定专业技术职务的科技人员。

关于国外对于诸如"科学家和工程师"之类的高级科技人才的分层问题,比较权威的资料是美国哈里特·朱可曼所著的《科学界的精英》与该书所介绍的相关研究。国际上,科学界的分层现象十分严重。哈里特·朱可曼认为,尽管有些科学家似乎想以断言所有科学家一律平等来否认分层的存在,但事实正好与此相反。一般认为,在科技界享有的权威,主要是根据科技人才在其所发展领域的知识或技术上所做贡献的大小来划分等级的,但也可能有具体的细分方法或其他方法。在所有的科技精英选拔体系中诺贝尔奖金的评选是全世界普遍公认的高级科技人才分层体系了。按照朱可曼的研究,诺贝尔获得者在科学上所做的贡献的意义和他们的科学地位,大致可以用以下四个标准来衡量:他们的研究工作在获奖以前的影响;所做贡献的数量;获奖提名者意见的一致程度;获奖人的工作在获得奖金所赋予的荣誉后仍然具有的影响。从国际比较的角度看,我们所说的"学术技术带头人",是指在一定的时空范围内科技人才的分层中处于最高层次的那一部分,亦即美国和加拿大所定义的"高级规格人才"(HQP)中的顶尖层次的学术技术人才。

3. 我国党和政府对"学术技术带头人"的各种描述

在我国,"学术技术带头人"这一语汇的真正来源当在国家政府的具体政策与文件之中,因而对学术技术带头人概念的研究,不能不到国家和政府的文件档案中去探索各种描述。然而,正如我国党和政府对知识分子作用认识的发展一样,"学术技术带头人"层次的高级科技人才的称谓也经过了不同时期的变化,而且表述不一。

70 年代后期 80 年代初,知识分子政治地位得以确定。科技人才在管理中套用国家公务人员的职级标准,一律称"科学技术干部"。1981年中共中央办公厅、国务院办公厅转发的《科学技术干部管理试行条例》规定,"国务院管理下列科学技术干部:(一)二级以上的教授、研究员、工程师、农业技师和医师;(二)具有世界先进水平和国内第一流水平的科学技术专家。这里的"科学技术专家"已有了"学术技术带头人"的性质。

1984 年,国家开始对高级中青年科技人才给予重视。"中青年科学、技术和管理专家"称谓首次出现。而且在中央组织部、宣传部、劳动人事部、财政部《关于优先提高有突出贡献的中青年科学、技术和管理专家生活待遇的通知》中首次出现了"杰出人才"的说法。"随着社会主义现代化建设事业的发展,越来越多地依靠科学、技术、管理水平的提高,越来越需要充分发挥科学技术、管理专家,特别是那些杰出人才的作用。"在这一文件中,还同时规定了该类人才的年龄限制,即"年龄大体在五十五岁以下"。这说明,国家政府部门已在对"学术技术带头人"的前瞻性开发方面开始了实践。

90 年代是对高层人才的重新认识时期。党的十四届四中全会明确作出了"培养和造就一批进入世界科技前沿的跨世纪的学术和技术带头人"的战略决策。1995年,国务院办公厅又转发了国家人事部、国家科委、国家教委、财政部《关于培养跨世纪学术技术带头人的意见》。国家管理学术技术专家的政府部门在十几年的管理实践中,逐渐形成了相对成型的学术技术带头人选拔办法。经专家的研究和长期的实践检验,政府主管部门选拔学术技术带头人,一般同时考虑四方面要求:①在某一专业、技术领域从事高层次科学研究或技术开发工作;②为发展某学科作出了贡献,为某学科的创始人和奠基人;③得到同行专家的公认;④在一定时期内产生了较大影响。

在对学术技术带头人的统计中,实际的统计口径包括:(1)两院院士;(2)国家级和部省级重点学科的带头人;(3)国家级和部省级重点实验室和开放实验室的负责人;(4)承担省市级以上重大项目的负责人;(5)国家有突出贡献的中青年专家;(6)中科院"百人计划"入选者;(7)国家7个部委"百千万工程"入选者;(8)上海顶尖人才资助计划入选者;(9)市科委学术技术带头人资助计划入选者;(10)市级卫生系统"百人计划"入选者等。

从我国政府主管部门在管理实践中对"学术技术带头人"的各种描述和相关界定可以看出,学术技术带头人不是一种称号,而是一种科技能力和水平的反映。经过长期的实践探索,政府部门对"学术技术带头人"的定义已经具有了相对的科学性,但尚有一定的局限性。从以上的界定和实际的统计操作中可以看出,首先,学科导向还十分突出,与经济、产业的发展衔接不足;其次,偏重于显性的学术技术带头人的选拔,而潜在的学术技术带头人的开发尚未得到足够重视;第三,管理有待于更加科学化。

(二)学术技术带头人内涵与外延的总结

综上所述,我们所探讨的"学术技术带头人"有着以下5个方面的内涵:

1.学术技术带头人在某一学科专业领域内的基础研究或科研开发处于领先地位。以此,学术技术带头人可基本分为基础理论研究的学术带头人和工程技术开发的技术带头人。基础理论研究方面又分为社会科学学术带头人、自然科学学术带头人。在科学技术不断产业化的今天,学术与技术相融合的学术技术带头人也应运而生。

2.学术技术带头人在促进本学科、专业发展中能够起到带头作用。主要表现在以下两方面:第一,提升专业科技水平的带头作用;第二,提升科技管理水平的带头作用。相比之下,前者是后者的前提和基础。

3.学术技术带头人具有一定的时间范畴属性。即学术技术带头人具有历史动态性特征,指的是在一定时期内的学术技术带头人。当然,这并不否认那些能够不断自我更新、自我发展,长期甚至在几代人中都能保持学术、技术领先地位的学术技术带头人。由此,我们可以从影响时间周期的长短上对学术技术带头人进行分类,可分为中长周期的学术技术带头人和短周期的学术技术带头人。

4.学术技术带头人具有一定的空间范畴属性。就其影响范围而言,学术技术带头人具有层级性。诸如诺贝尔奖金获得者,当属世界级的学术技术带头人。而一个国家、一个省市、一个单位均具有相应层级的学术技术带头人。

5.学术技术带头人更多是科技社会圈子内的权威。他们的权威性是在同行专家的不断认同过程中自然形成的。

6.学术技术带头人可分为不同类型。按学术技术带头人的成长过程来划分,可分为准性学术技术带头人、潜性学术技术带头人和显性学术技术带头人。这种分类是现代人才学的人才纵向分类方法的体现。按学术技术带头人作用的性质和内容来划分,又可分为基础研究型、设计开发型、技术应用型和技术管理型。

7.小结:学术技术带头人是指在一定的时期和空间范围内,得到同行专家确认,在某学科、专业领域内的基础研究或科技开发方面处于领先地位,并正在发挥带头作用的高级科技人才群体。学术技术带头人的外延可以时空范围、学术技术带头人所起作用的性质和内容以及其成长过程等多个方面来划分为多个类型。

二、学术技术带头人成长规律
研究的理论基础
——人才成长的基本原理

人才学研究表明，人才成长是在一定的社会条件下，以创造实践为中介的、内外诸因素相互作用的综合效应。其中，内在因素是人才成长的根据；外部因素是人才成长的必要条件；创造实践在人才成长中起决定作用。

人才成长的内在因素，是指人才主体的内在素质。从系统论角度来讲，内在素质也是个系统，由生理因素和心理因素二大分系统构成。心理因素分系统又由智能因素子系统和非智能因素子系统组成。前者，包括知识结构、能力结构；后者，包括品德结构、个性结构①。内因之所以成为人才成长的根据，其理由为：(1)外部因素通过人才主体的内因起作用。具体说来，任何的外部因素只有通过人才主体内在因素的评价、选择、控制、内化，成为主体的内部心理属性时，才能对人才成长起作用。(2)人才成长的根本原因在于人才成长的内部矛盾性。就人才个体成长的内部矛盾性而言，即人才内在的创造需要与人才内在的创造可能之间的矛盾。正是这对矛盾的不断地产生和解决，才推动人力向人才、低层次人才向高层次人才发展。人才成长的类型、进程、水准，取决于人才这对矛盾运动的方向、速度和水平。

人才成长的外部因素，是指人才主体在时空上赖以存在和发展的外部条件。从系统论角度来说，即指影响和制约人才主体系统活动和发展的外在系统。它是一个多序列、多层次的系统，包括自然环境序列和社会环境序列。就范围而言，自然环境序列可分为自然介质、自然资源、自然营养三个层次；社会环境序列又可分为大环境和小环境二个层次，大环境包括社会经济环境、社会政治环境、社会文化环境，小环境由家庭环境、学校环境、职业环境、住区环境、社交环境构成。② 外部因素之所以

---

① 具体见叶忠海主编：《普通人才学》第 132 页，复旦大学出版社 1990 年版。
② 具体见叶忠海等著：《人才学概论》第 73 页，湖南人民出版社 1983 年版。

成为人才成长的必要条件,其理由是:(1)外部的社会需要是人才成长内部矛盾产生的基础。这是因为,人才主体的创造需要,归根结底是由外部的社会需要内化而成的,只有在社会不断地出现新需要时,人才主体内部矛盾运动才能不断地前进。(2)人才内在素质的形成和提高,有赖于外部因素的影响;内在素质的发挥,也离不开外部因素。(3)人才成长的内外因素是互为转化的。从范围来分析,在较大的范围内是人才成长的内部因素,但在另一较小范围内,就变成了人才成长的外部条件;反之亦然。从过程来分析,人才成长过程前一阶段的外部因素,与人才内在素质发生交互作用,内化为人才个体的内在素质,这就变成了人才成长下一阶段的内部因素。换句话说,外部因素通过现有的内因起作用,而现有的内因,又是过去内外因相互作用的产物。

人才成长的创造性实践,是指一种开拓、创新性的实践活动,而并非是带有模仿、重复性的实践活动,这是由人才的本质属性——创造性所决定的。创造实践在人才成长中起中介作用、源泉作用、定向作用和检验作用,其制约和决定着人才成长:(1)人才成长内外诸因素的相互作用,取决于创造性实践活动作为中介;(2)人才的类型和层次,取决于创造性实践活动的领域和水平;(3)人才成长的发展方向和进程,取决于创造性实践活动的方向和程度;(4)人才成功与否,又取决于创造性实践活动参与并检验。可见,创造性实践对于人才成长来说,确实是有第一位的决定性意义。没有创造性实践,就没有人才及其发展,人的发展则永远停留在一般人群的发展水平上。

正如前述,学术技术带头人属高级科技人才范畴,对其成长规律性研究,当然离不开以人才成长基本原理为指导。

三、上海市学术技术带头人成长的内在因素

(一)从非智能因素分析

研究表明,非智能因素是在掌握智能的过程中形成,而形成的非智能因素又制约智能因素的发展,从而制约人才的成长,影响人才成长的高度、速度等。不仅如此,非智能因素还直接关系到人才成长的方向、动力和持久程度。根据本课题研究,直接关系到学术技术带头人成长的非

智能因素,主要有以下几个方面:

1.强烈的成就动机。人才学研究认为,成就动机是指在人才成长过程中对所认可价值的追求程度,且力求达到更高标准的内在心理过程。人才成长史表明,成就动机是人才成长的方向、精神支柱和内在动力。成就动机——执着追求——成功成才,往往呈现连锁反应。从调查分析中可以看出,上海市学术技术带头人在成就动机方面强度表现得很显著。在问及"您在工作中取得成就的愿望如何?"时,被调查的287人中,有78.4%的学术技术带头人认为自己的成就感"强烈"或"较强烈"(见表3-1),其中尤以高等学校的学术技术带头人尤为突出。

表3-1 上海市学术技术带头人成就感统计分析

	调查总数		强 烈		较强烈		上述两项之和	
	人	%	人	%	人	%	人	%
全市情况	287	100	151	52.6	74	25.8	255	78.4
华东师大	35	100	14	40.0	19	54.3	33	94.3
711所	25	100	11	44.0	5	20.0	16	64.0
宝钢集团	55	100	22	40.0	18	32.7	40	72.7

资料数据来源:本课题组调查统计

不仅如此,上海市学术技术带头人取得成就的主要动机还建立在正确而稳定的认知和价值观基础之上。当问及"您想取得成就的主要动机是什么?"时,全市有65.5%的学术技术带头人回答"事业心和工作责任感",有27.5%回答"实现自我价值",还有23%回答"为国争光和民族自尊心"(见表3-2)。

表3-2 上海市学术技术带头人成就动机主要因素分析

		全市情况		华东师大		711所		宝钢集团	
		人	%	人	%	人	%	人	%
调查总数		287	100	35	100	25	100	55	100
排 序 号	1	事业心和工作责任感 188 65.5		事业心和工作责任感 31 88.6		事业心和工作责任感 16 64.0		事业心和工作责任感 40 72.7	
	2	实现自我价值 79 27.5		实现自我价值 18 51.4		实现自我价值 9 36.0		实现自我价值 15 27.3	
	3	为国争光和民族自尊心 66 23.0		为国争光和民族自尊心 9 25.7		为国争光和民族自尊心 2 8.0		为国争光和民族自尊心 5 9.1	

资料数据来源:同表3-1

可见,上海市学术技术带头人成就动机,一是建立在正确的价值观——对社会需求的满足之上;二是建立在较为强烈的自我价值实现的追求之上;三是建立在对国家和民族真挚的情感基础之上。这三种成就动机要素,构成了强烈的内在驱动力,使得上海市学术技术带头人为取得优异成果而执著地努力。

2.炽热的职业情感

强烈的成就动机必然在职业领域内表现为炽热的职业情感。上海市学术技术带头人的职业情感主要反映在"热爱感"和"归属感"两个方面。在问及"您从事本项专业技术或管理工作以来,对这项工作的热爱程度如何?",有88.8%的学术技术带头人都回答了"热爱"、"较热爱"。当问及"如果今后要您继续从事本项专业技术或管理工作,您的态度是什么?"时,有79.1%的学术技术带头人表示"立志献身"和"愿意积极干"(见表3-3、表3-4)。人才成长研究表明,人才主体对自己所从事的事业爱得越深,钻研也就越勤奋,成功的可能性也就越大。

表3-3　上海市学术技术带头人职业情感调查统计分析

	调查总数		热　爱		较热爱		上述两项之和	
	人	%	人	%	人	%	人	%
全市情况	287	100	157	54.7	98	34.1	355	88.8
华东师大	35	100	30	85.7	5	14.3	35	100
711 所	25	100	15	60.0	2	8.0	17	68.0
宝钢集团	55	100	33	60.0	9	16.3	41	76.3

资料数据来源:同表3-1

表3-4　上海市学术技术带头人职业归属感统计分析

	全市情况		华东师大		711 所		宝钢集团	
	人	%	人	%	人	%	人	%
调查总数	287	100	35	100	25	100	55	100
①立志于献身	128	44.6	17	48.6	4	16.0	21	38.2
②愿意积极干	99	34.5	17	48.6	12	48.0	17	30.9
③服从组织分配	10	3.5	1	2.9	2	8.0	4	7.3
①＋②	227	79.1	34	97.2	16	64	38	69.1

资料数据来源:同表3-1

"热爱——钻研——成功——热爱"往往会形成良性循环,实现螺旋式上升。这种掌握人的整个身心并决定其思想行为基本方向的、强烈的、稳固而又深刻的情感,是对人的行为有着巨大的推动力量,鼓舞人去实现预期的目标。它是学术技术带头人成长的内在机理。

3. 创新而坚韧的个性心理品格

大凡人才,不仅具有强烈的成就动机和职业情感,而且还具有显著的创新心理品格。调查结果表明,在被调查的287上海市学术技术带头人中,其中对"学术技术带头人最需要的心理品格"作出回答的统计,关于心理品格的第一位选择,"事业心"选项的比重占64.21%,依次是"创新意识"和"自信心"。在第二位选择中,首选是"创新意识"。可见,除事业心外,创新意识是上海市学术技术带头人心理品格的重要体现(见表3-5),这同时也说明,在新的历史时期,上海市学术技术带头人为塑造适应时代的心理品质正在做着不懈的努力。

与良好心理品格的塑造相应的是心理障碍的克服。在被调查的上海市学术技术带头人中,对"最应克服的心理障碍"的选择,第一选择的前三位是"保守心理"、"满足心理"和"自卑心理";第二选择的前三位是"满足心理"、"保守心理"和"狭隘心理"(见表3-6)。

表3-5 上海市学术技术带头人的心理品格选择的统计

	第一位选择	第二位选择	第三位选择	第四位选择
事业心	131	26	5	13
自信心	24	18	15	14
挑战(竞争)心理	2	8	12	10
创新意识	25	78	45	14
合作精神	0	19	63	46
坚韧性	13	19	26	34
自立性	0	5	3	4
进取心	9	16	14	16
果断性	0	0	1	10
讲究信用	0	0	2	21

资料数据来源:同表3-1

表3-6　上海市学术技术带头人关于应克服的心理障碍的统计

	第一位选择	第二位选择	第三位选择	第四位选择
自卑心理	23	8	8	10
保守心理	39	32	17	5
定势心理	12	12	15	8
狭隘心理	19	28	18	11
满足心理	33	36	24	13
怯懦心理	4	4	4	8
依赖心理	11	18	12	17
嫉妒心理	9	16	23	10
惰性心理	8	14	16	18
脆弱心理	2	11	8	10
随从心理	7	4	13	14
虚荣心理	1	10	17	31

资料数据来源:同表3-1

创新意识,是人才活动中的一种积极的、永不满足的意识形态。它是人才主体进行创造活动的出发点、内在驱动力和前提。科技在创新中发展,人才的本质就在于创新。创新以主动挑战为主要特点。在不懈追求事业的过程中,上海市学术技术带头人普遍认为,"保守心理"和"满足心理"是通向学术技术带头人道路的大敌。这从反面说明,在上海学术技术带头人成长过程中,创新进取品质,为学术技术带头人才成功的一种很为关键的个性心理品格。

人们的创新活动,是一种复杂艰辛的劳动,特别对学术技术带头人的科技活动来说更是如此。一般来说,这种创新活动,是一个曲折上升的过程,失败总是经常的,成功只是少量的。人们要想取得创造成功,非得有坚韧不拔的意志和毅力不可。对此,在上海学术技术带头人身上体现得相当充分。在被调查的287人中,有78.4%的人认为在工作中遇到困难或挫折时的心理自信和坚韧程度"强"或"较强"(见表3-7)。由此说明,上海市学术技术带头人的坚韧性和心理承受能力较强,表现出优良的心理品格。

表 3 - 7　上海市学术技术带头人心理自信和坚韧情况的统计

	全市情况		华东师大		711 所		宝钢集团	
	人	%	人	%	人	%	人	%
调查总数	287	100	35	100	25	100	55	100
①强	111	38.7	13	37.1	8	32.0	18	32.7
②较强	114	39.7	20	57.1	9	36.0	22	40.0
③一般	10	3.5	0	0	0	0	2	3.6
①+②	225	78.4	33	94.2	17	68.0	40	72.7

资料数据来源:同表 3 - 1

(二)从智能因素分析

智能因素是人才成长的基本条件,是人才主体认识和改造客观环境的力量所在。人才成长的智能因素主要由知识结构和能力结构两方面构成。作为科技人才中的最高能级群体,学术技术带头人才有着更为优良的知识结构和能力结构。

1. 上海学术技术带头人才成长最需要的知识结构

据调查分析表明,上海市学术技术带头人的知识构成按选择的排序依次如下:

专业知识;

相关学科知识;

外语知识;

计算机知识;

管理学知识;

哲学知识;

市场经济知识;

人才学知识;

社会科学知识;

心理学知识。(见表 3 - 8)

从全市情况及华东师大、711 所、宝钢集团调查统计来看,上海市学术技术带头人的知识结构呈现出较为相似的三层次网状式的结构体系。其中内核层由专业知识构成;中间层由相关学科知识和以外语知识、计算机知识和管理学知识组成的工具性知识构成;哲学知识、市场经济知

表 3 - 8　　上海市学术技术带头人对自身知识结构要素选择统计

	全市情况		华东师大		711 所		宝钢集团	
	选择数	排序	选择数	排序	选择数	排序	选择数	排序
专业知识	255	1	31	1	17	1	39	1
相关学科知识	211	2	28	3	14	2	38	2
社会科学知识	52	8	9	6	6	8	6	8
市场经济知识	77	6	6	8	11	5	16	6
人才学知识	56	7	1	9	7	7	5	9
管理学知识	107	5	8	7	10	6	18	5
心理学知识	32	9	1	9	4	9	1	10
哲学知识	77	6	14	5	6	8	11	7
外语知识	185	3	30	2	13	3	31	3
计算机知识	151	4	22	4	12	4	29	4

资料数据来源:同表 3 - 1

识、人才学知识、社会科学知识、心理学知识等构成知识结构的外围层次。这样的知识亚结构,显示出强烈的时代特征和高能级群体的学术技术带头人才的特殊需求。

2. 上海市学术技术带头人才成长最需要的能力结构

能力在智能因素系统中,是活跃的部分,能动的方面和创新的激发力量。知识的原料只有经过能力的加工,才能创造出有价值的成果。能力结构及其发展水平,决定着人才主体的创造实践水平,从而决定着人才的成长能级层次。调查表明,上海市学术技术带头人普遍认为最需要的能力要素按排序依次为:

开拓创新能力;

综合分析能力;

人际协调能力;

预测决策能力;

信息接受和处理能力;

调查研究能力;

更新拓宽知识能力;

应用外语能力;

高度的哲学思维能力；

计算机应用能力；

设计开发能力；

逆境调整能力；

质疑批判能力。（见表3-9）

表3-9　上海市学术技术带头人最应具备能力的统计分析

	全市情况		华东师大		711所		宝钢集团	
	选择数	排序	选择数	排序	选择数	排序	选择数	排序
调查研究能力	110	6	13	5	9	8	39	1
预测决策能力	122	4	15	4	12	6	38	2
开拓创新能力	198	1	29	1	16	2	6	8
设计开发能力	60	11	2	9	14	4	16	6
综合分析能力	182	2	25	2	17	1	5	9
人际协调能力	151	3	16	3	13	5	18	5
信息接受和处理能力	102	5	9	7	12	6	1	10
高度的哲学思维能力	68	9	8	8	4	10	11	7
计算机应用能力	61	10	8	8	11	7	31	4
应用外语能力	94	8	13	5	12	6	29	3
更新拓宽知识能力	105	7	11	6	15	3	1	11
质疑批判能力	39	13	1	10	7	9	0	12
逆境调整能力	43	12	1	10	9	8	0	12

资料数据来源:同表3-1

　　开拓创新能力是上海学术技术带头人所需最高层次的能力,从而也反映了新的时代特征。

　　调查中,上海市学术技术带头人也都回答了自身能力的强项和弱点。对此,在给予回答的238份问卷所反映出的上海市学术技术带头人最强的四种能力是:综合分析能力、开拓创新能力、调查研究能力、预测决策能力。前三项能力显然是上海市学术技术带头人在学术技术的前沿领域长期的创造实践中形成的;而预测决策能力则是学术技术带头人作为一种特殊的管理者的必备素质。这些能力显示了上海市学术技术带头人的能力结构的强大优势。

四、上海市学术技术带头人成长的环境支撑系统

(一)社会小环境支撑系统

1.家庭环境支撑要素

家庭对人才个体成长具有重要的支撑作用。这种作用表现为人的要素和物的要素两个方面。前者以父母和爱人为要;后者主要包括家庭经济状况和文化条件。而在家庭的人与物两大要素中,人的要素是人才个体成长的主要影响方面。根据调查,家庭环境对上海市学术技术带头人的影响主要表现为:

第一,良好的早期启蒙教育。据统计,77.7%的上海市学术技术带头人认为在早年接受了良好的启蒙教育。从全市情况来看,认为自己早期从家庭受到的主要影响依次是思想品德、知识、兴趣爱好、创造个性和能力(见表4-1)。首位选择的"思想品德"因素具有高度的一致性。以思想品德熏陶领先的家庭早期启蒙教育,为上海市学术技术带头人日后的成长打下了坚实的人格基础。

表4-1 早期家庭教育对上海市学术技术带头人的影响统计

	全市情况		华东师大		711所		宝钢集团	
	选择数	排序	选择数	排序	选择数	排序	选择数	排序
思想品德	185	1	24	1	14	1	34	1
创造个性	47	4	11	2	2	3	7	4
知识	53	2	8	4	1	4	14	2
能力	45	5	1	5	6	2	13	3
兴趣爱好	49	3	10	3	1	4	2	5
其他	3	6	0	6	0	6	0	6

资料数据来源:同表3-1

第二,配偶起较大的促进作用。据统计,61.4%的上海市学术技术带头人表示,配偶对自己成长为学术技术带头人起作用"很大"或"较大"。可见,大多数的上海市学术技术带头人的背后有爱人的支撑。(见表4-2)

调查同时表明,配偶对上海市学术技术带头人成长所起作用主要表

现在承担家务,教育子女和思想上共勉三个方面,分别占调查总数的73%,54%,53%。可以看出,上海市学术技术带头人的爱人所起到的作用多是内政和精神支持。

表4-2 配偶对上海市学术技术带头人成长所起作用情况统计

	全市情况		华东师大		711所		宝钢集团	
	人	%	人	%	人	%	人	%
调查总数	238	100	35	100	25	100	55	100
①很大	67	28.2	14	40.0	2	8.0	8	14.5
②较大	79	33.2	15	42.3	5	20.0	21	38.2
③不明显	57	23.9	7	20.0	10	40.0	14	25.5
④副作用	0	0	0	0	0	0	0	0
①+②	146	61.4	29	82.3	7	28	29	52.7

资料数据来源:同表3-1

2. 求学环境支撑要素

求学环境,一般指人才培养的教育机构,主要指各级各类学校。学校环境是人才成长的最有效的环境之一。这种环境直接影响着人才的类型和层次,而且关系到包括学术技术带头人在内的高级专门人才涌现的数量、质量和结构。本课题的调查研究也充分说明了这一点。

对上海市学术技术带头人所受教育对其影响情况的调查统计,反映了各类教育对学术技术带头人成长的不同作用。从全市情况看,各类教育对上海市学术技术带头人影响的排序为自学、职前基础教育、大学后继续教育、职前专业教育、职后岗位培训(见表4-3)。可以看出,自学、职前基础教育、大学后继续教育在学术技术带头人的成长中起着至关重要的作用。自学,作为教育的特殊表现,被视为学术技术带头人的第一教育影响要素,这说明,人才主体只有将知识不断地深刻内化,方才能够向人才的高能级发展。职前的基础教育为日后学术技术带头人成长打下坚实的素质基础。大学后继续教育是高级人才成长的"继电器",大学后继续教育的高层次性、创造性和新颖性使得学术技术带头人在学术技术领域持续领先。

上海市学术技术带头人普遍认为在自己的成长过程中有名师作用(65.1%)。这说明师徒型人才链在学术技术带头人群体中表现比较突出,而学术技术带头人的师徒型人才链作用主要表现为治学研究方法,专业知识和能力培养,从中可以看出学术研究与技术开发方法的传承是师徒人才链的主要特征。

表4-3　上海市学术技术带头人所受教育对其成长的影响情况

	全市情况		华东师大		711所		宝钢集团	
	选择数	排序	选择数	排序	选择数	排序	选择数	排序
职前基础教育	93	2	11	3	9	2	19	2
职前专业教育	82	4	14	2	11	1	15	3
职后岗位培训	14	5	0	4	2	4	5	5
大学后继续教育	83	3	11	3	2	4	9	4
自　　学	103	1	19	1	5	3	20	1

资料数据来源:同表3-1

表4-4　上海市学术技术带头人对名师影响要素选择的统计

	全市情况		华东师大		711所		宝钢集团	
	选择数	排序	选择数	排序	选择数	排序	选择数	排序
思想品德	67	4	14	2	6	1	18	1
专业知识	81	2	10	3	6	1	1	5
能力培养	71	3	8	4	5	2	12	3
治学研究方法	116	1	25	1	1	3	9	4
成才之路	9	5	1	5	1	3	13	2

资料数据来源:同表3-1

3. 职业环境支撑要素

职业环境,也称任职环境,是指人才主体所处的从业单位的环境要素。职业环境影响人才成长主要包括三个方面:一是职业环境中人的要素,二是物的条件要素,三是组织要素。在问及"您在成长为学术技术带头人过程中,哪方面的小环境对您影响最大?"时,有66%的反馈问卷选择"职业环境"。从而说明在各种影响上海市学术技术带头人的小环境中,职业环境居于首要地位。

调查表明,从全市情况来看,职业环境对学术技术带头人的影响要素处于前三位的是"领导的重视支持"、"学科技术的优势"和"众多的实践舞台"(见表4-5)。

工作单位的组织要素包括单位工作性质、工作任务、组织机构、人员组合、政策措施及管理制度等等,都对组织内部的人才有着"才能制导"

作用。在被调查的238位上海市学术技术带头人中,认为组织对他最大的帮助措施,前三位是"领导信赖,给予科技工作重担"、"保证工作条件"和"政策扶植"。(见表4-6)

对以上两项调查的统计分析说明,学术技术带头人的成长离不开领导重视,同时也有赖于学术技术领域自身的良好氛围和各种工作条件。

表4-5　职业环境对上海市学术技术带头人的影响要素统计

	全市情况		华东师大		711所		宝钢集团	
	选择数	排序	选择数	排序	选择数	排序	选择数	排序
领导重视支持	178	1	12	5	12	3	23	1
众多的实践舞台	116	3	11	6	14	1	13	2
有效的职业教育	32	11	1	11	5	7	2	7
学科技术的优势	141	2	24	1	8	4	1	9
优化的群体结构	84	6	8	8	7	6	1	9
和谐的人际关系	110	4	16	2	8	4	1	9
公正的报酬分配	7	12	0	13	0	12	6	4
积极进取而宽松的心理氛围	107	5	14	3	13	2	12	3
科学合理的激励措施	35	10	8	8	2	9	2	7
严格的规章制度	7	12	1	11	1	10	6	4
充足的科研经费	81	7	11	6	5	7	1	9
先进的科研设备	52	9	6	10	1	0	1	9
丰富的图书资料	57	8	13	4	0	12	5	6

资料数据来源:同表3-1

表4-6　上海市学术技术带头人对组织最大的帮助措施的选择统计

	全市情况		华东师大		711所		宝钢集团	
	选择数	排序	选择数	排序	选择数	排序	选择数	排序
思想上勉励	47	4	8	3	4	3	9	3
政策扶植	61	3	8	3	1	6	8	4
政治上关心	21	7	6	5	5	2	5	5
提高生活待遇	34	6	4	7	2	4	4	6
安排学术进修和交流	45	5	6	5	1	6	17	2
保证工作条件	93	2	13	1	1	6	32	1
领导信赖给予科技工作重担	121	1	11	2	14	1	1	7
评奖表彰	12	8	2	8	2	4	0	8

资料数据来源:同表3-1

（二）社会大环境支撑系统

1.综述。社会大环境是指成才主体所处的地区、国度的经济、政治、文化大环境。它为社会人才总体成长提供总背景和总条件，主要影响社会人才总体成长。就社会经济环境对社会人才成长作用而言，生产力的发展水平决定着一个社会人才出现的数量、社会人才总体的类型和水平，以及最终决定着社会人才总体的空间分布格局；生产关系制约着人才成长的动力和可能性。就社会政治环境对人才成长作用来看，开明的政治，一是通过对经济的促进作用，从而促进人才成长；二是通过其在上层建筑诸因素中的统治地位来影响人才成长，为社会人才成长提供保障作用。就社会文化环境对社会人才成长作用分析，进步的社会文化环境对社会人才成长起积极促进作用。如果一个社会具有尊重科学，重视科学实验，重视教育，鼓励竞争和百家争鸣的社会氛围，并由此形成"尊重知识，尊重人才"的社会风尚，则显然有利于社会人才总体成长。人类社会史实也充分证明，社会制度发生重大变革；生产发展，经济繁荣；学术自由，百家争鸣；教育和科学事业发达；尊重知识、爱才荐贤的社会风尚；统治阶级及其代表人物正处于上升阶段励精图治，知人善任等等，均是人才辈出的社会历史条件。

2.学术技术带头人才成长最需要的社会大环境支撑要素。作为高级科技人才的学术技术带头人在社会大环境中的成长，既有与一般人才的共同特点，又有特殊之处。据调查统计的结果，上海学术技术带头人对所需的社会大环境因素的选择居前三位的分别是："安定宽松的政治气氛"、"公开公正的社会竞争"和"广阔丰富的实践舞台"，其中"安定宽松的政治气氛"作为第一位的选择具有高度的一致性（见表4－7）。

政治环境之所以为学术技术带头人一致看重，有其内在的原因。开明的政治环境，通过对经济、文化的促进作用，从而促进人才的成长。在我国及世界历史上，凡政治开明的时代就会出现人才辈出的局面。改革开放二十年来，我国的政治体制不断改革完善，民主法制不断健全，人才的机会、权利、利益得到了比较充分的保障。这一切都使高能级的学术技术带头人有着深刻的体验。他们从内心中珍惜这种政治环境，追求"安定宽松的政治气氛"是他们的真实心声。

表4-7 上海市学术技术带头人对所需的社会大环境因素的选择统计

	全市情况		华东师大		711 所		宝钢集团	
	选择数	排序	选择数	排序	选择数	排序	选择数	排序
安定宽松的政治气氛	149	1	30	1	13	1	25	1
高度开放的社会境域	68	4	19	3	2	6	2	6
公开公正的社会竞争	127	2	24	2	8	3	4	5
广阔丰富的实践舞台	112	3	6	6	9	2	10	2
覆盖全球的信息网络	51	6	8	4	2	6	1	8
面向世界的教育培训	37	7	2	7	7	5	2	6
崇尚价值的社会心理	52	5	7	5	8	4	5	4
发育成熟的市场机制	20	8	1	8	0	8	6	3

资料数据来源:同表3-1

五、上海市学术技术带头人成长的创造实践

人才成长的基本原理表明,创造实践对人才成长起决定性的作用。作为高能级的学术技术带头人才,更是如此。

(一)上海市学术技术带头人创造性实践具有长期性和丰富性的特点

通过对 40 份调查样本的统计显示,从事科技生涯的起始年龄 29 岁以下的有 20 人,占 50%;30-39 岁的 14 人,占 35%。在同一批样本中,有 20 人具有 30 年的科技职业生涯年龄,占 50%;另有 12 人具有 10-20 年的科技职业生涯年龄,占 30%。科技生涯的低起始年龄与长生涯年龄,说明上海市学术技术带头人的创造性实践积累具有长期性特点。

工作经历方面,通过对 60 份调查样本的统计显示,共有工作岗位调动 269 人次,平均 4.48 次/人;其中单位调动 160 人次,平均 2.67 次/人;行业调动 107 人次,平均 1.78 次/人。另外,对 238 份问卷的统计中,有境外工作经历的有 140 人,占 59%;到国外参加过各种国际学术交流活动 487 人次,平均 2.05 次/人。这些数据表明,上海市多数学术技术带头人经历了不同岗位、单位、行业的多种创造实践。丰富的创造实践显然有利于他们造就复合型的智能素质,形成创造活力。海外学习与工作经历,有可能使他们向国际的学术技术水平看齐。

(二)上海市学术技术带头人创造实践具有领先性和前沿性特点

调查表明,学术技术带头人从事的科研工作大多具有前沿、高新的特点,涉及较多原先无人问津的领域或较难突破的项目,从而获得创新性的高科技成果。统计显示,287位上海市学术技术带头人共获得科技成果1285项,人均4.48项;其中开创性成果405项,人均1.41项;领先世界水平成果131项,人均0.46项;领先国内水平成果403项,人均1.4项。

在被调查的学术技术带头人中,有11%的学术技术带头人获得国家科技进步奖;有49%的学术技术带头人获部省级奖;有17%的学术技术带头人获得上海市科技进步奖。

表5-1 上海市学术技术带头人科技成果统计

	全市情况(287人)		华东师大(35人)		711所(25人)		宝钢集团(55人)	
	数量	人均	数量	人均	数量	人均	数量	人均
总数	1285	4.48	148	4.23	217	8.69	412	7.49
开创性成果	405	1.41	47	1.34	22	0.88	60	1.09
领先世界水平成果	131	0.46	16	0.46	7	0.28	19	0.35
领先国内水平成果	403	1.40	54	1.54	26	1.04	68	1.24
获得技术专利	163	0.57	7	0.2	14	0.56	44	0.80

资料数据来源:同表3-1

(三)上海市学术技术带头人创造实践模式

所谓创造实践的模式,主要是指创造实践的途径、形式和方略的总和。人才成长的研究表明,创造实践的模式直接关系到人才成长的速度、水准和类型。在本次调查中,当问及"您认为下列哪种创造实践模式对学术技术带头人成长最有利?"时,上海市学术技术带头人所选的前三位实践模式为:

"纵向深入式";

"综合创造式";

"最佳年龄及时启用式"。

以上三种创造实践的模式基本表现了学术技术带头人的成才规律,即"有效的创造实践规律"、"聚焦成才律"、"综合创造成才律"、和"最佳年龄成才律"等。

有效的创造实践规律是人才的最基本成长规律。这一规律认为,在一定条件下,以成才为目标的创造实践中,人才的层次水平与其掌握科学方法的层次以及有效的劳动量成正比。有效的劳动量达到必要的水平,是成才的充分必要条件。学术技术带头人比一般人才有着更高的能级水平,就必须付出比一般人才更多的有效劳动。在成才过程中,只有不断地向学术技术的深层次钻研,人才主体才能通向学术技术带头人层次的高能级人才殿堂。纵向深入的创造实践模式是由学术技术带头人的本质特征决定的。此实践模式在学术技术带头人的成长中突出表现为"聚焦成才律"。"综合创造式"是由现代科学技术发展整体化趋势占主导地位的特点和学术技术带头人工作的综合性属性决定的,这一模式反映了学术技术带头人成长的"综合创造成才律"。"聚焦成才律"、"综合创造成才律"实质上是学术技术带头人成长有效的创造实践规律的特殊体现。

"最佳年龄及时启用式"之所以是学术技术带头人成长的创造实践模式,这是由人才成长的最佳年龄成才规律决定的。

(四)上海市学术技术带头人的创造年龄分布情况

人才学研究表明,人才的年龄同取得成就之间存在着概然性关系,即为最佳年龄成才规律。所谓最佳年龄,是指一个人创造成果的数量和质量达到高潮时的年龄阶段。若这时重用人才,不仅可充分开掘和发挥人才的创造潜能,而且可更有效地积累创造成功的知识和经验,发展创造优势,因而人才取得创造成功的可能性最大,速度也最快,数量最多。最佳年龄的内涵,既包括区间年龄,也包括峰值年龄。科技人才的最佳年龄问题,一直为科技人才学界所重视。人才学者赵红洲研究员,通过对 1249 名世界杰出的科学家的 1928 项重大科技成果进行统计分析得出,杰出的科学家的多产率峰值与最佳年龄峰值是吻合的。研究表明,各类人才创造年龄的早迟,与该类人才创造实践对象运动变化规律的复杂程度呈正相关。

对学术技术带头人才来讲,最佳年龄还有高能级人才创造实践的特殊性。一般来说,最佳年龄随人才层次的提高而增大。但与国际历史情况相比,上海市学术技术带头人获得创造成果的年龄稍微偏高。据人才学者赵红洲对不同科技人才的研究,最佳区峰值年龄为31.4岁,多产年龄均值为33.4岁;另据朱克曼对美国65位诺贝尔获奖者最佳年龄的研究,20-34、35-44、45-54年龄段分布比值分别为35%、38%和24%。从表5-2可以看出,上海市学术技术带头人人首次成功的年龄大部分集中于35-44岁甚至45-54的年龄段;最佳创造年龄的峰值集中在45-54岁之间(65.3%)。显然,上海市学术技术带头人最佳创造年龄尚有偏后现象。

表5-2　上海市学术技术带头人获得创造成果的年龄分布

	统计总数　%	25-34岁　%	35-44岁　%	45-54岁　%
首次发表有影响的论著	151人　100	41人　27.2	89人　58.9	21人　13.9
首次获得省部级以上奖	157人　100	7人　4.5	85人　54.1	65人　41.4
首次主持省部级以上的重大课题	57人　100	12人　21.1	29人　50.9	16人　28.1
峰值分布	75人　100	1人　1.3	25人　33.3	49人　65.3

资料数据来源:同表3-1

六、学术技术带头人开发的相关概念阐释

(一)学术技术带头人的动态分类阐释

人才学研究表明,按照学术技术带头人成长过程,可将其分为准性学术技术带头人才、潜性学术技术带头人才和显性学术技术带头人才。(见图6-1)

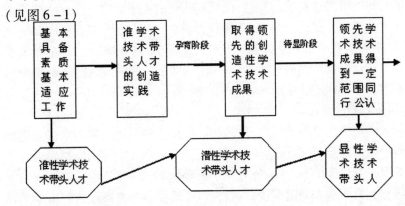

图6-1　学术技术带头人的动态分类示意图

准性学术技术带头人才指基本具备学术技术带头人的素质需求，基本适应学术技术带头人的某项工作的学术技术带头人才。

潜性学术技术带头人才是指已取得领先的创造性学术技术成果，但未被社会或同行公认的学术技术带头人才。

显性学术技术带头人才，即学术技术成果得到一定范围同行公认，在某学科、专业领域内的基础研究或科技开发方面处于领先地位，并正在发挥带头作用的学术技术带头人才。

由上图可知，在学术技术带头人才的开发是一项复杂的社会系统工程，其基本的开发方向为：

准性学术技术带头 → 潜性学术技术带头人 → 显性学术技术带头人 →

学术技术带头人才的开发，就是学术技术带头人才自身主体、学术技术带头人才的群体以及学术技术带头人才的社会管理者共同努力使得他们按照准性—潜性—显性的常态发展。即使发展到显性学术技术带头人，仍有个持续开发问题，发展成为国家科学院和工程院院士。

（二）西方"人力资源开发"与我国人才学界"人才资源开发"概念的比较

1. 西方"人力资源开发"概念

西方的"人力资源开发"概念起源于 20 世纪六十年代。二战之后的 20 世纪中叶，传统的人事管理在西方国家特别是在美国的企业界受到了很大的冲击。企业主们发现，仅凭程式化的人事管理再也无法适应企业人力发展的需要。于是在 60 年代，许多企业开始增加企业内部培训项目，企业培训为社会多数企业主和员工所认可。1968 年，华盛顿大学成人教育及雇员培训研究生专业的第一位专职教授劳纳德·耐德勒博士发表《人力资源开发》(Nadler·L. Developing Human Resources, Austin, Tex Learning Concepts, 1970,6) 一文，第一次引入"人力资源开发"概念。该定义将人力资源开发表述为：组织在特定的时间内对员工提供有组织的学习经历，以促进员工提高工作绩效和发展的可能性。西方人力资源开发(HRD)的内涵包括三个活动领域。(1) 培训——指与工作直接相关并指向于问题解决的活动；(2) 教育——为最近的将来的某项工作(如晋升、转行)做准备的活动；(3) 发展——为个人或组织的一般发展,而不是与工作直接相关的目的而进行的学习活动。这一概念表明了西方人力资源开发的三方面的特征:(1)学习是人力资源开发的基本途径。(2)人力资源开发是在特定的时间内进行的活动,而不是其他活动的附属品;(3)人力资源开发的目的是强化将所学知识技能用于实际的可能性。

2. 我国人才学界"人才资源开发"概念

我国的人才学自产生起,就与西方的"人力资源开发"有着内在体系的不同。相对于西方的"人力资源开发",我国的人才学界提出了"人才资源开发"的概念。叶忠海教授在《人才资源优化策略》一书中,对"人才资源开发"概念有较为完整的表述。"所谓人才开发,是指在一定社会条件下,通过科学而有效的措施,使人才潜能得以充分开掘和发挥,服务于社会或社会某领域的发展,从而使人力转化为人才,使低层次人才转化为高层次人才的过程。"这个开掘和转化过程,按其时间顺序展开而言,应由以下若干个基本环节构成。

(1)人才的预测规划。很显然,要有目的、有计划、高效地进行人才开发,首先要预测掌握一定时期内人才需求,包括数量、质量、结构等,并在此基础上制定人才开发规划。科学的人才预测,作出切合实际的人才规划,是实施人才开发的重要前提和科学依据,是人才开发的第一道工序。人才预测和规划的好坏,将直接关系到人才开发的基础及其成效大小。

(2)人才的教育培训。人才开发,由人才的预测规划开始,然后进入到实施阶段。人才开发的实施,首要的是人才的生产——教育培养环节。通过人才的教育培养,使初始形态的人力资源转化为人力资本,以保证人才供给,满足一定时期人才的需求。现代人才开发实践表明,在人才的成长过程中,需要终身的教育培训,高能级人才尤其需要大学后继续教育。

(3)人才的考核评价。工厂产出的产品,必须通过质量检验合格后,方可销售给用户。同理,教育培训产品——人才,也有个考核评价的问题。根据考评意见,决定其配置与否,以及如何配置的问题。此环节,是人才的生产环节向人才的使用环节运行的过渡环节。

(4)人才的选用配置。通过考评的人才,就进入到选用配置环节,其包括个体的选用、群体的配置和总体的布局。选用配置合理与否直接影响到日后人才形成的智能和创造能力的发挥和发展,从而影响到人才的培养效益和使用效益。实践证明,只有以人才劳动力市场为主渠道,才能合理地选用配置好人才。这是人才开发工序运行到人才使用环节的关键一步。

(5)人才的使用调控。这既包含人才的微观调控——微观人才群体对其内部成员协作行为的指挥、协调和控制,充分调动他们的积极性和创造性;又包括人才的宏观调控,即社会人才总体的使用调控。其中,人才流动作为人才使用调控的重要手段,以达到人才总供给和总需求的动态平衡。人才的使用调控,是人才开发的某个具体过程的最后一个环节,又是一个主要环节。合理的人才配置,只为提高人才使用效益提供了可能性,人才是否最大限度地发挥其作用,主要有赖于科学而有效地对人才的使用调控。

由此可见,我国人才学界所表述的人才开发过程,是一项由人才的预测规划、教育培养、考核评价、选用配置、使用调控等基本环节构成的复杂的社会系统工程。

3.西方"人力资源开发"与我国人才学界"人力资源开发"概念的比较

从西方"人力资源开发"与我国人才学界"人才资源开发"概念阐述中我们发现,两者具有不同的内涵。西方"人力资源开发"概念,在手段上更强调组织内的培训,开发主体偏向于"组织",这也正是西方"人力资源开发"概念首先发端于成人教育学领域的内在原因。我国人才学界"人才资源开发"概念,注重的是人才资源动态开发过程的整体性,即预测规划、教育培训、考核评价、选用配置、使用调控等开发环节之间的整体性开发。开发主体包括人才(自身)主体、单位(组织)主体和社会(主要是政府)主体。相应的开发手段有教育培训性开发、使用性开发和政策性开发等。然而两个概念之间也有共同之处。两者的目的都是促进人力资源不断向更高层次发展;手段上都强调终身教育的开发。

综合西方"人力资源开发"和我国人才学界"人才资源开发"概念以及我国人才开发的实践,本研究报告认为,学术技术带头人的开发,主要表现为继续教育开发和管理使用开发两个方面。

七、上海市学术技术带头人队伍及
开发现状总体评析

（一）上海学术技术带头人队伍现状总体评析

1. 队伍总量统计评析

据上海市人事局公布的资料，截止1999年上海市拥有各类学术技术带头人约1000名，占各类高级职称人才（8万名）的1.25%，占各类专业人才（128.56万人）的0.8‰。其中，两院院士123人；国家级有突出贡献的中青年专家343人；中科院"百人计划"入选者10人；上海顶尖人才资助计划入选者5人；在国内最具竞争性的"国家杰出青年人才基金"项目招标中，上海有58名青年专家中标，占全国的13.6%，具有相当的优势。

目前上海市学术技术带头人男性占绝大多数。在接受调查的287人中，男性占92.4%，女性占7.6%。男性人数为女性人数的12.2倍。除两院院士外，据调查统计，目前上海市学术技术带头人集中在40－60岁之间，占调查总数的66%，总体年龄处于创造高峰期及偏上状态；其中，50－59岁年龄段的人数占36%，这说明上海学术技术带头人总体上年龄的"老化"现象依然存在。

2. 人才类型评析

从科技领域人才类型看，上海市学术技术带头人以从事基础性研究和技术应用型居多。在接受调查的287人中，从业于基础性研究的有38%，从事设计开发的占11%，从事技术应用的有42%，9%的人从事技术管理。目前上海市学术技术带头人不但重视基础研究，而且随着市场经济体制的确立，立足于科技成果转化的技术应用也已得到了这类高能级人才的足够重视。

从上海市学术技术带头人获得基金资助情况看，国家自然科学基金、上海自然科学基金和上海优秀学科学术技术带头人资助计划获得居多。国家杰出青年科学基金、市科委启明星计划、市教委曙光计划、上海博士后科研资助和市卫生局百人计划的基金获得人次占17%。这一数字显示着政府宏观调控政策对年轻的学术技术带头人开发有了一定的重视。

3.健康现状评析

上海学术技术带头人的健康现状总体状况良好,但亚健康状态在相当范围内存在。调查表明,上海学术技术带头人总体上健康者占58.1%。然而身体健康一般者占40%,说明有2/5的学术技术带头人处于亚健康状态。另外少部分属较差和差。这表明,上海市学术技术带头人的身体状况还不容乐观。

(二)上海学术技术带头人开发现状评析

1.继续教育开发现状及需求评析

(1)上海学术技术带头人近年来取得了较深入的继续教育开发,继续教育对上海学术技术带头人开发起到了明显效果。根据对75人的统计结果表明,5年中,共接受各类脱产学习142次、7800天,人均1.89次、104天。另据对60人的调查统计,到国外参加过各种国际学术考察活动487人次,人均8.1次。这些数据说明上海学术技术带头人接受继续教育开发的具有相当的深度。

从上海学术技术带头人继续教育开发的效果来看,有83.4%的学术技术带头人认为继续教育开发对他们效果"显著"或"较显著"(见表7-1)。这说明,上海学术技术带头人在接受继续教育开发后绝大多数都能将所获得的知识、能力应用到自己的工作当中,从而显示出继续教育开发的有效性。

表7-1 上海市学术技术带头人继续教育开发效果统计

	全市情况		华东师大		711所		宝钢集团	
	人	%	人	%	人	%	人	%
样本数	60	100	7	100	6	100	20	100
①显著	16	26.7	1	14.3	1	16.7	3	15
②较显著	34	56.7	3	42.9	4	66.7	12	60
③不明显	5	8.3	0	0	1	16.7	1	5
①+②	50	83.4	4	57.1	5	83.4	15	75

资料数据来源:同表3-1

(2)上海学术技术带头人对继续教育开发的要求迫切,但在接受继续教育开发方面还存在诸多困难。在被调查的287的人中,有21%的学术技术带头人认为接受继续教育"很迫切"，有27%表示"迫切需要"，还有23%的学术技术带头人表示"较迫切"需要继续接受教育。三项百分比之和高达71%。

然而许多学术技术带头人表示，他们在接受继续教育开发方面还存在诸多困难。在被调查的学术技术带头人中，认为在知识的追加和更新中遇到的最大的困难是时间不够(59.9%)，其次是资料设备不足、领导支持不够和身体支撑不住。

(3)学术技术带头人的继续教育开发在内容、组织方式与时间安排上具有特殊需求。

在对继续教育的侧重点方面，有45%的学术技术带头人希望侧重点放在"前沿的专业知识"上；有33%希望侧重于"相关学科知识"；有20%希望及时掌握"刚露头的先进技术"。从中我们可以看到，上海学术技术带头人对各种最新和相关的专业知识孜孜以求，终身学习与终身教育对学术技术带头人的开发有着根本性的意义。

上海学术技术带头人最希望的继续教育的组织方式依次为：与外国专家合作研究"、"国外考察学习"、"同行研讨"、"专题讲座"和"高级研修或自学"。外向型的学习和合作式的研修是高级人才继续教育开发教学模式的实践总结，这从上海学术技术带头人对继续教育的组织方式的选择中可以充分得到验证

在被调查的学术技术带头人中，希望短而经常接受继续教育的学术技术带头人占到了44%，希望接受继续教育时间为3-2周的学术技术带头人占17%，希望接受继续教育时间为一个月左右的学术技术带头人占17%，希望接受继续教育的时间为半年左右的学术技术带头人占15%。我们看到，"短而经常的继续教育"是学术技术带头人继续教育开发的最佳时间模式。

2. 管理使用开发现状评析

(1)上海学术技术带头人专业对口，学有所用的程度非常高。育人与用人一体化是高能级人才的开发的重要原则，这也是人才教育投资有效性的基本需求。所以，专业对口，学有所用是学术技术带头人管理使用开发的基本要求。调查表明，77%上海学术技术带头人认为"所从事的工作与自己的专业对口、基本对口的分别占77%、22.5%，两项几乎

100%。在被调查的241名学术技术带头人中,有70.1%的所从事的工作是自己的特长,29.9%的所从事的工作基本上是自己的特长。

表7-2 上海市学术技术带头人的工作是否专业对口和符合自己的特长

对口或符合情况		对口或符合	基本对口或基本符合	不对口或不符合	合计
工作岗位与原学专业对口情况	人数(人)	178	52	1	231
	百分比(%)	77	22.5	0.4	100
工作岗位与个人特长符合情况	人数(人)	169	72	0	241
	百分比(%)	70.1	29.9	0	100

资料数据来源:同表3-1

(2)上海学术技术带头人使用度较高,但尚有开发潜力

学术技术带头人使用度,即他们在自己岗位上发挥作用的程度。调查统计表明,有51.49%的学术技术带头人认为能力发挥75%,只有3.96%的学术技术带头人认为能力完全发挥,有38.61%的学术技术带头人认为能力发挥50%,而还有5.94%的学术技术带头人认为在自己的工作岗位上没多大发挥。这说明,这些学术技术带头人并不能完全施展自己的才华。通过计算,上海学术技术带头人的人才资源利用率为63.37%,人才体验闲置率高达36.63%(具体见表7-3)。

如按此指标计算上海市学术技术带头人才的利用状况,则有:

闲置学术技术带头人才当量 = 1000×36.63% = 366(人)

由此说明上海市约有相当于366名的学术技术带头人的才能处于闲置状态。同时也说明上海市学术技术带头人才资源还有1/3以上的管理使用开发空间。

表7-3 上海市学术技术带头人才资源利用率统计表

能力发挥程度	人数(人)	占%	人才资源利用率
100%	8	3.96	3.96
75%	104	51.49	38.62
50%	78	38.61	19.31
25%	12	5.94	1.49
合计	202	100.00	63.37

资料数据来源:同表3-1

(3)上海学术技术带头人在人才选配方面,以政府行为为主,市场

机制发挥作用不够。

从开发的历史分析,上海学术技术带头人才选拔配置基本上由国家管理学术技术专家的政府部门或准政府部门进行。在十几年的管理实践中,逐渐形成了相对成型的学术技术带头人选拔办法。选拔类型有两院院士、国家重点学科的专家、国家重点实验室和开放实验室的负责人、基础性的研究专家、承担省市级以上重大项目的专家、有突出贡献的中青年专家、中科院"百人计划"入选者、上海顶尖人才资助计划入选者、市科委学术技术带头人资助计划入选者等,都反映了政府的导向性。而由于我国的高级人才市场发育相对滞后,学术技术带头人通过市场机制选配基本没有。

八、21 世纪初上海市学术技术带头人开发的战略构思

(一)上海学术技术带头人开发的战略指导思想

1.树立学术技术带头人开发的时空观

世界万物的运动都离不开一定的时间和空间,作为特殊的物质运动形式——人才资源开发,总是在特定的时空条件下,受该时空条件的制约,体现该时空的特征。学术技术带头人的开发也不例外。

就时间角度而言,学术技术带头人的开发,总是受所处的时期所制约,打上该时期的印记,体现该时期的特征,是该时期历史条件的产物。作为 21 世纪初期学术技术带头人的开发,就要体现 21 世纪初的时代特征:(1)全球化,即 21 世纪初经济发展和科学技术全球化趋势日趋明显。就科学技术日趋全球化来说,这主要是指科技活动的问题、目的和范围在全球范围内的广泛认同;科技活动要素在全球范围内自由流动和配置;科技活动成果在全球共享;科技活动的规则和制度环境在全球范围内渐趋一致的发展过程。随着上述的全球化趋势的展开,国际化开发必然成为学术技术带头人开发的一大特征。(2)信息化。随着全球信息网络化趋势加快,大规模社会信息流必将给人才资源开发的目标、模式、内容、手段、方法等带来一系列巨大影响,学术技术带头人开发也必然带上信息化的特征。

从空间角度看,人才资源开发所存在的空间分异,是导因并受制于地域空间的社会和自然环境,是特定的区域空间诸要素组合的不均一性造成的。据此,学术技术带头人开发,必须树立地域空间观,因地制宜制定本地区开发战略。作为上海市的学术技术带头人开发,就必须体现上海特色,要反映上海经济社会和科学教育发展的特点、水平和趋势。

2. 树立学术技术带头人开发的历史观

上海学术技术带头人的开发,是一项阶段性和连续性相统一的系统工程。前一阶段的学术技术带头人开发,是后一阶段的必要准备;后一阶段的学术技术带头人开发,又是前一阶段发展的结果,呈现出阶段性和连续性相统一的过程。因此,在制定上海学术技术带头人开发战略时,不能割断历史,必须充分重视其开发的历史连贯性,既要承前,又要启后。现阶段上海学术技术带头人开发应从历史的基础出发去设计,充分考虑学术技术带头人开发的历史,总结过去的正反两方面 经验;同时又要清醒认识现今的机遇,把握未来发展,以便现阶段学术技术带头人开发有益于未来开发工作的开展,从而达到可持续发展的目的。

3. 树立学术技术带头人开发的系统整体观

正如前述,学术技术带头人开发是一项复杂的社会系统工程,为了求得该系统工程整体效益最佳化,必须以人才开发系统原理和系统的整体相关性原理为指导,实施对这项系统工程的整体性开发。其具体内涵应包括:(1)学术技术带头人成长过程的"准"→"潜"→"显"等3个阶段之间应整体性开发;(2)学术技术带头人动态开发过程的"预测规划"→"教育培训"→"考核评价"→"选用配置"→"使用调控"等5个环节之间应整体性开发,其中以"教育培训"与"配置使用"一体化,即"育人"与"用人"一体化尤为重要;(3)学术技术带头人系统与社会、生态环境系统之间应整体性开发,即学术技术带头人开发与社会发展、生态改善应整体和谐协调。

4. 树立学术技术带头人开发的特性观

鉴于开发的对象是学术技术带头人,因而其开发活动必须体现学术技术带头人才成长规律性的特殊性。譬如,学术技术带头人开发,就要考虑其成长过程及其阶段,以及其创造最佳年龄;就要开发其成长的必备的内在素质;就要创造其从事前沿性、领先性研究的实践舞台及其条件,以及社会大环境支撑要素;………如此等等。

(二)上海学术技术带头人开发的战略目标和重点

1. 战略目标

以邓小平理论和"三个代表"重要思想为指导,根据党的十四届四中全会提出的"培养和造就一批进入世界科技前沿的跨世纪的学术技术带头人"的战略部署和国家建设创新体系的战略要求,紧紧围绕上海经济、社会发展的战略目标,从上海学术技术带头人队伍及其开发现状出发,通过富有时代特征、学术技术带头人特性的整体性开发,在未来10年使上海学术技术带头人在数量、质量、结构、效能上均能达到一个新的水平,其中造就出一支政治思想素质好,在某些学科进入世界科技前沿的数量充分、结构优化的学术技术带头人队伍。

2. 战略重点

(1)从年龄角度看,重点开发中青年科学技术人才,为准性学术技术带头人才和潜性学术技术带头人才成长为显性学术技术带头人才创造更多条件。

由于各级政府部门和社会的重视,目前上海学术技术带头人才年龄结构有所改善,但总体上学术技术带头人年龄依然偏高。在今后的几年内,随着一大批老一辈学术技术带头人才的退休,学术技术带头人才断层问题仍然十分严峻。中青年学术技术带头人才是上海21世纪初持续快速发展的中坚所在。因此,继续培养一大批优秀的中青年专业技术骨干和学科带头人已刻不容缓。

(2)从层次角度来看,重点开发具有国际水平的学术技术带头人才,即突出能进入世界科技前沿的学术技术带头人的开发。21世纪初将是上海迈向国际经济、金融、贸易、航远中心城市的关键时期。今天的国际竞争,更突出地表现在以知识、人才为依托的综合国力的竞争,因此上海的学术技术带头人才的开发应向国际水平看齐。

上海的经济社会的发展,决定了上海专业技术人才群体必须以中高级人才为主体。而日前上海128.56万专业技术人才群体中,高级人才仅有8万左右,仅占6.2%;而学术技术带头人仅1000人左右,占人才总量不足0.8%,努力提高上海学术技术带头人的层次,不断强化人才金字塔高层,使潜性和准性学术技术带头人不断脱颖而出,无疑是上海学术技术带头人开发的当务之急。

(3)从类别来看,为适应国家建设创新体系和上海建设国际性经济中心城市的需要,上海学术技术带头人开发,在坚持基础研究型、设计开发型、技术应用型和技术管理型并重开发的前提下,应重点开发基础研究型和技术应用型的学术技术带头人。就前者来说,例如,就应重点开发脑科学和生命科学的基础研究型学术技术带头人才。

(4)就行业结构而言,根据上海产业的布局重点发展金融业、商贸业、交通通讯业、房地产业、信息咨询业和旅游业,因此学术技术带头人才的开发应在这些重点产业上有所偏重。同时,汽车制造、电子信息、电站成套设备、家电、石油化工和钢铁等产业将依然为上海经济发展的支柱产业,这些产业的学术技术带头人才仍应有积极的开发。另外,以计算机互联网为标志的新兴人才群体正以迅猛的势头崛起,21世纪由网络带动的新兴产业必将成为新的经济支柱产业。为此,从现在开始,要对与互联网开发相关的各类学术技术带头人才进行重点培养,确保在以互联网为特征的新的经济发展中有足够的人才支撑保证。

九、21世纪初上海市学术技术带头人才开发的对策措施

如前所述,学术技术带头人才的开发是一项由预测规划、教育培养、考核评价、选用配置、使用调控等基本环节构成的复杂的系统工程。鉴于预测规划是准备环节,考核评价是过渡环节,因此,本文重点研究学术技术带头人才的继续教育开发和使用管理开发的对策措施。

(一)继续教育开发

1.上海学术技术带头人的继续教育总体思考

继续教育,通常是指大学后成人的再教育。在我国,通常是指大学后在职的专业技术人员和管理人员的再教育。对学术技术带头人,特别对准性学术技术带头人的继续教育,旨在使之不断提高思想水准,改善智能结构,增进专业能力,并开发其潜在创造能力的教育。"学术技术带

头人的继续教育开发,有着教育内容、教育手段以及教育时间等方面的特殊需求。

（1）继续教育的内容设计

根据上海市学术技术带头人现状调查与继续教育开发的需求分析,上海市学术技术带头人继续教育开发的内容设计,应以培养国际水平的学术技术带头人素质和开拓创新型学术技术带头人素质为总的依据,以终身教育理论作为课程设计的指导思想。教学内容应体现当代先进前沿水平和对象的差异性。据此,在21世纪初,学术技术带头人的继续教育内容应包括以下几个方面:

本专业的前沿理论、前沿技术和方法;

相关的专业技术知识;

现代信息技术知识;

必要的技术经济分析及知识资本管理知识;

创造力开发知识。

（2）继续教育的模式手段

科技没有国界,随着知识经济时代的来临,使得继续教育的各种交流和国际化合作变得越来越容易。21世纪上海学术技术带头人的继续教育模式手段,一方面要走向世界,走与国际接轨的道路;另一方面又要结合我国实际建立起新的继续教育模式。

根据上海市对学术技术带头人开发的实践,"与境外合作模式"、"组织内导师制模式"、"柔性知识模块模式"和"产学研联合培养"等都为较成熟的学术技术带头人的继续教育模式。从本次调查来看,"与国外专家合作研究"、"国外考察学习"、"同行研讨"、"专题讲座"和"高级研修或自学"等形式应是上海市对学术技术带头人更新和追加知识的主要形式。从而也说明,21世纪初上海市对学术技术带头人开发应走与国际接轨的高层次道路。

（3）继续教育的时间安排

"短而经常"的时间安排,是学术技术带头人继续教育时间控制的基本对策。这是由学术技术带头人工作本身的运行规律所决定的。学术技术领域的工作都有较稳定的规律。如在开发性的科研单位,一个课题从调研、方案论证开始,到产品试制,转产,开发,都有一个周期。一般说来，包括学术技术带头人的科技工作者在两个课题的间隔时间里，或者在一个课题不同阶段的中间，安排进修、学习较为恰当。

认识了这一规律特点，学术技术带头人的开发机构应经常把握科研课题进展的信息，新课题开设的动态，从而制定出严密的继续教育规划，从而提高继续教育投资的效率。

2. 上海市准性学术技术带头人的继续教育开发

如前所述，准性学术技术带头人才是指基本具备学术技术带头人的素质要求，基本适应学术技术带头人某项工作的学术技术带头人才。准性学术技术带头人才的开发是 21 世纪初上海市学术技术带头人开发的战略重点之一。继续教育开发为准性学术技术带头人才开发的最为重要的途径。而准性学术技术带头人才的继续教育开发主要表现于知识结构的优化和创新能力的开发两个方面。

(1) 准性学术技术带头人才知识结构的优化

知识结构在此指学术技术带头人个体的知识体系的结构。学术技术带头人的头脑就是科学知识结构的物质载体，并能将自己学习所获得的各种知识，在自己头脑中按照一定的联结方式形成自己的结构。

本研究报告认为，一个学术技术带头人个体知识结构包括三个模块的内容：专业性知识，相关基础性知识和工具性知识。三者的关系如图 9－2 所示。其中相关基础性知识：临近学科知识、哲学知识、社会科学知识等；工具性知识包括外语知识、计算机知识、人才学知识、市场经济知识、创造力开发知识、生理心理保健知识等。

具备合理知识结构的学术技术带头人，能够做到思想灵活敏感，富有创造性的联想，善于抓住客观事物的本质，容易做出开创性的贡献。相反，就会思想僵化，机械呆板，反映迟钝，缺乏敏感性和适应性。因此，准性学术技术带头人继续教育开发的首要方面即建立并优化合理的知识结构。

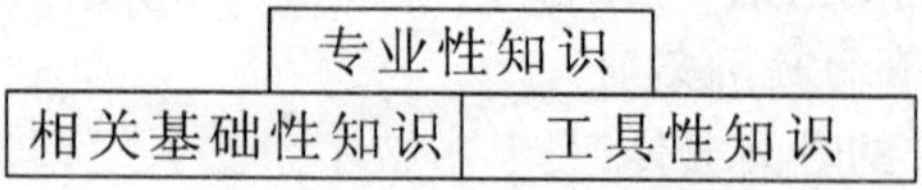

专业性知识	
相关基础性知识	工具性知识

图 9－2　学术技术带头人才知识结构示意图

准性学术技术带头人才的知识结构的优化，旨在使其知识结构快速

趋于显性学术技术带头人才的知识结构。在继续教育开发的过程中,应特别注意四个方面的统一:

第一,所从事专业的理论知识与实践技能的统一。即既要注重专业理论知识的提高,又要与专业实践相结合,努力使专业知识向创造性的实践能力转化。

第二,专业知识与工具性知识的统一。"欲想攻其事,必先利其器"。工具性知识可以使学术技术的创造达到事半功倍的效果。

第三,专业知识和邻近学科知识的统一。既深化专业知识,又注重相邻学科与技术领域,使准性学术技术带头人才在继续教育开发过程中,形成广阔的知识背景和高复合型的知识结构。

第四,知识优化与开发创造力的统一。既要注意在优化知识的过程中开发准性学术技术带头人的创造潜能,又要强化创造力开发的理论知识,努力增进开拓创新素质。

(2)准性学术技术带头人才创新能力的开发

学术技术带头人能力主要指取得学术技术创造成果的创新能力。学术技术带头人的创新能力与创造成果之间有着内在的联系。创新能力,是创造过程和创造成果的前提和充分条件。创造过程是创新能力的动态表现,而创造成果是创新能力的最终结晶。

关于人才的能力,人才学曾有许多的研究。叶忠海教授按能力的序列结构,将人才的能力结构分为三个层次(《大学后继续教育论》,第108页):

第一层次,一般能力,由基本的认知能力和基本的操作能力组成。知识结构和非智力因素是形成和发展一般能力的基础。

第二层次,特殊能力,人才从事某种特殊活动所必须具备的专门能力的总称。特殊能力是一般能力在某个特定领域的特殊发展。

第三层次,创造能力,包括创造思维能力和创造实践能力。它是人才一定的智能结构的综合效应。

由此可见,准性学术技术带头人才能力的开发,即是指对其创新能力的开发,努力培养具有高度创造力的高能级人才素质。

准性学术技术带头人才创新能力的开发的目的是全面提高创造思维与创造实践的水平,因而应遵循以下原则:

第一,全面渗透原则

全面渗透原则是指把创造力开发渗透到整个继续教育的每个时空,使继续教育活动"创造化",以有效地开发被开发者的创造力。这是因为创造力具有普遍性,可渗透于教育活动的一切领域和一切阶段;只有整个教育创造化,造成一个普遍创造化环境,才能有效地开发创造力。对于开发准性学术技术带头人才的创造力,更需要贯彻这个原则,这是由其多重复杂的社会身份所决定的,他们在教育机构中不可能逗留很长时间。

第二,侧重过程原则

侧重过程原则是指在整个继续教育活动中,开发者要引导受开发者不仅要了解和掌握思维的结果,更要着重分析和掌握思维过程和方法,以利于开发受开发者的创造力。这是因为,创造力的动态表现即为创造性思维。通过分析创造性思维过程和方法,使被开发者掌握思维的创造性品质(灵活性、流畅性、独创性等),有利于举一反三,触类旁通,开发被开发者的创造力。这个原则是对准性学术技术带头人继续教育开发区别于对一般科技人才教育的基本特征。

第三,民主与尊重原则

民主与尊重原则是指开发者要平等地对待受开发者,尊重受开发者的个性和特长,形成民主、宽松的教育氛围,以利于创造力的开发。在学术技术领域,独创性思维的孕育和产生,离不开外在和内在的自由。

第四,优势互补原则

准性学术技术带头人才均已具有某一学科的智能优势,又有相当程度的创造力开发的切身体会。这些,均是实施创造力开发过程中的宝贵资源,应充分地加以开发和利用,使开发者与受开发者之间优势互补。

在继续教育过程中,准性学术技术带头人才创新能力开发的途径和方法归纳起来可分两大类:

一、渗透式途径

渗透式途径是指将创造力开发渗透于教育活动的各个领域、各个方面、各个环节和各个阶段中,与教育活动内容有机地结合起来。这在继续教育中反映得尤为明显。

·教学活动式渗透。它是指在各种教学活动中以各科的知识为基础,贯彻开发创造力的原则。在传授知识的同时,达到开发被开发者的创造力,使他们在本学科专业领域内表现出特殊的创造力。

·科研实践式渗透。即将准性学术技术带头人创新能力的开发渗透于各种科研实践活动之中,使各种问题的解决有所创新。

二、专门式途径

专门式途径即开展专门的创造力训练。实践证明,专门的创造力训练可以使被训练者的创造力测验成绩提高 11% - 40%。因此,在国外特别是在美国,专门的创造力训练正在成为提高各类高级人员素质的有效方法。

根据训练的目的和内容,对准性学术技术带头人才专门的创造力训练可分为以下四种:

·提高认识问题能力的训练。其目的是提高人们发现问题、表述问题的能力。

·解题方法的训练。这是各类创造力训练的核心。

·树立积极态度的训练。这旨在改变个人的自我形象,树立积极的态度。

·提高说服力的训练。其目的是提高被开发者表达和说服力。

专门的创造力训练中,可开设专题式系列讲座,如"工程师创造力开发"、"预测未来的原理和方法"等。

总之,继续教育是学术技术带头人开发的最有效的途径之一。在准性学术技术带头人向显性学术技术带头人的转化过程中,继续教育可以促进其由渐进向飞跃的更替。这种体现人才过程转化阶段性和连续性相统一的继续教育,可以加速由准性学术技术带头人向潜性学术技术带头人才和显性学术技术带头人才的发展。

(二)管理使用开发

在不同的主体开发过程中,政府对学术技术带头人开发的调控保障起着重要作用。因此,本报告重点研究政府调控保障作用下的新时期上海学术技术带头人才开发的对策和措施。

1. 建立健全有效的学术技术带头人成长机制

(1)对学术技术带头人才实行"重点资助最佳年龄区"政策

有关研究表明,各国科学技术兴隆时期,大都自觉不自觉地执行了"重点资助最佳年龄区"的政策。这种年龄区一般控制在 25 - 45 岁之间。如 1957 年,35 岁的杨振宁和 31 岁的李政道由于美国政府资助的科研项目而获诺贝尔奖。1951 年 47 岁的麦克米和 39 岁的西博格获诺贝尔化学奖也是这样。研究表明,前沿性科研群体是院士人才涌现的圣地,学术技术带头人是院士人才产生的人才基础,参与前沿性科研项目,是院士人才产生的实践条件。据此,在上海学术技术带头人开发过程中,特别要对处在前沿性科研群体中的年龄又处于最佳年龄区的学术技术带头人给予重点资助,让他们去从事前沿性的科学研究,从而取得开创性的科研成果,使学术技术带头人转化为院士人才。

(2)对有发展前途的中青年学术技术带头人才培养对象委以重任,如让其担任国家级,省市级学科重点实验室负责人,负责各种重大项目,并赋予人、财、物的使用权。使之在创造实践中受到锻炼,提高综合科研开发能力及科技组织协调能力,努力使之成为显性的学术技术带头人才。

(3)要优先安排中青年学术技术骨干和学术技术带头人参加国内外的业务进修、学术交流、考察、访问等活动。设立基金,为他们"走出去"开阔眼界和参加重要学术活动提供机会和保障。另外,可设立国外科研、学术、商务调研基地,同国外大公司、科研机构、高等院校建立合作关系,作为进修基地。

(4)组织学术交流,鼓励学术争鸣。要鼓励每一位中青年学术技术骨干和学术技术带头人都勇于创立自己的学派,要积极组织引导学派之间的学术争鸣,开展多种形式的学术交流,使之形成浓厚的学术空气。科学技术的流派是一个高能级的智力系统,又是一个高能级的人才系统。每个系统中,都拥有各自的"帅才"人物。这就是自然形成的学术技术带头人。在他的周围往往云集着一大批有才华的学者,为着一个共同目标而奋斗。一个国家或地区,这种气氛越浓厚,人才辈出的局面越突出。

2.建立政府调控下的上海学术技术带头人选拔机制

(1)进一步建立健全有效的选拔标准。

一般而言,学术技术带头人往往是学术界、技术领域中的"自然领袖"。所以,所谓学术技术带头人的选拔,即是对这种"自然规律"的运用,从而建立一套科学、客观、公正、可行的选拔标准。这一标准,应具有一定程度的弹性。对潜性学术技术带头人、准性学术技术带头人尤应给予开发性选拔,委以重任,在创造性实践中开发,提携。而在新兴学科技术领域,应用学科开发性研究领域,适当地扩大比例。年龄结构上向中青年倾斜。

(2)外引内连,扩大选择范围,避免"近亲繁殖"。

第一,努力吸引国内外学有所成各类高级人才,尽可能地创造平等竞争的社会环境,使他们成为上海学术技术带头人队伍的有生力量。

第二,形成开放的用人环境,积极引进外籍以及港澳台地区优秀人才。特别引进外籍学术技术带头人,必须坚持高目标、高投资、高待遇的原则。就高目标而言,引进的外国一流科技专家,真正能使上海达到"尖端科技的领先性"、"科学技术的产业性"的目标;就高投资、高待遇而言,真正在提高物质待遇,创造工作环境,发挥专家作用等方面,增强对外国一流科技专家的吸引力和附着力。在引进方略上,要把引进专家和引进智力结合起来;要把引进智力和引进项目、外资和外技结合起来。

3. 建立适应社会主义市场经济体制的上海学术技术带头人利益激励机制

21世纪初,我国正处在社会主义市场体制完善时期。上海学术技术带头人的开发,应逐步建立与社会主义市场经济体制相适应的多元化的人才激励机制。

首先,奖励项目要向多元化转变,由政府的单独奖励转变为全社会对学术技术带头人才的尊重与奖励。在奖励层次上,逐步形成国家、地方、系统和单位多层面奖励的格局。1992年上海市政府设立了两年一度的"上海科技工业功臣奖",由此推动了对重大贡献的科技专家的激励机制;1994年由企业出资设立的"自然科学牡丹奖",旨在改善基础研究领域优秀青年人才后继乏人的状况,至今有15位青年科学家各获得奖金4万元;市科协两年一度的"科技精英"奖,已有50位各行各业科技人才获得"科技精英"称号及各得1万元奖金。尽管这些对上海市学术技术带头人才的开发起到了一定作用,但可以看出,全社会对学术技术带头人多元化激励的程度还很低。

二是分配与激励的形式多样化,分配实行"按绩"、"按劳"、"按智"相结合的原则。要实现上述的结合,必须要更新观念。按劳分配的内涵决不仅仅是衡量劳动量的积累,更重要的是反映劳动的最终产出和效益,是劳动价值的市场体现,这也是马克思主义劳动价值论最本质的体现。对此,国家科技部于1999年4月会同有关部门颁布的《关于促进高新技术成果转化的若干规定》明确提出,研究开发和成果转化人员所获奖励不低于净收入的20%,技术入股比例可放宽到35%。1999年6月,上海市政府颁布的《上海市促进高新技术成果转化的若干规定》也提出,实施高新技术成果转让,成果完成人享有不低于20%的转让收益,所获收益的个人所得税,可以返还。这种智力投入与回报相结合的激励措施,大大地调动了学术技术带头人才的科研开发积极性。因而,今后对这些政策贯彻应始终如一。

4. 建立政府主导的上海学术技术带头人才管理系统

建议建立"上海市学术技术带头人开发委员会",负责对全市有关学术技术带头人开发工作。开发委员会由全市的组织、人事、经济、科技、教育、财政等有关部门负责人组成。其主任委员应由市政府主要负责人担任。

开发委员会下设工作办公室,主要通过规划、政策、评估、基金资助、奖励、信息跟踪等手段开展工作。工作办公室设在市人事局。

根据学术技术带头人分类情况,成立相应的学术技术带头人开发咨询专家小组,每个小组由3-4名高知名度的专家组成。主要责任是受开发委员会委托,对各学科开发计划(包括开发对象、条件、方式、考核及可行性)进行评估,对潜性的和准性的学术技术带头人才的开发工作提出咨询建议,以及提出资助方案建议等。

创立上海市学术技术带头人开发基金会,用于对重点培养的国际国内领先水平的学术技术带头人的研修、开发经费的资助。基金来源,一是政府财政投入;二是社会各界提赠和赞助。

建立上海市学术技术带头人信息、服务中心。中心网络重点跟踪各行业、单位涌现出的综合水平达到国际、国内领先水平的优秀骨干。同时为中青年学术技术带头人的继续教育创造条件;另外借助教育科研信息网络中心的建立,及时传播国内外科研信息,为学术技术带头人成长创造条件。

5. 完善学术技术带头人的健康保障体系

学术技术带头人工作的最大特征是高智力劳动,这种劳动有着巨大的有形与无形付出。因此,对他们身体状况必须予以充分关怀。每隔一段时间让他们在一个良好环境中休养,对于他们健康将十分有利。同时办好学术活动中心、学术俱乐部等活动场所,以利于学术专家和技术骨干的聚会和交流。这样,不仅可调节他们的身心,有利于他们的身心健康;而且也可以使他们相互探讨有关科研难点和科技新思路,避免重复研究,从而也能够走上联合攻关、联合开发的轨道。

主要参考文献

一

1. 叶忠海主编:《普通人才学》,复旦大学出版社 1990 年版。

2. 叶忠海主编:《人才资源优化策略》,上海人民出版社 1996 年版。

3. 叶忠海著:《大学后继续教育论》,上海科技教育出版社 1997 年版。

4. 刘显桃、赵永乐主编:《新世纪人才曙光》,江苏科技出版社 1996 年版。

5. 张长城主编:《当代中青年科技英才研究》,中央编译出版社 1994 年版。

6. 蔡哲人主编:《构筑上海人才资源高地》,百家出版社 1997 年版。

7. 王绍昌:《培养跨世纪的学术技术带头人》,《行政与人事》,1999 年第 5 期。

二

8. 国家人事部人事和人才研究所:《国家学科技术带头人队伍现状与发展态势分析》,1992 年。

9. 国家人事部人事和人才研究所:《有突出贡献专家对国民经济发展的作用、价值和相关政策研究》,1993 年

10. 浙江省教委:《浙江省学科带头人培养研究》,1998 年。

11. 上海市引进国外智力领导小组办公室:《迈向 21 世纪上海引进外国专家战略和对策研究》,1996 年。

12. 李新民:《中外博士后制度比较研究》,华东师范大学硕士学位论文 1999 年。

三

13. [美]哈里特·朱可曼著:《科学界的精英》,商务印书馆,1992 年。

14. Developing Human Resources, Nadler·L., Austin, Tex Learning Concepts,

1970,6.

15. Science and Engineering Indicators, National Science Board (ed.), U.S. Govemment Printing Offlce,1993

16. Personnel and Human Resource Management, Richard M·hodgetts, K·Galen Kroeck, The Dryden Press.

本课题组人员名单

组　长:叶忠海

副组长:李新民、邱永明、蒋世荣、曹树立

组　员:陆　烨、魏建新、葛　红、曾月征

无锡市马山区人才开发战略与对策研究①

前　言

　　1994 年 7 月,华东师范大学"人才开发与区域研究"硕士点接受无锡市马山区区委的委托,承担了"无锡市马山区人才开发战略和对策研究"的科研项目。为此,双方共同组织了课题组,由华东师范大学、马山区劳动人事局等单位的十位同志参加,组长为中国人才研究会人才学教学研究会理事长、华东师范大学"人才开发与区域研究"硕士点导师叶忠海教授,副组长为马山区委副书记王洁平同志、无锡市委研究室副主任穆宝成同志、马山区劳动人事局局长徐达增同志。

　　无锡太湖国家旅游度假区的开发,给马山带来了前所未有的机遇和挑战。在新的形势下,人才开发工作该如何进行? 如何更好地为马山区的社会经济发展服务? 这是本课题的主要任务。本课题涉及马山区的方方面面,可控因素比较复杂,所涉及的时间跨越两个世纪,是个难度较大的研究课题。为完成本课题,课题组采取了以个别拜访与开座谈会相结合,向人才个人调查与向单位调查相结合、查阅文献资料与书面通讯调查相结合,定量与定性相结合、理论与实践相结合等方式。在几个月的辛勤努力下,课题组进行了 6 次领导拜访、开了 4 个人才问题座谈会,发放了 100 多份单位调查表格(回收 45 份)、600 多份个人调查表格(回收 274 份),收集了马山区近几年的社会、经济、人才等方面的资料,并在上海借阅、购买了有关的书籍、期刊。在大量工作的基础上,课题组顺利

---

　　① 本研究报告完成于 1994 年 10 月,系"无锡市马山区人才开发战略和对策研究"项目的研究成果。该成果由陈琦执笔,由叶忠海修改定稿后,被马山区委采纳,并刊登于无锡市人民政府研究室和无锡市人民政府发展研究中心主办的《无锡经济参考》1995 年第 2 期上。

完成了本课题协议所规定的任务。

当然,本课题的完成,得到了无锡市委研究室、马山区委办公室和组织部、区劳动人事局等部门单位许多同志的大力支持,如果没有他们的支持,本课题的完成是很困难的。

关于本课题的几点说明:

1. 本文中专门人才是指有中专以上学历的或有技术员以上职称的人员;

2. 本文中的数字及统计资料,除特别注明外,一般是截止 1993 年 12 月 31 日。

本课题报告凝结了课题组成员的辛勤劳动,文中的具体建议还有待在实践中进一步完善,如其能助马山经济腾飞的一臂之力,那就是课题组成员的共同心愿。

第一部分　马山区人才开发的背景分析

一、马山区的基本概况

无锡市马山区位于太湖西北部,沪宁铁路中段,紧靠锡宜公路。全区面积 51.4km²,人口 24632 人(1993 年末),下辖马山镇和梅梁街道办事处,是 1988 年 10 月才成立的新区。

马山区山青水秀,有"一级空气,二级水质"之誉,属于亚热带季风海洋性气候。这里既适宜于发展农业、旅游业,也适宜于发展高科技工业。

马山原为太湖的一个孤岛,1969 年围湖造田使其与无锡市相连,从此,马山走出了封闭,融入中国经济大浪潮之中。1976 年无锡市在马圩(围湖造田区)建立了"五七农场",安置了大批知青。1980 年 8 月,无锡市人民政府马山办事处成立,制定了把马山建设成为城市服务的副食品基地、风景旅游胜地和发展工业的后劲之地的长远规划。1988 年 9 月无锡市马山区成立。

马山区经济发展迅速,1993 年国民生产总值达 2.95 亿元。在保持农副业平稳发展、优化产业结构的同时,马山区于 1990 年 7 月开辟 1.78m²的外商投资规划区,1992 年 5 月建立高新技术开发区。1992 年 10 月 4

日,国务院批准马山建立国家旅游度假中心,从此马山踏上了新的旅途。今天,马山正面临前所未有的转折点,人才该如可为振兴马山服务呢?

二、新时期马山区面临的新形势、新挑战与新机遇

当今世界冷战结束后,经济发展成为国际大舞台的主旋律。日本及亚洲"四小龙"经济的崛起,国际经济重心进一步向亚太地区转移。中国政府抓住了这一历史机遇,改革开放并敞开了大门。小平南巡讲话后,中国的经济发展更快,开放的广度、深度都得到了加强。由南向北,长江三角洲成为中国投资的新热点。而马山正处于长江三角洲之中,周边地区及自身的变化,给马山带来新的机遇与挑战。

1. 上海正在形成国际大都市。上海是中国第一大城市,产业结构的调整使上海经济步入良性循环,浦东的开放开发吸引了众多的人才和资金。上海要在不久的将来建成为国际经济、贸易、金融中心。马山区距上海 145km,正处于上海经济辐射圈内,若上海国际大都市的形成,无疑将对马山的开发产生巨大的影响。首先,马山与上海在地理环境上的互补性,决定了其在经济上的互补性。上海将成为马山旅游业的最大市场,而旅游业是马山发家的产业,马山将利用其优势,把自己建设成为上海的后花园。其次,上海是一个巨大的人才中心,如能利用上海的人才优势为马山服务,马山将得益非浅。此外,大量资金涌入上海,上海的投资市场也将向外扩散,对马山而言无疑是一个发展的动力。上海国际大都市的形成,也给马山提出了新的挑战。在周边地区激烈竞争下,马山若不能抓住这一历史机遇,将成为无锡市乃至长江三角洲经济发展中的一块"低地"。

2. 无锡市经济的正在腾飞。无锡市具有优越的地理区位和悠久的工商传统,1993 年无锡市人均国民生产总值突破一万元,居全国城市第九位。现在无锡市正朝特大城市的方向迈进,争取把无锡建设成为全国重要的经济中心、国内外著名的风景区。作为无锡市的一部分,马山的发展与无锡市的发展有着紧密的联系。随城市经济的逐步强大,资金流、人才流、物质流、信息流都会从高势能的市区向周围扩散。无锡市把马山作为一个新的经济增长点,马山必须加快步伐,争取赶上市里,与市

里的产业经济相配套,这是无锡市对马山人提出的新挑战。

3.无锡已启动建设太湖国家旅游度假区。目前,我国旅游业以文化观光型为主。为改革旅游业单一、陈旧的局面,促进旅游业由观光型向观光度假型转变,国家旅游局决定在全国有条件的地区设立一批具相当水准、与世界旅游市场接轨的国家级旅游度假区。太湖山美水美,马山更得天独厚,被选为国家首批旅游度假区之一,这给马山带来了机遇——开放的机遇,使第三产业特别是旅游业得以发展,旅游业已成为马山发家的支柱产业。有天时、有地利、更有各级政府对度假区的优惠政策,度假区的建设,将把马山开发推上一个新台阶。挑战与机遇并存,马山旅游业要与无锡其它旅游景区和其他的国家旅游度假区竞争共同的游客市场,这就是无锡太湖国家旅游度假区所面临的巨大挑战。

三、新时期马山区的开发对全区人才资源开发提出了新要求

区域开发包括的范围很广,既包括区域的经济开发,也包括人才开发、文化开发等等,而区域经济开发则一直是区域总体开发的主导。区域经济开发既为人才开发提供良好的物质基础,又对人才开发提出了客观要求;而人才开发则是经济开发的关键。因此,区域经济开发离不开区域人才开发。马山区 的开发正处于历史性的转折点上,它对人才开发提出了一系列的新要求:

1.国家旅游度假区的开发,要求人才开发有结构性的转变

马山伸入太湖之中,融杭州西湖秀气和大连海波壮阔于一体,山青水秀,气候宜人,环境幽静,空气清新,加上悠久的历史,富于特色的文化,使马山成为理想的国家旅游度假胜地。但由于地理环境等原因,马山长期以来经济较落后,尤其第三产业在马山国民经济中仅占16.05%,比重很小,旅游业更不成体系。同样,第三产业的人才比重也偏低,旅游度假专业人才比重更低。据初步估计,全区旅游专业毕业的人才不足50人,不到全区人才总数的3%。随着国家旅游度假区的建设,部分项目已经动工,有些项目急待上马,然而项目经理、工程监理紧缺;工程建成后,将急需大批经营管理人才、财会人才和其它相关人才,而这些人才

在马山还较缺乏。目前的人才结构将难以适应今后国家旅游度假区的开发与建设。国家旅游度假区的开发,给马山区绘出了诱人的前景,而目前摆在人们面前的困难并不仅仅是资金缺乏,人才的缺乏将成为制约国家旅游度假区的开发与发展的重要因素。因此,为适应国家旅游度假区的发展,人才开发必须先行,各旅游专业及相关专业的人才开发必须得到重视。这就要求对马山区的人才队伍进行结构性的调整。

2. 高科技工业区的开发,呼唤着高科技人才

马山是太湖中的一个半岛,它既不同于现有的老城区,又不同于郊区。首先,它距无锡市仅 17km,很易接受大城市的经济文化辐射;同时,两地又有山水相隔,马山又具相对独立性,是发展高科技的理想之地。目前,马山区已经形成以纺织、轻工、机械、电子工业为主体的门类齐全的综合性加工工业区。1992 年 5 月,马山高新技术工业开发区应运而生,其主要发展无污染、低消耗的电子信息、精密机械、现代轻工、现代纺织、生物医学、高营养食品等产业。高新技术开发区的建立,呼唤着大批高科技人才与高素质的劳动力。现在,在马山经济结构中居主导地位的第二产业,科学技术含量比较低。1990 年至 1993 年间,社会总产值年均增长 39.98%,而科技进步水平平均仅增长 1.27%(应用柯布——道格拉斯生产函数模型,计算从略)。科学技术水平滞后,必将导致产品竞争力不强,市场日益萎缩。因此,追求高附加值、高科技含量,是今后占领市场的法宝。而人才是科技的载体,人才开发是产业经济发展的关键。目前全区专门人才仅占职工总数的 8.8%,这支人才队伍还不能完全适应高新科技产业发展的需要。更新现有科技人才的知识,引进高新科技人才是对马山人才开发提出的又一新要求。

3. 特色农业区的开发,离不开新型的农业人才

当马山还是一个孤岛时,马山人如世外遗民,生活在自给自足的自然经济之中,过着封闭的农耕生活。围湖造田后,马山与无锡市连接起来,地广人稀的马山成为无锡市副食品供应基地。现在,马山区共有耕地 1400亩,主要种植小麦、水稻、油菜;茶园 203 亩,果园 3600 亩,主要种植杨梅、柑桔;山地 28122 亩,其中林地 5795 亩;精养鱼池 4468 亩。目前马山已初步形成禽蛋养殖、畜牧、水产、蔬菜、瓜果五个副食品生产基地,太湖银鱼、白鱼、白虾、螃蟹、杨梅、蜜桔、毫茶在国内外市场上享有盛誉。今天,为了

马山的腾飞,作为基础的第一产业应不断推陈出新,科技兴农,发展特色农业。特色农业不同于传统农业,它是一种高度集约经营、高科技含量的无公害创汇农业。特色农业的发展,客观上要求有一支高素质的农业科技、经营人才,这也给马山区人才开发提出了一项新要求。

马山区起步晚,现有劳动力素质偏低,要把马山建设成为高品位的国家旅游度假胜地、无锡市副食品基地、高新科技工业区,必须提高全体居民的素质,大量培养与引进各类人才。总之,在诱人的发展前景背后,还有一个艰巨的人才开发工程。

第二部分　马山区人才资源及开发的现状分析

一、马山区人才资源的现状分析

为了振兴和开发马山,发展马山经济,必须进行人才开发;在制定人才开发战略之前,就非常有必要对马山的人才资源现状有个正确全面的认识。

(一)马山区人才资源现状的总体分析

1. 马山区已形成一定规模的人才队伍,但人才缺口仍比较大

1993年,全区专门人才总数达1596人,占全区职工总数(18187人)的8.8%,人口人才密度为6.5%,面积人才密度为31人/平方公里。毫无疑问,这支人才队伍为马山的经济发展作出了巨大的贡献。但就现有的人才量而言,无论是从企业的发展角度,还是在一个更高的层次上——从无锡太湖国家旅游度假区及高新技术开发区的建设需要来看,都显然是不足的。特别是随着人才老化,及马山经济的扩大再生产,马山区的人才总量将日益不足。在1993年底,无锡太湖国家旅游度假区开发总公司拥有的人才数量,很明显,与度假区所肩负的职能相比,是远远不够的。

2. 马山区人才队伍年龄分布比较合理,但高级人才年龄偏大

一般来说,一支年龄分布合理的人才队伍,应该是老中青三结合,以中年人才为骨干。由于马山现代经济发展较晚,真正具有现代意义的人

才开发工作也开始较晚,老年人才相对较少。适应新型外向型经济的发展,马山需要大批具有开拓创新能力的中青年人才。目前,马山区人才队伍中老、中、青大约各占三分之一,应该说其人才队伍年龄分布比较合理。但在调查中也发现,中青年的高级人才比较缺乏。在所调查的31名高级人才中,45岁以下的一个人也没有。详见表1。这将对跨世纪高级人才的衔接造成不利的影响。

表1 马山区高级人才年龄构成

(1993年)

年 龄	合计	≤30岁	31-35岁	36-45岁	46-53岁	54-60岁	>60岁
人数(人)	31	0	0	0	19	11	1
百分比(%)	100	0	0	0	61.3	35.5	3.2

资料来源:课题组所进行的45个单位抽样调查。

3.人才的水平层次有所提高,但仍不能适应新型经济的发展

随着马山经济的发展,不仅人才数量逐步增加,而且人才的质量也逐步提高。在建区以前,在马山的大中专毕业生是很少的,而近几年来,由于接收大中专毕业生,及引进了不少中高级人才,马山人才的水平层次较过去有了较大提高。从马山区人事局的统计报表上看,在企、事业单位的专业技术人才中,高级人才由1992年的1.9%上升到1993年的3.2%,中级人才同期也由20.9%上升到26%,都分别达到历史最高水平。这充分说明了马山人才水平层次的提高。但是,今天的马山面临的是前所没有的机遇和挑战,国家旅游度假区和高新技术开发区将需要大批高中级人才的参与,现有的人才的水平层次还是不能满足经济发展的需要。我们可通过下面这些指标来反映目前马山人才的水平层次。

(1)专门人才平均文化程度低。为了反映专门人才的平均文化程度,可以假设研究生学历层次系数为9,本科学历层次为7,大专为5,中专为3,高中及以下为1,则专门人才的平均文化程度为:

$$G = \sum W_i \cdot X_i$$

其中,W_i为某一文化程度的专门人才比例;X_i为该文化程度的系数。因此,根据马山机关及全民企事业单位专门人才的文化程度结构可计算出其专门人才平均文化程度系数为3.53,表明马山区专门人才平均文化程度是中专略偏上。详见表2。这说明了马山的专门人才平

均文化程度是偏低的。

表2　马山区机关与全民企事业单位专门人才学历结构（1993年）

学历层次	研究生	本科生	大专生	中专生	高中及以上	合计
人数（人）	0	105	173	391	161	830
百分比（%）	0	12.7	20.8	47.1	19.4	100

资料来源:1993年区劳动人事局报表

（2）人才的辐射力较弱。所谓人才辐射力,是指人才对空间距离表现的影响力。在同样的距离内,人才当量数与人才辐射力成正比。因此,人才辐射力可用人才当量数来反映。马山区机关及全民企事业单位的人才当量数为198.1名本科生,与其人才总数相比,其人才当量密度偏低,仅为0.24,只相当于一般县的人才当量密度。由于马山区是作为无锡市——中国经济较发达的一个市的一部分,其发展目标是保持和无锡市整个水平相适应,甚至因为国家旅游度假区、高新技术工业开发区以及特色农业区的开发,其人才当量密度应比较高。因此,用发展的眼光来看,目前马山人才的辐射力还是较弱的。

（3）人才的职称偏低。目前马山区的人才队伍中,高中级人才比例偏低。在企、事业单位中高级人才只有36人,占2.4%;中级职称人才约342人,占人才总数的23.2%详见表3。造成人才职称偏低的原因很多,但其结果将明显影响到马山经济的正常发展。

表3　马山区企、事业单位人才职称结构（1993年）

职称层次	高级职称	中级职称	初级职称	合计
人数（人）	36	342	1097	1475
百分比（%）	2.4	23.2	74.4	100.0

资料来源:1993年马山区劳动人事局统计报表。

（4）人才的创造力较差。人才创造力表现的一个主要方面就是人才的科研成果。我们在马山调查了45个单位,共有各类各级人才1143名,其中只有8个单位完成了各级科研项目,共计19项,其中省级及以上的项目只有6项,占31.6%。公开出版的专著和教材没有一本,公开发表的论文也只有19篇,其中获奖的有7篇。详见表4、5。这说明了各级人才在其岗位上没有表现出应有的创造力。

表4 马山区人才((1143人)所进行的科研项目情况(1993年)

	科研项目	国家级	省部级	地局级	县处级	县以下级
项目数(项)	19	1	5	4	6	3
单位数(个)	8	1	3	3	2	1

资料来源:课题组所进行的45个单位调查。

表5 马山区人才(1143人)科研成果及获奖调查情况(1993年)

	专著教材	论文	获奖数	国家级	省部级	地局级	县处级	县以下级
个数(个)	0	19	7	0	4	3	0	0
单位数(个)	0	6	5	0	3	2	0	0

资料来源:同表1。

4.人才的内在职业心理较好,但人才的知识结构仍不理想

人才作用的发挥,需要客观的环境,也需要人才内在的主观能动性。如果人才的主观能动性强,其才能也较充分的发挥。课题组在马山调查了274位人才,在回答"对本职工作的热爱程度"一栏中,选择热爱本职工作的人才有121人,占调查总数的44.2%;选择较热爱本职工作的人才有87人,占调查总数的31.8%,二者合计76%;而回答"不太热爱"和"厌倦"的人才只占6.6%(见表6)。在回答"对待以后工作的态度"时,选择"愿对工作献身"答案有34人,占11%;选择"愿意积极干"的答案有129人,占41.6%%;二者合计52.6%;而回答"希望调动工作"的答案只有29个,占9.4%(见表7)。这说明近4/5的专门人才对本职工作具有"热爱感";半数之多的专门人才对本职工作具有"归属感"。

表6 马山区人才(274人)对工作热爱程度调查情况

程度	合计	热爱	较热爱	一般	不太热爱	厌倦
答案数(个)	274	121	87	48	14	4
百分比(%)	100	44.2	31.8	17.5	5.1	1.5

资料来源:课题组对274名人才的个人调查

表7 马山区人才(274人)工作态度调查情况

态度	合计	献身	积极干	服从安排	希望调动	没考虑	其它
答案数(个)	310	34	129	91	29	18	9
百分比(%)	100	11	41.6	29.4	9.4	5.8	2.9

资料来源:同表6。

特别难能可贵的是,许多人才回答"在工作中取得成功的愿望"强度时,其中愿望"强烈"的有 109 人,占回答问题总数的 41.9%;"比较强烈"的有 126 人,占 48.5%,二者合计 90% 多;而"不太强烈"和"不强烈"的人才只有 2 人,占 0.8%(详见表 8)。这又说明马山区专门人才在工作中具有强烈的"成就感"。

表8　马山区人才(274 人)工作成就感调查情况

愿望	合计	强烈	较强烈	一般	不太强烈	不强烈
人数(人)	260	109	126	23	1	1
百分比(%)	100	41.9	48.5	8.8	0.4	0.4

资料来源:同表 6。

马山区专门人才具有良好的职业心理,这是开发马山区必不可少的人才心理因素,然而仅有良好的职业心理是不够的,如今马山正进行着一场前所没有的经济腾飞,需要大批知识复合型人才。在调查中,我们发现,马山的大部分人才知识结构都比较单一。外语、计算机、经济知识及旅游度假知识都是保证马山经济稳定发展,人才所必须具备的知识,可是调查结果却不如人意。精通外语的人才没有,熟练运用的也只有 12 人,占回答问题人数的 4.6%;熟知经济知识的共有 10 人,占回答问题数的 3.8%;能熟练操作计算机的只有 4 人,占 1.6%;熟知度假知识的也只有 6 人,占 2.3%。具体情况请见表 9。

表9　马山区人才(274 人)知识复合情况调查表

知识 \ 程度 \ 人数	熟练或熟知	较熟练或较多了解	一般	较差或了解不多	不懂或不了解	合计
外语 人数(人)	12	31	106	79	31	259
外语 百分比(%)	4.6	12	40.9	30.5	12	100
经济知识 人数(人)	10	98	130	29	0	267
经济知识 百分比(%)	3.8	36.7	48.7	10.9	0	100
计算机操作 人数(人)	4	9	63	65	111	252
计算机操作 百分比(%)	1.6	3.6	25	25.8	44	100
旅游度假知识 人数(人)	6	19	140	83	15	263
旅游度假知识 百分比(%)	2.3	7.2	53.2	31.5	5.7	100

资料来源:同表 6。

区域人才开发研究论集

(二)马山区人才资源现状的内部差异性分析

54.4km² 的马山区,在地形上存在着山地和平原之分,在行业上也有主次之别。这些差异不同程度地导致了马山区人才资源现状的内部差异性。

1.人才的地理分布不均衡

马山内部地理环境的差异,形成了功能不同的三个小区:马山镇、马圩和国家旅游度假区。三个小区的经济起点不同、发展水平不一,人才状况也不尽相同。马山镇,地处山区,历史较长,但经济却欠发达,人才数量也比较少;由于各种原因,中高级人尤为缺乏,人才的水平层次也较低;农业在国民经济中占有突出的地位,因而农业人才相对突出。但有深存的历史渊源,这里先后涌现了大批的乡土人才。围湖造田形成的马圩,基本上是一个移民社会,人才的来源较为广泛。经过多年的发展、积累,这里经济较发达,人才数量也较多;这里是高新技术工业开发区所在地,中级、高级人才也较多,但由于历史原因,移民过程中也带来了一些文化素质较差的人,整体的人才水平略受影响;马圩又是马山区工业最为集中的地方,工业人才所占地位非常突出。国家旅游度假区成立不久,各项工程尚未完全展开,职工数也不多,人才的数量有限;但其起点高,人才的水平层次较高,职工人才密度也较高;三产人才,尤其是旅游度假人才是其主要的方面。三个区的人才调查情况如表10。

表10　马圩、马山镇及度假区职工、人才对比表

地区	单位数	职工数(人)	人才数(个)	人才/职工
马圩	29	6282	849	13.5%
马山镇	4	1697	134	7.9%
度假区	8	589	152	25.8%

资料来源:课题组制作的单位调查表统计。

2.人才的行业分布不均衡

马山区现有人才1596人,分布在各个行业部门。由于历史原因,马山作为无锡市安置知青的地方,并将其功能之一定为副食品基地,因此,马山区的农业人才比例较市区要高;工业是马山的支柱产业,其人才数达737人,占整个马山区人才总数的46.2%;第三产业人才比重也比较高,但却主要集中在文化教育卫生系统,达475人,占了第三产业人才总

数的一大半,而急需人才的旅游业人才却比较少。具体的行业分布请看下表11。

表11 马山区人才行业分布表(1993 年)

行业	农业	工业、建筑业	商业	文化教育卫生	政工(机关)	其它	合计
人数(人)	82	737	108	475	121	73	1596
百分比(%)	5.1	46.2	6.8	29.8	7.6	4.6	100

资料来源:1993 年马山区劳动人事局报表

今天马山的人才队伍,尽管存在着这样或那样的不足之处,但其毕竟为马山过去及目前的经济发展作出了巨大的贡献,而且在将来,他们也是建设马山的主力军。现在的任务,就是如何去开发它,充分发挥其应有的作用。

二、马山区人才资源开发工作的基本估价

马山区自成立以来,在人才开发工作方面作了不少工作,同时也取得了较好的成绩。但人才开发工作毕竟是项艰巨的系统工程,从高标准要求,我们也会发现其工作中尚存在着一些不足之处。

1.人才开发工作得到区领导及组织人事部门的重视,但工作中也暴露出一些不足

由于领导对人才开发工作的重视,马山区已形成了一个"尊重知识,尊重人才"的良好氛围。一方面区政府积极组织科技人员开展各种活动,如"千条合理化建议","百项双革四新"活动等。对优秀科技人员及优秀教师进行表彰鼓励,充分调动了人才的积极性。另一方面,大胆起用、重用优秀人才,让科技人员在企业科技进步和经济发展中挑大梁。目前全区已有258 名科技人员走上了领导岗位。同时,区委、区政府和区劳动人事局与各单位密切配合,大量引进科技人才。据不完全统计,自建区以来,共引进人才603 名,接收大中专毕业生255 名。此外,各级领导对人才在生活、学习上也给予关心。

发展马山经济是所有马山人才的事,但区领导在决策过程中的透明度不是很高,以致许多人才对马山的发展规划没有充分了解。在人才个人调查中发现,"对马山发展规划非常了解"的只有3 人,占1.1%;有较

多了解的也只有 78 人,占 29.6%(详见表12)。这表明了区领导发动更多人才投入马山区开发,此项工作还不够充分。

表12　马山区人才(264 人)对区发展规划了解情况调查表

了解程度	合计	非常了解	较多了解	一般了解	不太了解	不了解
人数(人)	264	3	78	131	44	8
百分比(%)	100	1.1	29.6	49.6	16.7	3

资料来源:本课题组对人才个人调查统计。

在一些厂级领导中,还存在着不少轻视人才的现象。在个人调查时发表,12.5% 的人才认为:"工作中最大的困难"是"领导不支持不重视"。在回答"希望到马山以外工作的原因"时,38.3% 的人才是"为了增加成就事业的机会"(详见表13)。马山是个正在发展的地区,人才成就事业的机会应该是比较多的,之所以人心思走,其因素是复杂的,其中恐怕与领导的重视不够有关。

表13　马山区人才(188 人)想流出的原因调查结果

想流出原因	提高收入	增加成就机会	改善人际关系	解决个人困难	其它	合计
答案个数(个)	61	72	9	28	18	188
百分比(%)	32.4	38.3	4.8	14.9	9.6	100

资料来源:本课题组对人才个人调查统计。

2.人才成长的文化教育环境有较大改善,但仍不能满足人才开发的要求

马山自建区以来,教育事业得到了很大的发展。首先是教育事业得到了较大的投入。自建区以来,区、镇二级在经费并不宽裕的情况下,累计投资教育的资金达千万元,从而使学校的硬件建设、软件建设都上了新台阶。如梅梁中学微机培训中心、朝霞小学电脑室等。其次,成人教育得到了很大的发展。1993 年,培训各类人员 2500 余人次,还联合创办了江南大学马山分部,无锡轻工业学院马山旅游夜大班等。在优化教育环境的同时,也积累了一些经验。但是,这些并不能满足马山人才开发的要求。如区里至今没一个图书馆和象样的书店。在人才个人调查时亦发现,教育培训最大的困难就是"缺乏资料"(见表14),经费不足也是人才教育培训中所遇到的主要难题(见表15)。

表14　马山区人才(285人次)教育培训最大困难调查情况

困难	时间不够	缺乏资料	无人辅导	身体不佳	领导不支持	其它	合计
答案个数(个)	109	125	54	2	3	2	285
百分比(%)	37	42.4	18.3	0.6	1	0.6	100

资料来源:据本课题组制作的个人调查表统计。

表15　马山区单位组织人才教育培训主要困难调查

困难	工学矛盾	经费不足	政策不配套	本人无需求	其它	合计
答案个数	23	20	2	2	5	52
百分比(%)	44.2	38.5	3.85	3.85	9.6	100

资料来源:本课题组制作的单位调查表统计。

3.人才的选用配置较为合理、但人才的低度使用仍较明显

人才的选用配置是人才开发过程中的一个重要环节。如果配置不合理,就会造成人才的浪费和经济损失,工作大受影响。从调查的结果来看,马山区的人才基本做到岗位与专业对口、岗位与个人特长对口。其中,专业与工作岗位对口和基本对口的有225人,人才使用对口率达83.3%(见表16);工作岗位是个人特长的有227人,人才特长使用率高达83.7%(见表16)。

表16　马山区人才工作岗位与原学专业、个人特长对口情况调查表

项目	对口情况	是(对口)	基本是(基本对口)	不是(不对口)	合计
工作岗位与原学专业	人数(人)	88	137	45	270
	百分比(%)	32.6	50.7	16.7	100
工作岗位与个人特长	人数(人)	73	154	44	271
	百分比(%)	26.9	56.8	16.3	100

资料来源:本课题组进行的人才个人调查。

然而在使用过程中,人才作用发挥状况并不能让人满意。在调查中发现只有10人的才能完全发挥,占回答问题数的4.22%。通过计算,马山区人才资源利用率仅为56.13%,人才体验闲置率高达43.87%。具体计算如下表17。

人才体验闲置率=100% －56.13% =43.87%

如按此指标计算马山全区现有人才的利用状况,则有:

闲置人才=1596×43.87% =700人

这说明全区相当于约有700多名人才的才能处于闲置状态。

表17 马山区人才资源利用率统计表(1993年)

能力发挥程度	人数(人)	占%	人才资源利用率
100%	10	4.22	4.22
75%	77	32.49	24.37
50%	111	46.84	23.42
25%	39	16.46	4.12
合计	237	100.00	56.13

资料来源:据本课题组制作的个人调查表统计。

4.人才引进的成绩显著,但区内人才市场有待完善

马山由封闭走向开放,迎来了全国各地的人才。目前马山引进除台湾以外的各省、市、自治区的人才。因为马山基本上是个移民社会,引进的人才在马山的人才队伍中占据着相当重要的地位。聚天下之才建设马山,可以说,在从区外引进人才这一点上,马山的政策是宽松的,渠道也是比较畅通的。可是,由于马山经济发展和人才开发都有着不足之处,出现了人才流通中所不应该出现的情况,即人才在区内流动比较困难。一方面表现在区内人才的低度使用上,另一方面也表现在区内人才流动的主要方式还是依靠上级调动,"市场招聘"只占调查答案的8.7%(见表18)。人才择业的自主性越差,其才能发挥的程度也就越低。

表18 马山区人才区内流动方式调查情况(1993年)

流动方式	上级调动	单位商调	市场招聘	其它	合计
次数(次)	133	88	23	22	266
百分比(%)	50	33.1	8.7	8.2	100

资料来源:根据课题组制作的单位调查表统计。

总之,马山区的人才开发工作,取得的成绩还是主要的。为了更好地作出将来的人才开发工作,就必须清醒地认识到现有的成就与不足。

第三部分 马山区人才需求和结构配置的研究

自建区以来,马山区的人才队伍建设取得了很大的成绩。随着马山经济的发展,马山的人才队伍也要发展。由于度假区、高新技术工业开发区的成立、特色农业的开发,马山区的人才队伍将需要结构性的调整

和质的提高。"兵马未动,粮草先行",作好马山区的人才需求及结构配置的预测研究有着重要的现实意义。

一、指导思想和方法原则

由于马山区所处的地理位置和具有的丰富旅游资源,因而,马山的经济发展必将形成自己的特点:"以旅游带三产,以三产兴马山",农业起家,工业当家,旅游发家。同样,马山的人才队伍建设也必须有马山特色。这是进行马山区人才需求和结构配置的指导思想之一。

马山的经济发展,将受到很多因素的影响,特别受目前马山区的现状制约。因此,从需要和可能两方面考虑,从马山现有经济条件和人才队伍现状出发,是我们进行人才需求预测和结构配置研究的又一指导思想。

由于马山的经济发展日益迅速,就必须要用发展的眼光来看待马山的人才队伍建设。因此,在预测中就必须考虑到其人才队伍建设的超常规性。此外,马山区人才队伍的建设,还必须考虑到经济效益的提高。这些均是我们进行预测研究的指导思想。

此预测的方法将采取定量与定性相结合,专家、领导和群众相结合,理论与实践相结合,静态和动态相结合等方法。在二个层次上进行研究,第一层次是人才总量的预测,第二层次为群体结构的配置,包括文化程度、专业、职称等群体亚结构研究。通过研究,我们力求对1996年、2000年马山的人才队伍建设给出一个比较科学、合理、清晰的描述。

二、马山区人才需求总量预测

对于马山区人才需求总量的预测,我们采取下面几种方法进行,然后根据各种方法的准确性进行加权,从而得出1996年、2000年人才需求总量的可行区域。

1. 抽样调查法

马山区单位较多且规模不等,我们调查了20个单位,其中包括一产、二产和三产的单位,这些单位在马山具有一定的代表性。这20个单位现有人才384人,据这些单位的分析,1996年需要人才645人,2000年需要人才995人。因此,我们可以通过计算这20个单位的人才年平均增长速度。

设到1996年、2000年的人才年平均增长速度分别为Y_1、Y_2,则有:

$645 = 384(1 + Y_1)^3$ $\qquad$ $995 = 384(1 + Y_2)^7$

计算得:$Y_1 = 18.87\%$ $\qquad$ $Y_2 = 14.57\%$

如果我们用这个速度代表马山区的人才年平均增长速度,则1996年的人才需求量为:

$1596 \times (1 + 18.87)^3 = 2681$ 人

2000年的人才需求量为:

$1596 \times (1 + 14.57\%)^7 = 4136$ 人

因为这两个人才平均增长速度来源于基层单位的预测,我们认为这两个数字还是可能的。

2. 职工人才含量分析法

由于技术的进步,经济的发展常常是内涵型的扩大再生产,即其扩大再生产不再仅仅是资金的增加、职工人数的增加,而是技术含量增加,人才比重上升。根据马山的发展规划和我们的分析,到1996年,人才占职工的比例将达到15%,到2000年,马山人才占职工的比例将达到20%。

职工人数的增加,受地方各种条件、政策的限制,相对而言比较稳定。从1988年到1993年马山的职工总数由13988人上升到18187人,年均递增5.39%,如果按此速度发展,到1996年和2000年的职工总数将分别达到:

1996年:$18187 \times (1 + 5.39\%)^3 = 21289$ 人

2000年:$18187 \times (1 + 5.39\%)^7 = 26263$ 人

若将1996年、2000年的人才职工比分别定为15%和20%,则:

1996年人才总数 $= 21289 \times 15\% = 3193$ 人

2000年人才总数 $= 26263 \times 20\% = 5253$ 人

3. 相关分析法

一般而言,人才的增长和经济的增长具有高度的相关性。中央科技规划小组于1961年制订规划时,提出:工业生产总值每增长一倍,需增加科技人员 90%。考虑到科技进步作用的日益增大,生产总值的增长比专门人才的增长要快一些,我们在这里取国民生产总值增长率:专门人才增长率=1:0.8。

1993 年马山区国民生产总值为 2.95 亿元,1994 年上半年达 1.78 亿元,估计全年为 3.56 亿元。按照马山的"九五"计划和 2010 年规划,1996 年国民生产总值将达到 5.63 亿元,2000 年的国民生产总值将达到 12.355 亿元。由此得出从 1993 年到 1996 年、2000 年的国民生产总值年平均增长率分别为 24%、22.7%。依据上面的比例关系,设 X_1 为 1993 年到 1996 年人才年均增长率;X_2 为 1993 年到 2000 年的人才年均增长率,则有:

$24\% : X_1 = 1 : 0.8$ 　　　　　　$22.7\% : X_2 = 1 : 0.8$

则有可求出:$X_1 = 19.2\%$ 　　　　　$X_2 = 18.16\%$

1993 年现有专门人才总数为 1596 人,则:

1996 年专门人才总数 $= 1596 \times (1 + 19.2\%)^3 = 2703$ 人

2000 年专门人才总数 $= 1596 \times (1 + 189.16\%)^7 = 5133$ 人

4. 人口人才含量分析法

随着经济的发展,人口人才密度会提高。目前马山区人口增长比较稳定,如果根据目前的人口增长速度,可计算出 1996 年、2000 年的人口总数,再根据人口人才密度即可求出 1996 年、2000 年的人才需求总量。

根据人口的变化,可建立一元线性回归方程:

$Y = A + BX$

其中,Y 表示人口数量;X 表示间隔的年份;A、B 都为回归方程的系数。把 1988～1993 年的人口数据代入此方程,求出下方程:

$Y = 16781.67 + 1361.5571 \times X$

基准年定为 1987 年。此方程相关系数很高,达 0.9799,因此,此方程可信度较高。根据此方程可求得 1996 年、2000 年马山区人口数。

1996 年人口数 $= 16781.67 + 1361.5571 \times 9 = 29037$ 人

2000 年年人口数 $= 16781.67 + 1361.5571 \times 13 = 34483$ 人

鉴于目前马山区的人口人才密度为 650 人/万人,根据分析,到 1996 年、2000 年的人口人才密度将分别上升为 1000 人/万人、1500 人/万人。则有:

1996 年人才数 = 1000 ÷ 10000 × 29037 = 2904 人

2000 年人才数 = 1500 ÷ 10000 × 34483 = 5172 人

列表对照上述四种方法所预测的结果,我们发现其数据相差不大,故都为有效。但是,无论预测精确到何种程度,误差是肯定存在的。为了将误差减小到最小程度,我们可以对上面几种预测方法的结果进行加权平均。鉴于中国的国情,人口数变化一般可控制,因此人口人才含量分析法准确性较强,故将其放在首位,权重系数定为 0.30;同时职工数变化也较易控制,其预测的可靠性列第二位,权重系数定为 0.27;抽样调查法,来源于基层单位的抽样调查,经反复论证,可靠性也较大,权重系数定为 0.22;由于马山经济发展具有超常规的性质,用经济发展来预测人才数,其可靠性稍差,可将其权重系数定为 0.21。见表 19。

表 19 马山区人才预测四种方案比较

项 目 \ 方案	抽样调查法	职工人才含量分析法	相关分析法	人口人才含量分析法
1996 年人才数(人)	2681	3193	2703	2904
2000 年人才数(人)	4136	5253	5133	5172
权重系数	0.22	0.27	0.21	0.30

由此,我们可分别计算出 1996 年、2000 年的人才预测结果。

1996 年人才数:

n = 2681 × 0.22 + 3193 × 0.27 + 2703 × 0.21 + 2904 × 0.30 = 2891 人

2000 年人才数:

n = 4136 × 0.22 + 5253 × 0.27 + 5133 × 0.21 + 5172 × 0.30 = 4957 人

仍然是考虑到误差的存在,我们取放宽百分比分别为 ±10%、±15%、±20%,则得人数波动的上下限表。如表 20。

表 20 1996 年、2000 年马山区人才总量波动的上下限表

年 份 \ 百分比		±10%	±15%	±20%
1996 年	下限	2602	2457	2313
	中限	2891	2891	2891
	上限	3180	3325	3469
2000 年	下限	4461	4214	3966
	中限	4957	4957	4957
	上限	5453	5701	5948

三、马山区人才群体结构配置

1. 文化程度群体亚结构

目前，马山区人才的平均文化程度偏低，仅略高于中专水平。因此，在未来的人才开发中，一定要将人才的水平层次提高到一个新的档次。从适用性、操作性出发，马山需要大批中等层次的人才，但由于国家旅游度假区和高新技术工业开发区起点都比较高，也需要大批具有较高学历的人才，才能保证其经济的顺利进行。到1996年，人才的水平层次有较大提高，我们认为：大专及以上学历的人才应占全体人才的50%左右。其中研究生学历的人才区内不能培养，提高不是很快，但也必不可少，应当占全体人才的1%左右；本科生区内培养的能力也有限，专科生可有较大幅度的增加，所以本科学历的人才可占20%左右，专科学历人才可占30%左右。而中专人才的比重应有所降低，考虑到其基数较大，且区内尚有一定的培养能力，在今后的二、三年内，比重降低的幅度有限，其比重应在45%左右。高中及以下的人才，随着时间的推移，我们认为其人才绝对数也会减少，可将其比例定为3%。到2000年，人才培养能力增强，水平层次应有较大提高。研究生学历人才比重可提高到2%；本科学历人才可占到全体人才的1/4左右；而专科学历人才将取代中专学历水平人才，成为人才的主体。此时，大专以上学历的人才应达到2/3。中专学历人才绝对数仍会继续增加，而比重则持续下降到35%以内；高

表21　马山区1996年、2000年人才的学历层次配置

年份 学历	1993年		1996年			2000年		
	占%	人才数(人)	占%	人才数(人)	增减	占%	人才数(人)	增减
研究生			1	29		2	99	+70
本科	41.1	656	19	549	+847	26	1289	+740
大专			32	925		37	1834	+909
中专	51.6	824	45	1304	+477	34	1685	+381
高中及 以下	7.3	116	3	87	−29	1	50	−37
合计	100	1596	100	2891	+1295	100	4957	+2066

注："增减"指的是1996年比1993年和2000年比1996年增加或减小的人才数。其中"+"表示增加，"−"表示减少。

中及以下学历人才绝对数与比重都在减小,约占到全体人才的 1% 左右。各学历层次人才的具体配置如表 21。

2. 产业与专业群体亚结构

人才的产业群体结构配置主要与经济产业结构有关。根据马山的发展规划,到 2000 年,马山的经济要形成三、二、一格局,那么到 2000 年马山的人才队伍也必定要形成三、二、一格局。由于第三产业包含着许多非经济部门,如政府机关、教育文化卫生系统等,而且,这些部门的人才还占据着相当大的比例。因此,我们认为 1996 年,第三产业的人才应超过全体人才的半数;第二产业人才包括工业及建筑业人才,其目前在马山的人才队伍中占据近半数,其发展速度低于第三产业的人才增长速度,故其在 1996 年的人才比重宜占 43% 为宜;农业人才目前比重低,而其发展速度也比较慢,故其人才绝对数有所增加,但比重却要下降,我们认为其比重下降到 4% 为宜,不会过低。到 2000 年,国家旅游度假区各个项目基本建成,其人才比重应继续提高,估计会达到 60% 左右;第二产业人才由于高新技术开发区基本建成,人才数增缓慢,比重下降,形成人才结构的软化,其比重约 37%;特色农业的发展,吸引了一些人才,但此时的农业人才比重则会很小,约 3% 左右。各产业人才的配置如下表 22。

表 22 马山区 1996 年,2000 年人才的产业配置

年份 产业	1993 年		1996 年			2000 年		
	占%	人才数	占%	人才数	增减	占%	人才数	增减
第一产业	5.1	82	4	116	+34	3	149	+33
第二产业	46.2	737	43	1243	+506	37	1834	+591
第三产业	48.7	777	53	1532	+755	60	2974	+1442
合计	100.00	1596	100.00	2891	+1295	100.00	4957	+2066

马山区也是一个小社会,需要各个专业的人才。根据不同专业人才需求的程度,在 1996 年、2000 年其人才所占的比例也不同。当然未来的人才配置和目前的现状有关。据此,我们可确定各专业在 1996 年、2000 年的人才比例。按照下面的公式,我们还可计算出各个专业所需配置的人才数量:

$$n_i = N \times a_i$$

其中：n_i：第 i 专业的需求人数；

N：需求的总人数（分别取 2891 人和 4957 人）；

a_i：第 i 专业所需求的人数占全体人才的比例。

根据此公式，可得出表 23 的预测结果。

表 23　马山区 1996 年、2000 年人才的专业分布

专业＼年份	1993 年		1996 年				2000 年			
	人才数	占%	人才数	占%	数量增减	比例增减	人才数	占%	数量增减	比例增减
农业	82	5.1	116	4	+34	−1.1	149	3	+33	−1
工业、建筑业	737	46.2	1243	43	+506	−3.2	1834	37	+591	−6
交通、运输、邮电业	7	0.4	29	1	+22	+0.6	99	2	+70	+1
公用事业和咨询等	61	3.8	116	4	+55	+0.2	173	3.5	+57	−0.5
教育、文化、卫生等	476	29.8	665	23	+190	−6.8	892	18	+227	−5
科研业	—	—	29	1	+29	+1	99	2	+70	+1
金融保险业	—	—	15	0.5	+15	+0.5	50	1	+35	+0.5
旅游业	—	—	289	10	+289	+10	892	18	+603	+8
党政管理	121	7.6	173	6	+52	−1.6	248	5	+75	−1
商业饮食业等	108	6.8	159	5.5	+51	−1.3	248	5	+89	−0.5
法律	—	—	14	0.5	+14	+0.5	50	1	+36	+0.5
其它行业	5	0.3	43	1.5	+38	+1.2	223	4.5	+180	+3
合计	1596	100.00	2891	100.00	+1295	—	4957	100.00	+1976	—

注：1. "增减"均是指 1996 年对 1993 年、2000 年对 1996 年的增减，其中，"+"表示增加，"−"表示减少。

2. 由于 1993 年集体所有制企事业单位的人才数不能准确地进行行业分类，特作了一些技术处理，可能存在一定数量的误差。上表及下表的处理与此相同。

3. 旅游、金融、法律等专业的人才，目前比较缺乏，而其作用将日益显著，故特意加以分析。

二产是马山经济的主体产业，在将来一段时间内，其人才队伍仍会发展壮大，但其在全体人才中所占的比重，将随着产业结构的软化而逐步降低；农业的发展主要是内涵的扩大再生产，其人才数会有所增加，但比重却略有下降；考虑到经济发展，交通、运输、邮电通讯业等人才逐步增加，比重可能略有上升；公用事业、咨询业、房地产管理等方面的人才

在经济发展的积累阶段，会适当地超前发展，在经济起飞之后，就逐渐地稳定下来；商业、饮食业是一个传统的产业部门，其发展速度可能会与经济总体的发展速度差不多；鉴于目前其它三产部门尚未发展，其比重可能有所下降；教育、文化、卫生等部门的人才在马山人才的现状队伍中，占据较大的比重，待经济腾飞之后，其比重会有所降低，因为这方面人才的数量和当地的人口有密切关系；经济真正的发展，特别是工业要在市场上站稳脚跟，与科研、创新有很大关系，故马山应具备适当的科研人才；本着高效的方针，党政管理人才数量虽有增加，比重却应减少；金融保险业、法律服务业都是随市场经济的逐步完善、发展而成长壮大，故马山区在未来的人才开发中，不应忽视这些方面人才的开发；旅游业是马山发家的产业，由于国家旅游度假区的高起点及周边地区的激烈竞争，其人才队伍应迅速扩大，特别是要与度假区的项目建设保持一致；经济起飞后，一般都要走经济多元化之路，故人才也应多元化。

　　3. 年龄群体亚结构

　　由于人才开发是一个连续的过程，人才群体的年龄结构应有一定的规律可循。但是由于各种原因，马山区现有人才中，高级人才年龄偏大，因此，目前迫切需要中青年高级人才。一般来讲，合理的人才年龄分布应是中青年占2/3，中老年人才占1/3。考虑到马山区是个正在发展的地区，国家旅游度假区和高新技术开发区的建设尚未全面展开，到1996年人才的年龄分布应该是中青年略高于2/3，到2000年，人才的年龄分布应老中青年各占1/3左右。详如图1。

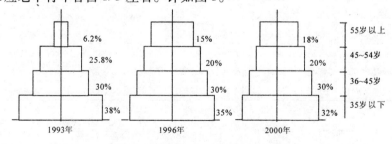

图1　马山区人才年龄分布转移示意图

　　从马山人才年龄分布的现状图来看，中老年人才稍缺乏。到1996年，随时间推移及引进的中老年人才，55岁以上的人才比重会较快上升到15%左右，35岁以下的人才比重下降到35%左右；50岁以下的人才可是达 70%。至 2000 年,经济发展趋向稳定、成熟,人才的年龄分布也趋向稳定,成熟。经过一番工作之后,大批青年人才成熟起来,成为业务骨干,此时 35～50 岁的人才约占 40－45%,35 岁以下的人才稳定在 30% 左右,50 岁以上的人才可达到 25－30%。

4. 职称群体亚结构

一般来讲,一个区域人才群体的职称结构是高中初相结合,呈金字塔排列。1993 年马山区人才群体的职称层次偏低,在企事业单位的人才中,高级:中级:初级人才数大约为 1:10:31。因此,在以后的几年中,应逐步提高人才层次,改变目前不合理的职称分布。到 1996 年,部分规划中的工程项目尚不能全面展开,虽可以储备一定数量的人才,但不宜将高层次人才配置太多,这也是不现实,此时的高级人才比例可为 4% 稍多一点;中级的人才目前比重高,考虑到职称提高需要一个过程,此时的比重可约占 1/4 左右;初级人才是目前马山人才队伍的主体,比重超过 70%,其比重可适当减少。同样,由于一个时间过程,加上接收的大部份大中专毕业生,职称不会提高很快,所以初级职称的比重仍可达 2/3。到 2000 年,高级人才大幅度增加,比重可提高一倍(因其基数较小);中级职称人才成为业务主干,比重可达到 1/3 左右,由于许多具体的操作仍需大批初级人才,故初职称人才比重虽可能下降,但绝对数仍占优势。具体各层次的配置如表 24。

表 24　马山区 1996 年、2000 年人才的职称配置

年份\职称	1993 年企事业单位		1996 年		2000 年		
	占%	人才数(人)	占%	人才数(人)	占%	人才数(人)	增减人数(±)
高级职称	2.4	36	4.5	130	8	397	＋267
中级职称	23.2	342	27.3	789	30	1487	＋698
初级职称	74.4	1097	68.2	1972	62	3073	＋1101
合　计	100	1475	100	2891	100	4957	＋2066

注:1. "＋"表示增加;"－"表示减少;

2.1993 年机关的人才职称构成无数据,故用企事业单位人才代替。

另外,为了保证马山人才队伍作用的充分发挥,在性别群体亚结构方面,我们建议女性人才比例在 1996 年以不低于 20% 为宜,到 2000 年,女性人才宜到 30% 左右。

第四部分　马山区人才开发总体战略构想及对策

根据马山区经济社会发展规划、人才队伍的现状，以及我们对马山区人才队伍建设预测的结果，我们构思了马山区人才开发战略，并提出了一些以对策，以便为马山将来的人才开发工作服务。

一、马山区人才开发的战略指导思想

根据区域人才开发的基本原理，结合马山区的实际制定和实施马山区人才开发战略应遵循以下原则：

（一）树立人才开发的历史观

1. 人才开发是一项连续的社会工程，在制定人才开发战略目标时，必须充分重视人才开发工作的历史连贯性，既要承前，又要启后。现时期马山区的人才开发，必须站在历史的长河中去设计、去规划，充分考虑马山区人才开发的历史，特别是近几年人才开发的实践，并要把握未来，以便现时期的人才开发工作有益于将来人才开发工作的开展。

2. 清醒认识历史机遇。区域经济发展史表明，区域经济有时会出现跳跃性的发展，直接促成因素往往是某种机遇。认识机遇，正确把握机遇，区域经济就会在短时间内发生飞跃。马山区正面临越级飞跃的历史机遇，但能否飞跃，关键之一，就是人才开发工作能适应并服务于马山经济的发展。只有具备一支数量适中，层次较高，结构合理，充满活力的人才队伍，才有可能把握住机遇，充分利用各种有利条件，促成马山经济的腾飞。

（二）树立马山区人才开发的全局观和整体观

1. 马山区人才开发是无锡市人才开发的有机组成部分。区域人才开发的多层次性特点，决定着每一个区域人才开发都处于纵向的多层次人才开发系统之中，直接受到高一层次人才开发战略的制约。作为无锡市的组成部分，马山的经济发展战略和人才开发战略都必须置于无锡经济发展战略之下。同时,区域人才开发与同一层次区域之间还存在着横向联系(如人才流动)。设计人才开发战略,需要以人才开发战略区域网络为背景,考虑其相互关系,因此,马山区有必要协调好与周外地区人才开发的关系,特别是加强人才市场的网络化。

2.马山人才开发是马山区总体开发的一个重要方面。区域开发是涵盖人才开发的母系统,人才开发必须服从和服务于区域总体开发。在制定马山区人才开发战略时,需要综合考虑其它子系统的影响和作用,协调好人才开发与马山社会经济发展的关系。

(三)树立马山区人才开发的经济观

生产活动是人类最基本的实践活动,是其它一切活动的基础。反之,其它一切活动,就要服务于经济活动,人才开发亦复如此。人才开发应当紧紧围绕经济发展这个中心展开,服务于经济建设。根据马山区经济发展战略,制定人才开发战略,使人才群体在数量、质量、结构上与同时期经济发展相适应。任何人才过剩、不足或人—职错位都是不经济的行为。

(四)树立马山区人才开发的地域特色观

不同类型区域,有不同的经济发展内涵及其有利条件和制约因素,必须因地制宜地构思区域经济发展战略,并以此为依据,结合不同的区域人才资源及开发的现状,制定与经济社会发展相适应的人才开发战略。马山区有自身独特的地理区位、自然资源和人文资源,国家和无锡市又赋于马山区三个颇具特色的经济功能,它将是一座融旅游度假、高新技术产业、特色农业于一体的山水城。显然,其人才开发战略必须充分体现这种地域特色。

就区域内部而言,各人才开发地域单元间也存在着差异性。三个功能不同的地域单元将分别形成三个各具特色的人才开发区。

二、马山区人才开发的战略目标

依据马山区"以旅游带三产,以三产兴马山",环绕三产发展一产,二产的长远经济发展战略,依据人才资源及其开发的现状,到 2000 年,马山区人才开发要做到:自我培养与区外引进相结合;数量增加与质量提高相结合;数、质提高与结构调整相结合;培养引进与潜能发挥相结合。为此,到 2000 年,马山区的人才开发要达到以下四个目标:

(一)形成一支规模适中的人才队伍

到 2000 年,马山区人才总量争取达到 5000 人(我们预测的结果为 4957 人),占总人口(以 3.6 万计)的 13.8%,比 1993 年的 6.5%提高 7 个多百分点。其中:(1)现有人才 1596 人经自然减员,约有 1500 人可继续发挥作用;(2)自身培养 1400 人左右,即通过江南大学马山分校及其后马山经贸学院培养本专科生 650 人左右,与区外院校联合办学的全日制、夜大或代培专科层次毕业生约 350 人左右,电视中专(马山中学)及其它通过联合办学等方式培养中专层次毕业生 400 人左右;(3)引进 2100 人左右,成熟人才与应届大中专毕业生可各占半数。

(二)提高人才队伍的水平层次

马山区的社会经济发展要求人才要具有相当高的"文化含量"。为此,人才的学历重心必须上移至到本专科之间,以本专科人才为主体,即本科学历人才比例占到 25%以上,专科学历人才比例在 35%以上,中专学历人才在 30%左右,研究生学历人才应达到 2%。从时序上看,1996 年以前,由于自身师资,吸引人才的能力和经济发展水平诸因素的影响,水平层次上升得会较慢一些。

(三)优化人才结构

人才群体结构方面最重要的是人才的专业结构要与马山区经济结构相适应,也就是一产、二产、三产人才数比应为:3:37:60,旅游度假人才占到 18%左右,高科技人才占 20%左右,农业科技人才占 2%左右。到本世纪末下世纪初构成以旅游人才为中心,旅游工业人才,旅游农业人才相配套的人才专业的主体结构。

人才个体结构方面,一是知识结构要复合化,要有广博的文化素养,除专业知识外,各个人才都应具有相应的外语知识,计算机知识、旅游度假知识以及马山本土历史文化知识等。对此,13.5km2 内沿湖旅游度假人才开发区内的专门人才尤为重要。二是能力结构方面,专业技术人才应一专多能,管理人才应是多面手,两类人才均应具有较强的外向型素质,经营管理能力和开拓创新能力。

(四)发挥现有人才的潜在作用

通过建立和完善区内人才市场,发展人才流动服务业,以及提高企业经营管理者素质等措施,降低人才使用闲置率,解决人才低度使用(具体见人才开发"对策"部分)。

三、人才开发的战略重点

区域人才开发的重点,取决于该地区经济开发的重点;并服务服从于该区域经济、社会及人才开发的总目标,另与该地区人才及人才开发现状密切相关。据此,马山区人才开发的重点分述如下:

(一)从人才专业结构来说,重点开发与马山区未来三个功能相配套的专业人才,逐步解决人才——经济结构性偏差

——旅游度假业将是马山区的龙头产业,而目前的旅游度假人才不仅在数量上要有较大的提高,并面临层次上的跨越,因而要重点开发旅游专业技术人才和经营管理人才,特别要开发特色旅游项目的专门人才。

——为建设高新技术工业开发区,必须重点开发电子、精密仪器、经纺等行业专门人才和企业经营管理人才;在此同时,为促使旅游工业发展,还要重点开发该行业的专门人才,如啤酒、渔具、服装、家俱专门人才。

——为促进特色农业区的建设,并有利于旅游农业的发展,要重点开发绿色食品、花卉、食品深加工等特色农业、旅游农业专门人才。

(二)从人才类别而言,则侧重于应用技艺型人才、经营管理型人才、外向型人才和复合型人才,特别要重点开发高级多重复合型的社会管理人才、具有企业内外双向的经营管理能力的开拓型企业家和既懂国际市场营销业务、又懂外语,也懂企业生产技术特点的外贸业务营销

人才。

（三）从人才层次而言，重点开发中、高级人才。马山区经济、社会发展的高要求决定 了马山区人才群体必须以中高级人才为主体。鉴于目前人才的水平层次较低，这无疑应是马山区人才开发的重点。从学历上来看，应以本科、专科为主；从职称上看，应以中级人才为主。

四、马山区人才开发的战略步骤

马山区人口基数小，经济实力弱，实现马山区的人才开发战略目标，有一个轻重缓急的问题。值得指出的是，人才开发的战略步骤必须以马山区经济发展的战略步骤为依据，适度超前。有鉴于此，在未来6年多的时间里，马山区人才开发的战略步骤宜分为两个阶段：

第一阶段：从现在到 1996 年。两年多一点的时间，着重解决好这几年中的当家产业，即二产的人才问题。引进急需而又紧缺的高新技术的专门人才，采用多种措施建设好企业经营管理者队伍，花大力气提高这支队伍的素质。要引进和培养一批高素质的项目经理、工程监理、财会人员、特色旅游项目人才，以及城市规划设计、园林建筑、计算机等方面人才，为全区的招商引资及度假区各项目建设的顺利开展服务。在全区干部中普及旅游度假知识。稳定现有农业人才队伍，选派有潜力青年技术人员到区外深造，调整知识结构和才能类型，以适应特色农业的需要，并配好农经管理人才。全区年新增人才 300 多名，自己培养和引进各占一半，以专科、中专学历者为主。其中自己培养专科生与中专生之比为1：1 左右，引进人才本科、专科、中专之比为 1：1：1 左右。

第二阶段：1997—2000 年，随着旅游度假区的全面展开，这一阶段的重点之重点是依据旅游度假区各项目的运作先后，配备好各项目所需的各级、各类人才。在全区居民中普及旅游度假知识。服务于旅游度假的农业、亦要采取大动作，配足旅游农业的技术人才和管理人才。二产在发展中根据需要，继续培养和引进有关专门人才，并解决好旅游工业人才。此期，马山的经济实力增强，吸引力加大，人才数量急剧上升，平均每年新增人才 500 多人，其中自培人才平均每年增加 200—250 人，引进人才平均每年 250—300 人左右；学历层次以本科，专科为主，其中自增本、专科生及中专生之比为：1∶2∶1，引进人才本科、专科生之比约为1∶1，还可适当的引进一些研究生学历层次的人才。人才市场已能正常运转，发挥出调节人才供需的功能。

五、马山区人才开发的战略布局

经济发展的空间布局，决定着人才开发的空间布局。根据马山区经济发展的地域过程和战略布局，对应的人才开发战略布局是根据马山区的三个功能小区，逐步形成各具特色的三个人才开发区。即：

在 13.5km²（已突破）的国家旅游度假区内，形成由导游、宾馆管理、旅游工艺品设计及各项目所需的专业技术人才等共同组成的沿湖旅游度假人才开发区。

在 12km² 的马圩高新技术工业开发区内形成由电子、精密仪器制造、轻工、化工、纺织、计算机等二产专业技术人才，具有外向型素质的高级企业经营管理人才，以及以通讯、金融、商贸、信息等三产人才所组成的梅梁高新科技人才开发区。

在马山镇形成以农、林、茶、果等专业人才为主体的马山镇特色农业人才开发区。

六、马山区人才开发的战略对策

（一）充分挖掘马山区人才现有的潜能

挖掘马山区现有的人才潜能，不仅可缓和目前人才的短缺程度，而且周期短，投资少，见效快。这既是马山区人才开发的重点，也是提高马山区现有人才使用效能的有效对策。

1. 在全区形成"振兴马山、人才为本"的舆论环境

——运用区内的新闻媒体、以有线电视台、电影院、文化馆、学校等为阵地，用实际数字和典型事实，宣传人才在建设马山中的关键作用。

——可在梅梁路建一条宣传长廊，定期展出各种优秀人才事迹、人才政策和信息等。

——建议区每年或每两年举行一次人才社会评价活动，如评十佳厂

长、经理、十佳科技人员等,各行业各系统也可相应开展人才评选活动。具体评估可采取群众、专家、领导三结合的办法,对入选者进行精神和物质相结合的奖励。奖励要适时,适度和适频。

——建立区府人才开发专家咨询团,聘请区内专家为咨询团成员。定期和不定期召开专家咨询团成员座谈会,听取对马山区人才开发的建议和意见。

2. 建立人才市场机制和人才流动服务业

要充分挖掘和发挥人才的潜能,使人才劳动力和生产资料处于最佳结合状态,关键在于人才流动和合理配置。而人才流动和合理配置,必须要发育人才市场机制和建立人才流动服务业,把为人才流动和合理配置进行有偿服务的组织机构其设施,作为一种新兴产业来看待,来运作和经营。

——努力塑造人才市场主体,使供需双方产权明晰化,为实现自主择业和自主用工创造条件,这是建立人才市场机制的基础。为此,一方面在理论上需进一步突破,观念上实现"三个转变":突破劳动力公有、半公有理论,树立劳动力属于个人的观点;突破劳动力非商品性的理论,树立劳动力商品属性的观念;突破劳动力和生产资料无条件直接结合的理论,树立劳动力和生产资料有条件结合的观念。另一方面,要改革人事管理制度,建立与产权制度相适应的现代企业人事制度,使企业真正享有用人自主权。

——建立和完善马山区人才流动服务中心,并在其下设置下列机构:

人才流动中介机构。这是人才流动服务业的主体。它使供需双方直接见面,把用人单位的需要和人才个体的求职愿望变成现实。

人才供需信息的储存、检查、交换和中转机构。其主要功能是交换区内外人才供需信息,使区外人才市场能在信息上实行联网,减少人才招聘中的成本投入,缩短人才招聘的时间周期,提高社会人才资源的利用率。

就业与转业的培训和再塑机构。这是人才流动服务业的重要组成部分。通过它,培养人才"一专多能",增加人才的适应和应变能力,充分开掘和发展人才的潜能。

社会就业保障机构。通过它,建立健全面向全社会的、对全体劳动者平等的社会保障体系。严格说来,它应当是一种非赢利的社会事业性机构,是一种社会福利性的基础设施,但由于它与人才流动紧密相关,因而也作为人才流动服务业的组成部分。

人力(才)资源管理、评价研究咨询机构。它是人才流动服务业中技术最强的机构,可为各类工商企业提供组织机构设计、组织规范制定、工作岗位分析、领导行为评估、员工业绩考核、人才素质评价等服务,也可为社会进行某些任职资格和职称的评定和认定工作,以强化上述评定工作和科学性和社会性。

3. 强化区内人才成长的文化氛围

——建议区内建立多专业的学术团体、各层次联谊会,如企业家协会、高级知识分子联谊会、青年人才俱乐部等,加强人才之间智力、信息、感情等交流。

——由科协等部门牵头,经常组织新知识、新技术讲习班和信息发布会;由文化部门牵头,经常举办旅游度假知识、马山本土历史文化知识的讲座。

——由区政府拨款为主,兴建马山区图书馆,附设科技信息中心。

——开设马山区科技书店,并在旅游度假区内开设旅游书店。

——有条件的话,兴建马山区科技人才活动中心。

4. 切实改善人才生活和工作条件

——多渠道集资,设立"马山区人才开发基金"。利用基金:重奖对马山区有特殊贡献的人才;对具有中级以上职称的专业技术人员和管理人员实行特殊津贴;重点资助45岁以下中青年开展科技攻关和管理研究;定期举行科学技术成果评奖活动等。

——建议区府责成有关部门,把引进人才的住房作为突出问题加以专项研究,提出方案,上报区审批后赋之实施。

——建议区府根据马山区生活指数等实际情况,提出专门人才最低工资标准,以纠正一些单位专门人才工资过低的状况。

——建立区委书记、区长接待日制度。一方面可帮助解决人才所遇到的各种问题;另一方面可沟通领导和人才之间的交流联系,以利于区领导听取人才的各项建议和意见。

（二）强化人才内育工作

改革和发展教育，强化马山区人才自我造就机能，从战略来看，这是马山区人才开发之根本，也是从根本上缓和区内人才总量不足矛盾的主要对策。

1. 大力发展具有本区特色的职业教育

——发挥普通中学多功能教育作用，或在普通中学开设职业技术课和增设职业班，或在初、高中阶段实行 3 + 1 学制或 2 + 1 学制，即在初中实行 3 年文化基础教育和 1 年职业技术教育，在高中实行 2 年文化基础教育和 1 年职业技术教育。

——可试行以职校和企业徒工培训机构之间合作培养人才为特征的"双元制"的职教办学模式。

——有条件的话，在本区兴建 5 年制旅游高等职业专科学校，招收初中毕业生，立足马山，服务无锡，面向全国，培养旅游业急需而紧缺的各类专门人才。

——在企事业单位，要有计划有组织地广泛开展以传授理论知识为基础，以提高任职能力或生产技能为重点的在职人员的岗位培训，以及专业技术人员、管理人员的继续教育，并使培训和使用有效结合起来，以达到全体劳动者"智能消差"的目的，适应企事业单位不断开发的要求。

——在马山镇，既要对镇、村两级干部、各种技术推广组织和乡镇企业全体人员实施培训，又要对广大农民技术人员、专业户、示范户、回乡知识青年、复员退伍军人等进行各种形式的农村实用技术培训，有效提高马山镇城镇和农村劳动者的素质，以及培养一大批乡土人才。

2. 进一步改革中小学教育，变单纯的"升学教育"为"素质教育"

除加强爱国主义教育外，"五普及"应成为中小学重要的教育内容，即普及"市场经济知识""国际交往礼仪知识""旅游度假知识""外语知识"、"计算机知识"等，全面提高中小学生素质，为中小学毕业生日后适应把马山建设成为国际性旅游度假区的要求。

3. 建设好江南大学马山分部，为今后发展成为无锡经贸学院打下基础

4. 发展社区教育，提高社会民众的文化素质和国际意识

马山要建成国家旅游度假区，有赖于区内民众素质的提高。今后随

着其区域的扩大和发展、达到整个马山区处处可观光,随处可旅游,以及农民住宅小区既是参观点,又是接待站的要求,更离不开全体民众素质的全面提高。为此,要积极开展社区教育。梅梁街道和马山镇均要建立社区教育的基地,在区民中进行国际化意识、国际社会文明守则等教育;并开展旅游度假知识和乡土历史文化知识教育;以及在 40 岁以下中青年区民中逐步普及外语会话训练等,在全区创造更多的学外语的语言环境。

5. 充实师资力量和提高师资素质

(1)加强在职教师的培训进修。培训可分为在职培训和离职培训,应以在职培训为主。其办法有:区府投资开办无锡市教育学院马山分部或马山区教师进修学校,作为中、初等教师培训基地;委托上海、江苏师范院校为马山区举办高师函授教育;直接与上海、无锡等地重点中小学挂钩并签定合同,或定期派出教师到对方学校跟班跟课学习,或聘请对方各科教师来马山进行定期的示范教学和分科备课活动;积极开展区内的各科教学协作活动,定期组织业务交流和教学备课研究活动;有条件的学校,校内开展"传、帮、带"活动。

(2)不断补充新生力量。其办法有:吸引沪、苏、浙三省市师范院校毕业生来本区从教;依托上海、无锡等地师范院校委托代培;在开办的无锡市教育学院马山分部内兴办职业师资培训班,培养职教师资;选拔热爱职教、有一定专长的、适应教学工作的工程技术人员和科研人员,经过短期的成人教育理论和教学法的培训,充实到职教队伍中来,其方式既可动编流动,也可在编流动。

(三)继续走引进人才之路

在总结正反两方面经验基础上,今后人才引进工作,须着重注意下列问题:

(1)调整人才引进工作的重点,由人才的数量引进为重点转变为数量、质量、结构并重,特别是要注重人才的专业结构与马山经济产业结构相适应。为此,要建立区人才引进的监测系统,动态地掌握人才结构的变化情况。

(2)既要引进,更重引进后的使用。建立引进人才特别是高级人才的追踪调查报告制度。区府人事部门定期检查引进人才的使用状况。好的，要总结发扬；差的，要批评纠正；对个别的突出问题，要采用行政手段及时解决。引进高级人才的部门和单位，按要求将被引进的高级人才的生活待遇、工作状况、社会保障等情况如实向区府人事部门报告，上下一起将报告情况研究处理。当前，首先要做到许诺的条件一定要兑现，不失信于人才。其次要采取区别于无锡市的特殊政策，妥善处理好人才引进过程中出现的一些问题，如职称转评、工资定级等。

（3）既重视动编的引进，又重视不动编的智力引进。现阶段特别对高级人才引进，要充分利用马山区的区位优势，对沪、宁、杭长江三角洲地区高级人才拟采用不动编的智力引进为宜，如技术咨询、信息服务、兼职聘用、技术承包、技术转让、购买专利、联营协作等方式；在时间安排上，则可根据高级人才之方便，进行灵活多样安排。

（4）改革人才引进机制，发挥人才市场的主渠道作用。一切人才的引进，均要从需要和可能两方面考虑。

（四）把人才开发者队伍的开发放在首位

马山区人才资源开发，需要各级各类管理人才去运筹规划，制定政策和组织实施。思想路线确定之后，领导管理人才是开发马山区人才资源的决定因素。再联系本区各级各类领导管理人才仍不适应马山区开发需要的现状，很显然，马山区各级各类领导管理人才的开发，应放在人才资源总开发中的首位。

1. 制定领导管理人才的开发规划

（1）马山区领导管理人才开发的目标水准，应与建设向国际开放、国家一流的综合性多功能的旅游度假区的地位和作用相匹配，造就一批中国一流的旅游度假区建设和管理的帅才和将才，区委区政府领导成员应成为国家一流的旅游度假区建设和管理的帅才团。帅才团组建应考虑年龄的梯次、人员的精干、智能的互补、个性的气容以及性别的配比等问题。

（2）旅游度假区建设管理人才开发的步骤，应以旅游度假区建设阶段为依据，并适度超前。

2. 结合建立现代企业制度，造就马山区企业家队伍

（3）现代企业制度的核心，是建立企业家制度。具体说来，就是以适应和促进现代企业的发展为目的，以人才竞争机制为基础，以充分发挥企业家的专业才能和社会责任感为核心的企业家优选、使用、更新制度，逐步建立并实现企业家职业化的运行机制。

（4）企业家优选制度，是指建立一套规范的，社会化的选优制度。改变用选拔党政干部的办法选拔企业家，应拓宽选配企业家人才的渠道，充分发挥企业家人才市场的作用。由政府建立权威性的考评机构，建立科学的考评标准以及考评档案，考评合格者颁发企业家资格证书，凭证上岗。

（5）企业家使用制度，包括建立企业家的职权、责任、收入分配制度等。

（6）企业家更新制度，应从下列三个方面着手建立：第一，建立企业内部的股东会、董事会、监事会之间的相互制衡机制，对企业家进行科学的效绩考核，按年度作出认定评价，作为更新企业家的依据。第二，建立和完善企业家人才市场，畅通企业家人才的流通渠道，逐步形成以人才竞争机制为基础的企业家更新制度。第三，建立企业家后备人才队伍。对于能供企业领导岗位选用的优秀中青年人才，应制定培养规划，通过强化培训、挂职锻炼、岗位轮换、担任助理等措施，尽快提高他们的企业经营管理的综合素质和实践能力，逐步形成新一代的企业家。

（7）当前，应拓宽视野，多渠道挖掘企业经营管理人才的源泉：结合机关改革，动员部分机关干部转向企业经营管理工作；招聘善于管理的专业技术人员担任企业经营管理工作；不拘一格选拔在建设管理实践中涌现的优秀分子；引进上海、无锡等地刚退休不久而又身体健康的企业经营管理人才等，以解决马山区建设的当务之急。

3. 强化干部培训工作

（1）以区委党校为基地，对全区区管干部进行"知马山、爱马山、建马山、兴马山"以及"五普及教育"。在45岁以下区管干部中达到"五普及"：普及市场经济知识、旅游度假知识（包括本区人文景观知识）、国际交往礼仪知识、英语会话和微机操作，以适应马山区建设国家旅游度假区的要求。

（2）委托高等院校举办组织人事干部岗位培训，在二三年内轮训一遍。组织人事干部特别是主管人员除接受区干部培训外,宜补充较为系统的人才学及人力资本理论以及人事管理技能方法,学习掌握《劳动法》等政策法规,力求成为具有卓越的人事管理才能的人才管理家。

(3)定期和不定期举办教育理论和改革实践系列讲座和研修班,推动教育管理者在接受资格培训基础上,认真学习探讨市场经济下的教育与经济、教育与人才的关系,并结合马山区的建设实际,重新考察各级各类教育的具体培养目标、办学模式、专业开设、课程内容乃至教学方法,推动教育的全面改革,从中成为时代需要的教育家。

(4)加大对中青年干部教育培训和实践锻炼的力度,除继续输送他们到市里培训、继续办好本区"中青年干部培训班"外,要加强安排到基层企事业单位、到旅游度假区建设一线去锻炼,使他们了解社会、了解基层、了解旅游度假区建设,具备扎实的群众工作的基本功,则实为领导人才成长的必修课。

4.严格干部的考评制度

(1)健全区管干部队伍的考评制度,可采取领导与群众相结合、定性与定量相结合、定期和不定期相结合等方法,将每次的考评结果记入个人档案,作为干部任免的依据。

(2)建立科学的考评指标体系,其中应突出"业绩"和"群众公认"两项指标,"群众公认"在考评干部中应赋于"一票否决权"的作用,以强化干部的公仆意识、群众观念,以及对上和对下负责一致的作用。

5.调整干部结构

(1)调整干部年龄结构,使区管干部三年内平均年龄达到42岁左右。教育人才队伍可适当放宽到45岁左右,但要老、中、青三结合;厂长经理须年轻化,1997年后可以35~40岁的厂长经理为主体。

(2)调整干部的学历结构,由以专科、中专为主过渡到以本科为主。幼儿园、小学校长争取有专科学历,中学校长及职教、党校的管理者均应达到本科及以上学历。厂长经理的学历构成,应有一个大的飞跃,由以中专学历层次为主上升到以本科学历层次为主。

(3)此外,在干部配备中还要注意专业结构与所从事的管理内容的相关性;重视妇女领导管理人才的选用,改变马山镇和梅梁街道领导班子中没有妇女干部的状况,充分发挥女性在国家旅游度假区建设管理中的作用。

第五部分　马山区人才开发的区域分异研究

区域人才开发，就是根据区域经济发展的特点，围绕今后区域经济发展的主题，同时，立足于区内人才资源现状及其开发基础，本着发挥区域优势，扬长避短的指导思想，制定区域人才开发方向、重点并采取相应的对策。然而，一个区域内部各地域单元之间，无论在经济发展条件、现状及今后的发展方向上，还是在人才资源现状及其开发的基础上，都会存在着不同程度的差异性。这种客观存在的差异性，决定了区域人才开发必须贯彻因地制宜的原则，通过划分不同的人才开发区，从而制定人才分区开发的战略。

一、人才区划的原则

人才开发区是一种特殊的人才区，它不同于那种单纯表现人才现状空间聚集差异性的一般人才区概念，而是侧重于从经济发展的角度，以开发为目的的，促使区内的人才资源开发更好地适应并促进区域经济的发展，从而在地域空间上所表现出来的一种经济——人才耦合区。其显著的特征是经济目的性、发展战略性和实践性。这些特征决定了人才开发区的划分必须遵循以下原则：

1. 以经济因素的区域分异为主导

这是由人才开发区的经济目的性所决定的，也就是说人才开发区划分的主要目的之一是围绕区内经济的发展并服务于经济发展的需要。经济要素包括发展现状、条件及其由此决定的发展模式与方向的区域分异，因此，经济要素必然对人才开发区的划分具有决定性意义。当然，由于人才本身也是经济发展的关键因素之一，在不同地域单元上已形成的人才资源现状对各自经济发展也必然产生重要影响。从人尽其才、才尽其用的目的出发，人才开发区的划分，也应该兼顾区域人才现状的差异性，以便更好地实现经济发展和人才开发的有机结合。

2. 人才地域单元内部的相对一致性和人才地域单元之间的显著差

异性

人才地域单元内部的相对一致性和人才地域单元之间的显著差异性是进行人才区划的基本原则之一。人才地域单元内部的一致性表现为区内自然条件、社会条件、经济条件的相对一致性，其人才地域单元内部越一致，人才地域单元之间越差异，则人才区划的结果就越理想。同时，正确地认识和评价已形成的区域人才现状及其表现的内部差异性，立足于现状差异的基础上，根据区域发展方向的一致性进行合理的分区划分，也是确定各区人才开发方向的前提和基础条件之一，以便更好地促进区域人才的优化配置和有效利用。

3. 可操作性原则

人才开发区的划分，不是为区划而区划的，其是为了在实践中贯彻因地制宜的分类指导的原则，从而达到更好地促进区域人才开发为经济建设服务的目的。因此，人才开发区的划分，必须要使人才开发各环节具有可操作性或便于操作。为此，考虑到我国目前现有的管理体制，应该尽量保持行政区划的完整性，适当兼顾行政职能的隶属关系。

二、马山区人才开发区的划分

根据上述原则，从马山区的实际情况出发，综合考虑马山区内部的自然、社会、经济现状及开发前景、马山区人才资源的现状和开发前景的差异，我们把马山人才开发区划分为三个亚区：沿湖旅游度假人才开发区；梅梁高新技术工业人才开发区；马山镇特色农业人才开发区。

沿湖旅游度假人才开发区，主要包括无锡太湖国家旅游度假区，东起峰影河与东大坝的交点，西至大溇河、北以峰影河、东大堤为界，南至仙鹤嘴。

梅梁高新技术工业人才开发区，位于马山区的平原部分，主要在梅梁街道两侧，面积 $20km^2$。

马山镇特色农业人才开发区，主要是指马山镇的农业部分，这里主要是丘陵部分。

三、马山区不同人才开发区自然、经济、人才资源现状特征及其差异对比

1.三个人才开发区自然与经济发展现状对比分析

马山区内三个地域单元之间，由于各自条件的不同，机遇的差异，经济上也最终形成不同的特点。

（1）沿湖旅游度假人才开发区。

本区主要包括无锡太湖国家旅游度假区。自1992年被国务院首批批准为国家旅游度假区后，这一地域单元才从功能上同其它部分分离开来。区内旅游资源丰富，包括自然风景和历史人文景观等。本区尽得太湖风光之神韵，山不高而层峦叠翠，水不深而气象万千。太湖水面波碧如镜，帆影轻移，湖岸喷珠溅玉，芦苇连片。山岭上，古木参天，草幽花香、野趣横生，自然环境优雅迷人。由于受到外界污染较少，这里空气清净，水质清澈。据中科院生态环境中心测定属一级空气、二级水质。同时，度假区内人文景观独具，丰盈且历史悠久。如秦始皇登陆留马迹，吴越春秋战鼓墩遗址，吴王避暑宫遗址，晋代葛洪炼丹修仙的云居道院，唐代慈恩教第一创始地祥符寺、宋代名将韩世忠好友——"名医进士"许淑微的梅梁小隐等等。总体上看，度假区内有五块历史文化基石：神话文化、吴越文化、佛文化、道文化及现代文化。优美的自然风景和深厚的历史文化内涵是度假区内宝贵的资源，也是其旅游发展的基础。

1993年2月8日，无锡太湖国家旅游度假区发展总公司正式挂牌营运。根据度假区开发与经贸并举的方针，采取项目启动、经贸联动的办法，先后批建20余家实体公司，1993年创纯利润600万元，1994年上半年，下属各经贸公司创复500万元。同时，为使度假区加快启动，首先要在基础设施和重大特色项目上要有突破。1993年11月，市区通往度假区的十八湾公路拓宽工程全线竣工通车；1994年6月，马山入口间江口至北闸的三座桥梁和道路重建工程也已竣工；大佛景区主干道灵山路一期工程已经竣工；水、电、通讯等基础设施已全面铺开；区内能源充足，供电保证，已有日供水五万吨的自来水厂，并正在兴建日供水十万吨的新水厂和日处理五万吨的污水处理厂。已完成的特色旅游项目有四个：

一是以自然、野趣为主题、投资 2000 万元的月亮湾假日俱乐部；二是聚理疗、康复、健身、娱乐和食宿为一体投资 1100 万元的碧波苑俱乐部；三是投资 3500 万元的有五十幢度假别墅规模的金鸡岭别墅苑；四是投资 1400 万元改造的啤酒花园饭店。这四个项目，各具特色，又相互配套、相互协调，在区内形成功能齐全的综合接待能力。从今后的发展目标来看，区内已规划了综合服务区、水上活动区、综合游乐区、体育娱乐区、度假别墅区等功能小区。近期项目有修复祥符寺、建造 88 米高的灵山大佛及"三个一"项目；中远期规划项目有东方神仙乐园、水底龙宫、威尼斯水城等。

总之，马山区"以旅游带三产，以三产兴马山"的战略，已将度假区的建设放在经济发展的首要地位。

（2）梅梁高新技术工业人才开发区

位于马圩梅梁大道两侧的高新技术开发区是 1992 年 5 月建立的，而这块陆地的形成可推到 1969 年的围湖造田工程。本小区内，土地平坦，自然资源缺乏，但交通方便、环境较好，是理想的高新技术工业所在地。

目前工业是马山区的支柱产业，而工业集中的地点就在马圩平地上。因此，这一小区是马山经济较为发达和集中的地方。本区的工业主要有电子、精密机械、化工、纺织、医药、计算机等行业。高新技术开发区内现有中外合资企业 20 家，内资企业 100 多家，1993 年拥有出口创汇 261.1 万美元，实现利税 1616 万元。其中开发区的华瑞制药有限公司是目前我国最大的中外合资医药制剂企业。正在兴建的还有特种橡塑厂、华裕药厂、华德聚氨有限公司等大项目。本区享有 500 万美元以下利用外资项目的审批权。其总体规划概况为"两片一中心"，即西侧为工业高新技术开发区，重点发展无污染、低耗能的微电子、新材料、新能源、新机电一体化等高新技术产业；东侧为科研、试验、生产相结合的高新技术中试基地；两片中间梅梁路两侧为第三产业服务中心，重点发展邮电通讯，金融保险、商业贸易、信息服务等第三产业。

总之，梅梁高新技术开发区是马山经济的主要组成部分，在今后的相当一段时间内，工业仍将是马山经济的主体，而梅梁高新技术开发区的地位和发展前景都是可观的。

（3）马山镇特色农业人才开发区。

马山区的农业主要集中在马山镇。马山镇原是太湖中的一个孤岛，围湖造田之后，成为马山区的丘陵山地部分。这样的地形决定了这里的农业不可能进行大规模的粗放式经营。然而，亚热带湿润气候又给这里的作物生产创造了良好条件。8.8万亩的山地，土壤层厚度一般在1米以上，属黄棕壤类型的土壤，土质松软、排水性能良好，土壤含氮量为0.1~0.16%，速效磷10~41PPM，速效钾40~150PPM，有机质含量为0.8~2%，水域宽广，有利于淡水养殖。

马山镇的农业规模不大，但类型比较齐全。传统的种植业日益薄弱，特别是由于镇里工业的发展，农民均亦工亦农。全区耕地11400亩，主要种植水稻、小麦、油菜。茶园203亩。果园3600亩，主要种植杨梅、柑桔。林地5795亩。现已初步形成五个副食品生产规模基地；蛋禽养殖基地、畜牧生产基地、水产生产基地、蔬菜生产基地和茶果生产基地。

"一产起家、二产当家、三产发家"，马山的农业在新时期也须迈出新步伐。农业发展的新思路主要是依靠科技进步，利用马山优越的地理环境，积极发展规模农业、创汇农业及无公害的特色农业（如观赏农业、宾馆农业、旅游农业等），进一步发展禽、蛋、奶、果、鱼等副食品加工工业，实现生产、加工、销售一体化。围绕马山区的发展主题，农业必须更好地与工业、旅游等三产协调发展。

鉴于此，我们可列表对比三个地域单元之间的经济发展。见表25。

表25　马山区不同人才开发区经济发展对比表

	经济发展水平及地位	经济结构
沿湖旅游度假人才开发区	旅游业起步不久，项目起动，经贸联动，是马山经济发展战略的龙头。	支柱行业：旅游度假业
梅梁高新技术人才开发区	工业发展水平较高，是目前马山经济收入的主要来源，马山的当家经济。	支柱工业：电子信息、精密机械、化工、纺织、医药、微电子。
马山镇特色农业人才开发区	经济发展水平相对较低，是马山起家经济，无锡市农副产品基地	特色农业及农副产品加工工业

2. 三个不同人才开发区的人才资源现状及开发对比分析

经济发展水平的差异，决定了人才分布的地域不均衡性；经济结构的差异也决定了人才结构的差异。见表26。

（1）沿湖旅游度假人才开发区。

本区成立时间不久,经济发展水平不是很高,职工数有限,因此,人才的总体数量也有限。但职工人才密度比较高。根据单位调查分析,本区的职工人才密度为 25.8%,远高于其它小区。本区的经济主要以旅游度假业为主,因此,人才的专业及产业结构中,也以旅游方面的人才为主。具体来说,除去必要的领导管理人才外,在正常运转时期,本区将需要导游、宾馆管理、翻译、烹调及各旅游度假项目所需的专业技术人才。鉴于目前项目起动、经贸联动的现状,本区所属的各企业也需要相当一批专业技术人才和管理人才。在招商引资和项目建设过程中,还迫切需要精通外语,熟知国际惯例的谈判人才,及一批项目经理、工程管理、财会人才等。

表26 马山区三个人才开发区的人才开发对比表

	人才资源现状	人才开发目标
沿湖旅游度假人才开发区	人才数量有限,能级较高,职工人才密度比较高,管理人才较多,专业技术人才比重较低。	以导游、宾馆管理、翻译、烹调及各旅游度假项目所需的专业技术人才为主的人才群体。
梅梁高新技术工业人才开发区	人才数量较多,具有各地人才的综合优势,能级相对较低,主要以工业人才为主。	主要是电子、精密仪器制造、轻工、化工、纺织、计算机等工业专业技术人才和外向型高级企业经营管理人才。
马山镇特色农业人才开发区	人才数量较少,知识更新较慢,职工人才密度比较低。	特色农业和旅游农业的专业技术人才和管理人才。

(2)梅梁高新技术工业人才开发区。

本区已有一定的基础,经济发展水平亦属较高,人才的总数也较多。特别本区系移民社会,汇聚了全国 29 个省、市、自治区人才,必将会产生"人才杂交融合优势"。就目前而言,由于企业规模小,科技水平不高,人才的能级相对较低。从本区的发展趋势来看,本区将需要电子、精密仪器制造、轻工、化工、纺织、计算机等工业专业技术人才和具备外向型素质的高级企业经营管理人才。随着区内各项服务产业的发展,也需要一些通讯、金融、商贸、保险、信息等三产人才。而且由于经济发展水平的提高,人才的能级也须有较大幅度提高。

(3)马山镇特色农业人才开发区。

目前特色农业在马山尚未有什么规模,传统农业仍然占据着主要地位。因此,本区的人才数量少,而且人才的知识更新比较缓慢,人才占职工的比例也很低。根据马山区规划:"以旅游带三产,以三产兴马山",

本区也须为旅游业的发展服务。具体而言,提供高质量的农副产品供给、农业旅游。因此,本区的人才也须有一个较大的发展,特色农业、旅游农业的专业技术人才和管理人才将是本区人才开发的主要对象。

主要参考文献

1. 叶忠海主编:《普通人才学》,复旦大学出版社 1990 年 7 月版。

2. 刘君德、叶忠海等:《中国东南沿海丘陵山区人才开发和教育改革综合研究报告》(1991 年 9 月)。

3. 叶忠海:《区域人才资源开发的若干基本理论问题探讨》,华中师范大学《高教与人才》1991 年第 5 期。

本课题组人员名单:

组　　长:叶忠海(华东师范大学教授)

副组长:王洁平(中共无锡市马山区委副书记)

　　　　穆宝成(中共无锡市委研究室副主任)

　　　　徐达增(无锡市马山区劳动人事局局长)

组　　员:马士斌(华东师范大学硕士生)

　　　　陈　琦(华东师范大学硕士生)

　　　　李松梅(华东师范大学硕士生)

　　　　陈　波(华东师范大学硕士生)

长江三峡工程管理模式和人才开发的综合研究报告[①]

本项研究系"八五"国家重大项目"中国长江三峡工程研究"的子课题。其性质,属三峡工程前期预研究项目。整个课题历时 18 个月,于 1993 年 2 月完成。该课题成果由两部份组成:三峡工程建设管理研究;三峡工程管理人才开发研究。

第一部分　三峡工程建设管理研究[②]

长江三峡工程地处中国腹地,时跨世纪之交,名闻国内国际。三峡工程建设管理模式的选择和运用,不仅直接关系到工程的成效,而且对长江流域乃至整个中国的水电发展格局产生深远影响,并将导致三峡工程以何种形象载入世界水利水电开发史册。本部分主要就三峡工程建设管理的基本思路、体制模式、组织机构和运行机制进行探讨,仅供有关方面参考。

一、基本思路

思路之一:三峡工程建设管理,必须大胆阔步地改革开放。

对于超大型、跨世纪、开发性的三峡工程,我国水电建设中沿袭了数十年的旧管理模式远不能胜用。根本出路在于大胆阔步的改革开放,以大胆开放求三峡工程建设管理的改革活力,以阔步改革促三峡工程建设

---

① 本课题组长为叶忠海教授,副组长为陶楚才主任、罗祖德教授等。其成果于 1993 年 3 月通过专家鉴定,获 1994 年上海市科技进步奖二等奖(提名为一等奖)。

② 本部分执笔人为瞿宝忠、陶楚才、朱懿心,由叶忠海、罗祖德修改定稿。

管理的开放深度。

对"鲁布革冲击波"作科学分析,是探寻三峡工程建设管理模式的重要起点。这就要思考:"鲁布革冲击波"究竟冲击了什么?冲击方向如何?其冲击力有多大?这冲击波的真正波源是什么?综观近6年来我国水电建设管理的改革试验,不难发现,"鲁布革冲击波"所冲击的不是别的,正是束缚我国日益发展的水电工程建设生产力的相对落后的管理模式。其冲击方向,主要在于把水利水电工程的产品经济框架转向商品经济框架,把单一的行政管理模式转向现代化的项目管理模式。这种冲击波的真正波源并非是鲁布革,"鲁布革人"是被"逼上梁山"而转变观念的,因为要对外开放利用世界银行贷款搞水电建设,就非得借鉴国际惯例采用先进项目管理运作不可。从根本上分析,这个冲击波的真正内在动力在于水电工程建设的内部的矛盾性,即水电工程建设原有的生产关系束缚着水电工程建设的生产力发展。尽管我国水电工程建设旧管理模式有其形成背景,也曾起过积极的作用,但它现今已不适应现代专业性社会化水电工程建设的大生产的要求,于是产生了内在的改革需求,而开放则是一种激活剂。没有内在的改革需求,激活剂再多也没有用;有了改革需求,没有激活剂也不行。鲁布革工程正是这种需求和激活剂的"第一反应堆",其产生的冲击波又引发了我国水电工程建设管理的系列性改革。就是在这背景下,漫湾、水口、广蓄、二滩等大中型水电工程成为第一批改革试验点。

三峡工程建设管理从"鲁布革冲击波"可引出三点启示:

1. 相对于70年代末起步的全国经济体制改革的大背景,"鲁布革冲击波"不是来早,而是滞后的。三峡工程由于规模巨大,项目繁多,工期紧迫,千头万绪,不可能游离于全国改革开放的大环境之外搞封闭型建设,因此其建设管理要有跟上全国改革开放步伐的紧迫感,要体现我国水电工程建设的改革方向,任何滞后都意味着机遇丧失。

2. 鲁布革工程的管理改革是被"逼"出来的,有其从不自觉逐步走向自觉的过程。三峡工程建设管理应面对全国改革开放的新大潮,审时度势,主动参与,否则会陷于被动局面。

3. 发端于鲁布革工程的首批体制改革试验单位已初见成效,但力度不够,还不足以直接用于三峡工程建设。作为中国水利水电的"超级工程",三峡工程要历史地承担起建设管理改革的重任,强化改革开发力度,向改革开放要管理效益。

思路之二:三峡工程建设管理,必须走"三峡化"、"中国化"的现实道路。

根据三峡工程▽175米选定方案,其建设管理面临如下特性:

1. 工程量特大,质量控制任务重。如表1~1所示,三峡工程是当今世界上工程量最大的水电工程,其中混凝土浇筑量相当于迄今国内最大的葛州坝工程的2.12倍,相当于国外最大的伊泰普工程的2.2倍,而最高年浇筑量和最大月浇筑量都达世界第一。量大质优的工程必须有高效优化的管理作依托,而这在国内尚无现存的成功先例相匹比。

2. 总工期很紧,进度控制难度大。由表1—1和表1—2可知,三峡工程总工期为伊泰普工期的2倍,这显然是按世界80年代初的水平设计的。国内已建和在建的水电工程年的工程量都远低于三峡工程的设计要求,若按现有的进度控制水平管理,就会延误总工期。

3. 投资额最多,资金控制要求高。由表1—2可知,三峡工程年均要完成的投资额,约为二滩的10倍,水口的15倍,鲁布革或漫湾工程的30倍,即它平均每年要完成的投资额,分别相当于1个二滩工程,2个水口工程,3个鲁布革工程的总投资。这在管理上不深化创新是难以实现的。

表1—1　三峡水电工程与世界大型水电工程的比较

项 类　　　工 程		伊泰普	大古力	古比雪夫	葛洲坝	三峡
国　别		巴西	美国	苏联	中国	中国
总 工 期		9年 (1975–1984)	9年 (1933–1942)	7年 (1950–1957)	18年 (1970–1988)	18年(20世纪 末–21世纪初)
混凝土量万m³	总 量	1229	916	734	1248	2689
	年 均	136.56	101.78	104.86	69.33	149.39
	最高年浇筑量	303	270	△	203	410
	最大月浇筑量	33.94	37.80	38.90	22.00	46.00
开挖量万m³	总 量	3900	725	9640	5700	8789
	年 均	433.33	80.56	1377.14	316.67	488.28

表1—2　国内大型水电工程分项比较

分项类 ＼ 工程名		鲁布革	漫湾	水口	广蓄	二滩	三峡
总工期		9 年 1982－1991	10 年 1986－1996	8.5 年 1987.3－1995.8	6 年 1988－1994	10 年 1990－2000	18 年(20 世纪 末－21 世纪初)
混凝土 万 M³	总量	74	250.5	348	25	724.7	2689
	年均	8.22	25.05	40.94	4.17	72.47	149.39
开挖方 量万 M³	总量	152	1280.5	879	149	1407	8789
	年均	16.89	128.05	103.41	24.83	140.7	488.28
金结万 M³	总量	1.173	1.300	1.82	0.396	4.780	25.700
	年均	0.130	0.130	0.214	0.060	0.478	1.428
总投资 亿元	总量	9	10.48	18.18	－	32	570
	年均	1	1.05	2.14	－	3.2	31.67

4. 协调面极广，总体管理力度强。三峡工程是个庞大的开放系统，就其管理子系统而言，从最高决策层到第一线操作层，具有层次多、跨度大、幅度宽、牵涉面广等特点。如果沿用"计划拨款，指令任务，行政统管，产品经济"的旧管理模式，就有可能陷于"设计单位强调设计越安全越好，施工单位要求工期越长越好，运行单位主张设备越先进越好"的怪圈，这种"分兵把守"的分割管理破坏了项目系统整体效益的最优化，势必造成工程建设的高投入低产出。

依据工程项目管理自身发展规律确立起来的项目管理模式，是最适合于三峡工程特性的。项目管理的核心内容是对在建的工程项目进展过程施行统一而有效的规划、监督和控制，对设计管理、施工管理和采购管理三大方面实施专业化、科学化的调控和监理，实现项目系统整体最优化，即投资、质量、工期三者整体最优化。由于这种管理模式适应现代工程建设向大型化、复杂化、社会化发展的需求，能反映商品经济中工程建设管理的自身发展规律，它在本世纪 60 年代以来在国际上迅速崛起，作为一种国际惯例被越来越多的国家共同采用。我国从 80 年代中期以来初步试用的实践表明，它确实有消除旧管理体制中职能脱节、投资失控、工期拖延、效益低下等弊端的功能。因此，三峡工程应根据三峡工程特点，在创造既有三峡和中国特色，又符合国际惯例的项目管理方面作出突破性进展。既不照搬硬套、一步到位，也不畏畏缩缩、滞涉不前，这是项目管理的"三峡化"、"中国化"的现实道路。

思路之三:三峡工程建设管理,要体现我国水电工程建设走什么道路的问题。

　　三峡不仅是长江的三峡,更是全国的三峡。三峡工程作为我国水利水电建设最大的"龙头"项目,其管理模式的总体目标既要基于三峡工程自身的直接需要,又要体现我国水电建设管理整体的发展需求。

　　三峡工程即将"上马"表明,我国水电资源开发利用率仅占5%的局面行将打破,水电在整个电力中的比重将有大幅度增长,三峡工程除了要实现其自身的直接目标外,还应站在"全国一盘棋"的高度,把我国水电建设管理体制的实质性转换、监理队伍的高水准造就,以及咨询企业的国际性竞争等纳入其总体目标之内。这样做,不仅有利于提高三峡工程总目标战略起点,而且也有利于其直接目标的实现。

　　三峡工程建设管理的根本目的是按合理工期,按规范设计,按规定概算,为全面完成三峡工程建设提供优化、高效、规范的管理服务,继而将这种高水准的管理服务专业化、企业化、社会化,带动我国水电工程建设管理模式的全面更新,逐步形成与国际工程建筑业市场接轨的新的项目管理机制,提高我国工程建设企业按国际惯例参与国际性竞争的经营开发能力。

　　其具体发展目标为:

　　1. 构建符合我国实际、具有国际水准的新型管理体制,为推动我国水电工程建设管理新体制的全面确立奠定实质性基础。

　　2. 组建并扶植能对设计、施工、采购进行全面监理的、具有广泛适应性的实体咨询公司,尽快填补我国在这方面的空白,继而为创建中国水电工程建设监理总公司作准备。

　　3. 逐步建立和完善以市场为基础、以计划为导向,能同国内外市场相衔接的工程建设管理社会主义市场经济的新运行机制,并开发利用以电子计算机为手段的综合管理信息技术体系,推进我国工程建设管理方法的科学化和现代化。

　　思路之四:三峡工程建设管理,要借鉴国际水电工程建设管理的历史经验,顺应其发展趋势。

　　国际上工程建设项目管理是适应社会化大生产和商品经济的特性而发展起来的,大体经历了四个阶段:①19世纪初以前,主要是业主委托下的建筑师负责制,简单地集设计和营建事务于建筑师一身,只致力于工程建成,不注重工程的成本、工期、投资效益。②到 19 世纪末,形成了初级的施工承发包制,业主和承包商之间的商品化关系明显增强,旨在缩短工期、降低成本的专业化研究受到重视。③20 世纪上半叶,成熟的总承包商协调管理制日趋活跃,业主通过招投标方式择优选用总承包商,总承包商又对不同专业的施工承包商实行智能性、职业化的总协调和总监督,大大提高了对大型、复杂的工程项目的管理效益。④20 世纪下半叶以来,项目经理(CM)制迅速兴起,业主以合同手段聘用具有独立法人资格的工程师单位出任项目经理,由项目经理对规模大、专业多、工期长的工程建设实施智能性、职业化、系统型的全面管理,负责审查设计单位的专业化设计,监理承包商的专业化施工,协调设计、施工以及业主之间的关系,以确保工程项目总目标按质按期按概算实现。

国际项目管理方式的主要趋势是:其一,项目管理的专业化分工越来越细,业主、监理、设计、施工这四类经济技术实体各自深化并精通其专业性工作,职责分明;其二,项目管理的整体化协调越来越强,整个工程实施的全过程、全方位都由一个独立的、专业化的项目经理单位进行质量、工期、投资的总协调和总监理,整体性好;其三,项目管理的科学化程度越来越高,随着 20 世纪 40 年代以来电子计算机、控制论、信息论、系统论、决策论、价值工程论等现代科学技术手段的出现及其在工程项目建设中的运用,管理效率得到很大提高,从某种意义可以说,只有兼备专业化分工、整体化协调和科学化手段的项目管理模式,才是真正的现代项目管理的模式。

"鲁布革冲击波"引发的国内水电建设体制的系列性改革,为项目管理的"中国化"提供了新的借鉴。如表 1~3 所示,多种形式的合同制已有较广的运用,施工监理制正在逐步试行。但从深层看,其中存在的基本缺陷是:①缺乏专业化深度,"数块牌子,一套班子"即为其典型表现,尤其是业主、监理作为项目管理中两个至关重要的经济技术实体的专业化程度远不够高;②缺乏整体化力度,无论是业主(建设单位)还是监理单位,都将招投标和监理的重点向施工单位,而对设计单位的合同制约和监理协调则显得无能为力;③缺乏与国际惯例接轨的成熟度,国际上 FIDIC 规定的"工程师单位"条款中的内容,即使在水电建设体制改革的试点单位,其履行机制远不够完善。鉴于这些缺陷,加大改革力度,正是制定三峡工程项目管理体制模式的重要起点。

表1—3　国内部份水电工程项目参建单位关系简况

		鲁布革	漫湾	水口	广蓄	岩滩	二滩
甲方(业主)		云南省电力局	云南省电力局	福建省电力局	广州抽水蓄能电站联营公司	广西僮族自治区电力局	二滩水电开发公司
丁方(监理)	名称	鲁布革工程管理局	漫湾工程管理局,昆明水电勘测设计院	水口水电站工程建设公司	中南公司	岩滩水电站工程建设公司监理处	二滩水电工程公司
	与业主关系	代表业主	合同关系	合同关系	合同关系	上下隶属关系	上下隶属关系
丙方(设计)	名称	昆明水电勘测设计院	昆明水电勘测设计院	华东勘测设计院	广东省水利电力勘测设计院	广西电力局勘测设计院	成都勘测设计院
	与业主关系	并行协作关系	合同关系	合同关系	合同关系	上下隶属关系	并行协作关系
	由谁监理	—	—	—	中南公司	—	—
乙方(施工)	名称	水电工程十四局日本大成公司	葛洲坝工程局水电八、三、十四局	华田联营工程公司	水电工程十四局	广西水电工程局、葛洲坝工程局,水电四局等	英波直洛/水电八局,霍尔兹曼/葛洲坝工程局
	与业主关系	合同关系	合同关系	合同关系	合同关系	合同关系	合同关系
	由谁监理	鲁布革工程管理局	漫湾工程管理局,昆明水电勘测设计院	水口水电站工程建设公司	中南公司	岩滩水电站工程建设公司监理处	二滩水电工程公司
建设单位	名称	鲁布革工程管理局	漫湾工程管理局	水口水电站工程建设公司	广州抽水蓄能电站联营公司	岩滩水电站工程建设公司	二滩水电工程公司
	与业主关系	代表业主	代表业主,并有协议关系	合同关系	即业主	行政上隶属关系,责任上合同关系	上下隶属关系

　　思路之五:三峡工程建设管理的科学保证在于融汇运用各种有关科学原理。

　　科学原理不是一般的技术和方法,却又是概括了技术和方法在内的、反映有关活动基本规律的理论。各种有关科学原理融汇渗透到三峡

工程建设管理中去的过程,便是三峡工程建设不断地获得成功的过程。有关的主要科学原理有:

1. 系统科学原理。主要涉及系统原理、反馈控制原理、信息方法原理等。例如,三峡工程建设实行项目管理,就离不开系统原理。它再也不能象旧管理模式那样搞分割性的管理,而要对进度、质量和投资进行整体性管理,追求的是工程建设管理的整体功能达到最优化,任何在进度、质量和投资方面的单一性最优都取代不了系统的整体性最优。

2. 组织论和管理学原理。主要包括封闭原理、能级原理、幅度原理、弹性原理、激励原理等。……

3. 工程经济论、技术经济学原理。主要涉及投资原理、效益原理、市场预测原理等。

4. 实用法学原理。主要涉及规划法、合同法、设计法、施工法、监理法、移民法、环保法、文物保护法、资源利用法等有关原理。例如,三峡工程的项目管理在某种意义上就是合同管理,合同是业主与施工单位、设计单位和监理单位之间发生相互关系的唯一准则,而各方承担的义务和权利都通过合同签约来确认,如果不依据合同法规办事,象过去那样"什么样的合同都敢签,而什么样的合同都不执行",这就会对项目管理带来极大的损害,造成三峡工程建设管理机制难以正常运转。再如移民问题,20 年中将有 120 多万移民需要作开发性安置,这就不仅涉及移民法,而且也涉及经济合同法等方面的实用法学的科学原理。

三峡工程建设管理只有通过综合运用有关科学原理,才能确保其预定目标体系的实现。

二、体制模式

1. 管理体制模式与主要考察内容

管理体制是管理关系的规范化、制度化,而体制模式则是管理体制的具体类型。构建三峡工程建设管理体制,关键在于以规范化的制度形式,体现出三峡工程建设过程中各种重大管理关系及其结构,包括所有制结构关系、管理权限结构关系和经济利益结构关系等方面的内容。

同一管理体制可以有多种类型的具体规定性,可以表现为不同的模式。围绕三峡工程建设,量大面广的部门、层次、环节间的管理关系是纵横交叉、极为复杂的,不可能全部纳入到某一具体模式中加以考察,但如下三个层面的问题是极为关键的:(1)三峡工程建设过程中生产关系的具体形式和国家实施领导的组织职能的具体形式,主要涉及三峡工程建设的纵向上层领导体制问题;(2)三峡工程建设过程中业主(建设单位)、监理单位、设计单位和施工单位之间相互关系的结构形式,即三峡工程建设现场的横向项目管理体制问题;(3)业主(建设单位)自身内在管理关系的具体规定性,重点是业主内部管理体制问题。

2. 纵向上层领导体制模式

所谓纵向上层领导体制,主要是以制度化方式确定行将正式成立的三峡工程开发总公司(以下简称"总公司")直接归属哪个管理机构来领导。根据我国的实际情况,至少可考虑三个方案:

方案1:直接归属水利部主管;

方案2:直接归属水利部、能源部和交通部联合主管;

方案3:直接归属由国务院组建的三峡工程建设委员会(以下简称"三建委")主管。

由于三峡工程规模大、投入多、风险高,要在限定工期内优质低耗地实现其防洪、发电、航运等综合效益,就得把全国人大常委会对这个重大经济社会项目的决策进一步具体化,变为适用、有效、科学的项目实施计划和操作行为。这不仅涉及计划、财政、水利、能源、物资、运输、建筑、农业、工业、商业、环保、文保、海关、银行等部门管理系统,而且需要湖北、湖南、四川乃至全国各省市的地方管理系统的强有力支持,其中高层协调面广、重大决策量大,非得由一个高级别、强权威、大统筹的领导机构来主管不可。相比之下,显然以方案3最为适宜。

根据方案3,三峡工程建设的纵向领导体制模式如图1—1所示:

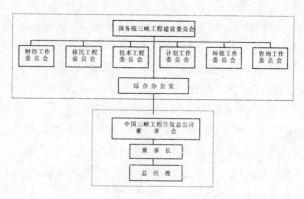

图1—1　纵向上层领导体制模式图

（1）"三建委"是三峡工程建设管理系统的最高领导机构和宏观决策中心，代表国务院统一协调中央和地方，以及各部门之间的关系，并对建设中的方针、政策及重大问题作出决策。它主要由国务院有关部门和地方职能管理系统选才构成，犹如一个"小联合国"，关键在于要有一位级别高、权威强、统筹力大的"秘书长"。

（2）为保证宏观决策的正确性和综合协调的有效性，"三建委"下设技术工程委员会、移民工程委员会、财经工作委员会等6个工作委员会。

（3）"三建委"同时设立综合办事机构，采用直线短程方式直接和"总公司"董事会相接，实施具体领导事务。

（4）"总公司"采用董事会领导下的总经理负责制。这既有利于横向项目管理的实施，也有利于三峡工程投资体制保持必要的弹性，还有利于三峡工程建成后向自主经营开发体制转换。"总公司"在"三建委"领导下，是一个独立核算的经济实体，具有法人资格，承担三峡工程建设的业主职责，兼有建设单位性质，负责组织实施"三建委"批准的初步设计、筹资方案和移民总体规划，并在国家计划指导下的建设管理和对外交往中都行使较大的自主权，特别在项目管理体制改革中要起不可替代的作用。

3. 横向项目管理体制模式

（1）"四体分立，项目挂帅"制。

如何结合三峡工程实际用足国际项目管理科学模式是水电建设体制改革的"重头戏"，而参与三峡工程现场项目实施的业主、监理、设计和施工这四大经济技术实体则成为体制改革重头戏中的"主角"。具体见图1—2。

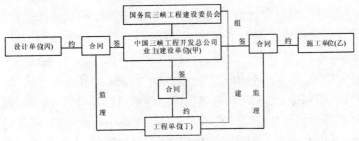

图1—2 横向项目管理体制图

如图1—2所示，"四体分立，项目挂帅"制宜为三峡工程建设管理所采用。所谓"四体分立"，是指参与三峡工程建设过程的业主、监理、设计和施工这四类经济技术实体都要保持各自分化独立性，既要充分发展各自的专业化、企业化、现代化，又要以平等独立的地位置身于工程建设系统中。过去那种集业主权、监理权、设计权和施工权于一身的、单一而直接的行政管理模式，其缺陷在于把本应充分发展各自专业化功能的四个独立要素强扭成一个要素，而单一性要素是构不成成熟的系统的。因此，三峡工程建设管理对各自拥有业主权、监理权、设计权、施工权的四类经济技术实体，不仅不搞二个或二个以上的权利及实体的合并，而且还要扶植、促进它们在各自的专业化、企业化方向上充分发育。所谓"项目挂帅"，意在确保三峡工程项目的总目标"挂帅"，确保项目经理"挂帅"。四体分立而不脱节，对三峡工程的项目管理系统达成共识，用项目管理的总目标调节各自的子目标，使项目管理的整体功能优于各自的特有功能，确认和维护项目经理对整个工程进行总协调、总监督的权威。总之，"四体分立"，各司其职，各展其长；"项目挂帅"，维护整体，优化调控。作为基础的"四体分立"越充分、越发达，其"项目挂帅"就越有条件跃上新台阶；作为主导的"项目挂帅"越有力、越科学，其"四体分立"就越有机会发展成高水准。我们认为，这是构成精干、和谐、高效的三峡工程项目管理系统的关键之所在。

（2）"重点突破，全面监理"制。

我国水电建设体制改革至今，参与项目实施的四大经济技术实体中最薄弱的实体是监理单位，而监理工作中最薄弱的环节就是设计监理。

193

由表1—3可知,目前在建或已建的大型水电工程几乎都把监理工作局限于施工领域,而对设计监理近乎空白。监理单位不搞设计监理,控制不了设计质量和施工图的供图进度,势必影响施工监理,影响对项目整体的进度、质量、经费进行合理、全面、高效的调控,由此它也成不了真正的工程师单位。这种"有施工监理,无设计监理"、"有工程师活动,无工程师单位"的状况,出现在水电建设体制改革初期是可以理解的,但如果在特大型、跨世纪、开发性的三峡工程项目实施中延续依旧,那其后果将会如何,这是值得关注的问题。我们认为,与其等到20年后回过头来总结其消极后果,倒不如从现在起就创造条件,集中力量,深化改革,对最薄弱的部位重点突破,在三峡工程项目管理中实行全面监理制度。

三峡工程建设非实行以设计监理为重点的全面监理制不可,因为这直接关系到项目管理的核心——"三控一调"的成败。

①质量控制重点必须从施工期提前到设计期。据国外专家调查研究表明,建设工程项目质量事故的原因,出于设计责任的占40.1%,出于施工责任的占29.3%,出于材料原因的占14.5%,出于其他的占16.1%。就我国而言,象黄河三门峡工程那样的挫折,主要问题不是出在施工质量,而是设计质量的失误;象都江堰工程那样的成功,主要也不是靠"永恒"的施工质量,而是靠"永恒"的设计质量。而长江三峡工程对国计民生、千秋百代的影响更大,其质量控制如果仍然跟着"重施工质量监理,轻设计质量监理"的惯性走,那无异于在扩大而不是缩小质量风险。

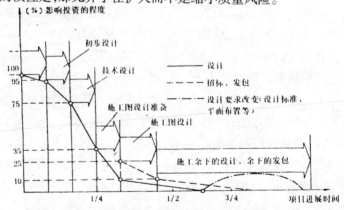

图1—3　影响建筑工程项目投资的规律

②投资控制的重点也必须从施工期提前到设计期。由图1—3可知,影响投资的程度是随着工程项目的进展而逐步减小的,而影响投资最大的阶段是在设计阶段。据国外专家研究结果表明,至初步设计结束,影响投资的可能性约为四分之三;至技术设计结束,影响投资的可能性占三分之一左右;而至施工开始,通过设计措施节约投资的可能性只有二十分之一到十分之一。由于三峡工程投资巨大,每施工年要完成的投资任务很重,如果其投资控制还是跟着"重施工投资监理,轻设计投资监理"的惯性走,那就无异于"丢了西瓜拣芝麻"、难以节约投资和提高投资效益。

③进度控制的重点同样必须从施工期提前到设计期。施工进度计划依据设计制订的,设计概算做得精确与否,施工图设计准备得充分与否,都直接影响到施工进度和整个工期的控制水平。因此,三峡工程建设管理必须彻底转变"重施工进度监理,轻设计进度监理"的旧思路,把对设计监理作为进度控制的"龙头"。

④改善系统协调机制的重心,目前要及时从施工单位转到设计单位。经过数年的体制改革,施工单位的企业化、社会化步伐较快,但设计单位滞后严重。业主对设计单位的选择余地很小,监理单位对设计活动也难以控制,设计单位依然偏重于受国家专业部门的行政性控制和国家经济计划的指令性控制。三峡工程建设管理必须加大改革力度,建立起业主对设计单位的制约体制,为监理单位实施设计监理打好基础。

以上阐明了三峡工程项目管理理应实行全面监理制度,但在实施中还必须从实际出发。不仅如此,还要解决与全面监理相适应的组织机构问题。要确定三峡工程项目的全面监理该由哪一个经济技术实体来承担,可考虑如下三个方案:

方案1:如图1—2中的虚线所示,由"三建委"从全国有关部门,以及从施工和设计单位抽调力量,组建一个监理力强、权威性大、规范度高的中国三峡工程监理工程师团(暂名),全面负责为期18年的三峡工程建设中的设计监理和施工监理,并探索、积聚经验,为今后向中国水电工程建设监理总公司逐步转换创造条件。这个工程师团一旦组建起来,就要以独立法人的平等地位和业主单位签合同,然后逐步和"三建委"脱钩,成为职业化、企业化、社会化的经济技术实体。

方案2:三峡工程的全面监理业务,可按国际惯例,由业主单位搞招投标,择优确定工程师单位。监于我国目前条件,可以选择由设计单位和施工单位(不承担三峡工程设计和施工任务的经济技术实体)构成的联合体来承担全面监理业务。

方案3:由作为业主(建设单位)的"总公司"组建专职机构,自己承担全面监理业务。

相比之下,方案1更宜于被采用。显然,方案2的操作运行条件还不太成熟,够格的、能参与三峡工程项目监理业务竞争性投标的设计监理单位和施工监理单位目前少而又少,而要构成两者的联合体更是难上加难。即使在竞争不足的条件下,由现在的设计单位、施工单位(非从事三峡工程设计、施工的单位)构成的联合监理体中了标,这些单位能否确保其内部改革的连续性和监理实力的先进性,来满足跨世纪、超大型、多风险的三峡工程项目全面监理的需要,看来这把握性不大。至于方案3,由业主自建队伍兼搞全面监理,这一不符合国际惯例,有碍于业主自身的专业化;二不利于业主与设计、施工单位之间矛盾的协调,缺乏公正感;三不利于精简业主编制,待三峡工程完工运行后可能背上过重的编制包袱;四不利于监理人才及其队伍的职业化发展。如果三峡工程监理工作高峰期过后将这些监理人才逐步转到三峡工程经营运行的岗位上去,则实际上是把我国水电建设监理业最缺乏、最需要的人才埋没、浪费掉了。选用方案1,当然也有其较大的难度,但它有如下优点:

①有利于强化三峡工程项目实施以设计监理为重点的全面监理;

②有利于促进我国水电建设工程师单位的突破性崛起;

③有利于加快我国水电建设行业与国际建筑市场接轨的步伐,推动外向型建筑业的发展。

对采用方案1的条件也要作辩证分析。不能因为在全国普遍推行以设计监理为重点的全面监理制的条件远未成熟,就否认三峡工程实施全面监理制的可能性。确实,目前我国水电建设体制的现状和从事水电建设监理业的人才,远不能适应全国普遍实行项目管理的需要,但这并不妨碍"三建委"审时度势,重点组合,把分散的、称职的、业已从事工程建设项目管理多年的"各种人才"选拔集中,优化组合,培训上岗,以适应三峡工程项目管理的需要。与其消极地等待监理人、监理队伍、监理实体的成熟和普及,还不如调集全国已有人才加以重点突破。

(3)"合同制约,反馈调控"制

参与三峡工程项目实施的四类经济技术实体之间的关系必须规范化、商品化。目前在进行体制改革试验的大中型水电工程项目中,业主(甲方)与施工单位(乙方)之间的互为制约关系有所确立,但业主及监理单位(丁方)对设计单位(丙方)之间缺乏规范化制约力的局面仍未从根本上打破,这种"制约无力、协调无据"的薄弱状况再也不能在三峡工程项目实施中继续下去。要改变这种局面,当然不能再沿袭旧思路,指望确立甲方对其他三方的行政制约关系,搞行政级别的"威摄效应"。出路在于加大改革力度,实行"合同制约,反馈调控"制。

"合同制约"——甲、乙、丙、丁四方之间实行平等的、双向的、规范的技术经济合同制约,不搞隶属的、单向的、处于行政级别效应中的非规范合同制约。宜强化商品观念,淡化行政色彩。甲方作为三峡工程建筑产品的"买方",向三峡工程建筑产品的生产者——由乙、丙、丁三方构成的"卖方",通过技术经济合同方式"订购"。相对于甲方,乙方提供的是有偿的职业性施工服务,丙方提供的是有偿的职业性设计服务,丁方提供的是有偿的职业性监理服务,并按各自的技术经济合同互为制约,由此构成三峡工程建筑产品的生产和流通过程。其操作性要点有(见图1—2):

①甲方与乙方签订施工经济合同。鉴于国内施工业的"卖方"市场已基本形成,三峡工程建设中可放开搞竞争,采用招投标技术经济合同承包制。

②甲方与丙方签订设计经济合同。鉴于国内设计业受计划控制、区域流域因素、资料历史性"垄断"、体制改革进程等方面的影响,"卖买"市场还未形成,三峡工程建设中可由甲方采用委托或邀标方式签订两者间的技术经济合同。

③甲方与丁方签订监理经济合同。若采用上面建议方案1组建三峡工程监理工程师团,则可采用委托方式签订有关技术经济合同。

④丁和乙、丙之间虽然没有直接签订合同,但它的职能就在于对甲和乙、丙之间所签约的合同进行专业性、系统性、公正性的监理和协调,这也可视为丁与乙、丙之间实际上有着功能性合同关系。

甲、乙、丙、丁四方之间规范性的唯一双方制约方式就是合同。技术经济合同既是四方行为方式的共同准则,又是确定它们之间利益结构关系的规范方式。

"反馈调控"——如图1—2所示,甲、乙、丙、丁四方之间,以三大合同为"关节点",存在三个关键性的双向闭合回路结构:

①甲⇌丙⇌丁之间的双向闭合结构;

②甲⇌乙⇌丁之间的双向闭合结构;

③甲⇌丙⇌丁⇌乙之间的闭合回路结构。

这三个闭合回路结构是"反馈调控"功能的体制依托。其反馈调节宜采用负反馈机制,而处于关节点上的三大合同则是"校正器"。三峡工程建设管理系统整体功能发挥的优劣程度,直接与这三大反馈调节结构的强弱相关。

4.业主内部管理体制模式

"总公司"既是业主,又是建设单位,其管理体制是董事会领导下的总经理负责制,这个总体制的具体模式可根据三峡工程项目管理的特性构建,主要有:

(1)"小机构,大社会"模式。这是由三峡工程项目实施的社会性决定的。由于设计、施工、监理等职能已分化独立,由社会化协作承担,作为总甲方的"总公司"宜小而精,不因人设庙,力求机构精干,在为期18年的总工期中不应出现设庙过多,编制过大的沉重包袱。

(2)"业主化、项目型"模式。尽管三峡工程建设的第一线在生产现场,其中大坝、厂房、船闸、机组、水库等产品的建造安装活动大多在生产现场进行,但业主并不直接承担设计、施工、监理等业务,其主要职能并不在现场展开。作为总甲方的管理体制模式应体现出"业主化"特征,把主要力量放在筹措资金、规划决策、议签合同、反馈调节、验收结算、运行经营等方面,干"老板"的份内事,练业主的"内功"。生产现场是前方,业主的基地不一定非在前方不可,但为了盯住现场的"三控一调",业主宜在现场驻有精干的派出机构,按"项目型"建制,起现场决策调控功能,但不得干预乙、丙、丁三方的专业性、自主性职能。

(3)"集体决策,分层负责"制。总甲方作为国务院"三建委"重大决策的综合性贯彻机构,其内部亦负有现场的某些决策职责,为确保决策正确度,宜搞集体决策,并由相关层级的经理负责落实。

三、组织机构

三峡工程建设管理组织机构的设置（这里主要讨论"总公司"的组织机构）是管理模式研究的一项重要内容，是保质量、保工期，保投资全面完成三峡工程建设的关键措施，也是三峡工程实行以水养水，以电养电，综合开发，滚动增值，自我发展的根本组织保证。历史经验表明，任何一项伟大的工程事业，若无合理、健全、高效的组织配置，往往耗时费力，步履蹒跚；反之，则能收到事半功倍的成效。

1. "总公司"性质、职责和地位

"总公司"是在"三建委"领导下的集工程建设、运行管理和资源开发于一身，实行独立经济核算，责权利相结合的经济实体，是工程的业主（建设单位），具有法人资格。

三峡工程规范方案拟定总工期为十八年，分为准备期三年，一期工程三年，二期工程六年，三期工程六年。总公司的职责是：在"三建委"领导下，规定并严格执行三峡工程建设的基本程序；运筹前期的设计、科研、论证和综合规范工作；积极组织落实建设的外部条件；组织资金到位；办理工程招标发包工作；加强施工现场的协调和控制。在电厂分期落成发电后，"总公司"还将负责其运行管理，组织建设还贷和其它资源的综合开发和经营。尽管按照国际惯例，工程建设的甲方一般不出现在现场，但作为投资者，其综合组织协调的中心地位和枢纽作用仍是谁也无法替代的。下图为总公司的主要业务关系图：

图1—4　总公司主要业务关系图

显而易见,总公司的业务领域十分广泛,对国务院三峡工程建设委员会而言,总公司是下级机构或称执行机构,但在其它各领域,各层面,它又起着独立决策机构的作用。总公司地位的双重特征应通过一个与之匹配的组织机构来体现。

2. 构建"总公司"组织机构的主要准则

三峡工程是特大型工程,由于其项目种类多,涉及面广,协调难度大,因此它决不是单一的某种线性型、职能型、参谋型或矩阵型组织结构形式所能包容的。这就要在研究各种一般结构型式的功能利弊的基础上,针对三峡工程组织设置的特性进行机构设计。

根据三峡工程的自身特点和管理职责的需要,构建三峡开发总公司组织机构过程中必须考虑如下准则:

(1)目的性准则。"总公司"组织机构的设置要紧紧围绕"总公司"目标任务而层层展开,不设置与"总公司"目标任务无关的机构。因事建庙,决不因人设庙。目标分解要完备(既不遗漏也不重叠),每一机构都有其为实现总目标而独立承担的子目标任务,微观存异,宏观求同,保持系统目标在整体上的一致性。

(2)高效性准则。"高效"是"总公司"组织机构设置追求的一个重要目标。其一,体现在决策有正确的程序保障,职责严、细、明,结构模式不拘泥于纯粹的理论模式,而根据高效的准则灵活设置,充分发挥线性结构、职能结构、参谋结构和矩阵结构的综合优势,博采众长,自成一家,其二,体现出机构和人员的精简,可撤可并的机构一律不设,临时性的机构慎重安置,减少一人一事一职,提倡一专多能,复合或综合管理。其三,高效准则要求机构设置科学化,管理的长度和幅度不能太小也不能太大,否则欲速则不达。有了高效,才有质量,才有时间,才有效益。

(3)可控性准则。三峡工程投资大,工期紧,时间长、技术难度高,因此有效实施过程控制是"总公司"组织机构设置必需考虑的又一准则。其表现在:①重大决策必需有权威、专家机构或参谋部介入;②各行政和项目部门都应利用计算机及时进行工作实况信息处理,包括物资、资金合同、工程质量、进度、人事、对外联络等等,并通过计算中心将有用信息特别是警戒信息迅速及时正确地传输给指挥和决策部门,形成系统内闭环的管理信息系统网络,从而有利于系统的协调、调整,减少风险,达到系统的优化。

（4）动态性准则。三峡工程完建需要十八年，机构设置应充分考虑各期任务的重点，每一机构应有充分长的生命周期，可晚一步设置的机构不能提得太前。在十八年中一些机构衰之，一些机构应运而生，一些机构合并，一些机构在转换职能，这都是事物发展变化的正常现象。只是我们要自觉地认识并利用这一点，才不至于陷于盲目性，背上不必要的包袱。

3. 工程分期及其组织机构设置

由上述讨论的各项依据和准则，我们将工程建设分为工程准备期3年，主体工程建设期15年和竣工运行期三个阶段，分别讨论"总公司"的组织结构。

（1）工程准备期（1~3年）

工程准备期，也即是主体工程准备期，或称准备工程建设期，这时期是"总公司"正式建立和为三峡工程大规模施工作准备的阶段，拟从可行性论证和初步设计审批后开始。

其主要任务有：

①根据"三建委"的指令，全面开展三峡工程的宣传、对外联络和"总公司"的组织建设工作。

②制定各项工作程序、法规、规划和组织有关人员培训。

③资金筹集和落实，协助移民迁移（移民主体工作由国务院另组机构专项负责），做好场区征地的工作。

④完成对外交通（铁路、公路、水路）和场内交通网及供电、供水、供风和施工通讯系统。

⑤委托招标设计、技术设计及招标开标工作（包括准备工程和三峡主体工程）。

⑥开标后，确认设计单位、施工单位和工程师监理单位（或由"三建委"组建）。

⑦进行物资规划，初步形成砂石料系统、附属建筑，并开始一期围堰右岸明渠，两岸厂房坝段和临时船闸及升船机的上方开挖工作。

鉴于上述目标任务，我们建议"总公司"组织机构如下设置（见图1—5）：

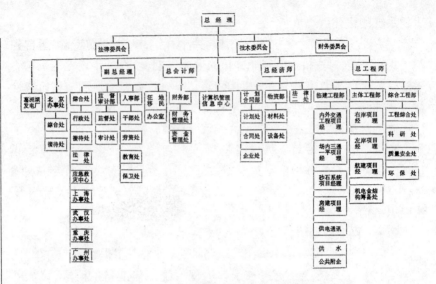

图1—5　准备期的总公司组织机构图

　　图中三个委员会为参谋咨询机构,总经理、副总经理、"三总师"五人组成决策层,除总经理外四人加上各部经理组成指挥层,各部经理及各处、项目经理又形成执行层。计算机管理信息中心负责及时登录、处理、传输资金、工程、合同等有关信息。法律二处负责经济纠纷、法律一处负责经济外纠纷。该期的工作重点部门在资金管理处(主要负责资金筹措到位)、征地移民办公室、干部处、合同处(组织编标、招标、解标和开标工作)和临建工程部。本期大规模的建设高潮还未到来,各组织指令下达基本呈线性结构,有利于准备期快速灵活的反应。同时,本期的组织结构为第二阶段总工程师工作全方位的展开作了组织准备。

　　(2)主体工程建设期(第4~18年)

　　三峡主体工程建设期,时间跨度为15年,为能体现组织机构的动态特征,不妨把该期划分成第一批机组发电前期和第一批组发电后期二大块进行讨论。

　　(A)第一批机组发电前期(第4~12年)

　　本期工程计划长达9年,从主体工程全面展开到左岸电厂竣工发电时期。

　　该阶段的主要工作任务是:

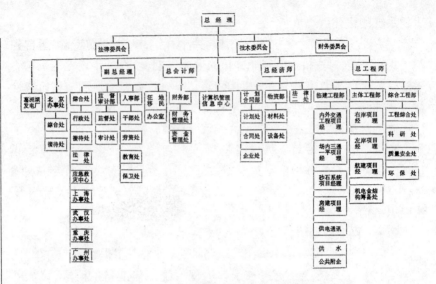

区域人才开发研究论集

202

①大规模的资金落实 和物资、材料供应工作。

②右岸截流、临时船闸通航;左岸截流,第一批机组安装,试运行到投入运行;升船机和五级船闸投入地运行。

③加强综合协调和项目合同管理,并组织对完工项目和其它阶段性项目的验收。

④组织人员培训,筹建三峡第一电厂。

根据上述特点,原组织机构将发生如下动态变化:增设电力运行指挥部,下设三峡第一电厂筹备处(可在总工期第五到第六年开始);压缩临建工程项目部或改为临建工程管理部;扩大主体工程部和综合工程部,并按矩阵结构组建,见图1—6。

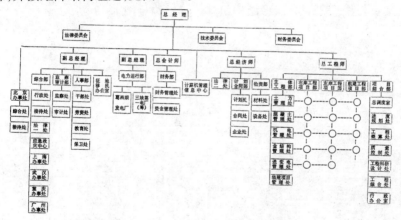

图1—6 第一批机组发电前期总公司组织机构图

本期组织的特征是总工程师负责的各工程部采用矩阵型组织结构,这对三峡工程特大型施工项目的管理完全是必要的。它能有效地帮助解决不同项目中相同业务量的协调问题。每个项目工作组一方面对外代表"总公司"按合同与项目工程师监理单位接口,另一方面对内受工程项目部和业务管理处指导并对其负责,总协调由总工程师负责。这样管理可按合同进行,条理清楚,同时避免了机构的重复设置,精简了人员。

本期的工作重点在总工程师领导的各部,及财务部、计划合同部、物资部、干部处、培训处、电厂筹建和运行,还有管理信息中心的有效工作。

(B)第一批机组发电发电后期(第12年~18年)

本期是三峡工程机组安装高峰期,也是工程边发挥效益边完建,并准备转入整体运行管理和资源综合开发的时期。本期的主要工作目标是：

①完成左、右岸全部机组的安装、试运行工作并投入运行发电。

②完成全部剩余土建和机电安装工程量。

③竣工总验收和财务决算。

④一期电厂的运行管理，二期电厂的筹建。

⑤综合经营开发的筹备和启动。

根据上述目标，本阶段组织结构可作如下主要调整：撤消航建工程指挥部，增设经营开发部、财务决算处和工程验收部，必要时可增设工程验收指导委员会。见图1—7。

关于三峡主体工程建设长达15年的"总公司"组织结构，另有一种方案可按线性——参谋型结构组建。其结构见图1—8。

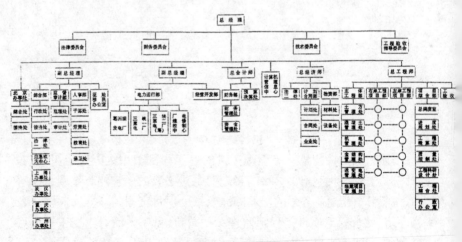

图1—7　第一批机组发电后期总公司组织机构图

（3）竣工运行期（第十八年以后）

本期工程预决算和验收全部结束，全部电厂正式投入运行。"总公司"开始了经营管理、综合开发、积极还贷，进入了以水养水，以电养电，综合开发，滚动增值，自我发展的良性循环的新阶段。

本时期各咨询参谋委员会原则上可以撤消，一位副总经理主管电厂，另一位副总经理主管行政和综合经营；总工程师、副总工程师负责技术更新、维护和技术开发、资源开发，"总公司"将以崭新的面貌迎接新时期的挑战，图1—9为我们勾勒的组织机构简图。

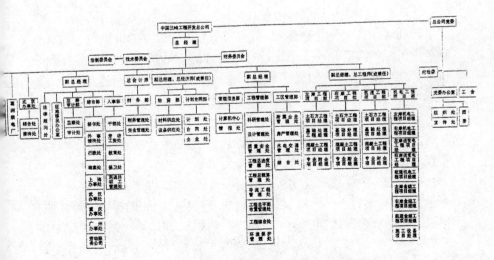

图1—8 三峡主体工程建设时期组织机构的设置

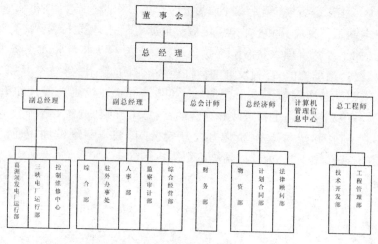

图1—9 竣工运行期总公司组织机构图

四、运行机制

1.三峡工程建设管理的运行机制

管理运行机制与管理体制、机构设置密切相关。"机制"一词的本意是指机器的构造和动作原理。这里引伸的三峡工程建设管理的运行机制,无非是三峡工程项目实施过程中有关管理单元之间连接方式、作用机理及运转规则的统称。从严格意义上讲,三峡工程建设管理运行机制是不能与其体制模式、组织机构截然分开的,实际上作为运行机制的某些内容在前面阐述中有所涉及,这里,主要侧重于考察三峡工程建设管理系统运行机制的基本模式。

与任何一个成熟系统的运行机制一样,三峡工程建设管理系统的基本运行机制,主要由导向机制、动力机制、连接机制、和调控机制等构成。根据三峡工程建设体制的改革思路、模式选择,其运行机制可采用如下的模式:"凭计划导向,以市场推动,靠项目连接,按合同调控,确保三峡工程系统的质量、进度、资金满足的预期总目标"。

2.运行机制模式的简要分析

(1)"凭计划导向",既要避免回到以单一的指令性计划直接控制工程建设的老路上去,又要避免陷入无计划调节的盲目的市场导向中去,关键要在三峡工程中深化改革计划管理。①要实现国家计划机构管理职能的转变,打破行政部门和行政区划的界限,把国家计委及有关"条块"对三峡工程的计划管理职责归并到国务院"三建委",由国务院"三建委"行使规划决策、计划指导、综合协调等职能;并本着"政企分开"和"简政放权"的原则,重点给水电工程的设计单位"松绑",使其在专业化、企业化、商品化方向上有突破性进展,促进设计市场的形成和发展,为三峡工程项目管理逐步创造宽松的实施条件。②"总公司"作为三峡工程项目管理的总甲方,既要负责落实国务院"三建委"的有关规划决策和计划指导,又不能仅仅成为"三建委"行政机构的附属物,而必须在国家计划指导下,行使三峡工程项目战术性计划决策的自主权,重点是把"三建委"的规划决策和计划指导,变为三峡工程项目的实施计划,并具体化为操作计划,形成项目的总计划目标,由此引导项目的展开和推进。③参与三峡工程建设的甲、乙、丙、丁四方都要接受项目总计划目标的指导,在各自的技术经济实体内部自主地制定相应的专业性计划,确保总计划目标的导向作用。

(2)"以市场推动",就是适应我国社会主义市场经济迅速发展的态势,根据目前水电工程建筑市场的现状,多渠道、多层次、多方位地把过去萎缩的市场机制整治搞活,不断从社会主义市场经济中获得三峡工程项目实施的活力。重点是三大市场:①充分利用资金市场。由于三峡工程投资巨大、工期特长,不可能完全靠国家财政计划拨款建成,应把筹资目光放大一点、看远一点。既可搞国内的债券、股票、贷款、捐款等方式的集资,也可搞国际的贷款、捐款、资助、债券、股票等方式的集资,使筹资多样化,确保项目实施资金及时到位。②充分利用技术市场,对施工技术经济实体,充分利用施工技术市场基本成熟的有利条件,放开搞招投标承包制;对尚未成熟的设计技术市场,在采用邀标或委托方式选定设计技术经济实体时,亦要注意采用"仿技术市场管理机制",使议签的技术经济合同规范化,改变长期以来业主对设计单位"约束软化"的格局;对国际市场资金的利用,宜按国际惯例,搞国际技术、装备市场的竞争性招投标,并采用"仿外资企业项目管理制"。③充分利用咨询市场。三峡工程规模宏大,举世瞩目,其规划决策的正确性至关重要。要转变观念,舍得花大钱利用国内国际的咨询专家的有偿服务,以提高管理效率和投资效益。此外,对于物资市场、经营市场、人才市场、市场保险等也要进行研究,善于利用。

市场牵动经济利益的得失,而经济利益的得失对三峡工程项目实施的参与单位、参与人员有刺激作用。应制定有关法规,对所有在三峡工程建设中取得重大效益、节约概算投资、缩短项目工期的单位和个人实施奖励制度,反之者则受罚。由此形成的推力,亦将有助于三峡工程项目管理效率的提高。企求无动力的运行机制,如同企望永动机一样是徒劳无益的。三峡工程建设管理系统应在动力机制上显示其活力,既要保持运行过程中动力的连续性,又要利用动力源的多样性,分阶段地设置"加油站"或"充电器",注重"动力更新"。按照激励理论,一次激励只能产生一时性效果,不可能彻底解决长期性、全过程的运行动力问题,而靠单一激励手段,简单地作重复性激励,则效益递减越到后面效果越差,甚至可能出现负效应。因此,除了凭借市场机制对经济利益的调节产生的推力外,还应对其他形式的激励机制深化研究,如精神的、信息的,这些激励方式的交叉性、综合性运行,其推动力将更有效、更持久。

(3)"靠项目连接",即以项目为主体,搞好如下三个关键性的层次、单元、环节的连接:①三峡工程现场项目管理过程中,要搞好项目总目标和甲、乙、丙、丁四方的子目标的"连接";②三峡工程建设整个管理系统中,要搞好宏观决策层、中观执行层和微观操作层的"连接";③三峡工程项目实施过程中,要搞好工程准备期、主体工程建设期和竣工运行期的"连接"。对于第①个连接问题,如体制模式中所述,由系统化项目管理机制解决。对于第②个连接问题,可采用"宏观间接调控、中观平等制约、微观自主搞活"的运行机制。对于第③个连接问题,宜采用"准备期以行政管理为主,建设期以项目管理为主,运行期以企业管理为主"的连接机制。

(4)"按合同调控",就是根据反映项目目标和项目计划的技术经济合同,来调控甲、乙、丙、丁四方的技术经济活动及其相互关系。三峡工程建设管理是包容许多技术问题、经济关系的大规模社会化生产活动,而确认和调节经济权利和相应义务的国际通行手段便是合同。我国法制建设和经济体制改革的发展,也为工程建设中合同手段的广泛应用创造了较好的条件。因此,在三峡工程建设中,凡是需要并能用合同确立的技术、经济权益和相应义务关系的问题,都应采用合同方式来处理。通过合同,既确认双方的权益,又制约双方的职责,任何一方违约,都应承担经济法律责任。通过各种形式的合同,保证三峡工程项目实施中质量、进度、资金都符合计划所规定的标准。当然这种经济、法律的调控手段并不能替代技术调控手段,前者需要后者的补充和支持。此外,三峡工程规模特大,"启动难,运行后刹车更难",有必要针对其"惯性大"的特征,研究一种安全、可靠、损失最小化的"刹车"机制,以便工程万一需要临时中止时使用。

(5)"确保三峡工程系统的资金满足的预期总目标",是其管理运行机制的主要目标。偏离了这个目标,则就是"计划导向、市场推动、项目连接、合同调控"的运行机制中有失误,必须加以总方向的重新校正和调控。

总之,方向是运行的首要问题。三峡工程建设管理的总计划、总目标是决定其运行机制总方向的依据。方向不明的运行应尽力避免,方向偏差的运行应及时校正,方向错误的运行则要坚决制止,特别在事关全局、时及长远的方向性问题上,更应如此。

第二部分　三峡工程管理人才开发的综合研究[①]

——以中国长江三峡工程开发总公司为代表

前言

人才,是人类财富中最宝贵、最有决定意义的财富;人才资源,是人类社会中的第一资源。人才资源开发,关系到一个国家的盛衰,一个民族的兴亡。当今世界上,大凡搞现代化建设的国家和地区,无不重视人才开发及其研究。

我国在经历了40多年正反两方面的经验后,对人才开发的深远意

[①] 本部分执笔人:叶忠海。

义也有了进一步的认识；特别是党的十一届三中全会后，为人才开发研究创造了良好的社会环境，强有力地推动了我国人才开发的理论研究。90年代初，党中央提出把人力资源开发研究作为制定"八五"计划和十年规划的重要组成部分后，我国人才开发的战略研究得到进一步的发展。

尽管如此，综观我国人才开发研究，对特大型水电工程管理人才开发的研究，在国内却尚属空白，在国外也实属首创。我们选择这个项目研究，不仅为填补人才开发领域中这个空白，更重要的是让人才学这门新兴学科直接为跨世纪特大型经济建设项目——举世瞩目的三峡工程建设服务闯出一条新路子，让人才学科更富有生命力。在此同时，我们课题组成员也为三峡工程这个中华民族工程出了一份力所能及的力量。

关于本报告研究有以下几点说明：

（1）本报告研究，是本课题"三峡工程管理模式及人才开发的综合研究"两大基本部分之一，是建筑在"三峡工程管理模式"研究的基础之上展开。换句话说，本报告是《三峡工程建设管理研究》的续篇。

（2）限于时间等原因，三峡工程管理人才开发的综合研究，我们只能选择"中国长江三峡工程开发总公司（以下简称总公司）"为代表进行研究。

（3）本报告研究的时间跨度为18年或稍长些时间，即主要研究三峡工程建设过程的人才开发的发展战略。

（4）本报告列举总公司人员数据，主要来自两个渠道：一是由总公司人事部提供；另一是本课题组的随机抽样的直接调查。调查统计数据均截止1992年10月。对总公司及人事部的大力支持，在此表示由衷的感激！

（5）本报告所涉及的人才概念，按国家统计局的统计口径，系指具有中专以上学历或获得技术员以上专业技术职务的人员。

一、总公司（筹）人才及开发的现状总体评价

（一）总公司（筹）人才资源的现状分析

要确保三峡工程成功，必须作好人才准备；要作好人才准备，必须对

总公司(筹)人才资源的现状,有个全面正确的认识。

1.总公司(筹)已形成一支具有一定规模和优势的人才队伍

(1)人才的拥有量可观。

据统计,截止1992年10月,总公司(筹)共有在职人员341人,男282人,女62人;属于干部编制的为316人,其中系专业技术人员为288人,占在职人员总数的84.5%。相比我国其他大型水电工程的业主(建设单位)来说,其人才的占有量是首位的,具体见表2—1。

表2—1　1992年各水电站业主(建设单位)人员总数的比较

单位	总公司(筹)	鲁布革工程管理局	漫湾水电站工程管理局	广蓄电站联营公司	二滩水电开发公司	岩滩水电站工程建设公司	水口水电站工程建设公司
总人数	341人	106人	147人	143人	130人	92人	175人

(2)人才的水平层次较高。

①从学历层次分析,总公司(筹)本科学历层次的占首位,有177人,占在职人员总数的51.9%;还有研究生毕业的6人,占在职人员总数的1.8%;两者之和为183人,占总数的53.7%,具体见表2—2。相比之下,总公司(筹)本科及其以上学历层次的专门人才所占的比例,远高出其他大型水电站业主(建设单位),见表2—3。

表2—2　1992年总公司(筹)人员的学历结构

学历层次	研究生	本科	大专	中专	高中	初中以下
人数(人)	6	177	31	65	23	39
百分比(%)	1.8	51.9	9.1	19.1	6.7	11.4

表2—3　1992年各水电站业主(建设单位)本科及以上
学历层次专门人才所占百分比的比较

单位	总公司(筹)	漫湾水电站工程管理局	鲁布革工程管理局	广蓄电站联营公司	水口水电站工程建设公司
占职工总数百分比(%)	53.7	26.5	45.2	30.8	31.5

表2—4　1992年总公司(筹)专门人才专业技术职务结构

专业技术职务层次	高级					中级				初级
	教授级高级工程师	高级工程师	高级经济师	高级会计师	小计	工程师	经济师	会计师	小计	
人数(人)	12	43	6	2	63	62	26	10	98	111
占职工总数百分比(%)	3.5	12.6	1.8	0.6	18.5	18.2	7.6	2.9	28.7	32.6
占专业技术人员总数的百分比(%)	4.2	14.9	2.1	0.7	21.9	21.5	9	3.5	34	38.5

表2—5　1992年各水电站业主(建设单位)中高级专业技术人才所占百分比的比例

	总公司(筹)			鲁布革水电站工程管理局			漫湾水电站工程管理局			广蓄电站联营公司			水口水电站工程建设公司		
	高级	中级	合计	高级	中级	合计	高级	中级	合计	高级	中级	合计	高级	中级	合计
人数(人)	63	98	161	38	35	73	22	35	57	14	11	25	15	43	58
占职工总数百分比(%)	18.5	28.7	47.2	30.1	27.7	57.8	14.9	23.8	38.7	9.7	7.6	17.3	7.5	21.5	29

②从专业技术职务来分析,总公司(筹)具有高级专业技术职务的有63人,占在职人员总数的18.4%、专业技术人员总数的21.9%;具有中级专业技术职务的有98人,占在职人员总数的28.7%,专业技术人员总数的34%。可见,具有中级及其以上专业技术职务的161人,占在职人员总数的47.2%,专业技术人员总数的55.9%,具体见表2—4。这个比例比漫湾、广蓄、水口等水电站业主(建设单位)的比例为高。具体见表2—5。

(3)人才来自各方,具有综合优势。

总公司(筹)人才主要来源于水利水电系统的各个施工单位、设计单位、科研单位,以及1981年以来全国大、中专院校的历届毕业生。其中,就施工单位来说,全国16个水电工程局中就有10个向总公司输送了人才;设计院系统,长委、北京规划设计院、成都勘察设计院、中南设计院等单位也向总公司(筹)输送了人才。

(4)大多数人才具有良好的职业心理。

据本课题组对总公司(筹)各层次专门人才(38名)的随机抽样调查表明,总公司(筹)人才具有良好的职业心理,见表2—6。

表2—6 总公司(筹)专门人才(38名)的职业心理表

项 目	心理水准							
	热爱		较热爱		不太热爱		不热爱	
热爱感①	人数(人)	%	人数(人)	%	人数(人)	%	人数(人)	%
	23	60.52	13	34.21	1	2.63	0	0
	立志于献身		愿意积极干		听从组织分配		希望调动工作	
归属感	人数(人)	%	人数(人)	%	人数(人)	%	人数(人)	%
	12	31.57	18	47.36	7	18.42	1	2.63
	强烈		较强烈		不太强烈		不强烈	
成就感	人数(人)	%	人数(人)	%	人数(人)	%	人数(人)	%
	19	50	15	39.47	3	7.89	1	2.63

注①:在这项调查中有1人未表态

从表2—6可知,对"从事水电工程管理"表示"热爱"和"较热爱"的,达调查总数94.73%,说明总公司(筹)人才对本职工作具有很强的热爱感;对"今后继续从事水电工程管理工作"表示"立志于献身"、"愿意积极干"的,达调查总数的78.9%,说明总公司人才对水电工程管理工作具有强烈的归属感;对"在工作中想取得成就的愿望"表示"强烈"和"较强烈的"占调查总数的89.47%,说明总公司(筹)人才对工程管理工作具有强烈的成就感。人才成功表明,这些良好的职业心理是人才创造成功的心理优势。

2.总公司(筹)人才满足三峡工程开发需求的"适应度"仍较低

(1)领导集团明显不能适应三峡工程开发的需要。

①年龄老化。总公司(筹)党委成员5人和"三总师"4人(其中1人交叉)到1992年底年龄全部到离退休年龄。如果说我国水电工程建设领导成员年龄均偏大,那么总公司(筹)领导成员年龄老化也尤为突出,见表2—7。

表2—7　各水电站业主(建设单位)领导成员年龄的比较

单　位 ＼ 年　龄	合计	45岁以下	45-49岁	50-59岁	60-70岁	70岁以上
总公司(筹)	9人	0	0	0	8	1
二滩水电开发公司	7人	0	1	6	0	0
水口水电站工程建设公司	5人	0	0	5	0	0

②文化程度较低。总公司(筹)党委成员5人中有2人最后学历只有高中以下。

③组织不健全。总公司(筹)只有主任兼党委书记1人(在京办公),没有党政副职,在宜昌市的总公司(筹)的日常工作长期由技术委员会主任主持。

(2)中青年人才严重缺损。

总公司(筹)人员的年龄分布呈哑铃型,两头粗,中间细。据统计,30岁以下的在职人员为152人,占在职人员总数的45%;51岁以上的人员也达101人,占总数的29%;31—45岁的中青年42人,占总数的14.2%。这种中青年人才缺损现象,总公司(筹)与其他水电站业主(建设单位)比较,应该说是最为严重的,低于各电站平均比例的10个百分点以上,见表2—8。

表2—8　各水电站业主(建设单位)31—45岁中青年所占比例的比较①

总公司(筹)	广蓄水电站联营公司	水口水电站工程建设公司	鲁布革工程管理局	漫湾水电站工程管理局	各电站年均比例
14.2%	33.5%	30.3%	23%	34.7%	24.5%

①公司(筹)人员年龄状况来自1992年专业技术人员的统计,专业技术人员占总数的82%。

(3)高级人才有面临断层的危险。

总公司(筹)63名具有高级专业技术职务的人才中,只有1名为48周岁,其他均在50周岁以上;其中51—60岁的占76.2%。若中、青年人才接不上,将导致总公司(筹)高级人才的短缺。这种状况很不适应三峡这个跨世纪工程的需要。

(4)专业技术人才较普遍缺乏现代经济管理专业知识,在项目管理上与国际惯例接轨还有待学习和实践。

从原所学的专业来分析,总公司288名专业技术人才只有9名是学经济管理类专业,8 人是学财会类专业;合计为 17 人,只占专业技术人才总数的 5.9%。

从接受培训情况来说,据上述随机抽样调查表明,进入总公司(筹)后未接受培训者为调查总数的 57.9%;即使参加过脱产进修的,他们也不完全学习经济管理类专业知识。

可见,总公司(筹)缺乏复合型人才,由单一型工程技术人才向复合型的工程管理型人才转化,显然还较为普遍缺乏现代经济管理专业知识。

不仅如此,由于我国水电建设沿袭了数十年的计划管理模式,因而对国际上竞争激烈的招投标制的项目管理还不熟悉。尽管"鲁布革冲击波"引发的国内水电建设体制的系列性改革为项目管理的"中国化"提供了新的借鉴,但仍缺乏专业化深度、整体化力度,以及与国际惯例接轨的成熟度。对此,对总公司(筹)专业技术人才也不例外。如何根据三峡工程特点,在创造有三峡和中国特色,又符合国际惯例的项目管理方面作出突破性进展问题上,还有待不断地学习和实践。

3. 总公司(筹)人才开发潜力很大

(1)人才潜力还可在不同程度上发挥。

据本课题的调查,表示无潜力发挥的只有 1 人,认为还可发挥 50%以上潜力的有 29 人,占调查总数的 76.31%,具体见表 2—9。

表 2—9 总公司(筹)专门人才还可发挥潜力状况

项 目　　　可发挥潜力	还能发挥75%潜力	还能发挥50%潜力	还能发挥25%潜力	无潜力发挥	合计
人数(人)	16	13	8	1	38
占调查总数的%	42.10	34.21	21.05	2.63	100
人才体验闲置率(%)	31.58	17.11	5.26	0	53.95

(2)30 岁以下青年人才蕴藏着很大的潜能。

如前所述,总公司(筹)30 岁以下的在职人员占总数的 45%,这是一笔宝贵的财富(人才资源)。他们一般均有 6—10 年的管理专业工龄,不少人已经过外语、经济、管理等内容的学习培训以及水电工程建设的不同程度的实践锻炼。若能进一步对他们加强培养,为他们创造脱颖而出的良好环境,那么在他们身上就会释放出巨大的能量,对三峡工程中后期建设和今后长远的长江三峡开发将会起到举足轻重的作用。

(二)总公司(筹)人才资源开发的现状分析

人才开发的理论和实践告诉我们,在人才开发战略研究中,应重视人才现状分析。关于现状的分析,应包括两个方面的内容:一是人才资源现状的基本估计;二是人才资源开发的现状分析。两者既有联系,又有区别,缺一不可。只有这样,才能针对人才的现状和问题,提出今后切实可行的人才开发战略与对策。

1.人才教育培训十分重视,但仍需加强规划和提高效益

8年来,总公司(筹)对在职人员,特别对青年专业技术人员教育培训做了大量工作。他们采用短期培训、专题讲座、工地锻炼、电站实践、送高校进修、国内外考察培养、研究生、第二学位教育等各种形式,对公司人员进行外语、计算机、经济管理、企业管理、财会、价值工程、工程概预算、管理信息系统等内容培训。通过教育培训,使新进总公司(筹)的大学毕业生得到应有的实际锻炼;使工程管理人才的外语水平和计算机运用能力得到较大提高;更为可喜的是使总公司(筹)专业技术人才逐步由单一型工程技术人才向复合型的工程管理人才转化。正如有人在《三峡工程建设和管理单位人员开发的调查征询表》上写道:"总公司(筹)对青年工作者教育培训做了不少工作,是具有战略眼光的"。

在充分肯定成绩的同时,还应指出总公司(筹)人才教育培训还缺乏长远规划和必要的政策制度作保证。如何有计划、有目的地教育培训人才,以及培训与使用如何有机结合,还有待改进和完善,以利于有效提高教育培训效益。

2.人才使用基本做到适才适用,但人才的低度使用仍较明显,人才创造力有待开发

8年来,总公司(筹)在人才使用方面基本做到了"用人所学"、"用人所长"和"用当其能"。据统计,认为自己所学的专业与从事的工作"对口"和"基本对口"的,占调查总数的76.32%;认为所从事的工作"是"和"基本是"自己的特长的,也占调查总数的76.32%;认为自己的专业技术职务与现岗职责"相符"和"基本相符"的、占调查总数的73.06%,见表2—10。可见,无论从人才使用对口率,人才特长使用率,或从人才职岗符合率来说,总公司(筹)均注意到了人才的适才适用。

区域人才开发研究论集

表2—10 总公司(筹)专门人才(38名)的使用现状

序号	项目	使用状况									
1	所学专业与从事工作是否对口	对口		基本对口		不对口		人才使用对口率			
		人数(人)	%	人数(人)	%	人数(人)	%	人数(人)	%		
		12	31.58	17	44.74	6	15.79	29	76.32		
2	所从事工作是否是个人特长	是		基本是		不是		人才特长使用率			
		人数(人)	%	人数(人)	%	人数(人)	%	人数(人)	%		
		8	21.05	21	55.26	8	21.05	29	76.32		
3	专业技术职务与现岗职责是否相符	相符		基本相符		高职低用		低职高用		人才职岗符合率	
		人数(人)	%	人数(人)	%	人数(人)	%	人数(人)	%	人数(人)	%
		9	23.68	18	47.37	3	7.89	3	7.89	21	73.06

注:第1、2、3项调查,分别有3人、1人、5人未表态。

但由于我国水电事业长期得不到应有的重视,三峡工程又迟迟没有上马,以及总公司(筹)内部领导因素等主客观原因,公司人才使用的低度状况仍较为明显,据上述调查统计,人才体验闲置率达53.95%,换句话说,人才体验利用率为46.05%,具体见表2—9。由此,人才的创造力还基本没有开发。据上述调查统计,总公司(筹)成立8年来,发表过论著,取得科研项目成果的有8人,占调查总数的21.05%;共出版著作2本,发表论文7篇,取得科研成果3项。

二、总公司人才需求及配置的预测结果报告[①]

(一)总公司人才总量的需求预测报告

1.本课题组在进行装机容量单变量预测、工程量多变量预测、Delphi法预测、岗位分析法预测,以及听取外国专家预测的基础上,比较了上述诸方案预测结果的可信程度,然后分别赋予不同的权重,采用加权平均法得出在三峡工程建设期总公司人才需求的总量,即总公司人员定编数,具体见表2—11和下列计算。

① 本部分内容是本课题组完成的《中国长江三峡工程开发总公司人才需求及配置的预测报告》摘要,该报告执笔人为朱懿心、陶楚才,由叶忠海、罗祖德修改定稿。

表 2—11　总公司人员定编数的各方案比较

	由装机容量预测（方案一）	由工程量预测（方案二）	特尔斐法预测（方案三）	岗位分析法预测（方案四）	外国专家预测（方案五）
定编数（人）	450	1042	414	483	1200
权重	0.11	0.34	0.19	0.24	0.12

总公司定编数 $= 0.11 \times 450 + 0.34 + 0.19 \times 414 + 0.24 \times 483 + 0.12 \times 1200 = 753$ 人。

2. 考虑到人员素质和公司职责范围的波动，以及不可测因素的影响，取放宽百分比分为 $\pm 10\%$、$\pm 15\%$、$\pm 20\%$，则总公司定编数上、下限见表 2—12。

表 2—12　总公司定编数上、下限的波动表　　单位：人

	$\pm 10\%$	$\pm 15\%$	$\pm 20\%$
下限	678	640	602
中值	753	753	753
上限	828	866	904

3. 三峡工程建设是分阶段的，大致可分为准备工程期（准备期）、主体工程建设期（建设期）、竣工运行期（运行期），每阶段人才需求是不尽相同的。通过特尔斐法，我们得出总公司在准备期、建设期、运行期定编数之比为 $0.746 : 1 : 0.720$；然后取表 2—12 最高值（904 人）和最低值（602 人），按上述三期人员定编数的比例计算，则得出总公司在三个阶段人员定编的可行区间为：

准备期定编数区间为：469～704 人；

建设期定编数区间为 628～944 人；

竣工运行期定编数区间为 453～680 人。

（二）总公司人才群体结构配置的研究报告

1. 学历群体亚结构的研究

水电工程是一项集水、土、石、机、电、管等于一体的综合性工程，其对人才文化素质的要求理应较高；建设单位从事水电工程建设和管理，其人才的学历层次更应高出一筹。根据总公司的性质、职责和岗位设置，参考人才配置的基本原理，我们认为中专以上的专门人才总量的 75% 是可取的；又据我们对专家咨询，专门人才中应以本科生所占比例为最大，大专生

为其次,因而我们认为研究生、本科生、大专生、中专生应分别占专门人才总数的8%、50%、30%、12%,呈卵型结构为妥。总公司各学历层次人员的配置若以总量预测值753人为基准,可得表2—13。

表2—13　总公司各学历层次人员的配置表

总人数	中专以上(75%)				高中及技校(15%)	初中及以下(10%)
	研究生8%	本科生50%	大专生30%	中专生12%		
753(人)	45	283	170	68	113	75
可增补数(人)	39	108	139	3	90	36

表2—14　总公司各时期各学历层次人员的动态变化表

现状(341人)			准备期(469人)		建设期(628人)		运行期(453人)	
			人数	动态增减	人数	动态增减	人数	动态增减
研究生6人	专门人才75%	研究生8%	28人	+22人	38人	+10人	27人	-11人
本科177人		本科生50%	176人	-1人	236人	+60人	170人	-66人
大专生31人		专科生30%	106人	+75人	141人	+35人	102人	-39人
中专生65人		中专生12%	42人	-23人	57人	+15人	41人	-16人
高中生23人		高中生15%	70人	+47人	94人	+24人	68人	-28人
初中及以下39人		初中及以下10%	47人	+8人	63人	+16人	45人	-18人
		年平均增减①		+43人		+11人		-59人

注①:在这里准备期以三年计,建设期以15年计,运行期以3年计。

若以总公司各个时期的下限人数测算,则总公司各个时期各学历层次人员动态增减的定量分析,见表2—14。

测算表明,准备期,拟以引进研究生和大专生为主;建设期,拟以补充本科生为重。此外,准备期、建设期均应注意一般高中生的吸收,以利于各项一般行政事务工作的开展。我们认为,此方案是可行的。

2.专业群体亚结构的研究

据国家教委人才规划办公室组织调查的2000年全国专门人才专业结构报告中所指出的水利电力系统专门人才数相对集中的前20个专业,报告所规定的以水利专门人才为100的各专业专门人才结构比例系数,考虑到我国正在进一步改革开放,社会主义市场经济体制正在逐步建立,并将和世界经济运作接轨,以及三峡工程建设管理的实际需要,我们对专业及其以水利人才为100的人才结构比例系数作了适当调整,并以下列计算公式,测出所列各专业的人才需求数,见表2—15。

219

表 2—15　总公司各专业的专门人才需求量分析

序号	专业	∞_i	n_i	现有人才数	增减数	序号	专业	∞_i	n_i	现有人才数	增减数
1	地质	9	13	12	1	15	测绘、测量	8	12	5	7
2	机械	15	22	19	3	16	林学、农艺	4	6	0	6
3	水利	100	149	139	10	17	环保工程	5	7	0	7
4	土建	15	22	13	9	18	法律	10	15	0	15
5	电力系统	60	89	5	84	19	金融	6	9	0	9
6	电机电器	14	21	1	20	20	外语	10	15	0	15
7	电气自动化	15	22	8	14	21	气象航运	2	3	0	3
8	通讯	16	24	8	16	22	行政管理	5	7	0	7
9	计算机	10	15	2	13	23	档案	3	4	0	4
10	管理工程	12	18	4	14	24	图书资料	2	3	0	4
11	技术经济分析	8	12	3	9	25	公共秘书	3	4	0	4
12	医学	5	7	0	7	26	教育师范	2	3	0	4
13	计划统计	9	13	1	12	27	其它	10	15	0	15
14	财会	20	30	8	22						

$$n_i = N \times \eta \times \frac{\infty_i}{\sum \infty_i}$$

其中：n_i 表示第 i 专业的人才需求数；

N 表示人才需求总数（取 753）；

η 表示专门人才比例（取 0.75）；

∞_i 表示以水利人才为 100 的第 i 专业的人才结构比例系数。

对表 2—15 所列的 27 个专业，经我们调查，在一般情况下，各时期的人才需求情况大致可分为 3 类：A 类为前紧后松型（如 1、4、15、18）；B 类为前松后紧型（如 2、5、6、7）；C 类为前后均衡型（如 10、11、12、13、14、17、19、20、22、23、24、25、26）。根据总公司现有的人才的实际状况，在工程前期，要重点吸收财会、法律、金融、外语、管理、通讯类专业人才，特别涉外会计、高级经济师、高级会计师、高级律师、项目部主任和项目经理等；在工程中后期，特别要积极引进电力系统、电机电器、电气自动化等人才。

3. 年龄群体亚结构的研究

正如前述，中青年工程管理人才严重缺损，而 30 岁以下人员却占了总量的几乎一半。这显然是不合理的年龄群体亚结构。怎样才使年龄群体亚结构合理呢？从宏观上讲，一个优化的年龄群体亚结构，应以中青年为主,老中青结合。根据三峡工程时间长、规格高、难度大、项目多、涉及而广等特点,并结合总公司的人员结构现实状况,有关电站平均的年龄分布,我们认为总公司人员年龄分布,应以 30 岁以下为 20%,31 ~ 50 岁为 60%,51 岁以上占 20% 为宜,具体见表 2—16。由表 2—16 可见,在优化总公司人员年龄群体结构时,应优先考虑解决 36 ~ 45 岁年龄段人才的问题。

表 2—16　总公司人员年龄分布的修正设想

各电站人员的平均分布	年龄段	30岁以下	31-35岁	36-45岁		46~55岁		56-60岁	60岁以上
	比例%	36	9.1	18.4		21.4		13	2.6
总公司人员的现状分布	年龄段	30岁以下	31-35岁	36-40岁	41-45岁	45-50岁	51-55岁	56-60岁	60岁以上
	比例%	45.6	6.4	2.7	5.1	7.4	14.2	11.8	6.8
修正后总公司人员的分布	比例%	20	15	15	15	15	10	8	2
偏差	比例%	25.6	−8.6	−12.3	−9.9	−7.6	4.2	3.8	4.8
相对百分比(%)①		56.1	−134	−456	−194	−103	29.6	32.2	70.6
优先考虑序		(6)	(3)	(1)	(2)	(4)	(8)	(7)	(5)

注①:相对百分比指偏差百分比占现状分布百分比的比例。

若以准备期、建设期、运行期的下限人数为基准,则总公司各期各年龄层次专业技术人员增减的动态变化,见表 2—17。

表 2—17　总公司各时期①各年龄层次专业技术人员②的动态变化分布

	现状	规划年龄结构比例	准备期专业人员数352人			建设期专业人员数471人			运行期专业人员数340人		
			合理数	增减数	年均增减数	合理数	增减数	年均增减数	合理数	增减数	年均增减数
60 岁以上	20	2%	7	−13	−4.3	9	2	0.2	7	−2	−0.1
56 ~ 60 岁	35	8%	28	−7	−2.3	38	10	1	27	−11	−2.2
51 ~ 55 岁	42	10%	35	−7	−2.3	47	12	1.2	34	−13	−2.6
46 ~ 50 岁	22	15%	53	31	10.3	71	18	1.8	51	−20	−4
41 ~ 45 岁	15	15%	53	38	12.7	71	18	1.8	51	−20	−4
36 ~ 40 岁	8	15%	53	45	15	71	18	1.8	51	−20	−4
31 ~ 35 岁	19	15%	53	34	11.3	71	18	1.8	51	−20	−4
30 岁以下	135	20%	70	−65	−21.7	94	24	2.4	68	−26	−5.2

注①本表准备期以 3 年计,建设期以 10 年计,运行期以 5 年计。

　　②专业技术人员以总人数 75% 计。

4. 专业技术职务群体亚结构的研究

根据人才群体结构的优化原理，以及三峡工程的特点和岗位设置，我们认为总公司专业技术职务的构成，应以中级为主体，中高级占绝大多数，高、中、初级的大致比例可为 2∶3∶1。当然，工程的不同时期，其比例可有所变动；再考虑总公司人才结构的现状，可逐步构成 2∶3∶1 的比例。据此，总公司准备期专业技术职务比例构成可取高级∶中级∶初级 = 28∶42∶30 为妥；建设期其比例构成可取 33∶50∶17 为宜。若按二期专业技术人员数下限(扣除 10% 未评职称者)计算，则各期各层次专业技术职务人员数如表 2—18。

表 2—18　总公司各时期[①]各专业技术职务层次的专业
技术人员的动态变化分析

	现状数(人)	准备期(317 人)		建设期(424 人)	
		人数	年均净增减数	人数	年均净增减数
高级	63	88	8.3	140	5.2
中级	98	133	11.7	212	7.9
初级	111	95	−5.3	72	−2.3

注①：本表准备期以 3 年计；建设期以 10 年计

5. 在总公司人员性别配比方面，我们建议女性不低于 15% ~ 20% 为宜。

三、总公司人才开发的发展战略构思

(一)总公司人才开发的指导思想

1. 树立人才开发的工程观

总公司是长江三峡工程的建设公司、又是经营公司，还是开发公司，是一个综合经济实体。它承担着建设工程、经营电厂和开发水利水电资源的综合性的职责任务。特别在三峡工程建设阶段，总公司既是业主又是建设单位。根据总公司的性质和职责任务。在三峡工程建设阶段，其人才开发必须以三峡工程建设管理为中心，突出一个"工程观"。具体来说，总公司人才开发应紧紧围绕三峡工程建设管理为中心来展开，服从并服务于三峡工程建设管理。不仅如此，三峡工程建设管理是造就人才的大学校,三峡工程管理人才的造就,丝毫也离不开三峡工程建设管理的实践。

2. 树立人才开发的创一流观

三峡工程举世瞩目:工程量特大,质量控制任务重;总工期很紧,进度控制难度大;投资巨大,资金控制要求高;协调面极广,总体管理力度强。其成败将对长江流域乃至整个中国的水电发展格局产生深远影响,关系到中国水电建设走什么道路的问题,并将导致三峡工程以何种形象载入世界水电开发史册,中国水电工程能否参与国际竞争的大问题。

要确保三峡工程建设的圆满成功,不仅设备、技术应是中国乃至世界第一流的,而且建设管理总体水平也应是国内外第一流的。要保证建设管理第一流,必须要有掌握先进水电工程建设管理经验和手段的第一流工程管理人才。为此,总公司人才开发必须强化一个"创一流观"。具体说来,总公司人才开发目标应定在中国乃至世界一流的水准上,造就出一批国内外第一流的水电工程管理人才。

3. 树立人才开发的全局观和开放观

三峡不仅是长江的三峡,更是全国的三峡。三峡工程作为我国水利水电建设最大的"龙头"项目,其人才开发的总体目标要站在"全国一盘棋"的高度,树立一个"全局观"。对此,总公司人才开发也不例外。总公司人才开发目标,不仅基于总公司自身发展的需要,而且应着眼于全国水电建设发展和参与国际性的竞争的需求。

要实现总公司人才开发的全局性的总体目标,其人才开发的战略措施也必须立足于全国并面向世界。换句话说,总公司人才开发必须树立一个"开放观"。不仅应充分挖掘总公司人才之潜力;更应依托全国,挖掘全国水利水电人才资源之潜力;还要拓宽视野,引进国际水电专家为我所用。决不能游离于全国改革开放的大环境之外搞封闭型的人才开发。

4. 树立人才开发的系统整体观

人才开发是一项复杂的社会系统工程,就其时间顺序展开而言,是由人才的预测规划、教育培养、考核评价、选用配置、使用调控等基本环节构成。在此过程中,各环节环环紧扣紧密联系,彼此制约,似如一条人才开发链。人才开发是其诸环节及其关系的总和。这种人才开发系整体性的特点要求在制定总公司人才开发战略及其各构成部分:战略目标、战略重点、战略步骤、战略布局、战略对策时,要树立一个"系统整体观"。既要研究人才开发系统工程诸环节,更应对系统诸环节加以一体化的思考。只有在此基础上制定的总公司人才开发战略才是科学的、全面的和切实可行的。

5.树立人才开发的适度超前观

鉴于教育效果的滞后性和人才开发的较长周期性,因而总公司必须把人才开发放在优先地位,树立适度超前观,以适应三峡工程建设管理的需要。否则,只会延误三峡工程的开发。

(二)总公司人才开发的战略方向目标

在全国加快改革开放和现代化建设步伐的总背景下,根据三峡工程管理模式的总体目标和总公司的性质、职责任务,以及从总公司人才资源及开发的现状出发,未来18年(1993~2010年)或稍长一些时间内,总公司人才开发总的战略方向:围绕三峡工程建设,加快改革人才管理、经济分配等各项制度的步伐,强化竞争和激励机制,建立人才管理综合改革的试验特区,充分调动人才的积极性和发掘人才的创造潜能,促进公司内外人才的科学流动;强化总公司自身人才造就机能,大力开展以水电工程管理为主体内容的综合性的岗位培训,尽快提高专业技术人才的管理素质,向工程管理人才转化;大胆扩大对外开放,积极引进总公司急需而又短缺的工程管理高级专门人才,多渠道多种方式利用国内外水电工程管理的人才资源和经验;从而达到调整总公司人才的年龄和专业结构,形成一支规模适宜、能级重心高、结构合理、具有年龄梯度和优良素质的,能适应三峡工程开发需求的中国乃至世界第一流的复合型工程管理人才队伍,并成为中国参与国际性水电工程开发竞争的中坚力量。

未来18年,总公司人才开发的具体目标:

在实现本报告第二部分所提出的总公司人才需求和配置目标的基础上,总公司人才开发进一步目标是:

总公司成为世界一流的水电工程建设管理的人才群体;

造就出10名左右国家级乃至国际级特大型水电工程建设管理的帅才——正副总经理和"三总师";

造就出 100 名左右国家级乃至国际级特大型水电工程建设管理的将才——专业部主任、工程项目部主任和项目经理;

造就总经理为"工程 + 管理 + 经济 + 法律"的四重复合型人才,副总经理、"三总师"、专业部主任、工程项目部主任和项目经理为"工程 + 管理 + 经济"的三重复合型人才,党委正副书记为"工程 + 管理 + 法律"的三重复合型人才,后方部处长为"工程 + 管理"或"工程 + 经济"的两重复合型人才;

造就出若干名 40—50 岁左右的特大型水电工程建设管理的帅才;

此外,造就出一批国家级监理工程师,并为创建"中国水电工程建设监理总公司"奠定实质性基础。

(三)总公司人才开发的战略重点

根据总公司的性质和职责任务,人才资源及开发的现状,以及人才预测的需求和配置报告,未来 18 年,总公司应重点开发与三峡工程建设管理相匹配的高层次复合型的水电工程管理人才。

1. 从人才的专业结构来分析:在工程前期,应重点开发财会、工程监理、管理工程和技术经济分析、金融和税务,以及计算机、通讯、外语等高级专业人才;在工程中后期,应重点开发电力系统、电机、水动、电气自动化等高级专业人才。

2. 从人才的类别结构来研究,应重点开发复合型工程管理的应用型人才,如:项目部主任和项目经理等。

3. 从人才的层次结构来说,毫无疑问,应重点开发总公司高层和中层的领导管理人才,特别是总公司的正副总经理和"三总师"。

4. 从人才的年龄结构而言,鉴于三峡工程是个跨世界的工程,前后时间跨度为 16~18 年,考虑到工程建设管理的前后衔接性和连贯性,理应重点开发 36~45 岁年龄段的人才。但又考虑到目前我国水电系统上述年龄段工程管理人才普遍缺损的现状,我们建议在优先解决 36~45 岁年龄段人才问题的同时,在工程前期,对 50 岁左右年龄层次的人才要大胆使用,让他们负担起整个三峡工程建设管理承上启下的作用;对 30 岁左右的人才要加强培养,其中优秀的应即破格重用,这样使三峡工程高级工程管理人才后继有人,形成一个年龄梯次。

(四)总公司人才开发的战略步骤

水电工程建设工期至关重要,阶段性是水电工程建设的重要属性。在人才开发工程观的指导下,总公司人才开发的战略步骤必须以三峡工程建设阶段为依据,制订适度超前性的战略步骤,具体可分为 4 个阶段,每个阶段人才开发的重点要求是:

1. 工程准备期(第 1~3 年)

本阶段人才开发的目标要求:迅速完成总公司领导集团新老更替;为迎接大规模工程建设的高潮到来,作好人才开发的规划、政策、选配、培训等一切准备;保证准备工程的顺利开展并完成。

其主要工作有:重新组建总公司的领导集团;完成总公司人才开发的发展总略研究;制定总公司人才开发的规划;制定总公司人才开发的特殊政策法规;在确定总公司组织机构的基础上,定岗和定编;积极引进国内外人才、调整配置公司内部的在职人员,特别要重点配置好准备工程所需管理人才;全面开展人员上岗前的岗位培训等。

2. 第一台机组发电前(第 4~12 年)

本阶段人才开发的目标要求:确保主体工程全面顺利展开,特别是右、左岸截流成功和第一台机组安装并发电;为迎接下阶段机组安装高峰到来作好人才开发的准备;全面锻炼人才队伍,选拔拔尖的中青年人才,调整各级领导集团。

其主要工作有:

有重点地引进总公司急需而紧缺的人才;调整充实前方工程管理人才,配置好各项目部所需的人才;组织关于机组安装、电厂运行管理的人员培训,筹建三峡第一电厂;总结前后方各部门人才开发的经验并加以推广;作好总公司人才开发的阶段总结,修改、补充和逐步完善总公司人才开发的规划和特殊政策法规;重点考评各级领导成员和 40 岁以下中青年骨干;选拔人才和调整班子。

3. 第一台机组发电至全面竣工验收(第 12~18 年)

本阶段人才开发的目标要求:确保全部机组安装、试运行成功;为三峡工程转入整体运行管理和资源综合开发作好人才准备;全面完成总公司人才开发的战略目标。

其主要工作有:

有重点地引进电厂运行管理、水电资源综合开发的人才;调整前后方各部门人才,确保前方机组安装产门和工程验收部门,以及后方财务决策部门和新增设的经营开发部门的力量;组织关于电站整体运行管理和资源综合开发的人才培训;进一步考评、选拔人才和调整各级班子;全面检查工程建设期总公司人才开发规划的实施情况,总结其经验。

4. 竣工运行期(第18年后)

本阶段总公司人才开发进入一个崭新阶段,人才开发紧紧围绕总公司的经营管理、综合开发而展开;并在其中造就出一批中国乃至世界一流水电站经营管理、综合开发的复合型人才。

(五)总公司人才开发的战略布局

人才开发研究表明,经济发展的地域过程,必然伴随着人才的地域过程,并决定着人才开发的空间布局。同理,总公司人才开发的空间布局应以三峡工程建设的阶段和地域过程为依据,其相应的人才开发的战略布局是:

在工程准备期,工程建设前方和工程建设后方之间,人员的配置比例应为2:3。根据本阶段目标任务,在前方,人才重点配置于临建工程部;在后方,人才重点配置于资金管理处、征地移民办公室、干部处、合同处、材料处、设备处等部门。当然这样说,并不排斥其他部门人员必须到位。

在工程建设期,工程建设前后方之间的人员配置的比例应为3:2,人才重点配置于前方各工程、项目部。在这个时期,在前方,随着工程进展的动态地域过程:右岸→左岸→右岸,人员的空间布局的重点也必然自右岸→左岸→右岸动态地变化。在后方,随着工程进展其工作重点及其部门动态地发生变化,人员配置的重点也必须作相应地调整,调整到重点和新增设的职能部门:在第一台机组发电前,除确保财务部、计划合同部、物资部、干部处、培训处、管理信息中心的人才配置外,还需调整配置相应编制的人才到增设的电力运行指挥部及其下设三峡第一电厂筹备处工作;在最后一批机组发电前期,应调整配置有关人才到增设的经营开发部、财务决算处、工程验收部工作。总之,总公司人才开发的战略布局,必须贯彻动态性准则,以适应组织机构动态地变化,从而确保三峡工程各阶段的目标任务高效地完成。

四、总公司人才开发的具体对策措施

为使总公司人才开发的总体战略构思能顺利实施，并具有操作性，还必须制订一系列具体对策和采取一系列具体措施。

（一）开发总公司的"帅才团"是总公司人才开发的关键对策

三峡工程是超大型的水电建设项目。项目的整体性、系统性要求在项目管理中必须要有个总管单位，反映在水电建设项目管理中业主（建设单位）就成为项目的总管单位。总公司是三峡工程开发的业主兼建设单位，理所当然是三峡工程建设的总管单位，在三峡工程建设项目组织保证系统中处于核心地位。可见，总公司在"国务院三峡工程建设委员会"[①]领导下，对三峡工程开发具有举足轻重的作用，而其中的帅才团又对总公司及人才开发起到关键性作用。因为总公司人才开发，需要帅才团去运筹规划、制定政策和组织实施。思想政治路线确定之后，帅才团是开发总公司及人才资源的决定性因素。再联系以上分析的总公司（筹）领导集团的现状，很显然，总公司帅才团的开发，应放在总公司人才资源总开发中的首位。

1. 由"三建委"重建总公司的帅才团

这里所指的帅才团，即为总公司的领导集团，其由正副总经理、正副党委书记、"三总师"等组成。组团模式可采用"结晶式"，先由国务院"三建委"任命总公司总经理，然后由总经理组阁，即具体提出名单报"三建委"审批，由"三建委"指令性调任。总经理必须由高势能（品德高尚、管理才能高超、个性高度相容）人才担任。总经理组团时应考虑以下问题：

（1）年龄的梯次。三峡工程是跨世纪工程，历时 16 ~ 18 年。为保证工程建设前后持续性、连贯性，组建帅才团时应高度重视年龄梯次。考虑到我国目前水电工程管理人才的年龄现状，工程前期帅才团的平均

① 以下简称"三建委"。

年龄只能大些,以 50 多岁为主体,并吸收 45 岁左右人才和个别的 60 岁左右人才组成。以后随着三峡工程展开,帅才团的平均年龄应逐渐年轻化。

(2)人员的精干。总公司帅才团人员精干,有利于集中统一,增强团结,提高领导效率;还利于在复杂情况下灵活应变,及时反应。人员不精干,势必造成帅才团内部人员关系复杂化,当成员为 12 个时,成员之间的关系数则为 $\frac{n(n-1)}{2}$ 个,n 越大,关系数则越多,这样势必牵扯人员精力,降低领导效率。据此,总公司帅才团成员,应一专多能,一人多职,减少一人一事一职。党委除设一名专职副书记外,其他主要领导可由正副总经理兼职,既精简了人员,又便于党政协力领导。

(3)智能的互补。人才研究表明,一个优化的人才群体,应由具有不同智能型式和水平的人才,按适当的比例构成,以达到知识互用,技能互补,能力互接,使人才群体产生互补迭加效能,以利于完成复杂的任务。同理,总公司帅才团的构成,也应考虑成员间的智能互补:既有水工类专业的,也有电力类专业的,还有经济类、管理类、法律类专业的;既有擅长于工程管理的,又有擅长于人力资源开发管理的,还有擅长于财务和物资等后勤管理的,从而产生"杂交优势"。特别对三峡工程这样一座超大型现代化工程的领导集团来说,其智能结构应越加完备,其知识覆盖面应尽可能大些。

(4)个性的包容。研究表明,组建一个优化的人才群体,还必须注意个性的包容。具体说来,应由不同气质类型和性格特征的人才的比例构成,以达到成员间气质性格的和谐协调,造成良好的心理氛围,使人才群体产生互感凝聚效能、互影调节效能。据此,组建总公司帅才团时还必须考虑个性的包容,力求胆汗质为主的气质类型的人与粘液质为主的气质类型的人、多血质为主的气质类型的人与抑郁质为主的气质类型的人组合在一起,以利于相互补充和包容。

此外,还要考虑合理的性别的配比。

总经理在组建总公司帅才团时,应从整体结构优化着眼,从人员的年龄、智能、个性、性别诸亚结构优化入手,组建一个高效、精干、又有特色、动态调节的帅才团,以发挥最佳群体功能。

2.建立领导成员的考评制度和民主生活制度

历史事实证明,没有监督不受约束的领导集团往往易走向它的反面。要使总公司领导集团真正成为三峡工程开发帅才团,必须建立监督和约束机制。为此,除发挥纪委、监察部门作用外,领导成员民主生活要经常化,便于相互之间交流思想、沟通情况、互相帮助,以达到发扬成绩、克服缺点,团结协作,以利再战的目的。

3.建立领导成员的学习日制度

为弥补和加强领导成员智能结构的缺陷和薄弱环节,调节和改组领导成员的智能结构,以适应三峡工程建设管理的要求,应建立每月一次学习日制度。在学习日内,可组织针对性、实用性强的专题讲座,学习研讨工程建设管理中的急待解决问题等。

4.试行领导助理制

为了更有效地锻炼和考察年轻干部,促使中青年人才更好地成长,使领导集团成员不断地新老更替,可试行总公司一级领导的助理制,如总经理助理、"三总师"助理等。助理,一般兼某一部门负责人,不设专职助理。

(二)建立总公司人才管理综合改革的试验特区,制定"三峡牌"人才管理的特殊政策法规

作为我国水利水电建设最大的"龙头"项目——三峡工程,历史地承担起建设管理改革的重任,体现着我国水电工程建设管理的改革方向,三峡工程建设的人才管理是整个工程建设管理的重要组成部分,其改革必须与整个工程建设管理改革的总体要求相适应,同样应在全国水电系统起一个"龙头"作用。为此,应在总公司建立人才管理综合改革的试验特区。

不仅如此,三峡工程建设管理自身的特殊性也要求总公司制定人才管理的特殊政策法规,只有用各种特殊政策法规作为杠杆,才能高效地解决人才管理中的特殊问题,最大限度地激发总公司人才的积极性和创造性。

1.调查摸底,逐个分析,较大幅度地调整人才的岗位配置。

根据优势定位原则,把人才于配置到最容易施展其才能优势的岗位

上，充分发挥他们的才能优势，力求做到用当其才；

根据最佳年龄成才规律，重用人才最佳创造年龄区域，充分发挥他们的年龄优势，力求做到用当其时；

根据人才群体结构优化原理，使用人才必须考虑群体结构优化，使人才各得其所，各献其能，力求做到用当其位。

只有这样，才能充分发掘现有人才的创造潜能，提高人才使用效能，达到人尽其才，才尽其用的人才开发的目的。

2. 在人才定岗的基础上全面实行聘任合同制。

单位和个人在平等基础上签订聘任合同，通过合同，确立彼此隶属关系及双方的权利和义务。单位辞退人员及个人辞职，都要受合同制约。

3. 建立总公司人才市场，发挥其在公司招聘、储存、交流、培训人才的作用。据我们调查，占调查总数的89.47%人才表示"赞成"和"基本赞成"在公司内部建立人才市场，其中表示"赞成"的，占调查总数的65.79%。

4. 建立总公司内部竞争上岗和待业机制，激励人才努力提高自身素质。

5. 推行资格评定与职务聘任并存制度。在专业技术职务改革中，可试行"总公司粮票"，以充分调动一批确有真才实学，但受学历、资历、外语等条件限制不能评定相应专业技术职务的同志的积极性。

6. 优化中青年人才开发环境。建议设立"中青年人才开发基金"，用于培养扶持中青年骨干。"基金"专门资助40岁以下的中青年开展科技攻关和工程管理研究；重奖有突出贡献的中青年人才到国外进修深造。各种评委中中青年应占一定的比例。特别要破格提拔经过实践锻炼、表现优秀的30岁左右拔尖工程管理人才，担任前方的项目部主任和项目经理，以及后方各部处负责人；晋升高级专业技术职务不受指标限制。对此，在我们关于"如何使青年工程管理人才脱颖而出"的调查中充分得到反映：多数人认为，"重用真才实学者，挑工作重担"应是首位的。

7. 推迟老专家的退休年龄。推迟年龄一般为3～5年，让老专家以高级顾问身份发挥咨询指导、传帮带等作用。但此事又切忌"一刀切"，要严格掌握。推迟退休年龄的老专家、必须是身体健康,是工程前期建设管理中必不可少的。

8. 制定具有三峡特色的工资和奖励制度。

下决心提高工资标准,构筑全国水电系统最高的"工资高地";拉大工资档次差,拉开工资分配差距,实行、"三峡牌"的岗位职务等级工资制。工资分配,向管理骨干倾斜,向前方一线倾斜,向脏、累、苦岗位倾斜,可高出一般岗位工资收入若干倍。

对有突出贡献的人才应实行"三峡牌"的重奖,允许从创造的经济效益中提取一定的比例进行奖励;并颁发荣誉证书。建立三峡工程建设的"功臣册"。

9. 建立符合三峡工程建设管理特点的特殊的补贴制、医疗制、分房制、休假期,以及积极解决夫妻两地分居和子女升学就业等问题。

10. 在宜昌市建立现代化、多功能的"三峡园区"。集生活、文化、教育、科技、卫生保健、商业于一体。在园区内建筑高标准的专家公寓,以吸引国内外高级专家安家落户,为三峡工程建设多作贡献。

总之,三峡工程建设管理这个"特事"需要"特办"。在总公司人才管理综合改革试验特区内,建立人才管理的"三峡牌"的特殊政策法规体系。在制定和实施过程中,要注意发现新矛盾和研究新问题,理顺关系,衔接政策,防止人才政策上的"班车现象",正确处理不同年龄段人才之间、本公司与外来人才之间、国内与国外人才之间、少数与多数人才之间的关系,调动一切可以调动的积极因素,为三峡工程服务。

(三)高度重视智力开发,强化总公司自身人才造就机能

1. 制定公司人才教育培训的中长期规划和年度计划。围绕三峡工程建设管理,根据总公司人才需求和配置的预测和发展战略,有目的有计划地开展人才的教育培训。

2. 增加总公司智力开发的投资强度。智力投资,是总公司各种投资中最根本、最有效、最持久起作用的投资。高度重视人才教育培训应视为总以司及人才开发的战略基石。未来18年,特别是在工程建设前期要增加智力开发的投资强度。总公司应提高教育培训费的比例,使教育培训经费比较充裕,从而使总公司人才开发有着强有力的经济实力

支撑。

3. 尽快创办"总公司培训中心",并着手投资入股,与四川省联办"三峡大学"。总公司培训中心的性质,既是办学实体单位,又是总公司教育职能部门。其目标:力求办成水电工程建设系统中最大的在职人员培训基地。培训中心建设一支多结构性的以兼为主专兼结合的动态的教员集群,主要承担总公司内部各类人员的教育培训,也兼顾承担其他水电工程建设单位的人员培训。这种教育培训,应树立"6个为主"的思想:教育性质,以岗位培训为主,特别是适应性岗位培训;教学内容,以水电工程管理理论与实践为主,强调针对性、实用性、先进性;教学形式,课堂教学与现场教学相结合,以现场教学为主,强调案例教学;时间安排,以短期脱产为主,做到短而经常;教育培训效果,以掌握知识为基础,尤以提高工程管理任职能力为主,培养实用型、复合型的工程管理人才。参股联办的"三峡大学",应成为总公司在职人员接受较为系统第二专业教育,取得第二学位,培养高层次多重复合型工程管理人才的基地。

4. 在总结经验基础上,进一步完善多元化教育培训体系。不同年龄段人才的教育培训形式应有所侧重。年青的,应组织到工程实践中锤练;以老带青,师徒式培养;接受较为系统第二学位的专业教育等。中老年,主要是专题讲座、短期培训、国内外考察等。

5. 实行育人与用人一体化,增强教育培训的动力机制。从1994年下半年起,总公司内部严格执行"三先三后"制度,即先培训,后上岗;先培训,后转岗;先培训,后晋升。并做到未培训,不任命,不连任。建立"培训考察制度",总公司培训中心,既是培训干部的基地,又是考察干部的场所。岗位培训的考核成绩等材料,应列入本人档案;向上级报批干部材料时要有岗位培训的鉴定、成绩总表和合格证书。岗位资格培训合格,应作为评聘职务职称的依据之一;在其他条件相似情况下,如果对群体结构优化不会带来消极影响,应优先晋级或提拔使用岗位培训优秀者。另外,还应把专业技术人员继续教育与专业技术职务评聘结合起来,建立"继续教育登记卡"制度和学分制。学分也可分为培训分和成果分。规定凡是专业技术人员要申报高一级专业技术职务,必须满一定的学分;不满学分者,就无资格申报。总之,把培训、考评、使用有机结合起来,真正做到育用结合。

(四)大胆扩大对外开放,积极引进国内外人才,建立人才"双向双性流动"管理体制

所谓"双向流动",是指总公司内外之间的人才互动,以外向内流动为主;所谓"双性流动",是指动编的人才流动和不动编的智力流动相结合,以动编的人才流动为主,使人才管理由静态稳定管理转向动态平衡管理,人才资源开发在动态中进行。实践证明,这是人才资源开发的动力机制,也是协调人才结构偏差的重要对策。

1. 多渠道多形式多种手段相结合,积极引进总公司急需而紧缺人才

(1)高薪高聘外国水电高级专家到三峡工作,组成"三峡工程外国专家高级咨询组"或与国内高级专家共同组成"三峡工程高级专家咨询团",对三峡工程建设管理起高级咨询参谋作用。外国专家高级咨询组,可以是常设的,也可以是非常设的,还可以是常设和非常设并存;既可以是综合性的,也可以是专题性的。至于引进外国专家的数量和形式这完全取决于三峡工程建设管理的需要和我国水电工程高级人才的实际状况。当然,三峡工程建设的经济实力也需考虑,但可以把利用外国人才资源和利用外国资金结合起来。

(2)实施优惠政策,努力吸收专业对口、有真才实学的出国留学人员参加三峡建设管理。其形式也应是多样的:一种是"定居式"的,则要优势定位,适才适用,并积极创造工作、生活各方面条件,使他们安心于三峡工作,充分发挥他们的创造才能;一种是"智力回流式",则可采用讲学、技术咨询、信息服务、技术承包、合作研究等方式,为三峡工程服务。每年可安排2~3月,来回机票和接待费由总公司解决。根据联合国"托克泰恩"(TOKTEM)计划实施和国内有关部门和地区实施证明,"智力回流"不仅可能,而且效果是良好的。无论是以哪一种形式参加三峡建设的出国留学人员,对他们应实行"来去自由"政策,出国留学人员户口不应注销,并允许他们回国工作一段时间后再出去学习国外先进技术和管理经验。

(3)依托全国,积极引进国内人才。这种渠道,是解决总公司紧缺人才急需的基本渠道,其数量应占引进人才的绝大多数。其手段方式也应是多元化的:总公司高层工程管理人才的引进,主要由"三建委"指令性调入;中层工程管理人才的引进,主要应面向全国招聘;基层工程管理

的引进,主要靠专业对口适用的研究生、大学毕业生的就业应聘,也应在湖北、四川两省招聘。对国内年岁大的有关高级专家,也可采取不动编的"智力引进"的办法,根据工程进展的需要,采用"啄木鸟式"、"候鸟式"、"阶段式"、"巡回式"等方式服务于三峡工程建设管理。

(4)建立国内外水电工程高级人才库。由总公司计算机管理信息中心和人事部联合,组织力量在调查研究基础上,掌握世界著名的水电工程及管理的高级专家名册;掌握出国留学人员中学习水工、电力、经济、管理、法律类专业并作出贡献的人员名册及其基本情况和回国意向;掌握国内水利电力系统高级专家名册及其较为系统的情况,然后建立总公司"三峡工程建设高级人才库",以便建立"智力 回流"的特殊网络,服务于总公司人才引进。

2. 充分发挥人才市场的作用,重视和组织好总公司内部的人才流动

成功经验证明,这是解决单位内部人才结构性短缺和分布失衡的一个有效而又现实的人才开发途径。作为总公司可根据工程进展的需要和总公司人才开发的战略布局着重抓好下列几个方面的内部流动:

(1)组织好工程前方和工程后方的人才流动;

(2)组织好前方工区(项目部)之间的人才流动;

(3)组织好后方各部门之间的人才流动。

为此,可采取如下的政策措施:

(1)建立大学毕业生下工地锻炼制。大凡新进公司的大学毕业生均需下基层工地锻炼两年,经考核合格,再根据各人的特长和表现,分配有关岗位工程管理工作。在锻炼期间,实行"一不变,二挂钩"政策,即大学毕业生待遇不变,并与基层工地一线的福利、奖金、补贴挂钩。80年代以来,分配进公司历届毕业生,凡至今未锻炼,均应补锻炼,以取得工程管理的发言权。

(2)建立总公司后方各部门管理人员到前方工地服务制度。规定凡年龄在50周岁以下的后方部门管理人员,均有义务到前方工地服务一年,并以此作为晋升职务的一个必备条件。凡在这个年龄段内,无故不下去服务的,不得晋升行政管理或专业技术职务;凡在服务期内有突出贡献和表现出色的,可优先或破格晋升职务。

3. 有计划有导向地组织有关人员向外流动

为了有效地优化总公司人才结构,提高人才使用率,在高度重视引进人才的同时,还必须有计划有导向组织人员外流。需外流人员主要有:专业偏离太大又不愿意改行的人员;由于总公司性质职责的局限性,特长不能充分发挥的人员;专业水准太低,经培训后仍不能胜任工程管理工作的人员;……如此等等。这里所指的人员向外流动,主要是指有导向地向外单位输送,或允许在职人员自谋出路;当然,也可组织第三产业性质的企业,自负盈亏,编制不属总公司。对外调人员,总公司要积极谨慎,做好外调过程中思想教育工作,以及外调后善后工作,使其不背包袱,高高兴兴地到新的单位发挥其聪明才智。

结束语

总之,从对总公司为代表的三峡工程管理人才开发的研究中给我们的启示是:

(一)三峡工程管理人才的开发,必须突出一个"工程观"。人才开发的战略目标、战略重点、战略步骤、战略布局,应紧紧围绕着三峡工程建设管理这个中心而展开,服务并服从于三峡工程。水电工程管理人才的造就,就在这项伟大的工程建设实践之中。

(二)三峡工程管理人才开发的目标水准,必须与这项世界一流的工程地位和作用匹配,造就一批中国乃至世界一流水电工程管理人才,其中包括高级监理工程师、高级工程设计师、高级项目法施工管理家等。

(三)三峡工程管理人才开发的重点,应与三峡工程建设管理要求相对应,重点开发高层次复合型的水电工程管理人才,这是由水电工程及其项目管理的综合性特点所决定的。毫无疑问,业主(建设单位)的工程管理人才应是多重复合型人才;同样,工程师监理单位的监理工程师,特别是高级监理工程师也应是多重(工程 + 监理 + 经济 + 法律)复合型人才,这是监理工程师的性质和职责所要求的。

(四)三峡工程管理人才开发的战略步骤,必须严格以三峡工程建设阶段为依据。水电工程建设工期至关重要,特别是截流工期和第一台机组安装工期。阶段性是水电工程建设的重要属性。制定人才开发的战略步骤必须以工期为依据,并加以适当超前。

（五）三峡工程管理人才开发的战略布局，应根据三峡工程建设阶段和地域过程。随着工程进展的动态地域过程，人才配置及其开发的布局也必然动态地发生变化。

（六）三峡工程管理人才开发的战略对策，应赋予三峡特色和气魄。建立人才开发综合改革的三峡试验特区，制定"三峡牌"的特殊政策法规体系，形成我国最大的水电工程人才的综合市场，以适应三峡工程建设这个"特事"特办的需要。大胆扩大对外开放，背靠全国，面向世界，多渠道多形式多种手段相结合，积极引进三峡工程建设急需而紧缺人才，其中可采用利用外资和利用外国人才资源相结合，吸收外国水电高级专家到三峡工作，与国内高级专家共同组成"三峡工程高级专家咨询团"。

主要参考文献

一

1. 中共中央办公厅、国务院办公厅[1984]43号文件。

2. 丁士昭编著：《建设监理与工程项目管理》，上海快必达软件出版公司，1990年9月。

3. 哈秋龄、陈永岳等：《工程建设管理研究》(内部研究文集，1990年)。

4. 王音辉编：《土建工程国际招标的合同管理》(内部参考，1990年)

二

5. 叶忠海主编：《普通人才学》，复旦大学出版社，1990年7月版。

6. 沈荣华等：《论浦东新区全新人才体制——关于建立浦东新区人才管理综合改革试验区的构思》，"首届中国东南地区人才问题国际研讨会论文选"，1992年11月。

7. 本课题组：《中国长江三峡工程开发总公司人才需求及配置的预测报告》，1992年11月。

本课题组人员名单：

组　　长：叶忠海(华东师范大学,教授)

副组长：陶楚才(长江三峡开发总公司主任)

罗祖德(华东师范大学,教授)

张平宇(华东师范大学,副研究员)

薛永存(三峡经济开发总公司,高级政工师)

组　　员：朱懿心(上海第二工业大学,讲师)

瞿宝忠(华东纺织大学,副教授)

邱永明(华东师范大学,讲师)

周月琴(华东师范大学,副研究馆员)

王承礼(华东师范大学,副教授)

张洁敏(华东师范大学,硕士生)

中国东南沿海丘陵山区人才开发
和教育改革综合研究报告①

（以福建省山区为例）

前　言

　　发展,是人类社会永恒的主题。不仅穷的要变成富的,弱的要变成强的,后进要赶超先进,而且富的还想更富,强的想更强,先进的想更先进,从而构成了人类社会多姿多彩的发展史。但是,依靠什么来实现各自不同的发展目标,尽管国情与区情不同,成功的经验却是相同的。无论是十九世纪美国取代英国一跃成为世界头号经济强国,还是二十世纪日本与西德从战后的废墟中奇迹般地崛起,以及六十年代以来被称为"亚洲四小龙"的经济振兴等大量事实,都无一例外地与重视科学技术、重视人才、重视教育密切关联。尤其在科学技术突飞猛进的今天,经济竞争的实质日益变成了技术上的竞争,而技术竞争归根结底又是人才与教育的竞争。谁在人才与教育竞争中领先,谁就在技术竞争中领先,而谁在技术竞争中领先,谁就在经济竞争中领先。这已成为一种客观规律。因此,依靠人才,依靠教育来强国富民几乎成为各国普遍接受的真理。正因为这样,世界各国无不对人才开发与教育发展十分重视。我国在经历了四十多年来正反两方面的经验教训后,对人才开发与教育发展的深远意义也有了更进一步的认识。党的十一届三中全会就明确指出:进行社会主义现代化建设必须尊重知识、尊重人才,从而为人才开发与

---

　　①　本研究报告系国家自然科学基金项目:"中国东南沿海丘陵山区人才开发和教育改革综合研究"的最终研究成果,完成于1991年9月,1993年获福建省科技进步奖二等奖。课题组长刘君德教授、副组长:叶忠海教授、黄威义教授、潘潮玄副局长、应稚局长,执笔人:叶忠海教授、周克瑜副教授。

239

教育改革研究创造了良好的政治环境,推动了我国人才开发与教育改革的理论研究。

但是,综观我国人才开发与教育改革研究工作,就总体而言,在实证与应用研究方面仍较薄弱,尤其缺少将人才与教育结合起来的综合研究。从我国的国情看,我国是个多山区的国家,山区面积占到国土面积的2/3,而且大部分山区社会经济发展比较落后,有些山区至今还相当贫困。大量事实表明,人才匮乏,人才素质不高,现有人才潜能未能充分发挥以及山区教育严重脱离山区实际,是广大山区经济落后的重要原因之一。因此,加强山区人才开发与教育改革的实证与应用研究,对加速山区建设步伐,尽快使广大山区脱贫致富具有重要的政治经济意义。然而,就我们所了解的,到目前为止,我国对山区人才开发与教育改革进行系统的综合研究却尚属空白。基于上述原因:我们选择了我国东南沿海山区这一特定地区作为我们的研究对象,向国家自然科学基金委员会提出课题申请,并获得了资助。无疑,开展本课题的研究,将在弥补我国人才开发与教育改革研究领域的空白,推动研究工作向纵深方向发展等方面具有重要意义。

关于本课题研究的几点说明:

(1)本课题研究中所涉及的人才概念系指具有中专以上学历或取得技术员以上职称的人员。

(2)限于经费原因,我们只选择福建省山区作为我们的重点考察地区。在具体调查过程中,采取点面结合的方式,先后二次分赴三个典型山区县、四个地市作专题与综合调查。

(3)本课题先由华东师大向国家自然科学基金委员会提出申请,获得资助后,经与福建省人事局协商,由两家共同合作完成。

(4)本课题研究的最终目的旨在通过实地考察,借助人才学、教育学、经济学、地理学的理论、方法,针对沿海型山区的发展实际,提出人才开发与教育改革的方向、目标与对策,直接为山区制定人才和教育发展规划服务、为振兴山区经济提供重要决策参考。

一、沿海型山区人才开发与教育改革
的意义和条件分析

（一）沿海型山区人才开发与教育改革的意义

要使人们真正认识到人才、教育在当今社会发展中的重要意义。只有进一步分析人才、教育与社会发展之间的内在关系，尤其是人才、教育在社会发展中所起的作用，才能真正唤起整个社会对人才及教育的高度重视，达到推动社会发展的最终目的。

1.人才、教育与经济发展的内在关系

如前所述，大量事实已经表明，人才、教育与经济发展之间存在着密切的内在关联，我们可把这种内在关联称作人才、教育的经济性能。若要全面考察人才、教育经济性能的全部内涵，应该从以下辩证的两方面即条件与功效加以分析。条件是指人才、教育对经济发展的依存性，功效是指人才、教育对经济发展的促进性。在过去，我们对人才、教育经济性能的考察往往过分侧重于人才、教育对经济发展的依存性一面，即经济发展决定人才、教育的发展，其具体体现在：(1)经济发展为人才开发和教育发展提供了经济实力(财力、物力)和活动时间，是人才开发和教育发展的物质基础；(2)经济发展对人才开发和教育发展的方向目标、重点、布局、步骤等一系列重大问题提出了客观要求。

但是，在过去较长时期内，关于人才、教育对经济发展的促进性一面往往未充分认识。历史唯物主义认为，在社会生产中，生产力是最活跃、最革命因素，其中劳动者又是构成生产力最主要的决定性因素，而人才又是劳动者中的素质较高、较先进和精华的部份。据此，人才因素及提供人才的教育因素是经济发展的关键因素。促进或制约着经济的开发。特别在当代，随着经济结构迅速变革，由劳动密集型经济、资金密集型经济，向知识技术密集型经济转化；内涵扩大再生产优先于外延扩大再生产，从而使作为科学技术直接载体的人才和提供各类人才并传播科学技术的教育，在现代经济发展中的巨大促进作用更为明显，日益成为经济发展的最关键因素。

对此，如果我们运用回归分析来分析人才开发与经济发展两者的相关系数,就不难发现,在一般情况下,其系数均在 0.7~0.9 之间,人才开发和经济发展之间具有高度相关的特征。

一般地说,人才在经济发展中的重要作用具体表现在以下几个方面:

(1)提高劳动生产率。众所周知,劳动生产率的提高必须依靠科学技术。据有关统计,在本世纪初发达国家劳动生产率的提高只有 5 - 20% 是靠科学技术,现在这一比例则高达 60% 以上。而科学技术的发展,人才是关键。人才作为科学技术的载体直接参予了生产过程的各个环节,一方面通过不断地改革、创新,推出新产品、新工艺、新能源、新技术,另一方面通过科学的管理、经营、决策,从而提高了劳动生产率。

(2)开拓新领域,是经济发展的重要内容。只有通过原经济领域的变革和新经济领域的不断开拓,才能促使经济发展产生质的飞跃。而这种变革旧领域、开拓新领域的使命,必须依靠人才。这是由人才本身具有的那种富于开拓和进取精神所决定的。

(3)传播、扩散新技术、新成果。从空间经济学角度看,经济发展的全过程就是各个区域经济发展的有序过程,是区域经济从不平衡走向相对平衡的过程。在这个有序发展过程中,要实现区域经济之间从不平衡到相对平衡,各种新技术、新成果的传播与扩散是不可避免的。不仅先进地区对后进地区存在着技术扩散,而且先进地区之间也经常存在着技术的交叉传播,从而推动各类地区经济的共同发展。理论和实践均证明,因为人才是知识、信息、技术的载体,因而这种推动各区域经济发展的新技术、新成果的传播和扩散,必以人才作为媒介和载体。各种形式的人才辐射是新技术、新成果传播、扩散得以实现的途径和手段。可见,人才这种传播与扩散功能对经济发展起着十分重要的作用。

(4)延续生产能力。经济发展是生产、分配、交换、消费的整个运动过程,为了使经济发展沿着满足人们需求的轨道进行,人才作为整个经济活动过程中的设计者、组织者和推动者。同时,人才也作为其自身再生产的设计者、组织者和推动者,通过不断开拓新领域,变革旧领域,从而在经济发展过程中实质上起了延续生产能力的作用。

那么,教育又是如何对经济发展起具体的促进作用呢?

根据韦伯斯特(webster)的《新世界词典》(1962 年)对教育的定义,

教育特别是正规教育"是培养和发展知识、技能、智力、品德等等的过程。"显然，教育和生产有着不同的性质。前者是培养人的过程，是改变人的体力和智力的过程；后者是创造物质财富的过程，是人根据自身的需要改变自然物质并占有自然物质的过程。但尽管如此，教育通过培养出大批熟练劳动者和专门人才这一本质职能，与生产有着内在的本质联系，直接影响着生产力三要素的变革和发展，其具体表现为：

（1）从"劳动者"要素来看。①教育会改变人的劳动能力的性质。当一个人还不具有任何科学知识、生产经验和劳动技能时，他只能是一种可能的劳动力；当科学知识还未转化为生产工具并为劳动者所掌握时，它只能是一种潜在的生产力。通过教育这个"中介"，把可能的劳动力和潜在的生产力结合起来，从而使社会的可能生产力转化为现实的生产力，改变了人的劳动能力的性质。②教育会提高人的劳动能力水平。所谓劳动能力，主要是指人的劳动平均熟练程度，包括教育程度和实践经验程度。在现代化生产条件下，教育程度越高，工人的平均熟练程度越高。③教育会改变人的劳动能力的形态。教育，特别是其中的成人教育，可以使人由简单形态的劳动力转化为具有特定技能的专业形态劳动力；由经验手艺型的劳动力转化为智能型的劳动力。④教育还会全面持久地影响人的劳动能力的发展。

（2）从"劳动对象"要素来看。教育，特别是其中的成人教育能促使劳动对象不断地向深度和广度发展。科学的进步，为劳动对象范围的扩大奠定了科学的基础，但科学知识要运用于生产过程，促进劳动对象的变革，其关键在于掌握现代化科学技术的人才，没有现代化人才，劳动对象的变革则是一句空话，而这种人才的培养，则主要依赖于教育。

（3）从"劳动手段"要素来看。教育，特别是其中的成人教育关系到技术装备先进性及其发挥作用的程度。以生产工具为主的劳动手段，是衡量生产力水准和经济发展水平的一个尺度。它的产生，是人才智能物化的结果；它的掌握使用，又依赖于人才的智能，而人才智能的形成和发展，又主要取决于教育。

综上所述，教育主要通过"人才"这个中介，对社会生产力水准的提高和社会经济的发展，起着巨大的推进作用。教育是经济发展的重要源泉。

2. 人才、教育与社会精神文明建设的内在关系

人才、教育不仅与经济发展之间存在着密切的内在关系,而且与社会精神文明建设也休戚相关,即人才、教育具有社会性能。精神文明建设与物质文明建设一样,都是构成社会发展统一体的有机组成部分。综观世界各国现代化进程,现代经济的发展无不以思想、文化的同步乃至率先发展为前提。现代化的含义,不仅仅是经济上的现代化,只有造就与之相应的具有现代化民族气质、观念形态等高度文明的现代人,即人的现代化,才是真正完整意义上的现代化。因此,社会精神文明建设与社会物质文明建设具有同等重要意义。

人才、教育与精神文明建设之间休戚相关,这是由精神文明建设的内容和生产过程特点所决定的。

(1)从内容上看,精神文明建设大体可分为思想道德建设和教育科学文化建设两方面。思想道德建设,包括理论、信仰、道德、情操以及新型社会关系等方面的教育、传播、示范和人民群众思想水平的提高;教育科学文化建设,除包括教育、科学、文化艺术外,还包括新闻、出版、广播、电视、卫生、体育等各项事业的发展以及人民群众科学文化知识水平的提高。很显然,教育本身就是精神文明建设的重要组成部分,这是一方面。另一方面,教育又是精神文明建设的重要途径,它通过培养人才和宣传舆论对社会精神文明建设起着不可估量的作用。据此,教育在精神文明建设中具有显著重要的地位。

(2)从生产过程中,精神文明建设主要是创造精神产品,如果说物质文明建设主要是物质建设的话,那么精神文明建设则主要是"人"的建设。其生产过程与物质生产过程不同,精神生产过程是一项复杂的脑力劳动,从而决定了精神生产必须主要依靠人才进行精神产品的生产。由此,我们说,搞经济建设人才是关键,搞精神文明建设人才更是关键。当然,在精神文明建设过程中也需借助一定的物质资料,但主要还是依靠人力资源,尤其是具备坚定正确的政治方向、较高的智能和创造素质的人才。这可以从精神文明建设各部门专门人才占职工总数比例明显高于其他部门得到充分反映。可以说,人才是精神文明建设的决定性因素,人才质量的优劣、数量的多寡、结构状况,都直接影响到社会精神文明建设的方向、水平、进程和速度。

3. 沿海型山区人才开发和教育改革的特殊意义

综上所述，人才、教育无论对社会经济发展还是精神文明建设都具有十分重要的作用。当现有的人才与教育现状与社会发展不相适应时，就必须通过人才开发与相应的教育改革来协调两者之间的关系，达到推动社会发展的目的。这既是社会发展对人才开发与教育改革的一般内在必然要求，也正是人才开发与教育改革本身的一般意义所在。当然，从区域研究观点看，由于各地区的区域特点和由此所决定的发展内涵以及发展的约束机制不同，其对人才开发与教育改革的要求也各不相同。因此，反映在人才开发与教育改革对各自地区发展的作用上或意义上除了表现出上述一般性外，还会具有其特殊性的一面。

本课题所确定的我国东南沿海山区，从区域类型上看，属沿海型山区。其区域特点最突出的表现就是沿海性与山区性。沿海性的特点决定了它和我国其他内陆山区相比具有相对先进性的一面；山区性特点又决定了它和我国沿海其他地区相比具有相对落后性的一面。因此，这种区域特点的两重性共同决定了沿海山区在今后的发展中处于一种特殊的环境，从而必然对人才开发与教育改革也有着特殊的要求。其具体表现在，一方面，沿海型山区既有相对优越的条件，又有迫切的内在要求率先发展成为我国的富裕型山区，要实现这一发展目标，只有依靠人才、依靠教育才更为有效，少走弯路；另一方面，在其发展过程中又要受到来自沿海发达地区和其他地区强大的外部挑战和直接的行为示范，尤其是技术、人才、教育以及意识形态等方面，显然，要在这样的环境中求发展，并实现赶超目标，更要依靠人才、依靠教育。从上述两种意义上来说，沿海型山区的发展必须重视人才、重视教育。反过来说，人才开发与教育改革对沿海型山区的振兴与发展有着更为重要的现实意义。

(二) 沿海型山区人才开发与教育改革条件利弊分析

人才开发与教育改革是一项庞大的社会系统工程，涉及政治、经济、文化等诸多方面。因此，影响人才开发与教育改革的环境条件也复杂多样。以下我们从沿海型山区的具体实际出发，对人才开发与教育改革的条件进行利弊两方面的分析。

1. 沿海型山区人才开发与教育改革的有利条件

(1)日益完备的社会政治环境。这主要表现在以下两方面：首先，随着国家对广大山区问题以及山区在国民经济发展中地位的逐步重视，已经或正在采取一些有效政策，为开发、建设、振兴山区创造良好的环境。这种良好的大环境，一方面将有助于调动广大山区人才的主观能动性，促进山区人才更好地发挥作用，也有利于山区人才队伍的稳定；另一方面将直接推动山区教育事业的健康发展。其次，随着全国上下"尊重知识、尊重人才"舆论环境的逐步形成，山区各级政府和广大干部在经历了对过去较长一段时期由于没有知识、没有人才而吃尽苦头的认真反思后，对知识、人才的重要性和迫切性有了更深刻的认识。尤其是随着国家各种"星火计划"、"燎原计划"、"丰收计划"在广大山区推广应用并取得显著成效，更加坚定了山区各级政府和广大山民对"教育、科技兴山"的信心。可以说，广大山区人民已自发形成了一种渴望知识、渴望人才的内在冲动，从而为山区人才开发与教育改革创造十分有利条件。

(2)沿海型山区具有潜在的开放优势，从而也为人才开发、教育改革创造有利条件。沿海型山区是我国沿海地带的重要组成部分，在实行对外开放的过程中，有的已被划为对外开放的行列。虽然在目前就总体而言 其开放度还不够大，但随着改革的深入，实行全方位对外开放的条件日渐成熟，必将成为一种客观发展趋势。因此，和其他山区相比，沿海型山区具有潜在的开放优势。毫无疑问，随着山区的全面开放，将对山区人才开发与教育改革也起十分重要的促进作用。首先，开放必须加快山区的社会与经济发展，同时也就对人才与教育提出更迫切的需求，从而使山区的人才开发与教育改革有了直接的内在动力，客观上推动了山区人才开发与教育改革的进展。其次，开放格局的形成对改变目前山区还相对闭塞的信息环境和相对落后的山民社会意识等方面都有一定的促进作用，进而对人才开发与教育改革产生有利影响。第三，由于沿海山区与沿海开放发达地区直接相邻，随着山区的全面开放，与沿海开放区的联系必将更为密切，这对山海人才之间横向交流及山区内部人才的优化重组也必将产生积极意义。

(3)沿海型山区拥有一批乡土人才和"小三线"人才，是宝贵的人才资源。山区乡土人才大多为农村的能工巧匠，他们在山区土生土长，了解山山水水，一草一木，能因陋就简，因地制宜地开发山区资源，使一些资源优势转变为产品优势、商品优势,在繁荣山区经济建设中发挥了巨大作用。其中许多乡土人才开发的我国传统地方特色产品名闻中外,具有较大区际意义,开发前途很好。尤其是山区乡土人才大多扎根于山区,热心于山区事业,因而只要进行适当的技术培训,就可成为开发山区的"永久型"人才,成为山区人才队伍中的一支生力军。此外,由于特定的历史条件,沿海地区在建设各自"小三线"过程中,也在山区形成了一支数量可观的"三线"人才队伍,这些人才在山区建设中曾经起了良好的带头作用,随着政策的不断完善,还将继续为山区建设发挥作用,对今后山区人才开发工作具有重要意义。

(4)山区人才成长环境具有两重性,在某些方面也具有其有利的一面。这主要表现为山区容易造成对人才较为重视的环境,在城市地区,人才济济,人才的"饱和效应"反映在对人才态度上就不那么珍惜,造成人才使用率相对较低,闲置率相对较高,人才浪费现象突出。相对而言,由于山区人才稀缺,急需人才,因而对人才较为珍惜、爱护和重视,为求让人才学用对口,让人才挑重担,为人才创造一个施展才能机会,为开发山区服务,这种人才的"稀贵效应",显然对人才成长与开发有利。

2. 沿海型山区人才开发与教育改革的制约条件

(1)自然环境与地理位置的制约。不容否认,山区目前与平原地区和城市地区相比,由于地理位置相对偏僻,区位条件和自然环境也较差,因此交通不便、信息不灵、商品经济不发达,工作和生活条件都不如平原和城市地区。这一方面直接限制了山区现有人才作用的发挥,大大削弱了山区对人才的总体凝聚力和人才的再生产能力,不利于人才开发和教育改革。另一方面则通过对山区经济发展的制约、进而对人才开发与教育改革也产生不利影响。尽管随着生产力水平的提高和山区逐步开放,山区自然环境和地理位置对人才开发与教育改革的上述制约会逐渐减弱,但目前所产生的制约作用却也不容忽视。

(2)社区环境和社会文化意识的制约。"社区"是指社会群体或社会组织在地域上的集聚而形成的生活上、工作上相互联系的小区域集体。人们在长期的直接接触、交往的社区环境中,通过潜移默化的作用,往往形成特定区域人才个体与群体在思想品德、政治倾向、思想方式和能力、宗教信仰、观念意识以及专业结构等方面的差异。这种差异必然

247

对人才开发与教育改革产生不同影响。社会文化意识是社会存在的反映，在一定的前提下，社会文化意识对人才成长也会起积极或消极的作用。山区由于自然环境的长期影响，一般形成一种相对封闭的社区环境及相对落后的社会文化意识，人们受传统的地方风俗、习惯、道德观念以及宗教等方面的影响根深蒂固，具有很强的社会惰性，往往观念陈旧、崇尚古道，接受新生事物能力较差。因此，对人的思维能力和创造能力的开发，对人才的成长和教育事业的发展都将产生明显的消极影响。

(3)经济基础的制约。经济基础是人才开发与教育发展的最具决定意义的因素，是人才开发与教育发展不可缺少的物质条件。山区由于自然、社会、历史的原因，目前经济还比较落后，因此，所能提供用于培养、引进人才以及发展教育、科技、文化事业 的资金更为短缺，从而非常不利于山区人才开发与教育改革的顺利发展。具体表现在：首先，经济基础的薄弱直接影响了山区群体人才的形成，而形成一定规模的具有合理结构与布局的群体人才是山区人才开发的重要内容。这是因为一定规模的群体人才不仅在经济发展中起重要作用，而且对人才个体的成长以及人才使用效率的提高也有积极意义。其次，落后的经济基础直接影响了山区教育发展的规模与质量，是造成山区人才源素质低，人才能级结构层次低的重要原因。第三，落后的经济基础直接影响了山区人才队伍的稳定，是山区人才流失的主要原因之一。

上面我们综述了人才开发和教育发展的一般意义及对沿海型山区的特殊意义，并分析了沿海型山区人才开发和教育改革的条件利弊。在此基础上，本报告以下几个部分选择了福建省山区为例，分别对山区人才开发和教育发展的现状、发展战略、对策途径，以及区域分异作进一步研究。希望我们的研究对福建省山区人才开发与教育改革能起有效的指导作用，对一般山区的人才开发与教育改革也有一定的借鉴意义。

二、福建省山区人才开发与教育发展的经济基础分析

经济因素是制约山区人才开发与教育发展的主要因素之一。山区人才开发与教育发展必须与山区经济基础及其发展需要相适应。这是

我们构筑山区人才开发与教育发展战略的一个重要指导思想。福建省山区,作为一种沿海型山区,有其特定的经济发展基础、经济发展环境及其由此所决定的经济发展内涵。要科学地制定福建省山区人才开发与教育发展战略与对策,首先必须对上述经济基础进行正确的分析与评价。

(一)福建省山区经济发展在全省的重要地位

福建省山区是福建省国土的重要组成部分,经过四十多年来的建设,其经济发展在全省居重要地位,对全省的经济振兴已作出了重要贡献并将继续发挥其不可忽视的作用。尤其是农业与重化工业发展,已初步形成了全省重要的商品粮与林业生产基地,钢材、有色金属生产基地、煤炭生产基地,造纸生产基地及水泥建材生产基地。此外,山区还具有水力发电及发展旅游事业得天独厚的优势。从全山区的总体情况看,其资源结构及在此基础上所形成的经济结构与沿海地区具有明显的互补性。因此,福建省经济发展,必须进一步充分重视山区经济的开发。

(二)福建省山区经济发展的相对落后性与发展条件的相对优越性

改革开放以来,福建省经济发生了令人瞩目的变化,人均国民生产总值和国民收入在全国的位次已从 1978 年的第 24 位和第 22 位分别跃居到 1989 年的第 13 位和第 11 位。尤其沿海地区,受益于开放型经济环境与政策措施,其经济发展水平正在向全国先进地区迅速靠拢。相对而言,山区经济发展受地理位置与交通条件等方面的制约,还表现出较为明显的落后性。首先,从山区人均经济发展水平看,1989 年四个山区地市(即南平、三明、龙岩、宁德)的人均国民生产总值为 1426.28 元,不仅低于沿海地区 1473.65 元的水平,而且低于全省 1456.51 元的平均水平。其次,从山区产业结构情况看,尽管至 1989 年山区第二产业产值比重已达 44.10%,居首位,但应看到,其第一产业的产值比重也高达 42.43%,而第三产业的产值比重只有 13.43%;第一产业的劳动力比重达 66.30%,约占山区总劳动力的三分之二,而第一产业的比较劳动率[1]却

---

[1] 比较劳动生产率 $= \dfrac{\text{该产业国民收入相对比重}}{\text{该产业劳动力相对比重}}$

只有 0.64，与第二、第三产业存在较大差距。根据产业经济学原理，福建省山区目前就总体水平而言，其经济结构还带有明显的传统二元经济结构色彩，产业结构演变还处于较为落后的阶段。第三，从经济地域结构分析，福建省山区还远未形成一种高效的产业地域分工体系，区内各市县之间尚存在较为严重的同构竞争，反映在经济的地域过程上，则表现出一种低效、无序的离散状态，而未能形成有效的山区经济发展的极化——扩散机制。

但是，福建省山区作为一种沿海型山区，其经济发展环境与发展条件又具有其相对优越性的一面。一是表现在沿海型山区的潜在开放优势。随着交通条件与投资环境的不断完善以及沿海地区外向型经济的全方位推进，福建省山区具有发展开放型山区经济的有利区位条件，从而必将给山区经济发展注入新的活力；二是表现在山区现有资源优势及在此基础上所形成的与沿海地区具有互补性的经济结构优势，从而为福建省山区发展具有区域特色的山区经济创造了有利的条件。充分发挥上述优势，必将大大推动山区经济的迅速腾飞。

（三）福建省山区经济发展的总体战略方向

上述分析表明，福建省山区经济发展的相对落后性是客观存在的现实，但是，其经济发展的潜力、地位与优势也是不容否定的。尤其是当前有利的发展时机及相对优越的外部环境，必将大大激发山区优势的进一步发挥与经济潜能的释放，从而给山区经济发展带来新的转机。据此，我们可以认为，福建省山区经济发展正处于一种由传统的封闭的二元经济向现代的开放的新型山区经济过渡的转机阶段，也就是山区经济起飞的前期准备阶段。针对这一特定发展阶段山区所具备的特定发展基础与发展条件，在未来十年或更长一段时期内，其经济发展的总体战略方向是：

（1）充分发挥山区的自然优势和业已形成的经济基础优势，并充分利用山区与沿海在自然、经济方面的互补性特点，在积极开展山海协作的基础上，采取资源型与加工型相结合、内向型与外向型相结合的山区经济综合发展战略。

（2）进一步巩固山区的粮食与林业生产地位，大力发展以冶金、电力、森林、造纸、水泥、煤化工等为主的优势产业部门。逐步把福建省山区建成省内主要的商品粮、商品林生产基地,建成省内以重化工业为主的基础原料工业基地,建成我国东南沿海重要的森工、造纸工业基地。同时,有选择地发展机械、食品、纺织等支柱产业中的优势行业,并努力促进优势特色产品外贸出口的进一步增长。

(3)实行点轴结合的非均衡山区开发模式。闽西北、闽西南内陆山区以铁路沿线作为重点发展轴,以铁路沿线的南平、邵武、三明、永安、龙岩等中心城市为重点发展极,通过点线结合带动相关区域的经济开发。闽东北临海山区应以相邻的福州市为依托,同时,努力培育区内的中心城市,重点发展以赛江流域为轴线的经济重心区。其他近海山区也应以各自相邻的中心城市为依托。通过重点发展县城及一些中心城镇来带动周围地区的经济开发。

(4)根据比较利益原理,促进区际产业的合理分工。以南平为中心,邵武为次中心的相关区域重点发展粮食种植和造纸、森工、电力、及铝、铜为主的有色冶炼,以水泥为重点的建材工业,以"两电、一车一机、一配件"①为主的机械工业,以制茶和地方风味食品加工为重点的食品工业,以针织、丝织等出口创汇产品为重点的纺织工业。同时,还应大力发展以武夷山风景区为重点的旅游事业。而以三明为中心、永安为次中心的相关区域则重点发展钢铁、造纸、森工、纺织、煤化工及水泥建材工业。以龙岩为中心的相关区域重点发展煤炭、电力和以烟草为主的食品加工,以铸造生铁为主的冶金,以"一石两土"②为主的建材,以"三板"为中心的林产加工工业。以赛江流域为核心的闽东北沿海山区重点发展海水养殖、食用菌系列及茶叶的培植与加工业。其他近海山区重点发展以亚热带经济作物及果品为重点的种植与加工业。

综上所述,福建省山区作为沿海型山区,其特定的发展阶段及相应的经济发展方向必然对山区人才开发与教育发展提出特定的要求。如何根据这些要求来制定山区相应的人才开发与教育发展战略是我们的一个重要出发点和重要的战略依据之一。

---

① 指水力发电成套设备、电工产品、电瓶叉车、通用机械、汽车和拖拉机配件。
② 指石灰石、高岭土、膨润土。

三、福建省山区人才开发和教育发展的现状分析

(一)福建省山区人才资源的现状分析

山区经济要起飞,必须作好人才准备;要作好人才准备,必须对山区人才资源的现状,有个全面正确的认识。

1.山区人才已形成一支具有一定规模的队伍。

1985年以来,人才总量明显增长。据统计,1987年全省山区[①]专门人才已达17.30万人,占全省专门人才总数的39.78%;山区人口人才密度为122.26人/万人口;山区面积人才密度为1.75人/平方公里;山区面积人才当量密度为0.67名本科生/km2。上述全省山区人才密度对比于全省及沿海区[②],如表3-1所示。

表3-1 全省及山区、沿海区专门人才基本情况统计表(1987)

	面积(平方公里)	人口数(万人)	专门人才数(人)	专门人才当量数(本科生为1)
全 省	121400	2800.52	434903	193697.8
全省山区	98821	1415.27	173043	66425.5
全省沿海区	22579	1385.14	261860	126672.3

	面积人才密度(人/平方公里)	人口人才密度(人/万人口)	面积人才当量密度(本科生/平方公里)
全省	3.51	155.29	1.60
全省山区	1.75	122.26	0.67
全省沿海区	11.59	189.04	5.61

资料来源:《1987年福建省人才信息数据库资料汇编》

以四个山区地市进行分析,1985年专门人才拥有量为62296人,占全省专门人才总数的17.71%;1987年增长到138758人。占全省比例为31.91%,1987年为1985年的2.33倍,两年内专门人才占全省比重

---

① 全省山区指全省48个山区县(市)的总和。
② 全省沿海区指全省19个沿海县(市)的总和。

提高 14.2 百分点,见表 3-2。

表 3-2　四个山区地市专门人才增长情况统计表(1985 年,1987 年)

		1985 年		1987 年	
		人数(人)	%	人数(人)	%
	全　省	351823	100	434902	100
山区	三明市	19893	5.65	38641	8.88
	南平地区	18072*	5.14	38471	8.85
	宁德地区	10202	2.90	25983	5.97
	龙岩地区	14129	4.02	35663	8.20
	合　计	62296	17.71	138758	31.91

注*:仅指非教育系统专门人才数。

资料来源:《1987 年福建省人才信息数据库资料汇编》、《三明市专门人才需求预测报告》、《南平地区专门人才需求预测报告》、《宁德地区专门人才需求预测报告》、《龙岩地区专门人才需求预测报告》。

由此可见,在"七·五"期间,全省山区专门人才总量明显增长,且增长速度高于全省及其沿海区。

2.山区人才满足开发山区需求的"适应度"较低

(1)人才积累总量相对不足。区域经济发展规律告诉我们,区域经济的起飞对该区域人才数的需求有一个最低阈值。在这个最低阈值内,区域经济呈低速增长,一旦超过了最低阈值,区域经济开始起飞,从而该区域人才也进入成长期。在此以前,人才则处于积累期。正如前分析,福建山区经济尚处于起飞的前期准备阶段,人才仍处于积累期。换句话说,尽管山区人才总量明显增长,但人才积累总量未达到山区经济起飞的临界值——最低阈值,这就意味着全省山区人才积累总量相对山区开发需求来说还不足。

以南平为例,据有关研究资料表明,如将 1987 年为基准年,1995 年和 2000 年为目标年,除自然减员补充数外,该地区专门人才需补量分别为 46315 人、86214 人,见表 3-3。

据同一规划,南平地区在农业方面要建设四大基地:以用材林为主的林业基地、以稻谷为主的商品粮基地、以猪、禽、兔、鱼为主的畜牧水产基地,以菜、果、茄、笋为主的多种经营基地。如以 1987 年为基准年,除自然减员补充数外,则 1995 年上述的专门人才需补量分别为 525 人、903 人、280 人和 822 人、2000 年分别为 1010 人、1738 人、540 人、1253 人,见表 3 - 4。

表 3 - 3　南平地区专门人才需求情况表

	1987 年(基准年)	1995 年(目标年)	2000 年(目标年)
人才需求量	38336 人	84651 人	124550 人
人才需补量*		46315 人	86214 人
人才平均年递增率	10.73%	10.41%	8.03%

资料来源:《南平地区专门人才需求预测报告》

注:*此需补量不包括自然减员补充数

表 3 - 4　南平地区四大基地人才需求预测表

年份 项目 基地	1987 年(基准年) 人才现有量 (人)	1995 年(目标年)		2000 年(目标年)	
		人才需求量 (人)	人才需补量 (人)	人才需求量 (人)	人才需补量 (人)
森林	833	1358	525	1843	1010
粮食	1433	2336	903	3171	1738
畜牧水产	445	725	280	985	540
多种经营	381	1203	822	1634	1253

资料来源:《研究探讨振兴闽北山区经济的人才政策》

由于各山区自然环境、经济发展水平和人文历史状况不尽相同,因而各类人才数量相对不足的程度不尽相同,人才结构需求也有差异。例如,同为南平地区,建阳、浦城突出"粮仓"特点,顺昌的人才需求表现为"建材"优势,武夷山市的人才需求反映了武夷山旅游区的特色,南平作为全区经济文化中心,体现了轻纺、电子、林业等行业对人才的重点需求。

在这里,还必须指出的是,未来 10 年,全省山区经济逐步向外向型过渡,由此带来对外向型经济人才需求量逐渐增加。据此,目前全省山区人才积累量是远远不够的。

(2)人才总体的能级仍偏低。在"七·五"期间,尽管全省山区人才结构层次的重心在原有基础上有所提高,但从为山区经济起飞作好人才准备的需求来看,我们认为山区人才总体的能级仍偏低,不同程度上影响或阻碍着山区的开发。

第一,人才文化程度仍相对偏低。据调查,全省山区人才层次构成仍普遍表现为以中专为主体的结构特征。1987年底,中专层次占四个山区地市专门人才总数的60.55%,见表3-5。

表3-5　四个山区地市专门人才学历构成统计表(1987)

	合计		研究生		本科生		专科生		大学肄业		中专生		高中以下	
	人数(人)	%	人数(人)	%	人数(人)	%	人数(人)	%	人数(人)	%	人数(人)	%	人数(人)	%
合计	138758	100	36	0.026	18938	13.65	29485	21.25	786	0.56	84027	60.55	5486	3.96
三明市	38641	100	9	0.023	5842	15.12	8461	21.90	195	0.50	22332	57.79	1802	4.66
南平地区	38471	100	12	0.031	4948	12.86	7630	19.83	194	0.50	23918	62.17	1769	4.60
龙岩地区	35663	100	7	0.019	5121	14.36	7529	21.11	278	0.78	21771	61.05	957	2.68
宁德地区	25983	100	8	0.030	3027	11.65	5865	22.57	119	0.46	16006	61.60	958	3.69

资料来源:《1987年福建省人才信息数据库资料汇编》

为了综合反映山区专门人才的平均文化程度,我们假设研究生学历层次系数为9,本科为7,大专为5,大学肄业和中专为3,高中及其以下为1,则专门人才平均文化程度为:

$G = \sum W_i X_i$,其中 W_i 为某一文化程度的专门人才的比例,X_i 为文化程度的系数。

由此,计算得四个山区地市专门人才文化程度系数为3.89,表明了全省山区专门人才文化程度倾斜于中专文化程度。其中,三明市、南平地区、龙岩地区、宁德地区专门人才文化程度系数分别为3.95、3.82、3.94、3.85。

第二,人才辐射力较弱。所谓人才辐射力,是指人才对距离表现的影响力。

在同样的距离内,人才当量数与人才辐射力成正比,人才辐射力可用人才当量数反映。

在这里,我们选择全省四个山区地市中经济发达程度居首位的三明市区与沿海区的福州、厦门市区相比较。1987年底,三明市区人才当量数(以本科生为1折算)7111.8人,而福州市区为18493人、厦门市区为11762.2人。由此,不难看出,在同一距离内,福州市区和厦门市区的人力辐射力分别是三明市区的2.6倍和1.65倍。

第三,人才创造力相对也较弱。由于内外诸因素的综合影响和制约,因而相对全省沿海区而言,山区专业技术人才的创造力较弱。据我们对武夷山、南靖、尤溪三个山区县市的专业技术人才科技成果的典型调查来看,在专业技术人才中,1978年以来完成过科技成果的人数仅占四分之一左右,其中武夷山市更少,只占10%,大多数专业技术人才在10年间无一项科技成果,见表3-6。

表3-6 武夷山市、南靖县、尤溪县1978年来专业
技术人员完成成果情况

单位:%

	没有	一项	二项	三项	四项	五项以上	回答问题人数(人)
武夷山市	88.2	7.8	2.0	2.0	–	–	51
南美靖县	75.8	13.6	6.1	3.0	–	1.5	66
尤溪县	73.4	14.5	7.5	3.5	0.6	0.6	173

资料来源:课题组对上述三县市人才开发的抽样调查。

第四,人才经济产出偏低。从人才与经济关系角度分析,在其他条件相同的情况下,人才经济产出,可用专门人才人均工农业产值表示。计算结果,1987年底,全省山区人才经济产出为14.65万元/人,低于全省人才经济产出0.33万元/人,低于沿海区0.60万元/人;全省山区中,尤以闽中南近海山区人才经济产出为最低,只有10.81万元/人,比全省山区平均人才经济产出还少3.84万元/人,见表3-7。

表3-7 全省及山区、沿海区人才经济产出比较(1989年)

单位:万元/人

全 省	全省山区	全省沿海区
14.98	14.65	15.25

资料来源:据《1990年福建省统计年鉴》、《1990年福建省干部统计报表》计算而成。

(3)人才——经济结构性偏差仍较突出。在"七·五"期间,尽管山区人才专业结构有一定改善,但若从山区人才专业结构与山区经济产业结构之间的关系分析,不难发现,两者之间仍存在着较明显的结构性偏差,即结构不协调。

第一,优势资源和重点产业部门,"人才结构偏离数"较大。所谓人才结构偏离数,是指同一产业中,某一专业人才所占的比重减去其产值所占比重的差数。所有偏离数的绝对值之和为人才结构偏离度。

以龙岩地区农业人才为例,配置在其中的种植业专业技术人才,将近占农业人才总数的70%,远远高出其产值的比重,反映出种植业专业

技术人才正向偏离数为21.21,相对生产率①只有0.69,在客观上造成了人才的相对剩余和浪费。相反,其中的林业专业技术人才的比重,则低于其产值的比重,表现出负向偏离数为－3.23(见表3－8),相对生产率为1.27,是种植业相对生产率的1.84倍。可见,作为该地区有重要开发的地位的优势产业部门——林业,其专业技术人才并未占重点和优势。这种状况如不改变,显然不适应该地区林业开发对人才的需求。

表3－8　龙岩地区农业内部人才专业结构和产值结构
的偏离比较(1987)年

单位:%

项　目	种植业	林业	牧业	副业	渔业
产值比重	47.5	15.2	23.9	11.6	1.80
人才比重	68.71	11.97	15.24	1.75	3.38
偏离数	21.21	－3.23	－8.66	－9.85	1.58

资料来源:①《1987年福建省农业统计年鉴》
②《1987年福建省人才信息数据库资料汇编》

由上表还可知,该山区农业人才结构偏离度为44.53,如不加以调整,是不利于全区农、林、牧、副、渔的整体优势的发挥,也不利于该山区经济开发的。

第二,非生产部门专门人才比例过大。1987年底,全省山区专门人才总数173043人,然而分布在党政机关和社会团体的就有30510人,占总数的17.63%,其中宁德地区其比例高达21.41%,高出全省14.91%

表3－9　全省及其山区、沿海区非生产部门专门人才所占
比例统计表(1987)

	专门人才总数		党政机关和社会团体		文教卫生系统	
	人数	%	人数	%	人数	%
全　省	434903	100	64825	14.91	207016	47.6
全省山区	173043	100	30510	17.63	/	/
四个山区地市	138758	100	24846	17.99	743355	53.60
全省沿海区	261860	100	34315	13.10	106315②	40.60

资料来源:《1987年福建人才信息数据库资料汇编》

① 相对生产率是指产值的相对比重/人才的相对比重。
② 此数字包括福州、蒲田、厦门、漳州、泉州的全部市(县)。

的比例,更高出全国5.2%的比例。不仅如此,文教卫生系统专门人才比重也过大。四个山区地市专门人才总数138758人,其中文教卫生系统就有74355人,占总数的53.6%,超过全省47.6%的比例,见表3-9。

由上可知,四个山区地市分布在不直接产生经济效益的党政机关和文教卫生部门的专门人才占总数的71.5%。换句话说,作为山区经济支柱的农业、工业等生产部门专门人才拥有量不到30%。这样势必造成生产第一线的企业单位专业技术人才不足。据统计,1987年底四个山区地市分布于企业单位专业技术人才为总数的21.3%,比全省低7个百分点;其中尤以宁德地区企业单位专业技术人才比重最低,只有12.05%(见表3-10),以致该山区平均每个工业企业单位专业技术人才不足2人。

表3-10 全省及其山区党政机关、事业单位、企业单位专门人才分布状况(1987)

		专门人才总数		党政机关		事业单位		企业单位	
		人数	%	人数	%	人数	%	人数	%
全 省		434903	100	64825	14.91	246822	56.75	123256	28.34
合 计		138758	100	24846	17.9	84348	60.8	29564	21.3
山区	三明市	38641	100	6644	17.19	20510	53.08	11487	29.7
	南平地区	38471	100	6993	18.18	22896	59.51	8582	22.3
	宁德地区	25983	100	5302	20.41	17551	67.55	3130	12.05
	龙岩地区	35663	100	5907	16.56	23391	65.59	6365	17.85

资料来源:《1987年福建省人才信息数据库资料汇编》

上述的专门人才偏集于非生产部门,企业第一线技术力量薄弱的状况,是与山区经济发展的要求不相适应的,这不能不直接制约山区经济开发。

第三,急待发展的产业部门专业技术人才缺口较大。据调查,不少山区正在或急待积极开发的重点产业活动,其专业技术人才却十分稀缺。

三明市是福建省重要的林业基地,林业是正在积极发展的产业,急需林业技术和林业经济人才,但全市林科人才仅占全部专门人才总数的2.3%;地矿业、冶金业又是该市重点发展的部门,但这方面人才也仅占工科人才总数的4.1%。

南平地区,是全省重点农业开发区和产粮区,急需扶持发展,但农业技术人才仅占5.5%,每万亩耕地只有8名农业技术人才,科技兴农步履艰难。该地区武夷山市,旅游业是发展重点,并以此为中心发展第三产业,从而促进第一、二产业发展。但该市有关旅游方面的专业技术人才:如导游、烹调、旅游工艺品设计、旅游管理人才等缺口较大,全市没有一名旅游工艺品设计师,不仅没有一级厨师,二级厨师也只有一名。

宁德地区:从本区自然条件、经济发展的现状的实际出发,在于重点开发水产、茶叶、食用菌等,但这方面专业人才也较缺,平均每869亩的养殖面积只有一名水产科技人员。

龙岩地区:矿产业、建材业、林业正在重点开发,但有关专业技术人才仅占该区人才总量的8%。

3.人才分布区域差异明显,余缺并存

(1)山区城市、交通干线①上的县与内陆边缘山区县人才分布差异悬殊,余缺并存。在这里,我们采用"人才集中系数"加以说明:

$$山区人才集中系数 = \frac{山区人口人才密度}{全省人口人才密度}$$

表3-11　山区城市、交通干线上的山区县、内陆边缘山区县
人才集中系数比较表(1987)

	专门人才数占比重(%)	人口人才密度(人/万人口)	人才集中系数
全省山区	100	122.26	0.79
山区城市(5个)	25.63	277.82	1.79
交通干线上山区市县 *(24个)	61.24	133.52	0.86
内陆边缘山区县 * *(24个)	38.76	107.90	0.69

资料来源:据《1987年福建省人才信息数据库资料汇编》计算而成。

注:* 山区交通干线上的市、县有:宁德、福鼎、霞浦、福安、吉田、南平、邵武、顺昌、建瓯、光泽、三明、永安、清流、尤溪、沙县、龙岩、漳平、华安、长泰、安溪、闽清、永泰、连江、罗源。

* *内陆边缘山区县,指除上述24个山区县外的其他山区县的全部。

据统计,1987年底山区5个城市(三明②、南平、邵武、永安、龙岩等市)专门人才数占全省山区专门人才总数的25.63%;人口人才密度为

① 交通干线包括铁路线和水运线。
② 指三明市区。

277.822 人/万人口,其人才集中系数为 1.79,比全山区人才集中系数高出 1。交通干线上的山区县、内陆边缘山区县的专门人才所占比重,以及人才集中系数,见表 3-11。

由上表可知,就人才集中系数而言,山区城市和交通干线上的山区县分别较内陆边缘县高出 1.1 和 0.17;就专门人才所占比重来说,交通干线上的山区县又比内陆边缘山区县高出 22.48 百分点。可见,山区专门人才分布的集中程度,呈现由山区城市→交通干线上的山区县→内陆边缘山区县递减的规律,以致形成山区人才集结的势能位差。

再以三明市为例,三明市区、永安市、沙县等 3 个市(区)县专门人才几乎集中了全市的一半,而边远的建宁县、泰宁县专门人才仅占全市的 5%。建宁县共有工业企业 113 个,但专业技术人才只有 46 人,平均 2.5 个企业才有一名①。这种突出反映了三明市内部专业人才分布差异悬殊,余缺并存的特点,造成专门人才集中地三明市区存在着人才剩余和浪费的现象。据抽样调查,三明市区企业专业技术人才能充分发挥作用的只占 10%,而泰宁县则高达 98%。

(2)地、县专门人才与乡镇专门人才分布差异悬殊,余缺并存。据统计,1989 年底南平地区的地、县(市)属的专门人才占该地区专门人才总数的 88.5%,而乡镇人才仅占 11.5%,见表 3-12。

表 3-12　南平地区专门人才的地区层次分布(1989)

	人数	%
合　计	47547	100.0
地　属	3079	6.5
县　(市)	38982	82
乡　(镇)	5486	11.5

资料来源:《南平地区专门人才需求预测报告》

由此可见,南平地区广大农村专业人才十分稀缺,显然不利于山区广大农村的开发。

4. 山区人才开发潜力很大

(1)山区城市人才集结程度超出沿海区。福建山区由于"小三线"

---

①　见福建山区人才开发研讨会论文:《困惑与出路——三明人才匮乏和浪费并存的原因及对策》第 2 页。

的建设布局,工业有一定基础,且有一定的技术水平,据统计,四个山区地市工业固定资产原值占全省76.1%;特别是重工业基础较好,四个山区地市采掘工业固定资产原值占全省90.8%,原料工业占67.5%,加工工业占51.6%。

伴随福建山区"小三线"工业建设的发展,专门人才队伍迅速成长,并集结于山区工业城市。1987年底5个山区城市人才集中系数为1.79,不仅超出全省人才集中系数0.79,而且比全省沿海区人才集中系数还高出0.58。

山区城市中,尤以三明市区人才集中程度为最高,人才集中系数和人才当量系数均分别高出福州市区2.33和2.49,高出厦门市区1.81和1.67;其次为龙岩市,人才集中系数超出福州市区0.07,见表3-13。可见,山区城市,特别是三明市区、龙岩市人才开发潜力很大。

(2)山区某些优势行业人才较沿海区明显占优势。以山区的优势行业——林业为例,尽管人才——经济结构存在着偏离数,还不能满足林业产业开发对人才的需求,但就现有的林业人才而言,全省山区较沿海区占明显优势,开发潜力很大。据统计,1987年四个山区地市林业工程技术人员占总数的72.6%;其中林业工业企业较明显,四个山区工程

表3-13　山区城市与福州市区、厦门市区人才集中系数、人才当量集中系数比较表(1987)

	人口数(万人)	专门人才数(人)	专门人才当量数(本科生)	人口人才密度(人/万人口)	人才当量密度(本科生/万人口)	人才集中系数	人才当量集中系数
全 省	2800.52	434903	193097.8	155.29	68.95	1	1
三明市区	22.12	14488	7111.8	654.97	321.51	4.22	4.66
南平市	43.12	10238	4512.4	237.32	104.60	1.53	1.52
永安市	27.73	3542	1425.8	127.73	51.42	0.82	0.75
邵武市	27.22	4086	1571.6	150.11	57.74	0.97	0.84
龙岩市	39.41	11991	5624.6	304.26	142.72	1.96	2.07
福州市区	123.66	36339	18493	293.86	149.55	1.89	2.17
厦门市区	56.97	21296	11762.2	373.81	206.46	2.41	2.99

技术人员有 1408 人,占全省总数的 85.54%;特别是林业工业企业中的林产化学企业,全省有工程技术人员 233 人,其中四个山区却拥有 209 人,占总数的近 90%,相比之下,福州市却无 1 人,见表 3-14。可见,山区的林业人才具有明显优势。

表 3-14 全省、四山区地市、沿海区林业工程技术
人员数的比较表(1987)

	全省		四山区		沿海区	
	人数	%	人数	%	人数	%
总　计	2457	100	1784	72.6	673	27.4
林业工业企业	1646	100	1408	85.54	238	14.46
林产化学企业	233	100	209	89.7	24	10.3

资料来源:《1988 年福建省林业森工统计年鉴》

(3)山区三线企业、军工和部、省属单位人才潜力较大。据对龙岩地区 40 家地属及其以上企业统计①,1987 年底工程技术人员总数为 2383 人,其中部、省属企业 13 家(包括部委属企业 4 家,省属企业 9 家),有工程技术人员 1248 人,占调查总数的 52.3%;不仅如此,该地区地属以上企业中大专以上学历的企业人员为 1769 人,其中部、省属企业 911 人,占 51.4%。可见,山区三线企业、军工和部、省属单位可供开发的人才资源潜力较大。

(4)山区乡土人才资源数量可观。全山区拥有一批具有一技之长的乡土人才。据我们对三明地区尤溪县、龙岩地区永定县典型调查,1989 年底乡土人才约占人口总数的 3~5%,占农村劳动力总数 10~13%;其中以"经短期培训具有某项专业知识或技能的技术人员"、"跟师学艺有成就者"、"历年来回乡知识青年自学成才者"、"部队复员转业两用人才"这 4 种类型乡土人才数量居多。尤溪、永定分别约占乡土人才总数的 73.46% 和 65.7%。见表 3-15。

①　资料来源:龙岩地区科技情报研究所:《龙岩地属以上厂矿企业的调查报告》1989 年 6 月。

表 3-15 尤溪、永溪两县乡土人才情况调查表(1989)

	乡土人才总数(人)		占总人口的%		占农村劳动力总数的%	
	尤溪县	永定县	尤溪县	永定县	尤溪县	永定县
合　计	12457	22523	3.62	5.5	10.1	13.4
			占乡土人才总数的%			
			尤溪县	永定县		
1. 历年回乡知识青年自学成才者	1994	2735	16	12.1	1.62	1.6
2. 经短期培训具有某项专业知识或技能的技术人员	3931	6590	31.56	29.3	3.19	3.9
3. 跟师学艺有成就者	1536	3985	12.33	17.7	1.25	2.4
4. 部队复员转业两用人才	1691	1478	13.57	6.6	1.37	0.9
5. 祖传下来有特长的技术人员	922	1032	7.40	4.6	0.72	0.6
6. 机关厂矿退职退休有特长者	194	575	1.56	2.6	0.16	0.3
7. 社来社去经农技校培训的农村知识青年	499	1309	4.01	5.8	0.4	0.8
8. 民间闲散和外地流进来的具有特殊工艺的技术人员	401	595	3.22	2.6	0.33	0.4
9. 农村中的代课教师	315	776	2.53	3.4	0.26	0.5
10. 参加国家建设的合同工、临时工期满回乡的技术人员	262	481	2.1	2.1	0.21	0.3
11. 其　他	712	2967	5.72	13.2	0.6	1.8

如果把 35 岁以下的初高中毕业生和 35 岁以下的退伍军人均作为可供开发的乡土人才,则全山区可开发乡土人才资源数量更为可观。1989 年,仅南平地区 35 岁以下的初高中毕业生就有 28.49 万人,1.88 万人的 35 岁以下的退伍军人,再加上各种能工巧匠和专业大户经营者 1.63 万人,那么可供开发的乡土人才资源约占农村人口的 15%,平均每个农户 0.8 人。

（二）福建省区教育发展和人才资源开发的现状分析

区域人才开发理论和实践告诉我们,在区域人才开发战略研究中,应重视区域教育与区域人才资源的现状分析。关于人才现状的调查研究,应包括两个方面的内容:一是区域人才资源现状的基本估计;二是区域人才资源开发的现状分析。两者既有联系,又有区别,缺一不可。只有这样,才能针对区域人才的现状与问题,提出今后区域人才开发战略与对策。

1. 山区教育发展的现状分析

教育发展是人才资源开发的基础工程,尤其对人才数量相对不足的山区来说更为重要。它是增强山区人才造就机制,满足山区开发对人才需求的重要途径。要分析山区人才资源开发的现状,首先要对山区教育发展现状作一简要的估价。

（1）扫盲和基础教育取得长足发展,但全半文盲数仍有一定的比重,初中教育仍较落后,山区人才源文化素质偏低。

建国以来,特别是党的十一届三中全会以来,福建山区与全省一样,扫盲工作有很大进展。建国前,全省全半文盲达 80%,山区比例更高。1982 年第 3 次全国人口普查统计,全省山区全半文盲为 4274862 人,占全省全半文盲总数的 52.12%,约占全省山区总人口的 32.32%。以后,近 10 年广大农村各类成人初等文化教育班又共扫盲 100 万人,从而使山区文盲率不断下降。应当肯定,山区扫盲工作成绩是显著的,但至今扫盲任务仍相当艰巨。以四个山区地市为例,1990 年 15 周岁以上全半文盲总数为 1777886 人,占 15 周岁以上全省全半文盲总数的 37.86%,占四个山区地市总人口的 16.12%。文盲多的原因主要有:一是新文盲还在产生。据 1989 年全省文化程度普查,12 - 14 岁这一年龄段还有约 3%左右的文盲;二是出现大量回生复盲现象,据典型乡测试调查结果表明,脱盲后二年其回生复盲率为 15%,三年后为 25%。

近 10 年来,为了尽快提高山区劳动者的素质,培养出更多人才,全省加快了基础教育的步伐,山区也不例外。1985 年全省山区提前实现了普及小学的任务。此后,山区小学"四率"(入学率、巩固率、毕业率、普及率)均逐年提高。1989 年,除龙岩地区和宁德地区小学普及率这一指标分别为 97.93% 和 97.42% 以外,四个山区地市小学"四率"的其他指标均达到98％以上；除宁德地区外，其他三个山区地市小学"四率"均超过全省的平均水平，见表3－16。

表3－16　全省、四个山区地市小学"四率"统计（1986～1989）

单位：%

	入　学　率				巩固率		毕业率		普及率	
	1986	1987	1988	1989	1988	1989	1988	1989	1988	1989
全　省	97.5	98.1	98.35	98.63	97.74	98.51	99.24	99.73	96.78	97.32
三明市	98.2	98.7	98.89	99.13	97.85	98.66	99.84	99.85	98.16	98.27
南平地区	99.00	99.30	99.20	99.44	98.28	98.80	99.68	99.74	98.51	98.92
宁德地区	96.9	97.7	97.76	98.28	97.47	98.46	97.95	98.67	96.45	97.42
龙岩地区	98.2	98.9	99.14	99.26	98.63	98.45	98.04	98.48	97.40	97.93

资料来源：《1988年福建省统计年鉴》、《1989/1990年学年度福建省教育事业统计手册》

初中教育，在山区已有相当规模。据统计，1989年四个山区地市已有普通中学623所，其中初中448所，完中175所，初中班数7498个；在校初中学生数334672人；初中专任教师22573人。但相对来说，山区初中教育仍较落后：按1.2万人口一所初中计算，仅四个山区地市就缺初级中学221.77所；四山区地市每万人口初中生拥有数为330.14人，虽较全省平均初中生拥有数高出11.14人，但比全国平均数少43.96人；小学毕业生升学率仅达68%的水平。近两年来，出现令人关注的现象——教育领域内水土流失现象——学生流失，初中流生率骤然增多。1989年四个山区地市初中流生数为40162人，流生率已达11.03%，其中以宁德地区流动率为最高达14.31%，（其中主要是流生率）见表3－17。山区流生率虽低于全省及沿海区水平，但高于全国初中流生率6.9%。

表3－17　1989/1990年上学年初中学生流动情况

		在校学生数(人)	流动数(人)	流动率(%)
全　省		848705	112391	12.5
山区	三明市	81661	9117	9.89
	南平地区	84878	11843	11.53
	宁德地区	70348	10536	14.31
	龙岩地区	87785	8666	9.06
	合　计	324672	40162	11.03
沿海区		524033	72229	13.62

资料来源：《1989/1990年学年度福建省教育事业统计手册》

中国东南沿海丘陵山区人才开发和教育改革综合研究报告

265

据 1987 年 1% 人口抽查和 1988 年文化程度普查结果均表明,全省人均受教育年限为 5.23 年,其中宁德地区只有 3.4 年。另据龙岩地区教育局介绍,1988 年教育普查表明,该地区 12 岁~40 岁人口平均受教育年限为 5.97 年。

综观上述情况,我们可得出这样一个结论:全省山区人口文化程度——人才源文化素质仍偏低,不适应山区经济持续增长的要求。

(2)中等教育结构在原有基础上有较大改善,但职业技术教育仍较薄弱,不适应山区人才开发的需要。

七十年代末,全省山区中等教育结构单一,呈现出"千军万马"的初中毕业生过"独木桥"——升普通高中的状况。八十年代开始,山区政府有计划地将一批普通高中改为职业高中,或增设职业班,加上新办职业技术学校,挖掘原有中专和技工学校的潜力,使山区中等教育结构在原有基础上有较大的改善。据统计,1989 年四个山区地市拥有中专 31 所,职高校数 107 所,普通中学附设职高班校数有 22 所,中专和职高校已达完中校数的 78.86%。职高、中专招生数已占普高、职高、中专招生总数的 43.97%;职高、中专在校生数也已占普高、职高、中专在校生总数的 37.74%。

但必须指出的是,山区职业 技术教育仍较薄弱,1989 年四个山区地市职高、中专的招生数、在校生数所占的比例,均分别比全省平均水平低 3.73 和 5.38 的百分点,见表 3 – 18。

表 3 – 18　全省、四个山区地市高中阶段职业 技术教育状况统计(1989)

		学校数(所)			招生数(人)			在校生数(人)		
		普通高中	职业高中	中专	普通高中	职业高中	中专	普通高中	职业高中	中专
全 省		426	251	102	53119	28821	19622	157661	63061	56453
山区	三明市	48	33	8	4871	3669	1500	15420	7534	4030
	南平地区	47	21	10	6065	1766	2099	18125	4224	6201
	宁德地区	39	26	6	4501	2149	1327	13513	4089	3502
	龙岩地区	41	27	7	5503	2379	1541	17069	5229	4062
	合计	175	107	31	20940	9963	6467	64127	21076	17795

资料来源:《1989/1990 学年度福建省教育事业统计手册》

不仅如此,同年四个山区地市普通中学初中毕业生为 97632 人,升入普高、职高、中专的只占 38.28%，比全省平均比例还少 7。13 百分点，见表 3－19。

表 3－19 普通中学初中毕业生升学率情况（1989）

		初中毕业生（人）	普高、职高、中专		普通高中		职业高中		中专	
			招生数（人）	占毕业生%	招生数（人）	占毕业生%	招生数（人）	占毕业生%	招生数（人）	占毕业生%
全 省		223679	101562	45.41	53119	23.75	28821	12.88	19622	8.77
山区	三明市	25326	10040	39.64	4871	19.2	3669	14.5	1500	5.92
	南平地区	28136	9930	35.29	6065	21.6	1766	6.3	2099	7.46
	宁德地区	17807	7977	44.80	4501	25.3	2149	12.1	1327	7.45
	龙岩地区	26363	9423	35.74	5503	20.9	2379	9.0	1541	5.84
	合计	97632	37370	38.28	20940	21.45	9963	10.20	6467	6.62

资料来源：《1989/1990 学年度福建省教育事业统计手册》

可见，山区有一半以上的初中毕业生因升不了学而走向社会，由于他们身患受教育的"先天不足症"——在初中教育阶段未受职业技术教育的训练，因而走上社会后不能很好发挥应有的作用，这显然是不符合山区人才开发要求的。造成这种状况的原因，主要是山区受旧的传统教育思想——"学而优则仕"变种"望子成龙"跳出农门的影响；当然，山区经济基础和办学条件差、职业中学毕业生工作分配得不到落实等因素，也在不同程度上影响山区职业技术教育的发展。

此外，我们还应看到，不少山区县的职业技术教育，仍没有形成具有地方特色的适用对路的专业结构，仍不适应本山区优势资源和重点行业开发对人才需求。例如，龙岩地区职业技术教育的专业结构仍不适应培养电力、林业专业技术人才的要求；武夷山市职业技术教育的专业结构仍不适应培养旅游专业技术人才的需求，……如此等等。这种状况直接关系到山区人才资源的开发，进而影响山区社会经济的发展。

（3）成人教育已初成体系，但仍没有以岗位培训为重点和以实用技术培训为主体，直接影响山区人才素质的提高。

10 年来，山区成人教育有很大发展，已初步形成了从初等到高等的成人教育网络。据统计，1989 年四个山区地市共有各级各类成人学校 5991 所，占全省成人学校总数的 46.91%，见表 3－20；其在校生合计为 686681 人，占全省成人学校在校生总数的 49.68%。其中，以成人初等学校、成人初等文化技术学校、成人技术培训学校居多,分别为4158所、1057所和520所;成人初等文化技术学校在校生为346728人,占首位,成人技术培训学校在校生为212755人,占第二位,两者之和占山区成人学校在校生总数的81.48%。可见,山区成人教育层次较低,主要是初、中级文化技术教育。

表3-20　全省、四个山区地市各级各类成人学校数统计(1989年)

单位:所

	成人高校	成人中专校	成人中学校	成人技术培训学校	成人初等学校	成人初等文化技术学校
全省	20	242	212	1030	8330	2937
山区 合计	3	104	149	520	1097	1057
三明市	2	29	26	230	812	322
南平地区	1	30	57	127	489	270
宁德地区		26	46	107	1760	201
龙岩地区		19	20	56	1097	264

资料来源:《1989/1990年学年度福建省教育事业统计手册》

山区成人教育,已初步形成了网络体系,见到成效:对山区扫盲,普及基础教育,开展进修培训工作,提高山民素质,并向广大山区农村推广传播各种实用技术,开发山区经济,促进山区脱贫致富均起了积极作用。如南靖县和溪乡,乡建立文化技术学校,各村建立致富夜校,每年举办40期实用技术培训班,向农村传播农业技术,推广新品种,使粮食亩产达1000斤以上,并建立了柑桔、巴天朝(名贵中药)等各种副业生产,以致该乡成为南靖县最富裕的乡之一。

同时,必须指出的是,山区成人高等学校和中等专科学校还未完全从全脱产学历教育单一模式转到以岗位培训为重点的多种教育模式的轨道上来,因而生源逐年减少,办学效益很低。1989年四个山区地市成人高校3所,教职工77名;在校学历生只有445人,比1988年减少332人;招学历生数只有126人,比1988年减少34人。三明化工厂职工业余大学教职工40人,其中19名专职教师,但1989年只招学历生26人,在校学历生也只有89人。成人中专校情况也大致如此。1989年四山区地市104所成人中专校,教职工2107人,其中专任教师1187人,但在校学历生也只有6251人,平均每所学校只有学历生60名,规模太小。

尤为突出的是,宁德地区 26 所成人中专校,教职工 452 人,其中专任教师 251 人,但在校学历生只有 373 人,比 1988 年减少 444 人,平均每校学历生只有 17.38 名。教职工数超过学员数,见表 3-21。再加上由于内外各种因素,在职人员的岗位培训还来不及全面推开,因而成人高校和成人中专的办学效益很低。这种状况若不改变,将直接影响山区人才培训工作。

表 3-21　全省、四个山区地市成人高校和中专的办学效益状况(1989)

	学校数		在校学生数		招生数		教职工数		专任教师数	
	成人高校	成人中专	成人高校	成人中专	成人高校	成人中专	成人高校	成人中专	成人高校	成人中专
全省	20	242	24744	23768	7215	8679	1755	6214	891	2904
四个山区地市	3	104	445	6251	126	3299	77	2107	45	1187

资料来源:《1989/1990 年学年度福建省教育事业统计手册》

(4)中小学师资队伍得到充实提高,但质量仍有差距,山区人才造就机能较差。

10 年来,由于全省基本上建立起师范教育体系,因而全省山区中小学师资队伍得到充实提高。仅从 1987～1989 年两年变化来看,四个山区地市中专、普通中学、职业中学、小学专任教师总计增加 2582 人;在此

表 3-22　全省、四个山区地市中、初等学校专任教师、民办
教职工基本情况统计

(1987～1989)

中专校		普通中学					职业中学					小学				
专任教师数(人)		教职工总数(人)	专任教师数(人)		民办教职工数(人)		教职工总数(人)	专任教师数(人)		民办教师数(人)		教职工总数(人)	专任教师数(人)		民办教师数(人)	
1987	1989	1989	1987	1989	1987	1989	1989	1987	1989	1987	1989	1989	1987	1989	1987	1989
全省 5236	5861	88763	62486	67919	6958	5838	8620	4750	5635	650	605	172617	146300	147437	45030	40649
四个山区地市 1606	1712	36906	26426	28002	3014	2722	3303	2060	2125	226	217	76609	66800	67635	25168	2353

269

资料来源:《1989-1990 学年度福建省教育事业 统计手册》

同时,普通中学、职业 中学、小学的民办教职工数相应减去 1906 人,见表 3-22;教师学历达标率也有所提高,见表 3-23。

表 3-23　普通中学、职业高中、小学专任教师学历达标情况统计 (1988-1989)

单位:%

	普通高中专任教师达标率		普通初中专任教师达标率		职业高中专任教师达标率		小学专任教师达标率	
	1988	1989	1988	1989	1988	1989	1988	1989
全　省	55	57.3	64.5	71.4	28.8	28.66	68.1	70.65
四个山区地市	50.40	51.35	60.24	67.32	22.21	21.93	66.68	69.08

资料来源:《1989-1990 学年度福建省教育事业 统计手册》

全山区中小学师资队伍,尽管得到充实提高,但总体质量离国家要求仍有差距,其主要表现为:

一是未达标率仍占相当比重。据统计,1989 年四个山区地市普通高中、普通初中、职业高中、小学专任教师未达标率分别为 48.65%、32.68%、78.07%、30.92%,均分别超过全省平均百分率的 5.95 个、4.08 个、6.73 个、1.57 百分点。

二是民办教职工仍有一定的比重。据统计,1989 年四个山区市普通中学、职业中学、普通小学民办教职工总计为 26502 人,占教职工总数的 22.69%,其中小学民办教职工占小学教职工总数的 30.76%,普通中学占 7.38%,职业中学占 6.57%。在这里,还需指出的是,上述统计数据还不包括山区中小学的代课教师。例如,宁德地区,1989 年不仅有中小学民办教职工 3496 人,还有近千名代课教师。

众所周知,中小学教育是人才成长的打基础阶段,基础打得好坏,直接关系到成才的基础和比例;而基础打得如何,取决于师资队伍质量。目前,全省山区中小学师资总体智能素质较差,直接制约着山区人才自培能力。

(5)教育投资总量逐年上升,但相对量仍不足,人才开发的基础工程物质条件单薄。

10 年来,全省山区对教育的财政拨款逐年都有增加,如闽西北内陆山区 1983~1988 年,财政预算内对教育拨款,接近财政正常递增率。但由于在过去的相当长时期内,教育投资基数太低;10年动乱对教育事业的严重破坏,历史欠帐很多;而现在的教育规模又在不断扩大,人员增加较多;再加上物价上涨等因素,以致山区教育经费紧张,教育投入相对量严重不足,主要表现在:

一是,地方财政用于教育支出的比重年年下降,三明市和南平地区,自1983～1988年其比重分别下降7.8个和7.86个百分点,见表2-24。

表3-24　闽西北内陆山区教育投入情况统计表(1983-1988)

	地方财政用于教育经费支出(万元)		教育经费支出与地方财政支出的比重(%)		南平地区公用费占教育经费的比例(%)	
	三明市	南平地区	三明市	南平地区	中学	小学
1983	2836.9	3314	24.9	25.65		
1984	3064	3600	23.3	24.58		
1985	4020	4705	22.2	20.72	36.44	19.43
1986	4519	5168	19.5	19.64	32.99	21.55
1987	4940	5591	18.6	18.38	29.18	18
1988	6142	6885	17.1	17.79	27.13	17.83

资料来源:三明市、南平地区人事局提供资料及介绍。

二是,人员经费占教育经费的比例越来越大,公用费比例逐渐下降。1985～1988年,南平地区中学公用费所占比重下降9.31个百分点;小学则下降1.6个百分点。见表3-24。

据我们调查,1989年武夷山市中小学公用经费还在维持"文革"前标准:体育、音乐、图书、卫生等方面公用经费,中学生为0.35元/人、月,小学生则为1元/人、月;教师搭伙费0.70元/人、月。

三是,教师待遇较低,特别是小学民办教师基本生活费和医疗费仍很低。据调查,1989年武夷山市小学民办教师每月工资收入42元,个别低的只有24元,至于医疗费、降温费等其他收入均没有。就是公办教师医疗条件也较差,每年人均医疗费只有48元,超过部分均要自己支付。

此外,中小学危房问题还没有完全解决;教学仪器欠缺,教育设施落后。山区大部分中学无法开实验课,多数小学没有教学仪器设备。

综上可知,作为人才开发的基础工程——中小学教育的物质条件薄弱,直接制约着山区人才源文化科技素质的提高。

2. 山区人才使用调控的现状分析

（1）人才作用发挥日趋重视，但人才的低度使用仍明显存在，山区人才潜能开发有待提高。

在党的"尊重知识，尊重人才"的号召下，全省山区各级领导对发挥山区人才作用，在认识上有较大提高，在行动上日益重视，并在实践中深切地体会到，从山区区情和人才资源状况出发，"在坚持大力引进、培养人才的同时，必须把工作重点放在稳定山区现有人才，挖掘现有人才潜力，充分发挥现有人才作用上。"以龙岩地区为例，地委、地区行署采取了一系列措施，着力形成"尊重知识，尊重人才"的社会大气候：一是，努力提高知识分子的政治地位。1978～1987年，全区发展知识分子入党11575人，占知识分子总数的34.4%，全区处级以上的领导干部有64.5%是大专以上学历的知识分子。二是，优势定位，让人才充分施展才能。自1978年来，调整了一批专业技术人才归口归队，其中中、高级专门人才归队的就有228人；大中专毕业生分配，按学以致用、专业对口原则进行派遣；放手让优秀专业技术人才挑大梁、办大事、创事业。三是，花大力气开发遍布在广大乡村中的虽无学历、职称，但有真才实学一技之长的乡土人才，充分发挥他们在开发山区中的巨大作用。由此，人才的使用效益在原有基础上有了提高。从1979～1988年，该区被授予科技成果奖151项，其中国家部级奖6项，省级奖25项，地级奖120项，还有25项发明获国家批准的专利权。

然而，我们必须清醒地认识到，山区人才低度使用仍明显存在，人才使用效益仍是当前山区人才资源开发的一个突出问题。1987年福建万名专业技术人才抽样调查结果表明，全省专业技术人才潜力未得到全部发挥的占91.64%，人才资源利用率仅为58.1%，人才体验闲置率达41.9%，比全国专业技术人员人才体验闲置率34.4%高出7.5%。这种状况，作为全省组成部分的山区有所好转，但问题仍相当突出。以南平地区为例，1987年抽样调查结果表明，有30%的专业技术人才认为能全部发挥作用，而认为部分发挥作用的要占60%，还有10%专业技术人才认为未发挥作用，换句话说，该地区有70%的专业技术人才认为潜力未能得到全部发挥，也即有33296名专业技术人才认为处于闲置或半闲置状态。三明市这种状态，又比南平地区高出10个百分点。

人才资源的低度使用,主要表现为:一是专业不对口,用非所学;二是职责不符,职级偏低;三是任务不足,"隐性失业";四是业余兼职展不开;五是担任领导职务的科技人员,未能从事专业工作等等。造成低度使用的原因,归纳起来有如下主要因素:"尊重知识和人才"的方针在山区相当多单位还贯彻不力;旧的人才管理体制的僵化局面尚未扭转,人才单位(部门)所有制问题仍未解决;领导管理者的素质有待进一步提高等。

(2)人才成长环境有较大改观,但人才学习工作条件仍较差,山区对人才的凝聚力不强。

10年来,山区各级党委和政府为各类人才办了不少实事,从政治、工作、生活、健康等方面关心专业技术人才。譬如,历史上的冤假错案,得到了平反昭雪;对小教三级和中教五级教师家属实行"农转非";对长期坚持山区农村专业技术人才在职称评聘条件上加以适当放宽;突出重点奖励有显著成绩的教师和专业技术人才;在子女入学、就业、住房和夫妻分居等问题上对高、中级专业技术人才,尤其对外地籍人才实行优惠政策,予以优先照顾解决;此外,为高级知识分子发放"物资供应证"、医疗优先证等等。总之,山区人才成长环境有了较大的改观。

对此,我们选择有代表性的三个山区县:崇安县、尤溪县、南靖县,对专业技术人才作了抽样调查。在问卷调查中,我们设计了以下问题:您"对目前本单位落实知识分子政策的评价",结果66.9%的专业技术人才表示"满意"和"基本满意";您认为"所在单位知识与人才是否得到应有的重视",回答"重视"和"基本重视"的占79.8%;您"对所在单位在人才使用上的论资排辈现象的评估",有55.1%的专业技术人才认为"没有"和"不严重";您"对所在单位是否存在重学历轻实际才能的倾向",占76.1%的专业技术人才认为"不存在"和"不太存在";您认为"所在单位是否存在重'长'轻'家'的问题",回答"没有"和"不普遍"的占60.2%,见表3-25至3-29。

表 3-25 对目前本单位落实知识分子政策的评价(1989 年)

单位:%

地区及回答人数	满意(%)	基本满意(%)	不太满意(%)	不满意(%)	还未落实%
武夷山市(47 人)	10.6	40.4	14.9	21.3	12.8
南靖县(66 人)	15.2	72.7	7.6	3.0	1.5
尤溪县(383 人)	13.8	42.0	22.5	8.6	13.1

表 3-26 所在单位知识与人才是否得到应有的重视(1989 年)

单位:%

地区及回答人数	重视	基本重视	不太重视	不重视	轻视和压制人才
武夷山市(49 人)	10.2	55.1	24.5	4.1	6.1
南靖县(62 人)	19.4	71.0	6.5	3.2	0.0
尤溪县(343 人)	19.5	64.1	10.8	3.8	1.7

表 3-27 对所在单位在人才使用上的论资排辈现象的评价(1989)

单位%

地区及回答人数	严重	比较严重	不太严重	不严重	没有
武夷山市(48 人)	16.7	18.8	29.2	0.0	35.4
南靖县(62 人)	1.6	8.1	14.5	35.5	40.3
尤溪县(343 人)	6.9	19.9	29.0	20.4	23.8

表 3-28 所在单位是否存在重学历轻实际才能的倾向(1989 年)

单位:%

地区及回答人数	严重存在	较严重存在	存在	不太存在	不存在
武夷山市(缺)	-	-	-	-	-
南靖县(53 人)	0.0	1.9	13.2	52.8	32.1
尤溪县(321 人)	3.1	6.9	22.7	39.9	27.4

表 3-29 所在单位是否存在重"长"轻"家"的问题(1989 年)

单位%

地区及回答人数	很普遍	较普遍	不太普遍	不普遍	没有这种现象
武夷山(缺)	-	-	-	-	-
南靖县(83 人)	8.3	15.0	8.3	8.3	60.0
尤溪县(314 人)	9.9	17.5	22.4	15.9	36.3

综上所述,我们认为,福建山区已基本具备了一个有利于人才成长的政治和社会环境。

在充分肯定山区人才成长环境改观的同时,还应清楚地看到至今还存在的问题。主要表现在工作和学习条件有待进一步改善。1987年全省万名专业技术人才抽样调查表明,1983年以来全省有77.34%的专业技术人才未参加过专业技术学习,比全国55.9%的比例高出17.84个百分点。这种状况,全省山区也基本如此。在我们对上述三个山区县抽样调查中,也发现自1979年以来有50%左右的专业技术人才没有参加过任何进修或培训,学习进修时间只有3个月以内的要占四分之一以上。可见,山区人才普遍缺乏学习的机会,见表3-30。

表3-30 山区专业技术人才脱产进修时间统计表(1979-1989)

单位:%

	<1个月	1-3个月	4-6个月	7-12个月	1-1.5年	1.5-2年	>2年	没有	回答问题人数
武夷山市	12.0	14.0	10.0	0.0	0.0	0.0	6.0	58.0	50
南靖县	21.7	10.1	8.7	2.9	4.3	1.4	1.4	49.3	69
尤溪县	14.9	13.8	9.2	3.7	3.4	2.9	4.3	47.9	349

分析其原因,一方面固然在于工作和学习的矛盾;另一方面还因为部分领导干部不重视人才的智能更新。三个山区县抽样调查表明,有三分之一左右的专业技术人才认为是由于领导不安排而无进修机会,见表3-31。

表3-31 影响山区专业技术人才进修的原因分析表(1989)

单位:%

	领导不安排	工作学习矛盾	家务重	本人年龄大	本人身体差	其它	回答问题人数(人)
武夷山市	36.8	42.1	7.9	7.9	5.3	0.0	38
南靖县	26.8	43.9	7.3	17.1	2.4	2.4	41
尤溪县	46.0	41.6	5.5	6.5	0.3	0.0	291

这种情况的存在,不仅会挫伤人才的积极性,而且会造成人才知识老化,不适应山区开发的要求。抽样调查资料也说明了这一点,见表3-32。

表3-32　山区专业技术人才工作中最困惑的问题调查表(1989年)

单位:%

	知识老化和狭窄	仪器设备条件差	经费不足	缺乏助手力量	人际关系	其它	回答问题人数(人)
武夷山市	23.3	14.0	7.0	11.6	18.6	25.6	43
南靖县	35.7	28.6	7.1	16.7	11.9	16.7	42
尤溪县	30.1	26.8	15.4	4.0	12.9	10.7	272

由表3-32可知,目前山区专业技术人才在工作中最感到困惑的问题是知识老化和狭窄,其次是仪器设备等条件差。我们认为,上述情况尽管只是3个地区的3个区县的调查统计,但在一定程度上反映了全山区人才成长环境中的一个大问题。

此外,山区专门人才经济待遇低,也是山区人才开发中的一个明显问题,如果不认真加以研究和逐步解决,势必会影响山区人才积极性的调动和创造力的发挥。

(3)人才流动已经起步,但仍步履艰难,流动机制尚不健全,不适应加速山区开发的要求。

在改革、开放、搞活总方针、总政策指引下,从开发山区的需求出发,山区人才流动已经起步,有的地区已初见成效。以龙岩地区为例,从1980～1989年,全区调进专业技术人员1331个,调出则1165人,进多于出166人。不仅如此,该区人事部门用政策杠杆有意识地引导人才流向经济建设的主战场。据统计,仅1988～1989年,该区进入主战场的科技、管理人员就达9360人次,年均4180人次。有的开展科技咨询、技术服务活动,有的承包、领办各类中小企业,形式多样。如1989年连城县组织农村干部157人、农民技术员166人,组成农业技术承包集团。该集团在全县承包稻田种植技术17.7万亩,占全县水稻面积的44.23%,并培训农民21.6万人次,使全县粮食总产量比上年增产750万公斤,单位亩增产28公斤。

在人才流动初见成效的同时,也出现了新的问题。有的地区专业技术人才流出大于流进,特别是高层次人才流出突出。据统计,南平地区1977～1987年,流出量为6120人,但流入只有1983人,流出多于流入4137人。三明市边缘山区县——泰宁县,外籍人才占70%,共外流相当严重,1978～1990年调进只有151人,其中中专以上67人,而调出的却有 487 人,其中中专以上有 372 人。由此带来人才缺乏的矛盾加剧,特别是 40~50 岁年龄段的专门人才和具有高、中级职称的骨干人才流出较多。将乐县医院,中高级的主治和主任医生几乎走完,群众反映再走几个,医院就要关门了。这种人才流动过程中出现的"马太效应"现象,需冷静认真分析,正确认识和对待。

然而总体上看,山区商品经济还不发达;旧的人才管理体制并未得到改革,人才部门(单位)所有制问题未能解决;科学的人才流动政策法规,包括人才流动细则、人才辞职辞退规定、人才业余兼职、停薪留职条例、人才就业保险条例等还未制定或健全;山区人才劳务市场未建立,由此山区人才流动的启动、导向、约束等机制尚未建立和健全,人才流动尚很艰难。据 1987 年全省万名专业技术人才抽样调查表明,专业技术人才平均工作年限约 20 年,自从事专业技术工作以来,从未调动过工作单位的要占 37.72%,调动过一次的也占 23.22%,两项之和为 60.94%。可见,流动率甚低。全省是如此情况,山区情况也不例外。据此,目前山区人才流动现状,并不能解决山区人才——经济结构性偏差和人才空间分布不合理的状况,必须进一步研究解决。

3. 山区女性人才社会地位起了根本性变化,但至今问题不少,其开发度仍很低

建国后,福建山区女性及人才与全国妇女一样,摆脱了双重压迫和剥削,由资本和家庭的奴隶变成了国家和家庭的主人。她们在政治上和法律上,处于与男子一样的平等地位,不仅享有男女共同的权利:政治民主权利、人身权利、财产权利、劳动权利、休息权利和受教育权利。而且还享有妇女特殊的权益,在家庭关系和离婚问题上,有很多保护妇女的特殊规定。由此,山区女性及人才文化程度逐步提高,就业比例逐渐增加,成千上万女性及人才参加山区政治社会生活——参政议政。

在充分肯定山区女性人才社会地位发生根本性质变化的同时,还应清醒地看到在男女平等方面的问题还不少。妇女人才的开发度仍很低。

(1)山区女性专门人才比例过小,且层次较低。

据统计,1987 年全省山区女性人口约占山区总人口 50%,但女性专门人才只有 35891 人,占全山区专门人才总数的 21.45%,女性人口人才密度为 53.37 人/万人口,比全山区的人口人才密度低 68.89 人/万人口。

不仅如此,山区女性专门人才层次也较低。1987年底,全山区大专以下女性专门人才数为28062人,占全山区女性专门人才总数的78.19%。换句话说,近五分之四的女性专门人才的学历在大专以下(包括大学肄业、中专、高中以下)。见表3-33。

表3-33 福建省山区女性专门人才学历层次统计表(1987)

	总计		研究生		本科生		大专生		大学肄业		中专		高中以下	
	人数(人)	%	人数(人)	%	人数(人)	%	人数(人)	%	人数(人)	%	人数(人)	%	人数(人)	%
四个山区地市	28816	100	2	0.007	1722	5.98	4721	16.38	64	0.22	21174	73.48	1133	3.93
全山区	35891	100	2	0.006	2230	6.21	5597	15.59	76	0.21	26710	74.42	1276	3.56

资料来源:据《1987年福建省人才信息数据库资料汇编》统计而成。

如果,我们以四个山区地市来进一步分析,其大专以下学历的女性专门人才数为22371人,占女性专门人才总数的77.63%,而四个山区地市男女合计的大专以下专门人才占四个山区地市专门人才总数的65.07%,前者比后者明显高出12.56%个百分点。

(2)山区县乡两级女干部比例过低。据三明市1990年领导干部统计报表表明,该地区县、乡两级干部7579人,女干部为368人,仅占4.86%。其中:正县(市)级(包括省辖市的正区级)干部,女性一个也没有,副县(市)级(包括省辖市的副区级)干部,女性占7.6%;县(市)部委办局正职干部,女性占4.46%,其副职,女性占6.79%;正乡(镇)级干部,女性占0.95%,其副职,女性也只占1.92%,具体见表3-34。

表3-34 三明市地区县、乡级女干部数及所占比例统计表(1990年)

	正县(市)级	副县(市)级	县(市)部委办局正职	县(市)部委办局副职	正乡(镇)级	副乡(镇)级
总数	46	263	807	1782	315	731
女性数(人)	0	20	36	121	3	14
女性所占比例(%)	0.00	7.60	4.46	6.79	0.95	1.92

再以三明市所属尤溪县来看,该县是福建省最大的县,也是全省山区县中基础教育较为普及的县,但女性参政问题仍相当突出。至1990年9月底,全县县、乡两级干部总数为601人,女性只有12人,仅占1.9%。其中,县级干部33人,女性仅1人(县人大副主任);乡(镇)级干部111人,女性一个也没有;女性及人才集中的卫生局、教育局、文化局,

没有一名女局长;全县 65 名中学正副校长,只有一名女校长。即使乡党委委员,全县 109 人,女性也只有 2 人,占 1.8%;全县村委委员 1206 人,女性也只有 16 人,占 1.26%;村管委委员 1112 人,女性 142 人,占 12.26%。上述情况确实令人吃惊!

据此,我们认为山区县、乡两级女干部总体所占比例实在过低,其中正职女干部和乡级女干部比例更低;有的山区县几乎是男子一统天下,少得可怜的女干部只是点缀陪衬吧了!

(3)山区女性人才源文化素质较差,其表现在以下两个方面:

第一,女性全、半文盲所占比例远超过男子。据 1987 年 1% 人口抽样调查,全省 12 岁及以上人口全、半文盲占同龄人口的 32.32%,男性占同龄人口的 15.92%,而女性则占同龄人口的 49.09%,高出男性 33.17% 百分点;其中 12 - 14 岁女性人口,还有 20% 左右全、半文盲。据我们调查,山区状况也不例外。武夷山市,1987 年,女性全、半文盲占文盲总数比例的 73.75%,1989 年还占 70.6%。

第二,女性普及义务教育比例低,据统计,1987 年,全省各级学校女学生比例如表 3 -35 所示。

表 3 - 35　全省各学段女生所占比例统计表　　单位:%

		1987 年	1986 年
女生占学生总数%		42.3	42.6
其中	研究生%	21.4	21.1
	高等学校%	29.7	28.3
	中等专业学校%	39.9	38.7
	普通中学%	34.3	34.1
	职业中学%	43.8	44.4
	小学%	45.3	45.5

资料来源:《1988 年福建省统计年鉴》

由上表可知,随着学历层次提高,女性比例逐渐减少。我们在山区调查中,其状况也是如此。以尤溪县为例,据该县教育行政部门统计,1989 年,小学女生为 17116 人,占小学生总数的 46%;初中女生为 4562 人,占初中生总数的 35%;高中女生为 463,占高中生总数的 20%;高中女生所占比例较小学生下降 26 个百分点。同时,据该县妇联主任反映,全县初中及以上文化程度的女性 13186 人,只占女性总数的 8.2%。

综上所述,不难发现,山区女性人才源文化素质较差,这不仅说明山区女性人才开发度较低,而且也给山区今后开发女性人才带来相当难度。

分析造成上述情况原因,固然与山区女性自身素质低有关,山区生产力水平不高也是一个直接制约因素,但我们必须认识到传统封建的思想观念和道德规范,在漫长的封建社会历史演变中,没有发生突变和中断,通过世代的文化传递、深化和延伸,积淀为一种民族心理的"遗传基因",复制了一代又一代的特定的民族心理状态。这种封建思想道德的"隐性遗传",其力度和深度远比明显的文字符号的传递更为广泛和持久,时间和深度是正向相关,形成强大的惰性力量。"男尊女卑""三从四德""男外女内""女子无才便是德"等封建思想道德长期地、直接地、潜移默化地渗透影响山区社会生活和生产各领域,以至使男女两性在现实社会中的事实上不平等。上述格局的产生,是封建思想道德在人才资源开发方面的典型反映,是封建思想道德广泛而持久的影响恶果!

4.山区领导管理人才队伍建设取得较大的成绩,但队伍的整体素质仍不适应山区开发的需要

首先应充分肯定,在"七·五"期间山区县、乡两级干部的素质有较大的提高,其结构得到较大的改善,改革开放意识和战斗力也在不断增强,工作政绩也较突出,整个队伍向着干部"四化"方向发展。归纳起来,在人员结构变化上有如下特点:

(1)中青年干部较多。以三明市全地区为例,1990年,41-50岁年龄段的县级干部129名,占县级干部总数的41.48%,31-40岁年龄段的乡(镇)级干部562人,占乡级干部总数的53.73%。

(2)文化程度较前提高。1987年全山区具有大专以上学历的县级干部已占县级干部总数的37.72%,均高出全省及沿海地区的百分比;全山区具有中专以上学历(不包括高中)的乡级干部已达山区乡级干部总数的45.57%,见表3-36。

表3-36　全省山区县、乡两级干部学历层次统计表　单位:人

	合计		研究生		大学本科		大专		大学肄业		中专		高中以下	
	人数(人)	%	人数(人)	%	人数(人)	%	人数(人)	%	人数(人)	%	人数(人)	%	人数(人)	%
县级干部	1132	100	2	0.18	268	23.67	157	13.87	5	0.44	202	17.84	498	43.89
乡级干部	15689	100	3	0.019	1677	10.69	2053	13.09	104	0.66	3312	21.11	8540	54.43

资料来源:据1987年福建省人才信息数据库提供的数据计算而成。

(3)有基层工作经验干部比例逐步增加。据尤溪县组织部门统计，全县111名乡（镇）级干部，其中有44名由村干部中提拔的，占总数的37%。

(4)本地干部比例也在不同程度上加大。在调查中，我们发现尤溪县在培养本地干部方面做得较好。1989年该县的乡（镇）级干部中，已有95.5%是本地干部，县属机关干部中本地干部也占86.1%，县级干部中本地干部占36%。

在充分肯定成绩的同时，还应当指出，就全省山区县、乡两级干部队伍整体来说，仍不适应山区开发的需要。

(1)从干部文化程度来看，全山区县、乡两级干部文化程度偏低。1987年全山区还有62.28%县级干部文化程度在大专以下；有54.43%乡级干部文化程度在高中以下。

(2)从干部的专业结构来看，学农林专业有一定比例，学工程管理、经济管理专业的偏少。据统计，1987年，全山区学农学、林学专业的县级干部119人，占县级干部总数的10.51%，而学工程管理、经济管理专业的只有16人，占1.41%，其中龙岩地区137名县级干部中，一个也没有学工程管理、经济管理专业的。如果全山区县、乡两级干部合计统计，学工程管理、经济管理专业的有107人，仅占县、乡两级干部总数的0.6%，见表3-37。

表3-37 县、乡两级干部原所学专业比较表（1987） 单位：人

	干部总数		农学林学专业			管理工程、经济管理专业		
	县级	乡级	县级干部	乡级干部	合计	县级干部	乡级干部	合计
三明	209	2854	36	324	360	6	13	19
南平	347	4311	26	394	420	4	31	35
宁德	207	2645	20	169	189	2	17	19
龙岩	137	2502	19	207	226	0	14	14
全山区	1132	15689	119	1310	1429	16	91	107

资料来源：据1987年福建省人才信息数据库提供的数据计算而成。

(3)县、乡两级主要负责干部调动过于频繁。据我们调查，1979年以来，有的山区县县委书记平均每年调换一次，有的山区县县委书记已为第六任，县长也换了三位；至于正副乡（镇）长、书记不到三年任期就调任的，就有相当数量。

以上我们比较详尽地分析了福建省山区人才资源及其开发、教育发展的现状,并进行了较客观的评价。从振兴山区经济角度明确山区人才开发和教育发展中存在的问题,是研究和制定山区人才开发与教育发展战略的基本出发点。

四、福建省山区人才开发和教育发展的总体战略构思

(一)福建省山区人才开发和教育发展的指导思想

山区人才开发和教育发展,是一项涉及山区自然、经济、社会各个领域的复杂的系统工程,因而必须从战略高度上遵循以下指导思想:

1. 树立山区人才开发和教育发展的全局观和整体观

第一,山区人才开发和教育发展,是全区域人才资源开发和教育发展的有机组成部分。区域人才开发和教育发展的多层次的特点,决定了每一区域人才开发和教育发展战略都处在纵向的各层次区域人才开发和教育发展战略的系统之中,直接受到高一层次区域人才开发和教育发展战略的约束。设计区域人才开发和教育发展战略,应把全区域对本区人才开发和教育发展的要求作为重要依据之一,而不能脱离全区域总的战略要求来谈本区域的战略。同时,区域性的人才开发和教育发展又与同层次区域之间有着横向联系,特别在当今开放型社会经济环境和发展机制的逐渐形成的情况下更是如此。人才开发和教育发展的区际联系和相互作用的特点,决定了每一区域人才开发和教育发展的战略均处在区域人才开发和教育发展的战略网络之中,受同层次的区域人才开发和教育发展战略的影响和作用。设计区域人才开发和教育发展战略,又必须以人才开发和教育发展战略区域网络为背景,考虑同层次区域人才开发和教育发展战略之间的联系和相互作用。据此,作为福建省山区人才开发和教育发展,就要正确处理和协调山区与全省,山区与沿海之间人才开发和教育发展的内在关系。只有树立全局与整体的观念,才能形成一种有效的协调机制,保证山区人才开发和教育发展战略的顺利实施。

第二,山区人才开发和教育发展,又系山区总开发的重要方面。它是山区综合性开放母系统中的子系统,与其他子系统进行着物质、能量、

信息等方面的横向交流,以维持自身稳定而有序的动态平衡。设计山区人才开发和教育发展战略,应置于山区总开发之中,综合考虑其他开放子系统的影响和作用,任何离开山区总开发,不考虑其他开发系统的综合影响,来谈山区人才开发和教育发展都是不全面的。据此,作为福建省山区人才开发和教育发展,就应树立全局和整体的观念,服务并服从于福建山区总开发,并协调好与山区其他开发之间的关系,即使人才开发、教育发展服务于山区资源开发、经济社会发展、环境整治,并使之相互协调发展的大目标。

第三,山区教育发展,是山区人才开发的一个基本环节和主要环节。人才开发这项复杂的社会系统工程,就其时间顺序展开而言,是由人才的预测规划、教育培养、考核评价、选用配置、使用调控等基本环节构成。在此过程中,各环节环环紧扣,紧密联系,彼此制约,似如一条人才开发链。人才开发是其诸环节及其关系的总和。可见,人才开发这种整体性,要求山区教育发展应牢固树立山区人才开发的整体意识,从山区人才开发的整体效益出发规划山区教育发展。

2. 树立山区人才开发和教育发展的经济观

历史唯物主义认为,生产活动是人类最基本的实践活动,是决定社会中一切活动的基础。包含生产活动的经济开发活动决定人才开发和教育发展活动。更何况,人才开发和教育发展其最终目的之一是为振兴经济服务的,这对于山区来说尤为明显。可见,在山区综合性的总开发中,经济开发处于主导地位。人才开发和教育发展应紧紧围绕发展经济这个中心来展开,服务于经济建设,并以此指导山区人才开发和教育发展战略的制订。对于福建省山区来说,就必须根据福建山区经济发展内涵对山区人才和教育的客观内在要求,来确定与本山区经济发展紧密相联系人才开发和教育发展的战略,以更有效地推动山区经济的振兴。

3. 树立山区人才开发和教育发展的地域观

不同类型区域,有不同的经济发展内涵和各自不同的经济发展的有利条件和制约因素,因而只能因地制宜地制定不同的区域经济发展战略。并以此为依据,结合不同的区域人才资源及开发的现状和特点,制定与经济发展相适应并为之服务的人才开发和教育发展战略。福建省山区是一种沿海型山区,作为特定类型山区的人才开发和教育发展战略的设计,就要从沿海性和山区性的两重特性出发,依据本区经济发展处于经济起飞前期准备阶段的特点及其发展战略,并考虑上述特定的人才资源及开发的实际,来构筑本区人才开发和教育发展的战略。

不仅如此,由于区域内部各人才开发地域单元,受不同的人才开发的空间因素及其相互作用的影响,因而各人才开发地域单元仍然存在着差异性。由此,要深入研究某区域人才开发和教育发展战略,除对该区域进行整体战略研究外,还必须对该区域内部各人才开发地域单元作分异研究。这就是说,通过划分不同的人才开发区,制定人才分区开发战略,只有这样,制定出来的区域人才开发和教育发展战略,才是深入具体的和接近实际的,真正体现了在一定时期内特定的空间人才开发和教育发展的特殊性。据此,对于福建山区人才开发和教育发展战略的研究,不仅要进行全山区整体战略的研究,而且要对山区内部人才开发区进行分异研究,以更好地为开发和振兴山区服务。

4. 树立山区人才开发和教育发展的适度超前观

山区经济开发正反两方面经验证明,人才及其教育因素是经济发展的关键因素,促进或制约经济开发。山区要摆脱贫困落后的面貌,依靠人才和教育是一项带有战略性的根本措施。治穷必先治愚,鉴于教育效果的滞后性和人才培养的长期性,因而山区开发必须把人才开发和教育发展放在优先的地位,树立适度超前的观念,以适应山区及经济开发的需要。

(二)山区人才开发和教育发展的战略方向目标

根据上述全省山区经济发展的阶段性和山区经济开发战略总背景,以及山区人才资源及其开发的现状,到本世纪末或稍长一些时间内福建山区人才开发和教育发展总的战略方向:努力提高师资队伍素质,提高普及教育程度,提高中等教育结构中适用对路的职业 技术教育的比例,从而提高山区人才资源的质量。深化改革人才管理体制,促进人才区内外有序流动,实行以立足山区,发掘潜在人才资源,强化自身人才造就机能为主,依托沿海城市,有重点地引进短缺人才为辅的方针。调整山区人才的专业结构和地域分布格局,形成一支具有相当规模、层次适宜、专业结构和地域布局合理、能适应并促进山区开发的人才队伍。未来10

年或稍长一段时间内,达到以下两个方面相互关联的战略目标:

1. 在教育发展方面。积极发展山区初中教育,到 2000 年达到在山区 12 - 15 周岁适龄人口中普及初中义务教育,提高普及教育程度;进一步调整中等教育结构,中等专业学校和职业高中形成一定办学规模,提高职业技术教育比例,到本世纪末使每所普通中专学校(不包括特殊专业)在校生达到 640 人以上,每所技工学校的在校生努力达到 400 人的要求,并使职业高中生与普通高中生比例达到 1:1.5 ~ 1:2.3;加强教师培训工作,提高师资队伍素质。未来十年中,普通中学教师学历合格率提高到 80% 以上,小学教师学历合格率提高到 95% 以上,并逐步把山区教师进修工作重点转移到教师达标后的继续教育上;花大力气抓好扫盲教育,到 2000 年使山区文盲率降到全人口的 10% 左右。

2. 在人才队伍建设方面。到 2000 年,四个山区地市专门人才拥有量达 20 万左右,为 1985 年的三倍,并使专门人才具备外向型素质;专门人才学历结构重心上移,大专以上学历专门人才超过 50%,见表 4 - 1;工科专门人才拥有总量为 4.7 万人左右,为 1985 年的 3.3 倍;农科专门人才为 1.1 万左右,为 1985 年的 2.2 倍;加快林业产业人才增长速度,2000 年四个山区林科人才达 7200 人左右,为 1985 年的 4.2 倍。不同特点的山区,建成各具特色的人才群体,其中三明市以林产造纸、建材、冶金、纺织等专业人才为特色;南平地区以种植业、林产造纸、水能、森林、旅游等专门人才为特色;宁德地区以食品工业、水产养殖加工、海上运输、水能等专门人才为特色;龙岩地区以采矿业、电冶业、原材料工业等专门人才为特色。

表 4 - 1　四个山区地市专门人才数及学历层次需求预测表(1985 - 2000 年)

		合计	研究生	本科生	专科生	中专生
1985 年	人数	62296	27	10019	12653	37565
	比例%	100	0.04	16.08	20.31	60.30
2000 年	人数	194426	905	38955	62468	92098
	比例%	100	0.47	20.04	32.13	47.37

资料来源:福建省及四个山区地市专门人才需求预测报告

(三)山区人才开发和教育发展的战略重点

1. 山区人才开发的战略重点

从山区人才开发指导思想出发,山区人才资源的开发重点,即取决于山区经济开发重点,也和山区人才资源开发利用现状密切相关。据此,福建全省山区人才资源开发重点就总体而言应是:调整山区人才的专业结构,充实优势资源和产业部门的急需人才,逐步解决人才——经济结构性偏差;调整山区人才的层次结构,重点加强中初级为主的应用开发型人才。具体地说,有如下内容:

(1)从人才专业结构来说,重点开发与山区重点行业开发相配套的人才。鉴于福建山区重点行业:一是制约山区经济发展的"瓶颈产业",突出是交通运输业、能源工业;二是支持经济增长的高积累而具有优势资源的行业,主要是出口导向的创汇农业和轻工行业;三是山区比较优势的行业,主要是"替代进口"工业,如林产工业、建材工业等,因而全省山区应重点开发水能开发人才,以林纸——林菌、林化为代表的林产加工人才和林业综合性人才,建材工业人才和以亚热带果品、茶为主的生产、加工人才等。

(2)从人才类别而言,则侧重于应用技艺型人才、经营管理人才,以及相当数量的外向型经济贸易人才,包括具有企业内外双向全能的经营管理能力的开拓型企业家和既懂国际市场销售业务,又懂外语,也懂企业生产技术特点的外贸业务推销人才。

(3)从人才层次来看,未来十年,从全省山区总体上看,重点开发中初级人才,尽管到2000年四个山区地市专门人才大专以上学历比例超过50%,中专学历层次较1985年下降12.93个百分点,但中专学历层次比重仍为第一位,占47.37%,第2位是大专层次,占32.12%,两者合计近80%。当然,不同山区不同行业人才层次开发重点显然不同。如区域经济相对发达的山区——三明市、南平地区,经济相对比较落后的贫困山区——龙岩地区、宁德地区,人才层次开发重点明显就高些。又如,出口创汇农业和进口替代工业也有明显差异;前者重点开发中初级人才;后者主要开发关键技术岗位的中高级人才。

2. 山区教育发展的战略重点

根据山区教育发展的指导思想,从福建山区教育发展现状出发,未来十年,山区教育发展的重点应为:一是尽力发展职业技术教育;二是努力普及九年义务教育。

（1）尽力发展职业技术教育。职前职业技术教育,要具有本山区特色,适用对路。广大山区农村应着重发展农职初中,做到"农、科、教"沟通,"三教"①一起抓。山区城市则当发展职业高中,努力开拓"产教结合,企校合一"的职教办学新途径,尽力促进由"应试教育""升学教育"向现实生产力的迅速转化,使升学教育目标转为社会需求目标。

要大力发展以岗位培训为重点,以职业技术教育为主体的成人教育。山区的成人教育要战略转轨,由单纯的文化型学历成人教育转到城乡分别以"实业教育"和"养生教育"为重点的成人教育轨道上来。

要力求使职前与职后的职业技术教育衔接起来,建立一体化的职教体系。

（2）努力普及九年义务教育。要增加基础教育的投入,充实改善办学条件;要重视山区师范教育,健全和完善教师进修网络系统,加强师资培训进修工作,充实师资力量和提高师资素质;各级教育行政部门要采取有效措施,加强初中教育的薄弱环节,以达到山区普及义务教育的目标。

（四）山区人才开发和教育发展的战略步骤

山区经济实力薄弱,实现山区人才资源开发的战略方向和目标,总有一个轻重缓急、先后次序的问题,根据山区人才开发必须围绕山区经济开发为中心并为之服务的指导思想,山区人才资源开发的战略步骤必须以山区经济开发的战略步骤为主要依据,并适度超前。据此,我们认为,在2000年前福建省山区人才开发的战略步骤分为两个阶段:

第一阶段（1991－1995）:深化改革人才管理体制,改变专业技术人才低度使用状况,增强人才流动的活力,充分发掘山区人才的潜在资源（包括乡土人才）。

改革中等教育结构,抓紧并按条件发展山区适用对路职业技术教育,使全山区二分之一地、县的职业高中达到办学规模。

依托沿海城市,引进适量山区急需而又短缺的人才。调整山区人才专业结构,适应山区产业结构调整的人才需求,为出口创汇农业和替代

---

① "三教"是指基础教育、职业 技术教育、成人教育。

进口工业发展提供人才保证,并为山区出口导向产业作好人才准备。

切实抓好山区扫盲和九年义务基础教育,1993 年农村经济较发达乡镇实施 9 年义务教育;1995 年,山区 12 - 40 岁人口中,非文盲率达 95%,并重视脱盲后巩固提高;增强山区人才造就机制,提高山区人才资源的质量,为山区的长远开发奠定人才基础。

第二阶段(1996 - 2000):进一步深化改革人才管理体制和教育结构,积极开设外向型专业和发展专门人才的继续教育,大力提高山区人才的外向素质,全面开发外向型经贸人才,并依托沿海城市,适量引进能在国际市场上有所作为的一流企业家。

进一步调整人才专业和层次结构,以适应山区优势资源深度加工和产业结构体系向高度化和外向型转化的需要。

继续抓好山区的扫盲和九年义务基础教育,提高山区全民素质,拓宽山区人才源。

经过努力,力争在本世纪末全面实现福建省山区人才开发和教育发展战略目标。

(五)山区人才开发和教育发展的战略布局

1. 山区人才开发的战略布局

区域经济发展和区域人才开发的研究表明,经济发展的地域过程,必须伴随着人才的地域过程,并决定着人才开发的空间布局。经济发展地域过程的不同阶段,对应着不同的人才空间布局的型式。相对于经济发展地域过程的离散、极化、扩散、成熟等四个阶段,人才空间布局就相应呈现为分散均衡、中心——外围、多核心、网络型等四种型式。

根据上述原理,福建山区人才开发的空间布局应以山区经济发展的战略布局为依据。其相应的山区人才开发战略布局是:以山区城市为增长极,以交通干线为轴线,建设五个各具特色的人才群区和两条人才密集带,逐步形成"点、线、面"有机组合的山区人才布局网络。五个人才群区是:

以南平为中心的农业、林业产业、轻纺工业人才群区,其中包括以南平造纸厂为基础的造纸业人才群、以建瓯为核心的造纸加工业和以生产香料为主林产化工人才群等;

以三明、永安为中心林业产业、化学工业、冶金工业、建材工业人才群区,其中包括三明胶合板厂为龙头的造纸、三板生产人才群,以永安为核心的制浆、木材深度加工、板式家俱生产人才群等;

以龙岩为中心的闽西南农业、原材料工业人才群区,其中包括以龙岩市木材加工企业为主体的木材加工人才群等;

以邵武为中心的闽西北种植业、林业产业、旅游业人才群区,其中包括以邵武为核心的木材加工、家俱、竹浆造纸人才群,以建阳为核心造纸加工业和以生产香料为主林产化工人才群;

以赛江流域为轴心的海水养殖加工、食品工业人才群区。

两条人才密集带为:南平——邵武人才带;南平——三明——永安——龙岩人才带。

同时,通过人才动编流动和各种形式的在编流动——智力流动,使上述五个人才群区和两条人才密集带的人才势能得到辐射扩散,带动四个亚山区①的人才资源开发。

2. 山区教育发展的战略布局

根据各山区经济发展的特点和人才资源开发的需要,以及现有的教育发展的基础,因地制宜,设置各具有本山区特色的,直接为本山区经济和人才开发服务的不同专业的职业中学。未来十年,山区中心城市要办好一所有千人规模的职业高中,每个山区县要办好一所500人规模的城关职业高中,并同时办好一所300人规模的县以下(不含城镇)农村职业高中。

根据在适龄人口中普及初中义务教育的需要,按1万~1.2万人拥有一所初级中学的标准加以布局,使初中教育覆盖全山区。普通高中,按初中毕业生规模的三分之一为招生数,每山区县建设相应数量普通高中学校,但招生数应低于职业高中招生数。

为了满足"教育科技兴农"的需要,按县有职业技校、乡有文化技校、村有文化技术培训班的布局,形成全山区县、乡、村三级农村技术教育网。各山区县应因地制宜,各具有特色。

---

① 四个亚山区是指闽西北内陆山区人才开发区、闽西南内陆山区人才开发区、闽东北临海山区人才开发区、闽中南近海山区人才开发区,具体见本报告第五部分。

为适应教师培训工作的要求,继续按地区有教育学院或教师进修学院,县有教师进修学校、乡有教师进修辅导站进行布局。凡现已有的,要充实办学条件,特别是师资条件;凡未设置的,要有计划建立,形成和完善全山区地、县、乡三级教师进修网。

五、福建省山区人才开发与教育发展的对策、途径

为使山区人才资源开发和教育发展的总体构想能顺利实施,并具有可操作性,还必须采取一系列具体的对策与途径。

(一) 充分发掘山区现有人才的潜能,既是山区人才开发的重点,也是提高山区现有人才使用效能的有效对策

鉴于福建山区经济基础仍薄弱,人才资源又处于低度使用状态,专业技术人才中蕴藏着巨大潜力有待开发,因而充分发掘山区现有人才的潜能,是一项投资少,见效快,周期短的有效人才开发对策,应作为山区人才资源开发的重点。为此,应通过以下途径:

1. 为人才提供施展才能的"用武之地"。凡是人才,总有其所专所长。一般来说,人才最大的心愿是,知识得以尊重,专长得以发挥,成果得以承认,才华能报效祖国。可见,要开发人才的潜能,就要给人才提供释放才能的场所和机会,充分发挥人才的作用。

(1)应根据优势定位原则,把人才配置到最容易施展其才能优势的岗位上,充分发挥他们的才能优势,力求做到用当其才。

(2)应根据最佳年龄成才规律,使用人才于最佳创造年龄区域,充分发挥他们的年龄优势,力求做到用当其时。

(3)应根据人才群体结构优化原理,使用人才于最佳群体结构之中,充分发挥其空间位置的优势,力求做到用当其位。

只有这样,才能达到人尽其才,才尽其用的人才开发目的。

2. 制定山区专业技术人才开发的特殊政策法规。山区人才的特殊问题。引出山区人才开发的特殊政策法规。只有用各种特殊政策法规作为杠杆,综合治理开发山区人才资源,才能有效地解决山区人才资源

开发的特殊问题。最大限度地激发山区人才的积极性和创造性。

（1）制定并实施山区专业技术人才特殊的工资制，奖励制、补贴制、医疗制、分房制、休假制、服务期制，以及积极解决夫妻两地分居子女升学就业等问题。

（2）改革山区专业技术人才职称评定和职务聘任制度，实行职称职务分开的"双轨制"，解决专业技术人才升等提级难的问题；制定修改和完善有关法规，切实保障专业技术人才的合法权利：学术上平等和自由讨论的权利，坚持自己的学术观点的权利，获取和交流科学信息的权利，发表和推广科技成果的权利，根据国家的需要与个人特长条件选择职业与单位的权利，享受培训进修、参加学术活动和出国考察的权利，以及获得合理劳动报酬的权利等。

（3）建立"山区人才开发基金制度"。用于改善人才缺乏地区和部门的人才的工作和生活条件；以一定补贴鼓励人才往内陆边缘贫困地区工作；设立优秀人才奖、奖励对山区有特殊贡献的人才；也可对30年以上扎根山区的人才实行山区补贴；还可用于建立山区人才活动保险金等，以调动山区人才开发的积极性和创造性。

为此，山区应建立"人才占有费征收制度"。该费由当地财政部门征收，征收标准略高于当地全员劳动生产率的幅度，按年计征。沿海区向山区调人才，也参照此标准，按人才培训年限一次性征收。以上征得经费，纳入"山区人才开发基金"。

（4）还可建立选择山区优秀专业技术人才制度，颁发山区荣誉证书制度和名人录等。

总之，要从山区开发的需求和山区人才的特殊问题出发，建立山区人才资源开发的特殊政策法规体系。在制定和实施过程中要注意发现新矛盾和研究新问题，理顺关系，衔接政策，防止产生人才政策上的"班车现象"。正确处理不同年龄段人才之间、本地与外来人才之间，少数与多数人才之间的关系。

3. 转变人才观念，下功夫挖掘山区乡土人才的潜能。乡土人才是山区人才资源中的宝贵财富，是开发山区的一支巨大力量，是直接地持久地影响山区发展的最基础人才大军。对这支队伍的开发，必须高度地加以重视，可通过对口技术培训、评聘农民技术职称、大胆选用等各种措施加以综合开发,充分发挥他们对开发山区的举足轻重的作用。

4. 促使山区人才的导向性流动。要提高山区人才利用率,降低闲置率,还必须有目的有导向促使山区人才流动。为此,要开放山区人才劳务市场,努力完善人才"双向选择"机制,实现计划调控为主和社会调节为辅的双轨运行管理体制,打破人才刚性分配制度和人才单位(部门)所有制。

（二）改革山区教育,强化山区人才自我造就机能,既是开发山区人才资源的根本,也是缓和山区人才总量相对不足矛盾的主要对策

人要持久地充满活力,主要不是靠"输血",而是靠增强人的"造血"机能。同理,要解决山区人才问题,主要不是靠外界支援和帮助,而是靠山区人才造就机能,即山区的人才自培能力。可见,从深化改革山区教育入手,立足于山区人才造就机能的强化,是山区人才资源开发之本。为此,应通过以下途径:

1. 增加教育投入,改变投入结构,提高投入效益。山区县政府要改变山区资金分配结构,增加财政预算内的教育投入,改变其比重逐年下降趋势;同时,要改变教育内部的投资结构,增加基础教育的投入;另外,可采用乡、村两级社会集资办法,发展基础教育。

2. 全面坚持"一堵、二扫、三提高"、"的方针,全面扫除山区全半文盲。文盲是一种文化沙漠化现象,必须综合治理,实行"堵"、"扫"、"提高"并举,做到环环扣紧。一堵,即要认真贯彻《义务教育法》使少年儿童都能接受义务教育,当前要采取有效措施,巩固学额,切实控制小学生流失。二扫,即要在扫盲内容和方法上寻求新的突破,推广扫盲与农村适用技术教育相结合经验,走学文化与学技术相结合的道路。为此,要建立教材体系,建设一支既懂识字教学,又有实用技术知识和技能的教师队伍。三提高,即要认真做好脱盲后的巩固和提高工作。总之,通过扫盲,拓宽山区人才源。

3. 加强初中教育薄弱环节。(1)增加教育投入,改善办学条件和发展初级中学;(2)实行"三教"结合,改革初中办学的指导思想、内容和方法,以适应山区群众的需求;(3)分析原因,采取对策,克服教育领域中的"水土流失"现象——学生流失;(4)加强初中教育的领导管理,改变初中教育管理中存在的"真空"现象。总之,努力普及九年义务教育,提高山区人才源的文化科学素质,奠定山区人才开发的扎实基础。

4. 花大力气发展具有山区特色的职业技术教育,进一步调整山区教育结构。

(1)职前职业技术教育:通过增加地方财政的投入,发动企业和社会力量办学,积极发展山区急需的职业中学;发挥普通中学多功能教育作用,或在普通中学开设职业技术课和增设职业班,或在初、高中阶段实行3+1学制或2+1学制,即在初中实行3年文化基础教育和1年职业技术教育,在高中实行2年文化基础教育和1年职业技术教育;在城市有计划有步骤地推行以企业徒工培训和职业学校之间合作培养人才为特征的"双元制"的职教办学模式;有条件的山区,可兴办5年制高等专科学校,招收初中毕业生,培养山区后备技术力量。

(2)职后职业技术教育:在山区城市企事业单位,要有计划有步骤地广泛开展以传授专业知识为基础,以提高工作能力或生产技能为重点的从业人员的岗位培训,以及专业技术人员、管理人员的继续教育,达到全体劳动者"智能消差"的目的,适应企事业 单位不断开发的要求。在山区农村,既要对乡、村两级干部、各种技术推广组织和乡镇企业全体人员实施岗位培训,又要对广大农民技术人员、专业户、示范户、回乡知识青年、复员退伍军人等进行各种形式的农村实用技术培训,以利于知识及时转化为能力,能力及时转化为效益。由此,应有效地提高山区劳动者的素质,培养一大批开发当地优势资源急需而又短缺的中、初级为主的应用型技术人才和对外贸易经济人才,努力使山区拥有的人才优势和开发山区的资源优势相适应。

5. 充分发挥社会学术团体的智力优势,以智力开发智力。实践证明,社会学术团体通过挂点挂乡服务,到乡巡回咨询、开办实用技术培训班等方式,能有效地开发山区的潜在能力。

6. 提高基础教育师资素质,是增强山区人才造就机能的关键。学校是培养人才的主要基地,师资是提高学校教育质量的关键。因此,建设一支合格的基础教师队伍,是强化山区人才造就机能的关键和基本条件。

(1)"双管齐下",稳定山区师资队伍。所谓"双管齐下",是指加强思想政治教育和切实解决实际困难相结合,保证山区中小学教师特别是民办教师有个基本的工作和生活的条件和愉快的人际环境,能解决好教师医疗保健问题。

(2)加强在职教师培训进修。培训在职教师可分为在职培训和离职培训两大类,应以在职培训为主。其办法有:建立和完善山区地、县、乡三级教师进修系统,有条件的地、县应开办教育学院、教师进修学校,使之成为中小学教师培训基地;举办师范函授教育,充分挖掘山区现有师范院校的潜力,对口定向培训中小学各科教师;与沿海地区挂钩,定期派出教师到沿海地区中小学跟班跟课学习;直接与沿海地区著名中小学签订合同,聘请各科教师来山区参加短期的示范教学,或利用暑期来山区,与山区教师一起进行分科备课活动;积极开展山区内部的教学协作活动,定期组织业务交流和教学备课研究活动;有条件的学校,应充分发挥有水平有经验的老教师和具有业务专长教师的"传、帮、带"作用。

(3)不断补充新生力量。其办法是:重视师范教育的智力投资,开办适量的师范院校和职业技术师范学校;依托三线企业、军工单位的人才优势,兴办职业师资培训班,培养职业技术教育的师资,并选拔热爱职业教育,有一定专长的,适应教学工作的工程技术人员和科研人员,经过短期的教育理论和教学法的培训,充实到职业教育师资队伍中来,其方式既可动编流动,也可在编流动。

(三)建立人才"双向双性流动"的管理体制,既是山区人才资源开发的动力机制,也是协调山区人才结构偏差的重要对策

所谓"双向流动",是指非山区向山区的人才流动和山区向非山区的人才流动相结合,以非山区向山区的人才流动为主。所谓"双性流动",是指动编的人才流动和不动编的智力流动相结合,以不动编的智力流动为主。古今中外历史表明,人才流动是经济社会发展的需要;人才造就和人类进步,也离不开人才流动。山区人才外流,归根结底是山区经济发展滞后性的反映,是一种必然的倾向,是一直会存在的。何况,根据福建省的"山海协作,优势互补"的经济开放战略方针,一方面要让沿海的劳动密集型创汇产业向内地山区发展,另一方面要鼓励山区,特别是三线工业企业中的技术资金密集型产业向沿海开放城市渗透,开设

"窗口"，从而尽快形成外向型经济的全面开放格局，这也需要山区与沿海之间人才双向流动。因此，为了有效地实现山区及其人才资源开发的战略目标，山区只能实行"双向双性流动"的人才政策，山区人才管理应由静态稳定管理转向动态平衡管理，人才资源开发应在动态中进行。

1. 积极做好山区"智力回流"工作。所谓"智力回流"，是指通过各种途径和措施，将已外流人才的智力返流到流出的山区，为流出山区开发服务。这里指的外流人才，可以有两种：一是本山区籍的外流在外区工作的人才；一是长时期支援本山区工作，现已流向外区的非山区籍人才。根据联合国"托克泰恩"（TOKTEN）计划实施证明，"智力回流"不仅可能，而且效果是良好的。为此，要在调查研究基础上，对外流人才进行分门别类分层次登记造册；建立"智力回收"的特殊网络；运用各种方式组织"智力回流"，包括对区外高校的本山区籍毕业生进行超前期吸引等。

2. 沟通山区与沿海之间人才流动的渠道，增强区内吸引人才的机制。实践证明，山区引进人才要从实际出发，要有规划，要有重点，要采用多种渠道和形式。根据今后 10 年内福建山区及其人才资源开发的战略目标，广大山区农村以引进技艺型、实用型初级创汇农业人才为主；山区城市以引进与"替代进口"工业开发相配套的不同层次工程技术人才为主，其中更需要引进的是关键性技术岗位的高级 技工和高级工程师，以及外向型经营管理人才。不同层次人才的引进，应采取不同的引进方式：高级人才，主要以不动编的"智力引进为宜，可采取各种形式：联营协作、技术承包、技术转让、购买专利、技术咨询、信息服务、智力支乡、借用等，在时间安排只可拟用"候鸟式""巡回式""轮换式"等；初级人才，既可长期，也可短期，例如，可对口向沿海发达地区招聘能人，吸引沿海地区能人到山区经商投资，也可承包项目，不同类型人员分期分批轮流来山区开发。

3. 重视和组织好山区内部人才流动，这是解决山区人才的结构性短缺和地域分布失衡的一个有效而又现实的人才资源开发途径。目前，要着重抓好以下四个方面的区内人才流动。引导专门人才到山区经济建设的"主战场"，到山区基层生产第一线去工作。

组织好区内三线企业、军工单位人才向当地企事业单位的流动；

组织好区内工业城市人才向山区县、乡的流动；

组织好铁路沿线山区县人才向内陆边缘贫困山区的流动；

组织好山区县域机关人才向乡镇企业、乡办林场、乡村中小学、乡卫生院所等基层单位流动；

为此，可采取如下政策措施：

（1）建立和完善选拔中青年科技、管理人员到县、乡担任科技副县乡长制度；

（2）建立山区城市专业技术人员到山区服务制度。规定凡在山区城市工作的、年龄在 30－50 岁之间的专业技术人员均有义务到山区县、乡服务两年，并以此作为晋升职称的一个必备条件。凡在这个年龄内，无故不下去服务的，不得晋升技术职称；凡在服务期内有突出贡献的，可优先或破格晋升技术职称。

（3）允许专业技术人员以兼职、辞职、停薪留职的形式，到农村及一切技术力量薄弱的地方开展承包、租赁、咨询等各种技术开发和技术服务活动，并允许他们把技术当股份投资，按股分红，收入归己。

（4）还可在毕业分配去向上规定：凡基层农林水单位接收对口的毕业生，允许超编安排；凡分配到乡镇企业的毕业生实行"一不占，二不变，三挂钩"政策（即不占乡镇机关编制，国家干部身份不变，工资、福利、奖金与企业效益挂钩），并实行"保底不封顶"的工资政策，职称评聘资格证书由职改办盖章认可；企业接收毕业生可以增人增资等，以促进毕业生到基层生产第一线工作。

通过上述人才流动，克服人才流动中的"马太效应"现象，使区内人才潜能，由高势能区向低势能区扩散。充分发挥人才的辐射力，以达到在动态平衡中开发山区人才资源。为此，山区要建立多层次人才劳务市场；放宽户口政策；加强集镇建设，为转移的人才提供立足之地。

（四）开发山区领导管理人才，是山区人才资源开发的关键对策

山区的经济和社会的发展，需要各级领导管理人才决策指挥；山区的人才资源开发，也需各级领导管理人才去运筹规划，制定政策和组织实施。思想政治路线确定之后，领导管理人才是开发山区及其人才资源的决定因素；再联系福建省山区领导管理人才仍不适应山区开发需要的现状,很显然,山区各级领导管理人才的开发,应放在山区人才资源总开发中的首位。

山区领导管理人才开发的具体目标是造就三支队伍:一是具有坚定正确的政治方向、战略眼光、开拓精神、务实作风、科学素质、宏观决策能力,以及熟悉和献身山区的领导人才队伍;二是具有坚强的党性、高尚的品德、公道正派作风,熟悉经济和社会,以及卓越的人事管理才能的人才管理家队伍;三是具有坚定正确的政治方向、高尚的职业道德、卓越的教育管理才能,以及热爱和献身于山区教育的教育家队伍。

为此,从山区领导管理人才总体的实际出发,应采取如下对策:

1. 大力开展热爱山区的教育。人才成长史表明,热爱是事业成功之母,人才造就的心理动力,"热爱——追求——奋斗——成功"能起一种连锁反应。要教育干部树立全心全意为山区人民服务的思想。树立对上和对下负责一致性的观念,树立献身于山区开发的崇高志向。这是开发山区领导管理人才的一项最基础的思想教育工作。

2. 切实加强干部培训,实行育人与用人一体化。严格执行"先培训、后上岗"制度,做到未培训,不任命,不连任。建立"培训考察制度",负责培训的院校(中心),即是培训的基地,又是考察干部的场所。岗位资格培训的考核成绩等材料,应列入本人档案;向上级单位报批干部材料时,要附干部岗位培训鉴定表和岗位培训合格证书。岗位资格培训合格,应作为评聘职务,职称依据之一;考核成绩优秀者,在其他条件相似情况下,应优先晋级或提拔使用。总之,把培训、考核、使用有机结合起来。

对组织人事干部和教育管理干部的培训,除进行热爱山区教育和进行专业才能训练之外,近期还要帮助他们树立以山区经济建设为中心的观念,引导他们熟悉区情、熟悉本区经济发展战略。要指导组织人事干部学习掌握区域经济学、人才学和区域人才开发等方面的新知识;要帮助教育管理干部树立教育要为山区开发服务的观念,树立正确的教育质量观,克服片面追求升学率的倾向,并增加教育经济学、人才学与区域人才开发等新知识。

3. 严格干部的考评制度,建立科学考评指标体系。采取定性——定量——定性相结合的科学考评方法,使干部考评制度化,成为提高干部素质,开发山区领导管理人才的重要环节。

4.有效地调整干部结构。通过深化改革,精简机构、鼓励流动等措施,切实解决干部分布于基层边缘山区过少,各级领导班子中学行政管理和经济管理专业少的不合理状况,积极开发现有领导管理人才的创造潜能。

5.高度重视本地干部培养。本地干部熟悉区情、乡情和民情,对本地有着特殊的感情。培养本地干部,有利于山区干部队伍相对稳定,有利于山区及其人才资源战略目标的实现。对此,要从政策上、制度上加以规定,逐步改变某些山区县本地干部比例过少的状况。

6.保持山区干部队伍的相对稳定。一要加强对干部教育,使他们与山区人民建立鱼水相依的关系;二是从立法制度上加以保证,不到任期不能轻易调动干部和批准干部申请调动。

(五)重视开发山区女性人才,是山区人才开发的重要方面

1.在思想舆论上。要充分认识到开发女性人才的战略意义,造成尊重女性和支持女性成才的社会舆论,为此,必须从如下两方面着手:

(1)要广泛而深层地批判封建思想道德。其中"男尊女卑""男主女从"、"男外女内"、"女子无才便是德"等传统封建意识,对女性成才和开发阻碍尤为突出,更要重点加以批判。

(2)要广泛而深入地宣传女性及人才在社会发展中的地位和作用。要认识学习马克思主义"妇女观"及其关于妇女地位和作用的论述。了解并理解马克思名言"没有妇女的酵素就不可能有伟大的社会变革。社会的进步可以用女性(丑的也包括在内)的社会地位来精确地衡量"。同时,从生理学、心理学角度,科学地宣传男女两性智力因素,个性心理品格发展的特色,说明对各自成才均有优势,也有弱点。还可用历史和现实,介绍各类女性人才在社会发展和人类进步中的特殊重要作用。

2.在法律上,制定有关法律和制度,切实维护女性及人才的合法权益。

首先,要严格贯彻执行宪法和有关法律。克服目前在山区存在的有法不依,执法不严的情况,切实保障女性及人才的合法权益,促进山区女性人才的开发。同时,要从山区女性人才开发现状的实际出发,制定新

的地方性法规条例。例如地方性的《妇女保护条例》、《妇女生育社会保障制度》以及建立和完善山区《有女无男户社会保险规定》等。

3. 在实际工作中，尽力开发女性人才。

（1）因性施教，热情培养女性人才。第一，采取有效措施，如设立"女儿童奖学金"，切实解决小学、初中段女性流生的问题，在适龄女孩中普及义务教育；第二，在中小学要对女学生进行针对性教育训练，克服她们青春期"闭锁心理"，纠正她们不适当的认知方式。第三，完善并充分运用山区乡村女子夜校和女子培训中心，对青壮年女山民进行扫盲和文化技术教育，提高她们劳动素质。第四，充分利用党校、干校等各种教育阵地，对女领导管理干部进行针对性教育培训，提高她们的政治、科学、心理素质，特别要增强女领导管理干部的心理承受力。其中，包括自信力、自制力、持恒力等心理能力，并使她们掌握心理调节的方法，学会妥善处理事业与家庭、个人与社会之间的心理矛盾。

（2）积极扶持，尽力发掘女性人才。发掘女性人才，除依据德才兼备原则外，还应贯彻：①"一视同仁"原则，决不允许无原则的拔高标准和附加条件；②积极扶持原则，在条件同等情况下，应优先选拔"女干部"，对看准了的女性苗子，应破格提拔，大胆任用，在工作实践中锻炼成长。③重优点，不求全责备的原则。

发掘女性人才应有切实有效的措施：①建议组织人事部门，有专人负责落实开发女性人才的任务；②建立"女性人才信息库"，使信息库成为党和政府发掘女性人才的重要渠道；③各级妇联要成为培养输送女干部的基地。

发掘女性人才，还应有明确的制度规定。如规定各级领导班子男女的比例组成。审批班子时，要严格把好性别比例关。

（3）扬长避短，积极使用女性人才。人才学研究表明，在社会主义社会中，人们通过个人和组织的密切配合，扬长避短或扬长克短，使个人的才能优势得到充分发挥，才能取得创造活动成功。对于女性成才更是如此。据此，在使用女性人才中，应扬长避短，发挥优势。这既是女性自身成才和发展的需要，又是社会充分发挥女性聪明才智和酵素作用的必由之路。山区女性人才开发目标，主要不是在"男子能干"的岗位上去开创"女子也能干"的先例，而是着眼于根据女性的生理机制，心理成才的优势和特点,扬长避短地在有利于发挥女性人才潜在智能和特长的职业舞台上,替代男子胜任主角或成为男主角的最佳配角。

同时,在使用女性人才过程中,要充分估价女性承担人口繁衍的沉重的社会职责,为社会发展、人类延续作出了男性无法作出的独特贡献,由此也带来男子体会不到的困难和矛盾。对此,我们既要充分估价,又要充分理解,热情帮助。具体来说,要在学习进修,图书资料,实验手段,参加学术会议各方面给予优先的满足;在解决婴幼儿抚育,减轻家务劳动各方面提供必要的物质条件。

此外,为尽力解决妇女在"两种生产"中的矛盾和减少女性所隶属单位经济损失,有关劳动人事部门,除严格贯彻执行"女职工社会生产基金制度"外,还可制定具体政策和措施。

当然,山区女性人才开发是个长期的历史过程,不仅为山区生产关系所制约,也为山区生产力所制约,不仅受物质生产水平的影响,也受精神文明程度的影响,但我们不能因此而放松对开发山区女性人才的要求和努力。

综上所述,山区人才资源开发的对策可归纳为:改革管理体制,发掘潜在人才;转变人才观念,重用乡土人才;依托沿海城市,引进急需人才;办好职业教育,培养后继人才;立足本地山区,造就带动人才;认识战略意义,尽力开发女性人才。

最后,还必须指出的是,为了有效地开发山区人才资源,还得以县为单位建立山区人才资源开发指挥部。该部总指挥应是县委书记或县长。通过指挥部指挥,把县政府的计划生育、教育、人事、科技、计划、经济、财政等有关部门统一组织起来,使人才的优生、优养、优育及至优用这个系统的社会工程高效地运转,造就出一批又一批的山区人才。

六、福建省山区经济、人才、教育的区域分异研究

区域人才开发,就是要根据区域经济发展特点,围绕今后区域经济发展主题。同时,立足于区内人才资源现状及其开发基础,本着发挥地

区优势,扬长避短的指导思想,制定区域人才开发方向、重点并采取相应的对策。然而,由于受不同的区位条件、社会历史条件和自然条件的影响,一个区域内部各亚区之间无论在经济发展条件、现状以及今后发展方向上,还是在人才资源现状及其开发基础上,都会存在着不同程度的差异性。这种客观存在的差异性,决定了区域人才开发必须贯彻因地制宜原则,通过划分不同的人才开发区,从而制定人才分区开发战略。同时,围绕各区经济发展和相应的人才开发战略进而制定切实可行的教育发展战略。

(一)福建省山区不同人才开发区的划分

1. 人才开发区的一般划分原则

人才开发区是一种特殊的人才区。它不同于那种单纯表现人才现状空间集聚差异性的一般人才区概念,而是侧重于从经济发展的角度,以开发为目的,促使区内人才资源更好地适应区域经济发展的需要,从而在地域空间上所表现出来的一种经济——人才耦合区。因此,与一般人才区相比,人才开发区具有更突出的经济目的性,发展战略性和实践性特征。上述特征,决定了人才开发区的划分必须遵循以下一般原则。

(1)以经济因素的区域分异为主导,兼顾人才现状区域分异的原则

这是由人才开发区的经济目的性所决定的。也就是说,人才开发区的划分其主要目的是围绕区内经济的发展并服务于经济发展的需要。因此,经济因素包括发展现状、条件及其由此决定的发展模式与方向的区域分异,必须对人才开发区的划分具有决定性意义。当然,由于人才本身也是经济发展的关键因素,不同区域在客观上已形成的人才资源现状对各自经济发展也必然产生重要影响。从人尽其才,才尽其用的目的出发,人才开发区的划分也应该兼顾区域人才现状的差异性,以便更好地实现经济发展和人才开发的有机结合。

(2)既立足现状的差异性,更注重方向的一致性原则

这是由人才开发区的发展战略性所决定的。也就是说,人才开发区的划分,不是一种人才现状的静态区域划分,而是一种人才开发战略区的划分,必须坚持以人才开发方向的一致性为主的原则。当然,正确地认识和评价已经形成的区域人才现状及其所表现的内部差异性,也是确

定各区人才开发方向的前提和基础条件之一。因此,人才开发区的划分,还必须是立足于现状差异的基础上,根据区域发展方向的一致性进行合理的分区划片,以便更好地促进区域人才资源的优化配置和有效利用。

（3）可操作性原则

这是由人才开发区的实践性所决定的。也就是说,人才开发区的划分并非最终目的,不是为区划而区划的,而是为了在实践中贯彻因地制宜、分类指导的原则,从而达到更好地促进区域人才开发为经济建设服务的目的。因此,人才开发区的划分,必须使人才在管理、使用、调动等方面具有可操作性或便于操作。为此,考虑到我国现有管理体制,应该尽量保持行政区划的相对完整性,适当兼顾行政职能隶属关系。从本课题实际出发,主要应考虑保持县级行政区划的完整性,适当兼顾地市一级行政隶属关系。

2. 福建省山区不同人才开发区的划分

依据上述原则,我们从福建省山区的实际情况出发,综合考虑山区内部自然条件、经济发展现状,尤其是经济发展方向的差异性,以及人才资源现状及其开发差异因素,把福建省山区人才开发区划分为二大类四亚区,即内陆山区人才开发区（Ⅰ）和沿海或近海山区人才开发区（Ⅱ）二大类。其中内陆山区人才开发区又进一步分为闽西南内陆山区人才开发区（Ⅰ1）和闽西北内陆山区人才开发区（Ⅰ2）；沿海或近海山区人才开发区分为闽东北临海山区人才开发区（Ⅱ1）和闽中南近海山区人才开发区（Ⅱ2）。见图6-1,其区域范围如下页所述：

图 6 - 1

Ⅰ1：闽西南内陆山区人才开发区

包括龙岩市及其所辖的6个县，即龙岩市、长汀县、永定县、上杭县、武平县、漳平县、连城县。

Ⅰ2：闽西北内陆山区人才开发区

包括南平地区和三明市所辖的21个市县。即南平市、邵武市、崇安县（武夷山市）、建阳县、建瓯县、顺昌县、光泽县、松溪县、政和县和三明市、永安市、明溪县、沙县、宁化县、清流县、尤溪县、将乐县、建宁县、大田县、泰宁县。

Ⅱ1：闽东北临海山区人才开发区

包括宁德地区所辖的9个县、即宁德县、福安县、福鼎县、霞浦县、古田县、屏南县、寿宁县、周宁县、柘荣县。

Ⅱ2:闽中南近海山区人才开发区

包括福州市所辖的4个县,漳州市所辖的4个县以及泉州市所辖的3个县。即连江县、罗源县、闽清县、永泰县;南靖县、平和县、长泰县、华安县;安溪县、永春县、德化县。

就总体而言,上述二大类四亚区实际上体现了福建省山区这样四个不同类型的经济——人才开发区:即闽西南内陆贫困山区人才开发区、闽西北内陆相对发达山区人才开发区;闽东北临海待开放贫困山区人才开发区、闽中南近海开放落后山区人才开发区。不同的自然条件、经济基础、人才教育现状,尤其是今后不同的经济发展方向,决定了其各自不同的人才开发战略和相应的教育发展战略。

(二)福建省山区不同人才开发区自然、经济、人才与教育现状特征及其差异对比分析

1.四个山区人才开发区自然资源与经济发展现状对比分析

(1)从自然资源条件看,上述四个山区人才开发区的资源状况尤其是优势资源存在着较为显著的差异(表6-1)。

闽西南内陆山区:本区矿产资源十分丰富,是福建省重要矿区。其中铁矿资源占全省79.5%,锰矿资源占全省50%以上,煤炭资源占全省41%,水泥石灰岩资源居全省九地市第二位。此外,森林、水力资源也较丰富;经济作物资源以烟草较突出,在全省有重要地位,也是我国有名的优质烤烟产区之一。

闽西北内陆山区:本区森林、水力、矿产和耕地资源都十分丰富。森林资源占全省60%以上,是我国南方重点林区之一;水能资源无论是理论蕴藏量还是可开发量均居全省首位;以煤炭和金属矿为主的矿产资源优势也十分突出,其中原煤储量占全省44.3%,钨矿资源占全省97.9%,在全国也有一定地位。铁矿资源占全省11.1%,居第二位。本区耕地资源十分丰富,1989年耕地面积占全省35.3%,人均耕地面积1.13亩,比全省人均水平0.64亩高近一倍。此外,本区的旅游资源在省内也有重要地位。

闽东北临海山区:本区直接濒临海洋,海岸线长度973公里,约占全

省 1/3,滩涂面积 65.4 万亩,占全省 23%,海洋资源在福建省有重要地位。1989 年水产品海水养殖面积 11.33 万亩,居全省沿海 5 地市的第三位,拥有全国闻名的五大半封闭式渔场、对虾、四大贝类、淡水鳗、海带、裙带菜的养殖在省内地位重要。本区经济作物资源在省内也具有一定优势,尤以茶叶(绿茶、白茶、花茶)、"七茹二耳"为主的食用菌资源更突出。此外,本区的海运、森林、水力等是有待进一步开发的潜在性优势资源。相对而言,本区用以发展基础原材料工业的重要矿产资源比较匮乏,尤其是煤铁资源。

闽中南近海山区:本区以亚热带经济作物资源优势最为突出,甘蔗、水果、茶叶具有重要区际意义。1989 年甘蔗种植面积占全省 16.4%,产量占全省 18.5%,水果种植面积占全省 22.6%,产量占全省 26.1%,茶叶种植面积占全省 20.7%,产量占全省 23.5%,其中不乏名、优、特产品,尤以乌龙茶生产驰名中外。此外,本区各县都分布有一定数量的地方偏在性自然资源。除德化县的陶瓷建材资源在省内具有较突出地位和一些县的林业在沿海地区有一定地位外,其他均无突出区际意义,但对各县发展地方相关工业却也不容忽视。

表 6-1   福建省不同山区人才开发区资源状况对比表

	主要资源种类	优势资源及其开发地位
闽西南内陆山区	煤、铁、锰、钨、铋、钼、钛、稀土、铅锌、石灰石、白云岩、硫铁矿、高岭土、膨润土、森林、水力、经济作物等。	(1)有重要地位的优势资源:煤、铁、锰、铋、石灰石、膨润土、高岭土、森林、烟草。 (2)有一定地位的优势资源:水力。
闽西北内陆山区	煤、铁、银钽、钨、铋、钼、石灰石、白云岩、萤石、花岗岩、硫铁矿、重晶石、森林、水力、耕地、旅游等。	(1)有重要地位的优势资源:森林、水力、煤、铁、钨、石灰石、硫铁矿、耕地。 (2)有一定地位优势资源:旅游、花岗岩。
闽东北临海山区	海洋、经济作物、森林、水力,以高岭土、叶腊石等为主的非金属矿、旅游。	(1)有重要地位的优势资源:海洋渔业、茶叶、食用菌。 (2)有一定地位或潜在优势资源:森林、水力、海运、建材原料。
闽中南近海山区	亚热带经济作物、森林、水力、煤、以建材原料为主的非金属矿。	(1)有重要地位的优势资源:以甘蔗、果、茶为主的亚热带经济作物。 (2)地方偏在性资源:森林、小水力、煤、陶瓷原料,一般建材。

（2）从经济发展的现状分析，上述四个山区人才开发区也存在明显的差异（表6－2）。

闽西南内陆山区：本区由于地处福建省的边缘山区，交通相对不便，长期以来都处于一种较为封闭的经济发育环境，这在福建省实行对外开放以前，曾一度为本区经济创造了一种特殊的发展机制，并奠定了一定的经济基础，尤其是重化工业基础。但在实行对外开放以后，本区和沿海地区尤其是与之密切关联的厦漳泉地区相比，上述相对偏僻的地理位置和封闭发展环境却成为经济发展的不利因素，加上政策上的差异，使本区经济发展在省内还是处于较落后的地位，并有下降趋势。如1985年工业产值占全省比重还是6.1%，而1989年已降至4.8%；人均工业产值在省内九个地市的地位，1985年还居第五位。1989年已退居第八位。在我们所指的四个山区中，其区域经济发展水平也偏低，1989年人均工农业总产值960.5元，比四个山区平均水平1210.6元低。全区七个市县中有4个贫困县。

本区经济结构表现为以资源型为主的偏重型结构特征。1989年工农业产值比为70.9∶29.1，轻重工业比为46.5∶53.5。在工业结构中，烟草、森工、机械、化工是本区支柱工业，其中烟草、森工又同时是本区较为突出的比较优势部门。[①] 从各部门经济效益看，本区部门效益最好的是烟草，较好的是化工、森工，一般的是造纸、纺织、食品、建材、机械，较差的是冶金、电力、煤炭。就总体而言，本区经济结构尤其是工业结构明显地表现出"低层次、规模小、加工粗、分散化"的特点，在省内的社会地域分工地位以"垂直分工"为主，而"水平分工"不足，也是影响本区经济发展水平的重要因素。

闽西北内陆山区：本区地处福建内陆山区，由于特殊的政治因素，解放以来尤其是福建省实行对外开放以前，一直是省内经济投资和工业布局的重点地区，相对于省内其他地区来讲，有着较好的经济发展基础，已逐步形成省内能源、冶金、化工、森工、国防、机械、建材等重化工业生产基地，其中一些部门或产品在全国也具重要意义，从而奠定了本区在福

---

① 比较优势部门指部门地位指数大于1，并且产值占全省同行业产值比重较大的工业部门。其中部门地位指数＝本区某部门工业占本区工业总值比重/本省该部门工业占全省工业总值比重。

建省经济发展中的重要地位。尽管实行对外开放政策以来，随着福建省经济重心的东移，本区经济发展速度较沿海地区缓慢，但就总体情况看，其经济实力在省内仍属中上水平，在四个山区中是相对发达地区。1989年，全区人均工农业总产值1949.1元，比全省人均水平1247.4元和四个山区人均水平1210.6元都高出1/3强。

本区经济结构表现为轻重协调型、资源型与加工型相对合理的结构特征。1989年工农业产值比是76.8:23.2，轻重工业比是49.8:50.2。在工业结构中，机械、化工、纺织、食品、森工是本区支柱部门，而森工、造纸、能源、冶金、水泥建材是本区较为突出的比较优势部门。在农业方面，粮食生产和林业也是本区优势产业部门。因此，从部门发展角度看，本区依靠众多的名优特产品优势和规模经济优势在省内的水平分工中占有重要地位。当然，在上述经济结构中，本区存在支柱工业与沿海地区基本雷同现象，由于受同构化产业间的相互牵制，其发展规模和地位必然受到较大影响，从而也影响了产业总体功能的发挥，必须妥善加以协调。

闽东北临海山区：本区虽地处福建沿海，但交通却相对闭塞，加上受政治因素影响，地处前线，长期以来经济发展得不到应的重视，发展基础十分薄弱。尽管目前已初步实行对外开放，但由于种种原因，在开放步伐上和程度上与沿海其他地区相比，存在较大差距，全区只有宁德、霞浦两县最近才被列为沿海地区开放县。因此，就整体经济发展水平而言，在福建省九个地市中处在最落后地位。而且与全省差距仍在不断扩大。如工农业总产值占全省比重由1978年的8.06%降至1989年的4.76%，1989年人均工农业总产值770.9元，比全省人均水平低38.2%，比四个山区人均水平低36.3%，居全省九个地市末位。在四个山区中居第三位。全区九个县中有6个县是贫困县。

本区经济结构在总体上仍属农业型，工业结构表现出明显的轻型化特征。1989年，农业占国民收入生产额比重达57.17%，工农业产值比为57:43，轻重工业比为70.2:29.8。工业结构中，以食品、机械、能源、化工为四大支柱部门，但由于自我发展能力差，生产发育环境欠佳，加上受沿海地区竞争挤兑，因此，就各部门产业总体水平而言，形不成规模经济，缺少重点骨干企业，使区内支柱工业缺乏较强竞争能力，优势资源难以转换成优势部门。在农业生产中,由于经营粗放,基础设施差,也存在明显低效性。

闽中南近海山区。本区是闽南沿海开放区的重要组成部分,全区11个县均属沿海开放县,占全省33个开放县(区)的1/3,同其他三个山区相比,具有相对较好的外向型经济发展条件和发展态势。但由于区位条件较其他沿海开放地区不利,加上过去较长一段时期又缺乏必要的投资。因此,外向型经济发展也较缓慢,经济基础仍较薄弱,其经济发展水平同各自所属三个市(福州市、漳州市、泉州市)其他地区相比差距较大。1989年人均工农业产值747.2元,比三市人均水平1470.4元低49.2%,比全省人均水平低40.1%,在四个山区中居最后一位。

表6-2 福建省不同山区人才开发区经济发展对比表

	经济发展水平及地位	经济结构
闽西南内陆山区	区域经济发展水平落后,低于全省、全山区平均水平。属内陆贫困山区	(1)支柱工业:烟草、森林、机械、化工。 (2)优势工业:烟草、森工。 (3)有一定地位工业:冶金、煤炭。 产业结构技术层次相对较低。
闽西北内陆山区	区域经济发展水平最高,在省内也属中上水平。属相对发达山区。	(1)支柱工业:机械、化工、纺织、食品、森工。 (2)优势产业:森工、造纸、能源、冶金、水泥、粮食、林业。 产业结构技术层次相对较高。
闽东北临海山区	区域经济发展水平落后,低于全省、全山区平均水平,居全山区第三位。属待开放贫困山区。	(1)支柱工业:食品、机械、能源、化工。 (2)优势部门不突出。 产业结构技术层次较低。
闽中南近海山区	区域经济发展水平最低。属开放型落后山区	(1)支柱工业与优势工业:食品。 (2)有一定地位产业:创汇农业。 (3)立足于地方资源的地方相关工业:如德化陶瓷、永春煤炭、华安的电力等。产业结构技术层次较低。

本区经济结构大多立足于区内优势资源和偏在性地方资源,形成各具特色的资源——加工型地方工业结构体系。如永春煤炭和煤化工工业、德化的陶瓷工业、华安的电力工业、安溪的制茶工业等。食品工业普遍是本区的支柱部门(有的产值比重甚至达50%以上),又是优势较突出的工业部门。创汇农业和一些县的林业在沿海地区也有一定地位和发展潜力。而其他产业部门,由于受资源规模制约,除德化的陶瓷工业有较大

的区际意义外,大多表现为规模小、层次低、效益差的特点。因此,就本区大多数产业部门而言,面临着改造、升级、转换的结构调整任务。

2. 四个山区人才开发区人才资源现状对比分析

经济发展决定人才发展。同上述四个不同山区人才开发区的自然、经济发展现状差异相对应,其人才资源现状也必然表现出不同程度的区域差异,从而形成人才数众寡不一,人才能级高低不一,人才结构类型不一的人才开发区(表6-3)。

表6-3 福建省四个山区人才开发区人才资源现状对比表(1987)

	人口数(万人)	专门人才数(人)	专门人才占全省比重(%)	面积人才密度(人/Km^2)	人口人才密度(人/万人)	人才当量数(本科生)	人口人才当量密度
闽西南内陆山区	245.92	35663	8.20	1.87	145.02	14269.1	58.02
闽西北内陆山区	497.13	77112	17.73	1.56	155.11	30327.1	61.00
闽东北临海山区	270.67	20249	4.66	1.40	74.81	9929.9	36.69
闽中南近海山区	401.55	34285	7.88	1.19	85.38	12415.9	30.92
全山区	1415.27	167309	38.47	1.50	118.22	66942	47.30
沿海地区	1385.14	267594	61.53	11.66	193.19	126155.8	91.08
全省	2800.41	424903	100.0	3.51	155.29	193097.8	68.95

资料来源:《福建省1987年人才数据信息库资料汇编》。

从上表可看出,四个山区人才开发区人才资源现状,无论是数量发展水平还是能级状况,都明显地表现为二个内陆山区优于二个沿海、近海山区,出现和全省人才资源现状沿海优于山区的相反分布特征。显然,这同上述四个山区经济发展现状的差异基本一致,由此也进一步说明人才与经济发展之间的正相关关系。如闽西北内陆相对发达山区,1987年专门人才数77112人,占全省专门人才比重17.73%,面积人才密度为1.56人/Km2,人口人才密度为155.11人/万人,人才当量数是30327.1人(本科生),人口人才量密度为61.0人/万人。除面积人才密度居全山区第二位外,其余都居全山区首位,接近全省平均水平。而闽东北临海贫困山区和闽中南近海落后山区不仅经济发展水平与闽西北内陆山区存在较大差距,在人才资源绝对量与相对量上,也与闽西北山区存在显著差距,甚至还不如闽西南内陆山区。

当然,就人才资源总体发展水平而言,正如本文第三部分所分析,无论是闽西北内陆山区,还是其他落后山区,其人才资源数量、能级都与沿海存在着明显差距。因此,可以这样认为,要进一步提高山区经济地位,摆脱一些山区贫困落后面貌,推进山海一体化发展,上述四个山区人才开发区都面临着艰巨的人才开发任务;而其中闽东北临海山区和闽中南近海山区面临着更为艰巨而又迫切的人才开发战略选择,必须因地制宜,根据各山区经济发展对人才的需求,合理制定分区开发战略。

3. 四个山区人才开发区教育现状对比分析

首先,从普通中学、农职业中学和小学教育情况看,四个山区人才开发区的发展现状如下表 6-4 所示。

从表 6-4 可看出,就普通中学的发展规模而言,四个山区人才开发区明显地表现为二个内陆山区高于二个沿海、近海山区。如每万人口拥有学校数,闽西南、闽西北内陆山区分别是 0.70 和 0.69,每万人口在校生数分别是 426.37 和 422.59,每万人口专任教师数分别是 28.55 和 30.66,不仅高于闽东北临海山区和闽中南近海山区,而且也远远高于沿海地区和全省平均水平。相对而言,闽东北临海山区在上述四个山区中其普通中学发展规模最为落后。从农职业中学发展情况看,四个山区之间的差异虽不如普通中学差异大,但在总体水平上两个内陆山区还是略高于两个临海和近海山区,而整个山区平均水平则略低于沿海平均水平。至于小学发展情况,从表 6-4 可看出,四个山区之间差异不是很明显,说明山区小学普及教育已相对均衡地展开。根据上述情况,可以认为,中学职业教育则是目前山区中学教育体系中最为薄弱的环节,必须加以充分重视。

其次,从高等、中等专业教育情况看,就总体水平讲,山区发展与沿海地区存在较大差距。至 1989 年底,四个山区人才开发区拥有各类普通高等院校 9 所,普通中等专业学校 32 所。高等学校在校生数 7236人,只占全省高等院校在校生数的 12.7%,中等专业学校在校生数18186 人,占全省中等专业学校在校生数的 33.6%。在四个山区内部,以闽西北内陆山区发展规模相对最大,闽西南内陆山区闽东北临海山区其次,闽中南近海山区最次。至 1989 年止,闽西北内陆山区共拥有普通高等院校 5 所,中等专业学校 18 所。高等院校在校生数 4577 人,占全山区高等院校在校生数的 63.3% ,中等专业学校在校生数 10480 人,占全山区中等专业学校在校生数的 57.7% 。此外,三明市还拥有 2 所成人高等学校。闽西南内陆山区和闽东北临海山区分别拥有普通高等院校各 2 所,中等专业学校 7 所和 5 所。闽中南近海山区区内缺乏中心城市和地级行政中心,因此,表现在高等院校和中等专业学校发展规模上必然受到限制,在上述四个山区中规模最小,只有安溪、永春两所师范学校。综上所述,由于山区的高等、中等专业教育尤其是主要面向区内招生、分配的中等专业教育,是为山区直接培养输送各类高、中等专业技术

表 6 - 4   四个山区人才开发区普通中学、农职业中学、小学教育现状表

(1988 - 1989 学年度)

		闽西南	闽西北	闽东北	闽中南	沿海	全省
普通中学	学校数(个)	172	345	106	185	509	1317
	每万人口学校数(个/万人)	0.70	0.69	0.39	0.46	0.37	0.47
	在校生数(人)	104854	210084	83861	146476	461091	1006366
	每万人口在校生数(人/万人)	426.37	422.59	309.83	364.78	332.89	359.35
	专任教师数(人)	7022	15241	5739	8836	31081	67919
	每万人口专任教师数	28.55	30.66	21.20	22.00	22.44	24.25
	师生比	1:14.9	1:13.8	1:14.6	1:16.6	1:14.8	1:14.8
农职业中学	学校数(个)	27	56	29	41	115	268
	每万人口学校数(个/万人)	0.11	0.11	0.11	0.10	0.08	0.10
	在校生数(人)	5259	12253	4687	8249	38505	68953
	每万人口在校生数(人/万人)	21.39	24.65	17.32	20.54	27.80	24.62
	专任教师数(人)	499	1159	467	652	2858	5635
	每万人口专任教师数	2.03	2.33	1.73	1.62	2.06	2.01
	师生比	1:10.5	1:10.6	1:10.0	1:12.7	1:13.5	1:12.2
小学	学校数(个)	1700	3404	5432	3487	55.14	19537
	每万人口学校数(个/万人)	6.91	6.85	20.07	8.68	3.98	6.98
	在校生数(人)	317749	588387	344639	497546	1619416	3367737
	每万人口在校生数(人/万人)	1292.08	1183.57	1273.28	1239.06	1169.14	1202.54
	专任教师数(人)	14078	36516	17041	20325	59477	147437
	每万人口专任教师数	57.25	73.45	62.96	50.62	42.94	52.65
	师生比	1:22.6	1:16.1	1:20.2	1:24.5	1:27.2	1:22.8

资料来源:据《福建省教育统计资料 1988~1989 学年度》整理。

人才的重要来源,对提高山区才队伍总体素质,优化山区人才结构有直接推动作用。因此,根据各自区域经济发展基础,保持适当规模的高、中等专业教育的增长,无论在现实上还是战略上都具有重要意义,特别是闽西南、闽东北和闽中南三个发展规模还较为落后的山区。

(三)福建省四个不同山区人才开发区的分区开发战略

1. 闽西南内陆山区人才开发区的开发战略

据本山区自然、经济发展现状与条件,并考虑到本山区在全省劳动地域分工中的地位以及与相邻地区的产业合理分工,其今后经济发展方向是:(1)农业在保证生产稳定增长,尤其是粮食商品基地建设的基础上,必须挖掘潜力,进一步加强本区的林业生产和以优势烤烟为主的经济作物生产,积极发展创汇农业。(2)工业在保证全区以煤炭水电为主的能源工业发展前提下,必须充分利用本区的资源优势,以提高经济效益为中心,重点发展烟草加工、化工、森工这些经济效益较好的行业和冶金、建材、食品等部门中的相对优势行业,以促进本区产业整体发展水平的提高,并成为全省原材料工业基地。

据此,本区的人才开发与教育发展必须围绕上述经济发展的方向与重点,制定相应的开发战略。(1)在人才行业结构上,重点开发以采矿和水能人才,烟草加工、化工、森工为主的加工型人才,以及重点开发冶金、建材、食品等部门中优势行业的人才,尤其是经营管理型人才,以不断提高这些行业的经济效益和产品竞争能力。此外,还必须大力培养具有技术专长又善管理的县、乡二级管理人才——山区脱贫致富的带头人,以及地方资源开发的乡土人才大军。(2)在人才层次结构上,近期同本区产业结构的技术层次相适应,重点加强以初中级为主的人才开发;中远期,对高级人才的开发也必须予以足够重视,从而为本区产业结构高度化创造条件。(3)在人才开发方式上,针对本区人才资源现状,坚持内涵挖潜和外延扩大相结合的开发方式,即既要提高本区现有人才资源的使用率,也要进行必要的人才数量引进与培养。(4)在人才开发布局上,以龙岩市为依托,形成以水电和冶炼相结合的电冶工业、建材工业为主原材料工业人才中心,以烟草、化工、森工为主的加工型人才中心,提高本区人才的总体凝聚力。同时,本区作为闽南厦漳泉地区的直接经济腹地和后方基地,为适应外向型经济发展需要,还必须加强与厦漳泉三市的人才横向联系与交流,以提高本区的人才活力,更好推动本区经济发展。(5)在教育发展重点上,除了继续抓好普通中学、小学义务教育、提高人才源素质以适应本区上述人才开发战略要求外,必须以闽西职业大学为依托,大力开展以烟、酒、化工、森工等重点行业为主的有地方特色的职业技术教育。同时,逐步健全农村尤其是贫困县农村的文化技术传播网,开展以脱贫致富为目标,围绕地方土特产品(如闽西"八大干"等)资源开发的适用技术传播与培训。此外,根据本区人才资源现状和相应人才开发战略,还必须进一步提高中等专业教育的发展水平,以直接满足本区经济发展对人才尤其是中等专业技术人才的需求。

2. 闽西北内陆山区人才开发区的开发战略

据本区自然、经济发展现状、条件,并考虑到本区在全省劳动地域分工中的地位以及与相邻地区尤其是沿海地区的产业分工,其今后经济发展主要方向是:充分发挥本区耕地、山地资源的优势,在继续加强本区农业生产尤其是商品粮基地建设和林业基地建设的基础上,优先发展本区具有突出资源优势的森工、造纸、能源、冶金、水泥建材等产门,提高优势资源的开发力度,增强优势产业的经济实力与地位,使之在较短的时间内尽快成为本区的带头产业和新的支柱产业。同时,在认真处理好本区支柱产业与沿海地区同构化产业之间合理分工的前提下,有选择地发展机械、化工、食品、纺织等支柱产业中优势产业,发挥这些行业在资金积累方面的优势,以此进一步增强山区经济自我发展能力,推动山区经济更好地发展。

据此,本区人才开发与教育发展必须围绕上述经济发展方向与重点,制定相应开发战略。(1)在人才行业结构上:为了巩固并提高本商品粮和林业基地建设,必须进一步加强本区农林人才尤其是林业人才的开发(据二地市预测,林业均是今后十年内需求量较大的专业之一)。从发挥优势角度出发,则必须优先保证以森工、造纸、能源、冶金、水泥建材等为主的优势产业发展对人才的需求。同时,有选择有步骤地实行对机械、化工、纺织、食品等支柱工业中具有一定产品优势行业的倾斜开发政策。(2)在层次结构上,由于本区产业结构总体技术层次相对较其他三个山区高,与此相适应,本区人才开发层次就总体而言,仍以中初级人才开发为主,而对一些技术起点较高、规模较大,在国内处于领先地位或差距不大的优势产业部门,如造纸、森工,则近期必须以中级人才开发为主,中远期逐步过渡到中高级为主的人才开发战略。(3)在开发方式上,针对本区人才资源现状,也必须坚持内涵挖潜即充分利用现有人才资源,改变低效使用状况和外延扩大即人才数量上的增加相结合的开发方式。(4)在开发布局上,以三明、南平为中心,永安、邵武为次中心,形成以森工、造纸、冶金、水泥建材为特色的沿线两条人才密集带,并以此带动其他山区县的相应人才开发。(5)在教育发展重点上,针对本区现有普通中、小学义务教育和高、中等专业技术教育已达相当规模的实际情况,在进一步巩固和稳定其发展规模,提高发展质量的前提下,重点加强职业技术教育。以现有的三明,南平职业大学为依托,大力开展以森工、造纸、冶金、水泥等为主的优势产业和机械、化工、纺织、食品等支柱产业的职业技术教育,全面提高本区上述产业部门的人员素质和技术实力,达到优化劳动组合,增强产品竞争力和产业发展后劲的目的。

3. 闽东北临海山区人才开发区的开发战略

据本区自然、经济发展现状与条件,尤其是考虑到本区经济面临着基础薄弱,自我发展能力较差和产业优势不突出的双重制约因素,今后本区经济发展方向:首先应重点加强对海洋渔业、茶叶、食用菌为主的优势资源开发力度和深度,在建立水产养殖、食用菌、茶叶生产基地的基础上,大力发展以上述优势资源为原料的有区域特色的系列食品加工业,促进资源优势转为产业优势。其次,有步骤地开发区内有一定地位的地方优势资源,主要是以新型建材为主的建材工业和林产工业。同时,进一步加强对区内现有支柱工业机电、化工为主的产业技术改造,着重提高竞争力,打开市场销路。由此,全面推进本区以农业型为主的经济向工业型为主经济的转化,初步实现脱贫致富目标。从更长远发展趋势看,本区地处沿海,随着对外开放度的逐步提高,本区的海运优势将越来越突出,若再与本区较为丰富的待开发水能资源相结合,发展一定规模的大运量大耗能重化工业有着较为有利的条件,有可能成为本区实现工业化、摆脱贫困落后面貌的强有力推动力量。

根据上述经济发展思路,本区今后相应的人才开发与教育发展战略是:(1)在行业结构上,重点开发以水产、食用菌、茶叶为主的生产培育人才以及相应的食品工业加工人才,尤其是围绕食品资源深度加工、系列培育人才以及相应的食品工业加工人才,尤其是围绕食品资源深度加工、系列加工、新产品开发的开拓型技术人才,以便尽快促使资源优势转化为产业优势,从而改变本区优势产业不突出并严重制约经济发展的不利局面。在此基础上,努力加强对其他地方优势资源工业,如新型建材、林产工业的生产加工型人才开发以及在现有区内起支柱作用的机电、化学等部门的专业技术人才(侧重于产品设计、技术管理人才)的开发。此外,还应该大力培养一批具有良好开拓精神和领导管理才能,能带领广大山区脱贫致富的县、乡二级管理人才以及乡镇企业人才。从更长远观点看,也必须做好围绕海运、水力开发及相关工业人才开发的适度超前准备。(2)在层次结构上,对应本区产业结构层次较低的特点,在今后较长一段时期内仍主要培养以初中级为主的人才队伍。(3)在开发方式上,针对本区现有人才资源总体数量明显不足的特点,在进一步稳定区内现有人才队伍,提高使用效能的前提下,必须进行必要的投入,适当以外延式开发为主,重点保证区内急需人才的数量增长。(4)在开发布局上,由于本区目前尚缺少中心城市和相应的人才中心。因此,刚必须加强与福州市的横向联系,以福州市为依托,重点建设以赛岐港为中心,以赛江流域为轴心的以海水养殖加工、食品工业为特色的人才区,为今后逐步形成闽东北临海山区的经济中心,并由此带动全区经济振兴创造有利条件。(5)在教育发展重点上,从本区教育发展现状看,除小学教育明显优于其他山区外,在普通中学、农职业中学以及高、中等专业技术教育方面都处于较落后的地位。因此,今后在适当优先保证初级中学义务教育的发展、进一步发展中等职业教育的基础上,为了推动本区经济发展从农业为主向工业为主;从低效经营向高效规模经营的转变,以增强本区经济自我发展能力,大力开展适合本区特点的职业技术教育十分必要。必须以现有闽东职业大学为依托,围绕本区以水产、食用菌、茶叶为主的优势资源生产开展职业技术教育,促进相应养殖基地的建设。同时,还必须进一步开展围绕上述优势资源形成的产业加工部门的岗位职业技术培训,从而依靠内涵挖掘来达到促使本区的资源优势尽快转化为产业优势,实现脱贫致富的目的。此外,也应积极创造条件,重点加强本区中等专业技术教育尤其是工科、农科的发展,这对缓和本区目前在工农业生产中人才数明显不足的矛盾具有直接重要意义。

4. 闽中南近海山区人才开发区的开发战略

据本区的自然、经济发展现状与条件,特别是考虑到本区较其他山区相对优越的开放环境,其今后经济发展必须以外向型经济为主导方向,充分利用本区以蔗、果、茶为主的亚热带经济作物资源优势,在建设好以蔗、果、茶为主的经济作物生产基地的基础上,大力发展创汇农业和食品、制糖工业,有重点地扶植具有一定地位的林产与加工工业。与此同时,各县在开发各具特色的偏在性资源基础上形成的有一定基础的相关工业尤其是乡镇企业也必须继续予以加强。

鉴于本区上述经济总体发展方向,今后的人才开发与教育发展战略是:(1)在行业结构上,围绕创汇农业和食品、制糖等比较优势工业的发展,重点开发以果、茶为主体的园艺人才和产品的系列、综合开发与深度加工人才,以及相应的外向型经济管理人才,适当扶植一些具有一定林业潜力的地方林产与加工人才的开发。同时,针对本区乡镇企业发展相对活跃的特点,各县都要根据各自实际情况,大力培养一批围绕地方性资源开发的乡土人才、乡镇企业人才队伍,加速实现资源向商品的转化,促进本区尽早摆脱目前还比较落后的经济状况。(2)在层次结构上,与本区较低的产业结构技术层次相适应,在较长一段时间内也以初中级人才开发为主。(3)在开发方式上,针对本区人才资源现状同上述闽东北临海山区相同的数量特征,也必须在充分利用原有人才资源的基础上,适当优先保证区内人才数量上的增长。(4)在开发布局上,依托所属地市各自的中心城市、即

福州市、漳州市、泉州市,加强与中心城市的人才交流与协作,如对口支援、智力交流等,以此促进各自山区人才的有效开发。(5)在教育发展重点上,根据上述本区的地方经济发展特色和相应人才开发策略,除了继续抓好普及教育、提高教育质量外,也应有意识地重点开展符合本区区域条件的职业教育,包括中等职业教育和岗位职业技术培训。尤其是后者必须主要围绕本区亚热带果、蔗、茶等优势资源的开发并为其服务,开展在职人员的岗位技术培训,以满足经济发展的需要。同时,针对本区乡镇企业发展相对活跃的特点,应大力开展乡镇企业在职人员特别是干部的职业技术教育,以缓和目前乡镇企业人才严重不足对其发展

所产生的压力。在开展职业教育的形式上,根据本区区内目前尚缺乏中心城市和相应人才中心的特点,可以采取"送出去"和"请进来"两种方式并举的办法,即一方面依托各自区外中心城市的职业大学(黎明大学、漳州职业大学、福州职业大学),有选择地选送有关人员去进修培训;另一方面,可根据需要聘请有关技术人才在各县开展各种形式的短期职业技术示范教育,从而达到提高区内产业部门在职人员技术素养,促进地区资源有效开发和产业经济顺利发展的目的。

结束语

总之,从对福建山区为代表的中国东南部丘陵山区人才开发和教育发展研究中给我们的启示是:

(一)中国东南部丘陵山区,处于我国商品经济较发达、人才集中、科技教育文化水平较高的重点开放区域之中。它的开发必定受制于我国东南部的区域发展环境。据此,中国东南部丘陵山区及其人才开发、教育发展,应以该地区国民经济和社会发展的总体格局为背景,服从于整个东南部人才和教育开发的总体发展战略,应充分运用并发挥该地区的优势,大力开发人才、发展教育,为振兴山区服务。

(二)中国东南部丘陵山区,系沿海型山区。其区域开发,乃至其人才和教育开发,均取决于该区域具有沿海和山区双重性特征的矛盾运动。这种矛盾运动决定着沿海型山区人才、教育开发的方向目标(数量、质量、结构)、速度、程度等。因此,研究中国东南部丘陵山区人才和教育开发,必须紧紧扣住双重性这一特点,并以此为出发点,来设计山区人才、教育开发的战略。

(三)中国东南部丘陵山区和沿海区之间有着十分紧密的横向联系和相互作用。研究山区人才、教育的开发,应首先具体分析山区和沿海区开发的各自有利条件和制约因素、发展阶段特点、区位势能以及两者相互作用影响,由此建立"山海协作,优势互补、互为依托,各有侧重"的沿海型山区开发的战略方针,充分发挥山区资源和产业的优势,从而实现沿海、山区之间的双向推进,使山区产业结构体系逐渐向高度化和外向型转化,推进山海一体化发展。以此为总依据,并从山区人才及其开发的现状和特点出发,来构建中国东南部丘陵山区人才和教育开发的战略,以及具体途径和对策。

（四）中国东南部丘陵山区人才和教育开发,是全山区总开发系统的子系统,它又取决于山区经济开发子系统。研究山区人才和教育开发,必须置于全山区总开发之中,服务并服从于全山区总开发;并在分析山区经济发展阶段性和地域性基础上,围绕山区经济开发这个中心,来构思山区人才开发战略及其相应的教育发展战略。

据此,我们认为,未来10年中国东南部丘陵山区的人才开发方向,应形成一支规模相当、层次适宜、专业结构和地域分布合理、能适应本山区及经济开发需要的人才队伍。其中,重点开发县、乡两级领导管理人才;重点开发与山区重点行业相配套的人才,特别是资源和产业优势部门的急需人才、外向型经济贸易人才;重点开发中初级为主的应用技艺型人才、经营管理人才等。

为达到上述目标,应贯彻以立足山区,充分开掘现有人才(包括乡土人才在内)的潜能,强化自身人才造就机能为主,依托沿海城市,重点地引进急需而短缺的人才为辅的方针;并建立人才"双性双向流动"管理体制,解决人才——经济结构性偏差和人才地域分布分散和同构状态,以适应山区产业结构的调整和人才地域极化的需求。

与此相适应的是,山区教育发展重点是:努力普及义务教育,提高山区人才源的质量;尽力发展具有本山区特色的、适用对路的职业技术教育,培养山区后备技术力量;大力开展以岗位培训为重点,以职业技术教育为主体的成人教育,提高山区劳动者的素质;重视山区师范教育,加强师资培训进修工作,充实师资力量和提高师资素质,强化山区人才自培能力。总之,要把山区单纯的"应试升学教育"转移到以"实业教育"、"养生教育"为重点的轨道上来,服务于山区人才开发。

（五）中国东南部丘陵山区,主要包括浙江、福建、广东、广西等省(区)沿海的丘陵山地。由于受不同的区位条件、社会历史和自然环境等因素的影响和制约,以致造成其区域内部各山区之间的发展的差异性。这种客观存在的区域发展的差异性,决定着区域及其人才、教育开发必须贯彻因地制宜的原则。因此,研究中国东南部丘陵山区人才开发和教育发展,还必须通过划分不同的人才开发区,从每个人才开发区的特殊性和现实性出发,因地制宜确定不同人才开发区的不同人才,教育开发的重点和对策,从而对不同类型山区的人才和教育开发起分类指导的作用。

主要参考文献

1. 叶忠海主编:《普通人才学》,复旦大学出版社 1990 年 7 月版。

2. 刘君德、叶忠海:《中国人才开发的空间研究》,《华东师范大学学报》(哲学社会科学版)1991 年第 1 期。

3. 叶忠海:《人才开发要置于地区总开发的战略之中》,《人才研究》1988 年第 1 期。

4. 叶忠海:《中国西部不发达地区人才开发的若干基本问题》(1987 年 7 月中国人才研究会人才学讲习班讲稿)。

5. 金其铭等编著:《人文地理学导论》,江苏教育出版社,1987 年 9 月版。

本课题组人员名单:

组　　长:刘君德(华东师范大学)

副组长:叶忠海(华东师范大学)

潘潮玄(福建省人事局)

黄威义(华东师范大学)

应　　稚(福建省人事局)

组　　员:华东师范大学:周克瑜、黄明达、郭　羽

廖庆聪、罗秀凤、文亚青

福建省人事局:郑钦贵、唐敏强、黄　武

郑金灿、黄正风、邱浩然

林本敬、初　亮、蒋方鸣

陈澎辉、陈卫华

研究报告执笔人:叶忠海、周克瑜

国际经济金融贸易中心人才总体特色和上海人才资源开发国际化[①]

人力资本是人类财富中的第一资源,其中人才又是人力资本的精髓。人才(力)资源开发,关系到一个国家(地区)的盛衰,一个民族的兴亡。

一个地区要建设国际经济、金额、贸易中心(以下简称"国际三中心"),其首要条件是人力资本条件,特别是其中的高层次人才条件。上海要建设"国际三中心",同样也离不开人才资源条件。积极准备人才资源条件,充分开发人才资源,应成为当今上海首要的问题。在探讨和建设"国际三中心"的过程中,要克服历来不同程度上存在的"见物不见人"的倾向。鉴此,本文以香港、新加坡和东京为例,仅就"国际三中心"人才总体的主要特色、成长因素作一初探,并启示于本世纪末下世纪初上海人才资源开发国际化,为上海到 2010 年基本建成"国际三中心"献计献策。

一、"国际三中心"人才总体的主要特色

综观香港、新加坡、东京的人才(力)总体,均具有相当高的国际化特色。

(一)人才(力)总体国籍的多元化

大凡"国际三中心",均具有相当高的国际经济参与度。无论是对

---

① 本文作者为叶忠海教授,完成于 1993 年 10 月。该文先后在"第二届中国东南地区人才问题国际研讨会"(1993)、"首届上海金融中心国际研讨会"(1994)上发表,以后刊于《国际科技经济社会研究》1994 年第 20 期,并入选《新世纪的呼唤》一书,广东人民出版社 1995 年 7 月出版。

外国企业利润的开放度,还是对外国市场的渗透度均达到国际水平。一方面,它是国际商贸聚散中心,"跨国公司指数"相当高;另一方面,它又是国际资本聚散中心,"跨国银行指数"也很高。随着国际商贸和资本的高度聚散,必然带来各国人员的大汇集,"跨国人员指数"超出其他城市,形成国际人才荟萃之地和交流中心。

这种各国人员的大汇集,既反映在国际移民在当地人口中占相当的比重,相当数量的外籍居民定居在该地;又反映在更多的外国各类人员特别是高层次的经济、贸易、金融人才来往于这里,由此,构成了"国际三中心"人才(力)总体国籍的多元化。

可见,一个地区伴随着经济活动的外向开拓,参与国际程度加深,必然出现该地区或城市人才(力)总体国籍的多元化。这种带有规律性的国际人文现象反映在"国际三中心"尤为明显。

(二)人才(力)总体文化素质的兼容化、融合化

文化发展动力研究表明,文化进步的根本动力来源于交流。由于交流,使文化冲突与文化适应这对矛盾不断地运动,从而使各种文化形成能增生出许多不被原地理环境所羁束的,从更高层次上超越这种地理环境的文化因子,推动本族文化进化。"国际三中心",随着世界各国人员的大集聚,必然带来其母国乃至世界的文化,使世界多民族文化交汇于该地。在当地共同性的社会经济发展背景下,各种文化通过长期的联系和相互作用和影响,形成了互相兼容乃至融合的特征,产生"杂交融合优势"。可见"国际三中心"的人才(力)总体的文化素质必然具有兼容乃至融合化的特色。

(三)人才(力)总体流动的高活力化

区域经济学研究表明,极化和扩散是经济开发活动地域过程中两个最基本的侧面,也是区位势能作用机制的集中体现。在极化和扩散作用机制下,经济开发活动表现出方向性的地域过程,其中作为经济要素人才(力)也必然由四周外围向极化中心流动或极化中心向四周外围流动,这是地区经济发展中,均衡与非均衡对立统一规律在人才(力)流动中的反映。

"国际三中心"显然是国际经济发展的极核区。一方面,在极化的作用机制下,它有着强有力的吸引力,促使世界各地区人才(力)向该中心集聚,特别在该中心加大对外国企业利润的开放程度时尤为如此;另一方面,在扩散的作用机制下,它又有强有力的辐射力和影响力,推动该中心人才(力)向四周地区扩散,特别当该地区人才(力)量超过其"边际效益"人才(力)"外溢"以及该中心加强对外国市场渗透时,人才(力)的扩散尤为明显。可见,"国际三中心"人才(力)总体流动具有高活力的特色。其具体反映为如下方面。

1. 人才(力)流主体层次高。这是由"国际三中心"功能的客观要求所决定的。伴随世界的企业、财团、银行的总部或分支机构在"国际三中心"的入驻,必然引进一批数量可观的高层次管理人才、技术人才和专业人才等。随着该中心向世界各地设置跨国分公司、子公司等,也必然有一批各类专门人才流向世界各地。伴随国际经济合作、科技合作、文化合作、教育合作等频繁地展开,高层次人才流动则更为显著。

2. 人才(力)流量大。研究表明,"国际三中心"人才(力)流动量与该中心的层级呈正向相关。该中心的人才(力)流量取决于该中心的能级。能级越高,人才(力)流量也越大。这是因为能级越高的"国际三中心",如世界第一层级经济贸易金融中心——纽约、伦敦、东京,其吸引力和辐射力均最大,必然造成人才(力)流量大。

3. 人才(力)流速快。作为"国际三中心",它是国际市场的主要窗口和晴雨表。在这里,每一波动,均会影响世界市场;反之,世界市场的波动,也会从 这里反映出来。可以说,"国际三中心"是世界经济、贸易、金融最为敏感区域,高度动态是这里的特征。这种特征反映在人才(力)流动上,即表现为流速快、频率高。

4. 人才(力)流距跨国性强。由于"国际三中心"参与和关联国际经济程度深,必会带来人才(力)流动跨度大。一方面人才(力)流入量来自世界各地。1991 年,由世界各地来访新加坡者中,美洲占 6.04%,亚洲占 16.40%,大洋洲占 8.31%,其他(包括非洲)占 1.05%。另一方面,人才(力)又流向世界各地,其人员流动外向度①较高。以香港为例,

① 人员流动外向度 $= \dfrac{该年流向国外人数(力)数}{该年本地人才(力)流出总数} \times 100\%$

按港民离港旅游人数统计,1988 年总数为 2282 万人次,其中跨国跨地区旅游者为 577 万人次,其人员流动外向度为 25.27%。

(四)人才(力)总体专业结构的主体化

区域人才(力)专业结构演变规律研究表明,人才(力)专业结构取决于经济产业结构,是伴随经济产业结构的变化而变化,它们之间的变化方向也往往是对应的。在一个区域内,第一、第二、第三产业各占的比重,各产业内不同行业所占的比重,均直接关系到该区域的人才(力)专业结构。一般地讲,区域内某产(行)业发达,该产(行)业的专门人才(力)在区域人才(力)专业结构中的比重就大;某个产(行)业亟待发展,其专门人才(力)在区域人才(力)专业结构的比重就会增大。据此,作为"国际三中心"的东京、新加坡和香港,其人才(力)专业结构呈现出主体化特色。

1. 以第三产业人才(力)为主体。经济发展史实告诉我们,经济产业结构现代化一般需经历三个阶段:经济发展的"脱农化";经济发展的"工业化";经济发展的"第三产业化",即"产业软化"。因而,人才(力)专业结构相应以第三产业人才(力)为主体。1990 年,东京、新加坡、香港第三产业的就业人数占的百分比,分别为 71%、64.5%、65.15%。

2. 以经济、贸易、金融人才(力)为主体。"国际三中心",万商云集,银行林立。日本东京,1987 年 1 月在 5000 万日元以上的外资企业共有 828 家,占全日本总数的 78%。又如,香港是世界上银行机构最密集的城市之一。据统计,1987 年底香港共有银行及其分支机构 1377 家,接受存款公司 238 家,外国银行代表办事处 160 家。若仅以银行及其分支机构数而言,则香港平均每 3700 多人就有一家银行。这样高度发达的经贸金融业,必然离不开一支数量可观,高水准经贸金融人才(力)队伍。无疑经贸金融人才(力)是"国际三中心"人才(力)资源的主体。

(五)人才(力)总体智能结构的国际通用化、复合化

所谓智能结构,是指一个人所具有的知识、技能、能力所组成的多序列、多要素、多层次的动态综合体。考察"国际三中心"人才的智能结构的特色,不难发现,人才的智能结构均具有国际通用化(外向化)和复合

化的特点。很显然,这是由"国际三中心"的性质和职能、地位和作用所决定的。换句话说,这种国际通用型、复合型的智能结构,反映了"国际三中心"对人才智能素质的客观要求。

"国际三中心"的人才智能结构的国际通用型主要反映在以下几方面。

1. 熟练地掌握和使用外语,特别是英语。这是有效地开展国际经贸、金融活动的基础条件之一。

2. 熟练地掌握和运用有关的国际化的专业知识,这是人才知识亚结构的"知识硬核"。"国际三中心"的主体人才总体,一般能熟练地掌握和运用世界经济、国际贸易、国际金融、国际会计、国际租赁、国际证券、国际法规等方面专业知识。

3. 熟悉与业务活动有关的国际惯例。这是正确地按国际标准进行各项业务活动的前提条件。

4. 具有很强的国际活动独立工作能力和适应能力,特别对海外的"文化冲击"、"政治冲击"、"经济冲击"有很强的调适性。其体现在海外经理、海外企业家身上尤为明显。

5. 熟练使用现代电脑、通讯和其他办公室自动化设施,掌握与业务有关的现代工作手段。

6. 具有广博的文化素质,不仅具有市场经济、国际政治、国际礼仪、国际人文地理、世界风土人情等知识,特别对业务活动有关国(地区)的政治、历史、文化等有较多的了解。

所谓人才智能结构的复合化,主要体现在人才的"一专多能"涵义上。这类"一专多能"的复合型人才,具有基础知识较宽,掌握两门及以上专业知识和技能,综合能力强,适应性强的特点。事实证明,在复杂多变,充满激烈竞争的市场经济的大海中,人们再也不能仅靠一元知识、技能的无限延伸,而必须依靠多元知识技能的交叉运用,才能适应并开拓新的实业局面。在"国际三中心"的大都市里更是如此。智能结构的复合化,是人才活力和创造力的源泉所在。"国际三中心"的人才智能结构复合化,主要反映在与经济类、贸易类、金融类的知识和技能的复合上。综观新加坡、香港、东京等地的大银行家和大企业家,他们的智能结构一般是四重复合型,即"金融+经济+管理+法律"和"生产技术+经济＋管理＋法律"。当然,这种多重复合型的智能结构,主要是长期在经贸、金融实践活动中逐步形成的。

(六)社会总体人才源素质的优良化

社会人才总体成长规律研究表明,优良素质的人才源是社会人才总体涌现的社会基础,大凡"国际三中心",其人才源素质均有优良化趋势。

1. 从劳动者劳动态度来看,世界著名的《国际竞争力研究报告》①(1991)(以下简称《研究报告》)表明,"职工积极性"、"劳动力的灵活性"②、"工人的动机"③等三项指标,新加坡分列为第2、第2、第3位,香港则分列为第10、第4和第16位。

2. 从劳动者文化素质来看,尽管新加坡和香港10～19岁人口中"中学入学率"并不高,香港1987年只为74%,但劳动者职业教育在《研究报告》(1991)所列的34个国家和地区中,占有显著地位。就"强制教育"和"公司内培训"这两项指标而言,新加坡分别列为第1和第4位,香港分别为第9位和第13位。可见,新加坡和香港,通过职业教育来弥补劳动者普通中学教育的不足,使劳动者仍有较高的文化素质,特别是其中的职业技能。这里须特别指出的是,新加坡和香港民众的经济知识水平相当高。《研究报告》(1991)表明,"经济知识普及程度"这项指标,新加坡和香港分别为第2和第10位。另外,香港人均报刊发行量在世界上名列首位。据《研究报告》(1991),1987年每1000人每天报刊消费量,香港为第一位。在新加坡,15岁以上(包括15岁)的人群每3人中就有1人为新加坡国立图书馆的读者。所有这些,均说明作为"国际三中心"的民众具有相当高的文化素质。

3. 从劳动者健康素质来看,《研究报告》(1991)表明,就职工及家庭成员健康的程度和质量,即"保健"这项指标而言,新加坡列为第4位;

---

① 《国际竞争力研究报告》,系世界经济论坛和瑞士洛桑国际管理开发学院(IMD)合作出版,每年一期,该报告用300多项定量和定性指标对世界24个经济合作与发展组织(OECD)国家和选出的10个新兴工业化国家和地区(NIES)的国际竞争力进行评估和分析。

② "劳动力的灵活性",是指如果需要,劳动者愿意重新接受培训和转换工作的程度。

③ "工人的动机",这里是指职工的动机和公司的目标一致的程度。

而"寿命期"这项指标,香港则列为第7位,可见,作为"国际三中心"的人才源健康要素也是较好的。

综上所述,"国际三中心",具有优良的人才源基础,为该中心的人才辈出提供了良好的社会条件。

(七)人才(力)总体领导管理层的高素质化

如前所述,一个地区要建设"国际三中心"其首要条件是人才(力)资源条件,其中领导管理人才群体又是最为关键的。因为"国际三中心"的建设和人才(力)资源开发,均需各级帅才去运筹规划,制定政策和组织实施。事实也充分证明,一个"国际三中心"的建成,均离不开其中领导管理人才,必定有一支高素质的领导管理集群。

对此,新加坡前总理李光耀曾作过演讲,其题目即是"人才是成功的关键"。他认为,这是新加坡快速发展的最重要因素。李光耀深有体会地说,"没有东西可以替代优异的部长级领导"。由此,他主张"应让最佳的人才掌管政府",而"不能让平庸之材和投机主义者控制"政府。正因为如此,新加坡政府针对经济情况迅速调整政策的能力很强,因而其在民众中威信较高,对政府的管理充满信心。《研究报告》(1991)表明,"政府的反应"、"对政府政策的支持"这两项指标,新加坡在上述34个国家和地区中均高居首位。新加坡和香港的企业管理者的素质也相当高,不仅表现为智能结构国际化、复合化,具有很强的适应性和创新能力,而且管理素质也相当高。

二、"国际三中心"人才总体的成长因素

唯物辩证法认为,事物的相互作用,构成了事物的运动。自然界是如此,人类社会更是如此。人类社会的历史发展,更是人类社会诸要素之间相互作用的结果,是无数相互交错力量的"合力"效应。作为人类社会中一种特殊运动形式——人才运动,无论是人才个体的成长,还是社会人才总体的成长,当然也不例外,均是内外因素相互作用的综合效应。在这里,仅就"国际三中心"人才总体成长及国际化的社会因素作一综析。

（一）政治氛围——安定宽松

史实表明，一个社会只有在安定的条件下，经济、贸易、金融等才能迅速发展，其相关人员总体才能更快地成长。换句话说，社会安定是经济、贸易、金融及其人才总体迅速成长的基本社会条件。同时，一个社会也只有政治氛围宽松，才可能有各类人才的汇集和各种人才思想的碰撞，从而有利于人们解放思想，有利于社会人才总体成长及国际化。

纵观香港、新加坡、东京等国际经济、贸易、金融中心，其人才总体迅速成长及形成国际化特色也是以安定、宽松的政治社会环境为首要条件。香港这块中国领土，一百多年来归英国统治，形成了一个特殊社会环境。由于中国政府一直支持使香港保持政治社会稳定的方针，以及良好的中英关系，因而在周围时常发生动乱的情况下，香港仍一直保持政治社会的基本稳定。战后，新加坡也一直保持政治社会稳定。《研究报告》（1991）表明，就"安全"、"剥夺和没收"这两项指标来看，新加坡分别为第 2 位和第 8 位。同时，香港和新加坡都是世界著名的自由港，不仅经济活动非常自由，而且政治氛围也相当宽松。这显然有利于新加坡和香港人才总体成长及国际化。

（二）社会境域——高度开放

新加坡、香港是国际著名的自由港，是高度开放的社会；东京是国际化程度相当高的大都市，其人才总体迅速成长及国际特色迅速发展，显然得益于社会多方位的高度开放。有了开放，就可以取人之长，如虎添翼；有了开放，人们的视野就能开阔，思路就能拓宽，思想就能解放；有了开放，各种文化就能兼容和融合，产生"杂交融合优势"；有了开放，人才就能流动，有了英雄用武之地，才能做到人尽其才。

1. 经济活动的高度开放。据《研究报告》（1991），无论是对外国企业利润的开放，还是对外国市场的渗透来讲，新加坡和香港均列世界前列。经济活动的高度开放，有益于经济迅速发展，从而有利于人才总体迅速成长及国际化。

2. 学术文化的频繁交流。随着东京在世界上经济地位的提高，其举办各种国际会议和城市友好活动的频率大幅度增加。同时，东京同纽约、巴黎、北京等城市结成"姐妹城市"，其 13 个区与外国的 14 个城市或区域也建立了"姐妹"友好关系,开展了大量的友好城市活动。这些,无疑有利于人们之间的信息、观念、情感等跨国交流,以及科学研究的跨国合作,从而有利于人才成长及国际化。

3. 开放的自由移民政策。综观新加坡、香港等地,它们对内、对外均实行自由的移民政策,人员往来手续简便,非常自由,开放度相当高。实际上,新加坡和香港均是"移民世界",是外来移民造就了现今的社会消费需求,而且还带来了智能、技术、管理技能以及与母国乃至世界的某种亲缘的社会联系。这些因子的碰撞和集聚、兼容和融化,由此所产生巨大的"集聚效应"和"杂交融合优势",正是人才成长及国际化所必需。

(三)实践舞台——广阔丰富

作为"国际三中心"的新加坡、香港和东京,具有高度发展的国际经贸、金融业。《研究报告》(1991)表明,"银行的规模",东京位居世界第一,"商品和服务出口",新加坡和香港高居第一和第二位;"跨国资金流动",香港名列第一,……如此等等。这些均为人才特别是经贸、金融人才的创造实践提供了广阔而丰富的国际舞台,是社会人才总体成长及形成国际化特色的肥沃土壤。

香港的高层次经贸、金融人才成长,主要靠经贸、金融的职业熏陶和业务实践的磨练,在业务实践中增长知识和才干,而广阔丰富的国际实践舞台为社会人才总体国内外创造性实践提供了可能性。

(四)社会竞争——公开公正

人才成长规律表明,社会竞争决定着人才总体的量的涌现,质的提高和进化的加速。所谓社会竞争度,是指社会各领域内,人们为了取得有利的发展条件而进行竞争的激烈程度。作为"国际三中心"的新加坡和香港显然具有相当高的竞争度。另据《研究报告》(1991)表明,社会竞争在新加坡和香港,其公正公开的程度在世界上也名列前位。

新加坡和香港公正公开的社会竞争,为人才涌现提供了机会,有利于人才辈出。这不仅因为社会竞争天生有一种激发效应,培植人的进取心和首创精神,而且竞争又会产生人才流动,而流动则又是人才涌现的一个重要条件。

（五）市场机制——发育成熟

研究表明,劳动力和生产资料优化结合,不仅直接关系着生产力水平的提高,而且决定着人的潜能的充分开掘和发挥。要使劳动力和生产资料处于最佳结合状态,必须是合理配置人力资源。而劳动力和人才市场是人力(才)资源合理配置的必然。

深入考察新加坡、香港和东京人才总体高活力流动和迅速成长之原因,不难发现,归根结底是发育成熟的国际性劳动力和人才市场机制在其中起关键作用。《研究报告》(1991)表明,"市场导向",香港和新加坡列为第1和第8位,说明市场导向程度相当高;"在雇工方面的灵活性",香港和新加坡又列为第1和第7位,说明企业管理者根据经营情况调节雇工规模的用人权相当大;"职工调换工作",香港和新加坡又分列第1和第3位,说明职工择业机会也相当大。可见,香港和新加坡劳动力和人才市场供需双方利益主体产权明晰,这就为人力(才)规律性流动和合理配置提供了一个前提,从而有利于社会人才总体迅速成长及国际化。

（六）信息网络——覆盖全球

现代社会人才成长事实表明,各类人才的大量涌现和高质量的发展,均与现代信息——大规模社会信息流动密切相关。在现代,人们要通过创造性实践成功而成才,就要掌握新的信息;各类人才的发展又离不开掌握信息的变化。人才的成长,除了思想道德素质外,充分感知和有效处理信息是至关重要的因素。现代信息,不仅深刻影响着现代人才,而且全面改造着现代人才。

新加坡、香港和东京,是兼有"国际三中心"的国际大都市,它们不仅是国际商贸的集聚中心、国际资本的聚散中心,而且又是国际交往的集中点、国际信息的交汇处,具有覆盖全球的通讯网络,并具有方便快捷、四通八达的交通基础设施。

（七）教育培训——面向世界

教育是成才的基础,教育相对环境自发影响来说,它对人才成长起着更明显、更直接、更重要的作用。区域人才的涌现,与该区域教育发达程度直接有关;区域人才的特色,也无不与教育有关。

事实上,东京、新加坡、香港人才总体的国际化特色的形成,直接得益于教育培训面向世界。在东京,该市加强了中小学的国际化意识教育,设置了国际高中,在市立高中内加强了外语教育和促进国际理解的教育。笔者曾考察过新加坡和香港的职业技术教育和职工教育,令人难忘的是,两地均十分重视国际交流与合作,充分利用外资、外援办学。这种国际合作式的教育训练,十分有利于国际通用型人才的造就,是人才开发国际化的具体体现。

(八)社会心理——崇高价值

人才成功表明,人才个体成功需要自身有良好的心理品格;人才总体成长,需要有良好的社会心理的影响。社会心理、风俗习惯等,是广义的社会文化环境的组成内容,对社会人才总体成长及其特色形成,起着持久的、潜移默化的作用。良好的社会心理,促进人才总体成长;落后的社会心理,阻碍人才总体成长。

考察新加坡、香港、东京等国际大都市,在社会公众中,均有良好的社会价值观和社会道德氛围。他们效忠国家的意识强烈;人生强调事业心和责任感;对事提倡刻苦勤奋、锲而不舍;对人讲求诚实、信用……如此等等。这些良好的社会心理,无疑给东京、新加坡和香港民众的人格规范和行为模式打上了深深的烙印,有助于社会人才总体迅速成长。

三、对上海迈向 21 世纪人才资源开发的启迪

本文前两部分以新加坡、香港和东京为例,分析了"国际三中心"人才总体的主要特色和成长因素。通过这样的综合性研究,对上海迈向21世纪人才资源的开发战略,至少有如下几点主要启迪。

(一)启迪之一:加大社会环境的开放度,积极实行开放的自由移民政策

历史事实表明,新加坡、香港、东京等国际大都市人才总体迅速成长及国际化,得益于社会的高度开放,社会开放度越大,人才总体成长就越

快,其国际化特色也就越显著。社会开放度和社会人才总体成长呈正向相关。

由此,上海迈向21世纪人才资源开发的战略关键应放在加大社会环境的开放度,包括广度、深度和力度,并以此为要领来带动上海人才开发的各项措施。社会环境的开放是多方位的,有经济、思想、文化、制度等方面开放,其中制度政策的开放,是社会开放的保证,也是社会开放的重要标志。

与人才资源开发最为直接的,则是开放的自由移民政策。正如前析,新加坡、香港之所以经济迅速发展、人才迅速成长,是得力于开放的自由移民政策。上海在30年代之所以能够成为远东贸易、金融中心和人才荟萃之地,也是得益于开放的兼容的移民政策。历史的经验告诉我们,要使上海人才特别是高层次人才迅速成长及国际化,以胜任"一个龙头"、"国际三中心"的历史重任,必须更为自觉制定和更为积极实行开放的自由移民政策。其中,改革出入境、户口制度尤为具有基础性和迫切性,因为它已经成为上海人才国际化的症结所在。要最大限度地放宽人员的进出入政策,做到真正来去自由;对外籍人员最大限度地放宽进出入审核、检查制度,大力简化人员进港的手续。笔者认为,从长远来看,人才"出"比"进"意义更为深远,只有"出"的方便,才有可能更多的人进来。户口制度应改革到失去其限制人口自由流动和迁徙作用的程度,只保留其治安管理功能。目前可以先全面开放人才层次上的人口流动。

(二)启迪之二:加大国际活动的参与度,充分利用广阔的国际舞台

经验证明,新加坡、香港、东京人才总体成长及国际化,直接受益于高度发达的国际经贸金融业和频繁的国际学术文化交流。因为人才成长受制并取决于人才创造实践,创造实践在人才成长中起决定性作用,而国际经贸活动和国际文化活动为人才创造实践提供了广阔的国际舞台。据此,上海要使人才总体更快地成长及国际化,必须加大国际活动的参与度。

1. 加大国际经济的参与度。一是提高对外国市场的渗透,要加快企业国际化进程,实现国际贸易和国际投资组合,实行跨国经营,让更多的上海经营管理人员到海外企业（公司）任职，在国际市场的大风大浪中锻炼成长。二要扩大对外国企业利润的开放，积极吸引外国在上海的投资，积极与外国公司（企业）合作，让更多的上海经营管理人员或在中外合资企业参与管理，或在外资企业工作，在与外商合作和交往中，直接受教于外国先进的管理思想和经验，以提高自己。

2. 加大国际文化的参与度。通过官方派遣、民间出访、商业性交流等多种渠道，官、民、商并举，参与国际文化市场，为人才创造实践提供广阔的国际文化舞台。

（三）启迪之三：加大社会参与的竞争度，加快劳动力和人才市场的构建和发育

正如前述，新加坡、香港、东京人才总体迅速成长及国际化，又与公开公正的社会竞争分不开，公开公正的社会竞争，促使人们以利益的内在驱动去参与竞争。事实证明，这有利于人才量的涌现，质的提高和进化的加速。而社会竞争要公开公正，必须要有发育成熟的市场机制，这已是被新加坡、香港、东京等国际大都市所证明了了的事实。

据此，未来20年上海要高效地开发人才资源，其核心问题要加大社会参与的竞争度，加快劳动力和人才市场的构建和发育。就目前上海劳动力和人才市场的构建，急需解决以下几个主要问题：（1）理论上需进一步突破。观念上实现"三个转变"：突破劳动力公有、半公有理论，树立劳动力属个人所有的观点；突破劳动力非商品属性的理论，树立劳动力商品属性的观念；突破劳动力和生产资料无条件直接结合的理论，树立劳动力和生产资料有条件结合的观念。（2）努力塑造人才市场主体，使供需双方产权明晰化，为实现自主择业和自主用工创造条件。（3）建立起各层次的人才市场调节机制和多样化的人才市场自组织系统，使人才市场真正在人才资源配置中起主渠道作用，并使之与国际劳动力市场逐步接轨，使人才资源配置纳入国际劳动力市场网络的大循环之中。（4）加强立法，健全法规体系和市场规则，规范市场行为。市场法规体系建设应围绕着规范人才市场供求双方和中介组织三方面的行为来进行。（5）建立市场薪酬机制，逐步消除国有企业与非国有企业之间职工薪酬因市场价格标准不同而造成的价格信号失真与偏差。（6）建立和健全面向全社会的、对全体劳动者平等的社会保障体系。

(四)启迪之四：加大教育改革的外向度，加快教育培训的复合化、国际化

新加坡、香港、东京的经验表明，人才成长国际化还有赖于教育培训的国际化。为使上海具备建设"国际三中心"充分的人才条件，必须加大教育改革的外向度，加快教育培训的复合化、国际化。

1. 坚持以邓小平同志的教育要"三个面向"为指导方针，改革教育。具体说来，以国际通用型人才为标准，重新全面考察我们的培养目标、办学模式、培训计划乃至课程内容和教学方法，带动教育的全面改革。

2. "四普及"应列为中小学教育的重要内容。普及外语、电脑知识、市场经济知识、国际交往的礼仪知识，应抓早、抓小，为中小学毕业生日后成长为国际通用型、复合型人才打下良好的基础。

3. 多渠道多形式发展境内外合作办学。即可以合作办校，搞学历教育，更多的是合作办学，搞非学历教育。其形式可有：(1)合力式培训，本地的力量与港澳或国外友好教育机构合办。(2)引进式培训，是指从港澳和国外引进师资及其他教学资源，直接利用海外力量进行培训。这即可以运用外资筹码，引进国外智力为我培训，也可采用技术入股形式，引进国外智力为我所用……如此等等。(3)外派式培训，既可外派人员委托港澳和国外教育机构代培，也可派人给外商当雇员、助手，跟班学习，还可派人到外国公司工作，现场进行实战培训，跟着作业进行岗位实习。(4)混合式培训，即上述两种或多种形式的综合培训。

4. 改革高等、中专教育的专业结构。教育的专业结构应与经济的产业结构对应化。调整后的教育专业结构应适应市场经济和第三产业发展的需求。这实为高校、中专学校改革的核心，以此带动学校的课程和教材、师资建设乃至学校管理模式的改革。

5. 改革学校的考核评估。对学校各类人员特别是教学科研人员应建立新的评价指标体系，调整学校各级各类的评审组织，如专业技术职务评审组织、学位评审组织等，以利于国际通用型、复合型人才的涌现和迅速成长。

6. 发展社区教育，在市民中开展国际化教育。这包括国际化意识教育、普及市场经济和国际礼仪知识,以及在 40 岁以下中青年市民中逐步普及外语知识。

(五)启迪之五:强化开发领导管理人才的紧迫度,把高层社会管理人才开发放在首位

历史和现实表明,国际大都市建设及人才资源开发,关键在于该市各级领导管理人才的开发,特别是高层社会管理人才的开发。上海要建成"一个龙头"、"国际三中心",就得很好借鉴这个经验。

1. 上海市各级领导管理人才开发,应紧紧围绕建设管理"一个龙头"、"国际三中心"而开展,服务并服从于这个社会工程的目标。各级领导管理人才的造就,就在这项伟大的社会工程的建设实践之中。

2. 上海市各级领导管理人才开发的目标水准,须与这项具有国际水准的社会工程的地位和作用相匹配,造就一批中国乃至世界一流社会工程的建设管理人才。其中,开发的重点应是高层次多重复合型的人才。市级帅才团应是"社会 + 经济 + 法律 + 管理"四重复合型人才的集群。

3. 上海建设"一个龙头"、"国际三中心"是一个跨世纪的特大型的社会工程,因而未来高层领导管理群的组建,是一个至关重要的战略问题。为此,要抓好一批 40 岁左右的骨干人才,在工作实践中发现,在多种国际活动中培养,在公开公正的社会竞争中选拔,在动态调节中建设未来上海高层帅才团和将才团。

4. 上海各级领导管理群体的组建,既要考虑个体的优秀,更要考虑群体的优化。应从整体结构优化着眼,从人员的年龄、智能、个性、性别诸亚结构入手,以发挥最佳群体功能。其中,又以"高能为核"为关键,要选择高势能(品德高尚、管理才能高超、个性高度相容)的人才担任一把手。

5. 为使上海领导管理人才健康地成长,必须强化约束机制,应最大限度地让各级领导管理人员置于广大党员、群众和纪检、监察等组织监督之下。

总之,为把上海建成"国际三中心",人才资源开发必须国际化。上海人才资源开发国际化之时,必将是上海建设"国际三中心"成功之日。

主要参考文献

1. 叶忠海主编:《普通人才学》,复旦大学出版社,1990年7月。

2. 刘君德、叶忠海:《中国人才开发的空间研究》,《华东师范大学学报》(哲社版),1991年第1期,选入1990年IGV亚太区域地理大会论文选。

3. 刘君德、叶忠海:《人才地理——人才学的一个重要研究领域》,《高教与人才》,1989年第5期。

4. 叶忠海:《区域人才资源开发的若干基本理论探讨》,《高教与人才》,1991年第5期。

5. 叶忠海、罗秀凤:《南宋以来苏浙两省成为中国文人学者最大源地的综合研究》,《华东师范大学学报》(哲社版),1994年第1期。

6. 世界经济论坛、瑞士洛桑国际管理开发学院(IMD):《国际竞争力研究报告》(1991)。

7. 狄昂照、吴明录等:《国际竞争力》,改革出版社,1992年3月。

8. 陈光庭、陈石工:《东京的国际化现状、发展及启迪》(一),《城市问题》,1993年第4期。

9. 上海统计局编:《新加坡社会经济发展统计资料》(1981-1991)。

10. 港澳研究所编:《香港经济统计资料汇编》,中国统计出版社,1990年6月。

11. 武为群等:《香港经济与金融》,中国金融出版社,1992年7月。

南宋以来苏浙两省成为中国文人
学者最大源地的综合研究[①]

本题研究属人才历史地理研究的范畴。关于此类研究，前人已有丁文江、梁任公、桑原隲藏·亨丁顿(Huntington)、张耀翔、朱君毅、余天休等人曾研究过。但由于历史的局性性，他们对中国历史人物分布的地域差异研究，仅运用历史的统计法对历史人物地域分布的差异作出了客观结论，至于对这种人才历史地理现象的形成，就来不及作科学的分析。

本世纪70年代末，人才学作为一门独立的现代学科在中国出现，使我们对人才历史地理现象作出全面的、系统的科学分析成为可能。此后，梅介人在《人才·环境·选择》一书中对"中国人才的地理分布"作了有意义的探讨；叶忠海在《普通人才学》一书中对"社会人才总体成长的时空现象"作了科学考察；中国教育家缪进鸿发表了《长江三角洲与其他地区人才比较研究》的科学论文。上述这些研究，均为本课题研究打下了良好的基础。

本文从人才学的基本原理出发，运用人才学、地理学、历史学的研究方法，对中国历史上文人学者空间分布的动态变化过程作一考察，着重综合分析南宋以后苏浙两省成为中国文人学者最大源地的原因，期求找到区域环境与区域人才总体成长之间的内在联系。一则，古为今用，为当今时代区域人才开发，特别为中国东南地区人才开发提供一些借鉴；二则，为深化人才空间分布研究，为建立人才地理学作一点贡献。

---

① 本文作者为叶忠海教授、罗秀凤硕士，完成于1992年10月；并于1992年11月在杭州召开的"首届中国东南地区人才问题国际研讨会"上发表，入选《中国东南地区人才问题国际研讨会论文集》(浙江大学出版社1993年10月出版)；后又刊于"华东师范大学学报"(哲学社会科学版)1994年第1期。

一、苏浙两省——中国文人学者最大源地的历史依据

综观中国历史上人才的空间分布,不难发现,人才空间分布中心具有由北向南移动的特点。南宋以前,文人学者分布于以河南为中心的黄河中下游流域;南宋以后,浙苏两省文人辈出,群星灿烂,成为中国文人学者的最大源地。

依据之一:丁文江对中国24史中前汉、后汉、唐、北宋、南宋、明六代列传的5783位历史人物籍贯——考证,并以此绘制了历史人物分布表。笔者据该表统计,排列历代出产历史人物前两名的省,制成表1-1。

尽管丁文江所指的历史人物庞杂,且没有分类统计,但由此可见其中的文人学者源地的变化趋势。其中,足能说明问题的是,浙江出产的人物,在前汉不过占第12位,后汉与唐时占第9位,北宋占第8位,到南宋和明代则骤升至第1位;此时,江苏出产的人物也排居第二,浙苏两省成为中国历史人物(包括文人学者)最大源地。

表1-1 历代出产历史人物前两名的省

朝 代	省份	所占比例(%)	省份	所占比例(%)
前 汉	山东	29.33	河南	18.75
后 汉	河南	37.20	陕西	15.79
唐	陕西	20.4	河北	17.6
北 宋	河南	22.18	河北	14.51
南 宋	浙江	22.50	福建	14.50
明	浙江	14.51	江苏	12.61

依据之二:缪进鸿曾统计了唐代到明清的进士,笔者以此为依据,排列出历代出进士前三位的省,见表1-2。

表1-2 历代出进士前三位的省

朝 代	省份	所占比例	省份	所占比例	省份	所占比例
唐	河南	16.3	河北	14.2	陕西	13.2
北 宋	河南	17.7	福建	12.4	浙江	11.3
南 宋	浙江	31.7	福建	19.6	江西	17.6
元	浙江	14.8	江西	14.0	河北	10.5
明 清	浙江	12.5	江苏	11.7	江西	9.9

由表 1-2 可见,南宋后,进士主要源地发生了显著的变化:由北方移到了南方①;由河南为首转变为浙江为首;明清时,又由南方地区集中到苏浙地区,该地区出产进士占全国总数的 24.2%,近四分之一。

依据之三:笔者根据"中国历代状元、进士人数统计表"②,制作了"宋、明、清状元出产地分布表",见表 1-3。

表 1-3 宋、明、清状元出产地分布表

单位:人

	北宋	南宋	明	清	合计
内 蒙 古	—	—	—	3	3
河　　南	20	—	2	1	23
河　　北	2	—	4	4	10
陕　　西	1	—	2	1	4
山　　西	—	—	—	3	5
山　　东	8	—	5	6	19
安　　徽	2	3	4	9	18
江　　苏	4	5	17	49	75
浙　　江	5	19	20	20	64
江　　西	4	5	17	3	29
福　　建	6	13	11	3	33
湖　　南	—	1	1	2	4
湖　　北	3	—	2	3	8
广　　东	—	1	3	3	7
广　　西	1	—	—	4	5
四　　川	5	1	2	1	9
贵　　州	—	—	—	2	2
合　　计	63	48	90	117	318

说明:北宋有 6 名状元籍贯不详,未列入此表。

由表 1-3 可知,宋至清出产状元前三名省分别为:北宋:河南、山东、福建;南宋:浙江、福建、江西;明:浙江、江苏、江西;清:江苏、浙江、安徽。其变化趋势与进士出产地分布变化基本一致;只是到清代,江苏取

① "南方"的概念,唐宋时代,一般指淮河、汉水以南,后来常用淮河、秦岭连线;明代后,南方是指长江以南,即为江南。

② 此表刊于萧源锦:《状元史话》重庆出版社,1992 年版。

代了浙江地位,出产状元49人跃跃领先。据笔者统计,北宋时,浙苏籍状元仅占全国状元总数的14.28%;南宋,其比例急剧上升到50%;明代,其比例为41.11%;到清代,其比例又上升到59%,见图1-1。

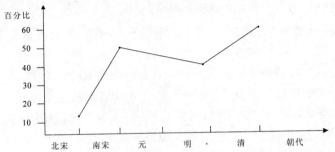

图1-1 北宋至清苏浙籍状元所占比例变化示意图

在此同时,笔者又对中国科举史的"三元"、"二元"作了出产地分布考察。据有关资料,由唐至清的1300年间,共有文状元596人,其中历代"二元"仅为45人,占文状元总数的7.5%;至于"三元"更是难上加难,只有13人,占文状元总数的2.1%。他们出产地分布见表1-4。

表1-4 唐至清代"三元"、"二元"出产地分布表　　单位:人

	唐	北宋	南宋	明	清
河 南	—	5	—	—	—
山 东	—	2	—	—	—
山 西	1	—	—	—	—
河 北	2	1	—	2	—
安 徽	—	2	—	—	—
江 苏	—	—	1	3	8
浙 江	—	—	3	5	4
福 建	—	1	1	3	—
江 西	—	1	—	4	—
湖 北	—	1	—	—	—
广 东	—	—	—	1	—
广 西	—	—	—	—	1
四 川	—	2	—	—	—
内蒙古	—	—	—	—	1

说明:辽、金、元三代3名"三元"未计入内。

由表1-4可见,南宋前,"三元"、"二元"出产于河南为最多,河北其次;南宋后,浙江、江苏先后取代了河南的地位。

综上所述,古代中国南宋以来,无论是文人学者中的佼佼者——进士的源地分布,还是进士中的文魁——状元、甚至"二元"、"三元"的源地分布,均密集于苏浙两省。历史事实 充分说明,苏浙两省成为南宋以来中国文人学者的最大源地。

近代中国被迫开放以后,西学的引入,而苏浙两省地处沿海,又有上海这个西学东渐的窗口,领风气之先,加上原有的社会文化基础,苏浙两省文人学者率先完成了由旧到新的蜕变,成为近现代中国科学文化中心,仍不失为中国文人学者的最大源地。据叶忠海(1988)统计,现代科技人才最大源地是以上海为中心的苏浙地区,请看下列一组数据:

40%以上的科学家;

51.3%的数理化学部委员;

51.5%的生物学家;

58.6%的农学家;

30%的心理学家等均出自苏浙两省。不仅如此,中国人文科学人才最大源地仍是上海为中心的苏浙地区,再请看下列一组数据:

教育家占46.2%;

社会学家占35.6%;

编辑家占38.2%;

语言学家占30.6%;

现代文学家占25%左右;

现代艺术家占25%左右。

苏浙两省作为南宋以来中国文人学者的最大源地,其历史依据,不仅在于它产生文人学者的数量之多,能级之高,学科的覆盖面之广,还在于它作为文化中心,始终走在时代的前面,代表着时代的精神,肩负着科学文化创新的使命。它通过自身的强烈辐射力,传播和扩散,影响着整个中国文化的建设,引导着整个中国文人学者的发展方向。

二、苏浙两省成为中国文人学者最大源地的历史过程

人才空间分布格局的形成,是一个历史过程。要分析南宋以后人才地理现象——苏浙两省成为文人学者最大源地,不能割断历史,还得寻根溯源,回顾一下中国文人学者分布格局的历史演变。

从中国历史考察中,我们可清楚地看到,文人学者中心南移与战争动乱直接有关。影响中国文人学者分布格局重大转变的战乱有三次:西晋末年永嘉之乱、唐朝中期安史之乱、北宋末年靖康之难。笔者以这三次战乱为分界,把古代文人学者分布格局的演变分为四个阶段:西晋以前;西晋末年至唐朝中叶;唐朝中叶至北宋末年;北宋末年至鸦片战争前夕。鉴于鸦片战争后中国进入近代社会,因而笔者把鸦片战争后的历史时期作为中国文人学者分布格局发展的第五阶段。

(一)西晋以前中国文人学者的分布

在人类历史的早期,由于生产力水平极端低下,因而生产的发展对于自然条件依赖的程度大。黄河中下游地区,是一片广大的黄土高原和冲击平原,黄土淤泥土质肥沃,结构疏松,使于石器的耕耘。相比之下,古代的长江流域为粘性板结的砖红土壤,又被森林草泽所覆盖,加上气候炎热潮湿,开发条件远不如黄河流域。虽然两地的农业生产均有一定的发展,但南方的生产力比北方低很多。西汉时,全国最富裕地区为关中盆地。《史记·货殖列传》记载:"关中之地,于天下三分之一,而人众不过什三;然量其富,什居其六。"而江南一带则:"江南卑湿,丈夫早夭。……楚越之地,地广人稀,饭稻羹鱼,或火耕而水耨。"

由此,从上古到西晋末,北方经济和文化的发展水平都远远超过南方。汉文化的核心地带一直在黄河的中下游流域,汉民族主要的政治和文化活动,以黄河及其最大支流渭河的河谷为轴线,呈东西向。

此时,在文人学者分布上,显然北多南少。从丁文江绘制的人物分布表中可看出:前汉时期,黄河中下游各省出产历史人物高占总数的88.6%,仅山东、河南、陕西三省就占55.66%;后汉时期,黄河中下游各

省出产的历史人物仍为总数的 78.98%，其中河南、陕西、山东三省就占 65.64%。又以西汉时位至三公九卿者为例，总数 316 人中，关中的长安地区就有 99 人，彭城地区(徐州)95 人，洛阳地区 21 人，三个地区则占全国总数的三分之二，而江南几无一人。国际著名的地理学家陈正祥所作的《西汉时的三公九卿图》也证实了此点。

此后，尽管长江流域在经济上有了不同程度的发展，但黄河流域在经济实力仍占绝对优势。总之，这一时期，北方经济的发展在全国一直处于领先地位，全国经济文化中心是在黄河流域。而"吴楚之民，脆弱寡能；英才大贤，不出其土。"(《全晋文》卷五四)。

(二)西晋末年至唐代中叶文人学者的分布

西晋末年永嘉之乱，中原人民避乱南下，史称"扶携接踵"，为南方的开发提供了充足的劳动力，带来了北方先进的耕作经验；同时，东晋、南朝政府大力组织劳动力进行山区水滨的垦植，并注意水利灌溉事业。江南地区一经大规模开发，原有的水热条件优势即得到充分发挥，于是"江南之为国盛矣"，长江流域形成一个新的经济中心。

相比之下，永嘉之乱后，北方 16 国时期，各国相互兼并，战乱频仍，"百姓流亡，中原萧条，千里无烟"已成为黄河流域的普遍现象。再加上各少数游牧民族的内迁，仍大多因袭游牧习惯，大量耕地辟为牧场，使农业生产衰退。尽管如此，但经北魏统一后，社会秩序逐渐安定，同时又推行"均田制"等改良措施，从而黄河流域经济逐步得到恢复，终于形成南北朝互相抗衡的局面。

隋统一后，北方重新建立起全国的政治中心。隋唐时期，关中作为王业本基，得到大力开发，整个黄河流域的经济也随之进一步发展，到唐代中期以前又达于鼎盛。这一时期，长江流域和黄河流域都很繁荣，但当时中国最富庶的地区仍是黄河中下游河南、河北一带。在文化方面，北方仍是占有传统的优势，文人学者分布中心仍在黄河中下游地区。

综上所述，永嘉之乱和晋室南迁，初步改变了中国经济重心的传统格局，长江流域已出现新的经济中心。随之相应的是，中国固有的文化中心的传统格局也开始渐变。反映在文人学者分布上，尽管北方仍占明显优势，但毕竟南方所占比例逐步加大，西汉时三公九卿江南几无一人的这样状况已不复存在了。据万斯同所编《东晋将相大臣年表》,东晋尚书令 15 人,南人已有 3 人;尚书仆射 40 人,南人已有 10 人;吏部尚书 31 人,南人已占 7 人。又据中国著名历史地理学家谭其骧统计《南史》列传中人物(后记、宫室、孝义除外),尽管北方有 506 人,但南方毕竟已有 222 人,占总数的 30.5%。再以唐代前期(天宝 14 年前)进士分布为例,尽管当时进士绝大多数分布在黄河中下游地区,但分布在长江中下游地区的也占一定的比例。

(三)唐代中叶至北宋末年文人学者的分布

唐代中叶爆发的安史之乱,加快了经济重心的南移。在这场灾难和以后的藩镇作乱中,中原经济受到严重破坏。安史之乱中激战最烈的河南一带,,"人烟断绝,千里萧条",不少州县沦为废墟。平乱后又不断遭受人祸、天灾的打击,地区的社会经济凋敝。

此次战乱,大量人口向南迁移。据统计,从唐天宝初年到北宋太平兴国年间,黄河中下游地区人口减少了半数左右,相反长江以南人口则显著增加。其中,江南道人口在隋代仅居全国第 9 位,至宋初已升至第 1 位。在人口南迁的浪潮中,文人学者也多为南奔。史书中记载:"天宝末,安禄山反,天子去蜀,士多南奔,吴为人海";两京蹂于胡骑,士君子多以家渡江东.;"天下衣冠士庶,避地东吴,永嘉南迁,未盛于此。"

在这种形势下,南方在中唐以后有了新的发展,北方劳力和士人的南流,再加上南方采取了兴修水利,奖励农业等一些有利于生产发展的措施,使长江流域已经得到发展的社会经济更加迅速地增长起来,终于赶上并超过了北方。其中,以傍海带湖的浙东和太湖流域的浙西最为富庶。唐中叶以后,唐朝政府虽仍立足关中,但关中的粮食供给和财富来源主要仰赖于长江中下游的东南八道,朝廷经济命脉系于江淮,"辇越而衣,漕吴而食","故天下大计,仰于东南"。经五代十国,南方经济更为发展,全国经济重心,又进一步从黄河流域逐渐转移到长江流域。

这一阶段,随着南方经济超过北方经济,经济重心进一步南移,文化中心也随之进一步南移,反映在长江中下游地区出产的文人学者大量增加。再以进士为例,中唐以后,进士分布已呈两个中心,一个仍在黄河中下游地区,其中以长安——洛阳——开封为轴线;一个是在苏州、太湖流域地区。

到了北宋，王朝统一后，黄河流域的经济虽有一些恢复和发展，但当时全国的经济重心已偏处东南。尽管北宋的政治和文化中心仍在北方，但统治者还得采取"竭三吴以奉西北"的政策，因而"国家根本，仰给东南"，随着南方经济持续稳定上升，南人的政治和文化地位，也随着经济上升而提高。北宋中叶以后，南人当宰相的渐多，到北宋后期，掌握中央政权的人物，南人已占多数了。正如陆游在《论选用西北士大夫札子》所说那样："伏闻天圣以前，选用人才，多取北人，寇准持之尤力，故南方士大夫沉抑者多。仁崇皇帝照知其弊，公听并视，兼收博采，无南北之异。于是范仲淹起于吴，欧阳修起于楚，蔡襄起于闽，杜衍起于会稽，余靖起于岭南，皆为一时名臣。……及绍圣、崇宁间，取南人更多，而北方士大夫复有沉抑之叹。"

在全国这样的政治、经济态势下，虽然此时全国文化中心仍在洛阳——开封的东西向轴上，然而已趋向东南，文人学者的分布南北已趋于均衡。以状元数来说，据笔者统计北方比南方多9人，具体见表1-3。以进士数来说，据缪进鸿绘制的《北宋进士的地区分布与出进士最多的城市》表统计，南方却比北方多173人；尽管出产进士最多的省份仍为河南，但第二、三位已是福建、浙江。宋代知识分子思想主流的理学，由程颢、程颐兄弟发扬光大，他俩讲学虽在洛阳，但其弟子却以南人居多。再以宋代文学的主体——词来说，就其地域性而论，其风格、题材、情调均具有"南方文学"品性。北宋的词家：前期如晏殊、欧阳修、张先、柳永等全都是南人；后期的苏轼、黄庭坚、秦观、周邦彦、李清照等也多数生长于江南或其周边。宋代的书法和绘画都很发达，而当时著名的画家和书法家中也南人颇盛。

（四）南宋至鸦片战争前夕文人学者的分布

金灭北宋的"靖康之难"后，北方在女真贵族的统治下，经济遭到严重破坏，待有一定恢复和发展后又受到蒙古贵族南下的严重破坏，北方人民纷纷南迁。与此相反，南方有充足的劳动力，南宋政权又采取积极措施，注意农田水利的兴修，这使南方社会经济在原有基础又得到突飞猛进的发展。史载："南渡后，水田之利，富于中原"。特别江浙一带农业生产最为发达,故谚曰:"苏湖熟,天下足"。由此,很显然,全国经济"南盛北衰"的格局已形成,南方,主要是太湖流域及其附近地区,作为全国经济重心地位正式确立。

与经济重心南迁相应的是,文化中心由中原转移到江南。具体说来,从洛阳——开封的东西向轴心转移到杭州——苏州的南北向轴心。换句话说,北宋统一王朝的毁灭是中国文化南迁的真正分野。

此时,在文人学者分布上,显然南方超过北方。据笔者统计,南方状元已占总数一半,具体见表1-3。又以进士为例,笔者据缪进鸿制作的《南宋进士的地区分布与进士最多的城市》表统计,南方高达474人,北方仅有6人,南北不成比例;其中浙江省也首屈一指。再拿仕途的最上目标——宰相而言,南宋有宰相62人,仅浙江省就有20人,占三分之一,而河南省只有3人。

元明清三代,南方经济在压倒北方的形势下有了进一步发展。明清时期,江南地区商品经济不断发展,出现了许多商业繁荣的城市,并产生了资本主义生产关系的萌芽。这一阶段南方的经济发展水平完全以压倒的优势继续超过北方而达于鼎盛,其中以太湖流域及附近地区最为富庶,被人们誉为"上有天堂,下有苏杭"。明代邱睿《大学衍义补》也曾指出,天下的租赋,江南居十九;浙东西又居江南十九;而苏、松、常、嘉、湖五府,又居两浙十九,其中又以苏州尤甚。苏州之田,约居天下八十八之一弱,而赋约天下十分之一弱,其他贡赋不可胜数。

这一时期,随着太湖流域及附近地区作为全国经济重心地位日益突出,其文化中心地位也进一步得到巩固和强化。此时,全国文人学者分布,江南占压倒优势;而江南的文人学者,特别是高层次文人学者,又日渐密集于太湖流域地区为中心的苏浙两省。明代,三鼎甲集中分布于太湖流域、宁绍平原。到清代,江苏出产状元遥遥领先,笔者统计,苏浙两省高占全国状元总数的59%,见图1-1;至于"二元"、"三元"苏浙两省几乎独揽了,其他省区几无一人,见表1-4。苏浙两省产生的文人学者,不仅数量最多,素质最高,且对全国的文化学术等倾向产生支配性影响。最有时代意义的思想流派,如明代的心学、清代的朴学,都从这里产生,并向其他地区扩散。

（五）鸦片战争后文人学者的分布

1840年鸦片战争后，西方资本主义势力从海道入侵中国，使中国封建社会开始解体，逐步走上半殖民地半封建的道路。外国资本的入侵，一开始就把据点设在中国沿海地区及长江沿岸交通便利的地方，从而造成旧中国东部沿海地区经济的畸形发展。而广大的内陆地区农村，被卷入市场的小农经济却处在帝国主义和封建势力的联合控制下，生产力十分低下，农民日益贫困，整个农村经济陷于停滞甚至后退的状态。沿海和内地的差距日益拉大，生产力分布很不平衡。

这一时期，经济畸形发展最具有代表性的是苏浙地区。该地区经济畸形发展，是从设立上海、宁波通商口岸开始的。以后，苏浙沿海开放的商埠有海州、杭州、温州；沿沪宁铁路开放的商埠有苏州、无锡、镇江和南京。其中，上海最为突出。上海凭着发展经济优越的地理位置，外国资本将它作为经济侵略中国的最大据点，投资集中于上海，银行和贸易公司集中上海；再加上来自于苏浙两省的移民、丰富的丝、茶等外贸物资，以及原有的经济基础，因而上海跃居为中国最重要的多功能经济中心。近代上海，是中国的外贸中心、内贸的埠际贸易中心；又是中国乃至远东的金融中心，本世纪三十年代上海金融资力占全国的47.8%；还是全国的工业中心，上海集中了旧中国半数以上的轻工业和近30%的重工业。上海的经济发展，有赖于苏浙两省作为国内背景和基础，又辐射、影响和带动苏浙两省经济发展。于是在近现代，以上海为中心的苏浙地区，主要是上海、苏南、浙东北地区成为中国经济最为发达地区和首要的经济中心。

与经济地位相一致，这一历史时期，苏浙两省继续为全国的文化中心；与鸦片战争前夕的古代中国所不同的是，上海的中心地位突出了。上海是全国的西学传播中心、书籍报刊出版中心、文学艺术中心、新式教育中心等。反映在文人学者分布上，以上海为中心苏浙地区，仍为中国文人学者最大源地。除笔者在本文第一部分所列的数据外，又据缪进鸿的《近现代中国杰出专家学者的学科地区及肄（毕）业学校分布》表统计，近现代中国杰出专家生长于江苏、浙江、上海的有462人，占总数的42.42%；还据朱君毅的《民国教育人物之地理的分布表》统计，江苏、浙江则为第一、二位，占总数的44.9%。

总之,从中国历史考察中,不难发现,中国文人学者中心的转移,导因于经济重心的变动,又以文化中心移动得以集中反映。其转移路线:北宋以前,文人学者中心处于北方,在长安——洛阳——开封轴线上由东向西移动;南宋开始,文人学者中心由北方跳到了南方,浙江取代了河南的地位,出产文人学者为最多;到明清,浙苏两省出产文人学者更为突出,特别清以后,江苏又占首位。苏浙两省成为中国文人学者最大源地。

三、中国文人学者中心转移的动因综析

人才的空间分布,是人才运动结果的反映。而人才运动总是在特定的地域空间产生并发展,导因并受制于地域空间的社会和自然环境。人才空间分布的差异性是社会和自然的空间系统不平衡性的反映。从上述苏浙两省形成中国文人学者最大源地历史过程的分析中,也充分看到,南北方的自然、政治、经济、文化等因素的差异都从不同的角度对文人学者的分布格局的演变产生影响。

(一)自然地理因素——南北方差异明显

人类社会文明史证明,自然条件优越的地区,一般总是最先得到开发。一个地区经济先得到开发,势必能提供良好的生活、学习和工作的条件,进而有利于人才成长并吸引和稳定人才,于是该地区人才就密集。人才密集,又有利于自然环境的改造,使自然条件更优越。这样,就形成了自然环境与人才之间的良性循环:人才荟萃是良好的自然环境通过社会经济活动产生的结果;反过来又成为改造自然环境的有利条件。长此以往,人才就相应地高度集中在自然条件优越的地区。可见,自然环境主要通过社会经济活动(社会生产和生活)间接地影响人才空间分布。

中国文人学者中心由北向南转移,就自然条件因素分析,至少有如下方面相关:

1. 农业生产自然条件——北南方优势的转化。在生产力水平低下时,黄河中下游地区土质肥沃,土壤疏松,有利于农业生产的发展,但当生产工具和技术改进后,不仅北南方土壤的经济价值有了变化,而且南方农业生产的自然条件优越性可得到发挥:热量充足,作物生产期长;雨量充沛,地上水道交错,有利于灌溉农业的发展;土地生产能力强,单位土地面积的产量高而稳定;水热条件结合,适宜水稻生长,而稻米的单产是小麦的两倍。由此,决定了南方较北方可容纳更多的人口,可以允许人们有更多的闲暇和条件从事精神文明活动,从而为更多的文人学者的产生创造条件。

2. 气候的变异——北方某些地区生存条件时有恶化。据竺可桢研究,中国五千年来的气候变化经历了四个明显的暖湿期和干冷期:

第一个温暖期:公元前 3000 年~公元前 1100 年;

第一个寒冷期:公元前 1100 年~公元前 850 年;

第二个温暖期:公元前 770 年~公元初

第二个寒冷期:公元初~公元 600 年;

第三个温暖期:公元 600 年~公元 960 年;

第三个寒冷期:公元 960 年~公元 1200 年;

第四个温暖期:公元 1200 年~公元 1300 年;

第四个寒冷期:公元 1400 年~公元 1900 年。

在气候寒冷期,气温要比正常时期低,降雨也减少,于是寒冷期草原的面界要向南移 200 公里。这样,北方的游牧民族面对恶化的自然条件,为了生存,必然要随草原南界的推移而大规模南下。中国历史上促使人口大规模南迁和文人学者分布中心南移的三次大的战乱,有两次是由少数民族的南下引起的,而这两次分别对应着第二、第三个寒冷期。

3. 自然景观——江南自然景观湖光山色对文人学者有着很强吸引力。《苏州府志》记载:流往苏州的名人 277 人,说明迁徙原因的约 60 人,其中受山水风土所吸引的有 27 人,约占总数 45%,占首位;其次是避乱逃荒的 20 人。潘光旦在《近代苏州的人才》一文 中认为,被苏州所吸引而作"向心移徙"的人,一般是一群中"比较聪明,多才多艺,能进取,肯努力的分子"。这些人移居之后,把他们的聪明智慧播散在秀美肥沃的山川风土之上,这样原来的纯粹自然景观就打上了文化的烙印,这就是更进一步增加了对后来文人学者的吸引,形成"人文相生"的良性循环。于是,因果果因,互相推递,历千百年,日趋造成江南特别是苏浙人才之盛的局面。当然,这种人文地理现象的产生,也离不开相应的经济基础。

（二）政治区位因素——北南方政治地位的变化

历史表明，历代京畿地区是全国的政治中心。统治者为巩固自己的统治，必然设置许多政治机构和文化机构，把各种人才吸引到政治中心来；而各类人才为展示自己的才能，实现自己的抱负，也往往意向政治中心集中。由此，历代政治中心对文人学者有巨大的向心作用，往往是文人学者的主要源地和分布中心。中国北宋以前，历代京畿地区——政治中心几乎全在北方，因而文人学者中心在长安——洛阳——开封轴线上。

但是，正如前述，中国唐代以后，南方经济超过北方经济；到了北宋，全国经济重心已偏处东南。尽管当时政治中心仍在北方，但国家生存发展的经济支撑点在东南。由此，南方政治地位逐渐提高，南人被启用渐多，实际到北宋后期，掌握中央政权的人物已大多是南人，这显然对南人的进取之心有激励作用。北宋毁灭，南宋王朝建都临安。文人学者中心由洛阳——开封轴线，跳到杭州——苏州轴线，这显然与政治中心的转移分不开的。

（三）社会安定和开放因素——北南方社会安定和开放度的差异

研究表明，一个社会只有在安定的环境下，经济、文化等才能迅速发展，其相关的人才总体才能更快地成长。换句话说，社会安定是经济文化迅速发展及其有关人才总体迅速成长的基本社会条件。离开了这个基本社会条件，经济、科技、文化、教育等人才涌现只是一句空话。纵观中国历史，北方战乱频繁，经济不断遭受严重破坏，百姓和士人基本生活条件得不到保证，纷纷避乱南下；同时，北方游牧民族的南侵，还伴随文明的倒退，尽管最终"征服者被征服"，但文明的进程却被打断。相比之下，南方特别是江南地区受到长江天堑的保护，内乱外患很少波及，社会安定，劳动力充足，兴修水利，注重农业，经济和文化不断发展，从而文人学者必然大量涌现。

研究也表明，社会的开放度与社会人才总体成长呈正向相关。一个开放的社会要比一个封闭的社会更有利于人才辈出。纵观中国历史，大凡人才辈出时代都是开放的。南宋以来，中国南方特别以上海为中心的苏浙地区之所以成为中国文人学者的最大发源地，除其他自然和社会条件外,还与开放的社会环境直接有关。拿经济开放来说,南宋时代时,沿海的泉州、广州、明州等都是著名的国际贸易港,海外贸易很发达;至于到了近代,中国江南,特别以上海为中心苏浙地区,其社会的开放度远超过北方和内陆。正如前述,上海是全国的外贸中心,近代对外贸易,上海始终占全国总额的 50%;上海也是全国西学传播中心,仅西书的翻译量,上海就承担了近 80%;上海还是全国新式教育中心,近代新式学校上海为最多;当然,上海还有帝国主义租界地。上海这种全方位开放的社会环境,为上海及其附近苏浙地区的文人学者生长提供了良好的社会环境。

(四)经济因素——中国经济中心的南移

人才研究表明,经济发展和人才成长两者具有高度相关的特征,其相关系数均在 0.7~0.9 之间。一方面,人才成长是经济发展的关键因素;另一方面,经济发展又决定着人才成长。换句话说,人才成长,取决于经济发展;人才空间分布,归根结底导因并受制于经济发展的区域差异性,总是与经济地理分布基本一致。

从对中国文人学者中心的历史进程考察中,不难发现,中国文人学者中心的移动,是沿着中国经济中心的变动轨迹而运动的。文人学者分布中心的南移,归根结底导因于经济中心的变化,是经济中心南移的反映。以上海为中心苏浙地区之所以成为中国文人学者的最大源地,其因素是复杂多样的,但其中经济因素起最终决定作用。沪、宁、杭地区在国内生产力水平最高,一直处于中国经济的"龙头"位置。

(五)文化因素——南方明显优于北方

1. 中国文化中心的南移。文化是建立在经济基础之上的,文化中心随着经济中心变化 而变化。正如前述,北宋政权的毁灭,文化中心从中原跳到了江南,即从开封、洛阳的东西向轴心,转移到了杭州、苏州的南北向轴心。南宋以后,中国的文化中心和经济中心相合并。被誉为"东南财赋地,江浙人文薮"。文人学者是文化的载体,也是文化的传播扩散的媒介,文化中心所在地,必然是文人学者的分布中心。

2. 南方发达的地方教育。人才研究表明,一个地区教育事业的规模、质量和结构在很大程度上决定着该地区人才的数量和质量。区域人才的涌现，与该区域教育发达程度直接有关。南宋以后，苏浙地区的地方教育兴旺发达。南宋时，该地区书院林立，较著名的书院就有：苏州鹤山书院、丹阳书院、金华丽泽书院、宁波甬东书院、绍兴稽山书院等，其他许多名贤讲学之所自为建置的，则不可胜数。另外，当时该地区经济发达，村塾也很普遍。整个区域读书好学风气喜人。《陆象山年谱》记载："先生既归，学者辐辏，乡曲长老，亦俯首听诲。每诣城邑，环座率二三百人；至不能容，徙寺观。县官为设讲席于学宫，听者贵贱老少溢塞途巷。"到了近代，新式学校兴起。正如前述，上海是新式教育中心，是新式学校最多的城市。可见，发达的地区教育也是苏浙两省成为中国文人学者最大源地的一个重要原因。

3. 南方出版业繁荣。活字印刷术发明于宋代，对文化的传播起到巨大的促进作用。当时书籍的官营印刷，以国子监书籍的刊刻最为有名，北宋的监本，大半刊于杭州。南宋以后，杭州更为刻书业荟萃之地。王国维《两浙古本考序》："自古刊板之盛，未有如吾浙者"。《石林燕语》也记载："今天下之印书，以杭州为上"。除杭州外，平江、绍兴、台州、严州、衢州、婺州等刻书业也很发达。到了近代，上海成为出版业中心，加速了信息的传递，扩大了信息的传播范围，这显然有利于苏浙地区文人学者涌现的。

4. 南方的文化交流频繁。研究表明，人才成长离不开良好的社交环境。它主要包括人与人之间的信息、观念、情感等交流，以及研究领域的合作等等。良好的交流合作环境，有利于为成才主体提供必要的信息；有利于触发灵感，活跃创造性思维；有利于形成科学学派和艺术流派等。苏浙地区，社会安定，经济繁荣，水上交通发达畅通，为士人的交往提供了良好的社会基本条件。宋代，苏浙地区书院讲学之风兴起，使文人学者交往的频率大增；明代中叶，书院勃兴，在讲学游走的过程中，士人互动的频率和规模越来越大，结社之风盛行。他们以文会友，揣摩时文，切磨砥砺，大大提高了士人的成才比率。上海开埠后，成为东西文化的交汇地，两种文明的接触和碰撞的前沿，也是接受、认同西方文化最多的地区，这显然是上海新式文人学者辈出之原因。

5. 南方的社会心理的影响。中国科举特别是其中的进士科举制度深刻地影响着整个封建社会后期。宋代中叶以后,随着南人被取士的人数和比例日趋增多,这种取士制度给南方民众的人格模式和社会心理打下了深深的烙印。首先,"学而优则士"成为普遍的社会心理和风尚。"万般皆下品,唯有读书高"、"朝为田舍郎,暮登天子堂"等已为儿童启蒙读物的内容。其次,受做官心理的制约,读书做官成了光宗耀祖的手段,增强了宗法心理。由此,做官,成了人们的奋斗目标和成才方向。于是,苏浙地区一般人家在生活有了保障后,都让子女读书习文,整个社会形成了尊重知识、尊重文人,以读书为荣的舆论和风气,从而形成"士比鲫鱼多"的状况。这种社会心态,也是苏浙两省文人学者大批涌现的社会基础。

(六)诸因素的"合力"作用

唯物辩证法认为,事物的相互作用,构成了事物的运动。恩格斯在《自然辩证法》中写道:"这些物体是互相联系的,这就是说,它们是相互作用着的,并且正是这种相互作用构成了运动。"[1]自然界是如此,人类社会更是如此。人类社会的历史发展,更是人类社会诸要素之间相互作用的结果,是无数相互交错力量的"合力"效应。对此,恩格斯也于1890年9月写给约·布洛赫的信中就提出了"合力论"。恩格斯认为,社会无数相互交错力量相互冲突、相互抵销、相互"融合为一个总的平均数,一个总的合力"[2],这种合力"可以看作一个作为整体的不自觉地和不自主地起着作用的力量。"[3]"历史事变"[4]正是这种合力的产物。同时,在恩格斯看来,"历史过程中的决定性因素归根到底是现实生活的生产和再生产"[5],物质生产之外的一切因素间的交互作用,均是在这一决定性因素的基础上发生的。

据此,中国文人学者中心的转移,作为人类社会中一种特殊运动形式——人才运动,或认为是一种"历史事变",均是南北方地域差异的自

然、政治、经济、文化等各种因素相互作用的合力效应,其中,物质生产——经济因素归根结底起决定性作用,自然因素往往通过社会经济因素对文人学者分布施予影响。北方,战乱不断,农业生态环境破坏、经济衰退等因素形成了对文人学者的推力;南方,自然条件优越、社会安定开放、经济繁荣、文化教育发达等因素形成了对文人学者的吸引力。正是北方推力和南方吸引力的合力作用结果,使中国文人学者中心南移,使苏浙两省成为南宋以来中国文人学者的最大源地。

四、几点启示

以上分析了中国文人学者中心转移的历史过程,以及南宋以来苏浙两省成为中国文人学者最大源地的动因。通过对这一历史区域人才辈出现象的考察,我们至少可得到如下几点主要启示:

启示之一:要努力提高社会经济的发展度

如前所述,人才成长归根结底取决于经济发展。一则,经济发展为人才成长提供了经济实力(财力、物力)和活动时间,是人才成长的物质基础。二则,经济发展对人才成长提出了客观需求。经济越发展,对人才的需求也越突出。对人才需求广度越大,人才涌现越多;对某种人才需求强度越强,则该类人才涌现越集中;对人才需求的维度如何,则决定着人才总体的结构。在这样的社会经济背景下,人才总是从需求少的地区向需求大的地区流动,人才的空间分布总是与经济地理分布基本一致,特别是经济人才和文化人才中心的移动,总是沿着经济中心变动轨迹而运动的。由此,要造成区域人才辈出的新局面,必须首先紧紧抓住发展生产,提高社会经济的发展度这个根本。

启示之二:要努力提高社会财富的丰裕度

社会财富的丰裕度,包括物质财富和精神财富的丰裕程度。正如前述,苏浙两省之所以成为中国南宋以来文人学者的最大源地,这显然与社会的丰裕度密切相关。"东南财赋地,江浙人文薮",丰裕的物质财富和精神文化财富,为人才成长提供了肥沃的土壤,对人才的"批量涌现"起一种滋养作用。由此,要造成区域人才辈出新局面,必须安定社会、发展经济、繁荣文化,努力提高社会财富的丰裕度。

启示之三：要努力提高社会环境的开放度

社会环境的开放度,包括制度、经济、文化等开放程度。如前分析,中国文人学者中心的南移,苏浙两省成为中国南宋以来文人学者最大源地,与开放的社会环境直接有关。有了开放,就可以取人之长,如虎添翼;有了开放,人们的视野就能开阔、思路就能拓宽、思想就能解放;有了开放,人们的言路就能大开,从而才路才能大开;有了开放,人才就能流动,有个英雄有用武之地,才能做到人尽其才。由此,要造成区域人才辈出的新局面,又必须提高社会环境全方位的开放度。

启示之四：要努力提高社会民众的教育度

社会民众的教育度,是指社会民众接受教育的程度。教育是成才的基础,教育比起环境中的自发影响来说,它对人才成长起着更明显、更直接、更重要的作用。人才成长的主要途径是教育成才。正如前述,一个区域人才的涌现,很大程度上直接取决于该区域教育事业的规模、质量和结构,苏浙两省之所以成为南宋以来中国文人学者的最大源地,正是与该区域发达的地方教育,民众接受教育程度较高直接有关。由此,要造成区域人才辈出的新局面,也必须发展教育规模,提高教育质量,调整教育结构,努力提高社会民众的教育度。

启示之五：要努力提高社会人才的尊重度

社会人才的尊重度,指的是社会对知识和人才的尊重程度。古今中外大量事实证明,哪个国家和地区尊重知识和人才,那个国家和地区就繁荣昌盛,文化就兴旺发达,人才也就成批涌现。如前所述,苏浙两省南宋以来之所以成为中国文人学者最大源地,还与该地区长时期来尊重知识、尊重士人、崇尚读书的社会舆论和风气分不开的。由此,要造成区域人才辈出的新局面,还必须强化全社会尊重知识和人才的舆论环境、实践环境和政策环境,努力提高社会人才的尊重度。

总之,社会人才总体规律表明,一定时代的社会需要和社会发展条件的综合作用,必然造就出一定量和质的人才;人才出现的数量和质量由社会需要度和社会条件发展度所决定,并与之成正比。让我们共同努力提高社会需要度和社会条件发展度,为开创中国东南地区乃至全国人才辈出的新局面作出应尽的职责吧!

主要参考文献

1. 恩格斯:《恩格斯致约·布洛赫》、《马克思恩格斯选集》第 4 卷,人民出版社, 1972 年 5 月版。

2. 叶忠海主编:《普通人才学》,复旦大学出版社,1990 年 7 月版。

3. 陈正祥著:《中国文化地理》,生活、读书、新知三联书店,1983 年 12 月版。

4. 王育民著:《中国历史地理概论》上册,人民教育出版社,1987 年 11 月版。

5. 缪进鸿:《长江三角洲与其他地区人才的比较研究》,《人才研究》1991 年第 1 期。

区域人才资源开发的若干
基本理论问题探讨[①]

科学技术是第一生产力,人才是科学技术的载体。当今世界,各国综合国力的竞争,归根到底是人才的竞争。人才开发关系到一个国家(地区)的盛衰,一个民族的兴亡。现代国际社会,大凡搞现代化建设的国家和地区,无不重视人才资源的开发与研究。本文试就区域人才开发战略的理论基础作一番探讨,以引起大家对此重视。

一

要认识区域人才开发,首先要对人才开发有个完整的理解。所谓人才开发,是指在一定社会条件下,把人的潜在能量充分开掘出来,并加以发挥和发展,服务于社会或社会某领域,从中使人力转化为人才,使低层次人才转化为高层次人才的过程。这种开掘——转化过程,按其时间顺序展开,应由以下若干基本环节构成。

第一,人才的预测规划。很显然,要有目的、有计划、高效地进行人才开发,首先要预测掌握一定时期内的人才需求(包括数量,质量,结构等),并在此基础上制定人才规划。科学的人才预测及人才规划,是实施人才开发的重要前提和科学依据,是人才开发的第一道工序。

第二,人才的教育培养。人才开发,由人才的预测规划开始,然后进入实施阶段。人才开发的实施,首要的又是人才的生产——教育培养环节。通过人才的教育培养,以保证人才供给,满足一定时期人才的需求,它是人才开发的重要环节。

[①] 本文作者为叶忠海教授,完成于 1991 年 5 月,并在国际劳工组织中国人力资源开发网第四届年会上发表,刊于华中师范大学《高教与人才》1991 年第 5 期,以后又入选《面向 21 世纪的挑战》一书,华东师范大学出版社 1993 年 7 月出版。

第三,人才的考核评价。通过教育生产的特殊产品——人才[①],有个质量检验——考核评价的问题。根据考评意见,决定其配置与否,以及如何配置。考评的失真会带来配置的失误。人才的考核评价是人才的生产环节向人才使用环节运行的过渡环节。

第四,人才的选用配置。通过考评的人才,就进入到选用配置环节。它包括个体的选用,群体的配置和总体的布局。使用配置合理与否,直接影响着日后人才形成的智能和创造能的发挥和发展,从而影响人才培养效益和人才使用效益。这是人才生产工序运行到人才使用的关键一步。

第五,人才的使用调控。它既包含人才的微观调控——指微观人才群体对其内部成员协作行为的指挥、协调和控制,充分调动他们的积极性,创造性;又包括人才的宏观管理,即社会人才总体的使用调控。其中,人才流动作为人才使用调控的重要手段,也包含在本环节之内。人才的使用调控,是人才开发过程最后一个环节,又是一个主要环节。合理的人才配置,只为提高人才使用效益提供了可能性,人才能否最大限度地发挥其作用,主要有赖于有效的人才使用调控。只有做好人才的使用调控工作,人才潜能才能真正转化为社会和自然的巨大的现实力量,以达到人才开发的目的。

由此可见,人才开发是一项由人才的预测规划,教育培养,考核评价,选用配置,使用调控等基本环节构成的复杂的社会系统工程。在这项系统工程中,各环节环环紧扣,紧密联系,彼此制约,似如一条人才开发链。其中,育人和用人是人才开发链中的两个主要环节,育人是用人的基础和前提,用人是育人的目的和动力,两者统一于人才开发过程之中。在一定条件下,人才开发的一个具体过程完结后,又必须向与它有紧密联系的高一层次的人才开发过程过渡和转化。

总之,人才开发具有整体性。这种整体性的特点要求区域人才开发战略的设计,必须对人才开发这个系统工程诸环节加以一体化的思考。在现状的调查研究中,应包含两个层次的内容:一是区域人才资源的现状估价;一是区域人才资源开发工作现状分析。这两方面内容既有联

区域人才资源开发的若干基本理论问题探讨

---

① 这里指准人才。

系,又有区别,缺一不可。在分析区域人才资源开发工作现状时,就要考察人才开发系统工程诸环节,对诸环节作出恰如其分的评析,并在此基础上对人才开发整体工程加以综合地评价。其中,尤应对育人和用人两个主要环节加以重点探析。通过对区域人才的教育培养工作的评价,至少可以对区域人才资源的素质,教育——经济结构吻合度,教育经济效益,人才造就机能强度,教育基础工程的物质基础等问题有个全面而清晰的了解。通过对区域人才的使用调控工作的评价,至少可对区域人才使用态(利用率和闲置率),人才成长环境,人才流动率等问题有个正确而清醒的认识。只有这样,才能找出造成区域人才现状之原因,设计今后区域人才开发战略也才有一个可靠的基础和依据。同样,在制定区域人才开发战略及其各构成部分:战略目标,战略步骤,战略布局,战略对策时,既要研究人才开发系统工程诸环节,更应对系统工程诸环节加以一体化研究,只有在此基础上制定的区域人才开发战略才是科学的、全面的和切实可行的。

二

人才开发具有整体性的特点,作为区域人才开发又具有开放性的特点。区域开发是个综合性的开发系统,它包括区域的经济开发、科技开发、文化开发、人才开发、自然景观开发等。在区域综合性的开发母系统中,区域人才开发作为一个开放的子系统,与其他子系统进行着物质,能量,信息的横向交流,以维持自身稳定而有序的动态平衡。由此,区域人才开发应置于区域综合性的总开发之中,综合考虑其他开发系统的影响和作用,并服务、隶属于区域总开发。同时,还应看到,经济开发子系统在区域综合性的开发母系统中占主导地位,而人才开发子系统与经济开发子系统的联系又尤为紧密,两者相互作用,相互制约。

从人才开发对经济开发的作用来分析,应该认识到人才开发对经济开发具有巨大的推动作用。在社会生产中,生产力是最活跃、最革命的因素,其中劳动者又是构成生产力最主要的决定性因素,而人才又是劳动者中素质较高,比较先进和精华的部分,因而人才因素及其开发是经济开发的关键因素,制约着经济的开发。特别在当代,经济结构迅速变革,由劳动力密集型经济、资金密集型经济,向知识技术密集型经济转化,内涵扩大再生产优先于外延扩大再生产,作为科技载体的人才开发,对经济开发的制约日益明显。

不仅如此,从区域经济开发来说,人才是区域极化中心和核心区向四周外围进行经济辐射和扩散的媒介和载体。在区域经济辐射和扩散中,有生产、技术、信息、人才等诸多形式的辐射和扩散,尽管生产辐射和扩散在诸辐射和扩散中占主导地位,但人才辐射和扩散具有自身的特殊性。这种特殊性突出表现为它是诸种辐射和扩散形式得以实现的途径和手段。因为人才是知识、信息和技术的载体,因而技术和信息的辐射和扩散必以人才辐射和扩散为其前提和条件;又由于生产辐射和扩散离不开技术和信息的辐射和扩散,所以归根结底生产辐射和扩散,必以人才辐射和扩散作为媒介和载体。

从经济开发对人才开发作用来研究,应充分认识经济开发决定着人才开发。生产活动是人类最基本的实践活动,是决定社会一切活动的基础,包含生产活动的经济开发活动同样决定着人才开发活动。经济开发既为人才开发提供了物质条件,又为人才开发提出了全面的客观要求。

第一,区域经济开发规模决定着区域人才发展总量。在一般情况下,人才总量随着经济开发规模的发展而发展,区域经济开发规模有多大,其人才发展总量就相应地有多大,两者呈正向相关。当然,区域人才数量的增长速度受制于区域经济发展过程,区域经济发展的不同阶段(成长期,起飞期,稳定增长期,增长后期),其人才数量的增长速度显然是不相同的。

第二,区域经济开发的技术构成水准规定着区域人才的能级构成及其重心。手工操作、半机械化、机械化、半自动化、自动化等不同层次的技术构成,显然需要不同能级的技术人才来操纵、使用和管理。

第三,区域经济开发的产业和行业结构决定着区域人才专业结构。区域内第一、二、三产业各占的比重,及产业内不同行业所占的比重均直接影响区域人才专业结构的构成。一般地讲,区域内某个行业发达,该行业的专门人才在区域人才专业结构中的比重就大;某个行业急待发展,其专门人才在区域人才专业结构中的比重就会增大。区域人才专业结构,随着区域产业和行业结构的调整而相应地变化。

第四，区域经济开发的重点规定着区域人才开发的重点。一般来说，区域经济发展的"瓶颈产业"的开发，区域优势资源和重点行业的开发，区域经济发展的"突破口"，往往是区域经济开发的重点，其要求人才开发与之相配套，从而必然成为区域人才开发的重点。

第五，区域经济开发阶段要求与之相适应的区域人才开发步骤。纵观区域经济开发全过程，不难发现经济发展呈现成长、起飞、稳定增长、增长后期四种状态，与之相适应的是人才发展大致可分为积累期，快速发展期，饱和期和饱和后期。在区域经济成长期，经济呈低速增长，由于经济起飞的需要，此时人才投入的增长率较经济产出的增长率快；当人才投入达到经济起飞最低的阈值时，经济开始起飞。人才积累引起经济起飞，经济起飞又需要更多的人才。伴随经济发展进入起飞期，人才发展随之由积累期进入快速增长期。此时人才投入增长率与经济产出增长率大致持平。随着时间的推移和人员的不断充实，人才投入增长速度逐渐放慢，于是人才发展进入缓慢增长的饱和期。在此期间，由于人才已形成的"优势积累"和人才的"滞后效应"，经济发展持续上升，进入稳定增长期。到了经济发展的增长后期，经济发展主要体现在产业和行业结构高技术化、知识技术密集型产业和行业成为主体。这时，相应的人才发展阶段为饱和后期，人才数量围绕在饱和线上下波动，并稳定在一定水平线上，人才发展主要表现在人才智能的更新，能级的提高，结构的优化等方面。以后由于区域经济开发的新需要，人才在更高的质量，较优的结构基础上进行数量的积累，达到一定阈值时，又使经济在更高水平上起飞。如此循环往复，形成了与经济开发阶段相协调的人才开发步骤。

第六，经济开发的地域过程对人才开发空间布局和人才流动提出了要求。经济开发的地域过程，是指区域经济发展在地域上的表现。其中，极化和扩散是经济开发活动地域过程中两个最基本的侧面，也是区位势能作用机制的集中表现。在极化和扩散的作用机制下，随着区域经济发展的均衡与非均衡的矛盾运动，经济开发的地域过程表现出的是方向性的阶段递进，从极化和扩散的关系来分，经济开发的地域过程大致可分为离散、极化、扩散、成熟四个阶段。

经济开发的地域过程决定着人才开发的空间布局和人才流动。经济开发地域过程的不同阶段,具有明显不同的人才空间布局的模式,分别呈现为分散均衡式,中心——外围式、多核心式、网络式等。不仅如此,在经济活动及其要素的极化和扩散过程中,必然导致人才由四周外围向极化中心流动或由极化中心向四周外围流动,这是地区经济发展中,均衡与非均衡对立统一规律在人才流动中的反映。

鉴于上述的经济开发和人才开发之间的关系,要求我们的经济开发必须依靠人才开发,人才开发必须服从于经济开发。在区域范围内,人才开发应紧紧围绕经济开发这个中心来展开,并以此指导区域人才开发战略的制定。

在对区域人才资源及其开发的评价中,就应以适应区域经济开发的"适应促进度"作为主要衡量标准。在一定时期内,衡量区域人才总量足与不足,主要看是否适应并促进该区域该阶段及其今后若干年内经济发展规模;评价区域人才能级结构重心是高还是低,主要看是否适应该区域该阶段及其今后若干年内经济开发技术构成,可采用"人才当量系数"、"人才辐射力"、"人才经济产出"等指标来表示区域人才能级水准;衡量区域人才专业结构是否合理,主要看是否适应并促进该区域该阶段及其今后若干年内经济的产业和行业结构变革,可采用"人才结构偏离数和偏离度"等指标来表示人才专业结构与产业、行业结构之间的协调程度;衡量区域人才空间分布合理与否,主要看是否适应并促进区域经济开发活动地域过程,可采用"人才集中系数"、"人才区位商"等指标来表示区域人才空间分布状况。

在构想区域人才开发战略时,要着重研究区域人才开发战略如何适应并促进区域经济开发战略,为实现区域经济开发战略服务。具体来说,在区域范围内,人才开发的战略方向目标应与经济开发的战略方向目标整体一致;人才开发的重点,应服从于经济开发的重点;人才开发的步骤,应以经济开发的阶段为依据;人才开发的结构,应满足经济结构调整的要求;人才开发的空间布局,应适应并促进经济开发地域过程。总之,构思区域人才开发战略,必须以区域经济开发为中心,综合考虑区域其他开发因素,而不能把区域人才开发作为一个封闭系统,孤立地就人才开发问题论人才开发战略。

三

区域人才开发还具有区域性的特点。区域性,是指地球表面的自然现象和人文现象空间分布的不均匀性。人才开发是物质运动的一种特殊形式,这种特殊的物质运动——人才运动,受制于地域空间的自然和社会环境。特定的地域空间的自然和社会诸因素组合的差异性,导致了人才开发这种地球表面特殊人文现象空间分布的不均匀性,即人才开发的区域性。

综合人才开发的区域性现象,具有如下特征。

第一,多层次性。这是指按不同的人才开发活动地域空间范围所构成的区域人才开发体系的多等级性。这种人才开发的多层次可包含全区域、分区域、子区域——人才地域单元等若干个层次。

第二,以经济因素的区域分异为主导。人才地域过程总有主导因素、基本因素以及限制性因素。其中主导因素是人才地域过程的主要矛盾,也是进行人才区划的主要依据。由于人才开发地域过程取决于经济开发地域过程,因而人才开发区域是以经济因素为主导因素。

第三,区域内部人才开发因素的相似性和开发目标的一致性。由于人才地域单元内部的相对一致性,是人才地域单元界定的客观依据,因而它是人才地域单元的基本特点之一。对此,人才开发地域单元也不例外,其相对一致性包括人才开发空间要素(地理位置,自然环境,历史基础,经济发展水平与特点,社区文化,区域政策等)大致的相似性和人才开发目标整合的一致性。

第四,区际的人才开发因素及活动的分异性。这是人才开发地域空间表现的一个问题两个方面。人才开发地域单元内部越一致,人才开发地域单元之间越分化,人才地域界线也就越理想。由此可见,区际的人才开发因素及活动的分异性,也是人才开发地域单元的基本特点。

第五,区际联系和相互作用。区域要生存和发展,必然需要区际联系。区际间的主要联系有:自然联系,经济联系,人口移动联系,技术联系,服务传递联系和政治、管理及组织联系等等。伴随着这些区际联系,必然产生和促进人才开发活动的区际联系。人才开发地域过程中极化和扩散这两个最基本的侧面即是区际人才开发联系的集中表现。

第六，动态变化的相对稳定性。人文现象是以人作为现象的主体，它总是发展的连续性和阶段性的统一。人文区域的界定，总是人文现象动态变化和人文现象相对稳定的辩证统一。因此，人才开发区域现象，作为一种特殊的人文区域现象，同样具有动态变化的相对稳定性。

构思区域人才开发战略，应根据人才开发区域性的特征，着重研究分区域与全区域之间，各分区域之间，分区域内各子区域之间的联系。

第一，分区域与全区域之间的联系。区域人才开发的多层次性决定了每一个区域人才开发战略都处在纵向的各层次区域人才开发战略的系统中，直接受到高一层次区域人才开发战略的约束。在人才开发战略的设计上，最主要体现在从上一层次全区域人才空间开发整体效益原则出发，对其所属的各分区域人才开发的要求。分区域必须充分考虑上一层次全区域的整体利益和结构的特点。在这种情况下，尽管就分区域人才开发的战略设计本身而言，不一定是最优的，但由此保证了全区域人才开发的最佳效益，从而实现了整体效益大于其所属分区域人才开发效益之和。据此，设计区域人才开发战略，一要树立"归属观"，即把本区域战略归属于全区域战略，作为全区域战略组成部分；二要树立"全局观"，即把全局对人才开发的要求，作为本区域制定战略时的重要依据。

分区域归属并服从于全区域，只是分区域与全区域关系问题的一个方面；问题的另一方面是全区域是由分区域构成的，是分区域关系的总和。在纵向的各层次区域人才开发战略的系统之中，高一层次全区域人才开发战略总是以低一层次分区域的战略作为基石并体现落实于低一层次分区域战略之中。无论是人才开发极化中心区，还是人才开发四周外围区，它们的人才开发状况，都直接影响着全区域人才开发的规模、水准、结构和进程。在全区域统筹规划协调发展下，充分发挥分区域的优势，尽力开发分区域的人才。据此，在制定全区域人才开发战略中，必须有局部利益意识，十分重视并考虑分区域的局部利益；必须有"基础观"，即把全区域人才开发战略建立在分区域战略的基础之上。只有这样，才能正确处理全区域与分区域、整体与局部之间的辩证统一关系。

第二，分区域间的联系，是指同层次区域之间的横向联系。人才开发区际联系和相互作用的特点，决定了每一个区域人才开发战略均处在

区域人才资源开发的若干基本理论问题探讨

区域人才开发战略网络之中,受到同层次区域人才开发战略的影响和作用。由此,设计区域人才开发战略,必须以人才开发战略区域网络为背景,考虑同层次区域人才开发战略之间的联系和相互作用,具体分析相邻区域人才开发的区位势能、阶段特点和影响因素,从而研究区域之间人才开发的适宜分工,相互协作,优势互补,互惠互利,正确处理区际人才开发间的关系。

第三,分区域内部各子区域之间的联系,是指分区域内部各人才地域单元之间的联系。人才开发区域多层次的特点要求对分区域内部各人才地域单元之间联系作深入的研究。尽管一个分区域人才开发因素有大致的相似性,开发目标有整合的一致性,但其内部各人才地域单元,由于受不同的人才开发空间要素及其相互作用的影响,各人才地域单元仍存在着差异性。因此,要深入研究某区域人才开发战略,必须对该区域内部各人才地域单元作分异研究,即通过划分不同的人才开发区,制定人才分区开发战略,从而贯彻人才开发的因地制宜原则。

在这里,需要明确的是,人才开发区是一种特殊的人才区。它不同于那种单纯表现人才现状空间集聚差异性的一般人才区概念,而是侧重于以经济发展为主导,以人才开发为目的,促使区内人才资源及其开发更好地适应并促进区域经济发展,从而在地域空间上所表现出来的是一种经济——人才耦合区。因此,人才开发区与一般人才区比较,更具有经济主导性、发展方向性和实践性的特点。

人才开发区的特点决定着人才开发区的划分原则,上述三个人才开发区特点决定了三条相应的人才开发区划分原则:以经济因素的区域分异为主导,兼顾人才开发现状区际差异性的原则;以人才开发方向一致性为主,兼顾人才开发现状区内相似性的原则;可操作性原则。依据这些划分原则,我们就可以拟定综合实际情况的区划指标体系,建立数学模型,进行人才开发区的划分;并在此基础上,对区域内部人才开发战略加以分区研究。只有这样,制定出的区域人才开发战略才是完整的、深入的和接近实际的,真正体现了一定时期内特定空间人才开发战略的特殊性。

主要参考文献

1. 叶忠海主编:《普通人才学》,复旦大学出版社 1990 年 7 月版。
2. 李福增等主编:《人才与经济发展》,中国展望出版社 1987 年 10 月版。

区域人才资源开发的若干基本理论问题探讨

中国人才开发的空间研究^①

人才开发,是物质运动的一种特殊形式,人才的空间分布是这种特殊运动结果的反映。纵观全球,各国各地区人才的空间分布差异十分显著。这是由于:人才运动导因并受制于地域空间的社会和自然环境。特定地域空间的地理位置、自然环境、政治与历史环境、经济基础、社区文化、区域政策等组合的不均一性,形成人才的空间分异。

中国国土辽阔,自然条件复杂多样,各民族社会历史发展的进程差异很大,各地区有不同的经济文化基础和不同的发展战略,加强人才开发的空间研究,在指导思想上树立人才开发的空间观,按照人才的空间分布规律与原则指导开发实践具有重要意义。它有利于充分开发利用各地的人才资源;有利于科学地制定区域人才开发规划;有利于实行合理的区域人才流动,促进落后地区、边远地区、少数民族地区的人才培养和适度超前发展,为逐步缩小相对发达地区与落后地区、东部地区与中西部地区、汉族地区与少数民族地区之间的生产力发展差异提供了人才条件。

一、人才开发的空间要素分析

人才开发的空间要素是指影响乃至决定人才现象的空间区位与结构组合关系的各种因素。主要有地理位置、自然环境、历史基础、经济水平与结构、社区文化、区域政策等诸多方面。研究各要素与人才开发的关系,对认识和把握人才的空间分布规律,科学地制定人才区划和人才区域规划有重要意义。

(1)地理位置与人才开发

---

① 本文作者为华东师范大学刘君德教授、叶忠海教授。该文完成于 1990 年,在当年 IGV 亚太区域地理大会上发表,并入选该会议的论文选。以后又刊于《华东师范大学学报》(哲学科学版)1991 年第 1 期。

地理位置是人才开发中经常起作用的因素之一。优越的地理区位吸引人才流入,有利于人的智力、创造力、开拓力等才能的开发利用,增强人才的凝聚力。广东省在改革开放的环境中吸引大批人才,迅速发展经济,除推行特殊的政策外,毗邻港澳、滨临南海,水陆交通便利的优越地理位置也是一个重要因素。

(2)自然环境与人才开发

人类生存于自然环境之中,人类在利用自然时,一般首先选择能以较少投入而获得较大产出的地方。自然条件优越的地区,是人们生产栖息理想的空间,一般开发历史久,经济较发达,人口较稠密,人才的集聚程度较高,再生产能力较强(人才的再生产表现为人才数量的增加、人才群体的更替和人才作用的发挥)。我国东部沿海地带,人才密度大,人才的群体组合状态较好、个体素质也较高。从人才成长的自然规律分析,遗传、胚胎发育、优生、营养、脑生理等五大自然要素是人才成长的物质基础,尤其是生理素质对人的智力发展的影响也是不可否认的。

(3)社会环境与人才开发

包括政治、社会、历史等方面,是人才开发的主要因素之一。安定的社会环境是人才成长的前提条件,能成为磁力中心吸引大批人才;反之,一个不安定的社会环境,不仅使人才成长受阻,而且使大批人才流失。但也应当指出,在尖锐的政治、军事冲突环境下,社会处于变革或转折时期,又往往能够造就大批政治、军事和管理人才,涌现大批思想家、文学家。

(4)经济基础与人才开发

生产力发展水平是成才的关键因素。区域经济发达,有可能提供较多资金,发展教育、科技和文化事业,从而为群体人才的形成提供重要的物质前提;经济发达地区,家庭教育环境好,一般对人才的成长也有利。通常情况下,较大的成长概率往往产生在中等经济家庭。我国现今人才的密集区,如沪宁杭、京津、珠江三角洲等,都是经济发达区域。区域生产力水平的空间差异所产生的梯度差(力),是人才流动的巨大推动力。

(5)文化环境与人才开发

包括教育、科技在内的文化环境,也是人才成长与发展的重要因素之一。文化环境优越的地区有利于群体人才的形成。江苏省之所以成为我国人才辈出,学者荟萃省份,即有其深刻的文化背景。该省历来是中国教育、科技、文化较发达省,因而造就了大批科学家、文学家、艺术家。

（6）社区环境与人才开发

"社区"是指社会群体（家庭、氏族等）或社会组织（机关、学校、工厂企业等）在地域上的集聚而形成的生活上、工作上相互联系的小区域集体。人们在不同区域长期的直接接触、交往的社会环境中,通过潜移默化的作用,形成人才个体与群体在思想品德、政治倾向、思维能力、民族宗教信仰、专业结构等方面的差异。

区域人才成长与发展机制略图。

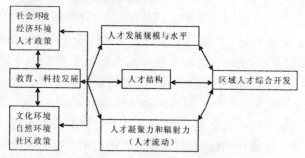

区域人才成长与发展机制略图

（7）区域政策与人才开发

主要包括不同地区人才的培养、使用与管理政策及人才的引进政策。正确的政策能根据本区的需要,有计划地培养人才,合理使用人才,能使人才开发与区域社会经济发展相协调;能增强人才的凝聚力,吸引人才流入,促进合理流动。

上述人才开发的诸要素构成区域人才成长与发展的机制,其相互关系可用以上图式表示。不同地区诸要素组合关系与结构不同,构成人才空间分布的差异性。

二、人才开发的空间指导思想与原则

1.空间指导思想

中国现阶段人才开发的空间指导思想应是:以经济建设为中心,以现代人才的空间分布为出发点,遵循人才成长与辈出的客观规律,根据各地区社会经济发展的需要,因地制宜制定区域人才开发规划与政策,充分发挥人才的作用,促进人才的合理流动,形成各地区人才的合理结构,以人才开发促进各地区生产力水平的提高和差距的缩小,加速社会主义现代化建设的步伐,实现各民族各地区的社会经济和文化的共同繁荣。

上述指导思想的内涵包括以下几个方面:

(1)以经济建设为中心,加速各地区生产力发展的思想。从空间观点分析,区域人才开发要服从于各地区社会经济发展的需要,有利于促进各地区社会生产力的发展。

(2)实事求是,从实际情况出发的思想。也就是说,我国人才的空间开发,要充分考虑现有人才空间分布的特点,分析研究现有人才空间分布规律与问题,从现代人才空间分布的实际情况出发,制定切实可行、合理的人才开发空间规划(即区域人才发展规划)。

(3)因地制宜,建立各地区人才合理结构的思想。我国地域辽阔,自然条件复杂,社会和经济、文化发展很不平衡,又是一个多民族的国家,各地资源优势、经济基础与结构,人才与教育状况、民族风俗习惯、地理区位条件等均有较大差异,应根据各地不同的情况,确定人才开发的战略方向与重点,建立各具特色的区域人才结构。

(4)各地区相对均衡发展,各民族共同繁荣的思想。中国是一个经济文化发展很不平衡的大国,无论是从政治、国防意义看,或是从社会经济意义看,逐步消除这种不平衡、不合理的状况都是十分重要的,这是实现中国现代化的一个重要目标,也是人才开发的空间指导思想。

2. 空间原则

(1)发挥空间优势。由于人才开发空间要素组合的差异,形成特定空间的人才群体相对优势。如辽中南地区的重工业人才优势,山西省的煤炭科技人才优势,北京、天津、上海等工业城市的科技人才优势,海南省的热带经济作物人才优势,沿海经济特区的外向型人才优势,江浙两省的文化人才优势等,特别是某些传统特色的专业人才空间优势,如广东省梅县的足球人才,福建晋江的田径人才,西藏的登山人才,河北沧州的武术人才,浙江嵊县的越剧人才,江西景德镇的瓷器人才等等,这些特定空间的人才优势蕴藏着巨大的感染力,应充分利用其传统的继承性,大力开发,形成特色。

(2)提高空间效益。即通过人才的合理区划与布局规划,以最少的资金最快的速度、培养出较高水平的各类人才。我国国力有限,用于人才培养和发展教育的资金严重不足,这是人才开发中一个突出的矛盾,只能在国家经济实力不断增强的过程中逐步解决。在当前情况下,通过调查研究。在地区人才预测的基础上,实事求是制定人才区域规划,并实行学校和人才培养的合理布局,可以提高人才开发的空间效益。减少因计划不周,布局不合理,人才的盲目培养与分配而带来的人才严重浪费,从而使各地区各类型人尽其才,才尽其用。

人才开发的空间效益可以用定量方法进行求算,并比较。首先,计算出各地区各类人才开发的费用,然后进行同类人才开发费用的地区比较。人才开发的费用可使用以下主要指标:人才年平均培养费用(各类人才培养年投资额/该年各类人才实际培养人数)、人才平均周期培养费用(人才培养全过程所需费用,即年平均培养费用之和)、人才开发投资产出率(人才开发全过程平均每单位的总投资额所能开发的人才数)、人才开发投资的边际成本(人才培养场所每增加一个人才培养所需要增加或减少多少追加的人才开发投资)等。通过不同地区同类人才开发费用的比较,即可选取最优地区的人才开发方案,为制定地域人才开发的战略提供科学依据。

(3)促进空间流动。人才流动是自古就有的国际现象,是人才空间运动的重要表现形式。随着生产力的发展,科学技术的进步,社会文明的程度提高,对外开放政策的实行,人才流动现象越来越普遍,并向深度和广度发展。实践证明,在实行计划经济体制为主的社会主义国家,改革人才管理制度,实行人才的合理流动,对合理使用人才,改变人才分布不合理的现象,形成人才群体的合理结构,促进各地区社会经济的发展与繁荣,加强民族之间的交往与团结,具有极其重要的经济与政治意义。人才流动有纵向流动与横向流动。前者是人才群体内部的上下流动,后者是区域内部或区际之间的位移,即为空间移动。人才开发的空间原则主要是通过人才的空间位移,实现人才的合理分布,形成合理的区域人才群体结构。

（4）缩小空间差距。逐步缩小人才开发的空间差距，是社会主义人才开发的指导思想，也是一条重要原则。

三、人才开发的空间导向

人才开发的空间导向是使人才的开发程度逐步趋向相对平衡、结构趋向合理的一种措施或途径。

1. 规划导向　即根据国民经济总体发展计划的要求，制定适应各地区社会经济文化发展需要的人才发展规划，通过规划进行人才开发的空间导向。区域人才规划对人才的空间布局起宏观指导作用，是人才群体结构和地区结构调整的依据。规划的内容主要包括特定区域内不同时期的人才需求总量及其专业构成，人才的能级（高中初级）比例，地区人才结构，规划实施的步骤和措施以及适应地区社会经济发展需要的各专业、各部门的人才发展规划。人才需求预测是制定人才规划的基础。没有科学的预测就不可能有科学的规划。要在分析现有人才状况的基础上，找出问题，按照地区发展的需要进行科学的预测。

要处理好不同地区各层次人才开发规划之间的关系，即区域人才开发规划中上下级、全局与局部之间的关系。在人才开发的空间导向中，上一级地区层次对所属范围内的下一级层次规划的综合平衡工作极为重要。要防止地区人才规划中的"小而全"，使之各具特色。一般情况下，"通才"和中低级人才可以分散培养为主，"专才"和高层次人才以集中培养为主。

2. 教育导向　教育是人才培养的基础，教育落后是我国人才相对匮乏的根本原因。教育结构失调，布局不合理，是导致区域人才开发不平衡、人才空间分布与结构不合理的直接因素。教育改革的方向要以经济建设为中心，面向现代化，面向世界，面向未来，要根据社会经济和科学技术发展的趋势，根据技术革命所产生的新兴产业的要求，充分考虑各地区原有的基础与特色、以及区域经济发展战略方向的需要，进行学科与专业的调整、设置；调整各能级层次的数量与比例；在普及义务教育的基础上，调整中等教育结构；加强职业技术教育、成人教育与继续教育，鼓励自学成才，多类型、多层次、多模式培养适应和地区需要的专门人才与技术劳动者。

教育空间结构的调整（包括地区之间教育结构以及地区内部专业、层次结构的调整），对改变人才空间分布与结构的不合理状况，促进区域人才开发的相对均衡化有深远的意义。

3. 市场导向　人才市场是劳动力市场的极重要组成部分。只有开放人才市场，才能给各地区、各行业以吞吐和调整人才结构的权力，才能给各类人才选择职业和地区的自主权，从而促进人才地区结构、专业与能级结构的合理化。随着改革开放政策的不断深化，开放和完善人才市场将成为人才空间导向的主要因素之一。

开放人才市场，一是要树立流动观念，改革现行的一次分配定终身、封闭的人才管理体制，促进人才的合理流动，特别是地区之间、城乡之间的流动。二是要树立开拓观念，使发达地区的人才与教育面向全国，实行技术、劳动、智力与人才的输出，特别是去落后、边远地区，去农村开拓与创新。三是要树立竞争观念，改变过去的"铁饭碗"，在行业和地区竞争中真正实现人才的价值。

4. 行政导向　即用行政手段和措施对人才的空间分布进行导向。这是一种传统的人才管理制度，在我国以计划经济为主的社会主义初级阶段，行政干预仍将是人才空间导向的主要环节。但要注意：行政干预要严格按照区域人才开发规划有计划地实施，切忌盲目性，以免因不合理的行政干预（如毕业分配）而导致人才的极大浪费与新的不合理分布。

5. 政策导向　政策是统治集团对于生产方式的认识反映与对策。政策的科学性对于人才开发有极重要之影响。正确的人才政策能充分调动各类人才的积极性，发挥其潜能，能吸引人才流入，使之拥有人才优势。通过政策措施可以对人才的空间分布进行导向。要认真落实党的知识分子政策，在政治上和经济上、生活上关心各类人才，爱护各类人才，并形成良好风气，在落后地区、少数民族地区和急需开发的地区，要实行特殊人才政策，如优惠政策（如工资、住房、子女就业等）、轮换政策（不强求长期扎根，可签订3－5年的契约合同，工作期满后，返回原地区原单位）、放宽政策等，以吸引人才流入，解决人才之急需。

四、中国现代人才的空间格局与
三大地带人才开发方向

1.中国现代人才的空间格局与存在问题分析

　　中国人才的总体空间分布基本与生产力的空间布局相一致。从人才数量、人才密度和人才能级三个方面分析,中国现代人才具有明显的东、中、西地带性分布规律。人才数量东部多,西部少;面积人才密度、人口人才密度东部大,西部小;人才能级东部高,西部低。(见表1,2)

表1　中国东、中、西部人才数量与能级分布(1986年)

<table>
<tr><th colspan="2" rowspan="2">地区
项目</th><th colspan="2">东　部</th><th colspan="2">中　部</th><th colspan="2">西　部</th><th colspan="2">全　国</th></tr>
<tr><th>人数
(万)</th><th>比例
(%)</th><th>人数
(万)</th><th>比例
(%)</th><th>人数
(万)</th><th>比例
(%)</th><th>人数
(万)</th><th>比例
(%)</th></tr>
<tr><td rowspan="3">人才数量</td><td>全民所有制自然科技人员</td><td>407.3</td><td>46</td><td>293.1</td><td>33</td><td>189.0</td><td>21</td><td>889.4</td><td>100</td></tr>
<tr><td>研究与开发机构科技人员</td><td>34.0</td><td>58</td><td>12.8</td><td>22</td><td>11.9</td><td>20</td><td>58.7</td><td>100</td></tr>
<tr><td>高等学校专职教师</td><td>19.6</td><td>51</td><td>11.7</td><td>30</td><td>7.3</td><td>19</td><td>38.6</td><td>100</td></tr>
<tr><td rowspan="2">人才能级</td><td>独立研究与开发机构专业技术人员</td><td>33.96</td><td>57.9</td><td>12.76</td><td>21.7</td><td>11.90</td><td>20.4</td><td>58.62</td><td>100</td></tr>
<tr><td>其中:科学家与工程师</td><td>22.54</td><td>60.2</td><td>7.70</td><td>25.7</td><td>7.19</td><td>14.1</td><td>37.43</td><td>100</td></tr>
</table>

表2　中国东中西部人才密度分布(1986年)

项目＼地区	东部	中部	西部	全国
面积人才密度 (自然科技人才数/平方公里)	3.15	1.01	0.35	0.93
人口人才密度 (自然科技人才数/万人口)	91.90	76.50	74.20	82.00
职工人才密度 (自然科技人才数/万名职工)	942.00	856.00	991.00	921.00

说明:①东部地带包括辽宁、河北、北京、天津、山东、江苏、上海、浙江、福建、广东、广西、海南十二个省市;中部地带包括黑龙江、吉林、内蒙古、山西、安徽、江西、河南、湖北、湖南九个省区;西部地带包括四川、云南、贵州、西藏、陕西、甘肃、宁夏、青海、新疆九个省区。

②全国数均不包括台湾省在内。

中国人才的三大地带分布格局受制于自然环境、人口分布、生产力布局、地区经济技术与文化教育发展水平的地带性差异。东部沿海地带地势低平,水热条件优越,地理区位条件好,水陆交通方便,人口密集,经济技术、文化科技教育基础较好,经营管理与生产力发展水平较高,因而人才分布比较集中;西部地带地势高耸,多高山、高原、冰川、沙漠、草原,气候条件较差,土地的人口承载力低,人口相对稀少,地理区位条件较差,交通不便,经济基础和科技教育水平及经营管理、生产力发展水平远不及东部地带,因而人才绝对数量少,密度小①,层次低;广大中部地带则具有过渡特点。

中国现代科技人才分布最密集的省份在江苏、浙江,有40%以上的科学家,51.3%的数理化学部委员,51.5%的生物学家,58.6%的农学家,30%的心理学家都出自于这两个省;其次是福建、广东、河北等省。中国的人文科学人才则有两个分布中心。一是以沪、宁、杭为中心的江、浙、沪三省市,这里的现代文学家和艺术家各占全国四分之一左右,社会科学家占35.6%,编辑家占38.2%,教育家占46.2%,语言学家占30.6%。二是华北的京、津、冀三省市,这里的作家占全国的15.6%,文学家占13.8%,艺术家占25.3%。很显然,这一分布格局与优越的地理

①　这里是指面积人才容度、人口人才密度。

位置,悠久的文化历史,开放的社会环境,发达的经济与教育等有密切的关联。

应当指出,人才的分布中心与政治、经济、文化、科技中心等基本相一致,并随中心的转移而发生空间演变。南宋以前,中国的人才中心在黄河流域,以河南为最,山西、陕西次之。据记载,唐代宰相共有 396 名,北人占十分之九。南宋及其以后,人才中心转移至长江中下游地区,浙江居首,次为江苏、福建。明代宰相共 189 人,南人占三分之二以上。这种空间上的演变是政治、经济、文化中心南移的反映。现今中国人才的分布中心同样与政治、经济、文化科技中心相一致。而沿海地带,尤其是华南的特区、开放区,对外开放程度较大,社会、经济、文化发展较快,人才政策优惠,人才的凝聚力和吸引力大大优于其他地区,不久可望成为中国新的人才分布中心。

综观我国现今人才开发与空间分布,存在以下主要问题:

第一是对现有的人才开发重视不够。从总体看,中国人才数量不足,需要从教育抓起,大力培养人才;但另一方面,普遍存在着浪费人才、现有人才的低度使用问题。据上海市 1986 年对 10048 名专业技术人才的抽样调查结果分析,有近三分之二人才的作用不能充分发挥。仅此推算,目前上海积压浪费的人才至少有 4 万人。在专业技术人才中,任务不饱满和没有任务的比例达 26.3%。

第二是部分地区人才源的文化素质较差,后备人才资源短缺。在边远地区、少数民族地区、丘陵山区、老区、贫困地区等,由于社会经济、地理区位、人口素质、教育基础及社会历史的原因,人才源的文化素质普遍较低,不仅文盲、半文盲的比重很大,如据 1990 年全国人口普查资料,安徽、贵州、云南、甘肃、青海、西藏等省区,文盲占 15 岁以上人口的比重都在 24% 以上,西藏达 44.4%;而且由于教育基础差,尤其是师资的数量少、质量差,中小学的普及率较低,严重影响了作为人才源人口的文化素质,为未来人才开发带来困难。

第三是地区人才开发缺少整体观念,与地区经济发展不相适应,育人与用人改革不配套。表现为教育资金的严重短缺,教育结构与经济结构严重脱节,短线人才长期不足,长线人才则有时过剩。人才开发存在盲目性,引起浪费。

第四是人才缺少流动或流动不合理。由于旧的人事管理制度(如户口制度、工资分配制度、静态管理的人才流动制度、人才统包分配制度及条块分割、人才的就业保障制度等)和人才本身旧观念(缺少流动意识),使人才长期不能流动或不愿流动,绝大多数人才都是一次分配定终身,人才与单位甚至岗位建立了超稳定关系。人才缺乏竞争机制,严重影响了各级各类人才潜能的充分发挥,阻碍人才的地区结构、行业结构的合理调整。

2. 三大地带人才开发的方向

遵循前述人才开发的空间指导思想与原则,针对区域人才开发中存在的问题,根据中国东、中、西三大经济地带的社会经济发展战略对人才的客观需求,充分发挥三大地带现有的人才优势与潜力,并以培养人才的主要途径——教育为着眼点,各地带人才开发的方向如下。

(1)东部地带:

①充分发挥东部人才多、层次较高、素质较好,高等学校分布集中,师资力量雄厚,仪器设备、图书力量充足,教学科研水平较高的优势与潜力,采取多种形式,大力培养各种类型、各种层次的高级专门人才,提高质量和效益,使之成为培养和向全国输送以高级技术人才和经营管理人才为重点的人才基地。

②根据区内外社会、经济、科技、文化发展的需要,合理调整各类专业科类和层次结构,发展短线、压缩长线,加强重点院校,加强大学后教育,为培养急需的、具有国际水平的高级专门人才作出贡献,为发展新兴的高科技产业服务。

③以沿海特大城市(北京、天津、上海、南京、广州等)为人才教育中心与基地,采取正规教育与业余教育相结合的形式,充分发挥师资、图书、设备与管理的优势,为区内相对落后省区和中小城市,为广大中西部地区,为边远地区、少数民族地区培养高级人才。

④为适应区内外向型经济发展战略的需要,充分利用区内对外开放的有利环境和外向型人才较有基础的有利条件,大力培养外向型经济开发和管理人才,外贸与外经人才;同时,针对区内乡镇工业较发达、人才奇缺的状况,大力培养大中专科技人才和高级技工人才,以促进区内乡镇工业、中小企业向高层次发展。

⑤进一步实行人才开放政策,同时加强人才的管理,建立人才市场,实行"开放开发",推进人才的地区之间、城乡之间、国际与国内的合理流动,充分发挥人才的使用价值。

⑥京津地区、辽中地区、沪宁杭地区及广州、厦门等沿海地带,是全国人才的集聚中心,要充分发挥其人才培养的优势与特色。同时要实行合理分工,因地制宜制定各区域人才开发规划,分工合作,协调发展,并建立人才网络。

(2)中部地带:

①立足于本区人才开发为主,辅以东部地区的支援,根据区内社会经济与文化发展的需要,通过提高现有高等学校的培养能力和教育质量,适当扩建和新建,积极发展多种形式的成人教育,大力培养区内所需要的各类高级专门人才。

②调整专业人才结构和人才的层次结构,加强区内重点产业所需的能源、交通、原材料工业、农业等科技人才的开发和政治、财经、管理等短线人才的培养,重点发展地区级大中专各类学校,为中小企业、广大山区和农村培养急需的适用专门人才。

③以湖北、黑龙江等省某些高校为重点,予以重点建设,建成教学、科研两个中心,培养具有国内外一流水平的高级专门人才。

④制定合理的人才使用政策,加强开放开发,促进区内外人才流动,加强与东部地带的人才交流,大力提高人才素质,发挥人才的更大作用。

⑤本地带兼有为西部地带培养高中级人才的任务,近期主要是中级专门人才的培养,逐步过渡到以培养大专级人才为主。

(3)西部地带:

①以四川、陕西、甘肃为重点,充分发挥现有重点高校"发展极"的作用,加强师资、设备、图书资料建设,在提高质量的前提下扩大招生数量,使之成为西南、西北地区高级专门人才的培养基地。

②搞好人才结构调整,重点培养管理、师资人才,培养农、林、牧、医、财经、政法和适合于当地工业、交通及第三产业特点的,能留得住、用得上的适用专门人才;尤其是培养大批具备多功能、介于体脑之间的中初级"通才"。要注意发展民族教育,为各少数民族培养特殊需要的各类人才。

③调整人才的层次结构,重点加强中小学基础教育和职业、技术教育,大力提高民族文化素质;同时发展中等专业教育,培养区内急需的中初级适用技术人才。

④加强与东中部地带的人才交流与联合,积极依托中部,采取联合培养、办分校、委托培养、办训练班等多种形式,为本区培养各级专门人才,尤其是高级专门人才。

⑤加强管理,实行特殊的人才开发政策(如激励政策、合理的服务年限政策、子女政策等),充分发挥现有人才的作用,吸引人才,促进人才的合理流动,特别是区内中央企业和地方企业之间、全民与集体之间、大城市与中小城镇之间、城乡之间的流动,防止过多的人才流失。

应当指出,我国人才分布不平衡的状态不仅表现在东中西三大经济地带之间的差异,而且表现在南北之间、城乡之间、平原与山区之间的差异;各生产地域类型人才的专业结构和层次结构也有很大不同。广大的西部地区、边陲地区、少数民族地区、农村地区、山区、贫困地区一般人才奇缺。而要改变这种不平衡、不合理的状况,需要一个相当长的过程。决不能操之过急。我们应遵循人才成长和辈出的客观规律,树立人才开发的空间观念,采取由东向西、由相对发达地区向边远落后地区"滚动式"推进,由大中城市向中小城镇"放射式"发展,和对落后地区、民族地区重点支援的策略,实事求是,逐步地使人才开发趋向于相对平衡。加强区域之间人才开发横向联系与合作,建立协作网络,在落后地区适当使人才培养超前发展,对改变人才空间分布不平衡的状况有重要意义。

主要参考文献

1. 刘君德、叶忠海:《人才地理——人才学的一个重要研究领域》,华中师范大学《高教与人才》,1989 年第 5 期。

2. 叶忠海主编:《普通人才学》,复旦大学出版社,1990 年 7 月版。

3. 叶忠海:《我国西部不发达地区人才开发的若干基本问题》(1987 年 7 月第五届中国人才学讲习班讲稿)。

人 才 地 理

——人才学的一个重要研究领域[①]

　　人才，是人类财富中最宝贵、最有决定意义的财富。人才的开发，关系到一个国家的盛衰，一个民族的兴亡。当今世界上，大凡搞现代化建设的国家和地区，无不重视人才和人才开发的研究。

　　无论从全球还是我国来看，人才空间分布差异都很显著。要有效地开发一国、一地区的人才资源，必须重视对人才地理学的研究。

　　鉴于上述的出发点，我们两人大胆尝试写了本文，仅就人才地理学产生的客观必然性和必要性、历史和现实基础，人才地理学的性质，研究对象、科学内容、科学体系、与相邻学科的关系，以及研究方法等问题，作一粗略的概述和初步的探讨。

一、人才地理研究的历史基础

　　很早以前，在中国的许多古书中都记载有人才的地理分布。《汉书·赵充国传赞》记载：秦汉以来，"山西出将，山东出相"[②]，这大体在北宋王朝灭亡以前，尤其是西汉至北宋时期，那时中国的文化政治经济中心在北方，特别是黄河流域。但自南宋起，中国的文化和政治经济中心逐渐南移，"山西"、"山东"很少出将相，而是"东南财赋地，江浙人文薮了"。说明中国人才地理分布发生了重大的转折。近代，较全面地记载人才的地理分布现象的是 1915 年《科学》杂志第 1 卷第 6 期，任鸿隽的《科学家人数与一国文化之关系》一文。1923 年丁文江的《历史人物与

---

　　① 本文作者为刘君德、叶忠海两位教授，该文完成于 1988 年，刊于华中师范大学《高教与人才》1989 年第 5 期。

　　② 这里所说"山东"、"山西"，是指以今豫西北的崤山、函谷关为界，以西称山西，以东称山东。是否确实是"山东出相、山西出将"，还有待对历史人物的具体考证——作者。

地理的关系》①一文是我国较早的人才地理学术论文。他对《二十四史》中辟有列传的 5769 个历史人物进行了籍贯考证，绘制了"历史人物分布表"。从表中发现后汉时期河南人物最多，占 37%，到了明代减少到不足 7%；而同期江西则由 5% 上升到 11%。"这种人物数的变迁，实足以代表文化中心的转移"。他从历代王朝建都地点的变迁，文化中心的转移，皇室的籍贯，经济发展程度等方面进行了精辟的分析。梁启超 1924 年在《清华学报》（第 1 卷，第 2 期）发表了《近代学风之地理分布》，长达 5 万字，文中分别列举了二十个省区的学风特色。朱君毅 1926 年发表在《心理》杂志上的《现代中国人物之地理、教育与职业的分布》一文，对《中国名人家》（1925 年）、《中国年鉴》（1925）进行了统计分析与比较，指出了中国人才分布的特点。同期《心理》杂志还发表了张耀翔的《清代进士之地理分布》、论述了人才分布与地理环境的关系。生物学家潘光旦从多学科综合角度研究了中国人才产生、成长、繁荣规律和机制，试图从此来提高中华民族的素质，改变中国落后贫穷的状况。他强调研究人才要从三方面着手："一是从人文地理学方面，就是研究这种人才在某一区域的散布，或者更进一步研究他们的成绩和他们所处的自然环境——山水气候之类，有什么刺激和反应的关系；二是从人文生物学的方面，就是研究一种天才或才干有无遗传的根据……；三是从文化学的立脚点来研究"。潘光旦有关人才的论著有：《近代苏州的人才》（清华公学《社会科学》，1935 年，1 卷，1 期），《中国画家的分布、移植和遗传》（1930 年，《人文月刊》，第 1 卷，第 10 期）。《人文史观与"人治"、"法治"的调和论》（1931 年《人文月刊》2 卷、2、3 期）、《武林游览与人文地理》（1937 年 6 月，《学灯》）、《明清两代嘉兴的望族》（1935 年 8 月中山文化教育馆丛刊）等，广泛涉及人才的产生、分布与迁徙各个方面。上述学者对我国人才地理的开拓与研究作出了巨大贡献，不仅积累了丰富的科学资料，而且许多论点至今仍具有重要价值。

建国以来，人才地理研究如同人才学一样长期被忽视，直到党的十一届三中全会实行改革、开放以来，随着人才学研究的兴起，近几年才有少数学者开始研究人才地理问题，或在某些著作中涉及人才地理方面的

① 《科学》1923 年，第八卷第一期。

问题。例如，内蒙古科干局董恒守先后发表了数篇人才地理研究的专论。主要有《人才地理学初探——我国人才的地理现状分析》(《地理学与国土研究》,1986 年,第 3 期)、《中国人才地理研究的历史回顾》(上、下)(《人才科学研究》,1988 年,第 1、2 期)。湖南省科技干部局郭辉东的《开展区域人才学研究是区域人才战略研究和开发的需要》、《湖南近代以来人才群起的根本原因》，分别在《人才研究》杂志 1986 年第 6、8 期上发表。武汉工学院梅介人副教授研究人才地理分布数年，在撰写《唐代文艺人才辈出的社会原因》、《我国人才地理分布略述》、《世界科技人才地理分布述略》等论文基础上，与人合著了《人才、环境、选择》一书(中国地质大学出版社,1988 年 5 月)，其中有专门章节较系统地论述了"世界人才的地理分布"、"中国人才地理分布"、"湖北人才地理分布"。此外，还有戴爱生等写的《中国近代人才的地理分布及分类特点》(《人才研究》,1986 年第 4 期)，丁坚的《浙江现代科学家群起渊源初探》(《人才研究》,1987 年第 2 期)，吴培玉的《我国历代人才地理分布与流向》(《中国人才报》,1988 年 5 月 16 日)等。不仅如此，人才地理研究还围绕并服务于地区人才资源开发进行。周玉纯、郝诚之合写的《实用人才学》中的"不发达地区的人才开发"、王通讯著的《人才学教程》中的《西部人才开发》，就是这方面的研究成果。此后,1987 年 7 月在贵阳召开的《不发达地区人才资源理论研讨会》上，许多学者都从区域角度对不发达地区人才开发问题进行了探讨。本文笔者之一叶忠海较系统发表的《区域人才开发若干战略问题的思考》；郭辉东的《中西部地区人才开发战略初探》，均以区域地理学的研究方法与观点，提出了中西部人才开发的方向、对策与措施。此外，华东师范大学研究生朱翔的硕士论文，以较丰富的资料对中国现代人才问题进行了研究(《中国现代人才地理基本问题》,1988 年 5 月,未刊稿)。

综上所述，应当承认，我国的人才地理研究已经有了一个良好的开端，并取得了可喜的成果。但无论是与人才学的各分支科学或是与地理学的其他分支科学相比，都十分薄弱，研究人员数量少，成果少，广度、深度都不够，且不系统，一般都是在分析人才成长发展机制、探讨成才规律时作为外部因素来研究。这些与人才科学发展的要求，与社会经济文化发展的形势都很不相适应，急待加强和发展。

二、建立人才地理学的客观必然性和依据

人们知道,每一门学科都是在社会需要的影响下产生和形成的,它的应用就是促进社会的进步。人才地理学作为人才学与地理学交叉的边缘科学,也是社会客观需要的产物。

首先,社会主义建设事业对人才地理研究的迫切需求。人才问题是关系到社会主义现代化建设成败的战略问题。大力开发人才资源是全党、全国人民面临的重大任务。而如何因地制宜开发人才? 是地理工作者必须进行研究,并作出正确解答的一个重大理论和实际问题。人才地理学的建立和发展,将有助于我国人才资源的充分合理开发,促进社会主义各项建设事业的发展。

第二,人才科学与地理科学发展的迫切需要。近十年来,我国人才学从建立至今,其研究的广度和深度均有很大的发展。人才学与哲学、其他社会科学(历史学、教育学、社会学、经济学、伦理学、管理学等)、自然科学(脑生理学、心理学、遗传学、优生学、科学学等)相互渗透、交叉发展很快,而与地理学相互渗透、交叉研究则相对发展迟缓,成为人才学中相对落后的部分。运用地理学的理论和方法研究人才问题在地理学界尚未引起重视,力量单薄,成果甚少,是相对薄弱的环节。这无论是对新兴的人才科学的发展或是对古老的地理科学的发展都是不利的。

第三,人才地理学有其独特的研究领域。每一门学科都是以其独特的研究领域而获得公认并不断发展的。人才的形成与发展和地理环境(包括人文、社会、自然、经济地理环境)有密切的广泛的联系;人才的空间分布有其客观存在的规律;人才的开发也要因地制宜;人才的规律和预测也应有空间观念,等等,这些重大的理论和实践问题都表明人才地理学有其独特的研究领域。而非其他任何社会科学或自然科学所能承担的。

第四,我国人才地理研究已经有了一个良好的开端。前面我们概要分析的我国人才地理研究的情况,已经说明:我国历史悠久,古代和近代各类人才辈出,历史人才的地理研究已有一定基础,内容十分丰富;近几年来,从地理学角度,以区域观念研究我国现代人才开发(尤其是中西部

地区、贫困山区、老区的人才开发)已经取得一定成果,从而为建立系统的人才地理科学打下了一定的基础。

三、人才地理学的对象与性质

人才地理学,在地理学大系统中属人文地理学范畴,侧重于研究人才现象的空间差异及其形成发展的空间规律。简言之,人才地理学是研究人才现象空间分布规律的一门科学。人才现象,物质运动的一种特殊形式。它是在特定的地域空间产生并发展的,受地域空间环境的很大影响。不同地域空间的人才现象(包括人才的数量、密度、质量,人才的类别、行业、层次结构,人才的移动等)的特点有很大不同,人才现象的发展和演变过程也有差异。因而我们也可以说,人才地理着重研究某一国家或地区或城市的人才现象的特征,以区域观点与方法探讨其形成原因,并预测其发展趋势。人才现象,是多因素的综合效应;其中尽管有自然因素(遗传素质、自然环境等)的影响作用,但它本质上受社会规律的支配,是一种社会人文现象。由此,人才地理学,研究人才现象的空间分布规律,尽管涉及到自然科学、社会科学的有关领域,但它毕竟本质上属社会科学范畴,是一门跨人才学与地理学的边缘科学,具有很强的历史性、社会性。

但人才地理学区别于其他许多一般社会科学的显著特点是:它具有综合性和区域性。这也是所有人文地理学的重要特点。

强调综合性,是因人才的地理分布要受自然地理条件、社会经济条件、教育科技、文化、政治、军事、民族、人口、心理、行为等等许多条件的影响。人才地理学是一门综合性很强的科学,必须借助相关的自然、社会科学等科学成果。树立综合研究的指导思想,运用综合的科学方法对人才分布现象进行广泛深入的综合研究。

区域性就是指地球表面的"自然现象与人文现象空间分布的不均一性"①。它是所有地理学的共同特性,也是最基本的特征。地球表面的人才现象,不论是国家之间,或是一国内部区域之间、城乡之间,城市与

---

① 林超《试论地理学的性质》,《地理科学》,1981年,2期,第98页。

城市之间等都表现有重要的区域差异性，人才地理学正是要研究国家和地区的人才分布规律及其条件和特点。

四、人才地理学的科学内容与体系

人才地理学主要应包括以下内容：

1. 关于人才与地理环境相互关系的研究，既研究地理环境影响和制约人才，又研究人才改造地理环境。

2. 关于人才的数量及其空间分布规律的研究。这是人才地理现象中最基本的现象。通过掌握并分析大量的各级不同区域层次人才数量的资料，进行人才资源评价，分析人才分布的特征及其形成原因，揭示人才空间分布的一般规律，并揭示各类人才空间分布的特殊规律。

3. 关于人才结构及其地域差异的研究，它表示一国一地区人才量的比例与质的区别。人才的结构要素主要有人才的自然构成（包括人才的年龄和性别结构），人才的社会结构（包括人才的职业结构、能级结构、文化程度结构、民族结构、籍贯结构等），人才的地域结构（人才的城乡结构、人才的地形结构——如平原与山区、人才经济水平结构——发达地区与贫困地区等）。各类人才结构的地域差异往往是由于不同地域社会（政治、经济、人口、教育科技、文化、历史）、自然等条件综合作用下形成的。研究人才结构的地域特点及其形成、发展、演变的规律，不仅对认识人才群体的地域特征是一种深化，而且对区域人才开发规划、预测，因地制宜制定科学的人才政策，进而促进地区社会经济文化事业的发展有现实的指导意义。

4. 关于人才移动的研究。这是自古就有的现象。随着人类社会的进步，科学技术水平的提高，人才移动规模和范围大大扩大。人才地理学就是要研究特定的地域空间人才移动的性质（如政治的、军事的、文化的、经济的、教育科技的性质等）、类型（永久移动与暂时移动、国内移动与国际移动、区内移动与区外移动、常年移动与季节性移动或昼夜钟摆式移动等）、规模（以人才移动数量表示）、方向、距离或范围等。通过历史的和现状的分析，找出地域空间宏观的人才移动的规律，即社会和人才发展的需求与人才移动的因果关系，预测人才移动的未来方向与规模。

5. 关于人才区划与区域人才规划的研究。我国幅员广大,各地人才数量、密度、质量、组合结构差异很大,必须在马克思主义的指导下进行人才区划研究,并在此基础上进行区域人才规划研究,以因地制宜原则指导各地区的人才开发,推进各地区社会经济、文化建设事业的发展。人才地理学要研究人才区划与区域人才规划的理论与方法,建立人才区划的指标体系,用以指导人才区划与规划实践。同时,地理工作者要积极参加人才区划与规划实践。在实践中推动人才地理学的发展。

上述研究内容也是某些人才学(如人才社会学、人才经济学等)所研究的,但人才地理学的侧重点是其空间特点及其因果关系。人才学的各个分支科学可以相互补充,扬长补短,这有利于人才科学的发展,也有利于对人才进行科学的开发。

人才地理学作一门独立的新兴科学,有其自身的科学体系,可用以下表式表示:

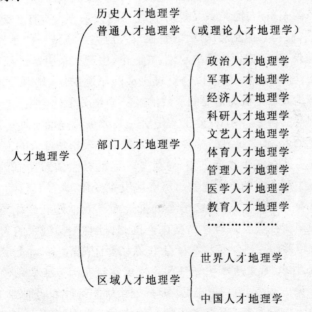

随着人才学、地理学、人才地理科学的发展,还将会出现新的人才地理领域,人才地理学的科学内容将更加丰富。

五、人才地理学与相邻科学的关系

人才地理学是一门综合性很强的科学,它与许多社会科学与自然科学有密切关系,从人才地理学的研究对象与内容来看,比较密切的关系大体有以下几类:

1. 哲学、政治经济学、科学社会主义——人才地理学研究的一般理论基础与重要武器

马克思主义哲学为研究人才问题(包括人才地理问题)提供了正确的世界观和科学的方法论。人才地理学是以人才与地理环境(包括人文与自然地理环境)的关系为研究核心的。通过大量的相关材料,经过理论思维,从而得出对人才——地理关系的总的看法,这就是"人才——地理观"。马克思主义的"人地关系观"("人地观")告诉我们:人地关系是在自然界的发展中形成的,并随着社会生产力的发展而不断发展的,因而是一种动态的关系;人地关系又是对应统一的关系。人类作为地球表面的"智慧圈",应与其他圈层保持和谐一致;人地关系还是一种互为因果的关系,"人地观"中的地理环境决定论、或然论、生产关系决定论都是片面的、不全面的,因而是错误的。以马克思主义的正确的"人地观"作为人才地理学的理论武器是极为重要的。政治经济学是关于社会主义生产关系及其发展规律的科学,科学社会主义是研究共产主义运动发展规律的科学。人是社会的人,社会是人的社会,作为人群中比较精华部分的人才,也总是以一定的方式存在于社会之中,总是受一定的社会关系所制约。社会关系是随着生产方式的矛盾运动而历史地发生变化,人及其移动、分布也必然随着社会关系的变化,社会形态的推进而不断地发展变化。人才的空间分布规律受社会发展规律所支配。据此,社会主义国家的人才地理的研究必须以政治经济学和科学社会主义为理论依据。

2. 人才学、人文地理学——人才地理学研究的专业基础学科

系统论的观点告诉我们:以地球表面为研究对象的地理学大系统,包括两个大的分系统;即侧重于研究地表的自然因素的区域系统,为自然地理学;侧重于研究人类活动所创造的人文事象的区域系统,为人文地理学。很显然,年青的人才地理学属人文地理学分系统的一个子系

统,专门研究人才地域系统,是人文地理学的分支科学。

同时,人才地理学是人才学与地理学交叉发展的科学。从人才学科系统来说,人才地理学如同人才教育学、人才心理学、人才社会学、人才经济学、人才管理学等一样,是人才学的一个分支科学。

可见,人才地理学与人才学、人文地理学之间的关系,是部分和整体的关系,见下图。人才学、人文地理学的研究成果,是人才地理学的专业理论基础;人才地理学的研究成果,又不断充实丰富人才学、人文地理学的内容。

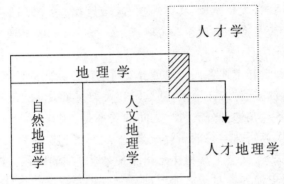

人才地理学在地理学与人才学中的地位

3. 教育学、经济学、社会学、文化学、管理学——人才地理学的借助学科

教育学是人才地理重要的相关科学,这是因为:人才产生、成长与发展始终与教育相关。教育是人才成长和发展的基础,学校是培养人才的摇篮和基地。现代社会大批人才的成长与发展主要靠教育(包括普通教育与继续教育),现代人才开发的根本途径在于教育,而教育本身也有一个合理结构与布局的问题,正由于教育与人才的这种特殊密切的关系,我们应将区域人才系统的研究与区域教育系统研究、人才地理与教育布局问题结合起来进行研究。随着研究的不断深入,研究内容的大大丰富,在适当时候也可以开创建立一门教育地理学。

人才空间分布规律的探讨,离不开社会、经济、文化等因素,人才地理学的根本目的又在于推动社会经济文化的发展,因而与经济学(特别是区域经济学)、社会学(侧重于区域社会环境)、文化学(主要是区域文化环境）、文化社会学发生密切关系。我们应了解上述学科研究的内容，借助其研究成果，并运用地理的综合分析的方法，分析研究人才地理问题，丰富人才地理学内容。

管理学（特别是人才管理学），研究管理现象的一般规律，人才资源的开发（包括使用与管理）很重要的因素之一是管理。可见，管理学（特别是人才管理学），是人才地理学研究必不可少的基础学科之一，它为区域人才开发研究奠定了有关的理论基础。人才地理学同样也要借助其研究成果，研究区域人才开发等问题。

4. 历史地理、文化地理、社会地理、政治地理、军事地理、经济地理、人口地理、行为与感应地理等人文地理分支科学与区域地理学——人才地理学的姐妹学科

人才地理学与上述各人文地理分支科学许多共同的特点，它们都是研究特定区域的某种人文事象，都是研究人类人文活动的空间差异及其形成规律。各人文地理分支科学之间的关系是"姐妹"关系。人才地理学要充分运用各姐妹学科的研究成果，不断充实和发展自己；而人才地理学研究的深入，又会丰富和补充其他人文地理学的内容。这里要着重指出的是，历史地理学对于人才地理研究有重要意义。古代、近代乃至现代人才的产生和形成、发展，都离不开特定的历史地理环境。人才地理研究在很大程度上要依靠历史学（包括历史地理学）提供的基本的观点和丰富的资料。政治史、思想史、军事史、文学史、科学史、杰出人物历史传记等等，都是人才学，也是人才地理学的宝贵的财富。另外，某些部门的人才地理学（如政治、军事、文化、经济等）与相对应的部门人文地理学之间、区域人才地理学与区域地理学之间的联系更为广泛，应相互借用其研究成果。

六、人才地理学的研究方法

"科学史表明，辩证方法是真正科学的方法；……辩证法的精神贯穿着全部现代科学"①。马克思主义的辩证方法是人才地理学方法论的基

① 《斯大林全集》第一卷，第 277 页，人民出版社，1953 年版。

础。具体的人才地理研究方法有很多。在当前学科的开创阶段,也需要不断探索和实践。目前可采用以下方法进行研究:

1.传统的人文地理方法

①资料研究法:广泛收集各类图书、报刊等与人才有关的文章与资料,采用卡片、摘记等方法进行整理、分类,为分析研究人才地理问题提供丰富的素材。

②统计图表法:掌握各种人才与人才相关要素的统计资料,并经加工统计,绘制成各种类型的统计图表,以表明人才发展与分布的状况。

③人文地图法:"地图是地理学的第二语言。"(巴朗斯基语)将各种统计资料或其他与人才相关的资料,在地图上形象地表现一定时期内人才及其他相关要素的空间分布,不仅可以了解人才及其形成发展的空间分布特点,而且通过各图组的对比分析,大大有助于综合研究人才现象的产生与发展条件、内在联系,从而把握人才的地域分布规律。

④调查、考察法:研究人才地理,不仅综合性、区域性很强,而且又很复杂。除了在室内积累资料进行分析研究外,还应当深入实际进行调查考察,这是其他工作形式所不能代替的研究方法,也是地理工作者的一项基本功。调查考察要有目的、有重点,要坚持实事求是,考察中要注意区域差异与相互关联,可采取点、线、面结合的方法进行。野外的考察还要与调查座谈结合起来。除了综合性的调查考察外,还可根据专题研究的需要,重点深入进行调查研究。

2.借助于人才学的研究方法

人才学研究,常用系统研究、类例研究、调查统计、实验研究、比较研究、追综研究等方法。其中系统研究、调查统计、比较研究也是地理学常用的方法。

系统研究,是用系统论的观点,从整体与部分的关系,整体与外部环境的关系等方面综合地、准确地考察对象,以达到最佳地处理问题。对人才地理研究来说,就应把人才地域分布作为一个整体加以研究。既研究人才地域分布与地域内部诸因素之间的关系,又要研究人才地域分布与地域外部诸因素之间的关系,并综合分析地域内外诸因素对人才地域分布的综合效应,以反求和促进地域人才开发,提出地域人才开发的最优目标。

调查统计,是对人才问题进行广泛调查,(包括综合调查和专题调查),收集资料,并进行概率分析,形成观点。

比较研究,对于人才地理研究来说,既有不同历史时期人才空间分布的特点和规律的比较,又有不同的区域人才空间分布的比较;还有不同类型人才空间分布的特点和规律的比较等等。这是一种十分简便而非常适用的人才学与地理学研究方法。

类例研究法,包括人才的个体研究与同类研究两种,前者是对人才个体通过面谈、观察、访问、自传式作品的分析,考察成才的内外因素及其相互关系;后者是通过分析人物辞典、文献史料或书面通讯调查等方式,对同类型的人才群体进行分析研究,从而认识成才特点与成才规律。此种方法,也同样运用于人才地理的研究。

实验研究,是对人才的某一发展期进行的实验的方法,多用于人才培养的研究,一般需要借助电子计算机进行模拟。目前国内很少运用。在区域人才开发的实验研究中可予采用。

追踪研究,也是一种现代研究方法。一般通过信息——反馈——综合——分析——调查(发现新的信息)等阶段,对人才成长、发展过程中的诸因素进行追踪调查。可以是顺向追踪,也可以是逆向追踪。在我国现有条件下,一般只能进行短期追踪。

以上是主要的人才地理研究方法,实际工作中,我们应根据不同情况、条件,有选择地结合使用。随着科学技术的进步,人才地理学研究内容的不断深入,其研究方法也会不断更新和发展。

主要参考文献:

1. 叶忠海、陈子良、缪克成、杨永清著:《人才学概论》,湖南人民出版社 1983年版。

2. 林超:《试论地理学的性质》,《地理科学》,1981 年第 2 期。

3. 董恒守:《中国人才地理研究的历史回顾》(上、下),《人才科学研究》1988 年第 1、2 期。

4. 梅介人等著:《人才、环境、选择》,中国地质大学出版社,1988 年 5 月。

人才开发要置于地区总开发
的战略之中①

从系统论角度看问题,地区总开发是一个系统,包括地区的经济开发、人才开发、科技开发、自然人文景观开发……。人才开发则是地区总开发的子系统,是地区总开发系统的重要组成部分。所以,不能离开地区总开发,来侈谈人才开发,这是必须确立的一个基本观点。人才开发系统,与地区总开发中的其他系统开发都有着密切的内在联系。在这里着重探讨经济开发与人才开发的关系问题,以及中国西部人才开发要为本地区经济开发服务问题。

一、人才开发取决于经济开发

历史唯物主义告诉我们,生产活动是人类最基本的实践活动,是决定社会一切活动的基础。同理,经济开发活动决定人才开发活动,可从下列几方面来说明:

1. 经济开发对人才开发提出了要求。人类社会发展史表明,只有生产发展了,才对劳动者素质的提高,特别对人才资源的开发提出了要求,包括人才开发的目标、重点、步骤、结构和地域布局等等。不然的话,对人才开发,特别对高层次人才的开发,不会提出多大的要求。一部漫长的中国封建社会历史就是明证。可见,只有经济得到了开发,人才开发才有需求性。

2. 经济发展是人才开发的物质基础。众所周知,要开发人才,就得发展教育事业,而教育事业 发展的规模和速度,在很大程度上直接受生

---

① 本文作者为叶忠海教授,完成于 1987 年 7 月,原作为《中国西部不发达地区人才开发的若干基本问题》的一部分,后发表于《人才研究》(1988 年 1 月)。

391

产发展水平的制约,取决于一个国家、地区的经济实力。因此,只有经济发展了,才为人才开发提供了必需的物质条件和可能性。

3. 经济开发为人才施展才能提供了广阔的活动舞台。人才学基本原理告诉我们,人们要成才和发展,必须要给予创造实践机会,没有这种机会,就没有人才。生产活动是人类最基本的实践活动,生产不断地发展,使人们实践活动舞台越来越广阔,于是成才和发展的可能性也越来越多。可见,经济开发不仅为人才开发提供了物质条件,而且为人才开发提供了实践条件。

4. 经济开发与否,还制约人才的流动。实践证明,经济起飞迅速,各项事业上得快,就能吸引人才;反之不然。

当然,我们在强调经济开发决定人才开发的同时,也应充分看到人才开发对经济开发的反作用。历史唯物主义告诉我们,在社会生产中,生产力是最活跃、最革命的因素,其中劳动者又是构成生产力最重要的决定性因素,而人才又是劳动者中素质较高的、比较先进的、精华的部分,因而人才因素是经济开发的关键因素,制约着经济的开发,是经济发展的核心问题。人才开发得好,可促进经济开发;人才开发得不好,又会延缓经济开发。特别在当代,经济结构迅速地变革,内涵扩大再生产优先于外延扩大再生产,人才开发对经济开发的制约作用越来越明显。所以,我们说,经济开发要转到依靠人才开发轨道上来。我国西部不发达地区,在经济起飞过程中,人才开发作用也同样显得格外突出。

二、人才开发要为经济开发服务

既然,人才开发为经济开发所决定,因而人才开发必须适应经济开发的需要,为经济开发服务。具体说来,可以从如下方面努力:

1. 人才开发的战略思想应与地区经济开发的战略思想相一致。那么,我国西部不发达地区经济开发战略思想是什么呢? 这是值得认真研究的问题。西部不发达地区是我国领土的不可分割部分,它的经济开发必须服从于全国经济发展战略的整体需要,而不能撇开与全国的依托关系,去孤立地就西部地区的经济开发而开发。这里,就有一个如何部署开发西部地区的经济问题,也就有一个如何处理与全国及东部地区的关系问题,这对我国社会主义现代 化建设具有举足轻重的战略意义。对此,学术界有种种观点。

其一,"两步论",指我国现代化建设先东后西,分两步走。即首先集中力量进一步加速发展和繁荣东部沿海地区的经济,尔后再用东部沿海地区的资金积累和技术力量等来开发西部地区经济。

其二,"梯度论",指我国现代化建设,由东向西呈阶梯状发展。持这种观点的同志认为,由于长期的历史原因和地理环境等因素,我国经济水平由东向西逐次降级,呈现出阶梯状,而这种阶梯状经济形式在今后一个较长时期内难以彻底改变,因此,只能仍然呈阶梯状发展,即东西部之间的经济在现有的差距下同步发展。

其三,"反梯度论"。这种观点是,我国西部地区幅员辽阔,资源丰富,经济潜力很大,而东部地区虽然基础较好,但缺乏资源,特别是能源匮乏,因此在今后的经济发展中要以西部地区为战略重点,集中力量加大西部地区的投资,从而使西部地区的经济全面赶上和超过东部沿海地区,进而促进东部地区的发展。

其四,"局部突破论"。持这种观点的同志认为,我国经济发展是多层次的,其经济发展的因素是在各层次之间又是波浪式的。西部不发达地区虽然经济发展水平是最低层次的,但存在经济发展因素的"彼岸"。据此,我国今后的经济发展,东部无疑仍然走在前列,但西部的某些地区或部门,很可能在各种有利因素的促使下,取得经济发展的局部性突破,赶上或超过东部沿海地区的经济发展。

笔者认为,以上这些观点,从某一角度看均有一定的道理。"两步论"、"梯度论",强调了我国经济发展的东高西低的现状;"反梯度论"则强调了我国经济资源东少西多的因素。若从全面来看,以上三种主张均带有一定的片面性。相对上述三种主张来说,"局部突破论"较全面,经济发展水准和经济发展资源两方面均考虑到了,但也有不足之处,在主张"局部突破"的同时,仅仅承认东部经济发展先于西部发展还不够,还应强调创造条件,作好准备,迎接我国经济战略中心由东部向西部转移。因此,笔者主张,本世纪我国西部不发达地区经济开发的总战略思想:既为我国经济建设重点的战略转移作好各方面准备,又同时力求在某些地区或部门局部突破,即转移准备论和局部突破论相结合。

鉴于上述的经济开发的战略思想,那么本世纪西部不发达地区的人才开发战略思想,也应既为我国经济建设重点由东向西的转移,作好人才的超前准备,又为某些地区或部门的局部突破提供急需的人才。

2. 人才开发的重点,应服从于经济发展的"局部突破",并与优势资源的重点开发相配套。西部地区经济的局部突破和跳跃发展,绝不是一个自然过程,而要通过全体人民的艰苦努力。在开始阶段,就有一个选择突破口的问题。突破口可以有两种类型:地域性突破口、部门性或行业性突破口。这种突破口,既是经济开发的重点,也是人才开发的重点。

与经济发展"局部突破"有关的是,人才开发的重点,还应与地区优势资源的重点开发相配套。据调查统计,西部地区主要有五个方面的资源优势:矿产、水能、林业、畜牧业、土特产品等资源优势,其中最大优势应属能源和矿产优势。这是西部地区最大的潜在经济优势。例如,在能源方面,西部的水力资源蕴藏量为 35,344 万千瓦,占全国 52.3%;煤炭预测远景储量为 1.6 万亿吨,居全国第一位;石油遍布区内几个盆地,已探明的地质储量为 5.46 亿吨。在矿产方面,全地区已探明储量的矿产有 90 多种,其中近 40 种储量居全国之首,贵州的汞矿、云南的锡矿、铝锌矿,广西的锰矿,西藏的硼矿、铬矿等均占全国第一位。这些矿藏,不但储量丰富,也易于开采。可见,西部不发达地区的能源和矿产对我国经济发展起着举足轻重的作用,必须有计划有步骤地重点开发。这样,就要求全地区人才开发,应紧紧与能源、矿产资源的重点开发相配套。否则,能源和矿产资源的重点开发,将会受到影响,直接影响全地区的经济起飞和整个国家经济发展战略总目标的实现。

3. 人才开发的步骤应以经济开发的战略部署为依据。鉴于西部不发达地区经济实力薄弱,因而人才开发的投资总有一个轻重缓急,先后次序的问题。那么,如何制定人才开发的步骤呢?本人认为,经济开发的战略步骤应作为人才开发的重要依据。譬如,新疆经济建设的战略步骤,是立足于区内得天独厚的众多自然资源,首先发挥地上农业优势资源的功效,优先发展畜牧业及畜产品加工,棉纱及服装生产,瓜果和瓜果加工,尽快组织和形成畜牧、棉花和瓜果三条龙;其次,才是开发和利用地下的矿产资源。那么,新疆的人才开发,就应根据新疆"先地上,后地下"的经济开发的战略部署,制定人才开发的步骤,近期应首先开发畜牧、棉花和瓜果这三个系列的人才,以满足尽快组织和形成上述三条龙的需要。

4.人才开发的结构,应满足经济结构调整的要求。要开发西部不发达地区的经济,必须调整现有的经济结构。其基本方针是,地区的产业结构应适应商品经济发展的需要,充分利用国际分工和国内地区分工,突出地区优势产业部门,并在本地区与外界的物质、能量、劳务、价值交换中,输出本地区在生产上"绝对有利"或是"相对有利"的商品,输入本地区在生产上"绝对不利"或"相对不利"的商品,从而使整个经济结构能求得比较大的经济效益。

5.人才开发的地域布局应适应生产布局的需要。生产布局的基本原理告诉我们,生产布局要考虑外部条件——自然条件、社会经济条件,又要考虑内部因素——技术因素。相对自然条件而言,技术因素对生产布局更有影响,是经常主动地影响生产分布的因素,它决定了生产分布的存在性质,是生产布局发展变化的决定性动力。而人才是科学技术的载体,因而人才因素对生产布局无疑有重要影响,特别今后的生产是"技术知识密集型"的生产,人才因素对生产布局会起更大的作用。但是,一旦生产地域布局确定后,人才开发的地域布局就应适应生产布局的需要,服务于生产布局,这又体现了生产地域布局决定人才地域布局。

国外和我国的历史经验表明,资源的开发,应由过去单一部门开发单一资源,变为组织关联部门和地区,以跨部门、跨地区的方式,对资源进行综合开发;由单纯的资源开发变为资源的综合利用。在资源开发的基础上,采掘、原材料和制造业协调发展,形成若干各具特色的地区生产综合体。苏联开发东部地区就是这样的特点:以资源产地为中心,以开发资源为主,建立一整套有各种加工工业的综合工业体系,形成高速发展的,先进的区域性生产综合体。从我国地域分工的要求和西部不发达地区的具体条件出发,地区的经济开发,也应对优势资源进行综合开发和利用,形成若干各具特点的地区生产综合体,人才地域分布与此相适应。

总之,地区的经济开发和人才开发是紧密联系在一起的。我们不能就事论事地探讨人才开发,离开了经济开发,人才开发的目标、重点、步骤、结构和分布等就无从谈起。

主要参考文献

1. 叶忠海、陈子良、缪克成、杨永清 著:《人才学概论》,湖南人民出版社,1983年版。

2. 王通讯编著:《人才学教程》,河南人民出版社 1986 年 12 月版。

3. 中央少数民族研究所编:《西部民族地区经济开发探讨》,中央民族学院出版社 1986 年版。

区域人才开发研究论集

我国西部不发达地区人才开发的若干基本问题①

所谓人才开发,即人才资源开发。具体说来,通过科学而有效的方法,使人才资源的潜能充分释放出来,服务于经济建设和社会发展,从而使人才资源得到充分发展。人才开发是系统的社会工程,它既包括人才的预测规划,人才发展的设计,又包括人才的教育培养;还包括人才的选用配置和科学管理等方面。

西部地区,一般包括内蒙古(部分地区)、陕西、甘肃、宁夏、青海、新疆、四川、贵州、云南、西藏等省区。西部不发达地区又称西部民族地区,上述省区中不包括陕西省和四川省(有时包括川西地区)。西部不发达地区的人才开发,不仅能促使西部不发达地区经济起飞,摆脱贫困落后面貌;而且对我国实现2000年产值的翻两番与宏伟目标有巨大作用;另外,在政治上、国际上都有重大的战略意义。西部不发达地区与苏联、蒙古、阿富汗、巴基斯坦、印度、尼泊尔、不丹、缅甸、老挝、越南等邻国接壤;蒙古族、哈萨克族、塔吉克族等不少民族都是跨境而居的;一些不在边界少数民族地区,例如、宁夏、甘肃等回族聚居区,因为多种复杂的原因,其影响也是国际性的。

据此,对我国西部不发达地区人才开发的探讨,具有多方面现实和战略意义。

一、正确估价西部不发达地区的人才资源

要开发西部不发达地区的人才资源,首先要从客观事实出发,对该

① 该文为叶忠海教授于1987年7月在贵州省贵阳市,由中国人才研究会和贵州省科技干部局联合举办的第五届全国人才学讲习班上的讲稿。

地区的人才资源作一个正确的全面的估计。只有对人才资源有一个清醒的认识，才能科学而有效地开发人才资源，这是开发地区人才资源的前提。

（一）西部不发达地区人才资源仍相当丰富

对此，我们必须充分地认识。其主要表现如下方面：

1. 有一支数量可观的"乡土人才"大军

由于历史和现实的原因，西部不发达地区和全国一样，数量众多的"乡土人才"蕴藏在广阔的农村之中，对不发达地区的开发，具有举足轻重的作用。这些"乡土人才"主要是指具有一技之长的技术人才，其中包括各种能工巧匠等。其主要来源有以下渠道：

①解放以来回乡知识青年自学成才的；

②经过有关部门短期培训具有某一项专业知识的，如农技、农机、林业、水利、气象、沼气、医药卫生等方面的技术人员；

③祖传下来的有特长技艺的人；

④跟师学艺有成绩的人员；

⑤部队复员回到农村的人员，特别部队正在培训两用人才，这更是充实农村人才的重要源泉；

⑥机关厂矿退职退休回乡有特长的人员；

⑦社来社去经农村技校培训的农村知识青年；

⑧民间闲散和外地流进来的具有特殊工艺和技术的人员；

⑨农村中的代课教师；

⑩参加国家建设的合同工、临时工期满回乡的技术人员；

……

可见，农村人才的来源也是多种渠道的。据有关地区调查统计，这些"乡土人才"的数量是相当可观的：

贵州黔西南自治州，全州200多万农民，其中能工巧匠和其他各种技术人才41461人（其中高、初中毕业生约11000人），占农业总人口的2.03%，占农业劳动力总数的5.02%；

四川达县地区，1981年对农村人才全面普查，在800多个农村中，初步查出有技术之长的专门人员21万多人，加上教育方面人才在内，共有 241600 人,占农业总人口的 3% 左右,总劳动力的 7%。

一个地区情况如此,一个省、整个不发达地区的数量就可观了。假如按贵州黔西南自治州总人口的 2% 的比例推算,那么整个贵州省就有农村人才 58 万多人,约 是目前全省农业技术人员(23993 人)的 24 倍。

今后,随着"星火计划"的实施和各种培训工作的开展,这支"乡土人才大军"在数量上将迅速扩展,在水平上将有显著的提高。例如,"星火计划"规定,陕西省五年培训 100 万 人,结果 1986 年就培训了 105 万人,一年就超额完成了计划。

2. 三线基地、军工系统的人才济济,实力雄厚

三十多年,国家在西部地区已经投入了 1000 多亿元资金,建成了一批门类比较齐全的、被概括在"我国工业化的初步基础"这样一个概念中的重要工业基地。这里既能供应国家急需的多种原材料和重要的机电设备,又能提供相当丰富的能源。三十多年来,在我国社会主义建设中,西部地区的工业,特别是原材料工业、国防工业和机械制造业,发挥了很重要的作用。仅以甘肃省来说,到 1984 年为止,给国家提供的铜、铝、铅、锌、镍五种有色金属就近 200 万吨,约占全国总产量的 15%,这些三线基地和军工单位之所以能为国家作出很重要的贡献,这与三线基地、军工系统人才济济,实力雄厚分不开的。

以贵州省国防科技工业为例,据统计,该省国防科技工业不仅拥有全省机械行业三分之一以上的机床设备,其中包括一些国内少有的"高、精、尖"设备;而且拥有一大批专业技术人员,工程技术人员约占职工总数的 13.5%;这个比例既远远高出本省、西部地区,更远远高出我国东部 18 个省平均数。

1979 年到 1984 年间,贵州国防工业创制了一批具有较高水平的新产品和优质名牌产品,先后有 98 项荣获国家优质产品证书,其中 1 项获国家金质奖,8 奖获国家银质奖。1983 年在国家颁发给贵州的 91 项优秀新产品金龙奖中,国防工业生产的新产品有 48 种,占 52.7%。这些产品有的达到了国际水平,有的目前只有几个工业发达国家在生产。目前,贵州国防工业生产的产品,已有 30 多种进入国际市场。物质产品是人才智能物化的结果,产品先进,充分反映了人才智能水平。可见,贵州市军工系统人才济济。

3. 某些领域的人才显然在国内占优势

西部不发达地区，凭借特有的自然地理条件和丰富的自然资源，凭借悠久的历史条件，无论在工业、畜牧业等生产领域，还是在自然科学、社会科学等研究领域内，均有不少领域的人才在国内占优势。

飞机制造、航天技术等尖端工业及其人才，显然在国内处于领先地位；烟、酒在云南、贵州两省是独具特色的拳头、优势产品。云烟扬名中外，茅台酒也驰名中外，被誉为"国酒"，"董酒"及其他优质名酒在国内市场享有盛誉，获国家金质奖。这与卷烟工业、酿酒工业的悠久历史，造就一批具有独特的传统工艺的人才分不开的。鉴于90%以上的我国的草原和五大牧区也均分布在西部不发达地区（内蒙古、新疆、川西、青海），很自然畜牧业人才在国内占着明显的优势。

西部地区科学院和社会科学院的两大系统，成立了不少具有特色的优势科学研究机构，会聚了一大批科学研究人才。在许多领域中研究在国内处于领先的地位。如，冰川的研究和利用，沙漠的研究和治理，天然气的研究和开发、利用、盐湖资源的研究和开发、利用；太阳能的研究；风力发电的研究；某些机电设备的研究和制造；某些金属资源的研究和开发；农牧业方面改良品种的研究；……如此等等均在全国范围内处于领先地位，有的在国际上处于领先地位。例如，有位外国专家到察尔汗盐场看到我们自己设计制造的旱采设备后说："我国如有这样的先进设备，就可以申请专利。"

4. 专业科技人员相对数量高于东部地区

据统计，若以全民所有制单位职工人才密度，即万名职工所拥有的专业科技人员数而言，西部地区，远超出东、中部地区。具体见表1：

表1　全民所有制单位万名职工的专业技术人员数（1986年）　单位：人

全　国	东部地区	中部地区	西部地区
921	942	856	991

如果再以工矿企业的固定资产同科技人员数量相联系而比较的话，西部科技人员在同等资产价值上的密度也高于东部，或者说西部工矿企业的科技人员容有量与应容量的比值也高过东部地区。

可见，西部地区人才资源的相对数量并不少，这是应该确立的一个观念。

（二）西部不发达地区人才资源不足之处

关于该地区人才资源不足之处,我们也必须高度地正视。其主要表现为以下方面:

1. 专业科技人员绝对数量少,层次低。从专业科技人员绝对数量而言,西部地区明显少于东、中部地区。1986 年,西部地区专业科技人员占全国总数的比例为 21%,分别低于东、中部地区 25 个、12 个百分点,具体见表 2。

表 2　东、中、西部专业技术人员分布

东部地区		中部地区		西部地区	
专业科技人数	占全国总数比例	专业科技人员数	占全国总数比例	专业科技人员数	占全国总数比例
407.3 万人	46%	293.1 万人	33%	189.0 万人	21%

同时,专业科技人员层次低,反映中高级人才缺少。据统计,1986 年西部地区科学家工程师占全国的比重,比较专业技术人才占全国的比重,下降 6.3 个百分点。其中特别是高级人才奇缺。如 1983 年底,贵州省各类高级人才只占科技人员总数 0.47%(全国是 1%),居全国第 19 位;中级人才只占 12.7%(全国占 19%)。

2. 资源优势部门缺乏人才优势。较长时期来,在"左"的思想影响下,我国国民经济形成了"重工轻农"、"重重轻轻"的不合理性的经济结构,从而人才结构也不合理。这个问题反映在不发达地区,就表现出资源优势行业没有人才优势,请看下列事实:

(1)云南是我国主要林区之一,但是平均每 15 万亩森林只有一个科技人员;

(2)贵州烤烟收入占全省财政收入的三分之一,而科技人员仅 70 人。

(3)广西的甘蔗、红麻、黄麻和水果的生产,是资源优势部门,但技术人员只占职工总数的 0.61%,不少企业没有技术人员。

(4)青海省拥有 5 亿多亩草原面积,2200 多万头牧畜,自然是该省优势资源之一。参照国外牧业生产的经验,从青海省的实际来看,最少每 5 亩草原平均配备 1 名科技人员是必需的。照此计算,青海省畜牧业科技人员至少约需 1 万名,而现在只有 2500 人左右,平均每 20 万亩草原只有 1 人,同实际需要相差还远。

3. 人才地域布局不合理。这也是西部地区突出的人才问题之一。西部地区人才相对密集于省区首府和中等城市，使省区城市与边远地区的人才资源差距较东部地区更为悬殊。例如，甘肃省相对全国各省来说，是人才数量并不多的省区，但兰州市科技人员占人口的比例在全国大城市居第二位。

据统计，青海省农、林、牧、水、气五大行业共有科技人员 3655 名，而在县以下地方从事这五个行业第一线工作的仅 677 人，只占总数 18.5%。

于是，在专业科技人才绝对数量并不多的情况下，人才又以省会为中心呈向心状密集的地域分布。这势必造成：一方面某些地区和部门人才相对过剩，带来人才的浪费；另一方面，使边远地区缺乏人才的局面更为严重。

4. 人才源的文化素质薄弱。从文化发展水平来看，西部地区明显低于东部地区。其表现在：

西部省区人口文化素质差，是一个明显特点。据统计，西部地区 12 岁 - 44 岁人口中，文盲率高出东部地区一倍，具体见表 3。

表3　西部地区 12 岁 - 44 岁人口的文盲率(1985 年)

省区	文盲率(%)	省区	文盲率(%)
内蒙古	18.76	贵州	37.67
陕西	20.45	云南	38.65
甘肃	39.18	西藏	68.76
宁夏	34.16	全国平均	19.04
青海	40.71	东部地区	14.6
新疆	19.73	西部地区	31.8
四川	19.13		

从在校大学生占总人口的比例来看，请看表 4：

表4　各省区在校大学生数比较(1982)

地区	平均万人在校大学生数(人)	位次	大学生在校人数(万人)	位次
全国水平	11.8		120.7	
北京	97.4	1	9.1	1
上海	66.2	2	7.9	2

天津	43.1	3	3.4	18
陕西	20.5	4	6.0	7
吉林	19.4	5	4.4	13
辽宁	18.5	6	6.7	6
湖北	15.5	7	7.5	5
黑龙江	13.6	8	4.5	12
江苏	12.9	9	7.9	2
新疆	12.9	9	1.7	24
山西	12.8	11	3.3	19
青海	12.7	12	0.5	27
宁夏	12.6	13	0.5	27
内蒙	11.3	14	2.2	21
福建	11.0	15	2.9	20
江西	10.6	16	3.6	17
浙江	9.8	17	3.9	16
湖南	9.4	18	5.2	9
甘肃	9.1	19	1.7	24
安徽	8.5	20	4.3	14
广东	8.1	21	4.9	10
四川	7.8	22	7.9	2
河北	7.8	22	4.2	15
山东	7.3	24	5.5	8
河南	6.3	25	4.8	11
云南	6.3	25	2.1	23
广西	5.9	27	2.2	21
贵州	5.9	27	1.7	24
西藏	5.2	29	0.1	29

以表4统计，我国比较突出的新疆、宁夏、西藏、青海、甘肃、云南、贵州等不发达省区，在每万人中大学生所占比例，比全国平均水平低8.7%。

可见，无论从人口中的文盲率来看，还是从每万人大学生的比例来看，西部不发达地区人才源的文化素质差。

5. 人才的造就机制较差。教育部门是培养人才的主要部门，而师资是教育部门培养人才的关键。西部特别是边远省区教育部门的最大弱点,是师资素质差。据统计,西部地区中小学教师未达规定学历的比例较大,实际能力不能胜任现职工作的比例更大,具体见表5。

表5 新、青、黔、滇四省区中小学教师素质状况

	未达规定学历的教师比例			实际能力不能胜任现职工作的教师比例
	高中	初中	小学	
新疆(1984年)	74%	85%	52%	50%以上
贵州(1983年)	47%	71%	58%	初中约73% 小学约85%
云南(1984年)	50.8%	71.5%	50.2%	
青海(1983年)				40%

鉴于西部不发达地区生源文化质量较差,师资质量又较差,再加上培养人才又处于落后文化环境中进行,因而普通教育部门输出的人才源质量就低,这又反过来影响中小学教育,导致互为不良因果,恶性循环。可见,西部地区人才造就机制(自培能力)较差,则是该地区人才资源开发的根本问题之所在。

综上所述,我们应该全面地看西部不发达地区及其人才资源。其一,从地区发达程度来看。应该说,东部地区是发达地区,西部地区是不发达地区;但地区的发达与不发达是相对而言的,发达地区中有不发达部分和因素,不发达地区中也有发达的成分和因素;并且发达与不发达在一定条件下可以互为转化的。如,西部不发达地区不少资源优势来自于自然条件,是由可以垄断、数量有限的自然力而产生的,同时这种自然力又是本地区所特有的,当它一旦被人们开发,就形成了垄断性的绝对优势,不发达就转化为发达。其二,从人才资源来看。应该承认在整体上东部地区人才资源占优势,西部不发达地区人才资源处弱势,但任何一个地区人才资源均有优势和弱势;且优势和弱势也是相对的。从绝对数量上看,西部不发达地区人才资源是弱势;但从相对数量上看,又显为优势。同时还应看到,东部地区人才资源优势中有弱势;西部地区人才资源弱势中有优势,并且优势与弱势也在动态变化之中,在一定的条件下互相转化。

二、增强凝聚人才的社会"磁场"

(一)不发达地区人才外流的态势和原因

近几年来,人才流动开始搞活以来,西部不发达地区人才流动显示出它的特点:

(1)外向性明显,即是人才外流现象比较严重。据不完全统计,甘、宁、青、新四省区,近三、四年来外流专业技术人才达2.2万多人。其中,青海1978年以来外流科技人才2600人,约占现有科技人员总数的21%。此外,云南,1979－1981年外流专业技术人员3127人,广西,1978－1981年外流专业技术人才5000人,内蒙古1981－1984年外流科技人才3564人。尽管这些外流人才流向地区不一:流向沿海地区、流向特区、流向内地、流向原籍所在地、流向中心城市,但其实质是由经济不发达地区流向经济发达地区。

(2)外流对象集中。人才外流反映两个集中:一是集中于50－60年代支边人员;二是集中于中高级专业科技人才。

(3)外流的潜在性还较大。近年来,不发达地区经一再检查知识分子政策的落实情况,并采用特殊的优待政策,经过各方面的努力,人才外流已基本停止或大为缓解。但是不少地方、不少单位各类人才思走的情绪依然存在。同时,我们还应看到这样一个事实:据有关统计表明,在西部不发达地区的54万科技人才中,由沿海和内地支边来的就有46万,占85.1%。这相当大数量的人才在边远省区工作达20－30年,年龄已50岁左右,"落叶归根"之感日益明显。这种潜在的外流因素,我们必须充分重视。

那么,不发达地区人才外流的原因是什么呢? 我们必须认真分析。我认为,其原因是复杂的,既有内在因素,又有外部因素:内在因素,既有本人因素,又有家庭因素;外部因素,有政治、经济、政策、工作等因素。所以,造成人才外流是多种因素合力作用的结果。

(1)"左"的错误所造成的后果。长期以来,由于"左"的影响,在延绵不断的政治运动中,知识分子一直被当作改造的对象,"反右"中不少人才被错误打成"右派"。到了"文革",知识分子进而变成了"臭老九",

而且"知识越多越反动"。边远、落后、艰苦的少数民族地区就变成了锻炼改造"右派、臭老九"的地方，这种政治强制性的"下放"，带有惩罚的性质，使被"下放"的人才思想上承受很大的压力，精神上受到痛苦的折磨。因此，一当各种冤假错案得到平反昭雪，错误的路线已经纠正，被"下放"的人才自然要摆脱这种处境，争回自己失去的工作和生活的自由权利。这类人才现在的"外流"，实质上是一种"拨乱反正"，是一种"回归"。至于在这些下放人才中，有的人已扎根边疆，爱上了山区，与当地群众鱼水难分，并不外流，这是他们对自己工作岗位新的自由选择，是他们对自己民主权利的崇高使用。

(2)经济发展的不平衡性、滞后性的反映。不发达地区相对发达地区来说，经济发展水平较低，速度较迟缓，从而人才发挥作用的领域较狭窄，不少人才在不发达地区用不上，人才也就必然相对过剩，导致流向发达地区。同时，自党的十一届三中全会以来，内地和沿海地区经济体制改革的步伐迈得大，各项事业上得快，再加上国家大量投资，必然需要大量的人才，这就吸引着不发达地区人才向东流。譬如，深圳特区近几年得到国家投资26亿元，大量人才也就随之涌向该区域的建设事业之中。

(3)知识分子政策不够落实或不完善是个重要因素。中央提出"尊重知识、尊重人才"，并提出检查"知识分子政策"落实情况以来，各级组织人事部门做了大量工作，成绩应充分肯定。但确实还有些地方和单位，对"尊重知识、尊重人才"仍然停留在口头上，没有落到实处。使用不当，或没有充分发挥作用的现象仍然比较严重，排斥、压制某些知识分子的现象仍然存在。

再加上，我们过去制定的政策不够完善。譬如，到不发达地区工作的专业人员，没有明确的服务年限规定，分配到民族地区工作的知识分子，往往能进不能出，强调扎根一辈子，使许多人虽有志到不发达地区干一番事业，但又顾虑一辈子回不了故乡。同时，前几年我们在处理新与老、外地与本地、多数与少数等关系上，政策上的连贯性、全面性也不够。为了吸引人才到西部不发达地区，近几年来相继对新引进的外地人才制定了优惠的政策，于是产生了"早去的不如晚去的"、"老师不如学生"、"本地高层次人才不如外来低层次人才"之类的"政策冲击"现象。这样，不仅不利于稳定长期在西部地区工作的外地人才，而且也不利于本地人才的积极性。又譬如,在少数民族人口占多数的民族地区,多数与少数发生了转化,多数的是非汉族民族,少数的却是汉族干部。这时,如果在政策上只考虑扶持非汉族的民族干部,不考虑对少数的汉族干部的照顾,也会造成汉族干部外流。

(4)历史上遗留下来的民族隔阂、民族偏见也是一个不可忽视的因素。到民族地区工作的知识分子,有的没有受过民族理论与民族政策的教育,对民族地区的许多社会现象缺乏历史唯物主义的认识,当地民族干部对外来知识分子流露出的优越感和一些生活方式,也往往不能正确对待,因而引起相互间的猜疑和误会。同时,干部的选拔也往往产生一些矛盾。外地知识分子对强调配备少数民族干部往往有些反感,而民族干部对提拔外地人才也往往有些意见,这种民族问题的隔阂,也很容易导致人才外流,既有外来人才的"不辞而别",也有本民族人才的"睹气出走"。

(5)缺乏学习深造和创造活动的条件。这是不发达地区人才外流的主要原因之一。许多专业人才有志为不发达地区作出贡献,但由于不发达地区的山高路远,交通不便,信息不灵,缺乏必要的图书、资料和仪器设备,人才不配套,结构不合理;同时不发达地区经济条件有限,多数人才外出参加学术活动和进修很困难;再加上基层单位的职称、级别限制很大,定职晋级难,也影响专业人才的情绪和动力。这样,给专业人才学习深造和创造活动带来很大的困难,进取无门,成就无望,从而促进人才外流。

(6)本人和家庭生活的实际困难,也是一个现实的原因。譬如,医疗条件差,有病就医难;经济收入少,生活指数高;夫妻分居两地,父子各位一方;地区教育质量低,子女升学难等等实际困难,均是人才外流的动因。特别,目前子女升学问题已在一些地区成为突出矛盾。

(二)凝聚人才的途径和措施

1.为人才提供施展才能的"用武之地"。凡是人才,总有其所专所长。就大多数人才来说,最大的心愿是知识得以尊重,专长得以发挥,成果得以承认,才华能报效祖国;最大的苦恼莫过于知识专长得不到了解,才智得不到发挥,创造活动得不到理解。因此,要凝聚人才,最根本的是为人才提供施展才能的"用武之地",充分发挥人才的作用。这是近期不发达地区人才开发的工作重点。换句话说,近期人才开发重点应放在充分发挥现有人才的作用上。为此,要做到如下几点:

(1)首先要摸清本地区现有人才的优势,建立人才信息库。既要摸清本地区人才的群体优势,又要摸清每单位人才的个体才能优势。

(2)根据优势定位原则,把人才放到最容易施展他们才能优势的岗位上,充分发挥他们的才能优势,力求做到用当其才。

(3)根据人才创造最佳年龄的基本原理,使用人才于最佳年龄区域内,充分发挥他们的年龄优势,力求做用当其时。

(4)根据优化结构原则,使用人才于最佳的群体结构之中,充分发挥空间位置的优势,力求做到用当其位。

只有使人才的才能、年龄(时间)、空间(位置)三者的优势均发挥了,才能算真正发挥了人才的作用,做到才尽其用。

2. 努力扩大三线单位、军工系统的人才的智能覆盖面。打破军工和民用、中央三线单位和地方单位之间的界限,使军工系统、三线单位的人才潜在的能量能释放出来,运用到地方单位、民用单位上来。要做到这点,必须两方面努力:一方面地方可与三线单位、军工系统单位签订合同,聘请人才开发当地资源,开发所得可按比例分成;另一方面,军工系统、三线单位随着经济体制和科技体制的改革,提倡、引导和组织本单位现有人才在供给关系不变、户口不动的情况下,到当地、民用单位去兼职、去承包,当顾问,充分发挥现有人才的作用。这样,才能把人才的稳定下来。同时,这种兼职创优,转型取胜也是"人尽其才"的新内容。

3. 制定凝聚人才的特殊政策。不发达地区人才的特殊问题,引出凝聚人才的特殊政策;也只有用特殊政策才能解决不发达地区人才的特殊问题。这已经被古今中外的历史所证明,这里介绍一下苏联如何实行有吸引力的稳定人才的特殊政策,解决西伯利亚及远东地区的人才外流的?

多年来,苏联为了重点开发东部地区,在政策上下功夫,吸引并稳定人才。对西伯利亚和远东地区采取了行之有效的高工资、高补贴政策。如去东西伯利亚气田工作的钻探工程师,其地区津贴为工资的70%,平均工资达到500-600卢布,比全苏平均工资高出2-3倍。近年来,苏联对内地大学毕业生还采取了灵活的政策,鼓励他们去远东地区工作。如刚毕业的助教每月 120 卢布,到远东地区工作月工资可达 300 卢布,而且工作满三年后,可返回原居住地。同时,对在西伯利亚和远东地区工作的人员,还给予专门的工龄附加工资。此外,在休假、免费疗养、旅游、提前退休和享受养老金等方面也给予优惠待遇,譬如,可提前五年退休,退休后工资发 100%,每三年报销一次国内旅游费等。还有,他们还重视综合治理,发展社会基础设施。苏联有关方面认为,在人才外流情况下,用于非生产领域每一个卢布投资,要比用于生产领域的效果要大得多。因为,社会基础设施不发达,工资待遇再高也不能表明生活水平的提高,对人才也就失掉吸引凝聚力。因此,近年来他们十分注意在这一地区发展现代化舒适条件的住宅建设和兴办物质文化福利事业。实践证明,苏联采取这些特殊政策,吸引了大批专业人才到那里去工作,至今比较稳定。这一片未开垦处女地今日成为苏联东部的经济盛地,共青团的"石油城"举世闻名。

我国不发达地区采取稳定人才的特殊政策,也不外乎从以下三个方面来考虑:

(1)物质激励:a)报酬从优,实行各种津贴、浮动工资和奖励,有条件的地区、系统和单位可实行高薪和重奖。地区应建立一种奖励制度,奖励、表彰长期建设边疆、开发边疆的有功人才。b)发展医疗卫生事业和文化体育事业。c)积极解决专业人才住宅、夫妻两地分居、子女升学和就业等问题。长期在少数民族地区工作的汉族干部和科技人员,在子女升学、招工、招干等方面应与少数民族享受同等待遇。

(2)信息激励,包括情报图书、学术交流、出国考察、培训进修等。如新疆自治区拨专款,建立一个设备、仪器、科研手段的培训基地,每年定期培训优秀青年科技人才 3 - 6 个月;自治区每年拨出一定数量的外汇,将有发展前途的优秀科技人员送国外进修或送国内重点大学、重点科研单位进修。

(3)精神激励:政治上信任:a)按干部四化要求提拔知识分子,使已进入领导班子的知识分子有职、有权、有责;b)切实解决知识分子"入党难"问题;c)切实解决专业人才的升等提级难的问题,有的可采用"地方粮票"的办法;d)建立荣誉证书制度,如内蒙古阿拉善盟对全省 476 名

20年以上支边建设的科技人员颁发荣誉证书;e)建立选拔优秀专业人才的制度,如新疆自治区建立优秀青年科技人才的选拔制度,每1-2年选拔一次,由自治区科干局等统筹考虑,下设一个多学科的专家评审委员会,每次选拔100-200名;f)建立定期服务制,逐步废除支边终身制。国务院还批转关于1985年全国高校毕业生分配问题的报告,同意实行定期服务制度:"经见习合格后,连续服务5年,服务期满后允许合理流动";"对去青海、西藏两省区的毕业生,原规定的八年轮换的办法仍继续实行"。

总之,要从不发达地区开发的需求和人才的特殊问题出发,制定相应的立法和政策,如工资制、补贴制、服务期制、休假制、进修制……等等。在此同时,要注意和研究实施中产生的新问题和新矛盾,妥善地加以解决。譬如,有的省、区分三类搞浮动工资,分三类搞补助津贴……,虽已收到良好的效果,但并没有彻底解决。其原因是科技人才问题得到的这些高出基本工资的部分,尚未能够弥补与发达地区的差额部分,而且在社会舆论中,这些人才还被部分干部和工人认为是受了特殊照顾,其结果得了补贴的专业技术人员不满意,未享受到待遇的其他干部也不满意,达不到稳定和吸引人才的目的。有人提出今后采取高薪招聘办法,提出工作指标要求,同时提出薪酬金额,应聘者可以是本地区的,也可以是外省市的,可以是本单位的,也可以是外单位。人人都有机会。唯才是举。这就等于"按劳取酬,多劳多得",这样,既可排除照顾的因素,平息各种意见,又可使得高级人才优才、优用、优惠,心安理得。

另外,在制定稳定人才的特殊政策时,要注意理顺关系,衔接政策,正确处理新与老人才之间,本地与外来人才之间,少数与多数人才之间的关系。

4.造成"尊重知识、尊重人才"的社会风尚。首先,要在各级领导机关,特别在各级领导干部中认真学习马克思主义经典作家对人才历史作用的论述和小平同志对"尊重知识,尊重人才"的论述,真正从思想和感情上解决"尊重知识,尊重人才"对于开发不发达地区重大的现实意义和深远的战略意义;探讨"尊重知识,尊重人才"的标志是什么? 对此,王通讯同志曾提出八点标志:有没有"既出成绩又出人才"的双重目标;是不是尊重人才的成长规律;善不善于使"人才之长"得以发挥;想没想到"潜人才"更需多加扶持;知不知"人无完人",要容人之短;会不会谋求人才的最佳组织效应;能不能倾听人才意见,成为知音;敢不敢秉公依法,保护人才。本人认为,特别在下列四种情况,更能体现尊重人才:

人才逆境时,能否力排众议,珍惜人才,为人才撑腰,保护人才;人才超己时,能否按人才质级,安排相应岗位职位,充分发挥人才的作用;人才违己时,能否虚心倾听人才提出正确的意见;即是不正确意见,能否正确对待和善于团结;人才未名时,能否慧眼识人才,积极加以培养和支持。

其次,可通过各种渠道、各种宣传工具宣传各类人才的先进思想、先进事迹,以及他们在不发达地区开发中的作用;对压制、打击人才的现象要敢于揭露,及时处理,以教育干部和群众。

第三,时间上,可采取经常和集中相结合。每年教师节可集中宣传,在评奖大会前后可集中报导。

总之,千方百计造成"尊重知识、尊重人才"的社会风尚。

5. 运用国家经济手段,在宏观上制导人才流动。为此,就需要在经济发展规划和投资方向上逐步调整,以求加快不发达地区经济发展速度,以增强对人才吸引的凝聚力。

三、人才开发在动态中进行

(一)变人才的静态稳定为动态平衡

古今中外历史表明,人才流动是社会发展、经济发展和科技发展的需要。

人才的造就和新兴科学的产生,离不开人才的流动。当今,我国"改革、开放、搞活"是既定的基本国策,我国经济体制改革,不发达地区开发也需要人才流动。至于不发达地区的人才外流现象,归根结底是我国经济发展不平衡性和不发达地区经济发展滞后性的反映,是一种必然性的倾向。只要我国经济发展战略重点没有转移到西部不发达地区以前,西部地区不发达状况没有改变以前,这种外流倾向是一直会存在的。何况,近几年的人才外流,还有种种合理因素。不少是"左"的错误和工作上问题所造的。就是撇开这些问题不说,50-60年代支边人员为例,他

411

们在边远省分工作达二、三十年;年龄已达 50 岁左右,思想感情上产生思归故里。仅从他们这些年来为边远地区建设所做贡献考虑,也应该尽量满足他们的流动的要求。所以统筹解决支边人才问题,这是上策。不然的话,国家为什么还要规定服务年限呢？这样,看来有人才离开,但还会召来更多的人才。如果,只让人才进,不让人才出,不仅卡住不放的人才心不在,其作用的发挥也有限,而且后来有心支边的人才,也会视为畏途。

鉴于上述的分析,我认为不发达地区的人才流动政策,应该实行"双轨制",即"双向流动,有进有出"。开始时,可能人才减少些,但日后只要经济逐步开发,政策对头,其人才流动会达到动态平衡。事实上,贵州省 1984 年已扭转人才出超局面,进出相抵,还多进了 700 人。进来的人中,绝大部分是在大专以上文化程度。所以,我们的人才管理,应由静态稳定管理转向动态平衡管理,人才开发就应在动态中进行。

(二)做好"智力回流"工作

所谓"智力回流",是指通过各种途径和措施,将已外流人才的智力返流到流出地区,为流出地区开发服务。这里指的外流的人才可以由两种:一是本地区籍的人才,外流在外区工作;一是长时期在本地区支边的人才,现已流向外区工作。

1. 进行"智力回流"工作的可能性

(1)从知识和智力本身特征来看。它是可以流动、转移、交流,成为地区间共同的财富。

(2)从外流的人才愿望来看。据调查统计,不少支边人员虽人离开了,但对工作奋斗过几十年的边疆是有深情的,他们称为"第二故乡"。在内蒙古自治区人才所调查表上,浙江工学院讲师说出了调出人员的心理话:"调出人员受内蒙古人民和党政多年关怀,培养哺育,虽叶落归根,家人团聚,但一定要与第二故乡建立更稳定而持久的联系。内蒙古自治区应把已调出同志看成特派驻外人员,让他及时提供技术信息,经济情报,形成网络,以智取胜"。"娘家的深情使我非常感动,内蒙古是我第二故乡,只要乡亲们欢迎,我愿重返内蒙古！"可见,情常在,智就会常来。

(3)从联合国"托克泰恩"计划的实施来看。"托克泰恩"(TOK-

TEN)是"通过侨民转让知识"一语的英语缩写。它是国际人才竞争的产物,联合国开发总署1977年在发展中国家的合作下,面对第三世界大量专业人才外流和技术转让倒流,而采取的一项有利于不发达国家的"知识回流"计划。这个计划是从1976年土耳其政府邀请旅外专家回国短期服务的经验中得到启发的。其主要方式是请发达国家中的发展中国家专家回国义务服务3周到3个月,联合国开发总署平均每月支付给每人3000至4500美元作为旅费和生活费。这个计划实行以来,虽未能从根本上扭转发展中国家人才外流的趋势,但已使发展中国家获得显著效益,减缓了智力逆流的不利局面。8年来,已有中国、巴基斯坦、印度、土耳其,等17个国家参加了这一计划,完成了30项专业,1000多人次的技术咨询项目,联合国开发总署付出了560万美元经费。目前,"托克泰恩"计划正在向深度、广度扩展。

综上所述,开展"智力回流"工作是有可能性的。

2. 开展"智力回流"工作的举措

(1)在转变观念基础上,开展大量调查工作,掌握外流人才的去向和各种基本情况(专业、职务、职称、特长、成就、家庭、健康、通讯地点等),分层次、分行业,分门别类,登记造册,存入计算机。

(2)建立"智力回收"的特殊网络。视外流的专业人才为分布在全国各地的不发达地区的特殊智力资源,把每个人才看作大网络中的结点——特殊的技术经济"信息源"而发挥特殊作用。

(3)运用各种方式组织"智力回流":

①以"函"为媒介,进行书面咨询,提供信息、情报,建议、决策等。

②组织外流的人才回地区短期支边服务:专题讲学、学术交流、办培训班、承担研究项目、实地考察、合作研究、具体技术指导、召开"回娘家献计献策会"等。

③充分运用外流人才网结作用,使不发达地区与外流人才所在的发达地区挂钩起来,建立长期的协作关系。

④采取"走出去"的办法。即派人出去向外流人才学习,带回先进理念、知识和技术。

⑤对区外高校本省区籍毕业生进行超前期吸引。

（三）进一步推行人才引进政策

正如前述，人才因素是经济开发的关键因素。西部不发达地区的经济开发，关键在于人才开发。依靠教育事业的发展培育人才，固然是本，但教育的发展，要受经济发展的制约，且教育培养人才周期长，远水难解近渴。因此，近期通过人才引进，解决西部不发达地区经济开发与人才之间的矛盾，是一系行之有效的策略。日本、美国经济发展史和苏联东部地区开发的历史经验证明这一点。一直到现在，世界上发达国家还在运用经济发展优势大量吸引发展中国家专业人才。1984 年联合国召开的第二次技术反向转让政府间专家会上，有这样的统计，"1961 年至1972 年，有 40 多万专业人才从发展中国家流入发达国家。他们为发达国家节省的教育经费和创造的财富，大大超过了发达国家提供给发展中国家的援助。"

据此，西部不发达地区要进一步推行人才引进政策，使人才有进有出，在动态中开发人才。那么，当前，人才引进过程中还需掌握些什么问题呢？

（1）引进人才要有规划。要把人才的引进规划作为人才开发的组成部分。有了规划，可以有计划、有目的、有的放矢引进。人才引进规划的制定，要根据经济和社会开发对人才需求，研究哪一类、哪一层次人才可以通过本地区挖潜解决？哪一类、哪一层次需要通过人才引进来解决，如此等等。

（2）引进人才要保证重点。所谓重点，就是本地区经济发展的"局部突破"，就是优势资源的重点开发。要为这些经济开发的重点，积极引进急需人才，以保证重点的突破和飞跃。

（3）引进人才要从实际出发。前阶段，人才学界讨论西部不发达地区以引进哪一层次人才为宜？说法不一，有的提出，以引进初级人才为宜，有的提出引进人才的重点对象应放在两头——高级和初级人才上；也有的看法，一般以低档人才为宜，辅之少量的中级人才。我的看法，不要笼统提引进哪一层次人才为主，还是从实际出发，作具体分析。根据不同地区、不同行业、不同单位的人才需求，区别对待。譬如，西部不发达地区广大农村，那以引进初级的技艺型、实用型人才为主；至于西部不发达地区重点突破的地域或行业，那就要引进相应专业的不同层次的配套人才,而其中更需要的是关键性技术岗位上的高级人才。

(4)引进人才要多渠道多形式。总结这几年人才引进的经验,高级人才、初级人才可以采取不同引进方式。

高级人才,主要以不动编的"智力引进"("技术引进")为宜,可采用"候鸟式"与"轮换式"等形式;初级人才的引进,既可长期,也可短期,如可对口从东部地区招聘能人,或可吸引东部地区农民到西部经商投资,也可承包一个项目,不同人员分期分批轮流来西部地区。另外,对当前东部地区一大批初级技术人员向西部转移,要采取欢迎、接受的态度,在实际工作中要进行疏导,并创造条件给予促进。

(四)重视和组织好地区内部人才流动和动态平衡

1.组织好三线、军工单位和当地企事业单位之间的人才流动。正如前述,三线单位、军工系统人才济济,应想方设法把这些单位人才优势和潜能释放出来,在开发地区新兴产业、改造中小企业、扶植乡镇企业过程中,请三线、军工单位高水平的人才去进行技术指导、项目承包。同时,组织地区低水平人才输送到三线、军工单位去培训,提高素质,以满足地区经济开发的需要。事实证明,让人才济济的大型三线、军工企事业单位形成对内辐射的人才扇面是完全可能的。这样做,既可避免三线、军工单位由于人才积压而产生的外流现象,也可以提高当地企事业单位人才的素质,还可以逐步改变不发达地区人才分布的不合理性,以保持不发达地区人才流动的动态平衡。

2.疏导和组织好不发达地区内的相对发达地区人才向边远落后地区的转移。现在不发达地区农村剩余劳动力大约2300多万,占农业劳力的40%。其中,有相当比例是农村"乡土人才"——能工巧匠。这些乡土人才,一方面离土不离乡就地发展乡镇企业;另一方面也转向边远落后的地方,依靠自己掌握一技之长,开发当地资源而致富。对此,我们要进行疏导,并创造条件予以促进。

(1)要放宽户口管理政策。对上述转移"乡土人才",不仅提倡离土不离乡,而且要允许离土又离乡。转移到边远山区落后地区的,要在法律上给予保护,在经济上给予支持,在技术上要给予帮助,以促进这种转移。

(2)要加强集镇建设,为转移的乡土人才提供可以立足的地方。转移的乡土人才,不可能去插队,也不可能到深山老林去安家,最好的安置地是集镇。他们可以去集镇从事商业、从事加工业,进而转向资源开发,兴办乡镇企业,既能留得住,又能搞得活。

四、强化人才的造就机制

(一)人才"造就"机制的强化,是人才开发之本

一个人要充满活力,主要不是靠"输血",靠的是增强人的"造血"机能。同理,不发达地区的开发,主要不是靠"输血"——外界支援和帮助,而主要靠的是自身"造血"机能——自身力量的增强和完善。这里就有一个正确处理"输血"和"造血"的关系。解决西部不发达地区人才问题,其根本途径——强化人才的造就机制,也即是增强人才的自培能力。具体来说,西部不发达地区人才的获得和优势的形成,必须立足于自身的智力开发,激发内在的活力,这是西部不发达地区人才开发之本。

(二)强化人才造就机制的途径和措施

强化人才造就机制,激发人才自培的活力,关键在于建立和完善为本地区经济和社会开发服务的智力开发体系,这是一项系统的社会工程。

1.调整投资结构,发展基础教育

过去,西部不发达地区资金分配结构不合理,重视对物的投资,忽视智力投资。以宁夏为例,据统计,从1958年到1981年间,宁夏全民所有制工业部门的固定资产投资增加140倍,而教育投资仅增加12倍,比例140:12。又如内蒙古,牧区多,牧区学校的学生都要寄宿,开支较大,但内蒙古教育经费占全区财政总支出的比例一直很低。"一五"期间为10.7%,"二五"期间为12.4%,"三五"期间为9.3%,"四五"期间为7.7%,近年来也在8%左右。这样,原来西部不发达地区资金就不多,再加上分配结构不合理,于是用在教育,特别是基础教育的资金就很少。为了增强人才的造就机制,必须调整资金分配结构,加强智力投资。现在,各民族地区的民族机动费、不发达地区补助费、边疆地区建设费中用

于智力投资的比重约为9%左右。今后几年内,至少应逐渐增加到10 – 15%左右。同时,在智力投资结构中,重点应突出基础教育,这是由该地区文盲率高的特点决定的。但前几年,西部一些不发达地区都不从这个实际出发,盲目投资追求培养大学生,削减中、小学教育经费。以宁夏为例,近几年与1965年相比,平均每个大学生的经费增加了110%,而每个中、小学生的经费却分别减少了53.5%、30%。对此,这必须调整智力投资结构。否则,中央规定的在全国普及9年制义务教育的任务,西部不发达地区到90年代也难以达到。这对人才的造就机能是不利的。

2.调整中等教育结构,大力发展有本地特色的职业教育

过去,我国的普通教育是对准"升大学"这个唯一目标,千百万中小学生走的是"升大学"这个独木桥。在西部不发达地区也是如此。但事实上,绝大多数中、小学生毕业后要回农村劳动,而他们在学校学到的知识又不能直接转变为生产力,派不上多少用场。就简单的体力劳动来说,他们并不比没有文化的人强多少,有的还因为缺乏锻炼,怕艰苦,干起活来比从小劳动的文盲还差一些。群众反映说:"读书没有用"。这反映不发达地区的教育制度,同全国一样,与经济开发相脱节。对此,必须进行教育改革,使人才的单一培养模式转向多规格、多层次、实用化方向。西部地区人才培养则应以自身的资源优势开发为根据,培养一大批开发优势资源的各类实用型人才,努力使自己资源优势与相应专业的人才优势配套,从而促使地区资源优势向经济优势转化。具体来说,可以按当地的优势自然资源开发的需要和主要产业,兴办各种相应职业学校;也可以在中学课程完成以后,增加当地急需的职业教育课;还可以兴办各种讲习班、职业班。

此外,还应加强职后教育——成人职业技术教育,并使育人和用人一体化。

(三)强化人才造就机制的关键

学校是造就人才的主要基地,师资是提高学校质量的关键。因此,建设一支合格的师资队伍,是强化西部不发达地区人才造就机制的关键。

要建设一支合格的中小学教师队伍,既有现职教师的进修提高问

题,又有新生力量不断地补充问题。

1. 在职教师的进修提高。培训在职教师应采取多渠道多种形式,主要可分为在职培训和离职培训两大类,应以在职培训为主,主要办法有:

(1)建立和完善省、地、县三级教师进修系统,有条件的地、县应开办教育学院、教师进修学校,成为中小学教师培训的基地。

(2)大力发展师范函授教育。充分挖掘不发达地区师范院校(师范大学、师范专科学校)的潜力,开办高师、中师函授教育,对口定向培训中小学各科教师。

(3)建立在职教师的自学考试制度。

(4)与发达地区挂钩,定期派出教师到发达地区中小学跟班跟课学习。

(5)直接与发达地区著名的中小学签订合同,聘请著名中小学各科教师到不发达地区参加短期的示范教学,或利用暑期,到不发达地区,与当地中小学教师一起进行分科备课活动。

(6)积极开展西部不发达地区内部的教学协作活动,定期组织业务交流与教学备课研究活动。如,建立各课中心组等教学协作组织,制定教学协作、交流制度。

(7)有条件的学校,可发挥老教师和具有业务专长教师的"传、帮、带"作用。

2. 新生力量的不断补充,这可采取如下办法:

(1)重视师范教育的智力投资,大力开办师范院校和职业技术师范院校,培养能适应普及义务教育制度的合格的师资,使新鲜血液源源不断地输送到中小学,以补充和调整现有师资队伍。

(2)充分动员和依托三线企业、国防军工的人才优势,开办职业师资培训班,培养职业教育的师资;同时,选拔热爱职业教育事业,有专长的,适合教学工作的工程技术人员、科研人员,经过短期成人教育理论、教学法的培训,充实到职业教育师资队伍中来,其方式可采取以下两种:

一是动编流动,即变动供给关系和户口进行流动,如交流制、招聘制、任聘制等;

二是在编流动,即供给关系不变,户口不动的情况下进行流动,如合同制、兼职制、借用制、讲学制等。

五、要高度重视少数民族人才的开发

（一）西部不发达地区少数民族人才开发的特殊意义

1. 从少数民族人口来看。我国少数民族共 56 个，其人口共计有 6723 万，占全国总人口 6.7%。他们主要分布西北、西南不发达地区。目前，全国已建立的 5 个省一级自治区、31 自治州，80 个自治县和旗，其行政区域的总面积达 610 万 km2，占全国总面积的 60% 以上；总人口数为 1.2 亿，其中各少数民族人口为 5,000 多万，占 41.6%，绝大部分在西部不发达地区，只有 4 个自治州，14 个自治县属其他区域。

1982 年我国西部不发达地区少数民族占总人口比例

省区	民族数（个）	少数民族比例（%）
甘肃	41	7.92
内蒙古	44	15.55
贵州	47	26.01
云南	46	31.70
宁夏	31	31.94
广西	40	38.26
青海	34	39.42
新疆	48	59.59
西藏	31	95.15
全国	56	6.70

可见，西部不发达地区，也可说是少数民族聚居区；开发西部不发达地区，实际就是开发少数民族聚居区的问题。因此，开发西部不发达地区人才一刻也不能忘记和离开对少数民族人才的开发。对少数民族人才的开发，应该成为西部不发达地区人才开发的主要课题。

2. 从民族共同体来看。少数民族人才作为某个民族共同体的成员，与本民族有着共同的语言、共同的经济生活和共同的心理素质，因而与本民族广大成员有着天然的密切联系，思想感情息息相通，了解群众的愿望和要求，对本民族的乡土有深厚的感情，具有使本民族摆脱贫困，走向繁荣昌盛的强烈愿望，一般也比较了解本民族的历史，熟悉本民族地区的自然资源、经济状况和各种特殊情况，这些内在因素，将使少数民族人才起到其他人才难以起到的作用。可见,少数民族人才对开发本地区有着独特的作用。

3. 从地区经济发展的复杂性来看。相对汉族地区而言,西部不发达地区经济发展具有复杂性。目前在西部民族地区,不仅存在与其他地区相同的各种矛盾的问题,而且还存在与民族问题(民族意识、民族感情、民族传统)、落后意识形态(家族观念、落后习俗、原始平均主义观念、耻于经商观念等)、不同的语言和文字等有关的种种问题。这许多问题往往交错在一起,使得经济发展中的问题难以摸清、摸准,复杂化了。在民族地区,各项经济政策除了考虑经济因素外,还得考虑多种少数民族的特殊利益、特殊爱好、特殊的宗教信仰和意识、特殊习俗和特殊需要。所以,培养少数民族人才具有特殊的意义。

(4)从历史经验来看。各民族的发展和民族地区的繁荣,尽管先进民族的帮助,各兄弟民族的互相支援,国家的指导与扶持,都是十分重要的,不可缺少的,但毕竟不能包办代替。各民族的内部事务,包括经济开发的许多问题,都要由各民族按实际情况进行决策,不可照搬照套别的民族的做法。各民族内部的经济事务,诸如,经济政策、经营方式、组织形式、经济结构、资源开发、公共利益等方面的问题,只有在各民族有了自己经济管理人才后,才有可能作出更科学、更合理、更切实可行的抉择。正如,马克思主义认为,各民族的解放和繁荣主要靠本民族的奋斗来实现。

总之,开发少数民族人才,对于本民族地区资源的开发,经济的振兴和繁荣,民族素质的提高,都有其他民族人才不能取代的特殊作用。这对开发不发达地区具有特殊的战略意义。

(二)少数民族人才开发的渠道和措施

(1)从基础教育抓起。正如前述,要强化人才造就机制,就得普及九年制义务教育,对少数民族来说尤为重要。如青海省六个民族自治州,学龄儿童的入学率还不到30%,文盲占少数民族总人口的80%,很显然,开发少数民族人才就得从基础教育抓起。基于不少少数民族中尚存在不通汉语的现实,如云南1200万少数民族尚有一多半不通汉语,因而在教学中应恢复、发展民族语文教学。该省在民族地区的小学教学中，注意使用民族语言，实践证明，双语教学，为少数民族孩子提供了合理的优化的成才环境。同时，鉴于今后区域开发，以经济开发为中心，因而从基础教育开始，就要给学生灌输经济管理知识，组织学生经常开展经营管理的实践活动，进行商品、价值、市场、交换、货币等基本观念的教育，从而培养经商光荣的思想观念。要根据教育的需要和当地各民族的具体情况，编出各民族地区中小学关于经济管理常识的教材，要出版更多有关经济管理的少儿普及读物，使少数民族子女，从小就对经济学家、企业家、经济师、会计师成才有所了解并立志追求。

（2）大办职业教育。为少数民族地区培养一大批开发本地区的实用型人才。职业班的形式应是多种多样，机动灵活。可以按当地的主要产业兴办各种专业的职业学校；也可在中学课程完成后，增加职业教育课；还可办各种职业训练班。

（3）建立一大批"母—子"型企业。要培养少数民族各类建设人才，除抓基础文化和技能教育外，还必须在生产建设实践中，手把手地把少数民族人才扶起来。比较切实可行的办法是在民族杂居地区，首先建立以汉族为主的现代化重点企业，在这些企业里有意识地吸收大量少数民族人员，在生产实践中把他们培养成现代职工。这些职工不应当只是重点企业的职工，更应看到是少数民族地区工业发展的种子。然后，有计划地以这些职工为骨干，把工业扩展到少数民族聚居的地方，建立起一批在技术上和经营上都不脱离母体的，由少数民族自己的力量来办理的小型企业。这样，在建立以现代化重点企业为中心的小型工业群落的过程中，不仅把民族地区工业发展起来，更重要地培养了一大批少数民族经济建设人才。

（4）与发达地区交流人才。少数民族人才在开发本民族地区中有汉族人才不能取代的特殊长处和作用，但应看到他们的弱点：缺乏经济开发和管理的基本素质。交际网络不广阔，对全国、世界的科技和经济信息闭塞；对新事物反应也往往不够敏捷。这些，对于发展本民族地区的经济，以及参加国内、国际市场的竞争，是十分不利的，从而也就限制了本民族地区商品经济的发展。为了改变这种状况，需要在汉族发达地区与少数民族地区之间实行各类人才，特别是经济管理人才交流。要有目的、有计划地把少数民族各种专业和管理人才，派到发达地区的对口单位,带职跟班学习,参加专业生产和研究,参加经营管理的实践,在实践中锻炼提高他们的专业知识和才能,经营管理的基本素质。与此同时,从发达地区抽调一部分优秀的专业人才和经济管理人才,到民族地区去担任企业的厂长、经理等行政职务,工程师、会计师等技术职务,以及省、地、(县)、乡等各级领导班子成员等职务。

(5)通过劳务输出培养各种技术和管理人才。要培养大批少数民族的专业和管理的人才,不能局限于学校培养,还需要让更多少数民族成员走出偏僻闭塞的村寨,到更广阔的天地里去经现代化建设的风雨,见国内外商品市场的世面,在价值规律的大学校里摔打造就。其途径除外出经商以外,还可组织劳务输出,特别是那些人多地少的民族地区,劳务输出看来势在必行。可以由政府牵线搭桥,并对要输出的劳务人员进行必要的培训,然后输送到城市和发达地区去从事企业、社会、家庭所需要而又能胜任的各种劳务。这样,不仅使这批劳务者增加经济收入,更重要的沟通了民族地区和发达地区的各种往来,加强了民族地区与外部世界的各种联系,为民族地区的商品生产开拓更多的门路。同时这批劳务者,也必然学到各种知识和学会各种本领,必将从其中锻炼出一大批各种技术和管理人才,成为开发本地区的生力军。

(6)到国外学习考察。少数民族地区要实现经济起飞,要发展对外贸易,登上国际经济舞台,就要与世界各民族建立广泛的经济联系,学习、吸收世界各民族的先进科学技术文化和有用的经济管理的经验,了解国外商品市场的信息;同时,也是培养少数民族人才的一个不可缺少的重要渠道。我们可根据需要,不断派出各种专业和管理方面的少数民族留学生,实习生到国外学习,也可经常派出有较高专业知识和丰富实践经验的经济管理干部到国外的跨国公司、农牧场和各种企业学习考察。

(7)建立培养少数民族经济人才的高等教育网。现有的民族院校,过去主要是为民族地区培养师资和干部,现已不能满足民族地区经济建设对多种人才的需要。培养少数民族各种经济人才,已成为开发民族地区的当务之急。为此,可采取以下措施:①全国各民族院校,都应设置经济方面的系、科、专业;②全国的财政、金融、贸易、商业、经济管理等经济管理院校和综合大学的经济系,应办民族班;③在北京或上海创办一所包括经济专业在内的理、工、农、医综合性民族大学,为各民族地区培养具有较高水平的各种专业人才。④采取推荐和考核相结合办法,在有条件的经济研究机构和高校招收少数民族经济专业研究生。譬如,从少数民族中选拔录取那些专业基础扎实,有实践经验和研究能力的经济干部、专业户主和各种人员,指定导师进行专门培养,从事理论和实际运用的研究,为各民族培养经济研究的专家、学者,造就各少数民族的经济学家。

结束语

要做好上述五个方面的工作,就应把领导管理人才的开发放在首位。

西部不发达地区的经济和社会开发,需要各级领导管理人才来预测、决策和带领、指挥;西部不发达地区的人才开发,也需各级领导管理人才去统筹规划、制定政策和实施。思想政治路线确定之后,干部是决定的因素。开发西部不发达地区各级领导管理人才,是开发整个地区的关键。所以,应把各级领导管理人才的开发,放在人才总开发中的首位,这就作为本人发言的结束语。

主要参考文献

1. 叶忠海、陈子良、缪克成、杨永清 著:《人才学概论》,湖南人民出版社,1983年版。

2. 王通讯编著:《人才学教程》第十三讲,河南人民出版社,1986年12月版。

3. 中央少数民族研究所编:《西部民族地区经济开发探讨》,中央民族学院出版社,1986年版。